时 习 文 库

聊斋志异

〔清〕蒲松龄 著

上

齐鲁书社
·济南·

图书在版编目（CIP）数据

聊斋志异 / (清) 蒲松龄著. -- 济南 : 齐鲁书社,
2025. 5. -- ISBN 978-7-5333-5143-4

Ⅰ. I242.1

中国国家版本馆CIP数据核字第2025P63G36号

出品人：王　路
项目统筹：张　丽
责任编辑：许允龙
　　　　　徐柳琪
装帧设计：亓旭欣

聊斋志异

LIAOZHAI ZHIYI

〔清〕蒲松龄　著

主管单位	山东出版传媒股份有限公司
出版发行	齐鲁书社
社　　址	济南市市中区舜耕路517号
邮　　编	250003
网　　址	www.qlss.cn
电子邮箱	qilupress@126.com
营销中心	（0531）82098521　82098519　82098517
印　　刷	山东华立印务有限公司
开　　本	710mm×1000mm　1/16
印　　张	52.75
插　　页	4
字　　数	656千
版　　次	2025年5月第1版
印　　次	2025年5月第1次印刷
标准书号	ISBN 978-7-5333-5143-4
定　　价	139.00元(上下册)

出版说明

文化乃国本所系，国运所依；文化兴盛则国家昌盛，民族强大。在源远流长的中华文化长河中，经典古籍宛如熠熠星辰，承载着先辈们的智慧、思想与情感，是中华民族精神内核的深厚积淀。

2017年以来，中共中央办公厅、国务院办公厅相继出台《关于实施中华优秀传统文化传承发展工程的意见》及《关于推进新时代古籍工作的意见》等重要文件，有力推动了大众对中华优秀传统文化的关注与重视，古籍事业亦借此良好契机，迎来了前所未有的跨越发展，步入了一个崭新的黄金时代。齐鲁书社作为文化传承的重要阵地，始终秉持对中华优秀传统文化的敬畏之心，肩负守正创新之使命，积建社四十余年之精华，汇国内学界群贤之伟力，隆重推出中华经典名著普及丛书——《时习文库》。

"学而时习之，不亦说乎？"文库之名，正是源自《论语》的这句经典语录。"时习"不仅是对知识的反复学习与实践，更是一种对中华优秀传统文化持续探索、深入理解的态度。文库共分为文化类和文学类两大辑，囊括了经史子集、诗词歌赋、戏曲小说等诸多经典，旨在为读者搭建一座通往中国古代文化瑰宝的坚实桥梁。文库的编纂宗旨在于，引导读者在阅读经典著作的过程中，将学习与思考深度融合，不断从古人的智慧海洋中汲取营养，从而得到心灵的润泽与智慧的启迪。通过对经史子集、诗词歌赋、戏曲小说等多元内容的系统整理与精良审校，让中华古籍真正成为可亲、可读、可传的"活的文化"。

为了确保文库的品质，我们除升级广受好评的原有经典版本作为开发基础外，亦精选其他优质底本，以确保版本选择的卓越性；文库会聚文史学界权威，如高亨、陆侃如、王仲荦、来新夏等学界大家，群贤毕至，各方咸集；文库延聘名家成立专家委员会，严格把控丛书质量，确保学术水准；文库针对不同层次读者，精心设计文化类与文学类品种：前者左原文右译文下注释，后者文中加简注评析，实用性强；文库采用纸面布脊精装，正文小四号字，双色印刷，装帧精美，版面舒朗，典雅大方，方便易读。

在习近平文化思想指导下，《时习文库》的出版是对中华优秀传统文化"两创""两个结合"的一次重要尝试。我们希望通过这套文库，让更多的人了解和喜爱中国古代典籍，让中华优秀传统文化在新时代焕发出新的生机与活力。同时，我们也期待广大读者在阅读文库的过程中，能够与古圣先贤进行跨越时空的对话，汲取智慧，启迪心灵，不断提升自我的文化素养和精神境界。让我们一起在经典的海洋中遨游，感受中华文化的博大精深，共同书写中华优秀传统文化传承与发展的新篇章。

齐鲁书社

2025 年 3 月

前　言

《聊斋志异》是中国文学史上著名的短篇小说集。作者蒲松龄（1640—1715），字留仙，号柳泉，山东淄川（今淄博市淄川区）蒲家庄人，世称聊斋先生。他的作品，除《聊斋志异》外，还有《聊斋诗集》、《聊斋文集》和《聊斋俚曲》等。

《聊斋志异》以谈狐说鬼为主，题材宽泛，承载着作者对社会阴暗面的批判和对忠孝节义的说教。既有满腔"孤愤"，又有男女情怀。但也有一些迷信色彩。作品多是运用浪漫主义创作方法，具有想象丰富、构思奇特、情节曲折、境界瑰异的特色。

《聊斋志异》在作者漫长的创作过程中就已经是"人竞传写，远迩借求"，但那些抄本后来均已失传。现存较重要的版本凡十余种，其中版本价值较高的为半部手稿本、铸雪斋抄本、青柯亭刻本。本书所依据的这部于1962年在距蒲松龄家乡不远的淄博市周村区发现的二十四卷抄本，则是世人未知的一部重要抄本。

二十四卷抄本，出自一人手迹，字体工整，文中有为改正笔误而挖补的痕迹，但无有关抄写、批校和收藏的印记和说明。从避讳和题诗等方面鉴定，这个抄本很可能抄于乾隆十五年至三十年间（1750—1765）。也可能是道光、同治年间，根据乾隆年间的抄本重抄的。

二十四卷抄本同铸雪斋抄本比较，实有篇数相等，篇目不同；二十四卷抄本缺少的篇章，基本上是所谓"单章只句""意味平浅"者，而多出的篇章，则篇幅较长，多为思想内容较为深刻的作品。以二十四卷抄本、铸雪斋抄本、青柯亭刻本与蒲松龄手稿本异文对比，则二十四卷抄本最接近手稿本。由此可见，二十四卷抄本具有较高的校勘价值，是研究《聊斋志异》的宝贵资料。

为满足读者需要，这部二十四卷抄本，齐鲁书社除 1979 年出版影印本外，特加点校，改正明显笔误，于 1981 年出版了排印本。但此版本因时日久远，今于书肆中已难觅。现以本社影印抄本为基础，参照 1981 年排印本加以精校，对原书中因抄写存在的明显矛盾、错误、漏字之处，如"杨州""对奕""祇侯"等，按照现代语言规范要求，予以径改或订补，以方便读者阅读使用。另外，影印抄本未收篇章，作为补遗；不能肯定为蒲氏所作的，作为附录均附于书末，以供参考。

序

高　珩

志而曰异，明其不同于常也。然而圣人曰："君子以同而异。"何耶？其义广矣、大矣。夫圣人之言，虽多主于人事；而吾谓三才之理，六经之文，诸圣之义，可一以贯之。则谓异之为义，即易之冒道，无不可也。夫人但知居仁由义，克己复礼，足为善人君子矣；而陟降而在帝左右，祷祝而感召风雷，乃近于巫祝之说者，何耶？神禹创铸九鼎，而山海一经，复垂万世，岂上古圣人而喜语怪乎？抑争"子虚""乌有"之赋，以预为分道扬镳者地乎？后世拘墟之士，双瞳如豆，一叶迷山，目所不见，率以仲尼"不语"为辞，不知鹢飞石陨，是何人载笔尔尔也？倘概以左氏之诬蔽之，无异掩耳者高语无雷矣。引而伸之，即"阊阖九天，衣冠万国"之句，深山穷谷中人，亦以为欺我无疑也。余谓：欲读天下之奇书，须明天下之大道。盖以人伦大道淑世者，圣人之所以为木铎也。然而天下有解人，则虽言孔子之所"不语"者，皆足补功令教化之所不及。而《诸皋》《夷坚》，亦可与六经同功。苟非其人，则虽日述孔子之所常言，而皆足以佐恶。如读南子之见，则以为淫辟皆可周旋；泥佛肸之往，则以为叛逆不妨共事；不止诗书发冢，《周官》资篡已也。彼拘墟之士多疑者，其言则未尝不近于正也。一则疑曰：政教自堪治世，因果无乃渺茫乎？曰：是也。然而阴骘上帝，幽有鬼神，亦圣人之言否乎？彼彭生觌面，申生语巫，武曌宫中，田蚡枕畔，九幽斧钺，严于王章多矣。而世人往往多疑者，以报应之或爽，诚有可疑。即如圣门之士，贤隽无多，德行四人，二者夭亡；一厄继母，几乎同于伯奇。天道懵懵，一至此乎！是非远洞三世，不足消释群憾。释迦马麦，袁盎人疮，世亦安能知之？故非天道愦愦，人自愦愦故也。或再疑曰：报应示戒可矣，妖邪不宜黜乎？曰：是也。然而天地大矣，无所不有；古今变矣，未可舟胶。人世不皆君子，阴曹反皆正人乎？岂夏姬谢世，便侪共姜；荣公撤瑟，可参孤竹乎？有以知其必不然矣。且江河日下，人鬼颇同，不则幽冥之中，反是圣贤道场，日日唐虞三代，有是理乎？或又疑而且规之曰：异事，世固间有之矣，或亦不妨抵掌，而竟驰想天外，幻迹人区，无乃为《齐谐》滥觞乎？曰：是也。然子长列传，不厌滑稽；卮言寓意，蒙庄嚆矢。且二十一史，果皆实录乎？仙人之议李郭也，固有遗憾久矣。而况勃窣文心，笔补造化，不止生花，且同炼石。佳狐佳鬼之奇俊也，降福既以孔皆，敦伦更复无致，人中大贤，犹有愧焉。是在解人不为法缚，不死句下可也。夫中郎帐底，应饶子家之异味；郇侯架上，何须鬼册之常诠？余愿为婆娑艺林者，职调人之役焉。古人著书，其正也则以天常民彝为则，使天下之人，听一事如闻雷霆，奉一言如亲日月。外此而书或奇也，则新鬼故鬼，鲁庙依稀；内蛇外蛇，郑门踯躅，非尽矫诬也。倘尽以"不语"二字奉为金科，则萍实、商羊、鹳羊、枯矢，但当摇首闭目而谢之足矣。然乎否耶？吾愿读书之士，览此奇文，须深慧业，眼光如电，墙壁皆通，能知作者之意，并能知圣人或雅言、或罕言、或不语之故，则六经之义，三才之统，诸圣之衡，一以贯之。异而同者，忘其异焉可矣。不然，痴人每苦情深，入耳便多濡首。

一字魂飞，心月之精灵冉冉；三生梦渺，牡丹之亭下依依。檀板动而忽来，桃苑遣而不去，君将为魆魖曹丘生，仆何辞齐谐鲁仲连乎？

康熙己未春日榖旦，紫霞道人高珩题。

序

唐梦赉

谚有之云："见橐驼谓马肿背。"此言虽小，可以喻大矣。夫人于目所见者为有，所不见者为无。曰：此其常也；倏有而倏无则怪之。至于草木之荣落，昆虫之变化，倏有倏无，又不之怪；而独于神龙则怪之。彼万窍之刁刁，百川之活活，无所持之而动，无所激之而鸣，岂非怪乎？又习而安焉。独至于鬼狐则怪之，至于人则又不怪。夫人则亦谁持之而动，谁激之而鸣者乎？莫不曰："我实为之。"夫我之所以为我者，目能视而不能视其所以视，耳能闻而不能闻其所以闻，而况于见闻所不能及者乎？夫见闻所及以为有，所不及以为无，其为见闻也几何矣。人之言曰："有形形者，有物物者。"而不知有以无形为形，无物为物者。夫无形无物，则耳目穷矣，而不可谓之无也。有见蚊睫者，有不见太山者；有闻蚁斗者，有不闻雷鸣者。闻见之不同者，聋瞽未可妄论也。自小儒为"人死如风火散"之说，而原始要终之道，不明于天下；于是所见者愈少，所怪者愈多，而"马肿背"之说昌行于天下。无可如何，辄以"孔子不语"之辞了之，而齐谐志怪，虞初记异之编，疑信之者参半矣。不知孔子所不语者，乃中人以下不可得而闻者耳，而谓《春秋》尽删神怪哉！

留仙蒲子，幼而颖异，长而特达。下笔风起云涌，能为记载之言。于制艺举业之暇，凡所见闻辄为笔记，大约皆鬼狐怪异之事。向得其一卷，辄为同人取去；今再得其一卷，阅之，凡为余所习知者十之三四，最足以破小儒拘墟之见，而与夏虫语冰也。余谓事无论常怪，但以有害于人者为妖。故日蚀星陨，鹢飞鹢巢，石言龙斗，不可谓异；惟土木甲兵之不时，与乱臣贼子，乃为妖异耳。今观留仙所著，其论断大义，皆本于赏善罚淫与安义命之旨，足以开物而成务，正如杨云《法言》，桓谭谓其必传矣。

康熙壬戌仲秋既望，豹岩樵史唐梦赉题。

自 序

披萝带荔，三闾氏屈原。感而为骚；牛鬼蛇神，长爪郎李贺。吟而成癖。自鸣天籁，不择好音，有由然矣。松作者自称。落落秋萤之火，魑魅争光；逐逐野马之尘，魍魉见笑。才非干宝，雅爱搜神；情类黄州，苏轼。喜人谈鬼。闻则命笔，遂以成编。久之，四方同人，又以邮筒相寄，因而物以好聚，所积益夥。甚者：人非化外，事或奇于断发之乡；睫在眼前，怪有过于飞头之国。遄飞逸兴，狂固难辞；永托旷怀，痴且不讳。展如之人，得勿向我胡卢耶？然五父衢头，或涉滥听；而三生石上，颇悟前因。放纵之言，有未可概以人废者。松悬弧时，先大人梦一病瘠瞿昙，僧人。偏袒入室，药膏如钱，圆粘乳际，寤而松生，果符墨志。且也少羸多病，长命不犹。门庭之栖寂，则冷淡如僧；笔墨之耕耘，则萧条似钵。每搔头自念：勿亦面壁人果吾前身耶？盖有漏根因，未结人天之果；而随风堕荡，竟成藩溷之花。茫茫六道，何可谓无其理哉！独是子夜荧荧，灯昏欲蕊，萧斋瑟瑟，案冷疑冰。集腋为裘，妄续幽冥之录；浮白饮酒。载笔，仅成孤愤之书：寄托如此，亦足悲矣！嗟乎！惊霜寒雀，把？吊月秋虫，偎栏自热。知我者，其在青林墨塞间乎：

□未春日柳泉氏题。

目 录
CONTENTS

下　册

卷一

考城隍

予姊丈之祖宋公，讳焘，邑廪生。一日，病卧，见吏人持牒，牵白颠马来，云："请赴试。"公言："文宗考官。未临，何遽得考？"吏不言，但敦促之。公力病乘马从去。路甚生疏。至一城郭，如王者都。移时入府廨，宫室壮丽。上坐十余官，都不知何人，惟关壮缪关羽。可识。檐下设几、墩各二，先有一秀才坐其末，公便与连肩。几上各有笔札。俄题纸飞下。视之，有八字云："一人二人，有心无心。"二公文成，呈殿上。公文中有云："有心为善，虽善不赏；无心为恶，虽恶不罚。"诸神传赞不已。召公上，谕曰："河南缺一城隍，君称其职。"公方悟，顿首泣曰："辱膺宠命，何敢多辞？但老母七旬，奉养无人，请得终其天年，惟听录用。"上一帝王者像，即命稽母寿籍。有长须吏捧册翻阅一过，白："有阳算九年。"共踌躇间，关帝曰："不妨，令张生摄篆九年，瓜代可也。"乃谓公："应即赴任；今推仁孝之心，给假九年，及期当复相召。"又勉励秀才数语。二公稽首并下。秀才握手送诸郊野，自言长山张某，以诗赠别，都忘其词，中有"有花有酒春常在，无烛无灯夜自明"之句。公既骑，乃别而去。及抵里，豁然梦晤。时卒已三日。母闻棺中呻吟，扶出，半日始能语。问之长山，果有张生于是日死矣。后九年，母果卒。营葬既毕，浣濯入室而没。其岳家居城中西门里，忽见公镂膺朱幩，指着官服。舆马甚众，登其堂，一拜而行。相共惊疑，不知其为神。奔询乡中，则已殁矣。公有自记小传，惜乱后无存，此其略耳。

耳中人

谭晋玄，邑诸生也。笃信导引之术，寒暑不辍，行之数月，若有所得。一日，方趺坐，盘腿端坐。闻耳中小语如蝇，曰："可以见矣。"开目即不复闻；合眸定息，又闻如故。谓是丹将成，窃喜。自是每坐辄闻。因俟其再言，当应以觇之。一日，又言，乃微应曰："可以见矣。"俄觉耳中习习然似有物出。微睨斜视。之，小人长三寸许，貌狞恶如夜叉状，旋转地下。心窃异之，姑凝神以观其变。忽有邻人假物，扣门而呼。小人闻之，意甚张皇，绕屋而转，如鼠失窟。谭觉神魂俱失，复不知小人何所之去。矣。遂得颠疾，号叫不休，医药半年始渐愈。

尸变

阳信某翁者，邑之蔡店人。村去城五六里，父子设临路店，宿行商。有车夫数人，往来负贩，辄寓其家。一日昏暮，四人偕来，望门投止。则翁家客宿邸满。四人计无复之，坚请容纳。翁沉吟思得一所，似恐不当客意。客言："但求一席厦宇，更不敢有所择。"时翁有子妇新死，停尸室中，子出购材木未归。翁以灵所室寂，遂穿衢导客往。入其庐，灯昏案上，案后有搭帐，衣纸衾覆逝者。又观寝所，则复室中有连榻。四客奔波颇困，甫就枕，鼻息渐粗。惟一客尚蒙眬。忽闻床上察察有声，急开目，则灵前灯火照视甚了：女尸已揭衾起。俄而下，渐入卧室。面淡金色，生绢抹额。_{以巾束额。}俯近榻前，遍吹卧客者三。客大惧，恐将及己，潜引被覆首，闭息忍咽以听之。未几，女果来吹之如诸客。觉出房去，即闻纸衾声。出首微窥，见僵卧犹初矣。客惧甚，不敢作声，阴以足踏诸客，而诸客绝无少动。顾念无计，不如着衣以审。才起振衣，_{穿衣。}而察察之声又作。客惧，复伏，缩首衾中。觉女复来，连续吹数数始去。少间，闻灵床作响，知其复卧。乃从被底渐渐出手，得裤遽就着之，白足奔出。尸亦起，似将逐客。比其离帏，而客已拔关出矣。尸驰从之。客且奔且号，村中人无有警者。欲叩主人之门，又恐迟为所及，遂望邑城路极力窜去。至东郊，瞥见兰若，_{寺庙。}闻木鱼声，乃急挝_{敲。}山门。道人讶其非常，又不即纳。旋踵尸已至，去身盈尺。客窘益甚。门外有白杨，围四五尺许，因以树自障，彼右则左之，彼左则右之。尸益怒。然各寝倦矣。尸顿立。客汗促气逆，庇树间。尸暴起，伸两臂隔树探扑之，客惊仆。尸捉之不得，抱树而僵。道人窃听良久，无声，始渐出，见客卧地上。烛之，死，然心下丝丝有动气。负入，终夜始苏。饮以汤水而问之，客具以状对。时晨钟已尽，晓色迷濛，道人觇树上，果见僵女。大骇，报邑宰。宰亲诣质验。使人拔女手，牢不可开。审谛之，则左右四指并卷如钩，入木没甲。又数人力拔乃得下。视指穴如凿孔然。遣役探翁家，则以尸亡客毙，纷纷正哗。役告之故。翁乃从往，舁尸归。客泣告宰曰："身四人出，今一人归，此情何以信乡里？"宰与之牒，赍送以归。

瞳人语

长安士方栋，颇有才名，而佻脱不持仪节。每陌上见游女，辄轻薄尾缀 尾随。之。清明前一日，偶步郊郭，见一小车，朱茀绣幰，青衣数辈款段以从，内一婢，乘小驷，容光绝美。稍稍近觇之，见车幔洞开，内坐二八女郎，红妆艳丽，尤生平所未睹。目炫神夺，瞻恋弗舍，或先或后驰数里。忽闻女郎呼婢近车侧，曰："为我垂帘下。何处风狂儿郎，频来窥瞻！"婢乃下帘，怒顾生曰："此芙蓉城七郎子新妇归宁，非同田舍娘子，放教秀才胡觑！"言已，掬辙土扬生。

生眯目不可开。才一拭视，而车马已渺。惊疑而返，觉目终不快。倩人启睑拨视，则睛上生小翳；经宿益剧，泪簌簌不得止；翳渐大，数日厚如钱；右睛起旋螺，百药无效。懊闷欲绝，颇思自忏悔。闻《光明经》能解厄，持一卷浼 请求。人教诵。初犹烦躁，久渐自安。旦晚无事，惟趺坐捻珠。持之一年，万缘俱净。忽闻左目中小语如蝇，曰："黑漆似，叵耐杀人！"右目中应曰："可同小遨游，出此闷气。"渐觉两鼻蠕蠕作痒，似有物出，离孔而去。久之乃返，复自鼻入眶中。又言曰："许时不窥园亭，珍珠兰遽枯瘠死！"生素喜香兰，园中多种植，日常自灌溉；自失明，久置不问。忽闻此言，遽问妻："兰花何使憔悴死？"妻诘其所自知，因告之故。妻趋验之，花果槁矣。大异之。静匿房中以俟之，见有小人自生鼻内出，大不及豆，营营然竟出门去。渐远，遂迷所在。俄，连背归飞上面，如蜂蚁之投穴者。如此二三日，又闻左言曰："隧道迁，还往甚非所便，不如自启门。"右应云："我壁子厚，大不易。"左曰："我试辟，得与尔俱。"遂觉左眶内隐似抓裂。少顷，开视，豁见几物。喜告妻。妻审之，则脂膜破小窍，黑睛荧荧，才如劈椒。越一宿，障尽消。细视，竟重瞳也，但右目旋螺如故，乃知两瞳人合居一眶矣。生虽一目眇，目盲。而较之双目者殊更了了。由是益自检束，乡中称盛德焉。

异史氏曰："乡有士人偕二友于途，遥见少妇控驴出其前，戏而吟曰：'有美人兮！'顾二友曰：'驱之！'相与笑骋。俄追及，乃其子妇。心赧气丧，默不复语。友伪为不知也者，评骘评论。殊亵。士人忸怩，吃吃而言曰：'此长男妇也。'各隐笑而罢。轻薄者往往自侮，良可笑也。至于眇目失明，又鬼神之惨报矣。芙蓉城主，不知何神，岂菩萨现身耶？然小郎君生辟门户，鬼神虽恶，亦何尝不许人自新哉！"

画壁

江西孟龙潭，与朱孝廉客都中。偶涉一兰若，殿宇禅舍，俱不甚弘敞，惟一老僧挂搭投宿。其中。见客入，肃衣出迓，导与随喜。殿中塑志公像。两壁图绘精妙，人物如生。东壁画散花天女，内一垂髫者，拈花微笑，樱唇欲动，眼波将流。朱注目久，不觉神摇意夺，恍然凝想。身忽飘飘如驾云雾，已到壁上。见殿阁重重，非复人世。一老僧说法座上，偏袒绕视者甚众。朱亦杂立其中。少间，似有人暗牵其裾。回顾，则垂髫儿辗然笑的样子。竟去，履迹从之。过曲栏，入一小舍，朱趑趄不敢前。女回首摇手中花，遥遥作招状，乃趋之。舍内寂无人，遽拥之，亦不甚拒，遂与狎好。既而闭户去，嘱勿咳，夜乃复至，如此二日。女伴共觉之，共搜得生，戏谓女曰："腹内小郎已许大，尚发蓬蓬学处子耶？"共捧簪珥促令上鬓，女含羞不语。一女曰："妹妹姊姊，吾等勿久住，恐人不欢。"群笑而去。生视女，髻云高簇，鬟凤低垂，比垂髫时尤艳绝也。四顾无人，渐入猥亵，兰麝薰心，乐方未艾。忽闻吉莫靴皮靴。铿铿甚厉，缧锁锵然；旋有纷嚣腾辨之声。女惊起，与朱窃窥，则见一金甲使者，黑面如漆，绾锁挈槌，众女环绕之。使者曰："全未？"答言："已全。"使者曰："如有藏匿下界人，即共出首，勿贻伊戚。"自招罪罚。又同声言："无。"使者反身鹗顾，似将搜匿。女大惧，面如死灰，张皇谓朱曰："可急匿榻下。"乃启壁上小扉，猝遁去。朱伏，不敢少息。俄闻靴声至房内，复出。未几，烦喧渐远，心稍安；然户外辄有往来语论者。朱局蹐既久，觉耳际蝉鸣，目中火出，景状殆不可忍，惟静听以待女归，竟不复忆身之何自来也。时孟龙潭在殿中，转瞬不见朱，疑以问僧。僧笑曰："往听说法去矣。"问："何处？"曰："不远。"少时，以指弹壁而呼曰："朱檀越施主。何久游不归？"旋见壁间画有朱像，倾耳伫立，若有听察。僧又呼曰："游侣久待矣。"遂飘忽自壁而下，灰心木立，目瞪足䎡。ruǎn，软。孟大骇，从容问之，盖方伏榻下，闻叩声如雷，故出房窥听也。共视拈花人，螺髻翘然，不复垂髫矣。朱惊拜老僧而问其故。僧笑曰："幻由人生，贫道何能解？"朱气结而不扬，孟心骇叹而无主。即起，历阶而出。

异史氏曰："幻由人作，此言类有道者。人有淫心，是生亵境。人有亵心，是生怖境。菩萨点化愚蒙，千幻并作，皆人心所自动耳。老婆心切，教人心切。惜不闻其言下大悟，披发入山也。"

山魈

　　孙太白尝言：其曾祖肄业于南山柳沟寺。麦秋旋里，_{回乡。}经旬始返。启斋门，则案上尘生，窗间丝满。命仆粪除_{扫除}。至晚，始觉清爽可坐。乃拂榻陈卧具，扃扉_{插门}。就枕，月色已满窗矣。辗转移时，万籁俱寂。忽闻风声隆隆，山门豁然作响。窃谓寺僧失扃，注念间，风声渐近居庐，俄而房门辟矣。大疑之，思未定，声已入屋；又有靴声铿铿然渐傍寝门。心始怖。俄而寝门辟矣。急视之，一大鬼鞠躬塞入，突立榻前，殆与梁齐。面似老鸦皮色；目光睒闪，绕室四顾；张巨口如盆，齿疏疏长三寸许；舌动喉鸣，呵喇之声，响连四壁。公惧极，又念咫尺之地，势无所逃，不如因而刺之。乃阴抽枕下佩刀，遽拔而斫之，中腹，作石缶声。鬼大怒，伸巨爪攫公。公少缩。鬼攫得衾，捽之，忿忿而去。公随衾堕，伏地号呼。家人持火奔集，则门闭如故，排窗入，见公状，大骇。扶曳登床，始言其故。共验之，则衾夹于寝门之隙，启扉检照，见有爪痕如箕，五指着处皆穿。既明，不敢复留，负笈而归。后问僧人，无复他异。

咬鬼

　　沈麟生云：其友某翁者，夏月昼寝，蒙眬间，见一女子搴_{掀。}

帘入，以白布裹首，缞服_{丧服}。麻裙，向内室去。疑邻妇访内人者；又转念，何遽以凶服入人家？正自皇惑，女子已出。细审之，年可三十余，颜色黄肿，眉目蹙蹙然，神情可畏。又逡巡不去，渐逼近榻。遂伪睡以观其变。无何，女子摄衣登床压腹上，觉如百钧重。心虽了了，而举其手，手如缚；举其足，足如痿也。急欲号救，而苦不能声。女子以喙嗅翁面，颧鼻眉额殆遍。觉喙冷如冰，气寒透骨。翁窘急中，思得计：待嗅至颐颊，当即因而啮之。未几，果及颐。翁乘势力龁_咬其颧，齿没于肉。女负痛身离，且挣且啼。翁龁益力。但觉血液交颐，湿流枕畔。相持正苦，庭外忽闻夫人声，急呼有鬼，一缓颊而女子已飘忽遁去。夫人奔入，无所见，笑其魇梦之诬。翁述其异，且言有血证焉。相与检视，如屋漏之水，流枕浃_遍席。伏而嗅之，腥臭异常。翁乃大吐。过数日，口中尚有余臭云。

捉狐

孙翁者，余姻家清服之伯父也，素有胆。一日，昼卧，仿佛有物登床，遂觉身摇摇如驾云雾。窃意无乃压狐耶？微窥之，物如猫，黄毛而碧嘴，自足边来。蠕蠕伏行，如恐翁寤。逡巡附体，着足足痿，着股股耎。甫及腹，翁骤起，按而捉之，握其项。物鸣急莫能脱。翁呕呼夫人，以带系其腰。乃执带之两端，笑曰："闻汝善化，今注目在此，看作如何化法。"言次，物忽缩其腹，细如管，几脱去。翁大愕，急力缚之，则又鼓其腹，粗于碗，坚不可下；力稍懈，又缩之。翁恐其脱，命夫人急杀之。夫人张皇四顾，不知刀之所在。翁左顾示以处。比回首，则带在手如环然，物已渺矣。

荞中怪

长山安翁者，性喜操农功。秋间荞熟，刈堆陇畔。时近村有盗稼者，因命佃人乘月輂运登场。俟其装载归，而自留逻守，遂枕戈露卧。目稍瞑，忽闻有人践荞根咋咋作响。心疑暴客。_{盗贼。}急举首，则一大鬼，高丈余，赤发虬须，去身已近，大怖，不遑他计，踊身暴起，狠刺之。鬼鸣如雷而逝。恐其复来，荷戈而归。迎佃人于途，告以所见，且戒无往。众未深信。越日，曝麦于场，忽闻空际有声。翁骇曰："鬼物来矣！"乃奔，众亦奔。移时复聚，翁命多设弓弩以俟之。异日，果复来。数矢齐发，物惧而遁。二三日竟不复来。麦既登仓，禾秸杂遝，翁命收积为垛，而亲登践实之，高至数尺。忽遥望骇曰："鬼物至矣！"众急觅弓矢，物已奔公。公仆，龁其额而去。共登视，则去额骨如掌，昏不知人。负至家中，遂卒。后不复见。不知其为何怪也。

宅妖

长山李公，大司寇之侄也。宅多妖异。尝见厦有春凳，_{长木凳。}肉红色，甚修润。李以故无此物，近抚按之，随手而曲，殆如肉臾。骇而却走。旋回视，则四足移动，渐入壁中。又见壁间倚白梃，_{棍棒。}洁泽修长。近扶之，腻然而倒，委蛇入壁，移时始没。

康熙十七年，王生浚升设帐_{做教书先生。}其家。日暮，灯火初张，生着履卧榻上。忽见小人长三寸许，自外入，略一盘旋，即复去。少顷，荷二小凳来，设堂中，宛如小儿辈用粱秸心所制者。又顷之，二小人舁一棺入，长四寸许，停置凳上。安厝未已，一女子率厮婢数人来，率细小如前状。女子衰衣，_{丧服。}麻缏束腰际，布裹首；以袖掩口，嘤嘤而哭，声类巨蝇。生睥睨良久，毛发森立，如霜被于体。因大呼，遽走，颠床下，摇战莫能起。馆中人闻声异，集堂中，人物杳然矣。

王六郎

许姓，家淄之北郭，业渔。每夜携酒河上，饮且渔。饮则酹酒于地，_{以酒浇地祭鬼神。}祝云："河中溺鬼得饮。"以为常。他人渔，迄无所获，而许独满筐。一夕，方独酌，有少年来，徘徊其侧。让之饮，慨与同酌。既而终夜不获一鱼，意颇失。少年起曰："请于下流为君驱之。"遂飘然去。少间复返，曰："鱼大至矣。"果闻唼呷有声。举网而得数头，皆盈尺。喜极，申谢。欲归，赠以鱼，不受，曰："屡叨佳酝，区区何足云报。如不弃，要当以为常耳。"许曰："方共一夕，何言屡也？如肯永顾，诚所甚愿，但愧无以为情。"询其姓字，曰："姓王，无字，相见可呼王六郎。"遂别。明日，许货鱼益利。沽酒，晚至河干，少年已先在，遂与欢饮。饮数杯，辄为许驱鱼。如是半载。忽告许曰："拜识清扬，_{丰采。}情逾骨肉。然相别有日矣。"语甚凄楚。惊问之。欲言而止者再，乃曰：

"情好如吾两人，言之或勿讶耶？今将别，无妨明告：我实鬼也。素嗜酒，沉醉溺死，数年于此矣。前君之获鱼独胜于他人者，皆仆之暗驱，以报酹奠耳。明日业满，当有代者，将往投生。相聚只今夕，故不能无感。"许初闻甚骇；然亲狎既久，不复恐怖。因亦欷歔，酌而言曰："六郎饮此，勿戚也。相见遽违，良足悲恻；然业满劫脱，正宜相贺，悲乃不伦。"遂与畅饮。因问："代者何人？"曰："兄于河畔视之，亭午，_{正午。}有女子渡河而溺者，是也。"听村鸡既唱，洒涕而别。明日，敬伺河边，以觇其异。果有妇人抱婴儿来，及河而堕。儿抛岸上，扬手掷足而啼。妇沉浮者屡矣，忽淋淋攀岸以出，藉地少息，抱儿径去。当妇溺时，意良不忍，思欲奔救；转念是所以代六郎者，故止不救。及妇自出，疑其言不验。抵暮，渔旧处。少年复至，曰："今又聚首，且不言别矣。"问其故。曰："女子已相代矣；仆怜其抱中儿，代弟一人，遂残二命，故舍之。更代不知何期。或吾两人之缘未尽耳！"许感叹曰："此仁人之心，可以通上帝矣。"由此相聚如初。数日，又来告别。许疑其复有代者。曰："非也。前一念恻隐，果达帝天。今授为招远县邬镇土地，来日赴任。倘不忘故交，当一往探，勿惮修阻。"_{路远难行。}许贺曰："君正直为神，甚慰人心。但人神路隔，即不惮修阻，将复如何？"少年曰："但往，勿虑。"再三叮咛而去。许归，即欲制装东下，妻笑曰："此去数百里，即有其地，恐土偶不可以共语。"许不听，竟抵招远。问之居人，果有邬镇。寻至其处，息肩逆旅，问祠所在。主人惊曰："得无客姓为许？"许曰："然。何见知？"又曰："得无客邑为淄？"曰："然。何见知？"主人不答，遽出。俄而丈夫抱子，媳女窥门，杂沓而来，环如墙堵。许亦惊。众乃告曰："数夜前，梦神言：淄川许友当即来，可助一资斧。_{路费。}祇候已久。"许亦异之，乃往祭于祠而祝曰："别君后，寤寐不去心，远践曩约。又蒙梦示居人，感篆中怀。愧无腆物，仅有卮酒；如不弃，当如河上之饮。"祝毕，焚钱纸。俄见风起座后，旋转移时始散。至夜，梦少年来，衣冠楚楚，大异平时。谢曰："远劳顾问，喜泪交并。但任微职，不便会面，咫尺河山，甚怆于怀。居人薄有所赠，聊酬凤好。归如有期，尚当走送。"居数日，许欲归。众留殷恳，朝请暮邀，日更数主。许坚辞欲行。众乃折柬抱襆，争来致赆，_{送行赠礼}。不终朝，馈遗盈橐。苍头稚子毕集，祖送_{敬酒饯行}。出村，欻有羊角风起，随行十余里。许再拜曰："六郎珍重！勿劳远涉。君心仁爱，自能造福一方，无庸故人嘱也。"风盘旋久之，乃去，村人亦嗟讶而返。许归，家稍裕，遂不复渔。后见招远人问之，其灵应如响云。或言：即章丘石坑庄。未知孰是。

异史氏曰："置身青云，无忘贫贱，此其所以神也。今日车中贵介，宁复识戴笠人哉？余乡有林下者，家綦_{非常}贫。有童稚交，任肥秩。计投之必相周顾。竭力办装，奔涉千里，殊失所望；泻囊货骑，始得归。其族弟甚谐，作月令嘲之云：'是月也，哥哥至，貂帽解，华盖不张，马化为驴，靴始收声。'念此可为一笑。"

偷桃

童时赴郡试，值春节。_{立春。}旧例，先一日，各行商贾，彩楼鼓吹赴藩司，名曰"演春"。余从友人戏瞩。是日游人如堵。堂上四官皆赤衣，东西相向坐。时方稚，亦不解其何官。但闻人语嘈嘈，鼓吹聒耳。忽有一人，率披发童荷担而上，似有所白；万声汹涌，亦不闻为何语。但视堂上作笑声。即有青衣人大声命作剧。其人应命方兴，问："作何剧？"堂上相顾数语。吏下宣问所长。答言："能颠倒生物。"吏以白官。少顷复下，命取桃子。术人应诺，解衣覆笥_{竹制小箱}上，故作怨状，曰："官长殊不了了！坚冰未解，安所得桃？不取，又恐为南面者怒。奈何！"其子曰："父已诺之，又焉辞？"术人惆怅良久，乃曰："我筹之烂熟。春初雪积，人间何处可觅？惟王母园中，四时常不凋谢，或有之。必窃之天上乃可。"子曰："嘻！天可阶而升乎？"曰："有术在。"乃启笥，出绳一团，约数十丈，理其端，望空中掷去，绳即悬立空际，若有物以挂之。未几，愈掷愈高，渺入云中，手中绳亦尽。乃呼子曰："儿来！余老惫，体重拙，不能行，得汝一往。"遂以绳授子，曰："持此可登。"子受绳有难色，怨曰："阿翁亦大愦愦！_{太糊涂。}如此一线之绳，欲我附之以登万仞之高天。倘中道断绝，骸骨何存矣！"父又强鸣拍之，曰："我已失口，追悔无及。烦儿一行。倘窃得来，必有百金赏，当为儿娶一美妇。"子乃持索盘旋而上，手移足随，如蛛趁丝，渐入云霄，不可复见。久之，坠一桃如碗大。术人喜，持献公堂。堂上传示良久，亦不知其真伪。忽而绳落地上，术人惊曰："殆矣！上有人断吾绳，儿将焉托！"移时，一物坠。视之，其子首也。捧而泣曰："是必偷桃为监者所觉。吾儿休矣！"又移时，一足落；无何，肢体纷坠，无复存者。术人大悲，一一拾置笥中而合之，曰："老夫止此儿，日从我南北游。今承严命，不意罹此奇惨！当负去瘗_{下葬}之。"乃升堂而跪，曰："为桃故，杀吾子矣！如怜小人而助之葬，当结草以图报耳。"坐官骇诧，各有赐金。术人受而缠诸腰，乃扣笥而呼曰："八八儿，不出谢赏，将何待？"忽一蓬首童，头抵笥盖而出，望北稽首，则其子也。以其术奇，故至今犹记之。后闻白莲教能为此术，意此其苗裔耶？

种梨

有乡人货_卖梨于市，颇甘芳，价腾贵。有道士破巾絮衣，丐_{乞讨}于车前。乡人咄之亦不去。乡人怒，加以叱骂。道士曰："一车数百颗，老衲止丐其一，于居士亦无大损，何怒为？"观者劝置劣者一枚令去，乡人执不肯。肆中佣保者见喋聒不堪，遂出钱市一枚付道士。道士拜谢，谓众曰："出家人不解吝惜。我有佳梨，请出供客。"或曰："既有之，何不自食？"曰："我特需此核作种。"于是掬梨啖且尽，把核于手，解肩上镵，坎地深数寸纳之，而覆以土。向市人索汤沃灌。好事者于临路店索得沸沈，_{开水}。道士接浸坎上。万目攒视，见有勾萌出，渐大；俄成树，枝叶扶苏；倏而花，倏而实，硕大芳馥，累累满树。道士乃即树头摘赐观者，顷刻向尽。已，乃以镵伐树，丁丁良久方断；带叶荷肩头，从容徐步而去。初，道士作法时，乡人亦杂立众中，引领注目，竟忘其业。道士既去，始顾车中，则梨已空矣。方悟适所俵散_{分发}皆己物也。又细视车上一把亡，是新凿断者。心大愤恨。急迹之，转墙隅，则断把弃垣下，始知所伐梨本即是物也。道士不知所在。一市粲然。

异史氏曰："乡人愦愦，憨状可掬，其见笑于市人有以哉。每见乡中称素封者，_{富人}。良朋乞米，则怫然，_{气忿}。且计曰：'是数日之资也。'或劝济一危难，饭一茕独，则又忿然，又计曰：'此十人、五人之食也。'甚而父子兄弟，较尽锱铢。及至淫博迷心，则倾囊不吝；刀锯临颈，则赎命不遑。诸如此类，正不胜道，蠢尔乡人，又何足怪。"

丐仙

高玉成，故家子。居金城之广里。善针灸，不择贫富辄医之。里中来一丐者，胫有废疮，卧于道。脓血狼籍，臭不可近。居人恐其死，日一饷之。高见而怜焉。遣人扶归，置于耳舍。偏房。家人恶其臭，掩鼻遥立。高出艾亲为之灸，日饷以蔬食。数日，丐者索汤饼，仆人怒诃之。高闻，即命仆赐以汤饼。未几又乞酒肉，仆走告曰："乞人可笑之甚。方其卧于道也，日求一餐不可得；今三饭犹嫌粗粝，既与汤饼，又乞酒肉。此等贪饕，只宜仍弃之道上耳。"高问其疮。曰："痂渐脱落，似能步履，故假咿嘤作呻楚状。"高曰："所费几何，即以酒肉馈之，待其健，或不吾仇也。"仆伪诺之，而竟不与。且与诸曹偶语，共笑主人痴。次日，高亲诣视丐，丐跛而起，谢曰："蒙君高义，生死人而肉白骨，惠深覆载。但新瘥未健，妄思馋嚼耳。"高知前命不行，呼仆痛笞之，立命持酒炙饵丐者。仆衔怨恨之，夜分纵火焚耳舍，乃故呼号。高起视，舍已烬。叹曰："丐者休矣！"督众救灭。见丐者酣卧火中，齁声雷动。唤之起，故惊曰："屋何往？"群始惊其异，高弥重之。卧以客舍，衣以新衣，日与同坐处。问其姓名，自言："陈九。"居数日，容益光泽。言论多风格，又善手谈。高与对局辄败。乃日从之学，颇得其奥秘。如此半年，丐者不言去，高亦一时少之不乐也。即有贵客来，亦必偕之同饮。或掷骰为令，陈每代高呼采，雉卢无不如意。高大奇之。每求作剧，辄辞不知。一日，语高曰："我欲告别，向受君惠且深，今薄设相邀，勿以人从也。"高曰："相得甚欢，何遽决绝？且君杖头空虚，亦不敢烦作东道主。"陈固邀之曰："杯酒耳，亦无所费。"高曰："何处？"答云："园中。"时方严冬，高虑园亭苦寒，陈固言："不妨。"乃从至园中，觉气候顿暖，似三月初旬。又至亭中，见异鸟成群，乱弄清咮，_{群鸟齐鸣。}仿佛暮春景象。亭中几案，皆镶以瑙玉。有一水晶屏，莹澈可鉴，中有花树，摇曳开落不一，又有白禽似雪，往来勾辀于其上，以手抚之，殊无一物。高愕然良久。坐见鹦鹉栖架上，呼曰："茶来！"俄见朝阳丹凤，衔一赤玉盘，上有玻璃盏二，盛香茗，伸颈屹立。饮已，置盏其中，凤衔之，振翼而去。鹦鹉又呼曰："酒来！"即有青鸾黄鹤，_{传说中的神鸟。}翩翩自日中来，衔壶衔杯，纷置案上。顷之，则诸鸟进馔，往来无停翅，珍错杂陈，瞬息满案，肴香酒冽，都非常品。陈见高饮甚豪，乃曰："君宏量，是得大爵。"鹦鹉又呼曰："取大爵来！"忽见日边闪闪有巨蝶，摄鹦鹉杯受斗许，翔集案间。高视蝶大于雁，两翼绰约，文采灿丽，亟加赞叹。陈唤曰："蝶子劝酒！"蝶展然一飞，化为丽人。绣衣蹁跹，前席进酒。陈曰："不可无以佐觞。"女乃仙仙而舞，舞到酣际，足离于地者尺余，辄仰折其首，直与足齐，倒翻身而起立，身未尝着于尘埃。且歌曰："连翩笑语踏芳丛，低亚花枝拂面红。曲折不知金钿落，更随蝴蝶过篱东。"余音袅袅，不啻绕梁。高大喜，拉与同饮，陈命之坐，亦饮之酒。高酒后心摇意动，遽起狎抱，视之则变为夜叉，睛突于眦，牙出于喙，黑肉凹凸，怪恶不可言状。高惊释手，伏几战栗。陈以箸击其喙，呵曰："速去！"随击而化，又为蝴蝶，飘然扬去。高惊定辞出。见月色如洗，漫语陈曰："君旨酒嘉肴，来自空中。君家当在天上，盍携故人一游。"陈曰："可。"即与携手跃起，遂觉身在空冥。渐与天近，见有高门，口圆如井，入则光明似昼，阶路皆苍石砌成，滑洁无纤翳。有大树一株，高数丈，上开赤花，大如莲，纷纭满树。下一女子，捣绛红之衣于砧_{捣衣石}上，艳丽无双。高木立睛停，竟忘行步。女子见之，怒曰："何处狂郎，妄来此处？"辄以杵投之，中其背。陈急曳于虚所，切责之。高被杵，酒亦顿醒，殊觉汗愧，乃从陈出。有白云接于足下。陈曰："从此别矣，有所嘱，慎志勿忘：君寿不永，明日速避西山中，当可免。"高欲挽之，返身竟去。高觉云渐低，身落园中，则景物大非。归与妻子言，共相骇异。视衣上着杵处，异红如锦，有奇香。早起，从陈言，裹粮入山，大雾障天，茫茫然不辨径路。蹑荒急奔，忽失足堕云窟中，觉深不可测，而身幸不损。定醒良久，仰见云气如笼。乃自叹曰："仙人令我逃避，大数终不能免。何时出此窟耶？"又坐移时，见深处隐隐有光，遂起而渐入，则别有天地。有三老方对弈，见高至，亦不顾问，弈不辍。高蹲而观焉。局终，敛子入盒，方问："客何得至此？"高言："迷堕失路。"老者曰："此非人间，不宜久淹，我送君归。"乃导至窟下。觉云气拥之以升，遂履平地。见山中树色深黄，萧萧木落，似是秋杪。_{晚秋时节。}大惊曰："我以冬来，何变暮秋？"奔赴家中，妻、子尽惊，相聚而泣。高讶问之。妻曰："君去三年不返，皆以为异物矣。"高曰："异哉，才顷刻耳。"于腰中出其糗粮，已若灰烬，相与诧异。妻曰："君行后，我梦二人，皂衣闪带，似谇赋者，_{逼交税赋的人。}汹汹然入室张顾曰：'彼何往？'我诃之曰：'彼已外出。尔即官差，何得入人闺闼？'二人乃出。且行且语曰'怪事怪事'而去。"高乃悟己所遇者仙也，妻所遇者鬼也。高每对客，衷杵衣于内，满座皆香，非麝非兰，着汗弥盛云。

僧孽

张姓暴卒，随鬼使去见冥王。王稽簿，怒鬼使误捉，责令送归。张下，私浼鬼使，求观冥狱。鬼导历九幽，刀山、剑树，一一指点。末至一处，有一僧孔股穿绳，而倒悬之，号痛欲绝。近视，则其兄也。张见之惊哀，问："何罪至此？"鬼曰："是为僧，广募金钱，悉供淫赌，故罚之。欲脱此厄，须其自忏。"_{忏悔。}张既苏，疑兄已死。时其兄居兴福寺，因往探之。入门，便闻其号痛声。入室，见创生股间，脓血崩溃，挂足壁上，宛如冥司倒悬状。骇问其故。曰："挂之稍可，不则痛彻心腑。"张因告以所见。僧大骇，乃戒荤酒，虔诵经咒，半月寻愈，遂为戒僧。

鬼哭

谢迁之变，_{清初农民起义。}宦第皆为贼窟。王学使七襄之宅，盗聚尤众。城破兵入，扫荡群丑，尸填阶墀，血至盈门而流。公入城，扛尸涤血而居。往往白昼见鬼；夜则床下磷飞，墙角鬼哭。一日，王生暤迪寄宿公家，闻床底小声连呼："暤迪！暤迪！"已而声渐大，曰："我死得苦！"因哭，满庭皆哭。公闻，杖而入，大言曰："汝不识我王学院耶？"但闻百声嗤嗤，笑之以鼻。公于是设水陆道场，命释道忏度之。夜抛鬼饭，则见磷火荧荧，随地皆出。先是，阉人王姓者疾笃，昏不知人者数日矣。是日，忽欠伸若醒。妇以食进。王曰："适主人不知何事施饭于庭，我亦随众啖啖，食已方归，故不饥耳。"由此鬼怪遂绝。岂铙钹钟鼓，焰口瑜珈，果有益耶？

异史氏曰："邪怪之物，惟德可以已之。当陷城之时，王公势正烜赫，闻声者皆股栗；而鬼且揶揄之，想鬼物逆知其不令终耶？普告天下大人先生：出人面犹不可以吓鬼，愿勿出鬼面以吓人也。"

蛇癖

予乡王蒲令仆吕奉宁，性嗜蛇。每得小蛇，则全吞之，如啖葱状；大者以刀寸寸断之，始掬以食。嚼之铮铮，血水沾颐。<small>两腮。</small>且善嗅，尝隔墙闻蛇香，急奔墙外，果得蛇盈尺。时无佩刀，先噬其头，尾尚蜿蜒于口际。

庙鬼

新城诸生王启后者，方伯中宇公象坤曾孙。见一妇人入室，貌肥黑不扬。笑近坐榻，意甚亵。王拒之，不去。由此坐卧辄见之。而王意坚定，终不摇。妇怒，批其颊有声，而亦不甚痛。妇以带悬梁上，捽<small>揪发</small>与并缢。王不觉自投梁下，引颈作缢状。人见其足不履地，挺然立空中，即亦不能死。自是病颠，忽曰："彼将与我投河矣。"望河狂奔，曳之乃止。如此百端，日常数作，术药罔效。

一日，忽见有武士绾锁而入，怒叱曰："朴诚者，汝何敢扰！"即絷妇项自棂中出。才至窗外，妇不复人形，目光电闪，口血赤如盆。忆城隍庙门中有泥鬼四，绝类^像。其一焉。于是病若失。

义鼠

杨天一见二鼠出，其一为蛇所吞，其一瞋目如椒，^{形容眼睛瞪得很圆。}似甚恨怒，然遥望不敢前。蛇果腹，蜿蜒入穴。方将过半，鼠奔来，力啮其尾。蛇怒，退身出。鼠故^{本来}便捷，欻然^{忽然}遁去。蛇追不及而返。及入穴，鼠又来啮如前状。蛇入则来，蛇出则往，如是者久。蛇出，吐死鼠于地上。鼠来嗅之，啾啾如悼惜，衔之而去。友人张历友为作"义鼠行"。

地震

康熙七年六月十七日戌刻，地大震。余适客稷下，方与表兄李笃之对烛饮。忽闻有声如雷，自东南来，向西北去。众骇异，不解其故。俄而几案摆簸，酒杯倾覆；屋梁椽柱，错折有声。相顾失色。久之方知地震，各疾趋出。见楼阁房舍，仆而复起；墙倾屋塌之声，与儿啼女号，喧如鼎沸。人眩晕不能立，坐地上随地转侧。河水倾丈余，鸭鸣犬吠满城中。逾一时许，始稍定。视街上，则男女裸聚，竞相告语，并忘其未衣也。后闻某处井倾侧不可汲；某家楼台南北易向；栖霞山裂，沂水陷穴广数亩。此真非常之奇变也。

有邑人妇夜起溲溺，小便。回则狼衔其子。妇急与狼争。狼一缓颊，妇夺儿出，携抱中。狼蹲不去。妇大号。邻人奔集，狼乃去。妇惊定作喜，指天画地，述狼衔儿状，与己夺儿状。良久，忽悟一身未着寸缕，乃奔。此与地震时男妇两忘者同一状也。人之惶急无谋，一何可笑！

猪婆龙

猪婆龙，产于西江。形似龙而短，能横飞，常出沿江岸扑食鹅鸭。或猎得之，则货其肉于陈、柯。此二姓皆友谅之裔，世食婆龙肉，他族不敢食也。一客自江右来，得一头，萦舟中。一日，泊舟钱塘，缚稍懈，忽跃入江。俄顷，波涛大作，估舟商船。倾沉。

陕右某公

陕右某公，辛丑进士，能记前身。尝言前生为士人，中年而死。死后见冥王判事，鼎铛油镬，一如世传。殿东隅设数架，上搭犬羊牛马诸皮。簿吏呼名，或罚作马，或罚作猪。皆裸之，于架上取皮被之。俄至公，闻冥王曰："是宜作羊。"鬼取一白羊皮来，捺按。覆公体。吏白："是曾拯一人死。"王检籍覆视，曰："免之。恶虽多，此善可赎。"鬼又褫其毛革。革已粘体，不可复动。两鬼捉臂按胸力脱之，痛苦不可名状。皮片片断裂，不得尽净。既脱，近肩处犹粘羊皮大如掌。公既生，背上有羊毛丛生，剪去复出。

好快刀

明末，济属多盗。邑各置兵，捕得辄杀之。章丘盗尤多。有一兵佩刀甚利，杀辄导窾。空处。一日，捕盗十余名，押赴市曹。内一盗识兵，逡巡告曰："闻君刀甚快，斩首无二割。求杀我！"兵曰："诺。其谨依我，勿离也。"盗从至刑所，出刀挥之，豁然头落。数步外，犹圆转而大赞曰："好快刀！"

江中鬼

王圣俞南游，泊舟江心。既寝，视月明如练，白色熟绢。未能寐，使童仆为之按摩。忽闻舟顶如小儿行，踏芦席作响，远自舟尾来，渐近舱户。虑为盗，急起问童，童亦闻之。问答间，见一人伏舟顶上，垂首窥舱内。王大愕，按剑呼诸仆，一舟俱醒，告以所见，或疑错误。俄响声又作。群出四顾，渺然无人，惟疏星皓月，漫漫江波而已。众危坐舟上，旋见青火如萤灯状，突出水面，随水浮游；渐近船，则火顿灭。即有黑人骤起，屹立水面，以手攀舟而行。众噪曰："必此物也！"欲射之。方开弓，则遽伏水中，不可见矣。问舟人，舟人曰："此古战场，鬼时出没，其无足怪。"

戏术

有桶戏者，桶可容升，无底，中空，亦如俗戏。民间戏法。戏人以二席置地上，持一升入桶中；旋出，即有白米满升，倾注席上；又取又倾，顷刻两席皆满。然后一一量入，毕而举之，犹是空桶。奇在多也。

利津李见田，在颜镇闲游陶场，欲市巨瓮，与陶人争直，不成而去。至夜，窑中未出者六十余瓮，启视一空。陶人大惊，疑李，踵门求之。李谢推辞。不知。固哀之，乃曰："我代汝出陶，一瓮不损，在魁星楼下非与？"如言往视，果一一俱在。楼在镇之南山，去场三里余。佣工运之，三日乃尽焉。

蛰龙

於陵曲银台公，读书楼上。值阴雨晦冥，天色昏暗。见一小物，有光如萤，蠕蠕登几。过处，辄黑如虬迹。渐盘卷上，卷亦焦。意为龙，乃捧卷送之。至门外，持立良久，蜷屈不少动。公曰："将毋谓我不恭耶？"执卷返，仍置案上，冠带长揖而后送之。方至檐下，但见昂首乍伸，离卷横飞，其声嗤然，光一道如缕；数步外回首向公，则头大于瓮，身数十围矣；又一折反，霹雳震惊，腾霄而去。回视所行处，盖曲曲自书笥中出焉。

小髻

长山居民某，暇居，辄有短客_{矮客人。}来，久与扳_{攀。}谈。素不识其生平，颇注疑念。客曰："三数日，即便徙居，与君比邻矣。"过四五日，又曰："今已同里，旦晚可以承教。"问："乔居何所？"亦不详告，但以手北指。自是，日辄一来，时向人假器具；或吝不与，则自失之。群疑其狐。村北有古冢，陷不可测，意必居此。共操兵仗往。伏听之，久无少异。一更向尽，闻穴中戢戢然，_{低语声。}似数十百人作耳语。众寂不动。俄而，尺许小人连缕而出，至不可数。众起大噪，并击之。杖杖皆火，瞬息四散。惟遗一小髻，如胡桃壳然，纱饰而金线。嗅之，骚臭不可言。

金永年

利津金永年，八十二岁无子，媪亦七十八岁，自分绝望。忽梦神告曰："本应绝嗣，念汝贸贩平准，_{价格公道。}赐予一子。"醒以告媪。媪曰："此真妄想。两人皆将就木，何由生子？"无何，媪腹震动；十月，竟举一男。

夏雪

丁亥年七月初六日，苏州大雪。百姓皇骇，共祷诸大王之庙。大王忽附人而言曰："如今称老爷者，皆增一大字；其以我神为小，消不得一大字耶？"众悚然，惊怕。齐呼"大老爷"，雪立止。由此观之，神亦喜谄，宜乎治下部者之得车多矣。

异史氏曰："世风之变也，下者益谄，上者益骄。即康熙四十余年中，称谓之不古，甚可笑也。举人称爷，二十年始；进士称老爷，三十年始；司、院称大老爷，二十五年始。昔者大令县官。谒中丞，亦不过老大人而止；今则此称久废矣。即有君子，亦素谄媚行乎谄媚，莫敢有异词也。若缙绅之妻呼太太，裁数年耳。昔惟缙绅之母，始有此称；以妻而得此称者，惟淫史中有乔林耳，他未之见也。唐时，上欲加张说大学士。说辞曰：'学士从无大名，臣不敢称。'今之大，谁大之？初由于小人之谄，而因得贵倨者之悦，居之不疑，而纷纷者遂遍天下矣。窃意数年以后，称爷者必进而老，称老爷者必进而大，但不知大上造何尊称？匪夷所思已！"

丁亥年六月初三日，河南归德府大雪尺余，禾皆冻死，惜乎其未知媚大王之术也。悲夫！

美人首

诸商寓居京舍。舍与邻屋相连，中隔板壁，板有杉节脱处，穴如盏。忽女子探首入，挽凤髻，绝美；旋伸一臂，洁白如玉。众骇其妖，欲捉，已缩去。少顷，又至，但隔壁不见其身。奔之，则又去之。一商操刀伏壁下。俄首出，暴决之，应手而落，血溅尘土。众惊告主人。主人惧，以其首首焉。逮诸商鞫_{审问}之，殊荒唐。淹系半年，迄无情词，亦未有以人命讼者，乃释商，瘗女首。

车夫

有车夫载重登坡，方极力时，一狼来啮其臀。欲释手，则货敝_{摔破}身压，忍痛推之。既上，则狼已龁片肉而去。乘其不能为力之际，而窃尝一脔，亦黠而可笑也。

杨疤眼

一猎人夜伏山中，见有小人长二尺已来，踽踽_{孤独的样子}行涧底。少间，又一人来，高亦如之。适相值，交问何之。前者曰：

"我将往望杨疤眼。前见其气色晦暗，多罹不吉。"后人曰："我亦为此，汝言不谬。"猎者知其非人，厉声大叱，二人并无有矣。夜获一狐，左目上有疤痕，大如钱。

鼠戏

长安市上有卖鼠戏者，背负一囊，中蓄小鼠十余头。每于稠人 众人。 中，出小木架置肩上，俨如戏楼状。乃拍鼓板，唱古杂剧。歌声甫动，则有鼠自囊中出，蒙假面，被小装服，自背登楼，人立而舞。男女悲欢，悉合剧中关目。 情节。

卷二

劳山道士

邑有王生，行七，故家_{世家大族}子。少慕道，闻劳山多仙人，负笈往游。登一顶，有观宇甚幽；一道士坐蒲团上，素发_{白发}垂领，而神光爽迈。叩而与语，理甚玄妙。请师之。道士曰："恐娇惰不能作苦。"答言："能之。"其门人甚众，薄暮毕集。王俱与稽首，遂留观中。凌晨，道士呼王去，授一斧，使随众采樵。王谨受教。过月余，手足重茧，不堪其苦，阴_{私下}有归志。一夕归，见二人与师共酌，日已暮，尚无灯烛；师乃剪纸如镜，粘壁间。俄顷，月明辉室，光鉴毫芒。诸门人环听奔走。一客曰："良宵胜乐，不可不同。"乃于案上取酒壶，分赉_{赏赐}诸徒，且嘱尽醉。王自思：七八人，壶酒何能遍给？遂各觅盎盂，竞饮先釂，惟恐樽尽；而往复挹注，竟不少减。心奇之。俄一客曰："蒙赐月明之照，乃尔寂饮。何不呼嫦娥来？"乃以箸掷月中。见一美人自光中出。初不盈尺；至地，遂与人等。纤腰秀项，_{脖子}翩翩作"霓裳舞"。已而歌曰："仙仙乎，而还乎，而幽我于广寒乎！"其声清越，烈如箫管。歌毕，盘旋而起，跃登几上。惊顾之间，已复为箸。三人大笑。又一客曰："今宵最乐，然不胜酒力矣。其饯我于月宫可乎？"三人移席，渐入月中。众视三人坐月中饮，须眉毕见，如影之在镜中。移时，月渐暗；门人燃烛来，则道士独坐，而客杳矣。几上肴核尚故；壁上月，纸圆如镜而已。道士问众："饮足乎？"曰："足矣！""足，宜早寝，勿误樵苏。"众诺而退。王窃欣慕，归念遂息。又一月，苦不可忍，而道士并不传教一术。心不能待，辞曰："弟子数百里受业仙师，纵不能得长生术，或小有传习，亦可慰求教之心；今阅^{经历}两三月，不过早樵而暮归。弟子在家，未谙此苦。"道士笑曰："吾固谓不能作苦，今果然。明早当遣汝行。"王曰："弟子操作多日，师略授小技，此来为不负也。"道士问："何术之求？"王曰："每见师行处，墙壁所不能隔，但得此法足矣。"道士笑而允之。乃传一诀，令自咒毕，呼曰："入之！"王面墙不敢入。又曰："试入之。"王果从容入，及墙而阻。道士曰："俯首骤入，勿逡巡。"王果去墙数步，奔而入。及墙，虚若无物；回视，果在墙外矣。大喜，入谢。道士曰："归宜洁持，否则不验。"遂助资斧遣之归。抵家，自诩"遇仙，坚壁所不能阻"。妻不信。王效其作为，去墙数尺，奔而入；头触硬壁，蓦然而踣。^{跌倒。}妻扶视之，额上坟起，如巨卵焉。妻挪揄之。王惭忿，骂老道士之无良而已。

异史氏曰："闻此事未有不大笑者，而不知世之为王生者正复不少。今有伧父，喜疢毒^{疾病。}而畏药石，遂有舐痈吮痔者，进宣威逞暴之术以迎其旨，绐之曰：'执此术也以往，可以横行而无碍。'初试，未尝不小效，遂谓天下之大，举可以如是行矣，势不至触硬壁而颠蹶不止也。"

长清僧

长清僧，其道行高洁，年七十余犹健。一日，颠仆不起；寺僧奔救，已圆寂矣。僧不自知死，魂飘去至河南界。河南有故绅子，率十余骑，按鹰猎兔；马逸，坠毙。魂适相值，翕然而合，遂渐苏。厮仆环问之。张目曰："胡至此？"众扶归。入门，则粉白黛绿者纷集顾问。大骇曰："我僧也，胡至此？"家人以为妄，共提耳悟之。_{恳切开导。}僧亦不自申解，但闭目不复有言。饷以脱粟_{糙米。}则食，酒肉则拒。夜独宿，不受妻妾奉。数日后，忽思少步。众皆喜。既出，少定，即有诸仆纷来，钱簿谷籍，杂请会计。公子托以病倦，悉谢绝之，惟问："山东长清县，知之否？"共答："知之。"曰："我郁无聊赖，欲往游瞩，宜即治任。"_{准备行装。}众谓："新瘳，_{病愈。}未应远涉。"不听。翼日遂发。抵长清，视风物如故。无烦问途，竟至兰若。弟子数人见贵客至，伏谒甚恭。乃问："老僧焉往？"答云："吾师曩已物化。"问墓所。群导引以往，则三尺孤坟，荒草犹未合也。众僧不知何意。既而戒_{备。}马欲归，嘱曰："汝师戒行之僧，所遗手泽，宜恪守，勿俾损坏。"众唯唯。乃行。既归，灰心木坐，了不勾当家务。居数月，出门自遁，直抵旧寺。谓弟子曰："我即汝师。"众疑其谬，相视而笑。乃述返魂之由，又言生平所为，悉符。众乃信，居以故榻，事之如平日。后，公子家屡以舆马来，哀请之，略不顾瞻。又年余，夫人遣纪纲_{仆人。}至，多所馈遗。金帛皆却之，唯受布袍一袭而已。友人或至其乡，敬造之。见其人默然诚笃，年仅而立，而辄道其八十余年事。

异史氏曰："人死则魂散。其千里而不散者，性定故耳。余于僧，不异之乎其再生，而异之乎其入纷华靡丽之乡，而能绝人以逃世也。眼睛一闪，而兰麝薰心，有求死不得者矣，况僧乎哉！"

蛇人

东郡某甲，以弄蛇为业。尝蓄驯蛇二，皆青色；其大者，呼之大青，小曰二青。二青额有赤点，尤灵驯，盘旋无不如意。蛇人爱之，异于他蛇。期年，大青死；思补其缺，未暇遑_{空闲}也。一夜，寄宿山寺。既明，启笥，二青亦渺。蛇人怅恨欲死，冥搜亟呼，迄无影兆。然每至丰林茂草，辄纵之去，俾得自适，寻复还，以此故，冀其自至。坐伺之，日既高，亦已绝望，怏怏遂行。出门数武，_{步。}闻丛薪错楚_{灌木丛。}中窸窣作响。停趾愕顾，则二青来也。大喜，如获拱璧。息肩路隅，蛇亦顿止。视其后，小蛇从焉。抚之曰："我以汝为逝矣，小侣而所荐也？"出饵饲之，兼饲小蛇。小蛇虽不去，然瑟缩不敢食。二青含铺之，宛似主人之让客者。蛇人又饲之，乃食。食已，随二青俱入笥中。荷去，教之旋折，辄中规矩，与二青无少异，因名之小青。衒技四方，获利无算。

大抵蛇人之弄蛇也，止以二尺为率；_{标准。}大则过重，辄更易之。缘二青驯，故未遽弃。又二三年，长三尺余，卧则笥为之满，遂决去之。一日，至淄邑东山间，饲以美饵，祝而纵之。既去，顷之复来，蜿蜒笥外。蛇人挥曰："去之。世无百年不散之筵；从此隐身大谷，必且为神龙。笥中何可以久居也！"蛇乃去，蛇人目送之。已而复返，挥之不去，以首触笥。小青在中，亦震震而动。蛇人悟曰："得勿欲别小青耶？"乃发笥，小青径出，因与交首吐舌，似相告语，已而委蛇并去。方意小青不返，俄而踽踽独来，竟入笥卧。由此随在物色，迄无佳者。而小青亦渐大不可弄。后得一头，亦颇驯，然终不如小青良。而小青粗于儿臂矣。先是，二青在山中，樵人多见之；又数年，长数尺，围如碗，渐出逐人。因而行旅相戒，罔敢出其途。一日，蛇人经其处。蛇暴出如风。蛇者大怖而奔。蛇逐益急。回顾，已将及矣；而视其首，朱点俨然，始悟为二青。下担呼曰："二青！二青！"蛇顿止；昂首久之，纵身绕蛇人，如昔弄状。觉其意殊不恶，但躯巨重，不胜其绕，仆地呼祷。乃释之；又以首触笥。蛇人悟其意，开笥出小青。二蛇相见，交缠如饴糖状，久之始开。蛇人乃祝小青："我久欲与汝别，今有伴矣。"谓二青曰："原君引之来，可还引之去。更嘱一言：深山不乏食饮，勿扰行人，以犯天谴。"二蛇垂头，似相领受。遽起，大者前，小者后，过处，林木为之中分。蛇人伫立望之，不见乃去。此后，行人如常，不知二蛇何往也。

异史氏曰："蛇蠢然物耳，乃恋恋有故人之意，且其从谏也如转圜。独怪俨然而人也者，以十年把臂之交，_{挽臂的交情。}数世蒙恩之主，辄思下井复投石焉；又不然，则药石相投，_{苦口相劝。}悍然不顾，且怒而仇焉者，不且出斯蛇下哉！"

斫蟒

胡田村胡姓者，兄弟采樵；深入幽谷，遇巨蟒。兄在前，为所吞。弟初骇欲奔，见兄被噬，遂忿怒；出樵斧斫蟒首。首伤，而吞不已。然头虽已没，幸肩际不能下。弟急极无计，乃两手持兄足，力与蟒争，竟曳兄出。蟒亦负痛去。视兄，则鼻耳俱化，奄将气尽。肩负以行，途中凡十余息，_{休息。}始至家。医养半年方愈。至今面目皆瘢痕，鼻耳处，惟孔存焉。噫！农人中乃有悌弟敬事兄长。如此哉！或言："蟒不为害，乃德义所感。"信然。

犬奸

青州贾某，客于外，恒经岁不归。家蓄一白犬，妻引与交，习为常。一日，夫至，与妻共卧。犬突入，登榻啮贾人竟死。后里舍稍闻之，共为不平，鸣于官。官械妇，妇不肯伏。收之。命缚犬来，始取妇出。犬忽见妇，直前碎衣作交状，妇始无词。使两役解部院。巡抚衙门。一解人，而一解犬。有欲观其合者，共敛钱赂役，役乃牵聚令交。所止处，观者常百人。役以此网利焉。后，人、犬俱寸磔以死。呜呼！天地之大，真无所不有矣！然人面而兽交者，独一妇也乎哉！

异史氏为之判曰："会于濮上，古所交讥；约于桑中，人且不齿。乃某者，不堪雌守之苦，浪思苟合之欢。夜叉伏床，竟是家中牝兽；捷卿指犬。入窦，遂为被底情郎。云雨台前，乱摇续貂之尾；温柔乡里，频款曳象之腰。锐锥处于皮囊，一纵股而脱颖；留情结于镞项，复饮羽而生根。忽思异类之交，真属匪夷之想。龙指犬。吠奸而为奸，妒残凶杀，律难治以萧曹；国法。人非兽而实兽，奸秽淫腥，肉不食于豺虎。呜呼！人奸杀，则女拟以刖；至于犬奸杀，阳世遂无其刑。人不良，则罚人作犬；至于犬不良，阴曹应穷于法。宜肢解以追魂魄，请押赴以问阎罗。"

雹神

王公筠苍，莅任楚中，拟登龙虎山谒天师。及湖，甫登舟，即有一人驾小艇来，使舟中人为通。公见之，貌修伟，怀中出天师刺　名帖。曰："闻驺从将临，先遣负弩。"　做向导。公讶其预知，益神之，诚意而往。天师治具相款。其服役者，衣冠须鬣，多不类常人。前使者亦侍其侧；少间，向天师细语。天师谓公曰："此先生同乡，不之识耶？"公问之。曰："此即世所传雹神李左车也。"公愕然改容。天师曰："适言奉旨雨雹，故告辞耳。"公问："何处？"曰："章丘。"公以接壤关切，离席乞免。天师曰："此上帝玉敕。雹有额数，何能相徇？"公哀不已。天师垂思良久，乃顾而嘱曰："其多降山谷，勿伤禾稼可也。"又嘱："贵客在座，文去勿武。"神出，至庭中，忽足下生烟，氤氲匝地。俄延逾刻，极力腾起，才高于庭树；又起，高于楼阁。霹雳一声，向北飞去，屋宇震动，筵器摆簸。公骇曰："去乃作雷霆耶？"天师曰："适戒之，所以迟迟；不然，平地一声，便逝去矣。"公别归，志　记下。其月日，遣人问章丘，是日果大雨雹，沟渠皆满，而田中仅数枚焉。

狐嫁女

历城殷天官，　尚书。少贫，有胆略。邑有故家之第，广数十亩，楼宇连亘，常见怪异，以故废无居人；久之，蓬蒿渐满，白昼亦无敢入者。会公与诸生饮，或戏云："有能寄此一宿者，共醵为筵。"<small>共同出资办酒席。</small>公跃起曰："是亦何难！"携一席往，众送诸门，戏曰："吾等暂候之。如有所见，当急号。"公笑云："有鬼狐，当捉证耳。"遂入。见长莎蔽径，蒿艾如麻。时值上弦，幸月色晕黄，门户可辨。摩挲数进，始抵后楼。登月台，光洁可爱，遂止焉。西望月明，惟衡山一线耳。

坐良久，更无少异，窃笑传言之讹。席地枕石，卧看牛女。一更向尽，恍惚欲寐，楼下有履声，籍籍而上。假寐睨之，见一青衣人，挑莲灯，猝见公，惊而却退，语后人曰："有生人在。"下问："谁也？"答云："不识。"俄一老翁上，就公谛视曰："此殷尚书，其睡已酣。但办吾事。相公倜傥，<small>豪爽。</small>或不叱怪。"乃相率入楼，楼门尽辟。移时，往来者益众，楼上灯辉如昼。公稍稍转侧，作嚏咳。翁闻公醒，乃出，跪而言曰："小人有箕帚女，今值于归。<small>出嫁。</small>不意有触贵人，望勿深罪。"公起，曳之曰："不知今夕嘉礼，惭无以贺。"翁曰："贵人光临，压除凶煞，幸矣。即烦陪坐，倍益光宠。"公喜应之。入视楼中，陈设芳丽。遂有妇人出拜，年可四十余。翁曰："此拙荆。"公揖之。俄闻笙乐聒耳，有奔而上者曰："至矣。"翁趋迎。公亦立俟。少间，笼纱一簇，导新郎入。年可十七八，丰采韶秀。翁命先与贵客为礼。少年目公。公若为傧，执半主礼。次，翁婿交拜，已，乃即席。少间，粉黛云从，酒胾<small>大块肉。</small>雾霈，玉碗金瓯，光映几案。酒数行，翁唤女奴请小姐来。女奴诺而入，良久不出。翁自起，褰帏促之。俄，婢媪辈拥新人出。环珮璆然，麝兰散馥。翁命向上拜。起，即坐母侧。微目之，翠凤明珰，容华绝世。既而酌以金爵，大容数斗。公思此物可以持验同人，阴内袖中；伪醉隐<small>倚靠。</small>几，颓然而寝。皆曰："相公醉矣。"

居无何，闻新郎告行，笙乐暴作，纷纷下楼而去。已而主人敛酒具，少一爵，冥搜不得。或窃议卧客，翁急戒"勿语"，惟恐公闻。移时，内外俱寂，公始起。暗无灯火，惟脂香酒气，充溢四堵。视东方既白，乃从容出。探袖中，金爵犹在。及门，则诸生先俟，_{等待。}疑其夜出而早入者。公出爵示之。众骇问，因以状告。共思此物非寒士所有，乃信之。

后，举进士，任于肥丘。有世家朱姓宴公，命取巨觥；久之不至。有细奴掩口与主人语。主人有怒色。俄奉金爵劝客饮。谛视之，款式雕文，与狐物更无殊别。大疑，问所从制。答云："爵凡八只，大人为京卿时，觅良工监制。此世传物，什袭已久。缘明府辱临，适取诸箱箧，仅存其七。疑家人所窃取；而十年尘封如故，殊不可解。"公笑曰："金杯羽化矣。然世守之珍不可失。仆有一具，颇近似之，当以奉赠。"终筵归署，拣爵驰送之。主人审视，骇绝；亲诣谢公，诘所自来。公乃历陈颠末。_{始末。}始知千里之物，狐能摄致，而不敢终留也。

娇娜

孔生雪笠，圣裔也。为人蕴藉，_{有修养。}工诗。有执友令天台，寄函招之。生往，令适卒。落拓不得归，寓菩陀寺，佣为寺僧抄录。寺西百余步，有单先生第。_{府院。}先生故，公子以大讼萧条，眷口寡，移而乡居，宅遂旷焉。一日，大雪崩腾，寂无行旅。偶过其门，一少年出，丰采甚都；_{美好。}见生，趋与为礼，略致慰问，即屈降临。生爱悦之，慨然从入。屋宇都不甚广，处处悉悬锦幕，壁上多古人书画。案头书一册，签云《琅环琐记》。翻阅一过，俱目所未睹。生以居单第，意为第主，即亦不审官阀。少年细诘行踪，意怜之，劝设帐授徒。生叹曰："羁旅之人，谁作曹丘者？"_{推荐人。}少年曰："倘不以驽骀见斥，愿拜门墙。"生喜，不敢当师，请为友。便问："宅何久锢？"答曰："此为单府，曩以公子乡居，是宅久旷。仆皇甫氏，祖居陕，以家宅焚于野火，暂借安顿。"生始知非单。当晚，谈笑甚欢，即留共榻。昧爽，_{早晨。}即有僮子炽炭火于室。少年先起，入内，生尚拥被坐。僮入白："太翁来。"生惊起。一叟入，鬓发皤然，向生殷谢曰："先生不弃顽儿，遂肯赐教。小子初学涂鸦，勿以友故，行辈视之也。"已，乃进锦衣一袭，貂帽、袜履各一事。视生盥栉已，乃呼酒荐馔。几榻、裙衣，不知何名，光彩射目。酒数行，叟兴辞，曳杖而去。餐讫，公子呈课业，类皆古文词，并无时艺。问之，笑云："仆不求进取也。"抵暮，更酌曰："今夕尽欢，明日便不许矣。"呼僮曰："视太翁寝未。已寝，可暗唤香奴来。"僮去，先以绣囊将琵琶至。少顷，一婢入，红妆艳绝。公子命弹"湘妃"曲。婢以牙拨_{象牙拨子。}勾动，激扬哀烈，节拍不类凡闻。又命以巨觥行酒，三更始罢。次日，早起共读。公子最慧，过目成咏；二三月后，命笔警绝。相约五日一饮，每饮必招香奴。一夕，酒酣气热，目注之。公子已会其意，曰："此婢为老父所豢养。兄旷邈无家，我夙夜代筹久矣。行当为君谋一佳偶。"生曰："如果惠好，必如香奴者。"公子笑曰："君诚'少所见而多所怪'者矣。以此为佳，君愿亦易足也。"

居半载，生欲翱翔_{出游。}郊郭；至门，则双扉外局。问之，公子曰："家君恐交游纷意念，故谢客耳。"生亦安之。时盛暑溽热，移斋园亭。生胸间肿起如桃，一夜如碗，痛楚呻吟。公子朝夕省视，眠食俱废。又数日，创剧，益绝食饮。太翁亦至，相对太息。

公子曰："儿前夜思先生清恙，娇娜妹子能疗之。遣人于外祖母处，呼令归，何久不至？"俄，僮入白："娜姑至。姨与松姑同来。"父子即趋入内。少间，引妹来视生。年约十三四，娇波流慧，细柳生姿。生望见艳色，嚬呻都忘，精神为之一爽。公子便言："此兄良友，不啻同胞也，妹子好医之。"女乃敛羞容，揄长袖，就榻诊视。把握之间，觉芳气胜兰。女笑曰："宜有是疾，心脉动矣。然症虽危，可治。但肤块已凝，非伐皮削肉不可。"乃脱臂上金钏安患处。徐徐按下之，创突起寸许，高出钏外，而根际余肿，尽束在内，不似前如碗阔矣。乃一手启罗衿，解佩刀，刃薄于纸，把钏握刃，轻轻附根而割。紫血流溢，沾染床席。生贪近娇姿，不惟不觉其苦，且恐速竣割事，偎傍不久。未几，割断；腐肉团团然，如树上削下之瘿。又呼水来，为洗割处。口吐红丸如弹大，着肉上按令旋转：才一周，觉热火蒸腾；再一周，习习作痒；三周，已遍体清凉，沁入骨髓。女收丸入咽曰："愈矣。"趋步出。生跃起走谢，沉痼若失。而悬想容辉，苦不自已。自是废卷痴坐，无复聊赖。公子已窥之，曰："弟为兄物色得一佳耦。"问："何人？"曰："亦弟眷属。"生凝思良久，但云："勿须。"面壁吟曰："曾经沧海难为水，除却巫山不是云。"公子会其旨，曰："家君仰慕鸿才，常欲附为婚姻。但止一少妹，齿太稚。有姨女阿松，年十八矣，颇不粗陋。如不见信，松姊日涉园亭，伺前厢可望见之。"生如其教，果见娇娜偕丽人来，画黛弯蛾，莲钩蹴凤，与娇娜相伯仲也。生大悦，请公子作伐。做媒。公子异日自内出，贺曰："谐矣。"乃除别院，为生成礼。是夕，鼓吹阗咽，尘落漫飞；以望中仙人，忽同衾帻，遂疑广寒宫殿未必在云霄矣。合卺之后，甚惬心怀。一夕，公子谓生曰："切磋之惠，无日可以忘之。近单公子解讼归，索宅甚急。意将弃此而西。势难复聚，因而离绪萦怀。"生愿从之而去，公子劝还乡间。

生难之。公子曰："勿虑，可即送君行。"无何，太翁引松娘至，以黄金百两赠生。公子以左右手与生夫妇相把握，嘱闭目勿视。飘然履空，但觉耳际风鸣。久之，曰："至矣。"启目，果见故里；始知公子非人。喜扣家门。母出非望，又睹美妇，方共欣慰。及回顾，则公子逝矣。松娘事姑孝，艳色贤名，声闻遐迩。

后，生举进士，授延安司李。携家之任，母以道远不行。松娘举一男，名小宦。生以忤直指罢官，罣碍不得归。偶猎郊野，逢一美少年，跨骊驹，频频瞻视。细看，则皇甫公子也。揽辔停骖，悲喜交至。邀生去，至一村，树木浓昏，荫翳天日。入其家，则金沤浮钉，宛然世家。问妹子已嫁，岳母已亡，深相感悼。经宿别去，偕妻同返。娇娜亦至，抱生子掇提而弄曰："姊姊乱吾种矣。"生拜谢曩德。笑曰："姊夫贵矣。创口已合，未忘痛耶?"妹夫吴郎亦来拜谒，信宿两宿。乃去。一日，公子有忧色，谓生曰："天降凶殃，能相救否?"生不知何事，但锐自任。愿意承担。公子趋出，招一家入，罗拜堂上。生大骇，亟问。公子曰："余非人类，狐也。今有雷霆之劫。君肯一身赴难，一门可望生全。不然，请抱子而行，无相累。"生矢共生死。乃使仗剑于门，嘱曰："雷霆轰击，勿动也。"生如所教。果见阴云昼暝，昏黑如磐。回视旧居，无复闬闳，惟见高冢岿然，巨穴无底。方错愕间，霹雳一声，摆簸山岳；急雨狂风，老树为拔。生目眩耳聋，屹不少动。忽于繁烟黑絮之中，见一鬼物，利喙长爪，自穴攫一人出，随烟直上。瞥睹衣履，念似娇娜。乃急跃离地，以剑击之，随手坠落。忽而崩雷暴裂，生仆遂毙。少间，晴霁，娇娜已能自苏；见生死于旁，大哭曰："孔郎为我而死，我何生矣!"松娘亦出，共舁生归。娇娜使松娘捧其首，先以金簪拨其齿；自乃撮其颐，以舌度红丸入，又接吻而呵之。红丸随气入喉，格格作响。移时，醒然而苏；见眷口，恍如梦晤。于是一门团圞，惊定而喜，生以幽圹不可久居，议同旋里；满堂交赞，惟娇娜不乐。生请与吴郎俱，又虑翁媪不肯离幼子。终日议不果。忽吴家一小奴，汗流气促而至。惊致研诘，仔细询问。则吴郎家亦同日遭劫，一门俱没。娇娜顿足悲伤，涕不可止。共慰劝之，而同归之计遂决。生入城勾当数日，连夜趋装。既归，以闲园寓公子，恒返关之；生及松娘至，始发扃。生与公子兄妹棋酒谈宴若一家然。小宦长成，貌韶秀，有狐意。出游都市，共知其为狐儿也。

异史氏曰：“余于孔生，不羡其得艳妻，而羡其得腻友也。观其容，可以忘饥；听其声，可以解颐。开口笑。得此良友，时一谈宴，则‘色授魂与’，尤胜于‘颠倒衣裳’矣。”

妖术

于公者，少任侠，喜拳勇，力能持高壶作旋风舞。崇祯间，殿试在都，仆疫不起，患之。会市上有善卜者，能决人生死，将代问之。既至，未言。卜者曰：“君莫欲问仆病乎？”公骇，应之。曰：“病者无害，君可危。”公乃自卜。卜者起卦，愕然曰：“君三日当死。”公惊诧良久。卜者从容曰：“鄙人有小术，报我十金，当代禳解除。之。”公自念：生死已定，术岂能解。不应而起，欲出。卜者曰：“惜此小费，勿悔勿悔！”爱公者皆为公惧，劝罄囊以哀之。公不听。倏忽至三日，公端坐旅舍，静以觇之，终日无恙。至夜，阖户挑灯，倚剑危坐。一漏向尽，更无死法。意欲就枕，忽闻窗隙窸窣有声。急视之，一小人荷戈入；及地，则高如人。公捉剑起，急击之，飘忽未中。遂遽小，复寻窗隙，意欲遁去。公疾斫之，应手而倒。烛之，则纸人已腰断矣。公不敢卧，又坐待之。逾时，一物穿窗入，怪狞如鬼。才及地，急击之，断而为两，皆蠕动。恐其复起，又连击之，剑剑皆中，其声不夭。审视，则土偶，片片已碎。于是移坐窗下，目注隙中。久之，闻窗外如牛喘，有物推窗棂，房壁震摇，其势欲倾。公惧覆压，计不如出而斗，遂划然脱扃，奔而出。见一巨鬼，高与檐齐；昏月中，见其面黑如煤，眼闪烁有黄光；上无衣，下无履，手弓而腰矢。公方骇，鬼则关引弓_{引弓}矣。公以剑拨矢，矢堕；欲击之，则又关矣。公急跃避，矢贯于壁，战战有声。鬼怒甚，拔佩刀，挥如风，望公力劈。公猱进。刀中庭石，石立断。公出其股间，削鬼中踝，铿然有声。鬼益怒，吼如雷，转身复剁。公又伏身入。刀落，断公裙。公已及胁下，猛斫之，亦铿然有声，鬼仆而僵。公乱击之，声硬如柝。烛之，则一木偶，高大如人，弓矢尚缠腰际；刻画狰狞，剑击处皆有血出。公因秉烛待旦。方悟鬼物皆卜人遣之，欲致人于死，以神其术也。次日，遍告知交，与共诣卜所。卜人遥见公，瞥不可见。或曰："皆翳形术_{隐身术}也，犬血可破。"公如其言，戒备而往。卜人又匿如前。急以犬血沃立处，但见卜人头面皆为犬血模糊，目灼灼如鬼立。乃执付有司而杀之。

异史氏曰："尝谓买卜为一痴，世之讲此道而不爽_{差错}于生死者几人？卜之而爽，犹不卜也。且即明明告我以死期之至，将复如何？况有借人命以神其术者，其可畏尤甚耶！"

野狗

　　于七之乱，杀人如麻。乡民李化龙，自山中窜归；值大兵宵进，<small>夜间进发。</small>恐罹炎昆之祸，<small>玉石俱焚之灾。</small>急无所匿，僵卧于死人之丛，诈作尸。兵过既尽，未敢遽出。忽见阙头断臂之尸，起立如林。内一尸，断首犹连肩上，口中作语曰："野狗子来奈何！"群尸参差而言曰："奈何！"俄顷，蹶然尽倒，遂寂无声。李方惊颤欲起，有一物来，兽首人身，伏啮人首，遍吸其脑。李惧，匿首尸下。物来，拨李肩，欲得李首。李力伏，俾不可得。物乃推覆尸而移之。首见，<small>现。</small>李大惧，手索腰下，得巨石如碗，握之。物俯身欲龁。李骤起，大呼，击其首，中嘴。物嗥如鸱，<small>猫头鹰。</small>掩口负痛而奔，吐血道上。就视之，于血中得二齿，中曲而端锐，长四寸余。怀归以示人，皆不知其何物也。

三生

　　刘孝廉，能记前身事，与先文贲兄为同年，尝历历言之。一世为搢绅，行多玷，六十二岁而没。初见冥王，待以乡先生礼，赐坐，饮以茶。觑冥王盏中茶色清澈，己盏中浊如胶；<small>浊酒。</small>暗疑迷魂汤得毋此耶？乘冥王他顾，以盏就案角泻之，伪为尽者。俄顷，稽前生恶录；怒命群鬼捽下，罚作马。即有厉鬼絷去。行至一家，门限甚高，不可逾。方趑趄间，鬼力楚_{用力抽打}。下，痛甚而蹶。自顾，则身已在枥下矣。但闻人曰："骊马生驹矣！牡也。"心甚明了，但不能言。觉大馁，不得已，就牝马求乳。逾四五年，体修伟，甚畏挞楚，见鞭则惧而逸。主人骑，必覆障泥，缓辔徐徐，犹不甚苦；惟奴仆圉人，不加鞯装_{骑具}。以行，两踝夹击，痛彻心腑。于是愤甚，三日不食，遂死。至冥司，冥王查其罚限未满，责其规避，剥其皮革，罚为犬。意懊丧，不欲行。群鬼乱挞之。痛极而窜于野，自念不如死，愤投绝壁，颠莫能起。自顾，则身伏窦中，牝犬舐而腓字之，_{爱抚喂养。}乃知身已复生于人世矣。稍长，见便液，亦知秽；然嗅之而香，但立念不食耳。为犬经年，常忿欲死，又恐罪其规避。而主人又豢养不肯戮。乃故啮主人，脱股肉。主人怒，杖杀之。冥王鞫_{审问}状，怒其狂獗，笞数百，俾作蛇。囚于幽室，暗不见天。闷甚，缘壁而上，穴屋而出。自视，则身伏茂草，居然蛇矣。遂矢志不残生类，饥吞木实。积年余，每思自尽不可，害人而死又不可。欲求一善死之策而未得也。一日，卧草中，闻车过，遽出当路。车驰压之，断为两。冥王讶其速至。因俯伏自剖。_{辩解。}冥王以其无罪见杀，原之，准其满限，复为人，是为刘公。公生而能言，文章书史，过辄成诵。辛酉，举孝廉。每劝人：乘马必厚其障泥；股夹之刑，胜于鞭楚也。

异史氏曰："毛角之俦，_{指兽类。}乃有王公大人在其中。所以然者，王公大人之内，原未必无毛角者在其中也。故贱者为善，如求花而种其树；贵者为善，如已花而培其本。种者可大，培者可久。不然，且将负盐车，受羁辔，与之为马；不然，且将啖便液，受烹割，与之为犬；又不然，且将披鳞介，葬鹤鹳，与之为蛇。"

狐入瓶

万村石氏之妇祟于狐，患之，而不能遣。扉后有瓶，每闻妇翁来，狐辄遁匿其中。妇窥之熟，暗计而不言。一日，窜入，妇急以絮塞其口，置釜中，燂_{烧热。}汤而沸之。瓶热，狐呼曰："热甚！勿恶作剧！"妇不语，号益急；久之，无声。拔塞而验之，毛一堆，血数点而已。

真定女

真定界有孤女，方六七岁，收养于夫家。相居二三年，夫诱与交而孕。腹膨膨而以为病也，告之母。母曰："动否？"曰："动。"又益异之。然以其齿太稚，不敢决。未几，生男。母叹曰："不图拳母，竟生锥儿！_{拳、锥，形容微小。}"

焦螟

董侍读默庵家，为狐所扰。瓦砾砖石，忽如雹落，家人相率奔匿，待其间歇，乃敢出操作。公患之，假祚庭孙司马第移避之，而狐扰犹故。一日，朝中待漏，_{等待上朝。}适言其异。大臣或言："关东道士焦螟，居内城，总持敕勒之术，_{主管道教的符法之事。}颇有效。"公造庐而请之。道士朱书符，使归粘壁上。狐竟不惧，抛掷有加焉。公复告道士。道士怒，亲诣公家，筑坛作法。俄见一巨狐，伏坛下。家人受虐已久，衔恨綦深，一婢近击之。婢忽仆地气绝。道士曰："此物猖獗，我尚不能遽服之，女子何轻犯尔尔！"既而曰："可借鞫狐词亦得。"戟指咒移时，婢忽起，长跪。道士诘其里居。婢作狐言："我西域产，入都者十八辈。"道士曰："辇毂_{京城。}之下，何容尔辈久居！可速去！"狐不答。道士击案怒曰："汝欲梗吾令耶？再若迁延，法不汝宥！"狐乃蹙怖作色，愿谨奉教。道士又速之，婢又仆绝，良久始苏。俄见白块四五团，滚滚如球，附檐际而行；次第追逐，顷刻俱去。由是遂安。

叶生

淮阳叶生者，失其名字。文章词赋，冠绝当时；而所遇不偶，_{际遇不佳。}困于名场。会关东丁乘鹤来令是邑，见其文，奇之；召与语，大悦。使即官署，受灯火；时赐钱谷恤其家。值科试，公游扬_{到处称扬。}于学使，遂领冠军。公期望綦切，闱后，索文读之，击节称叹。不意时数限人，文章憎命，榜既放，依然铩羽。生嗒丧_{沮丧。}而归，愧负知己，形销骨立，痴若木偶。公闻，召之来而慰之。生零涕不已。公怜之，相期考满入都，携与俱北。生甚感佩，辞而归，杜门不出。无何，寝疾。公遗_{赠予。}问不绝。而服药百裹，殊罔所效。公适以忤上官免，将解任去，函致之，其略云："仆东归有日，所以迟迟者，待足下耳。足下朝至，则仆夕发矣。"传之卧榻，生持书啜泣，寄语来使："疾革难遽瘥，_{病愈。}请先发。"使人返白。公不忍去，徐待之。逾数日，门者忽通叶生至。公喜，迎而问之。生曰："以犬马病，劳夫子久待，万虑不宁。今幸可从杖履。"公乃束装戒旦。抵里，命子师事生，夙夜与俱。公子名再昌，时年十六，尚不能文；然绝慧，凡文艺三两过，辄无遗忘。居之期岁，便能落笔成文。益之公力，遂入邑庠。生以生平所拟举业，悉录授读。闱中七题，并无脱漏，中亚魁。公一日谓生曰："君出余绪，遂使孺子成名。然黄钟长弃若何！"生曰："是殆有命。借福泽为文章吐气，使天下人知半生沦落，非战之罪也，愿亦足矣。且士得一人知己，可无憾。何必抛却白纻，乃谓之利市哉！"公以其久客，恐误岁试，劝令归省。惨然不乐。公不忍强，嘱公子至都为之纳粟。公子又捷南宫，授部中主政。携生赴监，与共晨夕。逾岁，生入北闱，竟领乡荐。_{考中举人。}会公子差南河典务，因谓生曰："此去离贵乡不远，先生奋迹云霄，锦还为快。"生亦喜。择吉就道，抵淮阳界，命仆马送生归。见门户萧条，意甚悲恻。逡巡至庭中。妻携簸具以出，见生，掷具骇走。生凄然曰："我今贵矣，三四年不觌，何遂顿不相识？"妻遥谓曰："君死已久，何复言贵？所以久淹君枢者，以家贫子幼耳。今阿大亦已成立，将卜窀穸，_{墓穴。}勿作怪异吓生人。"生闻之，怃然惆怅。逡巡入室，见灵柩俨然，扑地而灭。妻惊视之，衣冠履舄如脱委焉；大恸，抱衣悲哭。子自塾中归，见结驷于门，审所自来，骇奔告母。母挥涕告诉。又细询从者，始得颠末。从者返，公子闻之，涕坠垂膺。即命驾哭诸其室；出橐营葬，葬以孝廉礼。又厚遗其子，为延师教读。言于学使，逾年游泮。_{成为秀才。}

异史氏曰："魂从知己，竟忘死耶？闻者疑之，余深信焉。同心倩女，至离枕上之魂；千里良朋，犹识梦中之路。而况茧丝蝇迹，吐学士之心肝；流水高山，通我曹之性命者哉！嗟乎！遇合难期，遭逢不偶。行踪落落，对影长愁；傲骨嶙嶙，搔头自爱。叹面目之酸涩，来鬼物之揶揄。频居康了_{落榜}之中，则须发之条条可丑；一落孙山之外，则文章之处处皆疵。古今痛哭之人，卞和惟尔；颠倒逸群之物，伯乐伊谁？抱刺于怀，三年灭字；侧身以望，四海无家。人生世上，只须合眼放步，以听造物之低昂而已。天下之肮脏沦落，如叶生其人者，亦复不少，顾安得令威复来，而生死从之也哉？噫！"

四十千

新城王大司马有主计仆，_{管家}。家称素封。忽梦一人奔入曰："汝欠四十千，今宜还矣。"问之，不答，径入内去。既醒，妻产男。知为夙孽，遂以四十千捆置一室，凡儿衣食病药，皆取给焉。过三四岁，视室中钱，仅存七百。适乳姥抱儿至，调笑于侧，呼之曰："四十千将尽，汝宜行矣。"言已，儿忽颜色蹙变，项折目张。再抚之，气已绝矣。乃以余资置葬具而瘗之。此可为负欠者戒也。昔有老而无子者，问诸高僧。僧云："汝不欠人者，人又不欠汝者，乌得子？"盖生佳儿，所以报我之缘；生顽儿，所以取我之债。生者勿喜，死者勿悲也。

成仙

　　文登周生，与成生少共笔砚，遂订为杵臼交。_{贫贱之交。}而成贫，故终岁依周。以齿，则周为长，呼周妻以嫂。节序_{节日。}登堂，如一家焉。周妻生子，产后暴卒。继聘王氏。成以少故，未尝请见之。一日，王氏弟来省姊，宴于内寝。成适至。家人通白，周坐命邀之。成不入，辞去。周移席外舍，追之而还。甫坐，即有人白"别业之仆，为邑宰重笞者"。先是，黄吏部家牧佣，牛躏_{践踏。}周田，以是相诟。牧佣奔告主，捉仆送官，遂被笞责。周诘得其故，大怒曰："黄家牧猪奴，何敢尔！其先世为大父服役；促得志，乃无人耶！"气填吭臆，忿而起，欲往寻黄。成掣而止之曰："强梁世界，原无皂白。况今日官宰，半强寇不操矛弧者耶！"周不听。成谏止再三，至泣下。周乃止。怒终不释，转侧达旦。谓家人曰："黄家欺我，我仇也，姑置之。邑令朝廷官，非势家官，纵有互争，亦须两造，何至如狗之随嗾者！我亦呈治其佣，视彼将何处分。"家人悉怂恿之，计遂决。以状赴宰，宰裂而掷之。周怒，语侵宰。宰惭恚，因逮系之。辰后，成往访周，始知入城讼理。急奔劝止，则已在囹圄矣。顿足无所为计。时获海寇三名，宰与黄赂嘱之，使捏周党。据词申黜衣顶，_{功名。}榜掠酷惨。成入狱，相顾凄酸，谋叩阙。_{告御状。}周曰："身系重犴，_{牢狱。}如鸟在笼；虽有弱弟，止足供囚饭耳。"成锐身自任曰："是予责也。难而不急，乌用友也！"乃行。周弟赆_{赠送路费。}之，则去已久矣。

　　至都，无门入控。相传驾将出猎，成预隐木市中。俄驾过，伏舞哀号，遂得准。驿送而下，着部院审奏。时阅十月余，周已诬服论辟。院接御批，大骇，复提躬谳。_{审问犯人。}黄亦骇，谋杀周，因赂监者绝其食饮；弟来馈问，苦禁拒之。成又为赴院声屈，始蒙提问，业已饥饿不起。院台怒，杖毙监者。黄大怖，纳数千金，嘱为营脱，以是得蒙眬题免。宰以枉法拟流。周放归，益肝胆成。成自经讼系，世情尽灰，招周偕隐。周溺少妇，辄迂笑之。成虽不言，而意甚决。别后，数日不至。周使探诸其家，家人方疑其在周所。两无所见，始疑。周心知其异，遣人踪迹之，寺观壑谷，物色殆遍。时以金帛恤其子。又八九年，成忽自至，黄巾氅服，岸然道貌。周喜，把臂曰："君何往？使我寻欲遍。"笑曰："孤云野鹤，栖无定所。别后幸复顽健。"周命置酒，略通间阔，_{久别之情。}欲为变易道装。成笑，不语。周曰："愚哉！何弃妻孥犹敝屣也？"成笑曰："不然。人将弃予，其何人之能弃！"问所栖止。答在劳山之上清宫。既而抵足寝，梦成裸伏身上，气不得息。讶问何为，殊不答。忽惊而寤，呼成，不应；坐而索之，杳然不知所往。定移时，始觉在成榻，骇曰："昨不醉，何颠倒至此耶？"乃呼家人。家人火之，俨然成也。周固多髭，以手自捋，则疏无几茎。取镜自照，讶曰："成生在此，我何往？"已而大悟，知成以幻术招隐。意欲归内，弟以其貌异，禁不听前。周亦无以自明。即命仆马往寻成。数日，入劳山；马行疾，仆不能及。休止树下，见羽客往来甚众。内一道人目周，周因以成问。道士笑曰："耳其名矣。似在上清。"言已径去。周目送之，见一矢之外，又与一人语，亦不数言而去。与言者渐至，乃同社生。见周，愕曰："数年不晤，人以君学道名山。今尚游戏人间耶？"周数其异。生惊曰："我适遇之，而以为君也。去无几时，或亦不远。"周大异曰："怪哉！何自己面目，觌面而不之识？"仆寻至，急驰之，竟无踪兆。一望寥阔，进退难以自主。

自念无家可归，遂决意穷追。而怪险不复可骑，遂以马付仆归，逶迤自往。遥见一童独坐，趋近问程，且告以故。童自言为成弟子，代荷衣粮，导与俱行。星饭露宿，逴行殊远。三日始至，又非世之所谓上清。时十月中，山花满路，不类初冬。童入报，成即遽出，始认己形。执手而入，置酒宴语。见异彩之禽，驯人不惊；声如笙簧，时来鸣于坐上。心甚异之。然尘俗念切，无意留连。地下有蒲团二，曳与并坐。至二更后，万虑俱寂。忽似瞥然一盹，身觉与成易位。疑之，自扪额下，则于思者^{浓须}如故矣。既曙，浩然思返。成固留之。越三日，乃曰："乞少寐息，早送君行。"甫交睫，闻成呼曰："行装已俱矣。"遂起从之。所行殊非旧途，觉无几时，里居已在望中。成坐候路侧，俾自归。周强之不得，因踽踽至家门。叩不能应，思欲越墙，觉身飘似叶，一跃已过。凡逾数重垣，始抵卧室：灯烛荧然，内人未寝，哝哝与人语。舐窗以窥，则妻与一厮仆同杯饮，状甚狎亵。于是怒火如焚。计将掩执，^{袭捉。}又恐孤力难胜，遂潜身脱扃而出。奔告成，且乞为助。成慨然从之，直抵内寝。周举石挝门，内张皇甚。擂愈急，内闭益坚。成拨以剑，划然顿辟。周奔入，仆冲户而走。成在门外，以剑击之，断其肩臂。周执妻拷讯，乃知被收时即与仆私。周借剑决其首，胃肠庭树间。乃从成出，寻途而返。蓦然忽醒，则身在卧榻，惊而言曰："怪梦参差，使人骇惧！"成笑曰："梦者，兄以为真；真者，乃以为梦。"周愕而问之。成出剑示之，溅血犹存。周惊怛欲绝，窃疑成诪张为幻。^{以幻术相骗。}成知其意，乃促装送之归。荏苒至里门，乃曰："畴昔^{从前。}之夜，倚剑而相待者，非此处耶？吾厌见恶浊，请还待君于此。如过晡^{中时。}不来，予自去。"周至家，门户萧索，似无居人；还入弟家。弟见兄，双泪交坠，曰："兄去后，盗夜杀嫂，刳肠去，酷惨可悼。于今官捕未获。"周如梦醒，因以情告，戒勿究。

弟错愕良久。周问其子。乃命老妪抱至。周曰："此襁褓物，宗绪所关，弟好视之。兄欲辞人世矣。"遂起，径去。弟涕泗追挽。笑行不顾。至野外，见成，与俱行；遥回顾曰："忍事最乐。"弟欲有言，成阔袖一举，即不可见。怅立移时，痛哭而返。周弟朴拙，不善治家人生产，居数年，家益贫。周子渐长，不能延师，因自教读。一日早至斋，见案头有函书，缄封甚固，签题"仲氏启"。审之，为兄迹；开视，则虚无所有，只见爪甲一枚，长二指许，心怪之。以甲置砚上，出问家人所自来，并无知者。回视，则砚石粲粲，化为黄金。大惊。以试铜铁，皆然。由此大富。以千金赐成氏子。因相传两家有点金术云。

新郎

　　江南梅孝廉耦长，言其乡孙公为德州宰，鞫一奇案。初，村人有为子取_娶妇者。新人入门，戚里_{亲戚乡邻}毕贺。饮至更余，新郎出。见新妇炫妆，趋转舍后，疑而尾之。宅后有长溪，小桥通之。见新妇渡桥径去，益疑。呼之不应。遥以手招婿。婿急趁之。相去盈尺，而卒不可及。行数里，入一村落。妇止，谓婿曰："君家寂寞，我不惯住。请与暂居妾家，数日便同归省。"言已，抽簪叩扉，轧然有女童应门。妇先入。不得已，从之。既入，则岳父母俱在堂上。谓婿曰："我女少娇惯，未尝一刻离膝下；一旦去故里，心辄戚戚。今同郎来，甚慰系念。居数日，当送两人归。"乃为除室，床褥备具，遂居之。家中客见新郎久不至，共索之。室中惟新妇在，不知婿之何往。由此遐迩_{远近}访问，并无耗息。翁媪零涕，谓其必死。将半载，妇家悼女无偶，遂请于村人父，欲别醮女。^{改嫁。}村人父益悲，曰："骸骨衣裳，无所验证。何知吾儿遂为异物？纵其奄丧，^{猝死。}周岁而嫁，当亦未晚。胡为如是急耶？"妇父益衔之，讼于庭。孙公怪疑，无所措力，断令待以三年。存案，遣去。

村人子居女家，家人亦大相欣待。每与妇议归，妇亦诺之，而因循不即行。积半年余，中心徘徊，万虑不安。欲独归，而妇固留之。一日，合家遑遽，似有急难。仓卒谓婿曰："本拟三二日遣夫妇偕归，不意仪装未备，忽遭闵凶。不得已，先送郎还。"于是送出门，旋踵即返，周旋言动，颇甚草草。方欲觅途，回视，院宇无存，但见高冢。大惊，寻路急归。至家，历述端末，因与投官陈诉。孙公拘妇父谕之，送女于归，^{返夫家。}使合卺焉。

灵官

朝天观道士某，喜吐纳之术。有翁假寓^{借住。}观中，适同所好，遂为玄友。居数年，每至郊祭时，辄先旬日而去，郊后乃返。道士疑而问之。翁曰："我两人莫逆，可以实告。我狐也。郊期至，则诸神清秽，我无所容，故行遁耳。"又一年，及期而去，久不复返。疑之。一日忽至，因问其故，答曰："我几不复见子矣。曩^{那时。}欲远避，心颇怠，视阴沟甚隐，遂潜伏卷瓮下。不意灵官粪除至此，瞥为所睹，愤欲加鞭。余惧而逃。灵官追逐甚急。至黄河上，濒将及矣。大窘无计，审伏溷中。神恶其秽，始返身去。既出，臭恶沾染，不可复游人世。乃投水自濯讫，又蛰穴中凡百日，垢浊始净。今来相别，兼亦致嘱：'君亦宜隐身他去，大劫将来，此非福地也.'"言已,辞去。道士依言别徙。未几而有甲申之变。

王兰

利津王兰暴病死。阎王覆勘,_{复审}。乃鬼卒之误勾也。责送还生,则尸已败。鬼惧罪,谓王曰:"人而鬼也则苦,鬼而仙也则乐。苟乐矣,何必生?"王以为然。鬼曰:"此处一狐,金丹成矣。窃其丹吞之,则魂不散,可以长存,但凭所之,罔不如意。子愿之否?"王从之。鬼导去,入一高第。见楼阁渠然,_{高广}。而悄无一人。有狐在月下,仰首望空际,气一呼,有丸自口中出,直上入月中;一吸,复落,以口承之,则又呼之,如是不已。鬼潜伺其侧,俟其出,急掇于手,付王吞之。狐惊,胜气相尚;见二人在,恐不敌,愤恨而去。王与鬼别。至其家,妻子见之,咸惧却走。王告以故,乃渐集。由此在家,寝处如平时。其友张姓者,闻而省之。相见话温凉,因谓张曰:"我与君家夙贫,今有术可以致富,子能从我游乎?"张唯唯。曰:"我能不药而医,不卜而断。我欲现身,恐识我者相惊怪。附子而行,可乎?"张又唯唯。于是即日趋装。至山西界,富室有女得暴疾,眩然瞀瞑,_{昏迷不醒}。前后药禳既穷。张造其庐,以术自炫。富翁止此女,常珍惜之,能医者,愿以千金为报。张请视之,从翁入室,见女瞑卧;启其衾,抚其体,女昏不觉。王私告张曰:"此魂亡也,当为觅之。"张乃告翁:"病虽危,可救。"问:"需何药?"俱言不须:"女公子魂离他所,业遣神觅之矣。"约一时许,王忽来,具言已得。张乃请翁再入,又抚之。少顷,女欠伸,目遽张。翁大喜,抚问。女言:"向戏园中,见一少年郎携弹弹雀，数人牵骏马从诸其后。急欲奔避，横被阻止。少年以弓授儿，教儿弹。方羞诃之，便携儿马上，累骑而行，笑曰：'我乐与子戏，勿羞也。'数里，入山中。我马上号且骂。少年怒，推堕路旁。欲归无路。适有一人捉儿臂，疾若驰，瞬息至家，忽若梦醒。"翁神之，果贻赠送千金。王宿与张谋，留二百金作路费，余俱摄去，款门而付其子。又命以三百馈张氏，乃复还。次日，与翁别，不见金藏何所，益奇之，厚礼而送之。

逾数日，张于郊外遇同乡人贺才。才饮赌，不事生业，其贫如丐；闻张得异术，获金无算，因奔寻之。王劝薄赠令归。才不改故行，旬日荡尽，将复寻张。王已知之，曰："才狂悖，不可与处。只宜赂之使去，纵祸犹浅。"逾日，才果至，强从与俱。张曰："我固知汝复来，然日事酗赌，千金何能满无底窦洞！诚改若所为，我百金相赠。"才诺之。张泻囊与之。才去，以百金在橐，赌益豪；益之狭邪游，挥金如土。邑中捕役疑而执之，质于官，拷掠酷惨。才实告金所自来。乃遣隶押才捉张。创剧，毙于途。魂不忘张，复往依之，因与王会。一日，聚饮于烟墩，才大醉，狂呼。王止之，不听。适巡方御史过，闻呼搜之，获张。张惧，以实告。御史怒，笞而牒于神。夜梦金甲人告曰："查王兰无辜而死，今为鬼仙，医亦仁术，不可律以妖魅。今奉帝命，授为清道使。贺才邪荡，已罚窜流放铁围山。张某无罪，当宥之。"御史醒而异之，乃释张。张制装旋里，囊中存数百金，敬以半送王家。王氏子孙以此致富焉。

王成

　　王成，平原故家子。性最懒，生涯日落，惟剩破屋数间，与妻卧牛衣_{草麻编织物}中，交谪_{妻子的埋怨}。不堪。时盛夏燠热，村外故有周氏园，墙宇尽倾，惟存一亭；村人多寄宿其中，王亦在焉。既晓，睡者尽去。红日三竿，王始起，逡巡欲归。见草际金钗一股，拾视之，镌有细字云：仪宾府造。王祖为衡府仪宾，家中故物，多此款式。因把钗筹躇。欻一妪来寻钗。王虽故贫，然性介，遽出授之。妪喜，极赞盛德，曰："钗值几何！先夫之遗泽_{遗物}也。"问："夫君伊谁？"答云："故仪宾王柬之也。"王惊曰："吾祖也。何以相遇？"妪亦惊曰："汝即王柬之之孙耶？我乃狐仙，百年前与君祖缱绻。_{相知相守}君祖没，老身遂隐。过此遗钗，适入子手，非天数耶！"王亦曾闻祖有狐妻，信其言，便邀临顾。妪从之。王呼妻出见，负败絮，菜色黯焉。妪叹曰："嘻！王柬之之孙，乃一贫至此哉！"顾败灶无烟，曰："家计若此，何以聊生？"妻因细述贫状，呜咽饮泣。妪以钗授妇，使姑质钱市米，_{换钱买米。}三日外请复相见。王挽留之。妪曰："汝妻犹不能存活；我在，仰屋而居，复何裨益？"遂径去。王为妻言其故，妻大怖。王诵其义，使姑事之。妻诺。逾三日，果至。出数金，籴粟麦各一石。夜与妇宿短榻。妇初惧之，然察其意殊拳拳，_{诚恳真挚。}遂不之疑。

　　翌日，谓王曰："孙勿惰，宜操小生业；坐食，乌可长也？"王告以无资。曰："汝祖在时，金帛凭所取；我以世外人无需是物，故未尝多取。积花粉之金四十两，至今犹存。贮亦无所用，可将去，悉以市葛，刻日赴都，可得微息。”王从之，购五十余端匹。以归。妪命趋装，计六七日可达燕都。嘱曰：“宜勤勿懒，宜急勿缓，迟之一日，悔之已晚。”王敬诺，囊货就路。中途遇雨如绳，过宿，泞益甚。见往来行人践淖没胫，心畏苦之。待至停午，始渐燥，而阴云复合，雨又大作。信宿乃行。将近京，传闻葛价翔贵，心窃喜。入都解装，客店主人深惜其晚。先是，南道初通，葛至绝少。贝勒府购致甚急，价顿昂，较常可三倍。前一日方购足，后来者并皆失望。主人以故告王，王郁郁不乐。越日，葛至愈多，价亦下。王以无利，不肯售。迟十余日，计食耗烦多，倍益忧闷。主人劝令贱卖，改而他图。从之。亏资十余两，悉脱去。早起，将作归计，启视囊中，则金亡矣。惊告主人。主人无所为计。或劝鸣官，责主人偿。王叹曰：“此我数也，于主人何干？”主人闻而德之，赠金五两，慰之使归。自念无以见祖母，蹀躞徘徊。内外，进退维谷。适见斗鹌者，一赌数千；每市一鹌，恒百钱不止。意忽动，计囊中资，仅足贩鹌；乃归市贩鹌而返。主人喜，贺其速售。至夜，大雨彻曙。天明，衢水如河，淋零犹未休也。居以待晴；连绵数日，更无休止。起视笼中，鹌渐死。王大惧，不知计之所出。越日，死愈多，仅余数头，并一笼饲之；经宿往窥，则一鹌仅存。因告主人，不觉涕堕。主人亦为扼腕。王自度金尽罔归，但欲觅死。主人劝慰之。共往视鹌，审谛之曰：“此似英物，诸鹌之死，未必非此之斗杀之也。君暇亦无所事，请把之；如其良也，赌亦可以谋生。”王如其教。既驯，主人令持向街头赌酒食。鹌健甚，辄赢。主人喜，以金授王，使复与子弟决赌，三战三胜。半年，蓄积二十金，心益慰，视鹌如命。

　　先是，大亲王好鹌，每值“上元”，辄放民间把鹌者入邸相角。主人谓王曰：“今大富宜可立致；所不可知者，在子之命矣。”因告以故，导与俱往。嘱曰："脱败则丧气出耳；倘有万分一，鹑斗胜，王必欲市之，君勿应；如固强之，惟予首是瞻，待首肯而后应之。"王曰："诺。"至邸，则鹑人肩摩于墀下。顷之，王出御殿。左右宣言："有愿斗者上！"即有一人把鹑，趋而进。王命放鹑，客亦放。略一腾踔，客鹑已败。王大笑。王命把鹑者再进。俄而败者数人。主人曰："可矣。"相将俱登。王相之曰："睛有怒眽，此健羽也，不可轻敌。"命取铁喙者当之。一再腾跃，而王鹑铩羽。更选其良，再易再败。王急命取宫中玉鹑。片时把出，素羽如鹭，神骏不凡。王成意馁，跪而求罢。王笑曰："总之，脱斗而死，当厚尔赏。"成乃纵之。王鹑直奔之。而玉鹑方来，则伏如怒鸡以待之；玉鹑健喙，则起如翔鹤以击之。进退颉颃，相持约一伏时，_{屏息一次的时间。}玉鹑渐懈；而其怒益烈，其斗益急。未几，雪毛摧落，垂羽而逃。观者千人，罔不叹羡。王乃索取而亲把之。自喙至爪，审周一过，问成曰："鹑可货否？"答曰："小人无恒产，与相依为命，不愿售也。"王曰："赐尔重直，中人之产可致，颇愿之乎？"成俯思良久曰："本不乐置，顾大王既爱好之，苟使小人得衣食业，又何求？"王问直，答以千金。王笑曰："痴男子，此何珍宝而千金直也？"成曰："大王不以为宝，臣以为连城之璧不过也。"王曰："如何？"曰："小人把向市中，日得数金，易升斗粟，一家十余口食指_{喻指需要供养的人口。}无冻馁忧，是何宝如之？"王言："余不相亏，便与二百金。"成摇首。又增百数。成目视主人色不动，乃曰："承大王命，请减百价。"王曰："休矣！谁肯以九百金易一鹑者？"成囊鹑欲行。王呼曰："鹑人来！实给六百。肯则售，否则已耳！"成又目主人，主人仍自若。成心愿盈溢，惟恐失时，曰："以此数售，心实怏怏。但交而不成，则获戾_{得罪}滋大。无已，即如命。"王喜，即称付之。成囊金，拜赐而出。主人怼曰："我言如何？子乃急自鬻也。再少勒之，八百金在掌中矣。"成归，掷金案上，请主人自取之，主人不受。又固让之，乃盘计饭直而受之。王治装归。至家，历述所为，出金相庆。妪命置良田三百亩，起屋作器，居然世家。早起，使成督耕，妇督织，稍惰，辄呵之。夫妇相安，不敢有怨辞。过三年，家益富。妪辞欲去，夫妇共挽之，至泣下。妪亦随止。旭旦_{清早。}候_{请安}之，已杳矣。

异史氏曰："富皆得于勤，此独得于惰，亦创闻也。不知一贫彻骨，而至性不移，此天所以始弃之而终怜之也。懒中岂果有富贵乎哉！"

梦别

王春李先生_{李宪。}之祖，与先叔祖玉田公_{蒲松龄叔祖蒲生汶。}交最善。一夜，梦公至其家，黯然相语。问："何来？"曰："仆将长往，故与君别耳。"问："何之？"曰："远矣。"遂出。送至谷中，见石壁有裂罅，便拱手作别。以背向罅，逡巡倒行而入。呼之，不应，因而惊悟。及明，以告太公敬一，_{李思豫，李宪之父。}且使备吊具，_{吊丧用品。}曰："玉田公捐舍矣。"太公请先探之，信而后吊之。不听，竟以素服往。至门，则提幡挂矣。呜呼！古人于友，其死生相信如此；丧舆待巨卿而行，岂妄哉！

李公

李公著明，睢宁令襟卓先生公子也。为人豪爽无馁怯。为新城王季良先生内弟。_{妻子的弟弟。}季良家多楼阁，往往睹怪异。公常暑月寄宿，爱阁上晚凉。或告之异，公笑，不听，固命设榻。主人如请，嘱仆辈伴公寝。公辞，言："喜独宿，生平不解怖。"主人乃使炷息香_{安息香。}于炉，始息烛覆扉而去。公即枕移时，于月色中，见几上茗瓯倾侧，旋转不休，亦不堕。公咄之，铿然立止，即若有人拔香炷，炫摇空际，纵横作花缕。公起叱曰："何物鬼魅敢尔！"裸裼下榻，欲就捉之。以足觅床下，仅得一履，不暇冥搜，赤足挝_{击。}摇处，炷顿插炉，竟寂无兆。公俯身遍摸暗陬，_{角落。}忽一物腾击颊际，竟似履状。索之，亦殊不得。乃启覆下楼，呼从人爇_{点燃。}火以烛，空无一物，乃复就枕。既明，使数人搜履。翻席倒榻，不知所在。主人为公易履。越日，偶一仰首，见一履夹塞椽间。挑拨而下，则公履也。公益都人，侨居于淄之孙氏第。第綦阔，皆置闲旷，公仅居其半。南院临高阁，止隔一堵，时见阁扉自启闭，公亦不置念。偶与家人语于庭，阁门忽开。见一小人，面北而坐，身不盈三尺，绿袍白袜。众指顾之，亦不动。公曰："此狐也。"急取弓矢，对关欲射。小人见之，嗤嗤作揶揄声。遂不复见。公捉刀登阁，且骂且搜，竟无所睹，乃返。异遂绝。公居数年，安妥无恙。公长公友三，为余姻家，其所目睹。

异史氏曰："予生也晚，未得奉公杖履。然闻之父老，大约慷慨刚毅丈夫也。观此二事，大概可睹。浩然中存，鬼狐何为乎哉！"

鄱阳神

翟湛持，司理饶州，道经鄱阳湖。湖上有神祠，停盖_{车盖，代指车。}游瞻。内雕木普郎死节臣像。翟姓一神，最居末座。翟曰："吾家宗人，_{同族姓之人。}何得在下？"遂于上易一座。既而登舟，大风断帆，桅樯倾侧，一家哀号。俄一小舟，破浪而来，既近官舟，急挽翟登小舟。于是家人尽登。审视其人，与翟姓神无少异。无何，浪息，寻之已杳。

骂鸭

邑_{指作者家乡淄川。}西白家庄居民某，盗邻鸭烹之。至夜，觉肤痒；天明视之，鸭毛茸生，触之则痛。大惧，无术可医。夜梦一人告之曰："汝病乃天罚，须得失者骂，毛乃可落。"而邻翁素雅量，生平失物，未尝征_{表露。}于声色。某诡告翁曰："鸭乃某甲所盗，彼甚畏骂焉。骂之亦可做将来。"翁笑曰："谁有闲气骂恶人！"卒不骂。某益窘，因实告邻翁。翁乃骂，其病良已。

异史氏曰："甚矣，攘_{窃取。}者之可惧也：一攘而鸭毛生！甚矣，骂者之宜戒也：一骂而盗罪减！然为善有术，彼邻翁者，是以骂行其术者也。"

柳氏子

胶州柳西川，法内史之主计仆也。年四十，生一子，溺爱甚至；纵任之，惟恐拂。既长，荡侈逾检，翁囊积为空。无何，子病。翁故畜善骡。子曰："骡肥可啖。杀啖我，我病可愈。"柳谋杀蹇劣者。子闻之，即大怒骂，病益剧。柳惧，杀骡以进，乃喜。然尝一脔便弃去，病卒不减，寻毙。柳悼叹欲死。

后三四年，村人以香社登岱。至山半，见一人乘骡行，驶而来，怪似柳子。比至，果是。下骡遍揖，各道寒暄。村人共骇，亦不敢诘其死；但问："在此何作？"答云："亦无甚事，东西奔驰而已。"便问逆旅主人姓名。众具告之。柳子拱手曰："适有小故，不暇叙间阔，_{久别。}明日当相谒。"上骡遂去。众既归寓，亦谓其未必即来。晏旦俟之，子果至。系骡厩柱，趋进笑言。众谓："尊大人日切思慕，何不一归省视？"子讶问："言者何人？"众以柳对。子神色俱变，久之曰："彼既见思，请归传语：我于四月七日，在此相候。"言讫别去。众归，以情致翁。翁大哭，如期而往，自以故告主人。主人止之曰："曩见公子神情冷落，似未必有嘉意。以我卜之，殆不可见。"柳涕泣不信。主人曰："我非阻君，神鬼无常，恐遭不吉。如必欲见，请伏椟_{木柜、木箱。}中。待其来，察其词色，可见则出。"柳如其言。既而，子果至。问："柳某来否？"主人答云："无。"子盛气骂曰："老畜产那便不来！"主人惊曰："何骂父？"答曰："彼是我何父？初与伊为客侣，_{合伙在外经商。}不图包藏祸心，隐我血赀悍不还。今愿得而甘心_{得而杀之，以快心意。}焉，何父之有！"言已，出门曰："便宜他！"柳在楗历历闻之，汗流接踵，不敢出气。主人呼之，乃出，狼狈而归。

异史氏曰："暴得多金，何如其乐！所难堪者偿耳！荡费殆尽，尚不忘于夜台，<small>死后犹不能忘怀。</small>怨毒之于人，甚矣哉！"

卷三

青凤

　　太原耿氏，故大家，第宅宏阔。后凌夷，_{通"陵夷"，衰败。}楼舍连亘，半旷废之。因生怪异，堂门辄自关掩，家人恒中夜骇哗。耿患之，移居别墅，留老翁门焉。由此荒落益甚，或闻笑语歌吹声。耿有从子去病，狂放不羁，嘱翁有所闻见，奔告之。至夜，见楼上灯光明灭，走报生。生欲入觇其异。止之，不听。门户素所习识，竟拨蒿蓬，曲折而入。登楼，初无少异；穿楼而过，闻人语切切。潜窥之，见巨烛双烧，其明如昼。一叟儒冠南面坐，一妪相对，俱年四十余。东向一少年，可二十许；右一女郎，才及笄耳。酒胾满案，团坐笑语。生突入，笑呼曰："有不速之客一人来！"群惊奔匿。独叟诧问："谁何入人闺闼？"生曰："此我家也，君占之。旨酒自饮，不邀主人，毋乃太吝？"叟审睇之，曰："非主人也。"生曰："我狂生耿去病，主人之从子耳。"叟致敬曰："久仰山斗！"乃揖生入，便呼家人易馔。生止之。叟乃酌客。生曰："吾辈通家，坐客无容见避，还祈招饮。"叟呼："孝儿！"俄少年自外入。叟曰："此豚儿_{对人谦称己子。}也。"揖而坐，略审门阀。叟自言："义君姓胡。"生素豪，谈议风生，孝儿亦倜傥；倾吐间，雅相爱悦。生二十一，长孝儿二岁，因弟之。叟曰："闻君祖纂《涂山外传》，知之乎？"答："知之。"叟曰："我涂山氏之苗裔也。唐以后，谱系犹能忆之，五代而上无传焉。幸公子一垂教也。"生略述涂山女佐禹之功，粉饰多词，_{铺陈夸张，词采繁富。}妙绪泉涌。叟大喜，谓子曰："今幸得闻所未闻。公子亦非他人，可请阿母及青凤来共听之，亦令知我祖德也。"孝儿入帏中。少时，媪偕女郎出。审顾之，弱态生娇，秋波流慧，人间无其丽也。叟指妇云："此为老荆。"又指女郎："此名青凤，鄙人之犹女_{侄女}也。颇慧，所闻见辄记不忘，故唤令听之。"生谈竟而饮，瞻顾女郎，停睇不转。女觉之，俯其首。生隐蹑莲钩，女急敛足，亦无愠怒。生神志飞扬，不能自主，拍案曰："得妇如此，南面王不易也！"媪见生渐醉益狂，与女俱去。生失望，乃辞叟出，而心萦萦，不能忘情于青凤也。

至夜，复往，则兰麝犹芳，凝待终宵，寂无声咳。归与妻谋，欲携家而居之，冀得一遇。妻不从，生乃自往，读于楼下。夜凭几，一鬼披发入，面黑如漆，张目视生。生笑，拈指研墨自涂，灼灼然相与对视，鬼惭而去。次夜更深，灭烛欲寝，闻楼后发扃，辟之閛然。急起窥觇，则扉半启。俄闻履声细碎，有烛光自房中出。视之，则青凤也。骤见生，骇而却退，遽阖双扉。生长跪致词曰："小生不避险恶，实以卿故。幸无他人，得一握手为笑，死不憾耳。"女遥语曰："惓惓深情，妾岂不知？但吾叔闺训严谨，不敢奉命。"生固哀之，云："亦不敢望肌肤之亲，但一见颜色足矣。"女似肯可，启关出，捉其臂而曳之。生狂喜，相将_{携手}入楼下，拥而加诸膝。女曰："幸有夙分；过此一夕，即相思无益矣。"问："何故？"曰："阿叔畏君狂，故化厉鬼以相吓，而君不动也。今已卜居他所，一家皆移，什物赴新居，而妾留守，明日即发矣。"言已，欲去，云："恐叔归。"生强止之，欲与为欢。方持论间，叟掩入。女羞惧无以自容，挽手依床，拈带不语。叟怒曰："贱婢辱我门户！不速去，鞭挞且从其后！"女低头急去，叟亦出。生尾而听之，诃诟万端，闻青凤嘤嘤啜泣。生心意如割，大声曰："罪在小生，于青凤何与？倘宥青凤，刀锯铁钺，愿身受之！"良久寂然，乃归寝。自此第内，绝不复声息矣。生叔闻而奇之，愿售以居，不较值。生喜，携家口而迁焉。居逾年，甚适，而未尝须臾忘青凤也。会清明上墓归，见小狐二，为犬逼逐。其一投荒窜去，一则皇急道上。望见生，依依哀啼，帖耳辑首，_{畏惧驯服的样子。}似乞其援。生怜之，启裳衿，提抱以归。闭门，置床上，则青凤也。大喜，慰问。女曰："适与婢子戏，遭此大厄。脱非郎君，必葬犬腹。望无以非类见憎。"生曰："日切怀思，系于魂梦。见卿如获异宝，何憎之云！"女曰："此天数也。不因颠覆，_{喻严重挫折。}何得相从？然幸矣，婢子必言妾已死，可与君坚永约耳。"生喜，另舍舍之。积二年余，生方夜读，孝儿忽入。生辍读，讶诘所来。孝儿伏地，怆然曰："家君有横难，非君莫救。将自诣恳，恐不见纳，故以某来。"问："何事？"曰："公子识莫三郎否？"曰："此吾年家子_{科举同年的晚辈子侄。}也。"孝儿曰："明日将过，倘携有猎狐，望君留之也。"生曰："楼下之羞，耿耿在念，他事不敢预闻。_{过问。}必欲仆效绵薄，非青凤来不可。"孝儿零涕曰："凤妹已野死三年矣。"生拂衣曰："既尔，则恨滋深耳！"执卷高吟，殊不顾瞻。孝儿起，哭失声，掩面而去。生如青凤所，告以故。女失色曰："果救之否？"曰："救则救之。适不之诺者，亦聊以报前横耳。"女乃喜曰："妾少孤，依叔成立。昔虽获罪，乃家范应尔。"生曰："诚然，但使人不能无介介耳。卿果死，定不相援。"女笑曰："忍哉！"次日，莫三郎果至，镂膺虎韔，仆从甚赫。生门逆之。见获禽甚多，中一黑狐，血殷毛革；抚之，皮肉犹温。便托裘敝，乞得缀补。莫慨然解赠。生即付青凤，乃与客饮。客既去，女抱狐于怀，三日而苏，展转复化为叟。举目见凤，疑非人间。女历言其情。叟乃下拜，惭谢前愆。喜顾女曰："我固谓汝不死，今果然矣。"女谓生曰："君如念妾，还祈以楼宅相假，使妾得以申返哺之私。"_{表达对长辈的孝心。}生诺之。叟赧然谢别而去。入夜，果举家来。由此如家人父子，无复猜忌矣。生斋居，孝儿时共谈宴。生嫡出子渐长，遂使傅之；_{做孩子的老师。}盖循循善教，有师范焉。

画皮

　　太原王生，早行，遇一女郎，抱襆_{通"袱"，包袱。}独行，甚艰于步。急走趁之，乃二八姝丽。心相爱乐，问："何夙夜踽踽而独？"女曰："行道之人，不能解愁忧，何劳相问？"生曰："卿何愁忧？或可效力，不辞也。"女黯然曰："父母贪赂，鬻妾朱门。嫡妒甚，朝詈而夕楚辱之，所弗堪也，将远遁耳。"问："何之？"曰："在亡之人，乌有定所。"生言："敝庐不远，即烦枉顾。"女喜从之。生代携襆物，导与同归。女顾室无人，问："君何无家口？"答云："斋耳。"女曰："此所良佳。如怜妾而活之，须秘密勿泄。"生诺之，乃与寝合。使匿密室，过数日而人不知也。生微告妻。妻陈，疑为大姓媵妾，劝遣之。生不听。

　　偶适市，遇一道士，顾生而愕。问："何所遇？"答言："无之。"道士曰："君身邪气萦绕，何言无？"生又力白。道士乃去，曰："惑哉！世固有死将临而不悟者。"生以其言异，颇疑女；转思明明丽人，何至为妖，意道士借魇禳以猎食者。无何，至斋门，门内杜，不得入。心疑所作，乃逾垝垣，_{残缺的院墙。}则室门已闭。蹑足而窗窥之，见一狞鬼，面翠色，齿巉然如锯。铺人皮于榻上，执彩笔而画之；已而掷笔，举皮如振衣状，披于身，遂化为女子。睹此状，大惧，兽伏而出。急追道士，不知所往。遍迹之，遇于野，长跪乞救，请遣除之。道士曰："此物亦良苦，甫能觅代者，予亦不忍伤其生。"乃以蝇拂授生，令挂寝门。临别，约会于青帝庙。生归，不敢入斋，乃寝内室，悬拂焉。一更许，闻门外戢戢有声，自不敢窥，使妻窥之。但见女子来，望拂子不敢进；立而切齿，良久乃去。少时复来，骂曰："道士吓我。终不然，宁入口而吐之耶！"取拂碎之，坏寝门而入。径登生床，裂生腹，掬生心而去。妻号，婢入烛之，生已死，腔血狼藉。陈骇涕不敢声。明日，使弟二郎奔告道士。道士怒曰："我固怜之，鬼子乃敢尔！"即从生弟来。女子已失所在。既而仰首四望，曰："幸遁未远。"问："南院谁家？"二郎曰："小生所舍也。"道士曰："现在君家。"二郎愕然，以为未有。道士问曰："曾否有不识者一人来？"答曰："仆早赴青帝庙，良不知，当归问之。"去，少顷而返，曰："果有之。晨间一妪来，欲佣为仆家操作，室人<small>妻子</small>止之，尚在也。"道士曰："即是物矣。"遂与俱往。仗木剑，立庭心，呼曰："孽鬼！偿我拂子来！"妪在室，惶遽无色，出门欲遁。道士逐击之。妪仆，人皮划然而脱，化为厉鬼，卧嗥如猪。道士以木剑枭其首；身变作浓烟，匝地作堆。道士出一葫芦，拔其塞，置烟中，飀飀然如口吸气，瞬息烟尽。道士塞口入囊。共视人皮，眉目手足，无不备具。道士卷之，如卷画轴声，亦囊之，乃别欲去。陈氏拜迎于门，哭求回生之法。道士谢不能。陈益悲，伏地不起。道士沉思曰："我术浅，诚不能起死。我指一人，或能之。"问："何人？"曰："市上有疯者，时卧粪土中。试叩而哀之。倘狂辱夫人，夫人勿怒也。"二郎亦习知之。乃别道士，与嫂俱往。见乞人颠歌道上，鼻涕三尺，秽不可近。陈膝行而前。乞人笑曰："佳人爱我乎？"陈告以故。又大笑曰："人尽夫也，活之何为？"陈固哀之。乃曰："异哉！人死而乞活于我，我阎摩_{印度教神话中掌管死亡及审判之灵的神明。}耶？"怒以杖击陈。陈忍痛受之。市人渐集如堵。乞人咯痰唾盈把，举向陈吻曰："食之！"陈红涨于面，有难色；既思道士之嘱，遂强唼焉。觉入喉中，硬如团絮，格格而下，停结胸间。乞人大笑曰："佳人爱我哉！"遂起，行已不顾。尾之，入于庙中。迫而求之，不知所在；前后冥搜，殊无端兆，惭恨而归。既悼夫亡之惨，又悔食唾之羞，俯仰哀啼，但愿即死。方欲展拂拭。血敛尸，家人伫望，无敢近者。陈抱尸收肠，且理且哭。哭极声嘶，顿欲呕。觉鬲中结物，突奔而出，不及回首，已落腔中。惊而视之，乃人心也。在腔中突突犹跃，热气腾蒸如烟然。大异之。急以两手合腔，极力抱挤。少懈，则气氤氲自缝中出，乃裂缯帛急束之。以手抚尸，渐温，覆以衾裯。中夜起视，有鼻息矣。天明，竟活。为言："恍惚若梦，但觉腹隐痛耳。"视破处，痂结如钱，寻愈。

异史氏曰："愚哉世人！明明妖也，而以为美。迷哉愚人！明明忠也，而以为妄。然爱人之色而渔_{贪取}之，妻亦将食人之唾而甘之矣。天道好还，无往不复，但愚而迷者不悟耳。可哀也夫！"

贾儿

　　楚某翁贾_{经商。}于外。妇独居，梦与人交，醒而扪之，小丈夫也。察其情，与人异，知为狐。未几，下床去，门未开而已逝矣。入暮，邀庖媪_{做饭的老妇。}伴焉。有子十岁，素别榻卧，亦招与俱。夜既深，媪儿皆寐，狐复来。妇喃喃如梦语。媪觉，呼之，狐遂去。自是，身忽忽若有亡。至夜，不敢息烛，戒子睡勿熟。夜阑，儿及媪倚壁少寐。既醒，失妇，意其出遗；_{外出便溺。}久待不至，始疑。媪惧，不敢往觅；儿执火遍烛之，至他室，则母裸卧其中，近扶之，亦不羞缩。自是遂狂，歌哭叫詈，日万状。夜厌与人居，另榻寝，儿媪亦遣去。儿每闻母笑语，辄起火之。母反怒诃儿，儿亦不为意，因共壮儿胆。然嬉戏无节，日效杇者以砖石叠窗上，止之不听。或去其一石，则滚地作娇啼，人无敢气触之。过数日，两窗尽塞无少明。已乃和泥涂壁孔，终日营营，不惮其劳。涂已，无所作，遂把厨刀霍霍磨之。见者皆憎其顽，不以人齿。儿宵分_{夜半。}隐刀于怀，以瓢覆灯。伺母呓语，急启灯，杜门声喊。久之无异，乃离门，扬言诈作欲搜状。欻有一物如狸，突奔门隙。急击之，仅断其尾，约二寸许，湿血犹滴。初，挑灯起，母便诟骂，儿若弗闻。击之不中，懊恨而寝。自念虽不即戮，可以幸其不来。及明，视血迹，逾垣而去。迹之，入何氏园中。至夜果绝，儿窃喜。但母痴卧如死。

未几，贾人归，就榻问讯。妇谩骂，视若仇。儿以状对。翁惊，延医药之。妇泻药诟骂。潜以药入汤水杂饮之，数日渐安。父子俱喜。一夜睡醒，失妇所在，父子又觅得于别室。由是复颠，不欲与夫同室处。向夕，竟奔他室。挽之，骂益甚。翁无策，尽扃他扉。妇奔去，则门自闭。翁患之，驱禳备至，殊无少验。儿薄暮潜入何氏园，伏莽中，将以探狐所在。月初升，乍闻人语。暗拨蓬科，见二人来饮，一长鬣_{胡须}奴捧壶，衣老棕色。俱细隐，不甚可辨。移时，闻一人曰："明日可取白酒一瓶来。"顷之，俱去，惟长鬣独留，脱衣卧石上。审顾之，四肢皆如人，但尾垂后部。儿欲归，恐狐觉，遂终夜伏。未明，又闻二人以次复来，哝哝入竹丛中。儿乃归。翁问所往，答："宿阿伯家。"适从父入市，见帽肆挂狐尾，乞翁市之。翁不顾。儿牵父衣，娇聒之。翁不忍过拂，市焉。父贸易廛中，儿戏弄其侧，乘父他顾，盗钱去，沽白酒，寄肆廊。有舅氏城居，素业猎。儿奔其家，舅他出。妗_{舅母。}诘母疾，答云："连日少可。又以耗子啮衣，怒涕不解，故遣我乞猎药耳。"妗检柜中，出钱许，裹付儿，儿少之。妗欲作汤饼啖儿，儿觑室无人，自发药裹，窃盈掬而怀之。乃趋告妗，俾勿举火，_{指生火做饭。}"父待市中，不遑食也"。遂去，隐以药置酒中。遨游市上，抵暮方归。父问所在，托在舅家。儿自是日游廛肆间。一日，见长鬣杂在人中。儿审之确，阴缀系_{尾随。}之。渐与语，诘其里居。答言："北村。"亦询儿，儿伪云："山洞。"长鬣怪其洞居。儿笑曰："我世居洞府，君固否耶？"其人益惊，便诘姓氏。儿曰："我胡氏子。曾在何处见君从两郎，顾忘之耶？"其人熟视之，若信若疑。儿微启下裳，少少露其假尾，曰："我辈混迹人中，但此物犹存，为可恨耳。"其人问："在市欲何为？"儿曰："父遣我沽。"其人亦以沽告。儿问："沽未？"曰："吾侪多贫，故常窃时多。"儿曰："此役亦良苦，耽惊忧。"其人曰："受主人遣，不得不尔。"因问："主人伊谁？"曰："即曩所见两郎兄弟也。一私北郭王氏妇，一宿东村某翁家。翁家儿大恶，被断尾，十日始瘥，今复往矣。"言已欲别，曰："勿误我事。"儿曰："窃之难，不若沽之易。我先沽寄廊下，敬以相赠。我囊中尚有余钱，不愁沽也。"其人愧无以报。儿曰："我本同类，何靳些须？暇时，尚当与君痛饮耳。"遂与俱去，取酒授之，乃归。至夜，母竟安寝，不复奔。心知有异，告父同往验之，则两狐毙于亭上，一狐死于草中，喙津津尚有血出。酒瓶犹在，持而摇之，未尽也。父惊问："何不早告？"曰："此物最灵，一泄，则彼知之。"翁喜曰："我儿，讨狐之陈平也。"于是父子荷狐归。见一狐秃尾，刀痕宛然。自是遂安。而妇瘵殊甚，心渐明了，但益_{增加。}之嗽，呕痰数升，寻愈。北郭王氏妇，向祟于狐，至是问之，则狐绝而病亦愈。翁由此奇儿，教之骑射。后贵至总戎焉。

董生

董生，字遐思，青州之西鄙人。冬月薄暮，展被于榻而炽炭_{烧旺炭火}焉。方将篝灯，适友人招饮，遂扃_关户去。至友人所，座有医人，善太素脉，遍诊诸客。末顾王生九思及董曰："余阅人多矣，脉之奇无如两君者：贵脉而有贱兆，寿脉而有促征。此非鄙人所敢知也。然而董君实甚。"共惊问之。曰："某至此亦穷于术，未敢臆决。愿两君自慎之。"二人初闻甚骇，既以为模棱语，置不为意。半夜，董归，见斋门虚掩，大疑。醺中自忆，必去时忙促，故忘扃键。_{锁门。}入室，未遑爇火，先以手入衾中探其温否。才一探入，则腻有卧人。大惊，敛手。急火之，竟为姝丽，韶颜稚齿，神仙不殊。狂喜，戏探下体，则毛尾修然。大惧，欲遁。女已醒，出手捉生臂，问："君何往？"董益惧，战栗哀求："愿仙人怜恕。"女笑曰："何所见而仙我？"董曰："我不畏首而畏尾。"女又笑曰："君误矣。尾于何有？"引董手，强使覆探，则髀肉如脂，尻骨童童。_{光秃。}笑曰："何如？醉态蒙眬，不知所见伊何，遂诬人若此。"董固喜其丽，至此益惑，反自咎适然之错。然疑其所来无因。女曰："君不忆东邻之黄发女乎？屈指移居者已十年矣。尔时我未笄，君垂髫也。"董恍然曰："卿周氏之阿琐耶？"女曰："是矣。"董曰："卿言之，我仿佛忆之。十年不见，遂窈窕如此。然何遽能来？"女曰："妾适_{旧指女子出嫁。}痴郎四五年，翁姑相继逝，又不幸为文君。谓新寡。剩妾一身，茕无所依。忆孩时相识者惟君，故来相见就。入门已暮，邀饮者始至，遂潜隐以待君归。待之既久，足冰肌粟，故借被以自温耳。幸勿见疑。"董喜，解衣共寝，意殊自得。

月余，渐羸瘦，家人怪问，辄言不自知。久之，面目益支离，乃惧，复造善脉者诊之。医曰："此妖脉也。前日之死征验矣，疾不可为也。"董大哭，不去。医不得已，为之针手灸脐，而赠以药。嘱曰："如有所遇，力绝之。"董亦自危。既归，女笑要之。怫然曰："勿复相纠缠，我行且死！"走不顾。女大惭，亦怒曰："汝尚欲生耶！"至夜，董服药独寝，甫交睫，梦与女交，醒已遗矣。益恐，移寝于内，妻子火守之。梦如故。窥女子已失所在。积数日，董吐血斗余而死。王九思在斋中，见一女子来，悦其美而私之。诘所自，曰："妾遐思之邻也。渠旧与妾善，不意为狐惑而死。此地妖气可畏，读书人宜慎相防。"王益佩之，遂相欢待。居数日，迷惘病瘠。忽梦董曰："与君好者狐也。杀我矣，又欲杀我友。我已诉之冥府，泄此幽愤。七日之夜，当炷香室外，勿忘却。"省而异之。谓女曰："我病甚，恐将委沟壑，或劝勿室也。"女曰："命当寿，室亦生；不寿，勿室亦死也。"坐与调笑。王心不能自持，又乱之。已而悔之，而不能绝。及暮，插香户上。女来，拔弃之。夜又梦董来，让备其违嘱。次夜，暗嘱家人，俟寝后潜炷之。女在榻上忽惊曰："又置香耶？"王言："不知。"女急起得香，又折灭之。入曰："谁教君为此者？"王曰："或室人忧病，听巫家厌禳耳。"女彷徨不乐。家人潜窥香灭，又炷之。女忽叹曰："君福泽良厚。我误害遐思而奔子，诚我之过。我将与彼就质于冥曹。君如不忘凤好，勿坏我皮囊也。"逡巡下榻，仆地而死。烛之，狐也。犹恐其活，遽呼家人，剥其革而悬焉。王病甚，见狐来曰："我诉诸法曹。法曹谓董君见色而动，死当其罪；但咎我不当惑人，追金丹去，复令还生。皮囊何在？"曰："家人不知，已脱之矣。"狐惨然曰："余杀人多矣，今死已晚；然忍哉君乎！"恨恨而去。王病几危，半年乃瘥。

龁石

新城王钦文家，有圉人_{养马的仆人}。王姓，幼入劳山学道。久之，不火食，唯啖松子及白石。遍体生毛。既数年，念母老归里，渐复火食，_{熟食}。犹啖石如故。向日视之，即知石之甘苦酸咸，如啖芋然。母死，复入劳山，今又十七八年矣。

陆判

陵阳朱尔旦，字小明。性豪放，然素钝，学虽笃，尚未知名。一日，文社众饮。或戏之云："君有豪名，能深夜负十王殿左廊下判官来，众当酾_{jiǔ，凑钱饮酒}。作筵以相款。"盖陵阳有十王殿，神鬼皆木雕，妆饰如生。东庑有立判，绿面红须，貌尤狞恶。或夜闻两廊拷讯声。入者毛皆森竖。故众以此难朱。朱笑起，径去。居无何，门外大呼曰："我请髯宗师至矣！"众皆起。俄负判入，置几上，奉觞酹_{以酒浇地，祭祀鬼神}之三。众睹之，瑟缩不安于座。仍请负去。朱又把酒灌地，祝曰："门生狂率不文，大宗师谅不为怪。荒舍非遥，合乘兴来觅饮，幸勿畛畦。"乃负之去。次日，众果招朱饮。抵暮，半醉而归，兴未阑，挑灯独酌。忽有人搴帘入，视之，乃判官也。起曰："噫，吾殆将死矣！前夕冒渎，今来加斧锧耶？"判启浓髯微笑曰："非也。昨蒙高义盛情。相订，夜偶暇，敬践达人之约。"朱大悦，牵衣促坐，自起涤器爇火。判曰："天道温和，可以冷饮。"朱如命，置瓶案上，奔告家人治肴果。妻闻大骇，戒勿出。朱不听，立俟治具以出。易盏交酬，始询姓氏。判曰："我陆姓，无名字。"与谈古典，应答如响。问："知制艺指八股文。否？"曰："妍媸亦颇辨之。阴司诵读，与阳世略同。"陆豪饮，一举十觥。朱因竟日饮，遂不觉玉山倾颓，形容酒醉。伏几醺睡。比醒，则残烛昏黄，鬼客已去。自是三两日辄一来，情益洽，时抵足眠。朱献窗稿，指平时习作之文稿。陆辄红勒之，都言不佳。一夜，朱醉先寝，陆犹自酌。忽醉梦中觉脏腑微痛；醒而视之，则陆危坐床前，破腔出肠胃，条条整理。愕然曰："夙无仇怨，何以见杀？"陆笑曰："勿惧，我为君易慧心耳。"从容纳肠已，复合之，末以裹足布束朱腰。作用整治。毕，视榻上亦无血迹。腹间觉少麻木。见陆置肉块几上，问之。曰："此君心也。作文不快，知君之毛窍塞耳。适在冥间，于千万心中，拣得佳者一枚，为君易之，留此以补缺数。"乃起，掩扉去。天明解视，则创缝已合，有线而赤者存焉。自是文思大进，过眼不忘。数日，又出稿示陆。陆曰："可矣。但君福薄，不能大显贵，乡、科而已。"问："何时？"曰："今岁必魁。"

未几，科试冠军，果中经元。同社生素揶揄之。及见闱墨，相视而惊，细询始知其异。共求朱先容，事先为人介绍。愿纳交陆。陆诺之。众大设以待之。更初，陆至，赤髯生动，目炯炯如电。众茫乎无色，齿欲相击，渐引去。朱乃携陆归饮。既醺，朱曰："煎肠伐胃，受赐已多。尚有一事相烦，不知可否？"陆便请命。朱曰："余结发人,下体颇亦不恶,但面目不甚佳丽。欲烦君刀斧,何如?"
陆笑曰:"诺,容徐图之。"过数日,半夜来叩关。朱急起延入,烛
之,见襟裹一物。诘之。曰:"君曩所嘱,向艰物色。适得一美人
首,敬报君命。"朱拨视,颈血犹湿。陆立促急入,勿惊鸡犬。朱
虑门户夜扃。陆至,以手推扉,扉自开。引至卧室,见夫人侧身
眠。陆以头授朱抱之,自于靴中出白刃如匕首,按夫人项,着力如
切腐状,迎刃而解,首落枕畔。急于朱怀取美人首合项上,详审端
正,而后按捺。已而移枕塞肩际,命朱瘗首静所,乃去。朱妻醒,
觉颈间微麻,搓之,得血片。甚骇,呼婢汲盥。婢见面血狼藉,惊
绝。濯之,盆水尽赤。举首则面目全非,又骇极。夫人引镜自照,
错愕不能自解。朱入告之。因反覆细视,则长眉掩鬓,笑靥承颧,
画中人也。解领验之,有红线一周。上下肉色判然而异。先是,吴
侍御有女甚美,未嫁而丧二夫,故年十九犹未醮也。上元游十王殿
时,游人甚杂,内有无赖贼窥而艳之,遂阴访里居,乘夜梯入,穴
寝门,杀一婢于床下,逼女与淫。女力拒声喊,贼怒杀之。吴夫人
微闻闹声,呼婢往视,见尸骇绝。举家尽起,停尸庭上,置首项
侧,一门涕号,纷腾终夜。诘旦_{明日清早}。启衾,则身在而失其首。
遍挞诸婢,谓所守不恪,致葬犬腹。侍御告郡,郡严限捕贼,三月
而贼人弗得。渐有以朱家换头之异闻吴公者。吴公疑之,遣婢探诸
其家,入见夫人,骇走以告吴公。公视女尸故存,惊疑无以自决。
猜朱以左道_{邪术}。杀女,往诘朱。朱曰:"室人梦易其首,实不解其
何故。谓仆杀之则冤也。"吴不信,讼之。收家人鞫_{审讯}之,一如
朱言,郡守不能决。朱归,求计于陆。陆曰:"不难,当使伊女自
言之。"吴夜梦女曰:"儿为苏溪杨大年所杀,无与于朱孝廉也。彼
不艳于其妻,陆判官取儿首为易之,是儿身死而头生也。愿勿相
仇。"醒告夫人,而夫人所梦亦然。乃言于官。问之,果有杨大年,

执而械之，遂伏其辜。吴乃诣朱，请见夫人，由此为翁婿。乃以朱妻首合女尸而葬焉。朱三入礼闱，皆以场规被放。于是灰心仕进。积三十年，一夕，陆告曰："君寿不永矣。"问其期，对以五日。问："能救否？"曰："惟天所命，人何能私？且自达人观之，生死一耳，又何必生之为乐，而死之为悲乎？"朱以为然，即制衣衾棺椁。既竟，盛服而没。翌日，夫人方扶枢哭，朱忽冉冉自外至。夫人惧。朱曰："我诚鬼，无异生时。虑尔寡妇孤儿，殊悬悬耳。"夫人大恸，涕泪垂膺。朱依依慰解之。夫人曰："古有还魂之说，君既有灵，何不再生？"朱曰："天数不可违也。"问："在阴司作何务？"曰："陆判官荐我督案务，受有官爵，亦无所苦。"夫人欲再语，朱曰："陆公与我同来，可设酒馔。"趋而出。夫人依言营办。但闻室中笑饮，亮气高声，宛若生前。半夜窥之，寙然已逝。自是三数日辄一来，时而留宿缱绻，家中事就便经纪。料理。子玮方五岁，来辄提抱之；至七八岁，则灯下教读。子亦慧，九岁能文，十五入邑庠，竟不知无父也。从此来渐疏，日月至焉而已矣。又一夕来，谓夫人曰："今与卿永诀矣。"问："何往？"曰："承帝命为太华卿，行将远赴，事烦途隔，故不能来。"子母持之哭，曰："勿尔！儿已成立，家计尚可存活，世岂有百岁不拆之鸾凤耶！"顾子曰："好为人，勿坠父业。十年后一相见耳。"径出门去，于是遂绝。后玮二十五举进士，官行人。奉命祭西岳，道经华阴，忽有舆从羽葆，驰冲卤簿。讶之，审视车中人，则其父也。下马哭伏道左。父停舆曰："官声名声。好，我瞑目矣。"玮伏不起。朱促舆行，驰不顾。去数步，回望，解佩刀遣人持赠，遥语曰："佩之当贵。"玮欲追从，则舆马人从飘忽若风，瞬息不见。痛恨良久。抽刀视之，制极精工，镌字一行，曰："胆欲大而心欲小，智欲圆而行欲方。"玮后官至司马。生五子，曰沉，曰潜，曰沕，曰浑，曰深。

一夕，梦父曰："佩刀宜赠浑也。"从之。后浑仕为总宪，有政声。

异史氏曰："断鹤续凫，矫作者妄；移花接木，创始者奇；而况加斫削于肠胃，施刀锥于颈项者哉？陆公者，可谓娼皮裹妍骨矣。明季 明朝末年。至今，为岁不远，陵阳陆公犹存乎？尚有灵焉否耶？虽为之执鞭，所忻慕焉。"

婴宁

王子服，莒之罗店人。早孤，绝慧，十四入泮。指童生初入学为生员。母最爱之，寻常不令游郊野。聘萧氏，未嫁而夭，故求凰未就也。会上元，上元节，农历正月十五。有舅氏子吴生，邀同眺瞩。方至村外，舅家有仆来招吴去。生见游女如云，乘兴独遨。有女郎携婢，拈梅花一枝，容华绝代，笑容可掬。生注目不移，竟忘顾忌。女过行数武，顾婢子笑曰："个儿郎目灼灼似贼！"遗花地上，笑语自去。生拾花怅然，神魂丧失，怏怏遂返。至家，藏花枕底，垂头而睡，不语亦不食。母忧之。醮禳 jiàoráng，祈祷消灾。益剧，肌革锐减。医师诊视，投剂发表，忽忽若迷。母抚问所由，默然不答。适吴生来，嘱秘诘之。吴至榻前，生见之泪下。吴就榻慰解，渐致研诘。仔细追问。生具吐其实，且求谋画。吴笑曰："君意亦痴！此愿有何难遂？当代访之。徒步于野，必非世家。如其未字，出嫁。事固谐矣；不然，拚以重赂，计必允遂。但得痊瘳，成事在我。"生闻之，不觉解颐。开颜欢笑。吴出告母，物色女子居里。而探访既穷，并无踪绪。母大忧，无所为计。然自吴去后，颜顿开，食亦略进。数日，吴复来。生问所谋。吴绐之曰："已得之矣。我以为谁何人，乃我姑之女，即君姨妹，今尚待聘。虽内戚有婚姻之嫌，实告之，无不谐者。"生喜溢眉宇，问："居何里？"吴诡曰："西南山中，去此可三十余里。"生又嘱再四，吴锐身自任而去。

生由是饮食渐加，日就平复。探视枕底，花虽枯，未便凋落。凝思把玩，如见其人。怪吴不至，折柬招之。吴支托不肯赴招。生恚怒，悒悒不欢。母虑其复病，急为议姻，略与商榷，辄摇首不愿，惟日盼吴。吴迄无耗，益怨恨之。转思三十里非遥，何必仰息他人？怀梅袖中，负气自往，而家人不知也。伶仃独步，无可问程，但望南山行去。约三十余里，乱山合沓，重叠。空翠爽肌，寂无人行，止有鸟道。遥望谷底，丛花乱树中，隐隐有小里落。下山入村，见舍宇无多，皆茅屋，而意甚修雅。北向一家，门前皆细柳，墙内桃杏尤繁，间以修竹，野鸟格磔其中。意其园亭，不敢遽入。回顾对户，有巨石滑洁，因坐少憩。俄闻墙内有女子，长呼"小荣"，其声娇细。方伫听间，一女郎由东而西，执杏花一朵，俯首自簪。举头见生，遂不复簪，含笑拈花而入。审视之，即上元途中所遇也。心骤喜。但念无以阶进，欲呼姨氏，顾从无还往，惧有讹误。门内无人可问。坐卧徘徊，自朝至于日昃，盈盈望断，并忘饥渴。时见女子露半面来窥，似讶其不去者。忽一老媪扶杖出，顾生曰："何处郎君，闻自辰刻来，以至于今。意将何为？得毋饥耶？"生急起揖之，答云："将以探亲。"媪聋聩不闻。又大言之。乃问："贵戚何姓？"生不能答。媪笑曰："奇哉！姓名尚自不知，何亲可探？我视郎君亦书痴耳。不如从我来，啖以粗粝，家有短榻可卧。待明朝归，询知姓氏，再来探访。"生方腹馁思啖，又从此渐近丽人，大喜。从媪入，见门内白石砌路，夹道红花，片片坠阶上；曲折而西，又启一关，豆棚花架满庭中。肃客迎进客人。入舍，粉壁光明如镜；窗外海棠枝朵，探入室中；裀籍坐卧的垫具。几榻，罔不洁泽。甫坐，即有人自窗外隐约相窥。媪唤："小荣！可速作黍。"外有婢子嗷声而应。坐次，具展宗阀。媪曰："郎君外祖，莫姓吴否？"曰："然。"媪惊曰："是吾甥也！尊堂，我妹子。年来以家屡贫，又无三尺男，遂至音问梗塞。甥长成如许，尚不相识。"生曰："此来即为姨也，匆遽遂忘姓氏。"媪曰："老身秦姓，并无诞育；弱息_{原指幼弱之子女，后多指女儿。}亦为庶产。渠母改醮，_{改嫁。}遗我鞠养。颇亦不钝，但少教训，嬉不知愁。少顷使来拜识。"未几，婢子具饭，雏尾盈握。媪劝餐已，婢来敛具。媪曰："唤宁姑来！"婢应去。良久，闻户外隐有笑声。媪又唤曰："婴宁，汝姨兄在此。"户外嗤嗤笑不已。婢推之以入，犹掩其口，笑不可遏。媪嗔目曰："有客在，咤咤叱叱，景象何堪？"女忍笑而立，生揖之。媪曰："此王郎，汝姨子。一家尚不相识，可笑人也。"问："妹子年几何矣？"媪未能解。生又言之。女复笑，不可仰视。媪谓生曰："我言少教诲，此可见矣，年已十六，呆痴如婴儿。"生曰："小生一岁。"曰："阿甥已十七矣，得非庚午属马者耶？"生首应之。又问："甥妇阿谁？"答云："无之。"曰："如甥才貌，何十七岁犹未聘？婴宁亦无姑家，_{婆家。}极相匹敌。惜有内亲之嫌。"生无语，目注婴宁，不遑他瞬。婢向女小语云："目灼灼贼腔未改！"女又大笑，顾婢曰："视碧桃开未？"遽起，以袖掩口，细碎莲步而出。至门外，笑声始纵。媪亦起，唤婢襆被，为生安置。曰："阿甥来不易，宜留三五日，迟迟_{指过段时间。}送汝归。如嫌幽闷，舍后有小园，可供消遣；有书可读。"次日，至舍后，果有园半亩，细草铺毡，杨花糁径；有草舍三楹，花木四合其所。穿花小步，闻树头苏苏有声，仰视，则婴宁在上。见生来，狂笑欲堕。生曰："勿尔，堕矣！"女且下且笑，不能自止。方将及地，失手而堕，笑乃止。生扶之，阴挼_{捏。}其腕。女笑又作，倚树不能行，良久乃罢。生俟其笑歇，乃出袖中花示之。女接之，曰："枯矣。何留之？"曰："此上元妹子所遗，故存之。"问："存之何益？"曰："以示相爱不忘。自上元相遇，凝思成疾，自分化为异物；不图得见颜色，幸垂怜悯。"女曰："此大细事。极小的事。至戚何所靳惜？待郎行时，园中花，当唤老奴来，折一巨捆负送之。"生曰："妹子痴耶？"女曰："何便是痴？"生曰："我非爱花，爱拈花之人耳。"女曰："葭莩之情，亲戚间的感情。爱何待言。"生曰："我所谓爱，非瓜葛指亲戚。之爱，乃夫妇之爱。"女曰："有以异乎？"曰："夜共枕席耳。"女俯首思良久，曰："我不惯与生人睡。"语未已，婢潜至，生惶恐遁去。少时，会母所。母问："何往？"女答以园中共话。媪曰："饭熟已久，有何长言，周遮唠叨乃尔。"女曰："大哥欲我共寝。"言未已，生大窘，急目瞪之。女微笑而止。幸媪不闻，犹絮絮究诘。生急以他词掩之，因小语责女。女曰："适此语不应说耶？"生曰："此背人语。"女曰："背他人，岂得背老母。且寝处亦常事，何讳之？"生恨其痴，无术可以悟之。食方竟，家人捉双卫驴的别称。来寻生。

先是，母待生久不归，始疑；村中搜觅几遍，竟无踪兆。因往询吴。吴忆曩言，因教于西南山村行觅。凡历数村，始至于此。生出门，适相值，便入告媪，且请偕女同归。媪喜曰："我有志，匪伊朝夕。但残躯不能远涉，得甥携妹子去，识认阿姨，大好！"呼婴宁。宁笑至。媪曰："大哥欲同汝去，可便装束。"又饷家人酒食，始送之出曰："姨家田产丰裕，能养冗人。到彼且勿归，少学诗礼，亦好事翁姑。即烦阿姨，择一良匹与汝。"二人遂发。至山坳，回顾，犹依稀见媪倚门北望也。抵家，母睹妹丽，惊问为谁。生以姨女对。母曰："前吴郎与儿言者，诈也。我未有姊，何以得甥？"问女，女曰："我非母出。父为秦氏，没时，儿在襁中，不能记忆。"母曰："我一姊适秦氏，良确；然姐谢已久，那得复存?"因审诘面庞、志赘，一一符合。又疑曰："是矣。然亡已多年。"疑虑间，吴生至，女避入室。吴询得故，惘然久之。忽曰："此女名婴宁耶?"生然之。吴极称怪事。问所自知，吴曰："秦家姑去后，姑夫鳏居，祟于狐，病瘵死。狐生女名婴宁，绷卧床上，家人皆见之。姑夫没，狐犹时来；后求天师符粘壁上，狐遂携女去。将毋此耶?"彼此疑参。但闻室中嗤嗤皆婴宁笑声。母曰："此女亦太憨。"吴生请面之。母入室，女犹浓笑不顾。母促令出，始极力忍笑，又面壁移时，方出。才一展拜，翻然遽入，放声大笑。满室妇女，为之粲然。吴请往觇其异，就便执柯。_{做媒。}寻至村所，庐舍全无，山花零落而已。吴忆姑葬处，仿佛不远，然坟垄湮没，莫可辨识，诧叹而返。母疑其为鬼。入告吴言，女略无骇异；又吊其无家，亦殊无悲意，孜孜憨笑而已。众莫之测。母令与少女同寝止。昧爽_{黎明}即来省问，操女红精巧绝伦。但善笑，禁之亦不可止；然笑处嫣然，狂而不损其媚，人皆乐之。邻女少妇，争承迎之。母择吉为之合卺。_{结婚。}而终恐为鬼物，窃于日中窥之，形影殊无少异。至日，使华妆行新妇礼；女笑极，不能俯仰，遂罢。生以憨痴，恐漏泄房中隐事；而女殊密秘，不肯道一语。每值母忧怒，女至，一笑即解。奴婢小过，恐遭鞭楚，辄求诣母共话；罪婢投见，恒得免。而爱花成癖，物色遍戚党；窃典金钗购佳种，数月，阶砌藩溷，无非花者。庭后有木香一架，故邻西家。女每攀登其上，摘供簪玩。母时遇见，辄诃之。女卒不改。一日，西人子见之，凝注倾倒。女不避而笑。西人子谓女意已属，心益荡。女指墙底笑而下，西人子谓示约处，大悦。及昏而往，女果在焉。就而淫之，则阴如锥刺，痛彻于心，大号而踣。细视非女，则一枯木卧墙边，所接乃水淋窍也。邻父闻声，急奔研问，呻而不言。妻来，始以实告。爇火烛窥，见中有巨蝎如小蟹然。翁碎木捉杀之。负子至家，半夜寻卒。邻人讼生，讦发婴宁妖异。邑宰素仰生才，稔知其笃行士，谓邻翁讼诬，将杖责之。生为乞免，遂释而出。母谓女曰："憨狂尔尔，早知过喜而伏忧也。邑令神明，幸不牵累；设鹘突官宰，必逮妇女质公堂，我儿何颜见戚里？"女正色，矢不复笑。母曰："人罔 没有 不笑，但须有时。"而女由是竟不复笑，虽故逗之，亦终不笑；然竟日未尝有戚容。一夕，对生零涕。异之。女哽咽曰："曩以相从日浅，言之恐致骇怪。今日察姑及郎，皆过爱无有异心，直告或无妨乎？妾本狐产。临去以妾托鬼母，相依十余年，始有今日。妾又无兄弟，所恃者惟君。老母岑寂山阿，无人怜而合厝 合葬 之，九泉辄为悼恨。君倘不惜烦费，使地下人消此怨恫，庶养女者不忍溺弃。"生诺之，然虑坟冢迷于荒草。女言无虑。刻日，夫妻舆梓 棺材 而往。女于荒烟错楚中，指示墓处，果得媪尸，肤革犹存。女抚哭哀痛。异归，寻秦氏墓合葬焉。是夜，生梦媪来称谢，寤而述之。女曰："妾夜见之，嘱勿惊郎君耳。"生恨不邀留。女曰："彼鬼也，生人多，阳气胜，何能久居？"生问小荣，曰："是亦狐，最黠。狐母留以视妾，每摄饵相哺，故德之常不去心。昨问母，云已嫁之。"由是岁值寒食，夫妻登秦墓拜扫无缺。女逾年生一子。在怀抱中，不畏生人，见人辄笑，亦大有母风云。

异史氏曰："观其孜孜憨笑，似全无心肝者；而墙下恶作剧，其黠孰甚焉。至凄恋鬼母，反笑为哭，我婴宁何尝憨耶？窃闻山中有草，名'笑矣乎'，嗅之则笑不可止。房中值此一种，则合欢、忘忧，并无颜色矣。若解语花，正嫌其作态耳。"

聂小倩

　　宁采臣，浙人。性慷爽，廉隅品行端方。自重。每对人言："生平无二色。"适赴金华，至北郭，解装兰若。寺中殿塔壮丽，然蓬蒿没人，似绝行踪。东西僧舍，双扉虚掩，惟南一小舍，扃键如新。又顾殿东隅，修竹拱把，阶下有巨池，野藕已花。意甚乐其幽杳。会学使案临，城舍价昂，思便留止，遂散步以待僧归。日暮，有士人来，启南扉。宁趋为礼，且告以意。士人曰："此间无房主，仆亦侨居。能甘荒落，旦暮惠教，幸甚。"宁喜，籍藁代床，支板作几，为久客计。是夜，月明高洁，清光似水，二人促膝殿廊，各展姓字。士人自言："燕姓，字赤霞。"宁疑为赴试者，而听其音声，殊不类浙。诘之，自言："秦人。"语甚朴诚。既而相对词竭，遂拱别归寝。宁以新居，久不成寐。闻舍北喁喁，低语声。如有家口。起伏北壁石窗下，微窥之。见短墙外一小院落，有妇可四十余；又一媪衣黯绯，插蓬沓，鲐背驼背。龙钟，偶语对语。月下。妇曰："小倩何久不来？"媪云："殆好至矣。"妇曰："将无向姥姥有怨言否？"曰："不闻，但意似蹙蹙。"妇曰："婢子不宜好相识。"言未已，有一十七八女子来，仿佛艳绝。媪笑曰："齐地不言人，我两个正谈道，小妖婢悄来无迹响。幸不訾着短处。"又曰："小娘子端好是画中人，遮莫如果。老身是男子，也被摄魂去。"女曰："姥姥不相誉，更阿谁道好？"妇人、女子又不知何言。宁意其邻人眷口，寝不复听。又许时，始寂无声。方将睡去，觉有人至寝所。急起审顾，则北院女子也。惊问之。女笑曰："月夜不寐，愿修燕好。"宁正容曰:"卿防物议,我畏人言。略一失足,廉耻道丧。"女云:"夜无知者。"宁又咄之。女逡巡若复有词。宁叱:"速去!不然,当呼南舍生知。"女惧,乃退。至户外忽返,以黄金一锭置褥上。宁掇掷庭墀,曰:"非义之物,污我囊橐!"女惭,出,拾金自言曰:"此汉当是铁石。"诘旦,有兰溪生携一仆来候试,寓于东厢,至夜暴亡。足心有小孔如锥刺者,细细有血出。俱莫知故。经宿,一仆死,症亦如之。

　　向晚,燕生归,宁质询问之,燕以为魅。宁素抗直,颇不在意。宵分,女子复至,谓宁曰:"妾阅人多矣,未有刚肠如君者。君诚圣贤,妾不敢欺。妾小倩,姓聂氏,十八夭殂,葬于寺侧,被妖物威胁,历役贱务;腼颜向人,实非所乐。今寺中无可杀者,恐当以夜叉来。"宁骇求计。女曰:"与燕生同室可免。"问:"何不惑?"曰:"彼奇人也,不敢近。"又问:"何以迷人?"曰:"狎昵我者,隐以锥刺其足,彼即茫若迷,因摄血以供妖饮;又惑以金,非金也,乃罗刹鬼骨,留之能截取人心肝:二者,凡以投时好耳。"宁感谢。问戒备之期,答以明宵。临别泣曰:"妾堕玄海,求岸不得。郎君义气干云,必能拔生救苦。倘肯囊妾朽骨,归葬安宅,不啻再造。"宁毅然诺之。因问葬处,曰:"但记取白杨之上,有乌巢者是也。"言已出门,纷然而灭。明日,恐燕他出,早诣邀致。辰后具酒馔,留意察燕。既邀同宿,辞以性癖耽寂。宁不听,强携卧具来。燕不得已,移榻从之,嘱曰:"仆知足下丈夫,倾风倾慕。良切。要有微衷,难以遽白。幸无翻窥箧襆,违之两俱不利。"宁谨受教。既而各寝,燕以箱箧置窗上,就枕移时,齁如雷吼。宁不能寐。近一更许,窗外隐隐有人影。俄而近窗来窥,目光睒闪。宁惧,方欲呼燕,忽有物裂箧而出,耀若匹练,白绢。触折窗上石棂,飙然一射,即遽敛入,宛如电灭。燕觉而起,宁伪睡以觇之。燕捧箧检征，取一物，对月嗅视，白光晶莹，长可二寸，径韭叶许。已而数重包固，仍置破箧中。自语曰："何物老魅，直尔大胆，致坏箧子。"遂复卧。宁大奇之，因起问之，且告以所见。燕曰："既相知爱，何敢深隐。我，剑客也。若非石棂，妖当立毙；虽然，亦伤。"问："所缄何物？"曰："剑也。适嗅之，有妖气。"宁欲观之。慨出相示，荧荧然一小剑也。于是益厚重燕。明日，视窗外，有血迹。遂出寺北，见荒坟累累，果有白杨，乌巢其颠。迨营谋既就，趋装欲归。燕生设祖帐，情义殷渥。以破革囊赠宁，曰："此剑袋也。宝藏可远魑魅。"宁欲从授其术。曰："如君信义刚直，可以为此。然君犹富贵中人，非此道中人也。"宁乃托有妹葬此，发掘女骨，敛以衣衾，赁舟而归。宁斋临野，因营坟葬诸斋外。祭而祝曰："怜卿孤魂，葬近蜗居，歌哭相闻，庶不见凌于雄鬼。一瓯浆水饮，殊不清旨，幸不为嫌！"祝毕而返。后有人呼曰："缓待同行！"回顾，则小倩也。欢喜谢曰："君信义，十死不足以报。请从归，拜识姑嫜，_{公婆。}媵御无悔。"审谛之，肌映流霞，足翘细笋，白昼端相，娇艳尤绝。

　　遂与俱至斋中。嘱坐少待，先入白母。母愕然。时宁妻久病，母戒勿言，恐致惊骇。言次，女已翩然入，拜伏地下。宁曰："此小倩也。"母惊顾不遑。女谓母曰："儿飘然一身，远父母兄弟。蒙公子露覆，泽被发肤，愿执箕帚，以报高义。"母见其绰约可爱，始敢与语，曰："小娘子惠顾吾儿，老身喜不可已。但生平止此儿，用承祧绪，不敢令有鬼偶。"女曰："儿实无二心，泉下人既不见信于老母，请以兄事，依高堂，奉晨昏，如何？"母怜其诚，允之。即欲拜嫂。母辞以疾，乃止。女即入厨下，代母尸饔。_{料理饮食。}入房穿榻，似熟居者。日暮，母畏惧之，辞使归寝，不为设床褥。女窥知母意，即竟去。过斋欲入，却退，徘徊户外，似有所惧。生呼之。女曰："室有剑气畏人。向道途之不奉见者，良以此故。"宁悟为革囊，取悬他室。女乃入，就烛下坐。移时，殊不一语。久之，问："夜读否？妾少诵《楞严经》，今强半遗忘。浼求一卷，夜暇，就兄正之。"宁诺。又坐，默然。二更向尽，不言去。宁促之，愀然曰："异域孤魂，殊怯荒墓。"宁曰："斋中别无床寝，且兄妹亦宜远嫌。"女起，眉颦蹙而欲啼，足俇儴而懒步，从容出门，涉阶而没。宁窃怜之，欲留宿别榻，又惧母嗔。女朝旦朝母，捧匜沃盥，侍奉盥洗。下堂操作，无不曲承母志。黄昏告退，辄过斋头，就烛诵经。觉宁将寝，始惨然去。先是，宁妻病废，母劬不堪；自得女，逸甚，心德之。日渐稔，亲爱如己出，竟忘其为鬼；不忍晚令去，留与同卧起。女初来未尝饮食，半年渐啜稀饐，母子皆溺爱之，讳言其鬼，人亦不之辨也。无何，宁妻亡。母阴有纳女意，然恐于子不利。女微窥之，乘间告母，曰："居年余，当知儿肝膈。为不欲祸行人，故从郎君来。区区无他意，正以公子光明磊落，为天人所钦瞩，实欲依赞三数年，借博封诰，以光泉壤。"母亦知无恶意，但惧不能延宗嗣。女曰："子女惟天所授。郎君注福籍，有亢宗子三，不以鬼妻而遂夺也。"母信之，与子议。宁喜，因列筵告戚党。或请觐新妇，女慨然华妆出，一堂尽怡，反不疑其鬼，疑为仙。由是五党诸内眷，咸执贽以贺，争拜识之。女善画兰梅，辄以尺幅酬答。得者恒什袭珍藏。以为荣。一日，俯首窗前，惝恍若失。忽问："革囊何在？"曰："以卿畏之，故缄置他所。"曰："妾受生气已久，当不复畏，宜取挂床头。"宁诘其意，曰："三日来，心怔忡无停息，意金华妖物，恨妾远遁，恐旦晚寻及也。"宁果携革囊来。女反覆审视，曰："此剑仙将盛人头者也。敝败至此，不知杀人几何许！妾今日视之，肌犹粟粟。"乃悬之。次日，又命移悬户上。夜对烛坐，约宁勿寝。忽有一物如飞鸟至。女惊匿夹幕间。宁视之，物如夜叉状，电目血舌，睒闪攫拿而前。至门却步，逡巡久之，渐近革囊，以爪摘取，似将抓裂。囊忽格然一响，大可合篑，恍惚有鬼物突出半身，揪夜叉入，声遂寂然，囊亦顿缩如故。宁骇诧。女亦出，大喜曰："无恙矣！"共视囊中，清水数斗而已。后数年，宁果登进士。举一男。纳妾后，又各生一男，皆仕进有声。_{声誉。}

海公子

东海古迹岛，有五色耐冬花，四时不凋。而岛中古无居人，人亦罕到之。登州张生，好奇，喜游猎。闻其佳胜，备酒食，自掉扁舟而往。至则花正繁，香闻数里，树有大至十余围者。反复留连，甚惬_{惬意。}所好。开尊自酌，恨无同游。忽花中一丽人来，红裳炫目，略无伦比。见张，笑曰："妾自谓兴致不凡，不图先有同调。"_{志同道合。}张惊问："何人？"曰："我胶娃也。适从海公子来。彼寻胜翱翔，妾以艰于步履，故留此耳。"张方苦寂，得美人，大悦，招坐共饮。女言词温婉，荡人心志。张爱好之。恐海公子来，不得尽欢，因挽与乱。女忻从之。相狎未已，忽闻风声肃肃，草木偃折有声。女急推张起，曰："海公子至矣。"张束衣愕顾，女已失去。旋见一大蛇，自丛树中出，粗于巨桶。张惧，障身大树后，冀蛇不睹。蛇近前，以身绕人并树，纠缠数匝，两臂直束胯间，不可少屈。昂其首，以舌刺张鼻，鼻血下注，流地上成洼，乃俯就饮之。张自分_{自料。}必死，忽忆腰中佩荷，内有毒狐药，因以二指夹出，破裹，堆掌中；又侧颈自顾其掌，令血滴药上，顷刻盈把。蛇果就掌吸饮。饮未及尽，遽伸其体，摆尾若霹雳声，触树，树半体崩落，蛇卧地如梁而毙矣。张亦眩莫能起，移时方苏，载蛇而归。大病月余方瘥。疑女子亦蛇精也。

丁前溪

丁前溪，诸城人。富有钱谷。游侠好义，慕郭解之为人。御史行台按访之。丁亡去，至安丘，遇雨，避身旅舍。雨日中不止。有少年来，馆谷_{供客的食宿}丰隆。既而昏暮，止宿其家，莝豆饲畜，给食周至。问其姓字，少年云："主人杨姓，我其内侄也。主人好交游，适他出，家惟娘子在。贫不能厚客给，幸为垂谅。"问："主人何业？"则家无资产，惟日设博场，以营升斗。次日，雨仍不止，供给弗懈。至暮，锉刍，刍束湿，颇极参差。丁怪之。少年曰："实告客：家贫无以饲畜，适娘子撤屋上茅耳。"丁益异之，谓其意在得直。天明，付之金，不受；强付，少年持入。俄出，仍以返客，云："娘子言：我非业此猎食者。主人在外，尝数日不携一钱；客至吾家，何遂索偿乎？"丁赞叹而别。嘱曰："我诸城丁某，主人归，宜告之。暇幸见顾。"数年无耗。_{音信。}值岁大饥，杨困甚，无所为计。妻漫劝诣丁，从之。至诸城，通姓名于门者。丁茫不忆，申言始忆之。踩履而出，揖客入。见其衣敝踵决，居之温室，设筵相款，宠礼异常。明日，为制冠服，表里温暖。杨义之；而内顾增忧，禰心不能无少望。居数日，殊不言赠别。杨意甚急，告丁曰："顾不敢隐，仆来时，米不满升。今过蒙推解，固乐；妻子如何矣！"丁曰："是无烦虑，已代经纪矣。幸舒意少留，当助资斧。"

走伻招诸博徒，使杨坐而抽头，终夜得百金，乃送之还。归见室人，_{妻室。}衣履新整，小婢侍焉。惊问之。妻言："自汝去后，次日即有车徒，赍送布帛菽粟，堆积满屋，云是丁客所赠。又给一婢，为妾驱使。"杨感不自已。由此小康，不屑旧业云。

异史氏曰："贫而好客，饮博浮荡者优为之；可异者惟其妻耳。受之施而不报，岂人也哉？然一饭之德不忘，丁其有焉。"

张老相公

张老相公，晋人。适将嫁女，携眷至江南，躬市_{亲自购买。}奁妆。舟抵金山，张先渡江，嘱家人在舟，勿爆膻腥。盖江中有鼋怪，闻香辄出，坏舟吞行人，为害已久。张去，家人忘之，炙肉舟中。忽巨浪覆舟，妻女皆没。张回棹，悼恨欲死。因登金山谒寺僧，询鼋之异，将以仇鼋。僧闻之骇，言："吾侪日与习近，惧为祸殃，惟神明奉之，祈勿怒；时斩牲牢，投以半体，则跃吞而去。谁复能相仇哉！"张闻，顿思得计。便招铁工，起炉山半，冶赤铁重百余斤。审知_{察知。}所常伏处，使二三健男子，以大钳举投之。鼋跃出，疾吞而下。少时，波涌如山。顷之浪息，则鼋死已浮水上矣。行旅寺僧并快之，建张老相公祠，肖像其中，以为水神，祷之辄应。

水莽草

　　水莽，毒草也。蔓生似葛，花紫类扁豆。误食之，立死，即为水莽鬼。俗传此鬼不得轮回，必再有毒死者，始代之。以故楚中桃花江一带，此鬼尤多云。楚人以同岁生者为同年，投刺相谒，呼庚兄庚弟，子侄呼庚伯，习俗然也。有祝生造其同年某，中途燥渴思饮。俄见道旁一媪，张棚施饮，趋之。媪承迎入棚，给奉甚殷。嗅之有异味，不类茶茗。置不饮，起而出。媪止客，急唤："三娘，可将好茶一杯来。"俄有少女，捧茶自棚后出，约十四五，姿容艳绝，指环臂钏，晶莹鉴影。生受盏神驰。嗅其茶，芳烈无伦。吸尽再索。觑媪出，戏捉纤腕，脱指环一枚。女赪_{同赪}颊微笑，生益惑。略诘门户。女云："郎暮来，妾犹在此也。"生求茶叶一撮，并藏指环而去。至同年家，觉心头作恶，疑茶为患，以情告某。某骇曰："殆矣，此水莽鬼也！先君_{自己死去的父亲}。死于是。是不可救，奈何？"生大惧，出茶叶验之，真水莽草也。又出指环，兼述女子情状。某悬想曰："此必寇三娘也！"生以其名确符，问何故知。曰："南村富室寇氏女，夙有艳名。数年前，误食水莽而死，必此为魅。"或言受魅者，若知鬼姓氏，求其故裆煮服可痊。某急诣寇所，实告以故，长跪哀恳。寇以其将代女死故，靳_{吝惜}不与。某忿而返，以告生。生亦切齿恨之，曰："我死，必不令彼女脱生！"某舁之归，将至家门而卒。

　　母号啼，葬之。遗一子，甫周岁。妻不能守，半年改醮去。母留孤自哺，劬瘁不堪，朝夕悲啼。一日，方抱儿哭室中，生悄然忽入。母大骇，挥涕问之。答曰："儿地下闻母哭，甚怆于怀，故来奉晨昏耳。儿虽死，已有家室，即同来分母劳，母其勿悲。"母问："儿妇何人？"曰："寇氏坐听儿死，儿深恨之。死后欲寻三娘，而不知其处；近遇庚伯，始相指示。儿往，则三娘已投生任侍郎家；儿驰去，强捉之来。今为儿妇，亦相得，颇无苦。"移时，门外一女子入，华妆艳丽，伏地拜母。生曰："此寇三娘也。"虽非生人，母视之，情怀差慰。生便遣三娘操作。三娘雅_很不习惯，然承顺殊怜人。由此居故室，遂留不去。女请母告诸其家。生意勿告，而母承女意，卒告之。寇家翁媪闻而大骇。命车疾至，视之，果三娘也，相向哭失声。女劝止之。媪视生家良贫，意甚悼惜。女曰："人已鬼，又何厌贫？祝郎母子，情义拳拳，儿固已安之矣。"因问："茶媪谁也？"曰："彼倪姓。自惭不能惑行人，故求儿助之耳。今已生于郡城卖浆者之家。"因顾生曰："既婿矣，而不拜岳，妾复何心？"生乃投拜。女便入厨下，代母执炊供客。翁媪视之凄心。既归，即遣两婢来，为之服役；金百斤、布帛数十匹，酒胾不时馈送，小阜_{稍稍使之富裕}。祝母矣。寇亦时招归宁。居数日，辄曰："家中无人，宜早送儿还。"或故稽之，则飘然自归。翁乃代生起夏屋，营备臻至。然生终未尝至翁家。一日，村中有中水莽毒者，死而复苏，传为异。生曰："是我活之也。彼为李九所害，我为之驰其鬼而去之。"母曰："汝何不取人以自代？"曰："儿深恨此等辈，方将尽驰除之，何屑为此？且儿事母最乐，不愿生也。"由是中毒者，往往具丰筵，祷祝其庭，辄有效。积十余年，母死。生夫妇亦哀毁，但不对客，惟命儿缞麻躃踊，教以礼仪而已。葬母后，又二年余，为儿娶妇。妇，任侍郎之孙女也。先是，任公妾生女，数月而殇。后闻祝生之异，遂命驾其家，订翁婿焉。至是，遂以孙女妻其子，往来不绝矣。一日谓子曰："上帝以我有功人世，策为'四渎牧龙君'。今行矣。"俄见庭下有四马，驾黄幨车，马四股皆鳞甲。夫妻盛装出，同登一舆。子及妇皆泣拜，瞬息而渺。是日，寇家见女来，拜别翁媪，亦如生言。媪泣挽留。女曰："祝郎先去矣。"出门遂不复见。其子名鹗，字离尘，请诸寇翁，以三娘骸骨与生合葬焉。

造畜

魇昧之术，不一其道，或投美饵，绐欺骗。之食之，则人迷惘，相从而去，俗名曰"打絮巴"，江南谓之"扯絮"。小儿无知，辄受其害。又有变人为畜者，名曰"造畜"。此术江北犹少，河以南辄有之。扬州旅店中，有一人牵驴五头，暂絷枥下，云："我少旋即返。"兼嘱："勿令饮啖。"遂去。驴暴日中，蹄啮殊喧。主人牵着凉处。驴见水奔之，遂纵饮之。一滚尘，皆化为妇人。怪之，诘其所由，舌强舌根发硬，无法言讲。而不能答。乃匿诸室中。既而驴主至，系五羊于院中，惊问驴之所在。主人曳客坐，便进餐饮，且云："客姑饭，驴即至矣。"主人出，悉饮五羊，辗转皆为童子。阴报郡，遣役捕获，遂械杀之。

头滚

苏孝廉贞下封公昼卧，见一人头从地中出，其大如斛，在床下旋转不已。惊而中疾，遂以不起。后其次公就荡妇宿，罹杀身之祸，其兆于此耶？

侯静山

高少宰念东先生云："崇祯间，有猴仙，号静山。托神迷信谓神灵托附人身，以显神异。于河间之叟，与人谈诗文，决休咎，吉凶。娓娓不倦。以肴置案上，啖饮狼藉，但不能见之耳。"时先生祖寝疾。或致书云："侯静山，百年人也，不可不晤。"遂以仆马往招叟。叟至经日，仙犹未来。焚香俟之，忽闻屋上大声赞叹曰："好人家！"众惊顾。俄檐间又言之。叟起曰："大仙至矣。"群从叟岸帻出迎。又闻作拱致声。既入室，遂大笑纵谈。时少宰兄弟尚诸生，方入闱归。仙言："二公闱卷亦佳；但经不熟，再须勤勉，云路喻仕途。亦不远矣。"二公敬问祖病，曰："生死大事，其理难明。"因共知其不祥。无何，太先生谢世。

旧有猴人弄猴于村。猴断锁而逸，不可追，入山中数十年，人犹见之。其走飘忽，见人则窜。后渐入村中，窃食果饼，人皆莫之见。一日为村人所睹，逐诸野，射而杀之。而猴之鬼竟不自知其死也，但觉身轻如叶，一息百里。遂往依河间叟，曰："汝能奉我，我为汝致富。"因自号静山云。

钱流

沂水刘宗玉云："其仆杜和，偶在园中，见钱流如水，深广二三尺许。杜惊喜，以两手满掬，复偃卧_{仰卧}其上。既而起视，则钱已尽去，惟握于手者尚存。"

龙肉

姜太史玉璇言："龙堆之下，掘地数尺，有龙肉充牣_满其中，任人割取，但勿言'龙'字。或言'此龙肉也'，则霹雳震作，击人而死。"太史曾食其肉，实不谬也。

魁星

郓城张济宇，卧而未寝，忽见光明满室。惊视之，一鬼执笔立，若魁星状。急起拜叩，光亦寻灭。由此自负，以为元魁之先兆也。后竟落拓无成，家亦凋落，骨肉相继死，惟生一人存焉。彼魁星者，何以不为福而为祸也？异已！

潞令

宋国英，东平人，以教习授潞城令。贪暴不仁，催科_{催征赋税。}尤酷，毙杖下者狼藉于庭。余乡徐白山适过之，见其横，讽曰："为民父母，威焰固至此乎？"宋扬扬作得意之词曰："诺！不敢！官虽小，莅任百日，诛五十八人矣。"后半年，方据案视事，_{办公。}忽瞪目而起，手足挠乱，似与人撑拒状。自言曰："我罪当死！我罪当死！"扶入署中，逾刻寻卒。呜呼！幸有阴曹兼摄阳政；不然，颠越货多，_{杀人掠财甚多。}则"卓异"声起矣，流毒安穷哉！

山神

益都李会斗，偶山行，值数人籍地_{席地而坐。}饮。见李至，欢然并起，曳入坐，竞觞之。视其桦馔，杂陈珍错。移时，饮甚欢，但酒味薄涩。忽遥有一人来，面狭长可二三尺许；冠之高细称是。众惊曰："山神至矣！"即纷纷四去。李亦伏匿坎窑中。既而起视，则肴酒一无所有，惟有破陶器贮溲渤，瓦片上盛蜥蜴数枚而已。

卷四

凤阳士人

凤阳一士人，负笈远游。_{外出求学。}谓其妻曰："半年当归。"十余月竟无耗问。_{音信。}妻翘盼綦切。一夜，才就枕，纱月摇影，离思萦怀。方反侧间，有一丽人，珠环绛帔，搴帷而入，笑问："姊姊，得无欲见郎君乎？"妻急起应之。丽人邀与俱往。妻惮修阻，丽人但请无虑。即挽女手出，并蹑月色。约行一矢之远，觉丽人行迅速，女步履艰涩。呼丽人少待，将归着复履。_{夹底鞋。}丽人牵坐路侧，自乃捉足脱履相假。女喜着之，幸不凿枘。复起从行，健步如飞。移时，见士人跨白骡来。见妻大惊，急下骑问："何往？"女曰："将以探君。"又顾问丽人伊谁。女未及答，丽人掩口笑曰："且勿问讯。娘子奔波非易，郎君星驰夜半，人畜想当俱殆。_{疲惫。}妾家不远，且请息驾，早旦而行不晚也。"顾数武之外即有村落，遂同行，入一庭院。丽人促睡婢起供客，曰："今夜月色皎然，不必命烛，小台石榻可坐。"士人縶塞檐梧，乃即坐。丽人曰："履大不适于体，途中颇累赘否？归有代步，乞赐还也。"女称谢付之。俄顷，设酒果，丽人酌曰："鸾凤久乖，圆在今夕，浊醪一觞，敬以为贺。"士人亦执盏酬报。主客笑言，履舃交错。士人注视丽者，屡以游词相挑。夫妻乍聚，并不寒暄一语。丽人亦眉目流情，妖言隐谜。女惟默然，伪为愚者。久之渐醺，二人语益狎，又以巨觥劝客。士人以醉辞，劝之益苦。士人笑曰："卿为我度一曲_{按曲谱唱一}

_曲。即当饮。"丽人不拒，即以牙板抚提琴而歌曰："黄昏卸得残妆罢，窗外西风冷透纱。听蕉声，一阵一阵细雨下。何处与人闲嗑牙？望穿秋水，不见还家，潸潸泪似麻。又是想他，又是恨他，手拿着红绣鞋儿占鬼卦。"歌竟，笑曰："此市井里巷之谣，不足污君听。然因流俗所尚，故效颦耳。"音声靡靡，风度狎亵。士人摇惑，若不自禁。少间，丽人伪醉离席；士人亦起，从之而去。久之不至。婢子疲乏，伏睡廊下。女独坐无侣，颇难自堪。思欲遁归，而夜色微茫，不忆道路。辗转无以自主，因起而觇之。甫近窗，则断云零雨之声，隐约可闻。又听之，闻良人与己素常猥亵之状，尽情倾吐。女至此手颤心摇，殆不可过，念不如出门窜沟壑以死。愤然方行，忽见弟三郎乘马而至。遽便下问，女具以告。三郎大怒，立与姊回，直入其家，则室门扃闭，枕上之语犹喁喁也。三郎举巨石，抛击窗棂，三五碎断。内大呼曰："郎君脑破矣，奈何！"女闻之大哭，谓弟曰："我不谋与汝杀郎君，今且若何？"三郎撑目_{瞪目。}曰："汝呜呜促我来，甫能消此胸中恶，又护男儿、怨弟兄，我不惯于婢子供指使！"返身欲去。女牵衣曰："汝不携我去，将何之？"三郎挥姊仆地，脱体而去。女顿惊悟，始知其梦。越日，士人果归，乘白骡，女异之而未言。士人是夜亦梦，所见所遭，述之悉符，互相骇怪。既而三郎闻姊夫远归，亦来省问。语次谓士人曰："昨宵梦君，今果然，亦大异。"士人笑曰："幸不为巨石所毙。"三郎愕然问故，士人以梦告。三郎大异之，盖是夜三郎亦梦与姊泣诉，愤激投石也。三梦相符，但不知丽人何许耳。

耿十八

　　新城耿十八，病危笃，自知不起。谓妻曰："永诀在旦晚耳！我死后嫁守由汝，请言所志。"妻默不语。耿固问之，且云："守固佳，嫁亦恒情。明言之，庸何伤？行与子诀，子守，我心慰；子嫁，我意断也。"妻乃惨然曰："家无儋石，君在犹不给，何以能守？"耿闻之，遽捉妻臂作恨声曰："忍哉！"言已而殁，手握不可开。妻号，家人至，两人搬指力擘之始开。耿不自知其死，出门见小车十余辆，辆各十人，即以方幅书名字贴车上。御人见耿，促登车。耿视车中已有九人，并己而十，又视贴车上己名最后。车行咋咋，响震耳际，亦不知何往。俄至一处，闻人言曰："此思乡地也。"闻其名疑之。又闻御人偶语_{相对私语}云："今日剐_{铡断。}三人。"耿又骇。及细听其言，悉阴间事，乃自悟曰："我岂不作鬼物耶！"顿念家中无复可悬念，惟老母腊高，_{年老。}妻嫁后，缺于奉养，念之不觉涕涟。又移时，见有台高可数仞，游人甚夥；囊头械足之辈，呜咽而上下，闻人言为"望乡台"。诸人至此，俱踏辕下，纷然竞登。御人或挞之，或止之，独至耿则促令登。登数十级，始至颠顶。翘首一望，则门闾庭院，宛在目中。但内室隐隐，如笼烟雾，凄恻不自胜。回顾，一短衣人立肩下，即以姓氏问耿。耿具以告。其人亦自言为东海匠人。见耿零涕，问："何事不了于心？"耿又告之。匠人谋与越台而遁。耿惧冥追，_{阴曹追捕。}匠人固言无妨。耿又虑台高倾跌，匠人但令从己。遂先跃，耿果从之。及地竟无恙。喜无觉者。视所乘车犹在台下。二人急奔数武，忽自念名字贴车上，恐不免执名之追。遂反身近车，以手指涂去己名，始复奔，哆口坌息，不敢少停。少间入里门，匠人送诸其室，蓦睹己尸，醒然而苏。觉乏疲燥渴，骤呼水。家人大骇。与之水，饮至石余。乃骤起作揖拜状，既而出门拱谢，方归。归则僵卧不转。家人以其行异，疑非真活；然渐觇之，殊无他异。稍稍近问，始历历_{清清楚楚}言其本末。问："出门何故？"曰："别匠人也。""饮水何多？"曰："初为我饮，后乃匠人饮也。"投之汤羹，数日而瘥。由此厌薄其妻，不复共枕席云。

珠儿

常州民李化，富有田产。年五十余无子。一女名小惠，容质秀美，夫妻最怜爱之。十四岁暴病夭殂，冷落庭帏，益少生趣。始纳婢。经年余，生一子，视如拱璧，名之珠儿。儿渐长，魁梧可爱。然性绝痴，五六岁尚不辨菽麦，言语謇涩。李亦好而不知其恶。会有眇僧，募缘于市，辄知人闺阃，于是相惊以神，且云能生死祸福人。几十百千执名以索，无敢违者。诣李募百缗。李难之，给十金，不受；渐至三十金。僧厉色曰："必百金，缺一文不可。"李亦怒，收金遽去。僧忿然起曰："勿悔，勿悔！"无何，珠儿心暴痛，爬刮床席，色如土灰。李惧，将八十金诣僧乞救。僧笑曰："多金大不易！然山僧何能为？"李归而儿已死。李痛甚，以状诉邑宰。宰拘僧讯鞫，亦辨给无情词_{辩解不说实话}。笞之，似击鞔革。令搜其身，得木人二，小棺一，小旗帜五。宰怒，以手叠诀举示之。僧乃惧，自投_{叩头}无数。宰不听，杖杀之。李叩谢而归。时已曛暮，与妻坐床上。忽一小儿佝儇_{急迫貌}入室曰："阿翁行何疾？极力不能追得。"视其体貌，当得七八岁。李惊，方将诘问，则见其若隐若现，恍惚如烟雾。宛转间已登榻坐。李推下之，堕地无声。曰："阿翁何乃尔？"瞥然复登。李惧，与妻俱奔。儿呼："阿父，阿母！"呕哑不休。李入姜室，急阖其扉；还顾，儿已在膝下。李骇问："何为？"答曰："我苏州人，姓詹氏。六岁失怙恃，_{父母。}不为兄嫂所容，逐居外祖家。偶戏门外，为妖僧迷杀桑树下，驱使如伥鬼，冤闭穷泉，不得脱化。幸赖阿翁昭雪，愿得为子。"李曰："人鬼殊途，何能相依？"儿曰："但除斗室，_{小室。}为儿设床褥，日浇一杯冷浆粥，余都无事。"李从之。儿喜，遂独卧室中。

晨来出入闺阁如家生。闻姜哭子声，问："珠儿死几日矣？"答以七日。曰："天严寒，尸当不腐。试发冢启视，如未损坏，儿当得活。"李喜，与儿去，开穴验之，躯壳如故。方此恻怛，_{悲痛。}回视已失儿所在。异之，舁尸归。方置榻上，目已瞥动。少顷呼汤，_{热水。}汤已而汗，汗已遂起。群喜珠儿复生，又加之慧黠便利，迥异平昔。但夜间僵卧，毫无气息，共转侧之，冥然若死。众大愕，谓其复死。天将明始若梦醒。群就问之。答云："昔从妖僧时，有儿等二人，其一名呼哥子。昨追阿父不及，盖在后与哥子作别耳。今在冥司，与姜员外作义嗣，亦甚优游。夜分，固来邀儿戏，适以白鼻騧_{白鼻黑嘴的黄马。}送儿归。"母因问："在阴司见珠儿否？"曰："珠儿已转生矣。渠与阿翁无父子缘，不过金陵严子方来讨百十千债负耳。"初，李贩于金陵，欠严货价未偿，而严翁死，此事人无知者。李闻之大骇。母问："儿见惠姊否？"儿曰："不知。再去，当访之。"又二三日，谓母曰："姊在冥中大好，嫁得楚江王小郎子，珠翠满头髻。一出门便十百作呵殿声。"母曰："何不一归宁？"曰："人既死，与骨肉无关切。倘有人细述前生，方豁然动念耳。昨托姜员外寅缘见姊，与言父母悬念，渠都如眠睡儿。儿云：
'姊在时喜绣并蒂花，剪刀刺手爪，血渍_{wò，染。}绫子上，姊就刺作
赤水云。今母犹挂床头壁，顾念不去心。姊忘之乎？'姊始凄感，
云：'会须_{应当。}白郎君，归省阿母。'"母问其期，答言不知。一
日谓母："姊行且至，仆从太繁，当多备浆酒。"少间，奔入室曰：
"姊来矣！"移榻中堂，曰："姊且憩坐，少悲啼。"诸人悉无所见，
儿率人焚纸酹饮于门外，反曰："驺从暂令去矣。姊言：'昔日所覆
绿锦被，曾为烛花烧一点如豆大，尚在否？'"母曰："在！"即启
笥出之。儿曰："姊命我陈旧闺中。乏疲，且小卧。翌日再与阿母
言。"东邻赵氏女，故与惠为绣阁交。是夜，忽梦惠幞头紫帔来相
望，言笑如平生。且言："我今异物，父母觌面，不啻_{不止。}河山。
将借妹与家人共语，勿须惊恐。"质明，_{天刚亮。}方与母言，忽仆地
闷绝。逾刻方醒，向母曰："小惠与阿婶别几年矣，顿鬖鬖白发
生！"母骇曰："儿病狂耶！"女拜别即出。母知其异，从之。直达
李所，抱母哀啼。母惊，不知所谓。女曰："儿昨归颇委顿，未遑
一言。儿不孝，中途弃高堂，劳父母哀爱，罪莫大焉。"母顿悟，
乃哭。已而问曰："闻儿今贵，甚慰母心。但汝栖身王家，何遂能
来？"女曰："郎君与儿极燕好，姑舅亦相抚爱，颇不谓妒丑。"惠
生时好以手支颐，女言次辄作故态，神情宛似。未几，珠儿奔告
曰："接姊者至矣！"女乃起，拜别泣下，曰："儿去矣！"言讫复
踣，移时乃醒。后数月，李病剧，医药罔效。儿曰："且夕恐不救
也！二鬼坐床头，一执铁杖子，一挽苎麻绳，长四五尺许。儿昼夜
哀之不去。"母哭，乃备衣衾。既暮，儿趋入曰："杂人妇且退去，
姊夫来视阿翁。"俄顷，鼓掌大笑。母问之，曰："我笑二鬼见姊夫
来，俱匿床下如龟鳖。"又少时，望空道寒暄，问姊起居。既而拍
手曰："二鬼奴哀之不去，至此大快！"乃出，至门外，却回曰：

"姊夫去矣！二鬼被锁马鞍上。阿父当即无恙。姊夫言：归白大王，为父母乞百年寿也。"一家俱喜。至夜，病良已，数日寻瘥。延师教儿读，儿甚慧。十八岁入邑庠，犹能言冥间事。见里中病者，辄指鬼祟所在，以火爇之，往往得瘥。后暴病，体肤青紫，自言鬼神责我绽露，_{泄露。}由是不复言。

小官人

太史某翁，忘其姓氏。昼卧斋中，忽有小卤簿出自堂陬。_{厅堂一角。}马大如蛙，人细于指，小仪仗以数十队；一官冠皂纱，着绣襆，乘肩舆，_{轿子。}纷纷出门而去。公心异之，窃疑睡眼之讹。顿见一小人返入舍，携一毡包，大如拳，竟造_{至。}床下。白言："家主人有不腆之仪，_{薄礼。}敬献太史。"言已，对立，即又不陈其物。少间又自笑曰："戋戋 jiānjiān，_{细微。}微物，想太史亦无所用，不如即赐小人。"太史颔之，欣然携之而去。后不复见。惜太史中馁，_{害怕。}不曾诘所自来。

胡四姐

尚生，太山人。独居清斋。会值秋夜，银河高耿，_{明。}明月在天，徘徊花阴，颇存遐想。忽一女子逾垣来，笑曰："秀才何思之深？"生就视，容华若仙，惊喜拥入，穷极狎昵。自言："胡氏，名三姐。"问其居第，但笑不言。生亦不复致问，惟相期永好而已。自此临无虚夕。一夜与生促膝灯幕，生爱之，瞩盼不转。目不转睛。女笑曰："眈眈视妾何为?"曰："我视卿如红叶碧桃，虽竟夜视，不为厌也。"三姐曰："妾陋质，遂蒙青盼垂青。如此。若见吾家四妹，不知何如颠倒!"生益倾动，恨不一见颜色，长跪哀请。逾夕果偕四姐来。年方及笄，荷粉露垂，杏花烟润，嫣然含笑，媚丽欲绝。生狂喜引坐。三姐与生同笑语，四姐惟手引绣带，俯首而已。未几，三姐起别，妹欲从行。生曳之不释，顾三姐曰："卿卿烦一致声。"三姐乃笑曰："狂郎情急矣! 妹子一为少留。"四姐无语，姊遂去。二人备极欢好。既而引臂替枕，倾吐生平，无复隐讳。四姐言己为狐，生依恋其美，亦不之怪。四姐因言："阿姊狠毒，业杀三人矣! 惑之，罔不毙者。妾幸承溺爱，不忍见灭亡，当早绝之。"生惧，求所以处。应对之法。四姐曰："妾虽狐，得仙人正法，当书一符贴寝门，可以却之。"遂书之。既晓，三姐来，见符却退曰："婢子负心，倾意新郎，不意引线人媒人。矣! 汝两人合有夙分，余亦不相仇，但何必尔!"乃径去。数日，四姐他适，约以隔夜。是日，生偶出门眺望，山下故有胡林，苍莽中出一少妇，亦颇风韵。近谓生曰："秀才何必日沾沾恋胡家姊妹? 渠又不能以一钱相赠。"即以一贯授生曰："先持归，贳买。良酝。我即携小肴馔来，与君为欢。"生怀钱归，果如所教。少间，妇果至，置几上燔鸡、咸彘肩各一，即抽刀子缕切为肴，醨 shī，斟酒。酒调谑，欢洽异常。既而灭烛登床，狎情荡甚，既明始起。方坐床头捉足易舄，忽闻人声。倾听，已入帷幕，则胡姊妹也。妇乍睹，仓惶而遁，遗舄于床。二女逐叱曰："骚狐何敢与人同寝处?"追去，移时始返。四姐怨生曰："君不长进，与骚狐相匹偶，不可复近。"遂悻悻欲去。生惶恐自投，情词哀恳。三姐从旁解免。四姐怒稍释，由此相好如初。一日，有陕人骑驴造门曰："吾寻妖物匪伊朝夕，乃今始得之。"生父以其言异，讯所由来，曰："小人日泛烟波游四方，终岁十余月，常八九离桑梓，被妖物蛊杀吾弟。归甚悼恨，誓必寻而殄灭之。奔波数千里，殊无迹兆。今在君家，不翼当有继吾弟亡者。"时生与女密，父母微察之。闻客言大惧，延入令作法。出二瓶列地上，符咒良久，有黑雾四围，分投瓶中。客喜曰："全家都到矣！"遂以猪脬裹瓶口，缄封甚固。生父亦喜，坚留客饭。生心恻然，近瓶窃听，闻四姐在瓶中言曰："坐视不救，君何负心。"生意感动，急启所封而结不可解。四姐又曰："勿须尔，但放倒坛上旗，以针刺脬作孔，余即出矣。"生如其言。果见白气一缕自孔中出，凌霄而去。客出，见旗横地，大惊曰："遁矣！此必公子所为。"摇瓶俯听曰："幸止亡其一。此物合不死，犹可赦。"乃携瓶别去。后生在野督佣刈麦，遥见四姐坐树下，生就近之，执手慰问。且曰："别后十易春秋，今大丹已成，但思君之念未忘，故复一拜问。"生欲与偕归。女曰："妾今非昔比，不可以尘情染，后当复见耳。"言已，不知所在。又二十年余，生适独居，见四姐自外至，生喜与语。女曰："我今名列仙籍，不应再履尘世。但感君情，特报撒瑟之期。死期。可早处分后事，亦勿悲忧，妾当度君为鬼仙，亦无苦也。"乃别而去。至日，生果卒。尚生乃友人李文玉之戚好，尝亲见之。

祝翁

济阳有祝翁者，年五十余病卒。家人入室理缞，缞 cuīdié，丧服。

忽闻翁呼甚急。群奔集灵寝，则见翁已复活。群喜慰问。翁但谓媪曰："我适去，拚pàn，舍弃。不复返。行数里，转思抛汝一副老皮骨在儿辈手，寒热仰人，亦无生趣，不如从我去。故复归，欲偕尔同行也。"咸以其新苏复生。妄语，殊未为异。翁又言之。媪云："如此亦善。但方生，如何便得死？"翁挥之曰："是不难。家中俗务，可速料理。"媪笑不去。翁又促之。乃出户外，延迟数刻而入，绐dài，欺骗。之曰："处置安妥矣。"翁命速速理妆。媪不去，翁催益急。媪不忍拂其意，遂妆以至。媳女皆匿笑。偷笑。翁移首那枕，手拍令卧。媪曰："子女皆在，双双挺卧，是何景象？"翁捶床曰："并死有何可笑！"子女辈见翁躁急，共劝媪姑从其意。媪如言，并枕僵卧，家人又共笑之。俄视媪笑容忽敛，又渐而双眸俱合，久之无声，俨如睡去。众乱近视，则肤已冰而鼻无息矣。视翁亦然，始共惊怛。时康熙二十一年。翁弟妇佣于毕刺史之家，言之甚悉。

异史氏曰："翁其夙有畸行与？泉路茫茫，去来由尔，奇矣！且白头者欲其去则呼令去，抑何其暇也！人当属纩病危。之时，所最不忍诀者，床头之昵人耳。苟广其术，则卖履分香，可以不事矣。"

侠女

顾生，金陵人。博于材艺，而家綦贫。又以母老不忍离膝下，惟日为人书画，受贽以自给。行年二十有五，伉俪犹虚。对户旧有空第，一老妪及少女税居其中。以其家无男子，故未问其谁何。一日偶自外入，见女郎自母房中出，年约十八九，秀曼都雅，世罕其匹。见生不甚避，而意凛如严肃可畏的样子。也。生入问母，母曰：
"是对户女郎，就吾祈刀尺。适言其家亦止一母。此女不似贫家产。
问其何为不字，则以母老为辞。明日当往拜其母，便风以意。倘所
望不奢，儿可代养其老。"明日造其室，其母一聋媪耳。视其室，
并无隔宿粮。问所业，则仰女十指。依靠女郎针黹为生。徐以同食之谋
试之，媪意似纳而转商其女。女默然，意殊不乐。母乃归。详其状
而疑之曰："女子得非嫌吾贫乎？为人不言亦不笑，艳如桃李而冷
如霜雪，奇人也！"母子猜叹而罢。一日生坐斋头，有少年来求画，
姿容甚美而意颇儇佻。诘所自，以邻村对。嗣后三两日辄一至。稍
稍稔熟，渐以嘲谑，生狎抱之亦不甚拒，遂私焉。由是往来昵甚。
会女郎过，少年目送之，问为谁？对以邻女。少年曰："艳丽如此，
神情一何可畏？"少间，生入内。母曰："适女子来乞米，云不举火
者经日矣。此女至孝，贫极可悯，宜少周恤之。"生从母言，负斗
粟，款门而达母意。女受之，亦不申谢。日常至生家，见母作衣
履，便代缝纫，出入堂中，操作如妇。生益德之。每获馈饵，必分
给其母，女亦略不置齿颊。不言感谢。母适疽生隐处，宵旦号咷。女
时就榻省视，为之洗创敷药。日三四作，母意甚不自安，而女不厌
其秽。母曰："唉！安得新妇如儿，而奉老身以死也。"言讫，悲
哽。女慰之曰："郎子大孝，胜我寡母孤女多矣！"母曰："床头蹀
躞之役，此指床前侍奉之杂役。岂孝子所能为者？且身已向暮，旦夕犯
雾露，指早晚得病而死。深以祧续子孙传宗接代。为忧耳。"言间，生入。
母泣曰："亏娘子良多，汝无忘报德。"生伏拜之。女曰："君敬我
母，我勿谢也。君何谢焉？"于是益敬爱之。然其举止生硬，毫不
可干。一日，女出门，生目注之。女忽回首，嫣然而笑。生喜出意
外，趋而从诸其家。挑之亦不拒，欣然交欢已，戒生曰："事可一
而不可再。"生不应而归。明日又约之，女厉色不顾而去。日频来，

时相遇，并不假以词色。少游戏之，则冷语冰人。忽于空处问生："日来少年谁也？"生告之。女曰："彼举止态状，无礼于妾频矣！以君之狎昵，故置之。请便寄语：再复尔，是不欲生也已！"生至夕以告少年，且曰："子必慎之，是不可犯！"少年曰："既不可犯，君何犯之？"生白其无。曰："如其无，则猥亵之语，何以达君听哉？"生不能答。少年曰："亦烦寄告：假惺惺，勿作态。不然，我将遍播扬。"生甚怒之，情见于色，少年乃去。

一夕方独坐，女忽至，笑曰："我与君情缘未断，宁非天数！"生狂喜而抱于怀。忽闻履声籍籍，_{声音纷乱。}两人惊起，则少年推扉入矣。生惊问："子胡为者？"笑曰："我来观贞洁之人耳。"顾女曰："今日不怪人耶？"女眉竖颊红，默不一语。急翻上衣，露一革囊，应手而出，则尺许晶莹匕首也。少年见之，骇而却走。追出户外，四顾渺然。女以匕首望空抛掷，戛然有声，灿若长虹。俄一物堕地作响，生急烛之，则一白狐，身首异处矣。大骇。女曰："此君之娈童也。我固恕之，奈渠定不欲生何！"收刃入囊，生曳令入。曰："适妖物败意，请俟来宵。"出门径去。次夕，女果至，遂共绸缪。诘其术，女曰："此非君所知。宜须慎密，泄恐不为君福。"又订以嫁娶，曰："枕席焉，提汲_{指操持家务。}焉，非妇伊何也？业夫妇矣，何必复言嫁娶乎？"生曰："将毋憎吾贫耶？"曰："君固贫，妾富耶？今宵之聚，正以怜君贫耳。"临别嘱曰："苟且之行，不可以屡。当来我自来，不当来，相强无益。"后相值，每欲引与私语，女辄走避。然衣绽炊薪，悉为纪理，不啻妇也。积数月，其母死。生竭力营葬之。女由是独居。生意其孤寂可乱，逾垣入，隔窗频呼，迄不应。视其门，则空室扃焉。窃疑女有他约。夜复往，亦如之。遂留佩玉于窗间而去之。越日，相遇于母所。既出，而女尾其后，曰："君疑妾耶？人各有心，不可以告人。今欲使君无疑，而乌可得，然一事烦急为谋。"问之，曰："妾体孕已八月矣，恐旦晚临盆。'妾身未分明'，能为君生之，不能为君育之。可密告老母觅乳媪，伪为讨螟蛉_{养子。}者，勿言妾也。"生诺，以告母，母笑曰："异哉此女！聘之不可而顾私于我儿。"喜从其谋以待之。又月余，女数日不至。母疑之，往探其门，萧萧闭寂。叩良久，女始蓬头垢面自内出，启而入之，则复阖之。入其室，则呱呱者在床上矣。母惊问："诞几时矣？"答云："三日。"捉绷席_{婴儿的包被。}而视之，则男也，且丰颐而广额。喜曰："儿已为老身育孙矣。伶仃一身，将焉所托？"女曰："区区隐衷，不敢掬示老母。俟夜无人，可即抱儿去。"母归与子言，窃共异之。夜往抱子归。更数夕，夜将半，女忽款门入，手提革囊，笑曰："大事已了，请从此别。"急询其故，曰："养母之德，刻刻不去于怀。向云'可一而不可再'者，以相报不在床笫也。为君贫不能婚，将为君延一线之续。本期一索而得，_{初次欢会而孕胎。}不意信水_{月经。}复来，遂至破戒而再。今君德既酬，妾志亦遂，无憾矣！"问："囊中何物？"曰："仇人头耳。"捡而窥之，须发交而血模糊也。骇绝，复致研诘。曰："向不与君言者，以机事不密惧有宣泄。今事已成，不妨相告。妾浙人，父官司马。陷于仇，被籍吾家。妾负老母出，隐姓名，埋头项，_{不敢露面。}已三年矣。所以不即报者，徒以有老母在。母去，又一块肉累腹中，因而迟之又久。曩夜出非他，道路门户未稔，恐有讹误耳。"言已出门。又嘱曰："所生儿，善视之。君福薄无寿，此儿可光门闾。夜深不得惊老母，我去矣。"方凄然欲询所之，女一闪如电，瞥尔间遂不复见。生叹惋木立，若丧魂魄。明以告母，相为叹异而已。后三年，生果卒。子十八举进士，犹奉祖母以终老云。

异史氏曰："人必室有侠女，而后可以畜娈童。不然，尔爱其艾豭，彼爱尔娄猪矣！"

王阮亭云："神龙见首不见尾，此侠女其犹龙乎！"

酒友

车生者，家不中资_{家产不丰厚}。而耽饮，夜非浮三白不能寐也，以故床头樽常不空。一夜睡醒，转侧间似有人共卧者，意是覆裳堕耳。摸之，则茸茸有物，似猫而巨。烛之，狐也，酣醉而犬卧。视其瓶则空矣。笑曰："此我酒友也。"不忍惊，覆衣加臂，与之共寝。留烛以观其变。半夜，狐欠伸。生笑曰："美哉睡乎！"启覆视之，儒冠之俊人也。起拜榻前，谢不杀之恩。生曰："我癖于曲蘖_{指酒}而人以为痴。卿，我鲍叔_{谓知己}也。如不见疑，当为糟丘之良友。"曳登榻，复共寝。且言："卿可常临，无相猜。"狐诺之。生既醒，则狐已去。乃治旨酒一盛，专伺狐。抵夕，果至，促膝欣饮。狐量豪善谐，于是恨相得晚。狐曰："屡叨良酝，何以报德？"生曰："斗酒之欢，何置齿颊。"狐曰："虽然，君贫士，杖头钱_{酒钱}大不易。当为君少谋酒资。"明夕，来告曰："去此东南七里，道侧有遗金，可早取之。"诘旦而往，果得二金，乃市佳肴，以佐夜饮。狐又告曰："院后有窖藏，宜发之。"如其言，果得钱百余千。喜曰："囊中已自有，莫漫愁沽矣。"狐曰："不然。辙中水_{车轮在地上压出凹陷中的积水。}胡可久掬？合更谋之。"异日，谓生曰："市上荞价廉，此奇货可居。"从之，收荞四十余石，人咸非笑之。未几，大旱，禾豆尽枯，惟荞可种，售种息十倍。由此益富，治沃田二百亩。但问狐，多种麦则麦收，多种黍则黍收。一切种植之早晚，皆取决于狐。日稔密，呼生妻以嫂，视生子犹子焉。后生卒，狐遂不复来。

王阮亭云："车君洒脱可喜。"

莲香

桑生明晓，字子明，沂州人。少孤，馆于红花埠。桑为人静穆自喜，日再出，<small>每日外出两次。</small>就食东邻，余时坚坐而已。东邻生偶至，戏曰："君独居不畏鬼狐耶？"笑答曰："丈夫何畏鬼狐！雄来吾有利剑，雌者尚当开门内之。"邻生归与友谋，梯妓于垣而过之。弹指叩扉，生窥问为谁，妓自言为鬼。生大惧，齿震震有声，妓逡巡自去。邻生早至生斋。生述所见，且告将归。邻生鼓掌曰："何不开门内之？"生顿悟其假，安居如初。积半年，一女子夜来叩斋。生意友人之复戏也，启门延入，则倾国之姝。惊问所来，曰："妾莲香，西家妓女。"埠上青楼故多，信之。息烛登床，绸缪甚至。自此三五夕辄一至。一夕，独坐凝思，一女子翩然入。生意为莲，承逆<small>迎接</small>与语。觌面殊非，年仅十五六，弹<small>duǒ，下垂。</small>袖垂髫，风流秀曼，行步之间，若还若往。大愕，疑为狐。女曰："妾良家女，姓李氏。慕君高雅，幸能垂盼。"生喜，握其手冷如冰，问："何凉也？"曰："幼质单寒，夜蒙霜露，那得不尔。"既而罗襦襟解，俨然处子。女曰："妾为情缘，葳蕤之质，一朝失守。不嫌鄙陋，愿常侍枕席。房中得毋有人否？"生云："无他。止一邻娼，顾亦不常。"女曰："当谨避之。妾不与院中人等，君秘勿泄。彼来我往，彼往我来可耳。"鸡鸣始去，赠绣履一钩，曰："此妾下体所着，弄之足寄思慕，然有人慎勿弄也。"受而视之，翘翘如解结锥，心甚爱悦。越夕无人，便出审玩，女飘然忽至，遂相款昵。自此每出履，则女必应念而至。异而诘之，笑曰："适当其时耳。"一夜莲来，惊云："郎何神气萧索？"萎靡。生言："不自觉。"莲便告别，相约十日。去后，李来恒无虚夕，问："君情人何久不至？"因以相约告。李笑曰："君视妾何如莲香美？"曰："可称两绝，但莲卿肌肤温和。"李变色曰："君谓双美，对妾云尔。渠必月殿仙人，妾定不及。"因而不欢。乃屈指计十日之期已满，嘱勿漏，将窃窥之。次夜，莲香果至，笑语甚洽。及寝，大骇曰："殆矣！十日不见，何遽惫损，保无有他遇否？"生询其故，曰："妾以神气验之，脉析析凌乱的样子。如乱丝，鬼症也。"次夜李来，生问："窥莲香何似？"曰："美矣！妾固疑世间无此佳人，果狐也。去，吾尾之，南山而穴居。"生疑其妒，漫应之。逾夕，戏莲香曰："余固不信，或谓卿狐者。"莲急问："是谁之云？"笑曰："我自戏卿。"莲曰："狐何异于人？"曰："惑之者病，甚则死，是以可惧。"莲曰："不然，如君之年，房后三日，精气可复，纵狐何害？设旦旦而伐之，人有甚于狐者矣！天下病尸瘵鬼，宁皆狐蛊死耶？虽然，必有议我者。"生力白其无。莲诘益力。生不得已，泄之。莲曰："我固怪君惫也，然何遽至此？得勿非人乎？君勿言，明宵当如渠之窥妾者。"是夜李至，才三数语，闻窗外嗽声，急亡去。莲入曰："君殆矣！是真鬼物，昵其美而不速绝，冥路近矣！"生意其妒，默不语。莲曰："固知君不能忘情，然不忍视君死。明日当携药饵，为君一除阴毒。幸病蒂犹浅，十日差当已。请同榻以俟痊可。"次夜，果出刀圭药一小匙药。啖生。顷刻，洞下两三行，排泻了两三次。觉脏腑清虚，精神顿爽。心德之，然终不信为鬼。

莲香夜夜同衾偎生，生欲与合，辄拒之。数日后，肤革充盈。欲别，殷殷嘱绝李。生谬应之。及闭户挑灯，辄捉履倾想。李忽至，数日隔绝，颇有怨色。生曰："彼连宵为我作巫医，请勿为怼，情好在我。"李稍怿。欢喜。生枕上私语曰："我爱卿甚，乃有谓卿鬼者。"李结舌良久，骂曰："必淫狐之惑君听也。若不绝之，妾不来矣。"遂呜呜饮泣。生百词慰解乃罢。隔宿，莲香至，知李复来，怒曰："君必欲死耶？"生笑曰："卿何相妒之深？"莲益怒曰："君种死根，妾为君除之。不妒者将复何如？"生托词以戏曰："彼云前日之病，为狐祟耳。"莲乃叹曰："诚如君言，君迷不悟，万一不虞，妾百口何以自解？请从此辞。百日后当视君于卧榻中。"留之不可，怫然径去。由是与李夜必偕，约两月余，觉大困顿。初犹自宽解。日渐羸瘠，惟饮饘粥一瓯。欲归就奉养，尚恋恋不忍遽去。因循数日，沉绵不可复起。邻生见其病惫，日遣馆僮馈给食饮。生至是始疑李，因谓李曰："吾悔不听莲香之言，一至于此。"言讫而瞑。移时复苏，张目四顾，则李已去，自是遂绝。生羸卧空斋，思莲香如望岁。盼望谷物成熟。一日，方凝想间，忽有搴帘入者，则莲香也。向卧榻哂曰："田舍郎，我岂妄哉！"生哽咽良久，自言知罪，但求拯救。莲曰："病入膏肓，实无救法，姑来永诀，以明非妒。"生大悲曰："枕底之物，烦代碎之。"莲搜得履，持就灯前，反覆展玩。李女欻入，卒见莲香，返身欲遁。莲以身蔽门，李窘急不知所出。生责数之，李不能答。莲笑曰："妾今始得与阿姨面相质。曩谓郎君旧疾，未必非妾致，今竟何如？"李俯首谢过。莲曰："佳丽如此，乃以爱结仇耶！"李投地陨泣。伏地哭泣。乞垂怜救。莲扶起，细诘生平。曰："妾，李通判女。早夭，瘗于墙外。已死春蚕，遗丝未尽。与郎偕好，妾之愿也；致郎于死，良非素心。"莲曰："闻鬼利人死，以死后可常聚，然否？"曰："不然。两鬼相逢，并无乐趣。如乐也，泉下少年郎岂少哉！"莲曰："痴哉！夜夜为之，人且不堪，而况于鬼！"李问："狐能死人，何术独否?"莲曰:"是采补者流,妾非其类。故世有不害人之狐,断无不害人之鬼,以阴气盛也。"生闻其语,始知鬼狐皆真。幸习常见惯,颇不为骇。但念残息如丝,不觉失声大恸。莲顾问何以处郎君者,李赧然逊谢。莲笑曰:"恐郎强健,醋娘子要食杨梅也。"李敛衽曰:"如有医国手,使妾得无负郎君,便当埋首地下,敢复觍然人世耶!"莲解囊出药曰:"妾早知有今,别后采药三山,神话传说中的三神山,即方丈、蓬莱、瀛洲。凡三阅月,物料始备。瘵蛊至死,投之无不苏者。然症何由得,仍以何引,不得不转求效力。"问:"何需?"曰:"樱口中一点香唾耳。我以丸进,烦接口而唾之。"李晕生颐颊,俯首转侧,而视其履。莲戏曰:"妹所得意惟履耶?"李益惭,俯仰若无所容。莲曰:"此平时熟技,今何吝焉?"遂以丸纳生吻,转促逼之。李不得已,唾之。莲曰:"再!"又唾之。凡三四唾,丸已下咽。少间,腹殷然如雷鸣。复纳一丸,乃自接唇而布以气。生觉丹田火热,精神焕发。莲曰:"愈矣!"李听鸡鸣,彷徨别去。莲以新瘥刚刚病愈。尚须调摄,就食非计;因将外户返关,伪示生归,以绝交往,日夜守护之。李亦每夕必至,给奉殷勤,事莲犹姊。莲亦深怜爱之。居三月,生健如初。李遂数夕不至;偶至,一望即去。相对时亦悒悒不乐。莲常留与共寝,必不肯。生追出,提抱以归,身轻若刍灵送葬时用茅草扎的人马。女不得遁,遂着衣偃卧,蜷其体不盈二尺。莲益怜之,阴使生狎抱之,而撼摇亦不得醒。生睡去,觉而索之已杳。后十余日更不复至。生怀思殊切,恒出履共弄。莲叹曰:"窈娜如此,妾见犹怜,何况男子。"生曰:"昔日弄履则至,心固疑之,然终不料其鬼。今对履思容,实所怆恻。"因而泣下。

先是富室章姓,有女字燕儿,年十五,不汗而死。终夜复苏,起顾欲奔。章扃户不得出。女言:"我通判女魂,感桑郎眷注,遗舃犹存彼处。我真鬼耳，扃我何益？"以其言有因，诘其至此之由。女低徊反顾，茫不自解。或有言桑生病归者，女执辨其诬。家人大疑。东邻生闻之，逾垣往窥，见生方与美人对语；掩入逼之，张皇间已失所在。邻生骇诘，生笑曰："向固与君言，雌者则纳之耳。"邻生述燕儿之言。生乃启关，将往侦探，苦无由。章母闻生果未归，益奇之。故使佣媪索履，生遽出以授。燕儿得之喜。试着之，鞋小于足者盈寸，大骇。揽镜自照，忽恍然悟己之借躯以生也。因陈所由，母始信之。女镜面大哭曰："当日形貌颇堪自信，每见莲姊犹增惭怍。今反若此，人也不如其鬼也！"把履号咷，劝之不解。蒙衾僵卧。食之亦不食，体肤尽肿。凡七日不食，卒不死，而肿渐消；觉饥不可忍，乃复食。数日遍体瘙痒，皮尽脱。晨起，睡舃遗堕，索着之则硕大无朋矣。用试前履，肥瘦吻合，乃喜。复自镜，则眉目颐颊，宛肖生平，益喜。盥栉见母，见者尽怡。莲香闻其异，劝生媒通之，而以贫富悬邈，不敢遽进。会媪初度，生日。因从其子婿行，往为寿。媪睹生名，故使燕儿窥帘志客。生最后至，女骤出捉袂，欲从与俱归。母诃谯呵斥。之，始惭而入。生审视宛然，不觉零涕，因拜伏不起。媪扶之，不以为侮。生出，浼请求。女舅执柯。媪议择吉赘生。生归告莲香，且商所处。莲怅然良久，便欲别去。生大骇泣下。莲曰："君行花烛于人家，妾从而往，亦何形颜？"生谋先与旋里，而后迎燕，莲乃从之。生以情白章，章闻其有室，怒加诮让。燕儿力白之，乃如所请。至日，生往亲迎，家中备具颇甚草草。及归，则自门达堂，悉以罽毡贴地，百千笼烛，灿列如锦。莲香扶新妇入青庐，古时北方举行婚礼之地。搭面既揭，欢若生平。莲陪卺饮，因细诘还魂之异。燕曰："尔日抑郁无聊，徒以身为异物，自觉形秽。别后愤不归墓，随风漾泊，每见生人则羡之。昼凭草木，夜则信足浮沉。偶至章家，见少女卧床上，近附之，未知遂能活也。"莲闻之，默默若有所思。逾两月，莲举一子，产后暴病，日就沉绵。捉燕臂曰："敢以孽种相累，我儿即若儿。"燕泣下，姑慰藉之。为召巫医，辄却之。沉痼弥留，气如悬丝。生及燕儿皆哭。忽张目曰："勿尔！子乐生，我自乐死耳。如有缘，十年后可复相见。"言讫而卒。启衾将敛，尸化为狐。生不忍异视，厚葬之。子名狐儿，燕抚如己出。每清明，必抱儿哭诸其墓。后生举于乡，家渐裕而燕苦不育。狐儿颇慧，然单弱多疾。燕每欲生置媵。一日，婢忽白，门外一妪，携女求售。燕呼入，大惊曰："莲姊复出耶！"生视之真似，亦骇。问："年几何？"答云："十四。""聘金几何？"曰："老身止此一块肉，但俾得所，妾亦得啖饭处，后日老骨不委沟壑足矣。"生优价而留之。燕握女手入密室，撮其颔而笑曰："汝识我否？"答言："不识。"诘其姓氏，曰："妾韦姓，父徐城卖浆者，死三年矣。"燕屈指停思，莲死恰十有四载。又审女仪容态度，无一不神肖者。乃拍其顶而呼曰："莲姊，莲姊！十年相见之约，当不欺吾。"女忽如梦醒，豁然曰："咦！"因熟视燕儿。生笑曰："此'似曾相识燕飞来'也。"女泫然曰："是矣。闻母言，妾生时便能言，以为不祥，犬血饮之，遂昧夙因。今日始如梦寤。娘子其耻于为鬼之李妹耶？"共话前生，悲喜交至。一日寒食，燕曰："此每岁妾与郎君哭姊日也。"遂与亲登其墓，荒草离离，木已拱矣。女亦太息。燕谓生曰："妾与莲姊两世情好，不忍相离，宜令白骨同穴。"生从其言，启李冢得骸，舁归而合葬之。亲朋闻其异，吉服临穴，不期而会者数百人。余庚戌南游至沂，阻雨，休于旅舍。有刘生子敬，其中表亲，出同社王子章所撰桑生传，约万余言，得卒读。此其崖略耳。

异史氏曰："嗟呼！死者而求其生，生者又求其死，天下所难得者非人身哉？奈何具此身者，往往而置之，遂至觍然而生不如

<small>茂盛貌。</small>

狐，泯然而死不如鬼。"

王阮亭云："贤哉莲娘！巾帼中吾见亦罕，况狐耶！"

阿宝

粤西孙子楚，名士也。生有枝指。_{六指。}性迂讷，人诳之，辄信为真。或值座有歌妓，则必遥望却走。或知其然，诱之来，使妓狎逼之，则赪_{同赪}颜彻颈，汗珠珠下滴。因共为笑。遂貌其呆状相邮传，作丑语而名之"孙痴"。邑大贾某翁与王侯埒富，_{同样富有。}姻戚皆贵胄。有女阿宝，绝色也。日择良匹，大家儿争委禽妆，皆不当翁意。生时失俪，_{丧妻。}有戏之者，劝其通媒。生殊不自揣，果从其教。翁素耳其名而贫之。媒媪将出，适遇宝。问之，以告。女戏曰："渠去其枝指，余当归之。"媪告生，生曰："不难。"媒去，生以斧自断其指，大痛彻心，血溢倾注，滨死。过数日始能起，往见媒而示之。媪惊，奔告女。女亦奇之，戏请再去其痴。生闻而哗辨，自谓不痴，然无由见而自剖。转念阿宝未必美如天人，何遂高自位置如此？由是曩念顿冷。会值清明，俗于是日妇女出游，轻薄少年亦结队随行，恣其月旦。有同社数人强邀生去。或嘲之曰："莫欲一观可人否？"生亦知其戏己，然以受女揶揄，故亦思一见其人，忻然随众物色之。遥见有女子憩树下，恶少年环如墙堵。众曰："此必阿宝也。"趋之，果宝也。审谛之，娟丽无双。少顷，人益稠，女起遽去。众情颠倒，品头品足，纷纷若狂。生独默然。及众他适，回顾生犹痴立故所，呼之不应。群曳之曰："魂随阿宝去耶？"亦不答。众以其素讷，故不为怪。或推之，或挽之，以归。

至家，直上床卧，终日不起，冥如醉，唤之不醒。家人疑其失魂，招于旷野，莫能效。强拍问之，则蒙眬应云："我在阿宝家。"及细诘之，又默不语，家人惶惑莫解。初，生见女去，意不忍舍，觉身已从之行，渐傍其襟带间，人无诃者。遂从女归，坐卧依之，夜辄与狎，甚相得。然觉腹中奇馁，思欲一返家门，而迷不知路。女每梦与人交，问其名，曰："孙子楚也。"心异之，而不可以告人。生卧三日，气休休若将渐灭。尽。家人大恐，托人婉告翁，欲一招魂其家。翁笑曰："平昔不相往还，何由遗魂吾家？"家人固哀之，翁始允。巫执故服、草荐以往。女诘得其故，骇极，不听他往，直导入室，任招呼而去。巫归至门，生榻上已呻。既醒，女室之香奁器具，何色何名，历言不爽。一一说来无差错。女闻之益骇，阴感其情之深。生既离床寝，坐立凝思，忽忽若忘。每伺察阿宝，希幸一再遘之。浴佛节，闻将降香水月寺，遂早旦往候道左，目眩睛劳。日涉午，女始至，自车中窥见生，以掭手纤手。搴帘，凝睇不转。生益动，尾从之。女忽命青衣来诘姓字，生殷勤自展，魂益摇。车去始归。归复病，冥然绝食。梦中辄呼宝名。每自恨魂不复灵。家旧养一鹦鹉，忽毙，小儿持弄于床上。生自念：倘得身为鹦鹉，振翼可达女室。心方注想，身已翩然鹦鹉，遽飞而去，直达宝所。女喜而扑之，锁其肘，饲以麻子。大呼曰："姐姐勿锁，我孙子楚也。"女大骇，解其缚，亦不去。女祝曰："深情已篆中心，深记于心。今已人禽异类，姻好何可复圆？"鸟云："得近芳泽，于愿已足。"他人饲之不食，女自饲之则食。女坐则集其膝，卧则依其床。如是三日，女甚怜之。阴使人眮窥视。生，生则僵卧气绝已三日，但心头未冰耳。女又祝曰："君能复为人，当誓死相从。"鸟云："诳我！"女乃自矢。鸟侧目若有所思。少间，女束双弯，缠足。解履床上，鸟骤下，衔履飞去。女急呼之，飞已远矣。女使妪往探，则生已寤。家人见鹦鹉衔绣履来堕地死，方共异之。生既苏，即索履，众莫知故。适妪至，入视生，问履所自。生曰："是阿宝信誓物。借口相覆，小生不忘金诺也。"妪反命。女益奇之，故使婢泄其情于母。母审之确，乃曰："此子才名亦不恶，但有相如之贫。择数年得婿若此，恐将为显者笑。"女以履故，矢不他。翁媪乃从之。驰报生，生喜，疾顿瘳。翁议赘诸家，女曰："婿不可久处岳家，况郎又贫，久益为人贱。儿既诺之，处蓬茅而甘藜藿，不怨也。"生乃亲迎成礼，相逢如隔世欢。自是生家得奁妆小阜，颇增物产。而生痴于书，不知理家人生业。女善居积，亦不以他事累生。居三年，家益富。生忽病消渴，<small>患糖尿病。</small>卒。女哭之恸，泪眼不晴，至绝眠食。劝之不纳，乘夜自经。婢觉之，急救而醒，终亦不食。三日，集亲党，将以敛生，闻棺中呻以息，启之复活。自言："见冥王，以生平朴诚，命作部曹。忽有人白：'孙部曹之妻将至。'王稽鬼录，言：'此未应便死。'又白：'不食三日矣。'王顾谓：'感汝妻节义，姑赐再生。'因使驭卒控马送余还。"由此体渐平。值岁大比，入闱之前，诸少年玩弄之，共拟隐僻之题七，引生僻处与语，言："此某家关节，敬秘相授。"生信之，昼夜揣摩，制成七艺。众隐笑之。时典试者虑熟题有蹈袭弊，力反常径，<small>常规。</small>题纸下，七艺皆符。生以是抡魁。明年，举进士，授词林。上闻其异，召问之。生具启奏，上大嘉悦。后召见阿宝，赏赉有加焉。

异史氏曰："性痴则其志凝，故书痴者文必工，艺痴者技必良。世之落拓而无成者，皆自谓不痴者也。且如粉花荡产，卢雉倾家，顾痴人事哉！以是知慧黠而过，乃是真痴，彼孙子何痴乎！"

九山王

　　曹州李姓者，邑诸生。家素饶，而居宅故不甚广，舍后有园数亩，荒置之。一日，有叟来税屋，_{租房。}出直百金。李以无屋为辞。叟曰："请受之，但无烦虑。"李不喻其意，姑受之，以觇其异。越日，村人见舆马眷口入李家，纷纷甚夥，共疑李第无安顿所。问之，李殊不自知。归而察之，并无迹响。过数日，叟忽来谒。且云："庇宇下已数晨夕。事事都草创，起炉作灶，未暇一修客子礼。今遣儿女辈作黍，幸一垂顾。"李从之。步入园中，欻见舍宇华好，崭然一新。入室，陈设芳丽，酒鼎沸于廊下，茶烟袅于厨中。俄而行酒荐_{进。}馔，备极甘旨。时见庭下少年人往来甚众。又闻儿女喁喁，帘幕中作笑语声。家人婢仆，似有数十百口。李心知其狐。席终而归，阴怀杀心。每入市市_{买。}硝硫，积数百斤，暗布园中殆满。骤火之，焰腾霄汉，如黑灵芝，燔臭灰眯不可近。但闻鸣嘶嗥动之声，嘈杂聒耳。既熄，入视，则死狐满地，焦头烂额者不可胜计。方阅视间，叟自外来，颜色惨动，责李曰："夙无嫌怨，荒园岁报百金非少，何忍遂相族灭？此奇惨之仇无不报者！"忿然而去。疑其掷砾为祟，而年余无少怪异。时顺治初年，山中群盗窃发，啸聚万余人，官莫能捕。生以家口多，日忧离乱。适村中来一星者，_{算命先生。}自号"南山翁"，言人休咎，_{吉凶。}了若目睹，名大噪。李召至家，求推甲子。翁愕然起敬曰："此真主也！"李闻大骇，以为妄。翁正容固言之，李疑信半焉。乃曰："岂有白手受命而帝者乎？"翁谓："不然。自古帝王，类_{大都。}多起于匹夫，谁是生而天子者?"生惑之,前席而请。翁毅然以"卧龙"自任。请先备甲胄数千具、弓弩数千事。李虑人莫之归。翁曰:"臣请为大王连诸山,深相结。使哗言者谓大王真天子,山中士卒,宜必响应。"李喜,遣翁行。发藏镪,造甲兵。翁数日始还,曰:"借大王威福,加臣三寸舌,诸山无不愿执鞭鞁,从戟下。"浃旬十日。之间,果归命者归顺者。数千人。于是拜翁为军师,建大纛,设彩帜若林,据山立栅,声势震动。邑令率兵来讨,翁指挥群寇大破之。令惧,急告于兖。兖兵远涉而至,翁又伏寇进击,兵大溃,将士杀伤者甚众。势甚震,党以万计,因自立为"九山王"。翁患马少,会都中解马赴江南,遣一旅要路篡取之。由是"九山王"之名大噪。加翁为"护国大将军"。高卧山巢,公然自负,以为黄袍之加,指日可俟矣。东抚山东巡抚。以夺马故,方将进剿;又得兖报,乃发精兵数千,与六道合围而进。军旅旌旗,弥满山谷。"九山王"大惧,召翁谋之,则不知所往。"九山王"窘急无术,登山而望曰:"今而知朝廷之势大也!"山破被擒,妻孥为戮。始悟翁即老狐,盖以族灭报李生云。

异史氏曰:"夫人拥妻子闭门科头,何处得杀?即杀,亦何由族哉?狐之谋亦巧矣。而壤无其种者,虽溉不生;彼其杀狐之残,方寸已有盗根,故狐得长其萌而施之报。今试执途人而告之曰:'汝为天子!'未有不骇而走者。明明导以族灭之为,而犹乐听之,妻子为戮,又何足云?然人之听匪言狂言。也,始闻之而怒,继而疑,又既而信;迨至身名俱殒,而始知其误也,大率大致。类此矣。"

遵化署狐

诸城丘公为遵化道。署中故_{原来}多狐。最后一楼，绥绥者_{相随的样子}族而居之，以为家。时出殃人，遣之益炽。官此者惟设牲祷之，无敢迕。丘公莅任，闻而怒之。狐亦畏公刚烈，化一妪告家人曰："幸白_{希望禀告}大人：勿相仇。容我三日，将携细小_{家小}避去。"公闻亦默不言。次日阅兵已，戒勿散，使尽扛诸营巨炮，骤入环楼，千座并发。数仞之楼，顷刻摧为平地，革肉毛血，自天雨而下。但见浓尘毒雾之中有白气一缕，冒烟冲空而去。众望之曰："逃一狐矣！"而署中自此遂安。后二年，公遣干仆_{干练之仆}赍银如千数赴都，将谋迁擢。事未就，姑窖藏于班役之家。忽有一叟诣阙声屈，言妻子横被杀戮。又讦_{揭发}公克削军粮，夤缘当路，_{攀附权要}现顿_{暂存}某家，可以验证。奉旨押验。至班役家，冥搜不得。叟惟以一足点地。悟其意，发之果得金，金上镌有"某郡解"字。已而觅叟，则失所在。执乡里乡名以求其人，竟亦无之。公由此罹难。乃知叟即逃狐也。

异史氏曰："狐之祟人，可诛甚矣。然服而舍之，亦以全吾仁。公可云疾之已甚者矣。抑使关西为此，岂百狐所能仇哉！"

张诚

　　豫人张氏者，其先齐人。明末齐大乱，妻为北兵_{指清兵}掠去。张常客豫，遂家焉。娶于豫，生子讷。无何，妻卒，又娶继室牛氏，生子诚。牛氏悍甚，每嫉讷，奴畜之，啖以恶食。且使之樵，日责柴一肩，无则挞楚诟谇不可堪。隐蓄甘脆_{佳肴}饵诚，使从塾师读。诚渐长，性孝友，不忍兄劬_{辛劳}。阴劝母，母弗听。

　　一日，讷入山樵未终，值大风雨，避身岩下。雨止而日已暮，腹中大馁，遂负薪归。母验之少，怒不与食。饥火烧心，入室僵卧。诚自塾中归，见讷嗒然_{沮丧的样子}，问："病乎？"曰："饿耳。"问其故，以情告。诚愀然便去。移时，怀饼来饵兄。兄问其所自来，曰："余窃面，倩邻妇为者，但食勿言也。"讷食之，嘱曰："后勿复然，事发累弟。且日一啖，饥当不死。"诚曰："兄故弱，乌能多樵！"次日食后，窃赴山，至兄樵处。兄见之，惊问："将何往？"答曰："将助樵采。"问："谁之使？"曰："我自来耳。"讷曰："无论弟不能樵，纵或能之，且犹不可。"于是速之归。诚不听，以手足断柴助兄。且曰："明日当以斧来。"兄近止之，见其指已破，履已穿，_{磨破}悲曰："汝不速归，我即以斧自刭死。"诚乃归。兄送之半途，方回复樵。既归，诣塾嘱其师曰："吾弟年幼，宜闲之。山中虎狼恶。"师言："午前不知何往，业_{已经}夏楚_{夏，音jiǎ。夏楚，体罚工具，此处用作动词，用工具体罚。}之。"归谓诚曰："不听吾言，遭笞责矣！"诚笑曰："无之。"明日怀斧又去，兄骇曰："我固谓子勿来，何复尔？"诚弗应，刈薪且急，汗交颐不少休。约足一束，不辞而返。师又责之，乃实告焉。师叹其贤，遂不之禁。兄屡止之，终不听。一日与数人樵山中，欻有虎至，众惧而伏。虎竟衔诚去。虎负人行缓，为讷追及，力斧之，中胯。虎负痛狂奔，莫可寻逐，恸哭而返。众慰解之，哭益悲。曰："吾弟，非犹夫人之弟。况为我死，我何生焉！"遂以斧自刭其项。众急救之，入肉者已寸许，血溢如涌，眩瞀头昏目眩。殒死亡。绝。众骇，裂其衣而束之，群扶以归。母哭骂曰："汝杀吾儿，欲劙颈以塞责耶！"讷呻云："母勿烦恼，弟死我定不生。"置榻上，创痛不能眠，惟昼夜倚壁而哭。父恐其亦死，时就榻少哺之，牛辄诟责。讷遂不食，三日而毙。

村中有巫走无常者，讷途遇之，缅诉曩苦，因询弟所。巫言未闻，遂返身导讷去。至一都会，见一皂衫人自城中出。巫要遮中途拦阻。代问之。皂衫人于佩囊中检牒审顾，男妇百余，并无犯而张者。巫疑在他牒。皂衫人曰："此路属我，何得差逮！"讷不信，强巫入内城。城中新鬼故鬼，往来憧憧，亦有故识，就问，迄无知者，忽共哗言："菩萨至！"仰见云中有伟人，毫光彻上下，顿觉世界通明。巫贺曰："大郎有福哉！菩萨几十年一入冥司，拔诸苦恼，今适值之。"便捽讷跪。众鬼囚纷纷藉藉，形容人声纷乱。合掌齐诵慈悲救苦之声，哄腾震地。菩萨以杨柳枝遍洒甘露，其细如尘。俄而雾收光敛，遂失所在。讷觉颈上沾露，斧处不复作痛。巫乃导与俱归。望见里门，始别而去。讷死二日，豁然竟苏，悉述所遇，谓诚不死。母以为撰造之诬，反诟骂之。讷负屈无以自伸，而摸创痕良瘥。自力起拜父曰："行将穿云入海往寻弟，如不得见，终此身勿望返也。愿父犹以儿为死。"翁引空处与泣，无敢留也。讷乃去。每于冲衢访问弟耗。途中资斧断绝，丐而行。逾年，达金陵，悬鹑百结，伛偻道上。偶见十余骑过，走避路侧。内一人如官长，年约四十，健卒骏马，腾踔前后。内一少年乘小驷，屡顾讷。讷以其贵公子，未敢仰视。少年停鞭少驻，忽下骑呼曰："非吾兄耶？"讷举首审视，诚也。握手大恸失声。诚亦哭曰："兄何漂落以至于此？"讷言其情，诚益悲。骑者并下问故，以白官长。命脱骖载讷，连辔归诸其家，始详诘之。初，虎衔诚去，不知何时置路侧，卧途中经宿。适张别驾自都中来，遇之，见其貌文，怜而抚之，渐苏。言其里居，则相去已远，因载与俱归。又以药敷伤处，数日始痊。别驾无长子，子之。盖适从游瞩也。诚具为兄告。言次，别驾入，讷拜谢不已。诚入内，捧帛衣出进兄，乃置酒燕叙。别驾问："贵族在豫，几何丁壮？"讷曰："无有。父少齐人，流寓于豫。"别驾曰："仆亦齐人。贵里何属？"曰："曾闻父言，属东昌辖。"惊曰："我同乡也。何故迁豫？"讷曰："明季清兵入境，掠前母去。父遭兵燹，荡无家室。先尝贾于西道，往来颇稔，故止焉。"又惊问："尊公何名？"讷告之。别驾瞠而视，俯首若疑，疾趋入内。无何，太夫人出。共罗拜已，问讷曰："汝是张炳之之子耶？"曰："然。"太夫人大哭，谓别驾曰："是汝弟也。"讷兄弟莫能解。太夫人曰："我适汝父三年，流离北去，身属黑固山。半年，生汝兄。又半年，固山死。汝兄补秩旗下，迁此官，今解任矣。每刻刻念乡井，遂出籍，_{脱离旗籍。}复故谱。屡遣人至齐，殊无所觅耗，何知汝父西徙哉！"乃谓别驾曰："汝以弟为子，折福死矣！"别驾曰："曩问诚，诚未尝言齐人，想幼稚不知耳。"乃以齿_{年龄}。序：别驾四十有一，为长；诚十六，最少；讷二十有二，则伯而仲矣。别驾得两弟甚欢，与同卧处，尽悉离散端由，将作归计。太夫人恐不见容。别驾曰："能容则共之，否则析之。天下岂有无父之人？"于是鬻宅办装，刻日西发。既抵里，讷与诚先驰报父。父自讷去后，妻亦寻卒；块然_{孤独。}一老鳏，形影自吊。忽见讷入报，恍恍以惊。又睹诚，喜极不复作言，潸潸以涕。又告以别驾母子至，翁辍泣愕然，不能喜，亦不能悲，茧茧以立。未几，别驾入拜已，太夫人把翁相向哭。既见婢媪厮卒，内外盈塞，坐立不知所为。诚不见母，问之，方知已死，号嘶气绝，食顷始苏。别驾出资建楼阁，延师教两弟。马腾于厩，人喧于室，居然大家矣。

异史氏曰："余听此事至终，涕凡数堕：十余岁童子，斧薪助兄，慨然曰：'王览固再见乎！'于是一堕。至虎衔诚去，不禁狂呼曰：'天道聩聩如此！'于是一堕。及兄弟猝遇，则喜而亦堕。转增一兄，又益一弟，则为别驾堕。一门团圞，luán。团圆。惊出不意，喜出不意，无从之涕，则为翁堕也。不知后世亦有善堕如某者否？"

王阮亭云："一本绝妙传奇，叙次处文笔亦工。"

跳神

济俗：民间有病者，闺中以神卜。倩老巫击铁环单面鼓，婆娑作态，名曰"跳神"。而此俗都中 指北京。尤甚。良家少妇时自为之。堂中肉于案，酒于盆，几上烧巨烛，明于昼。妇束短幅裙，屈一足作"商羊舞"。两人捉臂，左右扶掖之。妇口中刺刺琐絮，似歌似祝，字多寡参差，无律带腔。室数鼓乱挝如雷，蓬蓬聒人耳。妇吻辟翕，杂鼓声，不甚辨了。既而首垂，目斜睨，立全需人，失扶则仆。旋忽伸颈巨跃，离地尺有咫。室中诸女子凛然愕顾曰："祖宗来吃食矣。"便一嘘吹灯灭，内外冥黑。人慑息立，暗中无敢交一语；语亦不得闻，鼓声乱也。食顷，闻妇厉声呼翁姑及夫嫂小字，始共爇烛，伛偻问休咎。视尊中、盆中、案上，都复空空。望颜色，察嗔喜。肃肃罗问之，答若响。中有腹诽者，神已知，便指某姗笑_{姗，古同"讪"。讪笑。}我，大不敬，将褫_{chǐ，夺去。}汝裤。诽者自顾，莹然已裸，辄于门外树头觅得之。满洲妇女，奉事尤虔，小有疑，必以决。时严妆骑假虎、假马，执长兵_{兵器。}舞榻上，名曰"跳虎神"。马、虎势作威怒，尸者_{跳神者。}声伧伫。或言关、张、元坛不一号。赫气惨凛，尤能畏怖人。有丈夫穴窗来窥，辄被长兵破窗刺帽，挑入去。一家媪媳姊若妹，森森缩缩雁行立，无岐念，_{杂念。}无懈骨。_{无懈怠，直直站立。}

铁布衫法

沙回子，_{沙姓回族人。}得铁布衫大力法。骈其指，力斫之，可断牛项；横搠_{刺。}之，可洞牛腹。曾在仇公子彭三家，悬木于空，遣两健仆极力撑去，猛反之。沙裸腹受木，碎然一声，木去远矣。又出其势，即石上以木椎力击之，无少损。但畏刀耳。

吴门画工

吴门画工某，忘其名，喜画吕祖，每想像而神会之，希幸一遇。虔结在念，靡刻不存。一日，值群丐饮郊郭间，内一人敝衣露肘，而神采轩豁。心忽动，疑为吕祖。谛视，_{细看。}觉愈确，遽捉其臂曰："君吕祖也。"丐者大笑。某坚执为是，伏拜不起。丐者曰：

"我即吕祖，汝将奈何？"某叩头，但乞指教。丐者曰："汝能相识，可谓有缘。然此处非语所，夜间当相见也。"欲再遮问，转盼已杳，骇叹而归。至夜，果梦吕祖来曰："念子志虑专凝，特来一见。但汝骨气贪吝，不能为仙。我使子见一人可也。"即向空一招，遂有一丽人躧空而下，服饰如贵嫔，容光袍仪，焕映一室。吕祖曰："此乃董娘娘，子审志仔细记住。之。"既而又问："记得否？"答："已记之。"又曰："勿忘却。"俄而丽者去，吕祖亦去。醒而异之，即梦中所见，肖像藏之，终亦不解所谓。后数年偶游于都，会董妃薨。上念其贤，将为肖像。诸工群集，口授心拟，终不能似。某忽触念，梦中人得毋是该不会是。耶？以图呈进。宫中传览，皆谓神肖。由是授官中书，辞不受，赐万金。于是名大噪。贵戚家争遗重币，乞为先人传影。但悬空摹写，罔不曲似。细微之处无不相似。浃晨十二天。之间，累数巨万。莱芜朱拱奎曾见其人。

蟒蛇

泗水山中旧有禅院，四无村落，人迹罕及，有道士僧人。栖止其中。或言内多大蛇，故游人益远之。一少年入山罗鹰。入既深，无所归宿。遥见兰若，趋投之。道士惊曰："居士何来？幸不为儿辈所见！"即命坐，具馈粥。食未已，一巨蛇入，粗十余围，昂首向客，怒目电瞋cōng。愤怒的目光如同闪电。客大惧。道士以掌击其额，呵曰："去！"蛇乃俯首入东室。蜿蜒移时，其躯始尽，盘伏其中，一室尽满。客大惧摇战。道士曰："此平时所豢养。有我在不妨，所患者客自遇之耳。"客甫坐，又一蛇入，较前略小，可约五六围。

见客遽止，睒闪吐舌如前蛇状。道士又叱之，亦入室去。室无卧处，半绕梁间，壁上土摇落有声。客益惧，终夜不寝。早起欲归，道士送之。出屋门，见墙上阶下，大如盎盏者，行卧不一。见生人皆有吞噬状。客惧，依道士肘腋而行，使送出谷口，乃归。

余乡有客中州者，寄宿蛇佛寺。寺僧具晚餐，肉汤甚美，而段段皆圆，类鸡项。疑问寺僧："杀鸡几何，遂得多项？"僧曰："此蛇段耳。"客大惊，有出门而哇_{呕吐}者。既寝，觉胸上蠕蠕，摸之则蛇也。顿起骇呼。僧起曰："此常事，乌足怪骇！"因以火照壁间，大小满墙，榻上下皆是也。次日，僧引入佛殿，佛座下有巨井，井中蛇粗如巨瓮，探首井边而不出。爇火下视，则蛇子蛇孙以数百万计，族居其中。僧云"昔蛇出为害，佛坐其上以镇之，其患始平"云。

化男

苏州木渎镇，有女夜坐庭中，忽星殒中颅，仆地死。其父母老而无子，止此女。哀呼急救，移时始苏。笑曰："我今为男子矣！"验之果然。其家不以为妖，而窃喜其暴得子也。奇已！

卷五

汾州狐

汾州判朱公者，居廨多狐。公夜坐，有女子往来灯下。初谓是家人妇，未遑没来得及。顾瞻；及举目，竟不相识，而容光艳绝。心知其狐，而爱好之。遽呼之来，女停履笑曰："厉声加人，谁是汝婢媪耶！"朱笑而起，曳坐谢过，遂与款密，久如夫妇之好。忽谓曰："君秩将迁，别有日矣。"问："何时？"曰："目前。但贺者在门，而吊者即在闾，不能官也。"三日，迁报果至。次日即得太夫人讣音。公解任，欲与偕旋。一同返乡。狐不可，送之河上。强之登舟，女曰："君自不知，狐不能过河也。"朱不忍别，恋恋河畔。女忽出，言将一谒故旧。移时归，即有客来答拜。女别室与语，客去乃来，曰："请便登舟，妾送君渡。"朱曰："向言不能渡，今何以云？"曰："曩所谒非他，河神也。妾以君故，特请之。彼限我十日往复，故可暂依耳。"遂同济。至十日，果别而去。

巧娘

广东有缙绅傅氏，年六十余生一子，名廉，甚慧，而天阉，十七岁，阴才如蚕。遐迩闻知，无以女女者。自分宗绪已绝，昼夜忧怛，而无如何。廉从师读。师偶他出，适门外有猴戏者，廉视之，废学焉；度师将至而惧，遂亡去。离家数里，见一白衣女郎偕小婢出其前。女一回首，妖丽无比，莲步蹇缓<small>小脚行走迟缓。</small>。廉趋过之。女回顾婢曰："试问郎君，得毋<small>该不会。</small>欲如<small>去往。</small>琼否？"婢果呼问。廉诘其所为，女曰："倘之琼也，有尺书一函，烦便道寄里门。老母在家，亦可为东道主。"廉出本无定向，念浮海亦得，因诺之。女出书付婢，婢转付生。问其姓名里居，云："华姓，居秦女村，去北郭三四里。"生附舟便去。至琼州北郭，日已曛暮。问秦女村，迄无知者。望北行四五里，星月已灿，芳草迷目，旷无逆旅<small>旅店。</small>。窘甚。见道侧一墓，思欲傍坟栖止，大惧虎狼；因攀树猱升，蹲踞其上。听松声谡谡，宵虫哀奏，中心忐忑，悔至如烧。忽闻人声在下，俯看之，庭院宛然；一丽人坐石上，双鬟<small>两个丫环。</small>挑画烛，分侍左右。丽人左顾曰："今夜月白星疏。华姑所赠团茶，可烹一盏，赏此良夜。"生意其鬼魅，毛发直竖，不敢少息。忽婢子仰视曰："树上有人！"女惊起曰："何处大胆儿，暗来窥人！"生大惧，无所逃隐，遂盘旋下，伏地乞宥。女近临一睇，反恚为喜，曳与并坐。睨之，年可十七八，姿态艳绝；听其言，亦非土音。问："郎何之？"答云："为人作寄书邮。"女曰："野多暴客，露宿可虞。不嫌蓬荜，愿就税驾。"<small>停车留宿。</small>邀生入。室惟一榻，命婢展两被其上。生自惭形秽，愿在下床。女笑云："佳客相逢，女元龙何敢高卧！"生不得已，遂与共榻，而惶恐不敢自舒。未几，女暗中以纤手探入，轻捻胫股。生伪寐，若不觉知。又未几，启衾入，摇生，迄不动。女便下探隐处，乃停手怅然，悄悄出衾去。俄闻哭声，生惶愧无以自容，恨天公之缺陷而已。女呼婢篝灯，婢见啼痕，惊问所苦。女摇首曰："我自叹吾命耳！"婢立榻前，眈望颜色。女曰："可唤郎醒，遣放去。"生闻之，倍益惭怍；且惧宵半茫茫，无所复之。筹念间，一妇人排阖入。婢白："华姑来。"微窥之，年约五十余，犹风格。见女未睡，便致诘问。女未答。又视榻上有卧者，遂问："共榻何人？"婢代答："夜一少年郎寄此宿。"妇笑曰："不知巧娘谐花烛。"见女啼泪未干，惊曰："合卺之夕，悲啼不伦。将毋郎君粗暴耶？"女不言，益悲。妇将捋衣视生，一振衣，书落榻上。妇取视，骇曰："我女笔意也！"拆读叹咤。女问之。妇云："是三儿家报。言吴郎已死，茕^{孤独貌。}无所依，且为奈何？"女曰："彼固云为人寄书，幸未遣之去。"妇呼生起，究询书所自来。生备述之。妇曰："远烦寄书，当何以报？"又熟视生，笑问："何迕巧娘？"生言："不自知罪。"又诘女。女叹曰："自怜生适阉寺，没奔椓人。是以悲耳。"妇顾生曰："慧黠儿固雄而雌者耶？是我之客，不可久溷他人。"遂导生入东厢，探手于裤而验之。笑曰："无怪巧娘零涕。然幸有根蒂，犹可为力。"挑灯遍翻箱箧，得黑丸授生，令即吞下，秘嘱勿吒，乃出。生独卧筹思，不知药医何症。比五更初醒，觉脐下热气一缕，直冲隐处，蠕蠕然似有物垂股际。自探之，身已伟男。心惊喜，如乍膺九锡^{如同突然受到九锡的封赠。}棂色才分，妇即入室，以炊饼纳生，叮嘱耐坐，反关其户。出语巧娘曰："郎有寄书劳，将留召三娘来，与订姊妹交。且复闭置，免人厌恼。"乃出门去。生回旋无聊，时近门隙，如鸟窥笼；望见巧娘，辄欲招呼自呈，惭讷而止。延及夜分，妇始携女归。发扉曰："闷煞郎君矣！三娘可来拜谢途中人。"逡巡入，向生敛衽。妇命相呼以兄妹。巧娘笑曰："姊妹亦可。"并坐堂中，团坐置饮。饮次，巧娘戏问："寺人亦动心佳丽否？"生曰："跛者不忘履，盲者不忘视。"相与粲然。巧娘以三娘劳顿，迫令安置。妇顾三娘，俾与生俱。三娘羞晕，不行。妇曰："此丈夫而巾帼者，何畏之？"敦促偕去。私嘱生云："阴为吾婿，阳为吾子可也。"生喜，捉臂登床，发硎新试，其快可知。既于枕上问女："巧娘何人？"曰："鬼也。才色无匹，而时命蹇落。适毛家小郎子，病阉，十八岁而不能人。因悒悒不畅，赍恨入冥。"生惊，疑三娘亦鬼。女曰："实告君，妾非鬼，狐耳。巧娘独居无偶，我母子无家，借庐栖止。"生大愕。女云："无惧，虽故鬼狐，非相祸者。"由此日共谈宴。虽知巧娘非人，而心爱其娟好；独恨自献无隙。生蕴藉，善谀噱，颇得巧娘怜。一日，华氏母子将他往，复闭生室中。生闷气绕室，隔扉呼巧娘。巧娘命婢历试数钥，乃得启。生附耳请间。巧娘遣婢去。生挽就寝榻，偎向之。女戏扪脐下曰："惜可儿此处阙然。"语未竟，触手盈握，惊曰："何前之渺渺，而遽累然？"生笑曰："前羞见客，故缩；今以诮谤难堪，聊作蛙怒耳！"遂相绸缪。已而恚曰："今乃知闭户有因。昔母子流荡无所，假庐居之。三娘从学刺绣，妾曾不少秘惜，乃妒忌如此！"生劝慰之，且以情告。巧娘终衔之。生曰："密之。华姑嘱我严。"语未及已，华姑与三娘忽掩入。二人皇遽方起。华姑瞋目，问："谁启扉？"巧娘笑逆自承。华姑益怒，聒絮不已。巧娘故哂曰："阿姥亦大笑人！是丈夫而巾帼者，何能为？"三娘见母与巧娘苦相抵，_{苦苦互相顶撞。}意不自安；以一身调停两间，始各拗怒为喜。巧娘言虽愤烈，然自是屈意事三娘。但华姑昼夜闲防，_{防备阻禁。}两情不得自展，眉目含情而已。一日，华姑谓生曰："吾儿姊妹皆已奉事君，念居此非计，君宜归告父母，早订永约。"即治装促生行。二女相向，容颜悲恻；而巧娘尤不可堪，泪滚滚如断贯珠，殊无已时。华姑排止之，便曳生出。至门外，则院宇无存，但见荒冢。华姑送至舟上，曰："君行后，老身携两女子僦屋_{租房。}于贵邑。倘不忘凤好，李氏废园中可待亲迎。"生乃归。时傅父觅子不得，正切焦虑，见子归，喜出非望。生略述崖末，_{本末。}兼致华氏之订。父曰："妖言何足听信？汝尚能生还者，徒以阉废故。不然，死矣。"生曰："彼虽异物，情亦犹人。况又慧丽，娶之亦不为戚党笑。"父不言，但嗤之。生乃退，而技痒，不安其分，辄私婢；渐至白昼宣淫，意欲炫闻翁媪。一日，为小婢所窥，奔告母。母不信，薄视之，始骇。呼婢研究，尽得其状。喜极，逢人宣暴，以示子不阉。将论婚于世族，生私白母："非华氏不娶。"母曰："世不乏美妇人，何必鬼物？"生曰："儿非华姑，无以知人道，背之不祥。"傅父从之，遣一仆一妪往觇之。出东郭四五里，寻李氏园，见败垣竹树中，缕缕有炊烟。妪下乘，直造往。其闼，则母子拭几濯溉，似有所伺。妪拜致主命，见三娘，惊曰："此即吾家小主妇耶？我见犹怜，何怪公子魂思而梦绕之。"便问阿姊，华姑叹曰："是我假女。三日前忽殂谢去。"因以酒食饷妪及仆。妪归，备道三娘容止，父母皆喜。末陈巧娘耗，生恻恻欲涕。至亲迎之夜，见华姑，亲问之。答云："已投生北地矣。"生欷歔久之。迎三娘归，而终不能忘情巧娘；凡有自琼来者，必召见问之。或言秦女墓夜闻鬼哭。生诧其异，入告三娘。三娘沉吟良久，泣下曰："妾负姊矣。"诘之，答云："妾母子来时，实未使闻。兹之怨啼，将毋是。向欲相告，恐彰母过。"生闻之，悲已而喜，即命舆，宵昼兼程，驰诣其墓。叩墓柏而呼曰："巧娘，巧娘！某在斯。"俄见女郎捧婴儿自穴中出；举首酸嘶，哀哭。怨望无已。生亦涕下。探怀问："谁氏子？"巧娘曰："是君之遗孽也，诞三月矣。"生叹曰："误听华姑言，使母子埋忧地下，罪将安辞！"乃与同舆航海而归。抱子告母。母视之，体貌丰伟，不类鬼物，益喜。二女谐和，事姑孝。后，傅父病，延医来。巧娘曰："疾不可为，魂已离舍。"督治冥具，既竣而殁。儿长，绝肖父；尤慧，十四游泮。高邮翁紫霞客于广而闻之，地名遗脱，亦未知所终焉。

吴令

吴令_{吴县县令。}某公，忘其姓字，刚介有声。吴俗最重城隍之神，木肖之，_{用木头雕刻城隍神。}衣以锦，藏机如生。值神寿节，则居民敛资为会，辇游通衢；建诸旗幢、杂卤簿，森森部列；鼓吹行且作，阗阗咽咽然，一道相属_{相连。}也。习为俗，岁无敢懈。公出，适相值，止而问之。居民以告。又诘知所费颇奢。公怒，指像而责数之曰："城隍实主一邑，如冥顽无灵，则淫昏之鬼，无足奉事；其有灵，则物力宜惜，何得以无益之费，耗民脂膏！"言已，曳神于地，笞之二十。从此习俗顿革。公清正无私，惟少年好戏。居年余，偶于廨中梯檐探雀鷇，_{kòu，初生的小鸟。}失足而堕，折股，寻卒。人闻城隍祠中，公大声喧怒，似与神争，数日不止。吴人不忘公德，群集祝而解之，别建一祠祠公，声乃息。祠亦以城隍名，春秋祀之，较故神尤著。吴至今有二城隍云。

口技

村中来一女子，年二十有四五，携一药囊，售其医。有问病者，女不能自为方，俟暮夜请诸神。晚洁斗室，_{小室。}闭置其中。众绕门窗，倾耳寂听，但窃窃语，莫敢咳。内外动息俱冥。至半更许，忽闻帘声，女在内曰："九姑来耶？"一女子答云："来矣。"

又曰："腊梅从九姑来耶?"似一婢答云:"来矣。"三人絮语间杂,刺刺不休。俄闻帘钩复动,女曰:"六姑至矣。"乱言曰:"春梅亦抱小郎子来耶?"一女曰:"拗哥子,鸣之不睡,定要从娘子来。身如百钧重,负累煞人!"旋闻女子殷勤声,九姑问讯声,六姑寒暄声,二婢慰劳声,小儿嬉笑声,一齐嘈杂。即闻女子笑曰:"小郎君亦大好耍,远迢迢招猫儿来。"既而声渐疏,帘又响,满室俱哗曰:"四姑来何迟也?"有一小女子细声答曰:"路有千里且溢,_{一千多里。}与阿姑走尔许时始至。阿姑行且缓。"遂各各道温凉_{问候。}声,并移座声,唤添座声,参差并作,喧繁满室,食顷始定。即闻女子问病。九姑以为宜得参,六姑以为宜得芪,四姑以为宜得术。参酌移时,即闻九姑唤笔砚。无何,折纸戢戢然,拔笔掷帽丁丁然,磨墨隆隆然。既而,投笔触几,震震作响,便闻撮药包裹苏苏然。顷之,女子推帘呼病者,授药并方,反身入室。即闻三姑作别,三婢作别,小儿哑哑,猫儿唔唔,又一时并起。九姑之声清以越,六姑之声缓以苍,四姑之声娇以婉,以及三婢之声,各有态响,听之,了了可辨。群讶以为真神。而试其方,亦不甚效。此即所谓口技,特借之以售其术尔。然亦奇矣!

昔王心逸尝言:"在都偶过市廛,_{集市。}闻弦歌声,观者如堵。近窥之,则见一少年,曼声度曲,并无乐器,惟以一指捺颊际,且捺且讴。听之铿铿,与弦索无异。"亦口技之苗裔耶。

狐联

焦生,章丘石虹先生之叔弟也。读书园中。宵分,_{夜半。}有二美人来，颜色双绝。一可十七八，一约十四五，抚几展笑。焦知其狐，正色拒之。长者曰："君髯如戟，何无丈夫气？"焦曰："仆生平不敢二色。"女笑曰："迂哉！子尚守腐局迂腐的规矩。耶？下元鬼神，凡事皆以黑为白，况床第间琐事乎！"焦又咄之。女知不可动，乃云："君名下士，享有盛名之士。妾有一联，请为属对。能对，我自去：'戊戌同体，腹中止欠一点。'"焦凝思不就。女笑曰："名士固如此乎？我代对之可矣：'己巳连踪，足下何不双挑？'"一笑而去。

王阮亭云："才狐也，乃不谙平仄。"

潍水狐

潍水李氏有别第。忽一翁来税居，租房。岁出直五十金。诺之。既去，无耗。李嘱家人别租。翌日，翁至，曰："租宅已有关说，约定。何欲更僦出租。他人？"李白所疑。翁曰："我将久居是。所以迟迟者，以涓吉择取吉日。在十日之后耳。"因先纳一岁之直，曰："终岁空之，勿问也。"李送出，问期，翁告之。过期数日，亦竟渺然。及往觇之，则双扉内闭，炊烟起而人声杂矣。讶之，投刺往谒。翁趋出，逆而入，笑语可亲。既归，遣人馈遗其家。翁犒赐丰隆。又数日，李设筵邀公，款洽甚欢。问其居里，以秦中对。李讶其远。翁曰："贵乡福地也；秦中不可居，大难将作。"时方承平，置未深问。越日，翁折柬报居停之礼。供帐饮食，备极侈丽。李益惊疑为贵官。翁以交好，因自言为狐。李骇绝，逢人辄道。邑缙绅闻其异，日结驷于门，愿纳交翁。翁无不伛偻接见。渐而郡官亦时往还。独邑令求通，辄辞以故。令又托主人先容。翁辞。李诘其故。翁离席近客而私语曰："君自不知，彼前身为驴。今虽俨然民上，乃饮糗_{duī，蒸饼}而亦醉者也。仆固异类，羞与为伍。"李乃托词告令，谓狐畏其神明，故不敢见。令信之而止。此康熙十一年事。未几，秦罹兵燹。狐能前知，信矣。

异史氏曰："驴之为物庞然也！一怒则踶跌嗥嘶，眼大于盎，气粗于牛，不惟声难闻，状亦难见；倘执束刍_{一把草}。而诱之，则帖耳辑首，喜受羁勒矣。以此居民上，宜其饮糗而亦醉也。愿临民者_{地方长官}。以驴为戒，而求齿于狐，则德日进矣。"

红玉

广平冯翁者，一子，字相如。父子俱诸生。翁年近六旬，性方鲠，而家屡空。数年间，而媪与子妇又相继逝，井臼自操之。一夜，相如坐月下，忽见东邻女自墙上来窥。视之，美；近之，微笑；招以手，不来亦不去；固请之，乃梯而过，遂共寝处。问其姓名。曰："妾邻女红玉也。"生大爱悦，与订永好，女诺之。夜夜往来，约半年许。翁夜起，闻女子含笑语，窥之，见女。怒，唤出骂曰："畜产所为何事？如此落寞，尚不刻苦，乃学浮荡耶？人知之，丧汝德；人不知，亦促汝寿。"生跪自投，泣言知悔。翁叱女曰："女子不守闺戒，既自玷，而又以玷人。倘事一发，当不仅贻寒舍羞！"骂已，愤然归寝。女流涕曰："亲庭_{父亲的训诲。}罪责，良足愧辱！我二人缘分尽矣。"生曰："父在不得自专。_{自作主张。}卿如有情，尚当含垢为好。"女言词决绝，生乃洒涕。女止之曰："妾与君无媒妁之言，父母之命；逾墙钻隙，何能白首？此处有一佳耦，可聘也。"生告以贫。女曰："来宵相俟，妾为君谋之。"次夜，女果至，出白金四十两赠生，曰："去此六十里，有吴村卫氏，年十八矣，高其价，故未售也。君重啖之，必合谐允。"言已别去。生乘间语父，欲往相_{相亲。}之，而隐馈金不敢告。翁自度无资，以是故止之。生又婉言："试可乃已。"翁颔之。生遂假仆马诣卫氏。卫故田舍翁，生呼出，引与闲语。卫知生望族，又见仪采轩豁，_{轩昂。}心许之，而虑其靳_{吝惜。}于资。生听其词意吞吐，会其旨，倾囊陈几上。卫乃喜，浼邻生居间，书红笺而盟焉。生入拜媪。居室逼窄，女依母自障。微睨之，虽荆布之饰，而神情光艳，心窃喜。卫借舍款婿，便言："公子勿须亲迎。待少作衣妆，即合卺送去。"生与订期而归。诡告翁言："卫爱清门，不责_{苛求。}资。"翁亦喜。至日，卫果送女至。女勤俭，有顺德，琴瑟甚笃。逾二年，举一男，名福儿。会清明，抱子登墓，遇邑绅宋氏。宋官御史，坐行赇免，_{因行贿罪免官。}居林下，_{乡间。}大煽威虐。是日亦上墓归，见女，艳之。问村人，知为生配。料冯贫士，诱以重赂，冀可摇，使家人风示之。生骤闻，怒形于色；既思势不敌，敛怒为笑，归告翁。大怒奔出，对其家人指天画地，诟骂万端。家人鼠窜而去。宋氏亦怒，竟遣数人入生家，殴翁及子，汹若沸鼎。女闻之，弃儿于床，披发号救。群篡_{抢夺}舁之，哄然便去。父子伤残，呻吟在地；儿呱呱啼室中。邻人共怜之，扶置榻上。经日，生杖而能起；翁忿不食，呕血，寻毙。生大哭，抱子兴词。上至督抚，讼几遍，卒不得直。后闻妇不屈死，益悲。冤塞胸吭，无路可伸。每思要路刺杀宋，而虑其扈从繁，儿又罔托。日夜哀思，双睫为之不交。忽一丈夫吊诸其室，虬髯阔颔，曾与无素。挽坐，欲问邦族。客遽曰："君有杀父之仇，夺妻之恨，而忘报乎？"生疑为宋人之侦，姑伪应之。客怒眦欲裂，遽出曰："仆以君人也，今乃知不足齿之伧！"生察其异，跪而挽之曰："诚恐宋人钴_{tiǎn，诱取。}我。今实布腹心，仆之卧薪尝胆者，固有日矣。但怜此褓中物，恐坠宗祧。君义士，能为我杵臼否？"客曰："此妇人女子之事，非所能。君所欲托诸人者，_{指抚养婴孩。}请自任之；所欲自任者，_{指报仇。}愿得而代庖焉。"生闻，崩角在地。_{叩头响如山崩。}客不顾而去。生追问姓字。曰："不济，不任受怨；济，亦不任受德。"遂去。生惧祸及，抱子亡去。至夜，宋家一门俱寝，有人越重垣入，杀御史父子三人，及一媳一婢。宋家具状告官，官大骇。宋执谓相如，于是遣役捕生。生遁不知所之。于是情益真。宋仆同官役诸处冥搜，_{仔细搜索。}夜至南山，闻儿啼，踪得之，系累而行。儿啼愈嗔，群夺儿抛弃之。生冤愤欲绝。见邑令，问："何杀人？"生曰："冤哉！某以夜死，我以昼出，且抱呱呱者，何能逾垣杀人？"令曰："不杀人，何逃乎？"生辞穷，不能置辨。乃收诸狱。生泣曰："我死无足惜，孤儿何罪？"令曰："汝杀人子多矣！杀汝子何怨？"生既褫革，_{夺去生员冠服，取消生员身份。}屡受酷惨，卒无词。令是夜方卧，闻有物击床，震震有声，大惧而号。举家惊起，集而烛之，一短刀铦利如霜，剁床入木者寸余，牢不可拔。令睹之，魂魄丧失。荷戈遍索，竟无踪迹。心窃馁，又以宋人死，无可畏惧，乃详诸宪，代生解免，竟释生。生归，瓮无升斗，孤影对四壁。幸邻人怜，馈食饮，苟且自度。念大仇已报，则辗然_{笑貌。}喜；思惨酷之祸几于灭门，则泪潸潸堕；及思半生贫彻骨，宗支不绪，则于无人处大哭失声，不复能自禁。如此半年，捕禁益懈，乃哀邑令，求判还卫氏之骨。及葬而归，悲怛欲绝，辗转空床，竟无生路。忽有款门者，凝神寂听，闻一人在门外哝哝与小儿语。生急起窥觇，似一女子。扉初启，便问："大冤昭雪，可幸无恙？"其声稔熟，而仓卒不能追忆。烛之，则红玉也。挽一小儿，嬉笑胯下。生

不暇问，抱女呜哭。女亦惨然。既而推儿曰："汝忘尔父耶？"儿牵
女衣，目灼灼视生。细审之，福儿也。大惊，泣问："儿那得来？"
女曰："实告君，昔言邻女者，妄也。妾实狐。适宵行，见儿啼谷
中，抱养于秦。闻大难既息，故携来与君团聚耳。"生挥涕拜谢。
儿在女怀，如依其母，竟不复能识父矣。天未明，女即遽起。问
之，答曰："奴欲去。"生裸跪床头，涕不能仰。女笑曰："妾诳君
耳。今家道新创，非夙兴夜寐不可。"乃剪莽拥彗，<small>剪除杂草，手持扫
帚，指辛勤劳作。</small>类男子操作。生忧贫乏不能自给。女曰："但请下帷
读，<small>闭门苦读。</small>勿问盈歉，当不瘥饿死。"遂出金治织具；租田数十
亩，雇佣耕作。荷镵诛茅，牵萝补屋，日以为常。里党闻妇贤，益
乐资助之。约半年，人烟腾茂，类素封家。生曰："灰烬之余，卿
白手再造矣。然一事未就安妥，如何？"诘之，答曰："试期已迫，
巾服尚未复也。"女笑曰："妾前以四金寄广文，已复名在案。若待
君言，误之已久。"生益神之。是科遂领乡荐。时年三十六，腴田
连阡，夏屋渠渠<small>房屋深广高大。</small>矣。女袅娜，如随风欲飘去，而操作过
农家妇；虽严冬自苦，而手腻如脂。自言二十八岁，人视之，常若
二十许人。

异史氏曰："其子贤，其父德，故其报之也侠。非特人侠，狐
亦侠也。遇亦奇矣！然官宰悠悠，竖人毛发，刀震震入木，何惜不
略移床上半尺许哉！使苏子美读之，必浮白曰：'惜乎击之
不中！'"

王阮亭云："程婴、杵臼，未尝闻诸巾帼，况狐耶？"

林四娘

青州道陈公宝钥，闽人。夜独坐，有女子搴帷入。视之，不识；而艳绝，长袖宫妆。_{宫女装扮。}笑云："清夜兀坐，得勿寂耶？"公惊问："何人？"曰："妾家不远，近在西邻。"公意其鬼，而心好之。捉袂挽坐，谈词风雅。大悦。拥之，不甚抗拒，顾曰："他无人耶？"公急阖户，曰："无。"促其缓裳，意殊羞怯。公代为之殷勤，女曰："妾年二十，犹处子也。狂将不堪。"狎亵既竟，流丹浃席。既而枕边私语，自言"林四娘"。公详诘之。曰："一世坚贞，业为君轻薄殆尽矣。有心爱妾，但图永好可耳。絮絮何为？"无何，鸡鸣，遂起而去。由此夜夜必至。每与阖户雅饮，谈及音律，辄能剖析宫商，公遂意其工于度曲。曰："儿时之所习也。"公请一领雅奏，女曰："久矣不托于音，节奏强半_{大半。}遗忘，恐为知音笑耳。"再强之，乃俯首击节，唱伊凉之调。其声哀婉，歌已，泣下。公亦为酸恻，抱而慰之曰："卿勿为亡国之音，使人悒悒。"女曰："声以宣意，哀者不能使乐，亦犹乐者不能使哀。"两人燕昵，过于琴瑟。既久，家人窃听之；闻其歌者，无不流涕。夫人窥见其容，疑人世无此妖丽，非鬼必狐；惧为厌蛊，劝公绝之。公不能听，但固诘之。女愀然曰："妾衡府宫人也。遭难而死，十七年矣。以君高义，托为燕婉；然实不敢祸君。倘见疑畏，即从此辞。"公曰："我不为嫌，但燕好若此，不可不知其实耳。"乃问宫中事。女缅述，_{备述。}津津可听。谈及式微之际，则哽咽不能成语。女不甚睡，每夜辄起，诵准提、金刚诸经咒。公问："九原_{九泉。}能自忏耶?"曰:"一也。妾思终身沦落,欲度来生耳。"又每与公评骘诗词,瑕辄疵之;至好句,则曼声娇吟;意绪风流,使人忘倦。公问:"工诗乎?"曰:"生时亦偶为之。"公索其赠。笑曰:"儿女之语,乌足为高人道!"居三年,一夕,忽惨然告别。公惊问之。答云:"冥王以妾生前无罪,死犹不忘经咒,俾生王家。别在今宵,永无见期。"言已,怆然。公亦泪下。乃置酒,相与痛饮。女慷慨而歌,为哀曼之音。一字百转,辄便呜咽;数停数起,而后终曲。饮不能畅,乃起,逡巡欲别。公固挽之。又坐少时,鸡声忽唱。乃曰:"必不可以久留矣。然君每怪妾不肯献丑,今将长别,当率成一章。"_{仓促成篇。}索笔构成,曰:"心悲意乱,不能推敲,乖音错节,慎勿出以示人。"掩袖而出,公送诸门外,湮然而没。公怅悼良久。视其诗,字态端好,珍而藏之。诗曰:"静锁深宫十七年,谁将故国问青天?闲看殿宇封乔木,泣望君王化杜鹃。海国波涛斜夕照,汉家箫鼓静烽烟。红颜力弱难为厉,蕙质心悲只问禅。日诵菩提三百句,闲看贝叶两三篇。高唱梨园歌代哭,请君独听亦潸然。"诗中重复脱节,疑传者错误。

鲁公女

招远张于旦,性疏放不羁,读书萧寺。时邑令鲁公,三韩_{指辽东。}人,有女好猎。生适遇诸野,见其丰姿娟秀,着锦貂裘,跨小骊驹,翩然若画。归忆容华,极意钦想。后闻女暴卒,悼叹欲绝。鲁以家远,寄灵寺中,即生读所。生敬礼如神明,朝必香,食必祭,每醨而祝曰:"睹卿半面,长系梦魂;不图玉人奄然物化。_死

亡。今近在咫尺，而邈若河山，恨如何也！然生有拘束，死无禁忌；九泉有灵，当姗姗而来，慰我倾慕。"日夜祝之，几半月。一夕，挑灯夜读，忽举首，则女子含笑立灯下。生惊起致问。女曰："感君之情，不能自已，遂不避私奔之嫌。"生大喜，挽坐，遂共欢好。自此无虚夜。谓生曰："妾生好弓马，以射獐杀鹿为快，罪孽深重，死无归所。如诚心爱妾，烦代诵金刚经一藏数，生生世世不忘也。"生敬受教。每夜起，即枢前捻珠讽诵。偶值节序，欲与偕归。女忧足弱，不能跋履。生请抱负以行，女笑从之。如抱婴儿，殊不重累，遂以为常。考试，亦载与俱。然行必以夜。生将赴秋闱，_{乡试。}女曰："君福薄，徒劳驰驱。"遂听其言而止。积四五年，鲁罢官，贫不能樣。将就窆_{就地埋葬。}之，苦无葬地。生乃自陈："某有薄壤近寺，愿葬女公子。"鲁公喜。生又力为营葬。鲁德之，而莫解其故。鲁去，二人绸缪如平日。一夜，侧倚生怀，泪落如豆，曰："五年之好，于今别矣！受君恩义，数世不足以酬。"生惊问之。曰："蒙惠及泉下人，经咒藏满，今得生河北卢户部家。如不忘今日，过十五年，八月十六日，烦一往会。"生泣下曰："生三十余年矣。又十五年，将就木焉，会将何为？"女亦泣曰："愿为奴婢以报。"少间曰："君送妾六七里，此去多荆棘，妾衣长难度。"乃抱生项。生送至通衢，见路旁车马一簇，马上或一人，或二人；车上或三人、四人、十数人不等；独一钿车，绣缨朱幰，仅一老媪在焉。见女至，呼曰："来乎？"女应曰："来矣！"乃回顾生云："尽此，且去，勿忘所言。"生诺。女行近车，媪引手上之。展轮即发，车马阗咽而去。生怅怅而归，志时日于壁。因思经咒之效，持诵益虔。梦神人告曰："汝志良嘉，但须要到南海去。"问："南海多远？"曰："近在方寸地。"醒而会其旨，念切菩提，修行倍洁。三年后，次子明，长子政，相继擢高科。生虽暴贵，而善行不替。_废

弃。夜梦青衣人邀去，见宫殿中坐一人，如菩萨状，逆之曰："子为善可喜，惜无修龄，长寿。幸得请于上帝矣。"生伏地稽首。唤起，赐坐，饮以茶，味芳如兰。又令童子引去，使浴于池。池水清洁，游鱼可数。入之而温，掬之有荷叶香。移时，渐入深处，失足而陷，过涉灭顶。惊寤，异之。由此，身益健，目益明；自捋其须，白者尽簌簌落；又久之，黑者亦落，面纹亦渐舒。至数月后，额秃、面童，宛如十五六时；兼好游戏，事亦犹童。过饰边幅，二子辄匡救之。未几，夫人以老病卒，子欲为求继室于朱门。生曰："待我至河北来而后娶。"屈指已及约期，遂命仆马至河北。访之，果有卢户部。先是，卢公生一女，生而能言，长益慧美。父母最钟爱之。贵家委禽，女辄不欲。怪问之，具述前生约。共计其年，大笑曰："痴婢！张郎计今年已半百，人事变迁，其骨已朽。纵其尚在，发童而齿鬘矣。"女不听。母见其志不摇，与卢公谋，戒阍人守门人。勿通客，过期以绝其望。未几，生至。阍人拒之。退返旅舍，怅恨无所为计。闲游郊郭，因循而暗访之。女谓生负约，涕不食。母言："渠不来，必已殂谢。即不然，背盟之罪，亦不在汝。"女不语，但终日卧。卢患之，亦思一见生之为人，乃托游邀，遇生于野。视之，少年也，讶之。班荆略谈，甚倜傥。公喜，邀至其家。方将探问，卢即遽起，嘱客暂独坐，匆匆入内告女。女喜，自力起窥，审其状不符，零涕而返，怨父欺罔。公力白其是。女无言，但泣不止。公出，意绪懊丧，对客殊不款曲。生问："贵族有为户部者乎？"公漫应之；首他顾，似不属客。生觉其慢，辞出。女啼数日，竟卒。生夜梦女来曰："下顾者果君耶？年貌舛异，觌面见面。遂致违隔。妾已忧愤死。烦向土地祠速招我魂，可得活。迟则无及矣。"既醒，急探卢氏之门，果有亡女二日矣。生大恸，进而吊诸其室。已而以梦告卢。卢从其言，招魂而归。启其衾，抚其尸，呼而祝之。俄闻喉中咯咯有声，忽见朱樱乍启，坠痰块如冰。扶移榻上，渐复呻吟。卢公悦，肃客出，置酒宴会。细展官阀，知其巨家，益喜。择吉成礼。居半月，携女而归。卢送至家，半年乃去。夫妇居室，俨然小偶。_{少年夫妻。}不知者多误以子妇为姑嫜焉。卢公逾年卒。子最幼，为豪强所中伤，家产几尽，生迎养之，遂家焉。

道士

韩生，世家也。好客。同村徐氏，常饮于其家。会宴集，有道士托钵门外。家人投钱及粟，皆不受，亦不去。家人怒，归不顾。韩闻击剥之声甚久，询之。家人以情告。言未已，道士竟入。韩招之坐。道士向主客皆一举手，即坐。略致研诘，始知其初居村东破庙中。韩曰："何日栖鹤东观，竟不闻知，殊缺地主之礼。"答曰："野人新至，无交游。闻居士挥霍，愿求饮焉。"韩命举觞。道士能豪饮。徐氏见其衣服垢敝，颇偃蹇，_{倨傲。}不甚为礼。韩亦海客遇之。道士倾饮二十余杯，乃辞而去。自是，每宴客，道士辄至。遇食则食，遇饮则饮。韩亦颇厌其频。饮次，徐氏嘲之曰："道长日为客，宁不一作主？"道士笑曰："道人与居士等，惟双肩承一喙耳！"徐惭不能对。道士曰："虽然，道人怀诚久矣，会当竭力作杯水之酬。"饮毕，嘱曰："翌午幸赐光宠。"次日，相邀同往，疑其不设。_{不能设筵。}行去，道士已候于途。且语且步，已至庙外。入门，则院落一新，连阁云蔓。大奇之，曰："久不至此，创建何时？"道士笑云："竣工未久。"比入其室，陈设华丽，世家所无。二人肃然起敬。甫坐，行酒下食者皆二八狡童，锦衣朱履。酒馔芳美，备极丰渥。饭已，另有小进。小吃。珍果多不可名，贮以水晶、玉石之器，光照几榻。酌以玻璃盏，围尺许。道士曰："唤石家姊妹来。"童去少时，二美人入。一细长，如弱柳；一身短，齿最稚：媚曼双绝。道士使歌以侑酒。劝酒。少者拍板而歌，长者和以洞箫，其声清细。既阕，道士悬爵促釂，又命遍酌。顾问美人："久不舞，尚能之否？"遂有僮仆展氍毹于筵下。两女子对舞，长衣乱拂，香尘四散。舞罢，斜倚画屏。韩、徐二人心旷神飞，不觉醺醉。道士亦不顾客，举杯饮尽，起谓客曰："姑烦自酌，我少憩即复来。"即去屋南壁下，设以螺钿之床，女子为设锦裍，扶道士卧。道士乃曳长者共枕，命少者立床下为之爬搔。韩、徐观此状，颇不平。徐乃大呼："道士不得无礼！"将往挠之。道士急起而遁。见少者犹立床下，乘醉拉向北榻，公然拥卧。视床上，美人尚眠绣榻。顾韩曰："君何太迂！"韩乃竟登南榻，欲与狎亵，而美人睡去，拨之不转，因抱与俱寝。天明，酒梦都醒，觉怀中冷物冰人；视之，则抱长石，卧青阶下。急视徐，徐尚未醒；见其枕遗屙之石，酣寝败厕中。蹶起，互相骇异。四顾，则一庭荒草，两间破屋而已。

胡氏

直隶有巨家欲延师，忽一秀才踵门自荐。主人延入。词语开爽，遂相知悦。秀才自言胡氏，遂纳贽交纳聘金。馆之。胡课业良勤，淹洽学识渊博。非下士等。然时出游，昏夜始归。扃闭俨然，不闻款叩，而已在室中矣。遂相惊以狐。然察胡意固不恶，优重之，不以怪异废礼。胡知主人有女，求为姻好，屡示意，主人伪不解。一日，胡假 _{请假。} 而去。次日，有客来谒，絷黑卫于门。主人逆而入。年五十余，衣履鲜洁，意甚恬雅。既坐，自达。_{自陈来意。} 始知为胡氏作冰。_{做媒。} 主人默然良久曰："仆与胡先生交已莫逆，何必婚姻？且息女 _{对外人称呼自己女儿。} 已许字矣。烦代谢先生。"客曰："确知令媛待聘，何拒之深？"再三言之，而主人不可。客有惭色，曰："胡亦世族，何遽不如先生！"主人直告曰："实无他意，但恶非其类耳。"客闻之，怒；主人亦怒，相侵益亟。客起抓主人；主人命家人杖逐之，客乃遁。遗其驴，视之，毛黑色，批耳修尾，大物也。牵之不动，驱之则随手而蹶，唛唛然草虫耳。主人以其言忿，知必相仇，戒备之。次日，果有狐兵大至：或骑或步，或戈或弩，马嘶人沸，声势汹汹。主人不敢出。狐声言火屋，主人益惧。有健者率家人噪出。飞石、施箭，两相冲击，互有夷伤。狐渐靡，纷纷引去。遗刀地上，亮如霜雪，近拾之，则高粱叶也。众笑曰："技止此耳！"然恐其复至，益备之。明日，众方聚语，忽一巨人自天而降：高丈余，身横数尺，挥大刀如门，逐人而杀。群操矢、石乱击之，颠踣而毙，则刍灵耳。众益易之。狐三日不复来，众亦少懈。主人适登厕，俄见狐兵张弓挟矢而至，乱射之。矢集于臀，大惧，急喊。众奔斗，狐方去。拔矢视之，皆蒿梗。如此月余，去来不常，虽不甚害，而日日戒严，主人患苦之。一日，胡生率众至。主人身出。胡望见，避于众中，主人呼之，不得已乃出。主人曰："仆自谓无失礼于先生，何故兴戎？"群狐欲射，胡止之。主人近握其手，邀入故斋，置酒相款，从容曰："先生达人，当相见谅。以我情好，宁不乐附婚姻！但先生车马宫室，多不与人同，弱女相从，即先生当知其不可。且谚云：'瓜果之生摘者，不适于口。'先生何取焉！"胡大惭。主人曰："无伤旧好固佳，如不以尘浊见弃，在门墙之幼子，年十五矣，愿得坦腹床下，_{做胡家女婿。}不知有相若者否？"胡喜，曰："仆有弱妹，少公子一岁，颇不陋劣，以奉箕帚如何？"主人起拜，胡答拜。于是酬酢甚欢，前隙俱忘。命罗酒浆，遍犒从者，上下欢慰。乃详问里居，将以奠雁。胡辞之。日暮继烛，醺醉乃去。由是遂安。年余，胡不至，或疑其约妄，而主人坚待之。又半年，而胡忽至。既道温凉_{寒暄。}已，乃曰："妹子长成矣。请卜良辰，遣事翁姑。"主人喜，即同订期而去。至夜，果有舆马送新妇至。奁妆丰盛，设室中几满。新妇见姑嫜，温丽异常。主人大喜。胡生与一弟来送女，谈吐俱风雅，又善饮，天明乃去。新妇且能预知年岁丰凶，故谋生之计皆取则焉。胡生兄弟以及胡媪，时来望女，人人皆见之。

丐僧

济南一僧，不知何许人。赤足，衣白衲，日于芙蓉、明湖诸馆诵经募化。与以酒食、钱、粟，皆弗受；叩所需，又不答。终日未尝见其餐饭。或劝之曰："师既不茹_{吃。}荤酒，当募山村僻巷中，何日日往来于膻闹之场？"僧合眸讽诵，睫毛长指许，若不闻。少旋，又语之，僧遽张目厉声曰："要如此化！"又诵不已。久之，自出而去。或从其后，固诘其必如此之故，走不应。叩之数四，又厉声曰："非汝所知！老僧要如此化！"积数日，忽出南城，卧道侧如僵，三日不动。民人恐其饿死，贻累近郭，因集劝他徙；欲饭，饭之；欲钱，钱之。僧冥然不应。群摇而语之。僧怒，于衲中出短刀，自剖其腹；以手入内，理肠于道，而气遂绝。众骇，告郡，藁葬草草埋葬。之。异日为犬所穴。席见，同"现"，显现出来。踏之似空；发视之，席封如故，犹空茧然。

伏狐

太史某，为狐所魅，病瘠。符禳既穷，乃乞假归，冀可逃避。太史行，而狐亦从之。大惧，无所为计。一日，止于涿，门外有铃医，自言能伏狐。太史延之入，投以药，则房中术也。促令服讫，入与狐交，锐不可当。狐辟易，躲避。哀而求罢。不听，进益勇。狐展转营脱，想法脱身。苦不得去。移时无声，视之，现狐形而毙矣。

昔余乡某生者，素有嫪毐之目，自言生平未能得一快意。夜宿孤馆，四无比邻。忽有奔女，扉未启而已入；心知其狐，亦欣然乐就狎之。襟襦甫解，贯革直入。狐惊痛，啼声吱然，如鹰脱韝，穿窗而去。某犹望窗外作狎昵声，哀唤之，冀其复回，而已寂然矣。此真讨狐之猛将也！宜榜门驱狐，可以为业。

苏仙

高公明图知郴时，有民女苏氏浣衣于河。河中有巨石，女踞其上。有苔一缕，绿滑可爱，浮水荡动，绕石三匝。女视之心动，既归而娠，腹渐大。母私诘之，女以情告。母不能解。数月，竟举生育。一子。欲置隘巷，女不忍。藏诸椟而养之。遂矢志不嫁，以明其不二也。然不夫而孕，终以为羞。儿至七岁，未尝出以见人。儿忽谓母曰："儿渐长，幽禁何可常也？去之，不为母累。"问："何之？"曰："我非人种，行将腾霄昂壑耳。"母泣询归期。答曰："待母属纩_{将死}时儿始来。去后倘有所需，可启藏儿椟索之，必能如愿。"言已，拜母竟去。出而望之，已杳矣。女告母，母大奇之。女坚守旧志，与母相依；而家益落。偶缺晨炊，仰屋无计；忽忆儿言，往启椟，果得米，赖以举火。自是，有求辄应。逾三年，母病卒，一切葬具，皆取给于椟。既葬，女独居三十年，未尝窥户。_{出户。}一日，邻妇乞火者见其兀坐空闺，语移时始去。居无何，忽见彩云绕女舍，亭亭如盖，中有一人，盛服立，审视之，则苏氏也。回翔久之，渐高不见。邻人共疑之，窥诸其室，见女靓妆凝坐，气则已绝。众以其无归，_{未嫁而无处归葬。}议为殡葬。忽一少年入，丰姿俊伟，向众申谢。邻人素亦窃知女有子，故不之疑。少年出金葬母，植二桃于墓，乃别而去。数步之外，足下生云，不可复见。后，桃结实甘芳，居人谓之"苏仙桃"。树年年华茂，更不衰朽。官是地者，每携桃以馈亲友。

李伯言

李生伯言，沂水人，抗直有肝胆。忽暴病。家人进药，却之曰："吾病非药饵可疗，阴司阎罗缺，欲吾暂摄_{代理}其篆耳。死，勿埋我，宜待之。"是日果死。驺从导去，入一宫殿，进服冕，隶胥祗候甚肃。案上簿书丛沓。一宗，江南某，稽生平所私良家女八十二人。鞫之，佐证不诬。按冥律，宜炮烙。堂下有铜柱，高八九尺，围可一抱，空其中而炽炭焉，表里通赤。群鬼以铁蒺藜挞驱使登。手移足盘而上。甫至顶，则烟气飞腾，崩然一响如爆竹，人乃堕；团伏移时，始复苏。又挞之，爆堕如前。三堕，则匝地如烟而散，不复能成形矣。又一起，为同邑王某，被婢父讼盗占生女。王即李姻家。先是，一人卖婢，王知其所来非道，而利其直廉，遂购之。至是，王暴卒。越日，其友周生遇于途，知为鬼，奔避斋中。王亦从入。周惧而祝，问所欲为。王曰："烦作见证于冥司耳。"惊问："何事？"曰："余婢实价购之，今被诬控。此事，君亲见之，惟借季路一言，无他说也。"周固拒之。王曰："恐不由君耳。"未几，周果死。同赴阎罗质审。李见王，隐存左祖偏袒意。忽见殿上火生，焰烧梁栋。李大骇，侧足立。吏急进曰："阴曹不与人世等，一念之私不可容。急消他念，则火自熄。"李敛神寂虑，火顿灭。已而鞫状，王与婢父反复相苦。问周，周以实对。王以故犯论笞。笞讫，遣人俱送回生。周与王皆三日而苏。李视事毕，舆马而返。中途见阙头断足者数百辈，伏地哀鸣。停车研诘，则异乡之鬼思践故土，恐关隘阻隔，乞求路引。李曰："余摄任三日，已解任矣。何能为力？"众曰："南村胡生，将建道场，代嘱可致。"李诺之。至家，驺从都去，李乃苏。胡生字水心，与李善，闻李再生，便诣探省。李遽问："清醮何时？"胡讶曰："兵燹之后，妻孥瓦全，向与室人妻子作此愿心，未向一人道也。何由知之？"李具以告。胡叹曰："闺房一语，遂播幽冥，可惧哉！"乃敬诺而去。次日，如王所。王犹惫，卧见李，肃然起敬，申谢佑庇。李曰："法律不能宽假，今幸无恙乎？"王云："已无他症，但笞创脓溃耳。"又二十余日始痊。臀肉腐落，瘢痕如杖者。

异史氏曰："阴司之刑，惨于阳世；责亦苛于阳世。然关说不行，则受残酷者不怨也。谁谓夜台阴间无天日哉！第恨阳世无火烧临民之堂廨耳。"

黄九郎

　　何师参，字子萧，斋于苕溪之东，门临旷野。薄暮偶出，见妇人跨驴来，少年从诸其后。妇约五十许，意致清越。转视少年，年可十五六，丰采过于姝丽。生素有断袖之癖，睹之，神出于舍。翘足目送，影灭方归。次日，早伺之。落日冥蒙，少年始过。生曲意承迎，笑问所来。答以"外祖家"。生请过斋少憩，辞以"不暇"；固曳之，乃入。略坐，兴辞，_{起身告辞。}坚不可挽。生握手送之，殷嘱便道相过。少年唯唯而去。生由是凝思如渴，往来眺注，足无停趾。一日，日衔半规，_{太阳半落西山。}少年忽至。大喜，邀入，命馆童行酒。问其姓字，答云："黄姓，第九，童子无字。"问："过往何频？"曰："家慈_{母亲。}在外祖家，常多病，故数省之。"酒数行，欲辞去。生捉臂遮留，下管钥。_{上锁。}九郎无如何，赪颜复坐。挑灯共语，温若处子；而词涉游戏，便含羞面向壁。未几，引与同衾。九郎不许，坚以睡恶_{睡相不好。}为辞。强之再三，乃解上下衣，着裤卧床上。何灭烛少时，移与同枕；曲肘加髀而狎抱之，苦求私昵。九郎怒曰："以君风雅士，故与流连。乃此之为，是禽处而兽爱之也！"未几，晨星荧荧，九郎径去。生恐其遂绝，复伺之，踯躅凝盼，目穿北斗。过数日，九郎始至。喜逆谢过，强曳入斋，促坐笑语，窃幸其不念旧恶。无何，解履登床，又抚哀之。九郎曰："缠绵之意，已镂肺膈。_{指牢记不忘。}然亲爱何必在此？"生甘言纠缭，但求一亲玉肌。九郎从之。生俟其睡寐，潜就轻薄。九郎醒，揽衣遽起，乘夜遁去。生悒悒若有所失，忘啜废寝，日渐痿瘁；惟日使斋童逻侦焉。一日，九郎过门，即欲径去。童牵衣入之。见生清癯，大骇慰问。生实告以情，泪涔涔，随声零落。九郎细语曰："区区之意，实以相爱无益于弟，而有害于君，故不为也。君既乐之，仆何惜焉。"生大悦。九郎去后，病顿减，数日平复。九郎果至，遂相缱绻。曰："今勉承君意，幸勿以此为常。"既而曰："欲有所求，肯为力乎？"问之，答曰："母患心痛，惟太医齐野王先天丹可疗。君与善，当能求之。"生诺之。临去又嘱。生入城求药，及暮付之。九郎喜，上手^{拱手}称谢。又强与合，九郎曰："勿相纠缠，请为君图一佳人，胜弟万万矣。"生问："谁？"九郎曰："有表妹，美无伦。倘能垂意，当执柯斧。"^{做媒。}生微笑不答。九郎怀药便去。三日乃来，复求药，生恨其迟，词多诮让。^{责备。}九郎曰："本不忍祸君，故疏之。既不蒙见谅，请勿悔焉。"由是宴会无虚夕。凡三日必一乞药。齐怪其频，曰："此药未有过三服者。胡久不瘥？"因裹三剂并授之。又顾生曰："君神色黯淡，病乎？"曰："无。"脉之，惊曰："君有鬼脉，病在少阴。不自慎者殆矣。"归语九郎。九郎叹曰："良医也。我实狐。久恐不为君福。"生疑其诳，藏其药，不以尽予，虑其弗至也。居无何，果病。延齐诊视，曰："曩不实言，今魂气已游墟莽，秦缓何能为力？"九郎日来省视，曰："不听吾言，果至于此。"生寻死，九郎痛哭而去。先是，邑有某太史，少与生共笔砚，十七岁擢翰林。时秦藩贪暴，而赂通朝士，无有言者。公抗疏^{上书直言。}劾其恶，以越俎免。藩升是省中丞，日伺公隙。公少有英称，曾邀叛王青盼。因购得旧所往来札胁公。公惧，自经。夫人亦投缳死。公越宿忽醒，曰："我何子萧也。"诘之，所言皆何家事。方悟其借躯返魂。留之不可，出奔旧舍。抚疑其诈，必欲排陷之，使人索千金于公。公伪诺，而忧闷欲绝；忽通九郎至，喜共话言，悲欢交集。既欲复狎，九郎曰："君有三命焉。"公曰："余悔生劳，不如死逸。"因诉冤苦。九郎悠忧以思。少间曰："幸复生聚。君旷无妻。无偶，前言表妹慧丽多谋，必能分忧。"公欲一见颜色。曰："不难。明日将取伴老母，此道所经。君伪为弟也兄者。我假渴而求饮焉。君曰'驴子亡'，则诺也。"计已而别。明日停午，正午。九郎果从女郎经门外过。公拱手絮絮与语，略睨女郎，娥眉秀曼，诚仙人也。九郎索茶，公请入饮。九郎曰："三妹勿讶，此兄盟好，不妨少休止。"扶之而下，系驴于门而入。公自起瀹茗，因目九郎曰："君前言不足以尽，今得死所矣。"女似悟其言之为己者，离榻起立，嘤喔而言曰："去休。"公外顾曰："驴子其亡。"九郎火急驰出。公拥女求合。女颜色紫变，窘若囚拘，大呼："九兄！"不应。曰："君自有妇，何丧人廉耻也！"公自陈无室。女曰："能矢山河，勿令秋扇见捐，则惟命是听。"公乃誓以皦日。对着明亮的太阳起誓。女不复拒。事已，九郎至。女色然怒让之。九郎曰："此何子萧，昔之名士，今之太史；与兄最善，其人可依。即闻诸妗氏，当不相见罪。"日向晚，公要遮不听去。女恐姑母骇怪。九郎锐身自任，跨驴径去。居数日，有妇携婢过，年四十许，神情意致，雅似很像。三娘。公呼女出窥，果母也。瞥睹女，怪问："何得在此？"女惭不能对。公邀入，拜而告之。母笑曰："九郎稚气，胡再不谋？"女自入厨下，设食供母。食已乃去。公得丽偶，颇快心期；心愿。而恶绪萦怀，恒蹙蹙有忧色。女问之，公缅述备叙。颠末。女笑曰："此九兄一人可得解。君何忧？"公诘其故。女曰："闻抚公溺声歌而比顽童，此皆九兄所长也。投所好而献之，怨可消，仇亦可复。"公虑九郎不肯。女曰："但请哀之。"越日，公见九郎来，膝行而逆之。九郎惊曰："两世之交，但可自效，顶踵所不敢惜；何忽作此态向人？"公具以谋告。

九郎有难色。女曰："妾失身于郎，谁实为之？脱令中途凋丧，焉置妾也？"九郎不得已，诺之。公族与谋，驰书于所善之王太史，而致九郎焉。王会其意，大设，招抚公饮。命九郎饰女妆，作天魔舞，宛然美女。抚惑之，亟请于王，欲以重金购九郎，惟恐不得当。不值当。王故沉思似难之。迟之又久，始将公命以进。抚喜，前隙顿释。自得九郎，动息不相离；侍妾十余，视同尘土。九郎饮食供具如王者，赐金万计。半年，抚公病。九郎知其去冥路近也，遂辇金帛，假归公家。既而抚公薨。九郎出资起屋、置器，畜婢仆。母子及妗并家焉。九郎出，舆马甚都，人不知其狐也。余有"笑判"玩笑的判词。并志之：

男女居室，为夫妇之大伦。燥湿互通，乃阴阳之正窍。迎风待月，尚有荡检之讥；断袖分桃，难免掩鼻之丑。人必力士，鸟道乃敢生开；洞非桃源，渔篙宁许误入？今某从下流而忘返，舍正路而不由。云雨未兴，辄尔上下其手；阴阳反背，居然表里为奸。华池置无用之乡，谬说老僧入定；蛮洞乃不毛之地，遂使眇帅称戈。系赤兔于辕门，如将射戟；探大弓于国库，直欲斩关。或是监内黄鳝，访知交于昨夜；分明王家朱李，索钻报于来生。彼黑松林戎马频来，固相安矣；设黄龙府潮水忽至，何以御之？宜断其钻刺之根，兼塞其送迎之路。

金陵女子

沂水居民赵某，以故自城中归，见女子白衣哭路侧，甚哀。眺之，美；悦之，凝注不去，女垂涕曰："夫夫也，路不行而顾我。"

赵曰："我以旷野无人，而子哭之恸，实怆于心。"女曰："夫死无路，是以哀耳。"赵劝其复择良匹。曰："渺兹一身，其何能择？如得所托，媵之可也。"赵忻然自荐，女从之。赵以去家远，将觅代步。女曰："无庸。"乃先行，飘若仙。奔至家，操井臼甚勤。积二年余，谓赵曰："感君恋恋，猥_{苟且}相从，忽已三年。今宜且去。"赵曰："曩言无家，今焉往？"曰："彼时漫_{信口}为是言耳，何得无家？身父_{我父}货药金陵。倘欲再晤，可载药往，当助资斧。"赵经营，为贳_{租借}车马。女辞之，出门径去。追之不及，瞬息遂杳。居久之，颇涉怀想。因市药诣金陵。寄货旅邸，访诸衢市。忽药肆一翁望见，曰："婿至矣。"延之入。女方浣裳庭中，见之不言，亦不笑，浣不辍。赵衔恨遽出。翁又曳之返。女不顾如初。翁命治具作饮，谋厚赠之。女止之曰："渠福薄，多将不任。_{承受不起。}宜少慰其辛苦，再检十数医方与之，便吃着不尽矣。"翁问所载药。女云："已售之矣，直在此。"翁乃出方付金，送赵归。试其方，有奇验。沂水尚有能知其方者。以蒜臼接茅檐雨水，洗瘊赘，其方之一也，良效。

王阮亭云："女子亦大突兀。"

汤公

汤公名聘，辛丑进士。抱病弥留。忽觉下部热气，渐升而上：至股，则足死；至腹，则股又死；至心，则心之死最难。凡自童稚以及琐屑久忘之事，都随心血来，一一潮过。如一善，则心中清静宁贴；一恶，则懊憹烦燥，似油沸鼎中，其难堪之状，口不能肖似之。犹忆七八岁时，曾探雀雏而毙之。只此一事，心头热血潮涌，食顷方过。直待平生所为一一潮尽，乃觉热气缕缕然，穿喉入脑，自顶巅出，腾上如炊。逾数十刻许，魂乃离窍，忘躯壳矣。而渺渺无归，飘泊郊路间。一巨人来，高几盈寻，掇拾之，纳诸袖中。入袖，则叠肩压股，其人甚夥，薅恼﹝烦恼﹞闷气，殆不可过。公顿思惟佛能解厄，因宣佛号。才三四声，飘坠袖外。巨人复纳之。三纳三坠，巨人乃去之。公独立彷徨，未知何往而善。忆佛在西土，乃遂西。无何，见路侧一僧趺坐。趋拜，问途。僧曰："凡士子生死录，文昌及孔圣司之。必两处销名，乃可他适。"公问其居，僧示以途，奔赴。无几，至圣庙，见宣圣﹝孔子﹞南面坐，拜祷如前。宣圣言："名籍之落，仍得帝君。"因指以途。公又趋之。见一殿阁，如王者居。俯身入，果有神人，如世所传帝君状。伏祝之。帝君检名曰："汝心诚正，宜复有生理。但皮囊﹝躯体﹞腐矣，非菩萨莫能为力。"因指示，令急往。公从其教。俄见茂林修竹，殿宇华好。入，见螺髻庄严，金容满月；瓶浸杨柳，翠碧垂烟。公肃然稽首，拜述帝君言。菩萨难之。公哀祷不已。旁有尊者白言："菩萨施大法力，撮土可以为肉，折柳可以为骨。"菩萨即如所请，手断柳枝，倾瓶中水，和净土为泥，拍附公体。使童子携送灵所，推而合之。棺中呻动，霍然病已。家人骇集，扶而出之。计气绝已继七矣。

阎罗

莱芜秀才李中之，性直谅不阿。每数日，辄死去，僵卧如尸，三四日始醒。或问所见，则隐秘不泄。时邑有张生者，亦数日一死，语人曰："李中之，阎罗也。余至阴司，亦其属曹。"_{下属官吏。}其门殿对联，俱能述之。或问："李昨赴阴司何事？"张曰："不能俱述。惟提勘_{提审。}曹操，笞二十。"

王阮亭云："中州有生人为河神者，曰黄大王。鬼神以生人为之，理不可晓。"

异史氏曰："阿瞒_{曹操小字。}一案，想更_{历经。}数十阎罗矣。畜道剑山，种种具在。宜得何罪，不劳挶取，乃数千年不决，何耶？岂以临刑之囚，快于速割，故使之求死不得耶？异矣！"

库将军

库大有，字君实，汉中洋县人，以武举隶祖述舜麾下。祖厚遇之，屡蒙拔擢，迁为总戎。后觉大势既去，潜以兵乘_{偷袭。}祖。祖格拒，伤手，因就缚焉。纳款于总督蔡。至都，梦至冥司，冥王怒其不义，命鬼以沸油浇其足。既醒，足痛不可忍。后肿溃，指尽落，又益之疟，辄呼曰："我诚负义！"遂死。

异史氏曰："事伪朝，固不足言忠。然国士庸人，因知为报，贤豪之自命宜尔也。是诚可以惕天下之人臣而怀二心者矣。"

雷公

亳州民王从简，其母坐室中，值小雨冥晦，见雷公持锤振翼而入，大骇。急以器中便溺倾注之。雷公沾秽，若中刀斧，反身疾逃；极力展腾，不得去。颠倒庭际，噪声如牛。天上云渐低，渐与檐齐。云中萧萧如马鸣，与雷公相应。少时，雨暴注，身上恶浊尽洗，乃作霹雳而去。

戏缢

邑人某，佻达无赖。偶游村外，见少妇乘马来。谓同游者曰："我能令其一笑。"众未深信，约赌作筵。某遽奔去，出马前，连声哗曰："我要死！"因于墙头抽粱秸一本，^{一根。}横尺许，解带挂其上，引颈作缢状。妇果过而哂之。众亦粲然。妇去既远，某犹不动。众益笑之。近视，则舌出目瞑，而气真绝矣。梁本自经，岂不亦奇哉？是可以为儇薄^{轻薄。}之戒。

死僧

某道士云游，日暮，投止野寺。见僧房扃闭，遂藉蒲团，趺坐廊下。夜既静，闻启阖^{开门。}声。旋见一僧来，浑身血污，目中若不见道士。道士亦若不见之。僧直入殿，登佛座，抱佛头而笑，久之乃去。及明，视室门扃如故，怪之。入村，道所见。众如寺，发扃验之。则僧杀死在地，室中席箧掀腾，知为盗劫。疑鬼笑有因，共验佛首，见脑后有微痕。刓之，内藏三十余金，遂用以葬之。

异史氏曰："谚有之：'财连于命。'不虚哉！夫人俭啬封殖，以予所不知谁何之人，亦已痴矣。况僧并不知谁何之人而无之哉！生不肯享，死犹顾而笑之，财奴之可叹如此！佛云：'一文将不去，惟有业随身。'其僧之谓矣。"

赤字

顺治乙未冬夜，天上赤字如火。其文云："白苕代靖否复议朝冶驰。"

梓橦令

常进士大忠，太原人，候选在都。前一夜，梦文昌投刺。拔签，得梓橦令，奇之。后丁艰，服阕候补，又梦如前。默思：其复任梓橦乎？已而果然。

鬼津

李某昼卧，见一妇人自墙中出：蓬首如筐，发垂蔽面。至床前，始一手自分，露面出，肥黑绝丑。某大惧，欲奔。妇猝然登床，力抱其首，便与接唇。以舌渡津，冷如冰块，浸浸入喉。欲不咽，而气不得息。咽之，稠粘塞喉。才一呼吸，而口中又满，气急复咽之。如此良久，气闭，不可复忍。闻门外有人行声，妇始释手去。由此腹胀喘满，数日不食。或教以参芦汤探吐之，吐出物如卵清，病乃瘥。

禄数

某显者，多为不道。胡作非为。夫人每以果报劝谏之，殊不听信。适有方士能知人禄数，诣之。方士熟视曰："君再食米二十石、面四十石，天禄乃终。"归语夫人。计一人终年仅食面二石，尚有二十年天禄，岂不善所能绝耶？横如故。逾年，忽病"除中"，指胃气败绝，当不能食而反能食的危重病症。食甚多而旋饥，一昼夜十余餐。未及周岁，死矣。

鬼令

教谕展先生，洒脱有名士风。然酒狂，不持仪节。每醉归，辄驰马殿阶。阶上多古柏。一日，纵马入，触树，头裂。自言："子路怒我无礼，击脑破矣。"中夜遂卒。邑中某乙者，负贩其乡，夜宿古刹。更静人稀，忽见四五人，携酒入饮，展亦在焉。酒数行，或以字为令曰："田字不透风，十字在当中；十字推上去，古字赢一钟。"一人曰："回字不透风，口字在当中；口字推上去，吕字赢一钟。"一人曰："囹字不透风，令字在当中；令字推上去，含字赢一钟。"又一人曰："困字不透风，木字在当中；木字推上去，杏字赢一钟。"末至展，凝思不得。众笑曰："既不能令，须当受命。"飞一觥来。展云："我得之矣：曰字不透风，一字在当中……"众又笑曰："推作何物？"展吸尽曰："一字推上去，一口一大钟！"相与大笑。末几，出门去。某不知展死，窃疑其罢官归也。及归，问之，则展死已久，始悟所遇者鬼耳。

禽侠

天津寺，鹳鸟巢于鸱尾。殿承尘_{天花板。}上，藏大蛇如盆，每至鹳雏团翼时，辄出吞食净尽。鹳悲鸣数日乃去。如是三年，群料其必不复至，而次岁巢如故。约雏长成，即竟去，三日始还，入巢哑哑，哺子如初。蛇又蜿蜒而上。甫近巢，两鹳惊，飞鸣哀急，直上青冥。俄闻风声蓬蓬，一瞬间，天地似晦。众骇异共视，乃一大鸟，翼蔽天日，从空疾下，骤如风雨，以爪击蛇，蛇首立堕，连摧殿角数尺许，振翼而去。鹳从其后，若将送之。巢既倾，两雏俱堕，一生一死。僧取生者置钟楼上。少顷，鹳返，仍就哺之，翼成而去。

异史氏曰："次年复至，盖不料其祸之复也。三年而巢不移，则复仇之意已决。三日不返，其去作秦庭之哭_{指哀求他人援救。}可知矣。大鸟必羽族之剑仙也。飙然而来，一击而去。妙手空空儿，何以加此！"

济南有营卒，见鹳鸟过，射之，应弦而落。喙中衔鱼，将哺子也。或劝拔矢放之，卒不听。少顷，带矢飞去。后往来近郭间，两年余贯矢如故。一日，卒坐辕门下。鹳过，矢坠地。卒拾视曰："此矢固无恙哉？"耳适痒，因以矢代搔。忽大风摧门，门骤阖，关。触矢贯脑，卒寻毙。

负尸

有樵人赴市，荷杖而归。忽觉杖头如有重负。回顾，见一无头人悬系其上，大惊，脱杖乱击之，即不复见。骇奔。至一村，时已昏暮，有数人爇火照地，似有所寻。近讯之，盖众适聚坐，忽空中堕一人头，须发蓬然，倏忽已杳。樵人亦言所见。合之，适成一人，而究不解其何故。后有人荷篮而行，或见其中有人头焉。讶而诘之。反顾始惊。倾诸地上，宛转而没。

卷六

连琐

　　杨子畏，移居泗水之滨。斋临旷野，墙外多古墓。夜闻白杨萧萧，声如涛涌。夜阑秉烛，方复凄断。忽墙外有人吟曰："玄夜凄风却倒吹，流萤惹草复沾帏。"反复吟诵，其声哀楚。听之，细婉似女子。疑之。明日视墙外，并无人迹，惟有紫带一条遗荆棘中。拾归，置诸窗上。向夜二更许，又吟如昨。杨移机凳登望，吟顿辍。悟其为鬼，然心向慕之。次夜复伺墙头。一更向尽，有女子姗姗自草中出，手扶小树，低首哀吟。杨微嗽，女急入荒草而没。杨由是伺诸墙下，听其吟毕，乃隔壁而续之曰："幽情苦绪何人见，翠袖单寒月上时。"久之，寂然。杨乃入室。方坐，忽见丽者自外来，敛衽曰："君子固风雅士，妾乃多所畏避。"杨喜拉坐，瘦怯凝寒，若不胜衣。仿佛承受不起衣服的重量。问："何居里，久寄此间？"答曰："妾陇西人，随父流寓。十七暴疾殂谢，今二十余年矣。九泉荒野，孤寂如鹜。所吟乃妾自作以寄幽恨者。思久不属，蒙君代续，欢生泉壤。"杨欲与欢，蹙然曰："夜台朽骨，不比生人。如有幽欢，促人寿数。妾不忍祸君子也。"杨乃止。戏以手探胸，则鸡头之肉，依然处子。又欲视其裙下双钩，女俯首笑曰："狂生太啰唣矣！"杨把玩之，则见月色锦袜，约彩线一缕。更视其一，则紫带系之。问："何不俱带？"曰："昨宵畏君而避，不知遗落何所。"杨曰："为卿易之。"遂即窗上取以授女。女惊问何来，因以实告。

女乃去线束带。既翻案上书，忽见连昌宫词，慨然曰："妾生时最爱读此。今视之殆如梦寐。"与谈诗文，慧黠可爱。剪烛西窗，如得良友。自此每夜但闻微吟，少顷即至。辄嘱曰："君秘勿宣。妾少胆怯，恐有恶客_{庸俗野蛮的客人。}见侵。"杨诺之。两人欢同鱼水，虽不至乱，而闺阁之中，诚有甚于画眉者。女每于灯下为杨写书，字态端媚，又自选宫词百首录诵之。使杨治棋枰，购琵琶，每夜教杨手谈。_{下围棋。}不则挑弄弦索，作《蕉窗零雨》之曲，酸人胸臆；杨不忍卒听，_{卒：完毕。卒听：听完。}则为《晓苑莺声》之调，顿觉心怀畅适。挑灯作剧，乐辄忘晓。视窗上有曙色，则张皇遁去。一日，薛生造访，值杨昼寝。视其室，琵琶棋局具在，知非所善。又翻书得宫词，见字迹端好，益疑之。杨醒，薛问："戏具何来？"答："欲学之。"又问诗卷，托以假诸友人。薛反复检玩，见最后一页细字一行云："某月日连琐书。"笑曰："此是女郎小字，何相欺之甚？"杨大窘，不能置词。薛诘之益苦，杨不以告。薛卷挟之，_{将诗卷卷到腋下。}杨益窘，遂告之。薛求一见，杨因述所嘱。薛仰慕殷切，杨不得已诺之。夜分女至，为致意焉。女怒曰："所言伊何？乃已喋喋向人！"杨以实情自白。女曰："与君缘尽矣！"杨百词慰解，终不欢，起而别去。曰："妾暂避之。"明日薛来，杨代致其不可。薛疑支托，暮与窗友_{同学。}二人来，淹留不去，故挠_{搅挠。}之，恒终夜哗，大为杨生白眼，而无如何。众见数夜杳然，浸_{渐。}有去志，喧嚣渐息。忽闻吟声，共听之，凄婉欲绝。薛方倾耳神注，内一武生王某，掇巨石投去，大呼曰："作态不见客，得甚好句，呜呜恻恻，使人闷损。"吟顿止。众甚怨之。杨恚愤见于词色。次日，始共引去。杨独宿空斋，冀女复来，而殊无影迹。逾二日，女忽至，泣曰："君致恶客，几吓煞妾！"杨谢过不遑。女遽出曰："妾固谓缘分尽也。从此别矣！"挽之已杳。由是月余，更不复至。杨思之，形销骨立，莫可追挽。一夕方独酌，忽女子搴帏入，杨喜极曰：
"卿见宥_{宽恕。}耶？"女涕垂膺，默不一言。亟问之，欲言复忍，曰：
"负气去，又急而求人，难免愧恧。_{nǜ，惭愧。}"杨再三研诘，乃曰：
"不知何处来一龌龊隶，逼充媵妾。顾念清白裔，岂屈身舆台之鬼？
然一线弱质，乌能抗拒？君如齿妾在琴瑟之数，必不听自为生活。"
杨大怒，愤将致死，_{拼死效力。}但虑人鬼殊途，不能为力。女曰："夜
来早眠，妾邀君梦中耳。"于是复共倾谈，坐以达曙。女临去，嘱
勿昼眠，留代夜约。杨诺之。因于午后薄饮，乘醺登榻，蒙衣偃
卧。忽见女来，授以佩刀，引手去。至一院宇，方阖门语，闻有人
搭石挝门。女惊曰："仇人至矣！"杨启户骤出，见一人赤帽青衣，
猬毛绕喙。怒咄之。隶横目相仇，言词凶谩。杨大怒，奔之。隶捉
石以投，骤如急雨，中杨腕，不能握刃。方危急间，遥见一人腰矢
野射，审视之，王生也。大号乞救。王生张弓急至，射之中股。再
射之，殪。_{死。}杨喜感谢。王问故，具告之。王自喜前罪可赎，遂
与共入女室。女战惕羞缩，遥立不作一语。案上有小刀，长仅尺
余，而装以金玉；出诸匣，光芒鉴影。王叹赞不释手。与杨略话，
见女惭惧可怜，乃出，分手去。杨亦自归，越墙而仆。于是惊寤，
听村鸡已乱唱矣。觉腕中痛甚，晓而视之，则皮肉赤肿。停午，王
生来，便言夜梦之奇。杨曰："梦射否？"王怪其先知。杨出手示
之，且告以故。王忆梦中颜色，恨不真见。自幸有功于女，复请先
容。夜间，女来称谢。杨归功王生，遂达诚恳。女曰："将伯之助，
义不敢忘。然彼赳赳，妾实畏之。"既而曰："彼爱妾佩刀。刀实妾
父出使粤中，百金购之。妾爱而有之，缠以金丝，辫以明珠。大人
怜妾夭亡，用以殉葬。今愿割爱相赠，见刀如见妾也。"次日杨致
此意，王大悦。至夜，女果携刀来，曰："嘱伊珍重，此非中华物
也。"由是往来如初。积数月，忽于灯下笑而向杨，似有所语，面

红而止者三。生抱问之。答曰："久蒙眷爱，妾受生人气，日食烟火，白骨顿有生意。但须生人精血，可以复活。"杨笑曰："卿自不肯，岂我故惜之？"女曰："交接后，君必有二十余日大病，然药之可愈。"遂与为欢。既而着衣起，又曰："尚须生血一点，能拚_{不惜。}痛以相爱乎？"杨取利刃刺臂出血，女卧榻上，使滴脐中。乃起曰："妾不来矣。君记取百日之期，视妾坟前有青鸟鸣于树头，即速发冢。"杨谨受教。出门又嘱曰："慎记勿忘，迟速皆不可。"乃去。越十余日，杨果病，腹胀欲死。医师投药，下恶物如泥，浃辰_{十二天。}而愈。计至百日，使家人荷锸以行。日既西，果见青鸟双鸣。杨喜曰："可矣！"乃斩荆发圹，_{挖开坟墓。}见棺木已朽，而女貌如生，摩之微温。蒙衣舁归。置暖处，气休休然细于属丝。渐进汤醴，半夜而苏。每谓杨曰："十余年如一梦耳。"

王阮亭云："结尽而不尽，甚妙。"

单道士

韩公子，邑世家。有单道士工作剧，_{擅长戏术。}公子爱其术，以为座上客。单每与人行坐，辄忽不见。公子欲得其法，单不肯。公子固恳之。单曰："我非吝吾术，恐坏吾道也。所传而君子则可。不然，有借此以行窃者矣。公子固无虑此，然或出见美丽而悦之，隐身入人闺闼，是济_{增长。}恶而宣淫也。不敢从命。"公子不能强，而心怒之，阴与仆辈谋挞辱之。恐其遁匿，因以细灰布麦场中。思左道能隐形，而履处必有印迹，可随印处急击之。于是诱单往，使人执牛鞭立挞之。单忽不见，灰上果有印迹，左右乱击，顷刻已迷。_{不知所去。}公子归，单亦至。谓诸仆曰："吾不可复居矣！向劳服役，今且别，当有以报。"袖中出旨酒一盛，又探得肴一篚，并陈几上。陈已，复探。凡十余探，几上已满。遂邀众饮，俱醉。一一仍纳袖中。韩闻其异，使复作剧。单于壁上画一城，以手推挝，城门顿辟。因将囊衣篚物悉掷门内，乃拱别曰："我去矣！"跃身入城，城门遂阖，道士顿杳。后闻在青州市上，教儿童画墨圈于掌上，逢人戏抛之，随所抛处，或面或衣，圈辄脱去，落印其上。又闻其善房中术，能令下部吸烧酒，尽一器。公子尝面试之。

白于玉

吴青庵筠，少知名。葛太史见其文，每嘉叹之。托相善者邀至家，聆其言论丰采。曰："焉有才如吴生，而长贫贱者乎？"因使邻好致_{传话}之曰："使青庵奋志青云，当以息女奉巾栉。"时太史有女绝美。生大喜，确自信。既而秋闱_{乡试。}被黜，使人谓太史曰："富贵所固有，不可知者迟早耳。请待我三年不成而后嫁。"于是刻志益苦。一夜，明月之下，有秀才造谒，白皙短须，细腰长爪。诘所来，自言："白氏，字于玉。"略与倾谈，豁人心胸。悦之，留同止宿。迟明欲去，生嘱便道烦过。白感其情殷，愿即假馆，_{借宅居住。}约期而别。至期，先一苍头送炊具来。少间白至，乘骏马如龙。生另舍舍之。白命奴牵马去。遂晨夕与共，忻然相得。生视所读书，并非常所见闻者，亦绝无时艺。_{八股文}讶而问之。白笑云："士各有志，仆非功名中人也。"夜每招生饮，出一卷授生，皆吐纳之术，多所不解，因以迂缓置之。他日谓生曰："曩所授乃黄庭之要道，仙人之梯航。"生笑曰："仆所急不在此。且求仙者必断绝情缘，使万念俱寂，仆病未能也。"白问："何故?"生以宗祀为虑。白曰："胡久不娶?"笑曰："'寡人有疾，寡人好色。'"白亦笑曰："'王请无好小色。'所好如何?"生具以情告。白疑未必真美。生曰："此遐迩所共闻，非小弟之目贱也。"白微哂而罢。次日，忽促装言别，生凄然与语，刺刺不能休。白乃命僮子先负装行。两相依恋。俄见一青蝉鸣落案间，白辞曰："舆已驾矣，请自此别。如相忆，拂我榻而卧之。"方欲再问，转瞬间白小如指，翩然跨蝉背上，嘲哳而飞，杳入云中。生乃知其非常人，错愕良久，怅怅自失。逾数日，细雨忽集，思白綦切。视所卧榻，鼠迹碎琐，慨然扫除，设席就寝。无何，见白家僮来相招，忻然从之。俄有桐凤翔集，僮促谓生曰："黑径难行，可乘此代步。"生虑细小不能胜任，僮曰："试乘之。"生如所请，宽然殊有余地，僮亦附其尾上。夐然一声，凌升空际。未几见一朱门。僮先下，扶生亦下。问："此何所?"曰："此天门也。"门边有巨虎蹲伏。生骇惧，僮以身幛之。见其风景，与世殊异。僮导入广寒宫，_{月宫。}内以水晶为阶，行人如在镜中。桂树两章，_{棵。}参空合抱，花气随风，香无断际，亭宇皆红。窗内时有美人出入，冶容秀骨，旷世并无其俦。僮言："王母宫佳丽尤胜。"然恐主人伺久，不暇留连，导与俱出。移时，见白生已候于门。握手入，见檐外清水白沙，涓涓流溢，玉砌雕栏，殆拟桂阙。_{月宫。}甫坐，即有二八妖鬟，来荐馨茗。少间命酌，有四丽人敛衽鸣珰，给事左右。才觉背上微痒，丽人即以纤指长甲探衣代搔。生觉心神摇曳，罔所安顿。既而微醺，渐不自持。笑顾丽人，兜答_{交谈。}与语，美人辄笑避。白令度曲侑觞。_{唱歌劝酒。}一衣绛绡者，引爵向客，便即筵前宛转清歌。诸丽者笙管敖曹，呜呜杂和。既阕，一衣翠裳者亦酌亦歌。尚有一紫衣人，与一淡白软绡者，吃吃笑，暗中互让不肯前。白令一酌一唱。紫衣人便来把盏。生托接杯，戏挠纤腕。女笑失手，酒杯倾坠。白谯诃_{斥责。}之。女拾杯含笑，俯首细语云："'冷如鬼手馨，强来捉人臂。'"白大笑，罚令自歌且舞。舞已，衣淡白者又飞一觥，_{急忙斟酒一杯。}生辞不能醮。女捧酒有愧色，乃强饮之。细视四女，风致翩翩，无一非绝世者。遽谓白曰："人间尤物，仆求一而难之。君集群芳，能令我真果消魂否？"白笑曰："足下意中自有佳人，此何足当巨眼之顾。"生曰："吾今乃知所见之不广也。"白乃尽招诸女俾自择。生颠倒不能自决。白以紫衣人有把臂之好，遂使襆被奉客。既而衾枕之爱，极尽绸缪。生索赠，女脱金腕钏付之。忽僮入曰："仙凡路殊，君宜即去。"女急起遁去。生问主人，僮曰："早诣待漏，去时嘱送客耳。"生怅然从之，复寻旧途。将及门，回视僮子，不知何时已去。虎哮骤起，生惊窜而出。望之无底，而足已奔坠。一惊而寤，则朝暾已红。方将振衣，有物腻然坠裤间，视之则钏也。心益异之。由是前念灰冷，每欲寻赤松游，而尚以胤绪_{后嗣。}为念。过十余月，昼寝方酣，梦紫衣姬自外至，怀中绷婴儿，曰："此君骨血。天上难留此物，敬持送君。"乃寝诸床，牵生衣覆之，匆匆欲去。生强与为欢，乃曰："前一度为合卺，今一度为永诀。百年夫妇，尽于此矣。君倘有志，或有见期。"生醒，见婴儿卧襆裤间，绷_{包裹。}以告母。母喜，佣媪哺之，取名"梦仙"。生于是使人告太史，身已将隐，令别择良匹。太史不肯，生固以为辞。太史告女，女曰："远近无不知儿身许吴郎矣。今改之，是二天_{两个丈夫。}也。"因以此意告生，生曰："我不但无志于功名，并绝情于燕好。所以不即入山者，徒以有老母在。"太史又以商女，女曰："吴郎贫，我甘其藜藿；吴郎去，我事其姑嫜，定不他适。"使人三四返，迄无成谋，遂诹日_{择吉。}备舆马妆奁嫁于生家。生感其贤，敬爱臻至。女事姑孝，曲意承顺，过贫家女。逾二年母亡，女质奁作葬具，罔不尽礼。生曰：
"得卿如此，吾何忧！顾念一人得道，拔宅飞升。今将远适，一切
付之于卿。"女坦然殊不挽留，生遂去。女外理生计，内训孤儿，
井井有法。梦仙渐长，聪慧绝伦，十四岁以神童领乡荐，十五岁入
翰林。每褒封，不知母姓氏，封葛母一人而已。值霜露之辰，辄问
父所，母具告之。辄欲弃官往寻。母曰："汝父出家，今已十有余
年，想已仙去。何处可寻？"后奉旨祭南岳，中途遇盗。窘急之际，
一道人仗剑入，盗尽披靡，围始解。德之，馈以金，不受。出书一
函，付嘱曰："余有故人与大人同里，烦代致寒暄。"问："何姓
名？"答云："王林。"因忆村中无此名。道士曰："草野微贱，贵
官自不识耳。"临行出一金钏曰："此闺阁物，道人拾此无所用，即
以奉报。"视之，钳镂精绝。怀归以授夫人，夫人爱之，命良工依
式配造，终不及其精巧。遍问村中，并无王琳其人者。私发其函，
上云："三年鸾凤，分析各天。各在一方。葬母教子，专赖卿贤。无以
报德，奉药一丸，剖而食之，可以成仙。"后书琳娘夫人妆次。读
毕不解何人，持以告母。母执书泣曰："此汝父家报家信。也。琳，
我小字。"始恍然悟王琳为拆白谜也。悔恨不可追，又以钏示母。
母曰："此汝母遗物，而父在家时，常以相示。"又视丸如豆大，喜
曰："我父仙人，啖此必能长生。"母不遽吞，受而藏之。会葛太史
来视甥，外孙。女诵吴生书，便进丹药为寿。太史剖而分食之。顷
刻，精神焕发。太史时年七旬，龙钟颇甚，忽觉筋力溢于肤革，遂
弃舆而步，其行健速，家人岔息始能及焉。逾年，都中有回禄之
灾，火终日不熄。夜不敢寐，毕集庭中。见火势拉杂，侵及邻舍。
一家彷徨，不知所计。忽夫人臂上金钏，戛然有声，脱臂飞去。望
之，大可数亩，形如月阑，月晕。团覆宅上。钏口降东南隅，历历可
见。众大骇。俄顷，火自西来，近阑则斜越而东。迨火势既远，窃

意钏亡，不可复得。忽见虹光乍敛，钏铮然坠足下。都中延烧民舍数万间，左右前后，并为灰烬，独吴第无恙。惟东南一小阁，化为乌有，即钏口漏覆处也。葛母年五十余，或见之，犹似二十许人。

夜叉国

　　胶州徐姓，泛海为贾。忽被大风吹去。开眼至一处，深山苍莽。冀有居人，遂缆船而登，负糗腊_{干粮干肉}焉。方入，见两崖皆洞口，密如蜂房，内隐有人声。至洞外，停足一窥，中有夜叉二，牙森列如戟，目闪双灯，爪劈生鹿而食。惊丧魂魄，急欲奔下，则夜叉已顾见之，辍食执入。二物相语，类鸟兽鸣，争裂徐衣，似欲啖噬。徐大惧，取囊中糗糒并牛脯进之。分啖甚美，复翻徐囊，徐摇手以示其无。夜叉怒，又执之。徐哀之曰："释我。我舟中有釜甑可烹饪。"夜叉不解其语，仍怒。徐再与手语，夜叉似微解。从至舟，取具_{炊具}入洞，束薪燃火，煮其残鹿，熟而献之。二物啖之喜。夜以巨石杜_{堵塞}门，似恐徐遁。徐曲体遥卧，深惧不免。天明，二物出，又杜之。少顷，携一鹿来付徐。徐剥皮革，于洞深处取流水煮数釜。俄有数夜叉至，群集吞啖讫，共指釜，似嫌其小。过三四日，一夜叉负一大釜来，似人所常用者。于是群夜叉各致_送狼麋。既熟，呼徐同啖。居数日，夜叉渐与徐熟，出亦不施禁锢，聚处如家人。徐亦渐能察声知意，辄效其音为夜叉语。夜叉益悦，携一雌夜叉来妻徐。徐初畏惧，莫敢伸，雌自开其股就徐，乃与交。雌大欢喜，每留肉饵徐，若琴瑟之好。一日，诸物早起，项下各挂明珠一串，更番_{轮流}出门，若伺贵客。命徐多煮肉。徐以问雌，雌云："此天寿节。"雌出谓众夜叉曰："徐郎无骨突子。"众各摘其五，并付雌。雌又自解十枚，共得五六十数，以野苎为绳，串挂徐项。徐视一珠可直百金。俄顷俱出。徐煮肉毕，雌来邀徐去，云："接大王。"至一大洞，广阔盈亩。中有石滑平如几，四围俱有石座，上一座蒙以豹革，余皆以鹿。夜叉三四十辈，列坐满中。少顷，大风扬尘，张皇都出。见一巨物来，亦类夜叉状，竟奔入洞，踞坐鹗顾。群随入，东西列立，悉仰其首，以双臂作十字交。大夜叉按头点视，问："卧眉山众尽此乎？"群哄应之。顾徐曰："此何来？"雌以婿对，众又赞其烹调。即有二三夜叉，奔取熟肉陈几上。大夜叉掬啖尽饱，极赞嘉美，且责令常供。又顾徐云："骨突子何短？"众曰："初来未备。"物于项上摘取珠串，脱十数枚付之。俱大如指顶，圆如弹丸。雌急接代徐串挂，徐亦交臂作夜叉语谢之。物乃去，蹑风而行，其疾如飞。众始享其余食而散。徐居四年余，雌忽产，一胎而生二雄一雌，皆人形，不类其母。众夜叉皆喜，辄共拊弄。一日皆出攫食，惟徐独在。忽别洞来一雌欲与徐私，徐不肯。夜叉怒，扑徐踣地上。徐妻自外至，暴怒相搏，龁断其耳。少顷，其二亦归，解释令去。自此雌每守徐，动息不相离。又三年，子女俱能行步。徐辄教以人言，渐能语，啁啾之中有人气焉。虽童也而奔山如履坦途，与徐依依有父子意。一日，雌与一子一女出，半日不归，而北风大作。徐恻然念故乡，携子至海岸，见故舟犹存，谋与同归。子欲告母，徐止之。父子登舟，一昼夜达胶。

至家，妻已别醮再嫁。去。出珠二枚，售金营作，家颇丰。子取名彪，十四五岁能举百钧，粗莽好斗。胶帅见而奇之，以为千总。值边乱，所向有功，十八为副将。时一商泛海，亦风飘至卧眉。方登岸，见一少年，视之而惊，知为中国人，便问居里，商以告。少年乃曳入幽谷一小石洞，洞外皆丛棘，且嘱勿出。去移时，乃携鹿肉来啖商。自言父亦胶人。商问之而知为徐，商在客中尝识之。因曰："我故人也。今其子为副将。"少年不解何名。商曰："此中国官名。"又问："何以为官?"曰："出则舆马，入则高堂；上一呼而下百诺；见者侧目视，侧足立：_{因畏惧而不敢正视与对面站立。}此名为官。"少年甚歆动。_{很羡慕。}商曰："既尊君在胶，何久淹此?"少年以情告。商劝南旋。曰："余亦常作是想。但母非中国人，言貌殊异；且同类觉之，必见残害，用是辗转。"_{反复未决。}乃出曰："待北风起，我来送汝行。烦于父兄处寄一耗问。"_{音信。}商伏洞中几半年，时自棘中外窥，见山中辄有夜叉往还，大惧，不敢少动。一日，北风策策，少年忽至，引与急窜。嘱曰："所言勿忘却。"商应之。又以肉掷船上，商乃归。敬抵胶，达副总府，备述所见。彪闻而悲，欲往寻之。父虑海涛妖薮，险恶难犯，力阻之。彪抚膺恸哭，父不能止，乃告胶帅。携两兵至海内，逆风阻舟，摆簸海中者半月。四望无涯，咫尺迷闷，无从辨其南北。忽而涌波接汉，乘舟倾覆。彪落海中，逐浪浮流。久之，被一物曳去，至一处，竟有舍宇。彪视之，物如夜叉状。彪乃作夜叉语。夜叉惊讯之，彪乃告以所往。夜叉喜曰："卧眉，我故里也。唐突可罪！君离故道已八千里。此去为毒龙国，向卧眉非路。"乃觅舟来送彪。夜叉在水中推行如矢，瞬息千里。过一宵，已达北岸。见一少年临流瞻望。彪知山无人类，疑是弟，近之果然。因执手哭。既而问母及妹，并云健安。彪欲偕弟往，弟止之，怆忙便去。回谢夜叉，则已杳矣。未几，母妹俱至，见彪俱哭。彪告其意。母曰："恐去为人所凌。"彪曰："儿在中国甚荣贵，人不敢欺。"归计已决，苦逆风难渡。母子方徘徊间，忽见布帆南动，其声瑟瑟。彪喜曰："天助我也！"相继登舟，波如箭激。三日抵岸，见者皆奔。至家，雌夜叉见翁怒骂，恨其归时不谋。徐谢过不遑。<small>忙不迭地道歉。</small>家人拜见主母，无不战栗。彪劝母学作华言，衣锦厌粱肉，乃大欣慰。母女皆男儿装，类满制。数月稍辨语言，弟妹亦渐白皙。弟名豹，妹名夜儿，俱强有力。彪耻不知书，教弟读。豹最慧，经史一过辄了。又不欲操儒业，仍挽强弓，驰怒马，登武进士第。聘阿游击女。夜儿以异种，无与为婚。会标下袁守备失偶，强妻之。夜儿能开百石弓，百余步射小鸟，矢无虚落。袁每征，辄与妻俱。历任同知将军，奇勋半出闺门。豹三十四岁挂印。母尝从之南征，每临巨敌，辄摄甲执锐，为子接应。见者莫不辟易。<small>躲避。</small>诏封男爵。豹代母疏辞，封一品夫人。

异史氏曰："夜叉夫人，亦所罕闻。然细思之，而不罕也：家家床头有个夜叉在。"

西僧

西僧自西域来，一赴五台，一卓锡太山。其服色言貌，俱与中国殊异。自言："历火焰山，山重重，气熏腾若炉灶。凡行必于雨后，心凝目注，轻迹步履之。误蹴山石，则飞焰腾灼焉。又经流沙河，河中有水晶山，峭壁插天际，四面莹澈，似无所隔。又有隘口，可容单车，二龙交角对口把守之。过者先拜龙，龙许过，则口角自开。龙色白，鳞鬣皆如晶然。"僧言："途中历十八寒暑矣。离西域者十有二人，至中国仅存其二。西域传中国名山有四：一太山，一华山，一五台，一落伽也。相传山上遍地皆黄金，观音、文殊犹生。能至其处，则身便是佛，长生不老。"听其所言，亦犹中国人之慕西土也。倘有西游人_{往西土求经的僧人。}与东渡者_{西土东来的僧人。}中途相值，各述所有，当必相视失笑，两免跋涉矣。

老饕

　　邢德，泽州人，绿林之杰也。能挽强弓，发连矢，称一时绝技。而生平落拓，不利营谋，出门辄亏其资。两京_{北京和南京。}大贾，往往喜与邢俱，途中恃以无恐。会初冬，有二三估客，薄假以资，_{借给邢德少量钱财。}邀同贩鬻。邢复自罄其囊，_{拿出自己所有钱财。}将并居货。有友善卜，因诣之。友占曰："此爻为'悔'，所操之业，即不母而子，亦有损焉。"邢不乐，欲中止，而诸客强速之行。至都，果符所占。腊将尽，匹马出都门。自念新岁无资，倍益怏闷。时晨露濛濛，暂趋临路店，解装觅饮。见一颁白叟共两少年酌北牖下，一僮侍，黄发蓬蓬然。即于南座对叟休止。僮行觞，误翻柈具，_{餐具。}污叟衣，少年怒，立摘_揪其耳。持巾奉帨，代叟揩拭。既见僮手拇俱有铁箭环，厚半寸，每一环约重二两余。食已，叟命少年于革囊中探出锱物，堆累几上，称秤握算，可饮数杯时，始缄裹完好。少年于枥下牵一黑跛骡来，扶叟乘之，僮亦跨羸马相从，出门去。两少年各腰弓矢捉马出。邢窥其多金，穷睛旁睨，馋焰若炙。_{火。}辍饮，急尾之。视叟与僮，犹款段于前，乃下道斜驰出叟前，急衔弓矢怒相向。叟俯脱左足靴，微笑云："尔不识得老饕耶？"邢满引一矢去，叟仰卧鞍上，伸其足，开两指如钳，夹矢住。笑曰："技但止此，何须而翁手敌_{亲手对付。}耶？"邢怒，出其绝技，一矢刚发，后矢继至。叟手掇其一，似未妨其连珠；后矢直贯其口，踣然跌倒。而坠，衔矢僵眠。僮亦下。邢喜，谓其已死。近临之，叟吐矢跃起，鼓掌曰："初会面，何便作此恶剧？"邢大惊，马亦逸。以此知叟异，不敢复近。走三四十里，值方面纲纪，囊物赴都。要取拦路抢劫之，略可千金，意气始得扬扬。方疾骛间，闻有蹄声；回首，则僮易跛骡来，快如飞。叱曰："男子勿行！猎取之货，宜少瓜分。"邢曰："汝识连珠箭邢某否？"僮云："适已承教矣。"邢以僮貌不扬，又无弓矢，易之。一发三矢，连递不断，如群隼飞翔。僮殊不忙迫，手接其二，口衔其一。笑曰："如此技艺，辱没煞人！乃翁匆遽，未暇寻的弓来；此物亦无用处，请即掷还。"遂脱指上铁环，穿矢其中，以手力掷，呜呜风鸣。邢急拨以弓，弦适触铁环，铿然断绝，弓亦绽裂。邢惊绝。未及觑避，矢过贯耳，不觉翻坠。僮下骑，将便搜括。邢以弓卧挞之。僮夺弓去，拗折为两，又折为四，抛置之。已，乃一手握邢两臂，一足踏邢两股。臂若缚，股若压，极力不能少动。腰中束带双叠，可骈三指许，僮以一手捏之，随手断如灰烬。取金已，超乘作别，一举手致声"孟浪"，霍然径去。邢归，卒为善士。安分守己的人。每向人述往事不讳。此与刘东山事，盖仿佛焉。

连城

乔生名年，字大年，晋宁人。少负才名。年二十余犹淹蹇。科举不遂。为人有肝胆。与顾生善，顾卒，时恤其妻子。邑宰以文相契重，宰终于任，家口淹滞不能归，生破产扶枢，往返二千余里。以故士林益重之，而家由此益替。衰败。史孝廉有女字连城，工刺绣，知书。父娇保之。出所刺《倦绣图》，征少年题咏，意在择婿。生献诗云："慵鬟高髻绿婆娑，早向兰窗绣碧荷。刺到鸳鸯魂欲断，暗停针线蹙双蛾。"又赞挑绣之工云："绣线挑来似写生，幅中花鸟自天成。当年织锦非长技，幸把回文感圣明。"女得诗喜，对父称赏。父贫之。女逢人辄称道，又遣媪矫^{假托}父命，赠金以助灯火_{资助读书费用}。生叹曰："连城我知己也！"倾怀结想，如饥思啖。无何，女许字^{许婚}于鹾贾之子王化成，生始绝望，然梦魂中犹佩戴^{感念钦佩}之也。未几，女病瘵，沉痼不起。有西域头陀，自谓能疗，但须男子肤肉一钱捣合药屑。史使人诣王家告婿。婿笑曰："痴老翁欲我剜心头肉耶？"使返。史乃言于人曰："有能割肉者妻之。"生闻而往，自出白刃，刲^{kuī，割}肤授僧，血濡袍裤，僧敷药始止。和药三丸，三日服尽，病若失。史将践其言，先告王。王怒，欲讼官。史乃设筵招生，以千金列几上，曰："重负大德，请以相报。"因具白背盟之由。生怫然曰："仆所以不爱肤肉者，聊以报知己耳，岂货肉哉！"拂袖而归。女闻之，意良不忍，托媪慰谕之。且云："以彼才华，当不久落，天下何患无佳人？我梦不祥，三年必死，不必与人争此泉下物也。"生告媪曰："士为知己者死，不以色也。诚恐连城未必真知我。但得真知，不谐_{无法结为夫妻}何害！"媪代女郎矢诚自剖。生曰："果尔，相逢时当为我一笑，死无憾矣！"媪既去。逾数日，生偶出，遇女自叔氏归，睨之，女秋波转顾，启齿嫣然。生大喜曰："连城真知我者。"会王氏来议吉期，女前症又作，数月寻卒。生往临吊，一恸而绝。史昇送其家。生自知已死，亦无所戚_悲。出村去，犹冀一见连城。遥望南北一路，行人连续如蚁，因亦混身杂迹其中。俄顷，入一廨署，值顾生，惊问："君何得来此？"即把手将送令归。生太息，言："心事殊未了。"顾曰："仆在此典牍，颇得委任。倘可效力，不惜也。"生问连城。顾即导生

旋转多所，见连城与一白衣女郎，泪睫惨黛，藉坐廊隅。见生至，
骤起似喜，问其所来。生曰："卿死，仆何敢生？"连城泣曰："如
此负义人，尚不吐弃之，身殉何为？然已不能许君今生，愿矢来世
耳。"生告顾曰："有事君自去，仆乐死不愿生矣。但烦稽连城托生
何里，行_将与俱去耳。"顾诺而去。白衣女郎问生何人，连城为缅
述_{备述}之。女郎闻之，若不胜悲。连城告生曰："此妾同姓，小字
宾娘，长沙史太守女。一路同来，遂相怜爱。"生视之，意态怜人。
方欲研问，而顾生已返。向生贺曰："我为君平章_{商酌}已确，即教
小娘子从君返魂，好否？"两人各喜。方将拜别，宾娘大哭曰："姊
去，我安归？祈垂怜救，妾为姊捧帨耳。"连城凄然，无所为计，
转谋生。生又哀顾。顾难之，峻辞以为不可。生固强之。乃曰：
"试妄为之。"去食顷而返，摇手曰："何如！诚万分不能为力矣！"
宾娘闻之，宛转娇啼，惟依连城肘下，恐其即去。惨怛无术，相对
默默；而睹其愁艳戚容，使人肺腑酸柔。顾生愤然曰："请携宾娘
去。脱有愆尤，_{过错}小生拚身受之！"宾娘乃喜，从生出。生忧其
道远无侣。宾娘曰："妾从君去，不愿归也。"生曰："卿大痴矣。
不归，何得活也？他日至湖南，勿复走避，为幸多矣。"适有两媪
摄牒赴长沙，生嘱之，宾娘泣别而去。途中，连城行蹇缓，里余辄
一息，凡十余息，始见里门。连城曰："重生后，惧有翻复。请索
妾骸骨来，妾以君家生，当无悔也。"生然之，偕归生家。女惕惕
_{忧恐}若不能步，生伫待之。女曰："妾至此，四肢摇摇，似无所
主。志恐不遂，尚宜审谋。不然，生后何能自由？"相将入侧厢中。
默定少时，连城笑曰："君憎妾耶？"生惊问其故。赧然曰："恐事
不谐，重负君矣。请先以魂报也。"生喜，极尽欢恋。因徘徊不敢
遽生，寄厢中者三日。连城曰："谚有之：'丑妇终须见姑嫜。'戚
戚于此，终非久计。"乃促生入。才至灵寝，豁然顿苏。家人惊异，

进以汤水。生乃使人邀史来，请得连城之尸，自言能活之。史喜从其言。方舁入室，视之已醒。告父曰："儿已委身乔郎，更无归理。如有变动，但仍一死！"史归，遣婢往役给奉。王闻之，具词申理。官受贿，判归王。生愤懑欲死，亦无之奈何。连城至王家，忿不饮食，惟祈速死。室无人则带悬梁上。越日益惫，殆将奄逝。王惧，送归史。史复舁归生。王知之，亦无如何，遂安焉。连城起，每念宾娘，欲遣人往侦之，以道远而艰于行。一日，家人白："门前有车马。"夫妇出视，则宾娘已至中庭矣。相见悲喜并作。太守亲诣送女，生延入。太守曰："小女赖君复生，誓不他适，今从其志。"生叩谢如礼。孝廉亦至，叙宗好_{叙同宗情谊。孝廉与太史均姓史。}焉。

异史氏曰："一笑之知，许之以身，世人或议其痴；彼田横五百人岂尽愚哉！此知希之贵，贤豪所以感结而不能自已也。顾茫茫海内，遂使锦绣才人，仅倾心于蛾眉之一笑也，亦可慨矣。"

霍生

文登霍生，与严生少相狎，长相谑也。口给交御，惟恐不工。霍有邻媪，曾为严妻导产。偶与霍妇语，言其私处有两赘疣。妇以告霍。霍与同党者谋，窥严将至，故窃语云："某妻与我最昵。"众不信。霍因捏造端末，_{本末。}且云："如不信，其阴侧有双疣。"严止窗外，听之既悉，不入径去。至家，苦掠其妻，妻不服，搒益残。妻不堪虐，自经死。霍始大悔，然亦不敢向严而白其诬矣。严妻既死，其鬼夜哭，举家不得宁焉。无何，严暴卒，鬼乃不哭。霍妇梦女子披发大叫曰："我死得良苦，汝夫妻何得欢乐耶！"既醒而病，数日寻卒。霍亦梦女子指数诟骂，以掌批其吻。惊而寤，觉唇际隐痛，扪之高起。三日而成双疣，遂为痼疾。不敢大言笑，启吻太骤，则痛不可忍。

异史氏曰："夫死能为厉，其气冤也。然私病加于唇吻，神而近于戏矣。"

又，王生与同窗某狎。其妻归宁，生知其驴善惊，先伏丛莽中，伺妇至，暴出。驴惊妇坠，惟一僮从，不能扶妇乘。王乃殷勤抱控甚至，妇亦不识谁何。王扬扬得意，谓僮逐驴去，因得私其妇于莽中，述袒裤履甚悉。某闻，大惭而去。少间，自窗隙中见某一手握刃，一手捉妻来，意甚怒恶。大惧，逾垣而逃。某从之，追二三里，不及始还。王尽力极奔，肺叶开张，因得吼疾，_{哮喘病}。数年不愈而死焉。

汪士秀

汪士秀，庐州人。刚勇有力，能举石春。父子善蹴鞠。父四十余，过钱塘没_{落水溺死}焉。积八九年，汪以故诣湖南，夜泊洞庭，时望月东升，澄江如练。方眺瞩间，忽有五人自湖中出，携大席平铺水面，略可半亩。纷陈酒馔，馔器磨触作响，然声温厚，不类陶瓦。已而三人践席坐，二人侍饮。坐者一衣黄，二衣白，头上巾皆皂色，峨峨然下连肩背，制绝奇古，而月色微茫，不甚可晰。侍者俱黑褐衣，其一似童，其一似叟也。但闻黄衣人曰："今夜月色大佳，足供快饮。"白衣者曰："此夕风景，大似广利王宴梨花岛时。"三人互劝，引醻竞浮浅。但语略小，即不可闻。舟人隐伏，不敢动息。_{活动和呼吸。}汪细审侍者，叟酷类父，而听其言非父声。二漏将残，忽一人曰："趁此明月，宜以击球为乐。"即见僮没水中，取一圆出，大可盈抱，中如水银满贮，表里通明。坐者尽起，黄衣人呼叟共蹴之。蹴起丈余，光摇摇射人眼。俄而訇然远起，飞坠舟中。汪技痒，极力踏去，觉异常轻奰。蹴猛似破，腾跃寻丈；中有漏光，下射如虹，虽然疾落；又如经天之彗，直投水中，滚滚作沸泡声_{沸水中冒水泡之声。}而灭。席中共怒曰："何物生人，败我清兴！"叟笑曰："不恶不恶，此吾家流星拐也。"白衣人嗔其语戏，_{玩笑话。}怒曰："都方厌恼，老奴何得作欢？便同小乌皮捉得狂子来；不然，胫骨当有椎吃也！"汪计无所逃，即亦不畏，捉刀立舟中。候见僮叟操兵来，汪注视，真其父也，疾呼："阿翁，儿在此！"叟大骇，相顾凄断。僮即返身去。叟曰："儿急作匿，不然都死矣！"言未已，三人忽已登舟。面皆漆黑，睛大于榴，攫叟出。汪力与夺，摇舟断缆。汪以刀截其臂落，黄衣者乃逃。一白衣人奔汪，汪剁其颅，堕水有声，哄然俱没。方谋夜渡，旋见巨喙出水面，深阔若井。四面湖水奔注，砰砰作响。俄一喷涌则浪接星斗，万舟簸荡。湖人大恐。舟上有石鼓二，皆重百斤。汪举一以投，激水雷鸣，浪渐消；又投其一，风波悉平。汪疑父为鬼。叟曰："我固未尝死也。溺江者十九人，皆为妖物所食，我以蹴圆得全。物得罪于钱塘君，故移避洞庭耳。三人鱼精，所蹴鱼胞也。"父子聚喜，中夜击棹而去。天明，见舟中有鱼翅，径四五尺许，乃悟是夜间所断臂也。

王阮亭云："此条亦恢谐。"

商三官

　　故诸葛城有商士禹者，士人也。以醉谑忤邑豪。豪嗾家奴乱捶之。舁归而毙。禹二子：长曰臣，次曰礼，一女曰三官。三官年十六，出阁有期，以父故不果。两兄出讼，经岁不得结。婿家遣人参母，请从权_{变通行事。}毕姻事。母将许之。女进曰："焉有父尸未寒而行吉礼者？彼独无父母乎？"婿家闻之，惭而止。无何，两兄讼不得直，负屈归。举家悲愤。兄弟谋留父尸，张再讼之本。三官曰："人被杀而不理，时事可知矣。天将为汝兄弟专生一阎罗包老_{指包拯。}耶？骨骸暴露，于心何忍矣。"二兄服其言，乃葬父。葬已，三官夜遁，不知何往。母惭怍，惟恐婿家闻，不敢告族党，但嘱二子冥冥_{暗中。}侦察之。几半岁，杳不可寻。会豪诞辰，招优为戏。优人孙淳，携二弟子往执役。其一王成，姿容平等_{一般。}而音词清澈，群赞赏焉。其一李玉，貌韶秀如好女。呼令歌，辞以不稔；_{熟悉。}强之，所度曲半杂儿女俚谣，合座为之鼓掌。孙大惭，白主人："此子从学未久，只解行觞耳。幸勿罪责。"即命行酒。玉往来给奉，善觑主人意向。豪悦之，酒阑人散，留与同寝。玉代豪拂榻解履，殷勤周至。醉语狎之，但有展笑。豪益惑之，尽遣诸仆去，独留玉。伺诸仆出，阖扉下楗焉。诸仆就别室饮。移时，闻厅事中格格有声。一仆往觇之，见室内冥黑，寂不闻声。行将旋踵，_{回身。}忽有响声甚厉，如悬重物而断其索。亟问之，并无应者。呼众排阖入，烛之，则主人身首两断，玉自经死，绳绝堕地上，梁间颈际，残绠俨然。众大骇，传告内闼，群集莫解。众移玉尸于庭，觉其袜履虚若无物。解之，则素舄_{服丧时所穿白鞋}。如钩，盖女子也。益骇。呼孙淳诘之。淳骇极，不知所对。但云："玉月前投作弟子，愿从寿主人，实不知所从来。"以其服凶，疑是商家刺客。暂以二人逻守之。女貌如生，抚之肢体温奜。二人窃谋淫之。一人抱尸转侧，方将缓其结束，_{解开她身上的带结}忽脑如物击，口血暴注，顷刻已死。其一大惊告众，众敬若神明焉，且以告郡。郡官问臣及礼，并言："不知。但妹亡去，已半载矣。"俾往验视，果三官。官奇之，判二兄领葬，敕豪家勿仇。

异史氏曰："家有女豫让而不知，则兄之为丈夫者可知矣。然三官之为人，即萧萧易水，亦将羞而不流，况碌碌与世浮沉者耶！愿天下闺中人买丝绣之，其功德当不减于奉壮缪也。"

王阮亭云："庞娥、谢小娥，得此鼎足矣。"

于江

乡民于江，父宿田间，为狼所食。江时年十六，得父遗履，悲恨欲绝。夜俟母寝，潜持铁椎去，眠父所，冀报父仇。少间，一狼来，逡巡嗅之，江不动。无何，摇尾扫其额，又渐俯首舐其股，江迄不动。既而欢跃直前，将龁其领。_{咬于江的脖子}江急以椎击狼脑，立毙。起置草中。少间，又一狼来如前状，又毙之。卧至中夜，杳无至者。忽小睡，梦父曰："杀二狼足泄我恨。然首杀我者，其鼻白。此都非是。"江醒，坚卧以伺之。既明，无所复得。欲曳狼归，恐惊母，遂投诸眢井_{枯井}。而归。至夜复往，亦无至者。如此三四夜，忽一狼来，啮其足，曳之以行。行数步，棘刺肉，石伤肤，江

若死者。狼乃置之地上，意将齕腹。江骤起捶之，仆；又连捶之，
毙。细视之，真白鼻也。大喜，负之以归，始告母。母泣从去，探
智井，得二狼焉。

异史氏曰："农家者流，乃有此英物耶！义烈发于血诚，非直
勇也，智亦异焉。"

小二

滕县赵旺，夫妻奉佛，不茹荤酒，乡中有"善人"之目。家称
少有。小康。一女小二，绝慧美，赵珍爱之。年六岁，使与兄长春并
从师读，凡五年而熟五经焉。同窗丁生，字紫陌，长女三岁，文雅
风流，颇相倾爱。私以意告母，求婚赵氏。赵期以女字大家，故弗
许。未几，赵惑于白莲教。徐鸿儒既反，一家俱陷为贼。小二知书
善解，凡纸兵豆马旧时巫术，指剪纸为兵，撒豆成马。或作"豆人纸马"。之术，
一见辄精。小女子师事徐者六人，惟小二称最，因得尽传其术。赵
以女故，大得委任。时丁年十八，游滕泮矣，而不肯论婚，不忘小
二也。潜亡去，投徐麾下。女见之喜，优礼逾于常格。女以徐高
弟，足主军务，昼夜出入，父母不得闲。丁每宵见，尝斥绝诸役，
辄至三漏。丁私告女曰："小生此来，卿知区区之意乎?"女云：
"不知。"丁曰："我非妄意攀龙，所以之故，实为卿耳。左道邪术。
无济，只取败亡。卿慧人，不念此乎? 能从我亡，则寸心诚不负
矣。"女怃然为间，茫然若失。豁如梦觉，曰："背亲而行，不义，请
告。"二人入陈利害。赵不悟，曰："我师神人，岂有舛错?"女知
不可谏，乃易髻而髻，将披发改为盘发，以示出嫁。出二纸鸢，与丁各跨

其一。鸢肃肃振翼，似鹈鹕之鸟，比翼而飞。质明，_{天刚亮。}至莱芜界。女以指拈鸢顶，忽即敛堕。遂收鸢。更以双卫，驰至山阴里，托为避乱者，僦屋_{租房。}而居。二人草草出，啬于装，薪储不给，丁甚忧之。假粟比舍，莫肯贷以升斗。女无愁容，但质_{典当。}簪珥。闭门静对，猜灯谜，忆亡书，以是角低昂。负者，骈二指击腕臂焉。西邻翁姓，绿林之雄也。一日猎归，女曰："富以其邻，我何忧！暂假千金，其与我乎？"丁以为难。女曰："我将使彼乐输也。"乃剪纸作判官状，置地下，覆以鸡笼。然后邀丁登榻，煮藏酒，检周礼为觞政：任言_{随便说出。}是某册第几页第几人，即共翻阅。其人得"食"旁、"水"旁、"酉"旁者饮，得"酒"部者倍之。既而女适得"酒人"，丁以巨觥引满促釂。女乃祝曰："若借得金来，君当得'饮'部。"丁翻卷，得"鳖人"。女大笑曰："事已谐矣！"滴沥授爵。丁不服，女曰："君是水族，宜作鳖饮。"方喧竞间，闻笼中戛戛。女起曰："至矣。"启笼验视，则布囊中有巨金累累充溢。丁不胜愕喜。后翁家媪抱儿来戏，窃言："主人初归，篝灯夜坐。地忽暴裂，深不见底。一判官自内出，言：'我地府司隶也。太山帝君会诸冥曹，造暴客恶篆，须银灯千架，每架计重十两，施百架则消灭罪愆。'主人骇惧，焚香叩祷，奉以千金。判官荏苒而入，地亦随合。"夫妻听其言，故_{故意。}啧啧诧异之。从此渐购牛马，蓄厮婢，自营宅第。里中无赖子窥其富，纠诸不逞，_{为非作歹之人。}逾垣劫丁。丁夫妻始自梦中醒，则编菅爇照，寇集满屋。二人执丁，又一人探手女怀。女袒而起，戟指而呵曰："止，止！"盗十三人，皆吐舌呆立，痴若木偶。女始着裤下榻，呼集家人，一一反接其臂，逼令供吐明悉，乃责之曰："远方人埋头_{隐居。}涧谷，冀得相扶持，何不仁至此！缓急人所时有，窘急_{困厄。}者不妨明告，我岂积殖自封者哉？豺狼之行，本合尽诛。但我所不忍，姑释去，再犯不宥！”诸盗叩谢而去。居无何，徐鸿儒就擒，赵夫妇妻子俱被诛夷。生赍金往赎长春之幼子以归。儿时三岁，养为己出，使从丁姓，名之承祧。于是里中渐知为白莲教戚裔。适蝗害稼，女以纸鸢数百翼放田中，蝗远避不入其陇，以是得无恙。里人共嫉之，群首于官，以为鸿儒余党。官瞰其富，肉视之，收丁。丁以重贿啖令，始得免。女曰：“货财之来也苟，不正当。固宜有散亡。然蛇蝎之乡，不可久居。”因贱售其业而去之，止于益都之西鄙。女为人灵巧，善居积，经纪过于男子。尝开琉璃厂，每进工人而指点之，一切棋灯，其奇式幻采，诸肆莫能及，以故直昂价值昂贵。得速售。居数年，财益称雄，而女督课婢仆严，食指数百无冗口。暇辄与丁烹茗着棋，或观书史为乐。钱谷出入以及婢仆业，凡五日一课。女自持筹，丁为之点籍唱名数焉。勤者赏赉有差，惰者鞭挞罚膝立。是日，给假不夜作，夫妻设肴酒，呼诸婢度俚曲为笑。女明察如神，人无敢欺，而赏辄浮于其劳，故事易办。村中二百余家，凡贫者俱量给资本，乡以此无游惰。值大旱，女令村人设坛于野，乘舆夜出，禹步作法，甘霖倾注，五里内悉获沾足。人益神之。女出未尝障面，村人皆见之。或少年群居，私议其美，及觌面逢之，俱肃肃无敢仰视者。每秋日，村中童子不能耕作者，授以钱，使采荼蓟，凡二十年，积满楼屋，人窃非笑之。会山左大饥，人相食，女乃出菜杂粟以赡饥者。近村赖以全活，无逃亡焉。

异史氏曰：“小二所为，殆天授，非人力也。然非一言之悟，骈死已久。由是观之，世抱非常之才而误入匪僻以死者，当亦不少。焉知同学六人中，遂无其人乎？使人恨不为丁生耳。”

庚娘

金大用，中州旧家子也。聘尤太守女，字庚娘，丽而贤。好逑甚敦。_{夫妻感情深厚。}以流寇之乱，家人离逖。_{远离家乡。}金遂携家南窜。途遇少年，亦偕妻以逃者，自言广陵王十八，愿为前驱。_{向导。}金喜，行止与俱。至河上，女隐告金曰："勿与少年同舟。彼屡顾我，目动而色变，中叵测也。"金诺之。王殷勤觅巨舟，代金运装，勤劳臻至。金不忍却。又念其携有少妇，应亦无他。妇与庚娘同居，意度亦颇温婉。王坐船头上，与橹人倾语，似甚熟识。未几，日落，水程迢递，漫漫不辨南北。金四顾险幽，颇涉疑怪。顷之，皎月初升，见弥望皆芦苇。既泊，王邀金父子出户一豁，乃乘间_{趁机。}挤金入水。金有老父，见之欲号，舟人以篙筑_{击。}之，亦溺。金母闻声出窥，又筑溺之。王始喊救。母出时，庚娘在后已微窥之。既闻一家尽溺，即亦不惊，但哭曰："翁姑俱没，我安适归！"王入劝："娘子勿忧，请从我至金陵。家中田庐，颇足赡给，保勿虑也。"女收泣曰："得如此，愿亦足矣。"王大悦，给奉良殷。既暮，曳女求欢。女托体衃，_{适值月经期。}王乃就妇宿。初更既尽，夫妇喧竞，_{争吵。}不知何由，但闻妇曰："若所为，恐雷霆碎汝颅矣！"王乃挝_{zhuā，打。}妇，妇呼云："便死休，诚不愿为杀人贼妇！"王吼怒，捽_{zuó，抓。}妇出。便闻骨董一声，遂哗言妇溺矣。未几，抵金陵，导庚娘至家，登堂见媪。媪讶非故妇。王言："妇堕水死，新娶此耳。"归房，又欲犯之。庚娘笑曰："三十许男子，尚未经人道耶！市儿初合卺，亦须一杯薄浆酒。汝家沃饶，不难备办。清醒相对，是何体段?"_{体统。}王喜，具酒对酌。庚娘执爵，劝酬殷恳。王渐醉，辞不饮。庚娘引巨碗强媚劝之。王不忍拒，又饮之。于是醺醉，裸脱促寝。庚娘撤器灭烛，托言溲溺。出房，以刀入，暗中以手索王项，王犹捉臂作昵声。庚娘力切之，不死，号而起；又挥之，始殪。媪仿佛有闻，趋问之，女亦杀之。王弟十九觉焉。庚娘知不免，急自刎，刀钝缺不可入，启户而奔。十九逐之，已投池中矣。呼告居人，救之已死，色丽如生。共验王尸，见窗上一函，开视之，则女备述其冤状。群以为烈，谋敛资作殡。天明，集视者数千人，见其容，皆朝拜之。终日间，得金百，于是葬诸南郊。好事者为之珠冠袍服，瘗藏_{陪葬品。}丰满焉。初，金生之溺也，浮片板上，得不死。将晓，至淮上，为小舟所救。舟盖富民尹翁，专设以拯溺者。金既苏，诣翁申谢。翁优厚之，留教其子。金以不知亲耗，将往探访，故不决。俄白："捞得死叟及媪。"金疑是父母，奔验果然。翁代营棺木。生方哀痛，又白："拯一溺妇，自言金生其夫。"生挥涕惊出，女子已至，殊非庚娘，乃王十八妇也。向金大哭，请勿相弃。金曰："我方寸已乱，何暇谋人妇?"妇益悲。尹审其故，知为天报，劝金纳妇。金以居丧为辞，且将复仇，惧细弱_{妻子儿女。}为累。妇曰："如君言，脱庚娘犹在，将以报仇居丧去之耶?"翁以其言善，请暂代收养，金乃许之。卜葬翁媪，妇缞绖哭泣，如丧翁嫜。既葬，金怀刃托钵，将赴广陵。妇止之曰："妾唐氏，祖居金陵，与豺子同乡。前言广陵者，诈也。且江湖水寇，半伊同党，仇不能复，只取祸耳。"金徘徊不知所谋。忽传女子诛仇事，洋溢河渠，姓名甚悉。金闻之一快，然益悲。辞妇曰："幸不污辱。家有烈妇如此，何忍负心再娶!"妇以业有成说，_{已有夫妇盟约。}不肯中离，愿自居于媵妾。会有副将军袁公，与尹有旧，适将西发，过尹，见生，大相知爱，请为记室。无何，流寇犯顺，袁有大功。金以参机务叙劳，授游击以归，夫妇始成合卺之礼。居数日，携妇诣金陵，将以展庚娘之墓。暂过镇江，欲登金山。漾舟中流，候一艇过，中有一妪及少妇，怪少妇颇类庚娘。舟疾过，妇自窗中窥金，神情益肖。惊疑不敢追问，急呼曰："看群鸭儿飞上天耶！"少妇闻之，亦呼曰："馋猧 wō，犬。儿欲吃猫子腥耶！"盖当年闺中之隐谑也。金大惊，返棹问之，真庚娘也。青衣扶之过舟，相抱哀哭，伤感行旅。唐氏以嫡礼见庚娘。庚娘惊问，金为备述其由。庚娘执手曰："同舟一话，心常不忘，不图吴越一家矣。蒙代葬翁姑，所当首谢，何以此礼相向？"乃以齿序，唐少庚娘一岁，妹之。先是，庚娘既葬，自不知几历春秋。忽一人呼曰："庚娘，汝夫不死，尚当重圆。"遂如梦醒。扪之，四面皆壁，始悟身死已葬，只觉闷闷，亦无所苦。有恶少窥其葬具丰美，发冢破棺，方将搜括，见庚娘犹活，相共骇惧。庚娘恐其害己，哀之曰："幸汝辈来，使我得睹天日。头上簪珥，悉将去。愿鬻 卖。我为尼，更可少得直。我亦不泄也。"盗稽首曰："娘子贞烈，神人共钦。小人辈不过贫乏无计，作此不仁。但无漏言幸矣，何敢鬻作尼！"庚娘曰："此我自乐之。"又一盗曰："镇江耿夫人，寡而无子，若见娘子必大喜。"庚娘谢之。自拔首饰悉付盗。盗不敢受，固与之，乃共拜受。遂载去，至耿夫人家，托言船风所迷。耿夫人，巨家，寡媪自度。见庚娘大喜，以为己出。适母子自金山进香归也。庚娘缅述其故。金乃登舟拜母，母款之若婿。邀至家，留数日始归。后往来不绝焉。

异史氏曰："大变当前，淫者生之，贞者死焉。生者裂人之眦，死者雪人之涕耳。至如谈笑不惊，手刃仇雠，千古烈丈夫中，岂多匹俦哉！谁谓女子，遂不可比踪彦云也？"

宫梦弼

柳芳华，保定人。财雄_{称雄}一乡，慷慨好客，座上常有百人。急人之急，千金不靳。_{吝惜。}宾客假贷者常不还。惟一客宫梦弼，陕人，生平无所祈请。每至，辄经岁。词旨清洒，柳与处时最多。柳子名和，时总角，叔之。_{以宫梦弼为叔叔。}宫亦喜与和戏。和每自塾归，辄与发贴地砖，_{揭开地砖。}藏石子，伪作藏金为笑。屋五架，掘藏几遍。众笑其行稚，而和独悦爱之，尤较诸客昵。后十余年，家渐虚，不能供多客之求，于是客渐稀。然十余人彻宵谈宴，犹是常也。年既暮，家益落，尚割亩得直，_{通"值"，价钱。}以备鸡黍。和亦挥霍，学父结小友，柳不之禁。无何，柳病卒，至无以治凶具。宫乃自出囊金，为柳经纪。_{经营管理。}和益德之。事无大小，悉委宫叔。宫时自外入，必袖瓦砾，至室则抛掷暗陬，_{zōu，角落。}更不解其何意。和每对宫忧贫。宫曰："子不知作苦之难。_{劳作之苦。}无论无金，即授汝千金，可立尽也。男子患不自立，何患乎贫？"一日，辞欲归。和泣嘱速返，宫诺之，遂去。和贫不自给，典质渐空，日望宫至，一为纪理，而宫灭迹匿影，去如黄鹤矣。先是，柳生时，为和论亲于无极黄氏，素封_{无官爵封邑而富比封君的人。}也。后闻柳贫，阴有悔心。柳卒，讣告之，即亦不吊，犹以道远曲原_{曲意原谅。}之。和服除，母遣和自诣岳家订婚期，冀黄怜顾。比至，黄闻其衣履敝穿，斥门者不纳。寄语_{传话。}云："归谋百金，可复来。不然，请自此绝。"和闻言痛哭。对门刘媪，怜而进之食，赠钱三百，慰令归。母亦哀愤无策。因念旧客负欠者十常八九，俾诣富贵者求助焉。和曰："昔之交我者，为我财耳。使儿驷马高车，假千金亦即非难。如此景象，谁犹念曩昔忆故好耶？且父与人金资，曾无契保，责负_{讨债}亦难凭也。"母固强之。和从教出，历二十余日，不能致一文。惟优人李四，旧受恩恤，闻之，赠金一两。母子痛哭，自此绝望矣。黄女年已及笄，闻父绝和，窃不直之。_{内心认为父亲不对。}黄欲女别适。女泣曰："柳郎非生而贫者。使富倍他日，岂仇我者所能夺乎？今贫而弃之，不仁！"黄不悦，曲谕百端，女终不摇。翁姬并怒，且夕唾骂之，女亦安焉。无何，黄夜遭寇劫，黄夫妇炮烙几死，家中席卷一空。荏苒三年，家益零落。有西贾闻女美，愿以五十金致聘。黄利而许之，将强夺_{改变}女志。女察知其谋，毁妆涂面，乘夜遁去，丐食于途。阅两月，始达保定，访知居址，直造其家。母以为乞人妇，故咄之。女呜咽自陈，母把手泣曰："儿何形骸至此耶！"女又惨然，而告以故。母子俱哭。便为盥沐，颜色光泽，眉目焕映。母子俱喜。然家三口，日仅一餐。母泣曰："吾母子固应尔。所怜者负吾贤妇！"女笑慰之曰："新妇在乞人中稔_{熟悉。}知况味，今日视之，觉有天堂地狱之别。"母为解颐。女一日入闲舍中，见断草丛丛无隙处，渐入内室，尘埃积中，暗陬有物堆积，蹴之迕足，_{碍脚}拾视之，皆朱提_{代指银}也。惊走告和。和同往验视，则宫曩日所抛瓦砾，尽为白金。因念儿时常与瘗_埋石室中，得无皆金耶？而故第已典于东家。急赎归。断砖残缺，所藏石子俨然露焉，颇觉失望。及发他砖，则灿灿皆白镪也。顷刻间数巨万矣。由是赎田产，市奴仆，门庭华好过昔日。因自奋曰："若不自立，负我宫叔！"刻志下帷，_{笃志苦读。}三年中乡选。乃躬_{亲自}赍白金，往酬刘媪。鲜衣射目，俊仆十余辈，皆骑怒马如龙。媪仅一室，和便坐榻上，人哗马腾，充溢里巷。黄翁自女亡失，西贾逼退聘财，业已耗去殆半，售居宅，始得偿，以故困窘，如和曩日。闻旧婿烜耀，闭户自伤而已。媪沽酒备馔款和，因述女贤，且惜女遭。问和："娶否？"和曰："娶矣。"食已，强媪往视新妇，载与俱归。至家，女华妆出，群婢簇拥若仙。相见大骇，遂叙往旧，殷问父母起居。数日款洽优厚，为制好衣，上下一新，始送令归。媪诣黄所报女耗，音信。兼致存问。夫妇大惊。媪劝往投女，黄有难色。既而冻馁难堪，不得已如往。去往。保定。及到门，见门闳峻丽，阍者怒目相视，终日不得通。一妇人出，黄温色卑词，告以姓氏，求暗达女知。少间妇人出，导入耳舍，曰："娘子极欲一觐，然恐郎君知，尚候隙也。翁几时来此，得毋饥否？"黄因诉所苦。妇人以酒一盛、肴二簋，出置黄前。又赠五金曰："郎君宴房中，娘子恐不能来。明晨当早行，勿为郎闻。"黄诺之。早起趋装，则管钥未启，止于门中，坐幞囊以待。忽哗主人出，黄将敛避，和已睹之，怪问谁何，家人悉无以应。和怒曰："是必奸宄！可执赴有司。"众应声出短绠绷系树间。黄惭惧不知置词。未几，昨夕妇出，跪曰："是某舅氏。以前夕来晚，故未告主人。"和命释缚。妇送出门曰："忘嘱门者，遂致参差。差错。娘子言：相思时，可使老夫人伪为卖花者，同刘媪来。"黄诺，归述于妪。妪念女若渴，以告刘媪，媪果与俱至和家。凡启十余关，始达女所。女着帔顶髻，珠翠绮纨，散香气扑人，嘤咛一声，大小婢媪，奔入满侧，移金椅床，置双夹膝。慧婢瀹茗，沏茶。各以隐语道寒暄，相视泪荧。至晚，除室安二媪，裯褥温燠，并昔年富时所未经。居三五日，女义殷渥。媪辄引空处，泣白前非。女曰："我子母有何过不忘？但郎忿不解，妨他闻也。"每和至，便走匿。一日，方促膝，和遽入见之，怒诟曰："何物村妪，敢引身与娘子接坐！宜撮鬓毛令尽！"刘媪急进曰："此老身瓜葛，亲戚。王嫂卖花者，幸勿罪责。"和乃上手谢过，即坐曰："姥来数日，我大忙，未得展叙。黄家老畜生尚在否？"笑云："都佳，但是贫不可过。官人大富贵，何不念翁婿情也？"和击桌曰："曩年非姥怜赐一瓯粥，更何得旋乡土！今欲得而寝处之，_{剥皮而坐卧其上。}何念焉！"言至忿际，辄顿足起骂。女恚曰："彼即不仁，是我父母。我迢迢远来，手皲瘃，足趾皆穿，亦自谓无负郎君。何乃对子骂父，使人难堪？"和始敛怒起身去。黄妪愧丧无色，辞欲归。女以二十金私付之。既归，旷绝音问，女深以为念。和乃遣人招之。夫妻至，惭怍无以自容。和谢曰："旧岁辱临，又不明告，遂使开罪良多。"黄但唯唯。和为更易衣履。留月余，黄心终不自安，遂告归。和遗白金百两，曰："西贾五十金，我今倍之。"黄汗颜受之。和以舆马送还，暮岁称小封焉。

异史氏曰："雍门泣后，珠履杳然，令人愤气，杜门不欲复交一客。然良朋葬骨，化石成金，不可谓非慷慨好客之报也。闺中人坐享高奉，俨然如嫔嫱，非贞异如黄卿，孰克当此而无愧者乎？造物之不妄降福泽也如是。"

乡有富者，居积取盈，搜算入骨。窖镪_{钱财。}数百，惟恐人知，故衣败絮、啖糠秕以示贫。亲友偶来，亦曾无作鸡黍之事。或言其家不贫，便瞋目作怒，其仇如不共戴天。暮年日餐榆屑一升，臂上皮摺垂一寸长，而所窖终不肯发。后渐尪羸。濒死，两子环问之，犹未遽告。迨觉果危，急欲告子，子至已舌謇不能声，惟爬抓心头，呵呵而已。死后子孙不能具棺木，遂藁葬_{草草埋葬。}焉。呜呼！若窖金而以为富，则大帑数千万，何不可指为我有哉？愚已！

泥鬼

余乡唐太史济武，数岁时，有表亲某相携戏寺中。太史童年磊落，胆气最豪，见庑中泥鬼，琉璃眼珠甚光而巨，爱之，阴以指抉_挖取，怀之而归。既抵家，某暴病不语。移时忽起，厉声曰："何故抉我睛！"噪叫不休。众莫之知，太史始言所作。家人乃祝曰："童子无知，戏抉尊目，行奉还也。"乃大言曰："如此，我便当去！"言讫，仆地遂绝，良久而苏。问其所言，茫不自觉。乃送睛仍安鬼眶中。

异史氏曰："登堂索睛，土偶何其灵也！顾太史抉睛，而何以迁怒于同游？盖以玉堂之贵，而且至性觥觥，观其尚书北阙，拂袖南山，神且惮之，而况鬼乎哉！"

卷七

鸲鹆

王汾滨言：其乡有养八哥者，教以语言，甚狎习，_{亲昵熟习}。出游必与之俱，相将数年矣。一日将过绛州，去家尚远，而资斧已罄，_空。其人愁苦无策。鸟云："何不售我，送我于王邸，当得善价，不愁归路无资也。"其人云："我安忍！"鸟云："不妨。主人得价疾行，待我于城西二十里大树下。"其人从之。携至城中相问答，观者甚众。有中贵见之，闻诸王。王召入，欲买之。其人曰："小人相依为命，不愿卖。"王问鸟："汝愿住否？"答言："愿住。"王喜。鸟又言："给价十金，勿多与。"王益喜，遂畀_{给予}十金。其人故作懊悔状而出。王与鸟语，应对便捷。呼肉啖之。食已，鸟云："臣欲浴。"王命金盆贮水，开笼令浴。浴已，飞檐间，梳翎抖羽，尚与王喋喋不休。顷之羽燥，蹁跹而起，操晋音曰："臣去呀！"顾盼已失所在。王及内侍仰面咨嗟。急寻其人，则已杳矣。后有往秦中者，见其人携鸟在西安市上。此毕载积先生记。

王阮亭云："可与鹦鹉、秦吉了同传。"

刘海石

刘海石，蒲台人，避乱于滨州。时十四岁，与滨州生刘沧客同函丈，_{同塾读书。}因相善，订为昆季。无何，海石失怙恃，_{父母双亡。}扶榇而归，音问遂缺。沧客家颇裕，年四十，生二子：长子吉，十七岁为邑名士；次子亦慧。沧客又纳_{纳妾。}邑中倪氏女，大嬖之。后半年，长子患头痛卒，夫妻大惨。无何，妻病又卒。逾数月，长媳又卒，而婢仆之丧亡且相继也。沧客哀悼，殆不能堪。一日，方坐愁间，忽阍人通海石至。沧客喜，急出迎以入。方欲展寒暄，海石忽惊曰："兄有灭门之祸，不知耶？"沧客愕然，莫解其故。海石曰："久失闻问，窃疑近况未必佳也。"沧客泫然，因以状告。海石歔欷。既而笑曰："灾殃未艾，_{未尽。}余初为兄吊也。然幸而遇仆，请为兄贺。"沧客曰："久不晤，岂近精'越人术'耶？"海石曰："是非所长，阳宅风鉴，颇能习之。"沧客喜，便求相宅，导海石入内外遍观之，已而请睹诸眷口。沧客从其教，使子媳婢妾俱见于堂。沧客一一指示之。至倪，海石仰天大笑不已。众方惊疑，但见倪女战惧无色，身暴缩，短仅二尺余。海石以界方_{镇书纸的文具。}击其顶，作石缶声。海石揪其发，检脑后，见白发数茎，欲拔之。女缩项跪啼，言即去，但求勿拔。海石怒曰："汝凶心尚未死耶？"就项后拔去之。女随手而变，黑色如狸。众大骇。海石掇纳袖中，顾子妇曰："媳受毒已深，背上当有异，请验之。"妇羞不肯袒示。刘子固强之，见背上白毛长四指许。海石以针挑去曰："此毛已老，七日即不可救。"又视刘子，亦有毛，才二指，曰："似此可月余死耳。"沧客以及仆婢并刺之。曰："仆适不来，一门无噍类_{无活口。}矣。"问："此何物？"曰："亦狐属。吸人神气以为灵，最利人死。"沧客曰："久不见君，何能神异若此！无乃仙乎？"笑曰："但从师习小技耳，何遽云仙。"问其师，答曰："山石道人。适此物，我不能死之，将归献俘于师。"言已，告别。觉袖中空空，骇曰："亡矣！尾末有大毛未去，今已遁去。"众俱骇然。海石曰：

"领毛已尽，不能作人，只能化兽，遁当不远。"于是入室而相其猫，出门而嗾其犬，皆曰无之。启圈_{猪圈}。笑曰："在此矣。"沧客视之多一豕。闻海石笑，遂伏，不敢少动。提耳捉出，视尾上白毛一茎，硬如针。方将检拔，而豕转侧哀鸣，不听其拔。海石曰："汝造孽已多，拔一毛犹不肯耶？"执而拔之，随手复化为狸。纳袖中欲去。沧客苦留，乃为一饭。问后会，曰："此难豫定。我师立愿宏深，常使我等遨游世上，拔救众生，未必无再见时。"既别后，细思其名，始悟曰："海石殆仙矣。""山石"合一字，盖吕祖讳也。

谕鬼

青州石尚书茂华，为诸生时，郡门外有大渊，_{深潭。}不雨亦不涸。邑中获大盗数十名，刑于渊上。鬼聚为祟，经过者辄被曳入。一日，有某甲正遭困危，忽闻群鬼惶窜曰："石尚书至矣！"未几公至，甲以状告。公以垩灰题壁示云："石某为禁约事：照得厥念无良，致撄_{遭受}雷霆之怒；所谋不轨，遂遭铁钺之诛。只宜返魍魉之心，争相忏悔；庶几洗髑髅之血，脱此沉沦。尔乃生已极刑，死犹聚恶。跳踉而至，披发成群；踯躅以前，搏膺作厉。黄泥塞耳，辄逞鬼子之凶；白昼为妖，几断行人之路。彼丘陵三尺外，管辖由人；岂乾坤两大中，凶顽任尔？谕后各宜潜踪，勿犹怙恶。无定河边之骨，静待轮回；金闺梦里之魂，还践乡土。如蹈前愆，必贻后悔！"自此鬼患遂绝，渊亦寻干。

犬灯

　　韩光禄大千之仆，夜宿厦廊屋间，见楼上有灯如明星。未几，荧荧飘落，及地化为犬。睨之，转舍后去。急起，潜尾之，入园中化为女子。心知其狐，还卧故处。俄，女子自后来，仆佯寐以观其变。女俯而撼之。仆伪作醒状，问其为谁。女不答。仆曰："楼上灯光非子也耶？"女曰："既知之，何问为？"遂共止宿，昼别宵会以为常。主人知之，使二人夹仆卧。二人既醒，则身卧床下，亦不觉堕自何时。主人益怒，谓仆曰："来时，当捉之来。不然，则有鞭楚！"仆不敢言，诺而退。因念捉之难，不捉惧罪，辗转无策。忽忆女子一小红衫密着其体，未肯暂脱，必其要害，执此可以胁之。夜间女至，问："主人嘱汝捉我乎？"曰："良有之。但我两人情好，何忍为此！"及寝，阴掬其衫。女急啼，力脱而去，从此遂绝。后仆自他方归，遥见女子坐道周路旁。至前，则举袖障面。仆下骑呼曰："何作此态？"女乃起，握手曰："我谓子已忘旧好矣。今既恋恋有故人意，情尚可原。前事出于主命，亦不汝怪。但缘分已尽，今设小酌，请入为别。"时秋初，高粱正茂。女携与俱入，则中有巨第住宅。系马而入，厅堂中酒肴已列。甫坐，群婢行炙。日将暮，仆有事欲覆主命，遂别。既出，则依然田陇耳。

番僧

释体空言：在青州见二番僧，像貌奇古，耳缀双环，被黄布，须发卷如羊角。言自西域来。闻太守重佛，谒之。太守遣二隶送诣丛林。寺院。和尚灵謩，不甚礼之。执事者见其人异，私款之，止宿焉。或问："西域多异人，罗汉得勿莫非有奇术否？"其一辗然笑，出手于袖，掌中托一小塔，高才盈尺，玲珑可爱。壁上最高处有小龛，僧掷塔其中，矗然端立，无少偏倚。塔上有舍利放光，照耀一室。少间，以手招之，仍落掌中。其一僧乃袒臂伸左肱，长可六七尺，而右肱缩无有矣。转伸右肱，亦如左状。

狐妾

莱芜刘洞九，官汾州。独坐署中，闻亭外笑语渐近。入室，则四女子：一四十许，一可三十，一二十四五已来，末后一垂髫者。并立几前，相视而笑。刘固知官署多狐，置不顾。少间，垂髫者出一红巾，戏抛面上。刘拾掷窗间，仍不顾。四女一笑而去。一日，年长者来，谓刘曰："舍妹与君有缘，愿无弃葑菲。"希望以德为重，不要因寒贱而舍弃。刘漫应之。女遂去。俄，偕一婢拥垂髫儿来。婢与刘并肩坐曰："一对好凤侣，今夜谐花烛。勉事刘郎，我去矣。"刘谛视之，光艳无俦，遂与燕好。诘其行踪，女曰："妾固非人，而实人也。妾，前官之女，蛊于狐，奄忽以死，窆埋葬。园内。众狐以术生我，遂飘然若狐。"刘因以手探尻际，女觉之，笑曰："君将毋谓狐有尾耶？"转身曰："请试扪之。"自此，遂留不去。每行坐，与小婢俱。家人俱尊以小君对诸侯夫人的尊称，此处指主母。之礼。婢媪参谒，赏赉甚丰。值刘寿辰，宾客繁多，共三十余筵，须庖人甚众。先期牒拘，仅一二到者。刘不胜恚。女知之，便言："勿忧。庖人既不足用，不如并其来者而遣之。妾固短于才，然三十席亦不难办。"刘喜，命以鱼肉姜桂等物悉移内署。家中人但闻刀砧声繁碎不绝。门内设一几，行炙者置柈盘子。其上，转视则看俎已满。托去复来，十余人络绎于道，取之不竭。末后行炙人来索汤饼，内言曰："主人未尝预嘱，咄嗟何以办？"既而曰："无已，不得已。其假借之。"少顷，呼取汤饼。视之三十余碗，蒸腾几上。客既去，乃谓刘曰："可出金资，偿某家汤饼。"刘使人将直去，则其家失汤饼，方共惊疑。使至，疑始解。一夕夜酌，偶思山东苦醑，女请取之，遂出门去。移时返曰："门外一瓮，可供数日饮。"刘视之，果得酒，真家中瓮头春也。越数日，夫人遣二仆如汾州。途中一仆曰："闻狐夫人犒赏优厚，此去得赏金，可买一裘。"女在署已知之，向刘曰："家中人将至。可恨伧奴无礼，必报之！"明日，仆甫入城，头大痛。至署，抱头号呼。共拟进医药。刘笑曰："勿须疗，时至当自瘥。"众疑其获罪小君。仆自思初来未解装，罪何由得？无所告诉，漫膝行而哀之。帘中语曰："尔谓夫人则已耳，何谓狐也？"仆乃悟，叩不已。又曰："既欲得裘，何得复无礼？"已而曰："汝愈矣。"言已，仆病若失。仆拜欲出，忽自帘中掷一裹出曰："此一羔羊裘也，可将去。"仆解视得五金。刘问家中消息，仆言都无事，惟夜失藏酒一瓮。稽其时日，即取酒夜也。群惮其神，呼之圣仙。刘为绘小像。时张道一为提学使，闻其异，以桑梓谊诣刘，欲祈一面。女拒之。刘示以像，张强携而去。归悬座右，朝夕祝之云："以卿丽质，何之不可？乃托身于鬖鬖之老！白发下垂的老人。下官殊不恶于洞九，何不一惠顾？"女在署，忽谓刘曰："张公无礼，当小惩之。"一日，张方祝，似有人以界方镇书纸的文具。击额，崩然甚痛。大惧，反卷。归还画卷。刘诘之，使隐其故而诡对之。刘笑曰："主人额上得毋痛否？"使不能欺，以实告。无何，婿亓生来，请觏之。女固辞，亓请之坚。刘曰："婿非他人，何拒之深？"女曰："婿相见，必当有以赠之。渠望我奢，自度不能满其志，故不欲见耳。"既固请之，乃许以十日见。及期，亓入，隔帘揖之，少致存问。仪容隐约，不敢审谛。既退，数步之外，辄回眸注盼。但闻女言曰："阿婿回首矣！"言已，大笑，烈烈如鸮鸣。亓闻之，胫骨皆软，摇摇然若丧魂魄。既出，坐移时始稍定。乃曰："适闻笑声，如听霹雳，竟不觉身为己有。"少顷，婢以女命赠亓二十金。亓受之，谓婢曰："圣仙日与丈人居，宁不知我素性挥霍，不惯使小钱耶？"女闻之曰："我固知其然，奈囊适罄何？向结伴至汴梁，其城为河伯占据，库藏皆没水中，入水各得些须，何能饱无餍之求？且我纵能厚馈，彼福薄亦不能任。"女凡事能先知，遇有疑难，与议，无不剖析。一日与刘并坐，忽仰天大惊曰："大劫将至，为之奈何！"刘惊问家口，曰："余悉无恙，独二公子可虑。此处不久将为战场，君当求差远去，庶免于难。"刘从之，乞于上官，得解饷云、贵间。道里辽远，闻者吊劝慰。之，而女独贺。无何，姜瓖叛，汾州没为贼窟。刘仲子次子，即"二公子"。自山东来，适遭其变，遂被害。城陷，官僚皆罹于难，惟刘以公出得免。盗平，刘始归。寻以大案挂误，贫至饔飧不给，而当道者又多所需索，因而窘忧欲死。女曰："勿忧，床下三千金，可资用度。"刘大喜，问："窃之何处？"曰："天下无主之物，取之不尽，何庸窃乎！"刘借谋得脱归，女从之。后数年，女忽去，纸裹数事_{数物}留赠，中有丧家挂门之小旛，长二寸许，群以为不祥。刘寻卒。

雷曹

乐云鹤、夏平子二人，少同里，长同斋，_{同学}相交莫逆。夏十岁知名，乐虚心事之，夏亦相规不倦，乐文思日进，由是名并著。而潦倒场屋，_{科举失利}战辄北。无何，夏遘_{遭遇}疫卒，家贫不能葬。乐锐身自任之。遗襁褓子及未亡人，乐时恤其家，每得升斗，必析而二之，夏妻子赖以活。于是士大夫益贤乐。乐恒产无多，又代夏生忧内顾，因而家计日蹙。乃叹曰："文如平子，尚碌碌以没，而况于我！人生富贵须及时，戚戚终岁，恐先狗马填沟壑，负此生矣，不如早改图也。"于是去读而贾。操业半年，家资小泰。一日，客金陵，休于旅舍。见一人颀然而长，筋骨隆起，彷徨座侧，色黯淡有戚容。乐问："欲得食耶？"其人亦不语。乐推食食之，则以手举啖，顷刻已尽。乐又益以兼人_{超过一人}之馔，食复尽。遂命主人割豚肩，堆以蒸饼，又尽数人之餐，始果腹而谢曰："三年以来，未尝如此饫饱。"乐曰："君固壮士，何飘泊若此？"曰："罪婴_{遭受}天谴，不可说也。"问其里居，陆无屋，水无舟，朝村而暮郭耳。乐整装欲行，其人相从，恋恋不去。乐辞之，告曰："君有大难，吾不忍忘一饭之德。"乐异之，遂与偕行。途中曳与同飧，辞曰："我终岁仅数飧耳。"乐益奇之。次日渡江，风涛暴作，估舟_{商船}尽覆，乐与其人悉没江中。俄而风定，其人负乐踏波出。登客舟，又破浪去。少时挽一船至，扶乐入，嘱乐卧守，复跃入江，以两臂夹货出，掷舟中。又入之，数人数出，列货满舟。乐谢曰："君生我救活我。亦良足矣，敢望珠还喻失物复得。哉？"检视货财，并无亡失。益喜，惊为神人。放舟欲行，其人告退，乐苦留之，遂与共济。乐笑云："此一厄也，只失一金簪耳。"其人欲复寻之。乐方劝止，已投水中矣。惊愕良久。忽见含笑而出，以簪授乐曰："幸不辱命。"江人罔不骇异。乐与归，寝处共之。每十数日始一食，食则唼嚼无算。无法计算。一日又言别，乐固挽之。适昼晦欲雨，闻雷声。乐曰："云间不知何状，雷又是何物？安得至天上视之，此疑乃可解。"其人笑曰："君欲作云中游耶？"少时，乐倦甚，伏榻假寐。既醒，觉身摇摇然不似榻上。开目，则在云气中，周身如絮。惊而起，晕如舟上。踏之，耎软。无地。仰视星斗，在眉目间。犹疑是梦。细视星嵌天上，如老莲实之在蓬也，大者如瓮，次如瓿，小如盎盂。以手撼之，大者坚不可动，小者动摇，似可摘而下者。遂摘其一藏袖中。拨云下视，则银河苍茫，见城郭如豆。愕然自念：设一脱足，此身何可复问。俄见二龙夭矫，驾缦车来。尾一掉如鸣牛鞭。车上有器，围皆数丈，贮水满之。有数十人以器掬水，遍洒云间。忽见乐，共怪之。乐审所与壮士在焉，语众云："是吾友也。"因取一器授乐，令洒。时苦旱，乐接器，排云遥望故乡，尽情倾注。未几，其人谓乐曰："我本雷曹，雷神。前误行雨，罚谪三载。今天限已满，请从此别。"乃以驾车之绳万丈掷前，使握端缒之下。乐危之，其人笑言："不妨。"乐如其言，飗飗然瞬息及地。视之，则堕立村外。绳渐收入云中，不可见矣。时久旱，十里外雨仅盈指，独乐里沟浍皆盈。归探袖中，摘星犹在。出置案上，黝黯如石，入夜则光明焕发，映照四壁。益宝之，什袭而藏。每有佳客，出以照饮。正视之，条条射目。一夜乐妻坐对握发，忽见星光渐小如萤，流动横飞。妻方怪叱，已入口中，咯之不出，竟已下咽。愕奔告乐，乐亦奇之。既寝，梦夏平子来曰："我少微星也。因先君失一德，促我寿龄。君之惠好，在中_{内心}。不忘。又蒙自天上携归，可云有缘。今为君嗣，以报大德。"乐三十无子，得梦甚喜。自是，妻果娠。及临蓐，_{分娩}。光耀满室，如星在几上时，因名"星儿"。机警非常，十六岁及进士第焉。

异史氏曰："乐子文章名一世，忽觉苍苍_{苍天}。之位置_{安排}。我者不在是，_{此，指仕途}。遂弃毛锥如脱屣，此与燕颔投笔何以少异？至雷曹感一饭之德，少微酬良朋之知，岂神人之私报恩施哉？乃造物之公报贤豪耳。"

赌符

韩道士，居邑中之天齐庙。_{泰山神之庙宇}。多幻术，共名之"仙"。先子_{先父，蒲松龄之父蒲槃}。与最善，每适城，辄造_{拜访}。之。一日与先叔赴邑，拟访韩，适遇诸途。韩付钥曰："请先往，启门坐。少旋我即至。"乃如其言，诣庙发扃，则韩已坐室中。诸如此类。先是有敝族人嗜博赌，因先子亦识韩。值大佛寺来一僧，专事樗蒲，_{古博戏名}。赌甚豪。族人见而悦之，罄资往赌，大亏。心益热，典质田产复往，终夜尽丧。悒悒不得志，便道诣韩，精神惨淡，言语失次。韩问之，具以实告。韩笑云："常赌无不输之理。倘能戒赌，我为汝复之。"族人曰："倘得珠还合浦，_{喻失物复得}。花骨头_{指色子}当铁杵碎之！"韩乃以纸书符，授佩衣带间。嘱曰："但得故物即已，勿得陇复望蜀也。"又付千钱，约赢而偿之。族人大喜而往。僧验其资，易_{轻视}。之，不屑与赌。族人强之，请一掷为期。僧笑而从之。乃以千钱为孤注。僧掷之无所胜负，族人接色，一掷成采。僧复以两千为注，又败。僧渐增至十余千，明明枭色，呵之，皆成卢雉：计前所输，顷刻尽复。阴思再赢数千亦更佳，乃复博，则色渐劣。心怪之，起视带上，则符已亡矣，大惊而罢。载钱归庙，除偿韩外，追而计之，并末后所失，适符原数。已而愧谢失符之罪。韩笑曰："已在此矣。固嘱勿贪而君不听，故取之。"

异史氏曰："天下之倾家者莫速于博；天下之败德者亦莫甚于博，入其中者如沉迷海，将不知所底矣。夫商农之人俱有本业，诗书之士尤惜分阴。负末横经，固成家之正路；清谈薄饮，犹寄兴之生涯。尔乃狎比淫朋，缠绵永夜。倾囊倒箧，悬金于崄巇之天；呼雉呵卢，乞灵于淫昏之骨。盘旋五木，似走圆珠；手握多章，如擎团扇。左觑人而右顾己，望穿鬼子之睛；阳示弱而阴用强，费尽魍魉之技。门前宾客待，犹恋恋于场头，_{赌场。}舍上火烟生，尚眈眈于盆_{赌盆}里。忘餐废寝，则久入成迷；舌敝唇焦，则相看似鬼。迨夫全军尽没，热眼空窥。视局中则叫号浓焉，技痒英雄之臆；顾橐底而贯索空矣，灰寒壮士之心。引颈徘徊，觉白手之无济；垂头萧索，始玄夜以方归。幸交谪之人眠，恐惊犬吠；苦久虚之腹饿，敢怨羹残。既而鬻子质田，冀珠还于合浦；不意火烧毛烬，终捞月于沧江。及遭败后我方思，已作下流之物；试问赌中谁最善，群指无裤之翁。甚而枵腹难堪，遂栖身于暴客；_{强盗。}搔头莫度，至仰给于香奁。_{妆奁。}呜呼！败德丧行，倾财亡身，孰非博之一途致之哉！"

阿霞

文登景生者，少有重名。与陈生比邻而居，斋隔一短垣。一日，陈暮过荒落之墟，闻女子啼松柏间。近临，则树横枝有悬带，若将自经。陈诘之，挥涕而对曰："母远去，托妾于外兄。表兄。不图狼子野心，畜我不卒。伶仃如此，念不如死！"言已，复泣。陈解其带，劝令适人。女虑无可托者。陈请暂寄其家，女从之。既归，挑灯审视，丰韵殊绝。大悦，欲乱之。女厉声抗拒，纷纭之声，达于间壁。景生逾垣来窥，陈乃释女。女见景生，凝眸停睇，久乃奔去。二人共逐之，不知去向。景归，阖门欲寝，则女子盈盈自房中出。景惊问之，答曰："彼德薄福浅，不可终托。"景大喜，诘其姓氏。答曰："妾祖居于齐，为齐姓，小字阿霞。"入以游词，笑不甚拒，遂与寝处。斋中多友人往来，女恒隐避深房。过数日，曰："妾姑去。此处烦杂，困人甚。继今，请以夜卜。"从今日起，将在夜间来。问："家何所？"曰："不远。"遂早去，夜果复来，欢爱綦笃。又数日，谓景曰："我两人情好虽佳，终属苟合。家君家父。宦游西疆，明日将从母去，容即乘间禀命而相从以终焉。"问："几日别？"约以旬终。既去，景思斋居不可常，移于内又虑妻妒。计不如出妻。志既决，妻至前辄诟詈，辱骂。妻不堪其辱，涕欲死。景曰："死恐见累，拖累我。请早归。"遂促妻行。妻啼曰："从子十年，未尝有失德，何忽决绝如此！"景不听，逐愈急，妻乃出门去。自是垩壁清尘，引领翘待，不意信杳青鸾，如石沉海。妻大归指被休回娘家。后，数浼知交，请复于景，景不纳，遂适夏后氏。夏与景接壤，以田畔之故，世有隙。景闻之，益大恚恨。然犹冀阿霞复来，差足自慰。乃越年余，并无踪绪。会海神祠会，内外士女云集，景亦往。遥见一女甚似阿霞。景近之，入于人中；从之，出于门外；又从之，飘然竟去。景追之不及，恨悒而返。后半载适行于途，见一女郎着朱衣，从苍头，鞚驾驭。黑卫黑驴。来。望之，霞也。因问从人："娘子为谁？"答言："南村郑公子继室。"又问："娶几时矣？"曰："半月耳。"景思，得毋误耶？女闻语，回眸一睇，景视之，真阿霞也。见其已适他姓，愤填胸臆，大呼曰："霞娘何忘旧约？"从人闻呼主妇，欲奋老拳。重拳。女急止之。启幛纱谓景曰："负心人何颜相见？"景曰："卿自负仆，仆何尝负卿！"女曰："负夫人甚于负我！结发者如是，而况其他？向以祖德厚，名列桂籍，故委身相从。今以弃妻故，冥中削尔禄秩，今科亚魁王昌，即替汝名者也。我已归郑君，无劳复念。"景俯首帖耳，口不能道一词。视女子，策蹇去如飞，怅恨而已。是科，景落第，亚魁果王昌也。郑亦捷。景以是得薄幸名。四十无偶，家益替，恒趁食于亲友家。偶诣郑，郑款之，留宿焉。女窥客，见而怜之，问郑曰："堂上客，非景庆云耶？"问所自识，曰："未适君时，曾避难其家，亦深得其豢养。彼行虽贱，而祖德未斩，绝。且与君为故人，亦宜有绨袍之义。"郑然之，易其败絮，留以数日。夜分欲寝，有婢持二十余金赠景。女在窗外言曰："此私贮，聊酬凤好，可将去，觅一良匹。佳偶。幸祖德厚，尚足及子孙。无复丧检，丧失约束。以促余龄。"景感谢之。既归，以十余金买缙绅家婢，甚丑悍。举一子。后登两榜。郑官至吏部郎。既殁，女送葬归，启舆则虚无人矣，始知其非人也。噫！人之无良，舍其旧而新是谋，卒之卵覆而鸟亦飞，天之所报亦惨矣！

王阮亭云："忽景忽郑，阿霞亦殊草草。"

李司鉴

李司鉴，永年举人也。于康熙四年九月二十八日，打死其妻李氏。地方报广平，_{广平府。}行永年查审。李在府前，忽于肉架上夺一屠刀，奔入城隍庙，登戏台上，对神而跪。自言曰："神责我不当听信奸人，在乡党颠倒是非，令我割耳。"遂将左耳割落，抛台下。又言："神责我不应骗人银钱，令我剁指。"遂将左指剁去。又言："神责我不当奸淫人妇女，使我割肾。"遂自阉，昏迷僵仆。时总督朱云门题参革褫究拟，已奉谕旨，而李已伏冥诛_{阴曹的诛杀}矣。见邸抄。

毛狐

农子马天荣，年二十余丧偶，贫不能娶。芸_{除草。}田间，见少妇盛妆，践禾越陌而来，貌赤色，致_{举止。}亦风流。马疑其迷途，顾四野无人，戏挑之，妇亦微纳。欲与野合。笑曰："青天白日，宁_{岂。}宜为此！子归，掩门相候，黄昏我当至。"马不信，妇矢之。马乃以门户向背具告之，妇乃去。夜分果至，遂相欢爱。觉其肤肌嫩甚。火之，肤赤薄如婴儿，细毛遍体，异之。又疑其踪迹无据，自念得非狐耶？遂相戏诘，妇亦自认不讳。马曰："既为仙人，_{对狐精的尊称。}自当无求不得。幸蒙缱绻，宁不以数金济我贫？"妇诺之。

次夜来，马索金，妇故愕曰："适忘之。"将去，马又嘱。至夜，问："所祈或未忘耶？"妇笑，请以异日。逾数日，马复索。妇笑向袖中出白金二锭，约五六金，翘边细纹，雅可爱玩。马喜，深藏于椟。积半岁，偶需金，因持示人。人曰："是锡也。"以齿龁hé，咬。之，应口而落。马大骇，收藏而归。至夜，妇至，愤致诮让。妇笑曰："子命薄，真金不能任也。"一笑而罢。马曰："闻狐仙皆国色，殊亦不然。"妇曰："吾等皆随人现化。子且无一金之福，落雁沉鱼，何能消受？以我蠢陋，不足以奉上流，然较之大足驼背者，即国色也。"过数月，忽以三金赠马曰："子屡相索，我以子命不应有藏金。今媒聘有期，请以一妇之资相馈，亦借以赠别。"马自白无聘妇之说。妇曰："二三日当自有媒来。"马问："所言姿貌如何？"曰："子思国色，自当倾城。"马曰："此即不敢望。但三金何足聘妇？"妇曰："此月老配定，非人力也。"马问："何遽言别？"曰："戴月披星，终非了局。君自有妇，唐塞何为？"天明遂去。次日果有媒来。先诘女貌，答："在妍媸美丑。之间。"问："聘金几何？""约四五数。"马不难其价，必欲一见其人。媒恐良家子不肯炫露露面。。既而约与俱去，相机便行。至其村，媒先往，使马候于村外。久之，来曰："谐矣。余表亲与同院居，适往，见其女坐堂中。请即伪为谒表亲者而过之，咫尺可相窥也。"马从去。果见女子坐室中，伏体于床，倩人爬背请人搔背。。马急过，掠之以目，貌诚如媒言。及议聘，并不争直，但求一二金妆女出阁。马益廉之，乃纳聘，并酬媒与书券者，计三金已尽，亦未多费一文。择吉迎女归，入门，则胸背皆驼，项缩如龟，下视裙底，莲船盈尺。始悟狐言之有因也。

异史氏曰："随人现化，或狐女之自为解嘲。然其言福泽，良可深信。余每谓：非祖宗数世之修行，不可以博高官；非本身数世之修行，不可以得佳人。信因果者，必不以我言为河汉也。"

翩翩

罗子浮，邠人。父母早亡，八九岁依叔大业。业为国子监左厢，富有金缯而无子，爱浮若己出。十四岁为匪人_{品行不端的人}诱去作狭邪游。会有金陵娼，侨寓郡中，生悦而惑之。娼返金陵，生窃从遁去。居娼家半年，床头金尽，大为姊妹行齿冷，_{嘲笑}然犹未遽绝之。无何，广疮溃臭，沾染床席，遂逐而出。丐于市，市人见之，辄遥避去。自恐死异域，乞食西行，日三四十里，渐近邠界。又念败絮浓秽，无颜入里门，尚趑趄近邑间。日既暮，欲趋山寺宿。遇一女子，容貌若仙。近问："何适？"生以实告。女曰："我出家人居有山洞，可以下榻，颇不畏虎狼。"生喜，从去。入深山中，见一洞府。入则门横溪水，石梁架之。又数武，有石室二，光明彻照，无须灯烛。命生解悬鹑，_{喻破衣}浴于溪流，曰："濯之疮当愈。"又开帐拂榻促寝曰："请先眠，当为郎作裤。"乃取大叶类芭蕉，剪缀作衣。生卧视之。制无几时，折叠床头，曰："晓取着之。"乃与对榻寝。生浴后觉疮痍无苦。既醒，扪之，则痂厚结矣。诘旦，将兴，心疑蕉叶不可着，取而审视，则绿锦滑绝。少间，具餐。女取山叶呼作饼，食之，果饼；又剪作鸡鱼烹之，俱若真者。室隅一罂，贮佳酿，辄取饮之；少减，则以溪水灌益之。数日，疮痂尽脱，就女求宿。女曰："轻薄儿！甫能安身，便生妄想！"生云："聊以报德。"遂同卧处，大相欢爱。一日有少妇笑入曰："翩翩小鬼头快活死矣！薛姑子好梦几时做得？"女迎曰："花城娘子，贵趾久弗涉，今日西南风紧，吹送来也！小哥子抱得未？"曰："又一小婢子。"女笑曰："花娘子真瓦窑哉！那弗将携带。来？"曰："方呜呜睡却矣。"于是坐以款饮。又顾生曰："小郎君焚好香也！"生视之，女年二十有三四，绰有余妍。心好之。剥果误落案下，俯地假拾果，而阴捻翘凤。花城他顾而笑，若不知者。生方恍然神夺，顿觉袍裤无温，自顾所服，悉成秋叶。几骇绝。危坐移时，渐变如故。窃幸二女之弗见也。少顷，酬酢间，又以指搔纤掌。花城坦然笑谑，殊若不觉。生突突怔忡间，衣复化叶，移时复变。由是惭颜息虑，不敢妄想。花城笑曰："尔家小郎子大不端好！若不是醋葫芦娘子，恐跳迹入云霄矣。"女亦哂曰："薄幸儿，便值得寒冻死！"相与鼓掌。花城离席曰："小婢醒，恐啼肠断矣。"女亦起曰："贪引他家男儿，不忆得小江城啼绝矣。"花城既去，生惧遗诮责，女卒晤对如平时。居无何，秋老风寒，霜零木脱。女乃收落叶蓄之御冬。顾生萧缩，乃持襆掇拾洞口白云为絮复衣，有表有里的夹衣。着之温暖如襦，且轻松常如新绵。逾年，生一子，极慧美。日在洞中弄儿为乐。然每念故里，乞与同归。女曰："妾不能从。不然，君自去。"因循二三年，儿渐长，遂与花城订为姻好。生每以叔老为念。女曰："阿叔腊年纪。固高，幸复强健，无劳悬耿。待保儿婚后，去住由君。"女在洞中，辄取叶写书教儿读，儿过目即了。女曰："此儿福相，放教入尘寰，无忧至台阁。"未几，儿年十四。花城亲诣送女。女华妆至，容光照人。夫妻大悦，举家宴集。翩翩扣钗而歌曰："我有佳儿，不羡贵官。我有佳妇，不羡绮纨。今夕聚首，皆当喜欢。为君行酒，劝君加餐。"既而花城去，与儿夫妇对室居。新妇最孝，依依膝下，宛如所生。生又言归。女曰："子有俗骨，终非仙品。儿亦富贵中人，可携去，我不误儿生平。"新妇思别其母，而花城已至。儿女恋恋，涕各盈眶。两母慰之曰：

"暂去，可复来。"翩翩乃剪叶为驴，令三人跨之以归。大业已老归林下，_{归隐。}意侄已死，忽携佳孙美妇归，喜如获宝。入门，各视所衣，悉成蕉叶；破之，絮蒸蒸腾起。乃并易之。后生思翩翩，偕儿往探之，则黄叶满径，洞口路迷，零涕而返。

异史氏曰："翩翩、花城，殆仙者耶？食叶衣云，何其怪也！然帏幄诽谑，狎寝生雏，亦复何殊于人世？山中十五载，全无人事之扰，亦何幸欤！而云迷洞口，无迹可寻，睹其景况，真刘、阮返棹时矣。"

黑兽

闻李太公敬一言："某公在沈阳，宴集山巅。俯瞰山下，有虎衔物来，以爪穴地，瘗_{埋葬。}之而去。使人探所瘗，得死鹿，乃取鹿而虚掩其穴。少间，虎导一黑兽来，毛长数寸。虎前驱，若邀尊客。既至穴，兽眈眈蹲伺。虎探穴失鹿，战伏_{战栗着趴伏。}不敢稍动。兽怒其诳，以爪击虎额，虎立毙，兽亦径去。"

异史氏曰："兽不知何名。然闻其形，殊不大于虎，而何延_{伸。}颈受死，惧之如此其甚哉？凡物各有所制，理不可解。如狝最畏狚，遥见之，则百十成群，罗而跪，无敢遁者。凝睛定息，听狚至，以爪遍揣其肥瘠，肥者则以片石志颠顶。狝戴石而伏，悚若木鸡，惟恐堕落。狚揣志已，乃次第按石取食，余始哄散。余尝谓贪吏似狚，亦且揣民之肥瘠而志之，而裂食之；而民之戢耳听食，莫敢喘息，蚩蚩之情，亦犹是也。可哀也夫！"

余德

武昌尹图南，有别第，尝为一秀才税_租居。半年来亦未尝过问。一日，遇诸其门，年最少，而容仪裘马，翩翩甚都。趋与语，即又蕴藉可爱。异之。归言于妻，妻遣婢托遗问以窥其室。室有丽姝，美艳逾于仙人；一切花石服玩，俱非耳目所经。_{耳闻目见。}尹不测其何如人，诣门投谒，适值他出。翌日即来答拜。展其刺呼，始知余姓德名。语次，细审官阀，言殊隐约。_{含糊。}固诘之，则曰："欲相还往，仆不敢自绝。应知非寇窃逋逃者，何须逼知来历。"尹谢之。遂命酒款宴，言笑甚欢。向暮，有两昆仑_{仆人。}捉马挑灯，迎导以去。明日折柬报主人。尹至其家，见其屋壁，俱用明光纸裱，洁如镜。金猊猊蒸异香。一碧玉瓶，插凤尾孔雀羽各二，各长二尺余。一水晶瓶，浸粉花一树，不知何名，亦高二尺许，垂枝覆几外；叶疏花密，含苞未吐；花状似湿蝶敛翼，蒂即如须。筵间不过八簋，_{食器名。}而丰美异常。即命童子击鼓催花为令。鼓声既动，则瓶中花颤颤欲折；俄而蝶翅渐张；既而鼓歇，渊然一声，蒂须顿落，即为一蝶，飞落尹衣。余笑起，飞一巨觥；酒方引满，蝶亦扬去。顷之，鼓又作，两蝶飞集余冠。余笑曰："作法自弊矣。"亦引二觥。三鼓既终，花乱坠，翩翩而下，惹袖沾衿。鼓童笑来指数，尹得九筹，余四筹。尹亦薄醉，不能尽筹，强引三爵，离席亡去。由是益奇之。然其为人寡交与，每阖门居，不与国人通吊庆。尹逢人辄宣播。闻其异者，争相交欢，余门外冠盖常相望。余颇不耐，忽辞尹去。去后，尹入其家，空庭洒扫无纤尘；烛泪堆掷青阶下，窗间零帛断锦，指印宛然。惟舍后遗一小白石缸，可受石许，尹携归，贮水养金鱼。经年水清如初贮，后为佣保移石误碎之，水蓄并不倾泄。视之，缸宛在，扪之虚夏。手入其中，则水随手泄，出其手则复合。冬月亦不冰。一夜忽结为晶，鱼游如故。尹畏人知，常置密室，非子婿不以示也。久之渐播，索玩者纷错于门。腊月，忽解为水，荫湿满地，鱼亦渺然。其旧缸残石犹存。忽有道士踵门求之。尹出以示。道士曰："此龙宫蓄水器也。"尹述其破而不泄之异。道士曰："此缸之魂也。"殷殷然乞得少许。问其何用，曰："以屑合药，可得永寿。"予之一片，欢谢而去。

青梅

　　白下程生，性磊落不为畛畦。一日，自外归，缓其束带，觉带沉沉如有物坠。视之，无所见。宛转间，有女子从衣后出，掠发微笑，丽绝。程疑其鬼，女曰："妾非鬼，狐也。"程曰："倘得佳人，鬼且不惧，而况于狐。"遂与狎。二年，生一女，小字青梅。每谓程："勿娶，我且为君生男。"程信之，遂不娶。戚友共诮姗之。程志夺，聘湖东王氏女。狐闻之怒，委女于程曰："此汝家赔钱货，生杀俱由汝。我何故代人作乳媪乎？"出门径去。青梅长而慧，貌韶秀酷肖其母。既而程病卒，王再醮去。青梅寄食于堂叔。叔荡无行，欲鬻以自肥。适有王进士者，方候铨<small>听候铨选</small>于家，闻其慧，购以重金，使从女阿喜服役。喜年十四，容华绝代。见梅忻悦，与同寝处。梅亦善候伺，能以目听，以眉语，由是一家俱怜爱之。邑有张生，字介寿。家窭贫，无恒产，税居王第。性纯孝，制行不苟，又笃于学。青梅偶至其家，见生据石啖糠粥，入室与生母絮语，见案上具豚蹄_{猪蹄。}焉。时翁卧病，生入，抱父而私。_{小便。}便液污衣，翁觉之而自恨；生掩其迹，急出自濯，恐翁知。梅以此大异之，归述所见，谓女曰："吾家客非常人也。娘子不欲得良匹则已，欲得良匹，张生其人也。"女恐父厌其贫。梅曰："不然，是在娘子，如以为可，妾潜告，使求伐_{请人做媒。}焉。夫人必召商之，但应之曰'诺'也，则谐矣。"女恐终贫为人所笑。梅曰："妾自谓能相天下士，必无谬误。"明日，往告张媪。媪大惊，谓其言不祥。梅曰："小姐闻公子而贤之也，妾故窥其意以为言。冰人往，我两人祖焉，计合允遂。纵其否也，于公子何辱乎？"媪曰："诺。"乃托侯氏卖花者往。夫人闻之而笑，以告王。王亦大笑。唤女至，述侯氏意。女未及答，青梅极赞其贤，决其必贵。夫人又问曰："此汝百年事，如能啜糠覈也，即为汝允之。"女俯首久之，顾壁而答曰："贫富命也。倘命之厚，则贫无几时，而不贫者无穷期矣。或命之薄，彼锦绣王孙，其无立锥者岂少哉？是在父母。"

初，王之商女也，将以博笑。_{取笑。}及闻女言，心不乐，曰："汝欲适张氏耶？"女不答。复问，复不答。怒曰："贱骨子不长进！欲携筐作乞人妇，宁不羞死！"女涨红气结，含涕引去。_{离去。}媒亦遂奔。青梅见事不谐，欲自谋。过数日，夜诣生。生方读，惊问所来，词涉吞吐。生正色拒之。梅泣曰："妾良家子，非淫奔者。徒以君贤，故愿自托。"生曰："卿爱我，谓我贤也。昏夜之行，自好者不为，而谓贤者为之乎？夫始乱之而终成之，君子犹曰不可；况不能成，彼此何以自处？"梅曰："万一能成，肯赐援拾否？"生曰："得人如卿，又何求？但有不可如何者三，故不敢轻诺耳。"曰："若何？"曰："卿不能自主，则不可如何；即能自主，我父母不乐，则不可如何；即乐之，而卿之身值必重，我贫不能措，则又不可如何。卿速退，瓜李之嫌可畏也！"梅临去，又嘱曰："君倘有意，乞共图之。"生诺。梅归，女诘所往，遂跪而自投。_{坦白。}女怒其淫奔，将施扑责。梅泣曰："无他。"因而实告。女叹曰："不苟合，礼也。必告父母，孝也。不轻然诺，信也。有此三德，天必佑之，其无患贫也已。"既而曰："子将若何?"曰："嫁之。"女笑曰："痴婢能自主耶?"曰："不济，则以死继之。"女曰："我必如所愿。"梅稽首拜之。又数日，谓女曰："曩而言之戏乎，抑果欲慈悲也? 果尔，则尚有微情，并祈垂怜焉。"女问之，答曰："张生不能致聘，婢子又无力以自赎，必取盈焉，嫁我犹不嫁也。"女沉吟曰："是非我之能为力矣。夫我曰嫁，且恐不得当；而曰必无取值焉，是大人所必不允，亦余所不敢言也。"青梅闻之，泣数行下，但求怜拯。女思良久曰："无已，我有私蓄数金，当倾囊相助。"梅拜谢，因潜告张。张母大喜，多方乞贷，共得金若干数，藏待好音。会王授曲沃宰，喜乘间告母曰："青梅年已长，今将莅任，不如遣之。"夫人固以青梅太黠，恐导女不义，每欲嫁之，而恐女不乐也，闻女言甚喜。逾两日，有佣保妇白张氏意。王笑曰："是只合配婢子，前言何妄也！然鬻媵高门，价当倍于曩昔。"女急进曰："青梅侍我久，卖为妾，良不忍。"王乃传于张氏，仍以原金书券，以青梅媵于张。入门，孝翁姑，曲折承顺，尤过于生。而操作更勤，餍糠秕不为苦。由是家中无不爱重青梅。梅又以刺绣作业，售且速，贾人候门以购，惟恐不得。得资稍可御穷。且劝生勿以内顾误读，经纪皆自任之。因主人之任，往别阿喜。喜见之，泣曰："子得所矣，我固不如。"梅曰："是何人之赐，敢忘之? 然以为不如婢子，恐促婢子寿。"遂泣相别。王如晋，半载，夫人卒，停枢寺中。又二年，王坐行赇免，_{因行贿罪而免官。}罚赎万计，渐贫不能自给，从者逃散。是时，疫疬大作，王染病亦卒。惟一媪从女。未几，媪又卒。女伶仃益苦。有邻妪劝之嫁，女曰："有能为我葬双亲者，从之。"妪怜之，赠以斗米而去。半月复来，曰："我为娘子极力，事难合矣：贫者不能为尔葬，富者又嫌子为凌夷_{败落}。嗣。奈何！尚有一策，但恐不能从也。"女曰："若何？"曰："此间有李郎，欲觅侧室，倘见姿容，即遣厚葬，必当不惜。"女大哭曰："我缙绅裔而为人妾耶？"妪无言而去。日仅一餐，延息待贾。居半年，益不可支。一日妪至，女泣告曰："困顿如此，每欲自尽，犹恋恋而苟活者，徒以有双枢在。已将转沟壑，谁为收亲骨者？故思不如依汝所言也。"妪于是导李来，微窥女，大悦。即出金营葬，双椁具举。已，乃载女去，入参家室。室故悍妒，李初未敢言妾，但托买婢。及见女，暴怒，杖逐而出，不听入门。女被发零涕，进退无所。适有老尼过，邀与同居，女喜从之。至庵中，拜求祝发。_{削发为尼。}尼不可，曰："我观娘子，非久卧风尘者。庵中陶器脱粟，粗可自给，姑寄此以待之。时至，子自去。"居无何，市中无赖窥女美，辄打门游语为戏，尼不能制止。女号泣欲自死。尼往求吏部某公，揭示严禁，恶少始稍敛迹。后有夜穴寺壁者，尼惊呼始去。因复告吏部，捉得首恶，送郡笞责，始渐安。又年余，有贵公子过庵，见女惊绝，强尼通殷勤，又以厚赂啖尼。尼婉语之曰："渠簪缨胄，不甘媵御。公子且归，迟迟当有以报命。"既去，女欲乳药_{饮毒药}求死。夜梦父来，疾首曰："我不从汝志，致汝至此，悔之已晚。但缓须臾勿死，夙愿尚可复酬。"女异之。天明盥已，尼望之而惊曰："睹子面，浊气尽消，横逆不足忧也。福且至，勿忘老身矣。"语未已，闻扣门声。女失色，意必贵家奴。尼启扉，果然。骤问所谋。尼笑语承迎，但请缓以三日。奴述主言，事若无成，俾尼自复命。尼唯唯敬应，谢令去。女大悲，又欲自尽。尼止之。女虑三日复来，无词可应。尼曰："有老身在，斩杀自当之。"次日方晡，暴雨翻盆，忽闻数人挝门大哗。女意变作，惊怯不知所为。尼冒雨启关，见有肩舆停驻。女奴数辈，捧一丽人出，仆从烜赫，冠盖甚都。惊问之，云："是司李内眷，暂避风雨。"导入殿中，移榻肃坐。家人妇群奔禅房，各寻休憩。入室见女，艳之，走告夫人。无何，雨息，夫人起，请窥禅室。尼引入，睹女骇绝，凝眸不瞬。女亦顾盼良久。夫人非他，盖青梅也。各失声哭，因道行踪。盖张公病故，生起复<small>守丧期满重新出来做官</small>。后，联捷授司李。生先奉母之任，后移诸眷口。女叹曰："今日相看，何啻霄壤！"梅笑曰："幸娘子挫折无偶，天正欲我两人完聚耳。倘非阻雨，何以有此邂逅？此中俱有鬼神，非人力也。"乃取珠冠锦衣，催女易妆。女俯首徘徊，尼从中赞助之。女虑同居其名不顺。梅曰："昔日自有定分，婢子敢忘大德！试思张郎岂负义者？"强妆之，别尼而去。抵任，母子皆喜。女拜曰："今无颜见母。"母笑慰之。因谋涓吉合卺。女曰："庵中但有一丝生路，亦不肯从夫人至此。倘念旧好，得受一庐，可容蒲团足矣。"梅笑而不言。及期，抱艳妆来。女左右不知所可。俄闻鼓乐大作，女亦无以自主。梅率婢媪强衣之，挽扶而出，见生朝服而拜，女遂不觉盈盈而自拜也。梅曳入洞房，曰："虚此位以待君久矣。"又顾生曰："今夜得报恩，可好为之。"返身欲去。女捉其裾，梅笑曰："勿留我，此不能相代也。"解指脱去。青梅事女谨，莫敢当夕。而女终惭沮不自安。于是母命相呼以夫人。然梅终执婢妾礼，罔敢懈。三年，张行取入都，过尼庵，以五百金为尼寿。尼不受。固强之，乃受二百金，起大士祠，建王夫人碑。后张仕至侍郎。程夫人举二子一女，王夫人四子一女。张上书陈情，俱封夫人。

异史氏曰："天生佳丽，固将以报名贤；而世俗之王公，乃留以赠纨袴。此造物所必争也。而离离奇奇，致作合者无限经营，化工亦良苦矣。独是青夫人能识英雄于尘埃，誓嫁之志，期以必死；曾俨然而冠裳也者，顾弃德行而求膏粱，何智出婢子下哉！"

罗刹海市

马骥，字龙媒，贾人子。美丰姿。少倜傥，喜歌舞。辄从梨园子弟，以锦帕缠头，美如好女，因复有"俊人"之号。十四岁入郡庠，即知名。父衰老，罢贾而归。谓生曰："数卷书，饥不可煮，寒不可衣。可仍继父贾。"生由是稍稍权子母。_{指经商。}从人浮海，_{海外经商。}为飓风引去，数昼夜，至一都会。其人皆奇丑，见马至，以为妖，群哗而走。马初见其状，大惧。迨知国人之骇己也，遂反以此欺国人。遇饮食者则奔而往，人惊遁，则啜其余。久之，入山村。其间形貌亦有似人者，然褴褛如丐。马息树下，村人不敢前；但遥望之。久之，觉非噬人者，始稍稍近就之。马笑与语。其言虽异，亦半可解。马遂自陈所自。村人喜，遍告邻里，客非能搏噬者。然奇丑者望之即去，终不敢前；其来者口鼻位置，尚皆与中国同。共罗浆酒奉马。马问其相骇之故。答曰："尝闻祖父言：西去三万六千里有中国，其人民形象率_{全。}怪异。但耳食_{未经思索轻信传言。}之，今始信。"问其何贫。曰："我国所重，不在文章，而在形貌。其美之极者为上卿，次任民社，下者亦邀_{获得。}贵人宠，故得鼎烹以养妻子。若我辈初生时，父母皆以为不祥，往往置弃之；其不忍遽弃者，皆为宗嗣耳。"问："此名何国？"曰："名大罗刹国。都城在北，去三十里。"马请导往一观。于是鸡鸣而兴，引与俱去。天明，始达都。都以黑石为墙，色如墨，楼阁近百尺。然少瓦，皆覆以红石，拾其残块磨甲上，无异丹砂。时值朝退，朝中有冠盖出，村人指曰："此相国也。"视之，双耳皆背生，鼻三孔，睫毛覆目如帘。又数骑出，曰："此大夫也。"以次各指其官职，率鬐鬐毛发散乱。怪异；然位渐卑，丑亦渐杀。减少。无何，马归，街衢人望见之，噪奔跌躅，如逢怪物。村人百口解说，市人始敢遥立。既归，国中无大小，咸知村有异人，于是缙绅大夫，争欲一广见闻，遂令村人要马。然每至一家，阍人辄阖户，丈夫女子，窃窃自门隙中窥语。终一日无敢延见者。村人曰："此间一执戟郎，宫门执戟警卫。曾为先王出使异国，所阅人多，或不以子为惧。"造郎门。郎果喜，揖为上宾。视郎貌如八九十岁人。目睛突出，须卷如猬。曰："仆少年奉王命出使最多，独未尝至中华。今一百三十余岁，又得见上国人物，此不可不上闻于天子。然臣卧林下，十余年不践朝阶，早旦为君一行。"乃具饮馔，修客主礼。酒数行，出女乐十余人，更番歌舞。貌类夜叉，皆以白锦缠头，拖朱衣及地。扮唱不知何词，腔拍恢谐。主人顾而乐之，问："中国亦有此乐乎？"曰："有。"主人请拟其声，马遂击桌，为度一曲。主人喜曰："异哉！声如凤鸣龙啸，得未曾有。"翌日趋朝，荐诸国王。王忻然下诏。有二三大臣，言其状怪，恐惊圣体。王乃止。郎出告马，深为扼腕。叹惜。居久之，与主人饮而醉，拔剑起舞，以煤涂面作张飞。主人以为美，曰："请客以张飞见宰相，宰相必乐用之，厚禄不难致。"马曰："嘻！游戏犹可，何能易面目图荣显？"主人固强之，马乃诺。主人设筵，邀当路者权贵。饮，令马画面以待。未几客至，呼马出见。客讶曰："异哉！何前媸而今妍也！"遂与共饮甚欢。马婆娑歌《弋阳曲》，一座无不倾倒。明日，交章荐马。王喜，召以旌节。既见，问中国治安之道，马委曲上陈，大蒙嘉赏，赐宴离宫。别宫。酒酣，王曰："闻卿善雅乐，可使寡人得而闻乎？"马即起舞，亦效白锦缠头，作靡靡之音。王大悦，即日拜下大夫。时与私宴，_{时常参加}皇帝的家宴。恩宠殊异。久而官僚百执事，颇觉其面目之假；所至，辄见人耳语，不甚与款洽。马至是孤立，憮然不自安。遂上疏乞休致，不许；又告休沐，_{短假。}乃给三月假。于是乘传载金宝，复归山村。村人膝行以迎。马以金资分给旧所与交好者，欢声雷动。村人曰："吾侪小人受大夫赐，明日赴海市，当求珍玩，用报大德。"问："海市何地？"曰："海中市，四海鲛人，集货珠宝。四方十二国皆来贸易。中多神人游戏。云霞障天，波涛间作。贵人自重，不敢犯险阻，皆以金宝付我辈，代购异珍。今其期不远矣。"问所自知，曰："每见海上朱鸟来往，七日即市。"马问行期，欲同游瞩。村人劝使自贵。马曰："我顾沧海客，何畏风涛？"未几，果有踵门寄货者，遂与装资入船。船客数十人，平底高栏。十人摇橹，激水如箭。凡三日，遥见水云幌漾之中，楼阁层叠，贸迁之舟，纷集如蚁。少时，抵城下。视墙上砖，皆长与人等；敌楼高接云汉。维舟而入，见市上所陈奇珍异宝，光明射目，多人世所无。一少年乘骏马来，市人尽奔避，云是"东洋三世子"。世子过，目生曰："此非异域人。"即有前马者_{在马前开路之人。}来诘乡籍。生揖道左，具展邦族。世子喜曰："既蒙辱临，缘分不浅！"于是授生骑，请与连辔，乃出西城。方至岛岸，所骑嘶跃入水。生大骇失声。则见海水中分，屹如壁立。俄睹宫殿，玳瑁为梁，鲂鳞作瓦，四壁晶明，鉴影炫目。下马揖入。仰见龙君在上，世子启奏："臣游市廛，得中华贤士，引见大王。"生前拜舞。龙君乃言："先生文学士，必能衙官屈、宋。欲烦椽笔赋海市，幸无吝珠玉。"生稽首受命。授以水晶之砚，龙鬣之毫，纸光似雪，墨气如兰。生立成千余言，献殿上。龙君击节曰："先生雄才，有光水国多矣！"遂集诸龙族，宴集采霞宫。酒炙数行，龙君执爵而向客曰："寡人所怜女，未有良匹，

愿累先生。先生倘有意乎?"生离席愧荷,唯唯而已。龙君顾左右
语。无何,宫人数辈扶女郎出。环佩声动,鼓乐暴作,拜竟睨之,
实仙人也。女拜已而去。少时酒罢,双嬛_{年幼的婢女}。挑画灯,导生
入副宫。女浓妆坐伺。珊瑚之床,饰以八宝,帐外流苏,缀明珠如
斗大,衾褥皆香耎。天方曙,则雏女妖鬟,奔入满侧。生起,趋出
朝谢。拜为驸马都尉。以其赋驰传诸海。诸海龙君,皆专员来贺,
争折柬招驸马饮。生衣绣裳,驾青虬,呵殿而出。武士数十骑,背
雕弧,荷白棓,晃耀填拥。马上弹筝,车中奏玉。三日间,遍历诸
海。由是"龙媒"之名,噪于四海。宫中有玉树一株,围可合抱;
木莹澈如白琉璃,中有心淡黄色,稍细于臂;叶类碧玉,厚一钱
许,细碎有浓阴。常与女啸咏其下。花开满树,状类檐葡,每一瓣
落,锵然作响。拾视之,如赤瑙雕镂,光明可爱。时有异鸟来鸣,
毛金碧色,尾长于身,声等哀玉,恻人肺腑。生每闻辄念乡土。因
谓女曰:"亡出三年,恩慈间阻,_{远离父母}。每一念及,涕膺汗背。_泪
_{下沾胸,汗流浃背。}卿能从我归乎?"女曰:"仙尘路隔,不能相依。妾
亦不忍以鱼水之爱,夺膝下之欢。容徐谋之。"生闻之,泣不自禁,
女亦叹曰:"此势之不能两全者也!"明日,生自外归。龙君曰:
"闻都尉有故土之思,诘旦趋装,可乎?"生谢曰:"逆旅孤臣,过
蒙优宠,衔报之诚,结于肺腑。容暂归省,当图复聚耳。"入暮,
女置酒话别。生订后会。女曰:"情缘尽矣。"生大悲。女曰:"归
养双亲,见君之孝。人生聚散,百年犹旦暮耳,何用作儿女哀泣?
此后妾为君贞,君为妾义,两地同心,即伉俪也,何必旦夕相守,
乃谓之偕老乎?若渝此盟,婚姻不吉。倘虑中馈乏人,_{指无妻}。纳婢
可耳。更有一事相嘱:自奉衣裳,_{结婚以来}。似有佳娠,烦君命名。"
生曰:"其女耶,可名龙宫;男耶,可名福海。"女乞一物为信。生
在罗刹国所得赤玉莲花一双,出以授女。女曰:"三年后四月八日,

君当泛舟南岛，还君体胤。"亲生儿女。女以鱼革为囊，实以珠宝。授生曰："珍藏之，数世吃着不尽也。"天微明，王设祖帐，馈遗甚丰，生拜别出宫。女乘白羊车，送诸海涘。生上岸下马，女致声珍重，回车便去，少顷便远。海水复合，不可复见。

生乃归。自浮海去，咸谓其已死。及至家，家人无不诧异。幸翁媪无恙，独妻已他适，乃悟龙女"守义"之言，盖已先知也。父欲为生再婚，生不可，纳婢焉。谨志三年之期，泛舟岛中。见两儿坐浮水面，拍流嬉笑，不动亦不沉。近引之，儿哑然捉生臂，跃入怀中。其一大啼，似嗔生之不援己者。亦引上之。细审之，一男一女，貌皆婉秀。额上花冠缀玉，则赤莲在焉。背有锦囊，拆视得书云："翁姑计各无恙。忽忽三年，红尘永隔；盈盈一水，青鸟难通。结想为梦，引领成劳，茫茫蓝蔚，有恨如何也。顾念奔月嫦娥，且虚桂府；投梭织女，犹怅银河。我何人斯，而能永好？兴念及此，辄复破涕为笑。别后两月，竟得孪生。今已呵啾怀抱，颇解笑言；觅枣抓梨，不母可活。敬以还君。所贻赤玉莲花，饰冠作信。膝头抱儿时，犹妾在左右也。闻君克践旧盟，意愿斯慰。妾此生不二，之死靡他。奁中珍物，不蓄兰膏；镜里新妆，久辞粉黛。君似征人，妾作荡妇，即置而不御，亦何得谓非琴瑟哉？独计翁姑亦既抱孙，曾未一觌新妇，揆之情理，亦属缺然。岁后阿姑窀穸，下葬。当往临穴，一尽妇职。过此以往，则'龙宫'无恙，不少把握之期；'福海'长生，或有还往之路。伏惟珍重，不尽欲言。"生反覆省书揽涕。两儿抱颈曰："归休乎！"生益恸，抚之曰："儿知家在何许？"儿呜啼，呕哑言归。生望海水茫茫，极天无际；雾鬓人渺，烟波路穷。抱儿返棹，怅然遂归。生知母寿不永，周身物指死者所用棺椁、衣物等。悉为预具，墓中植松槚百余。逾岁，媪果亡。灵舆至殡宫，有女子缞绖穿丧服。临穴。众方惊顾，忽而风激雷轰，继以急雨，转瞬间已失所在。松柏新植多枯，至是皆活。福海稍长，辄思其母，忽自投入海，数日始还。龙宫以女子不得往，时掩户泣。一日昼瞑，龙女急入，止之曰："儿自成家，哭泣何为？"乃赐八尺珊瑚一树，龙脑香一帖，明珠百颗，八宝嵌金合一双，为作嫁资。生闻之突入，执手啜泣。俄顷，疾雷破屋，女已杳矣。

异史氏曰："花面逢迎，世情如鬼。嗜痂之癖，举世一辙。'小惭小好，大惭大好。'若公然带须眉以游都市，其不骇而走者盖几希矣。彼陵阳痴子，将抱连城玉向何处哭也？呜呼！显荣富贵，当于蜃楼海市中求之耳！"

紫花和尚

诸城丁生，野鹤公之孙也。少年名士，沉病而死，隔夜复苏，曰："我悟道矣。"时有僧善参玄，因遣人约至，使即榻前讲《楞严》。生每听一节，都言非是，乃曰："使吾病痊，证道何难。惟某生可愈吾疾，宜虔请之。"盖邑有某生者，精岐黄而不以术行，_{精通医术而不行医}。三聘始至，疏方下药，病良已。既归，一女子自外入，曰："我董尚书府中侍儿也。紫花和尚与妾有宿冤，今得追报，若又欲活之耶？再往，祸将及汝。"言已，遂没。某惧，辞丁。丁病复作，固要之，乃以实告。丁叹曰："孽自前生，死吾分耳。"寻卒。后询人，果曾有紫花和尚，高僧也，青州董尚书夫人尝供养家中；亦无有知其冤之所结者。

鞠乐如

鞠乐如，青州人。妻死，弃家而去。后数年，道服荷_{背负}蒲团至。经宿欲去，戚族强留其衣杖。鞠托闲步至村外，室中衣杖，皆冉冉飞出，随之而去。

盗户

顺治间，滕、峄之区，十人而七盗，官不能捕。后受抚，_{归顺官府}。邑宰别之为"盗户"。凡值与良民争，则曲意左袒_{偏袒}之，盖恐其复叛也。后讼者辄冒称盗户，而怨家则力攻其伪。每两造具陈，曲直且置不辨，而先以盗之真伪，反覆相苦，烦有司稽籍焉。适官署多狐，宰有女为所惑，聘术士来，符捉入瓶，将炽以火。狐在瓶内大呼曰："我盗户也！"闻者无不匿笑。

异史氏曰："今有明火劫人者，官不以为盗而以为奸；逾墙行淫者，每不自认奸而自认盗：世局又一变矣。设今日官署有狐，亦必大呼曰'吾盗'无疑也！"

章丘漕粮徭役，以及征收火耗，小民尝数倍于绅衿，故有田者争求托焉。虽于国无伤，而实于官橐_{官员的收入}有损。邑令钟，牒请厘弊，得可。初使自首。既而奸民以此要_{要挟}士，数十年鬻去之产，皆诬托诡挂，以讼售主。令悉左袒之。故良懦者多丧其产。

有李生亦为某甲所讼，同赴质审。甲呼之"秀才"，李厉声争辩，不居秀才之名。喧不已。令诘左右，共指为真秀才。令问："何故不承？"李曰："秀才且置高阁，待争地后再作之不晚也。"噫！以盗之名则争冒之，以秀才之名则争辞之，变异矣哉！有人投匿名状云："告状人原壤，为抗法吞产事：身^{本人}。以年老不能当差。有负郭田五十亩，于隐公元年，暂挂恶衿颜渊名下。今功令森严，理合自首。讵恶久假不归，霸为己有。身往理说，被伊师率恶党七十二人，毒杖交加，伤残胫股；又将身锁置陋巷，日给箪食瓢饮，囚饿几死。互乡约地证，叩乞革顶严究，俾血产归主，上告。"此可以继柳跖之告夷、齐矣。

某乙

邑西某乙，故梁上君子_{指窃贼}也。其妻深以为惧，屡劝止之，乙遂翻然自改。居二三年，贫屡不能自堪，思欲一作冯妇，_{指重操旧业。}而后已之。乃托贸易，就善卜者以决趋向。术者曰："东南吉。利小人，不利君子。"兆隐与心合，窃喜。遂南行抵苏、松间，日游村郭。几数月，偶入一寺，见墙隅堆石子二三枚，心知其异，亦一石投之。径趋龛后卧。日既暮，寺中聚语，似有十余人。忽一人数石，讶其多，因共搜之，龛后得乙。问："投石者汝耶？"乙诺。诘里居姓名，乙诡对之。乃授以兵，率与俱去，至一巨第，出奂梯，_{绳梯。}争逾垣入。以乙远至，径不熟，俾伏墙外，司_{主管。}传递、守囊橐焉。少顷，掷一裹下；又少顷，缒一篚下。乙举篚，知有物，乃破篚以手揣取，凡沉重物悉纳一囊，负之疾走，竟取道归。

由此建楼阁、买良田、为子纳粟。邑扁其门曰"善士"。后大案发，群寇悉获，惟乙无名籍，莫可查诘，得免。事寝既久，乙醉后时自述之。

曹有大寇某，得重资归，肆然安寝。有二三小盗，逾垣入，捉之，索金，某不与；灼棰并施，罄所有，乃去。某向人曰："吾不知炮烙之苦如此！"遂深恨盗，投充马捕，_{捕快。}捕邑寇殆尽。获曩寇，亦以所施者施之。

卷八

田七郎

武承休，辽阳人，喜交游，所与皆知名士。夜梦一人告之曰："子交游遍海内，皆滥交耳。惟一人可共患难，何反不识？"问："何人？"曰："田七郎。"醒而异之。诘朝，见所与游，辄问田七郎。客或识为东村业猎者。武敬诣诸其家，以马棰挝门。未几，一人出，年二十余，眊目蜂腰，着腻帕，衣皂犊鼻，_{黑围裙。}多白补缀；拱手于额而问所自。武展姓字，且托途中不快，借庐憩息。问田七郎，答曰："即我是也。"遂延客入。见破屋数椽，木岐支壁。入一小室，虎皮狼蜕，悬布楹间，更无机榻可坐。七郎就地设皋比_{坐席。}焉。武与语，言词朴质，大悦之。遽贻金作生计，七郎不受。固与之，七郎受以白母；俄顷，将还，固辞不受。武强之再四。母龙钟而至，厉声曰："老身止此子，不欲令事贵客。"武惭而退。归途展转，不解其意。适从人于舍后闻母言，因以告武。先是，七郎持金告母，母曰："我适睹公子有晦纹，必罹奇祸。闻之：'受人知者分人忧，受人恩者急人难。富人报人以财，贫人报人以义。'无故而得重赂，不祥。恐将取死报_{以死相报。}于子矣。"武闻之，深叹母贤。然益倾慕七郎。翌日，设筵招之。辞不至。武登其堂，坐而索饮。七郎自行酒，陈鹿脯，殊尽情礼。越日，武邀酬之，乃至。款洽甚欢。赠以金，复不受。武托购虎皮。乃受之，归视所蓄，计不足偿，思再猎而后献之。入山三日，猎无所获。无何，会妻病，守视汤药，不遑操业。浃旬，_{过了十天。}妻奄忽以死。为营葬具，所受金稍稍耗去。武亲临唁送，礼仪优渥。既葬，负弩山林，益思所以报武，而迄无所得。武探得其故，辄劝勿急。切望七郎姑一临存；_{看望。}而七郎终以负责为憾，不肯至。武因先索旧藏，以速其来。七郎检视故革，则蠹蚀殃败，毛尽脱。懊丧益甚。武知之，驰行其庭，极意慰解之。又视败革曰："此亦复佳，仆所欲得，原不以毛。"遂轴鞱_{卷起皮革}。出，兼邀同往。七郎不可，乃自归。七郎念终不足以报武，裹粮入山，凡数夜，忽得一虎，全而馈之。武喜，治具，请三日留。七郎辞之坚。武键_{关锁}庭户，使不得出。宾客见七郎朴陋，窃谓公子妄交。而武周旋七郎，殊异诸客。为易新服，却不受；乘其寐而潜易之，不得已而受焉。既去，七郎奉母命返新衣，索其敝缀。武笑曰："归语老姥，故衣已拆作履衬矣。"自是，七郎日以兔鹿相赠。招之，即不复至。武一日诣七郎，值出猎未返。媪出，倚闾而语曰："再勿引致吾儿。大不怀好意。"武敬礼之，惭而退。半年许，家人忽白："七郎为争猎豹，殴死人命，捉将官里去。"武大惊，驰视之，已械收在狱。见武无言，但云："此后烦恤老母。"武惨然出，急以重金赂邑宰，又以百金赂仇主。月余无事，释七郎归。母慨然曰："子发肤受之武公子，非老身所得而爱惜者矣。但祝公子终百年无灾患，即儿福也。"七郎欲诣谢武。母曰："往则往耳，见武公子勿谢也。小恩可谢，大恩不可谢。"七郎见武，武温言慰藉。七郎唯唯。家人咸怪其疏。武喜其诚笃，厚遇之。由是，恒数日留公子家，馈遗辄受，不复辞，亦不言报。会武初度，_{生日。}宾从繁多，夜舍屡满。武偕七郎卧斗室中，三仆即床下藉刍藁。二更向尽，诸仆皆睡去，两人犹刺刺语。七郎佩刀挂壁间，忽自腾出匣数寸许，铮铮作响，光闪烁如电。武惊起。七郎亦起，问："床下卧者何人？"武答皆厮仆。七郎曰："此中必有恶人。"武问故。七郎曰："此刀购诸异国，杀人未尝濡缕，今佩三世矣。决首_{杀头}。至千计，尚如新发于硎；见恶人则鸣跃。当去杀人不远矣。公子当亲君子，远小人，或万一可免。"武颔之。七郎终不悦，辗转床席。武曰："灾、祥，数耳，何忧之甚？"七郎曰："我诸无恐怖，徒以有老母在。"武曰："何遽至此？"七郎曰："无则便佳。"盖床下三人：一为林儿，是老弥子，能得主人欢；一童仆，年十二三，武所常役者；一李应，最拗拙，每因细事与公子裂眼争，武恒怒之。当夜默念，疑必此人。诘旦，唤至，善言绝令去。武长子绅，娶王氏。一日，武出，留林儿居守。斋中菊花方灿。新妇意翁出，斋庭当寂，自诣摘菊。林儿突出勾戏。妇欲遁，林儿强携入室。妇啼拒，色变声嘶。绅奔入，林儿方释手逃去。武归，闻之，怒；觅林儿，竟已不知所之。过二三日，始知其投身某御史家。某官都中，家务尽委决于弟。武以同袍意，致书索林儿，某弟竟置不发。武益恚，质词邑宰。勾牒虽出，而隶不捕，官亦不问。武方忿怒，适七郎至。武曰："君言验矣。"因与告诉。七郎颜色惨变，终无一语，即径去。武嘱干仆逻察林儿。林儿夜归，为逻者所获，执见武。武掠楚之。林儿语侵武。武叔恒，故长者，恐侄暴怒致祸，劝不如治以官法。武从之，縶赴公庭。而御史家刺书_{书信}邮至，宰释林儿，付纪纲_{管家}以去。林儿意益肆，倡言丛众中，诬主人妇与私。武无奈之何，忿塞欲死。驰登御史门，俯仰叫骂。里舍劝慰令归。逾夜，忽有家人白："林儿被人脔割，抛尸横野间。"武惊喜，意气稍舒。俄闻御史家讼其叔侄，遂偕叔赴质。宰不听辨，欲笞恒。武抗声曰："杀人莫须有！至辱詈缙绅，则生实为之，无与叔事。"宰置不闻。武裂眦欲上，群役禁捽之。操杖隶皆绅家走狗，恒又老髦，笞数未半，奄然已死。宰见恒毙，亦不复究。武号且骂，宰亦若弗闻也者。遂舁叔归。哀愤无所为计，思欲得七郎谋，而七郎更不一吊问。窃自念待七郎不薄，何遽如行路人？亦疑杀林儿者必七郎。转念：果尔，胡得不谋？于是使人探诸其家。至则扃锢寂然，邻人并不知耗。_{音信。}一日，某弟方在内廨，与宰关说。值晨进薪水，忽一樵人至前，释担，抽利刃，直奔之。某惶急，以手格刃，刃落断腕。又一刀，始决其首。宰大惊，窜去。樵人犹张皇四顾。诸役吏急阖署门，操杖疾呼。樵人乃自刭死。纷纷集认，识者知为田七郎。宰惊定，始出覆验。见七郎僵卧血泊中，手犹握刃。方停足审视，尸忽崛然跃起，竟决宰首，已而复踣。衙官捕其母子，则亡去已数日矣。武闻七郎死，驰哭尽哀。咸谓其主使七郎。武破产夤缘当路，_{找关系贿赂权贵。}始得免。七郎尸弃原野三十余日，禽犬环守之，武取之厚葬焉。其子流寓于登，变姓为佟，起行伍，以功至同知将军，归辽，武已八十余，乃指示其父墓焉。

异史氏曰："一钱不轻受，正其一饭不忘者也。贤哉母乎！七郎愤未尽雪，死犹伸之，抑何其神！使荆卿能尔，则千载无遗恨矣。苟有其人，亦可以补天网之漏；世道茫茫，恨七郎少也。悲夫！"

保住

吴藩_{吴三桂。}未叛时，尝谕将士：有独力能擒一虎者，优以廪禄，号"打虎将"，将中一人，名保住，健捷如猱。邸中建高楼，梁木初架。保住沿楼角而登，顷刻至巅；立脊檩上，疾趋而行。凡三四返，已，乃踊身跃下，直立挺然。王有爱姬善琵琶。所御琵琶，以暖玉为牙柱，抱之，一室生温。姬宝藏，非王手谕，不出示人。一夕，宴集，客请一观其异。王适惰，期以异日。时住在侧，曰："不奉王命，臣能取之。"王使人驰告府中，内外戒备，然后遣之。住逾数十重垣，始达姬院。见灯辉室中，而门扃锢不得入。廊下有鹦鹉，宿架上。住乃作猫子叫；既而学鹦鹉鸣，疾呼："猫来!"摆扑之声且急。闻姬云："绿奴可急视鹦鹉，被扑杀矣!"住隐身暗处。俄一女子挑灯出，身甫离门，住已塞入。_{侧身而入。}见姬守琵琶在几上，径携趋出。姬愕呼："寇至!"防者尽起。见住抱琵琶走，逐之不及；攒矢如雨，皆莫能中。住跃登树上。墙下故有大槐三十余章，_{株。}住穿树行杪，_{树梢。}如鸟移枝；树尽登屋，屋尽登楼；飞奔殿阁，不啻翅翎。瞥然间不知所在。客方饮，住抱琵琶飞落筵前，门扃如故，鸡犬无声。

公孙九娘

于七一案，连坐被诛者，栖霞、莱阳两县最多。一日俘数百人，尽戮于演武场_{练兵场。}中。碧血满地，白骨撑天。上官慈悲，捐给棺木，济城工肆，材木一空。以故伏刑东鬼，_{指地处鲁东之栖霞、莱阳的被屠人民。}多葬南郊。_{指济南城府的南郊。}甲寅间，有莱阳生至稷下，有亲友二三人亦在诛数。因市楮帛，_{纸钱。}酬奠榛墟间，就税舍_{租房。}于下院之僧。明日，入城营干，日暮未归。忽一少年造室来访；见生不在，脱帽登床，着履仰卧。仆人问其谁何，合眸不对。既而生归，见暮色朦胧，不甚可辨；自诣床下问之。瞠目曰："我候汝主人。絮絮逼问，我岂暴客耶!"生笑曰："主人在此。"少年急起着冠，揖而坐，极道寒暄。听其音，似曾相识。急呼灯至，则同邑朱生，亦死于于七之难者。大骇，却走。朱曳之云："仆与君文字交，何寡于情？我虽鬼，故人之念，耿耿不去心。今有所渎，愿勿以异物遂猜薄 {猜疑鄙薄} 之。"生乃坐，请所命。曰："令甥女寡居无偶，仆欲得以主中馈；屡通媒妁，辄以无尊长之命为辞。幸无惜齿牙余惠。"先是，生有甥女早失恃 {丧母}，遗生鞠养。十五岁始归其家。俘至济南，闻父被刑，惊恸而卒。生曰："渠自有父，何我之求？"朱曰："其父为犹子 {侄子} 启榇 {迁葬} 去，今不在此。"问："甥女向依阿谁？"曰："与邻媪同居。"生虑生人不能作鬼媒。朱曰："如蒙金诺，还屈玉趾。" {烦请您走一趟。} 遂起握生手。生固辞，问："何之？"曰："第行。"生勉从与去。北行里许，有大村落，约数十百家。至一宅第，朱以指弹扉，即有媪出。豁开二扉，问朱："何为？"曰："烦达娘子，阿舅至。"媪旋返，须臾，复出，邀生入；顾朱曰："两椽茅舍子，太隘。劳公子门外少坐候。"生从媪入，见半亩荒庭，列小室二。甥女迎门啜泣，生亦泣。室中灯火荧然。女貌秀洁如生时，凝目含涕，遍问妗 {舅母} 姨。生曰："俱各无恙，但荆人物故矣。"女复呜咽曰："儿少受妗母抚育，尚无寸报，不图先葬沟渎，殊为恨恨。旧年伯伯家大哥迁父去，置儿不一念，数百里外，伶仃如秋燕。舅不以沉魂可弃，又蒙赐金帛，儿已得之矣。"生乃以朱言告女。女俯首无语。媪曰："朱公子曩 {先前} 托杨姥三五返。老身谓是大好。小娘子不肯自草草。得舅为政，方可意惬。" {qiè，满意。} 言次，一十七八女郎，从一青衣，遽掩入。瞥见生，转身欲遁。女牵其裾曰："勿须尔，此阿舅，非他人。"生揖之。女郎亦敛衽。甥曰："九娘，栖霞公孙氏。阿爹故家子，今亦'穷波斯'，落落不称意。旦晚与儿还往。"生睨之，笑弯秋月，羞晕朝霞，实天人也。曰："可知是大家。蜗庐人 {小户人家} 那如此娟好！"甥笑曰："且是女学士，诗词俱大高作。儿稍得指教。"九娘微哂曰：

"小婢无端败坏人，教阿舅齿冷也。"甥又笑曰："舅断弦未续，若个小娘子，颇能快意否？"九娘笑奔出，曰："婢子颠疯作矣。"遂去。言虽近戏，而生殊爱好之。甥以微察，乃曰："九娘才貌无双，舅倘不以粪壤亡者致猜，儿当请诸其母。"生大悦，然虑人鬼难匹。女曰："无伤，彼与舅有夙分。"生乃出。女送之曰："五日后，月明人静，当遣人往相逆。"生至户外，不见朱，翘首西望，月衔半规，昏黄中犹认旧径。见南面一第，朱坐门石上，起逆迎接。曰："相待已久，寒舍即劳垂顾。"遂携手入。殷殷展谢，出金爵一、晋珠百枚，曰："他无长物，余物聊代禽仪。"聘礼既而曰："家有浊醪，但幽室之物，不足款嘉宾，奈何？"生扲谢谦谢而退，朱送至中途始别。生归，僧仆集问。生隐之曰："言鬼者妄也。适赴友人饮耳。"后五日，果见朱来。整履摇篦，意甚忻适；才至户庭，望尘即拜。少间笑曰："君嘉礼婚礼既成，庆在今夕，便烦枉步。"生曰："以无回音，尚未致聘，何遽成礼？"朱曰："仆已代致之矣。"生深感荷，感谢从与俱去，直达朱所，则甥女华妆迎笑。生问："何时于归？"出嫁朱云："三日矣。"生乃出所赠珠，为甥助妆。女三辞乃受。谓生曰："儿以舅意白公孙老夫人，夫人作大欢喜，但言老耄，无他骨肉，不欲九娘远嫁。期今夕舅往，赘诸其家。伊家无男子，便可同郎往也。"朱乃导生去。村将尽，一第门开，二人登其堂。俄白老夫人至，有二青衣扶妪升阶，生欲展拜。夫人云："老朽龙钟，不能为礼，当即脱边幅。"指画指挥青衣，置酒高会。朱乃唤家人另出肴俎，列置生前，亦别设一壶，为客行觞。筵中进馔，无异人世。然主人自举，殊不劝进。既而席罢，朱归。青衣导生去。入室，则九娘华妆凝待。邂逅含情，极尽欢昵。初，九娘母子原解赴都。至郡，济南府。母不堪困苦死，九娘亦自刭死。枕上追述往事，哽咽不能成眠，乃口占两绝云："昔日罗裳化作尘，空将业果恨前身。十年露冷枫林月，此夜初逢画阁春。"其二曰："白杨风雨绕孤坟，谁想阳台更作云。忽启缕金箱里看，血腥犹染旧罗裙。"生闻咏，亦大惨然。天将明，九娘促云："君宜且去，勿惊厮仆。"自此昼来宵往，嬖惑殊深。一夕，问九娘："此村何名？"曰："莱霞里。里中多两处新鬼，因以为名。"生闻之欷歔。女悲曰："千里柔魂，蓬游无底；母子零孤，言之凄恻。幸念一夕恩义，收妾骨归葬墓侧，使百世得所依栖，死且不朽。"生诺之。女曰："人鬼路殊，君亦不宜久滞。"乃以罗袜赠生，挥涕促别。生凄然而出，切怛若丧，心怅怅不忍归。因过拍朱生之门。朱白足〔赤足〕。出逆。甥亦起，云鬟龙松，惊来省问。生怅怅移时，始述九娘语。女曰："妗氏不言，儿亦夙夜图之。此非人世，久居诚非所宜。"于是相对汍澜。〔流泪。〕生亦含涕而别。叩寓归寝，辗转达旦。欲觅九娘之墓，而忘问志表。〔墓志墓表。〕及夜复往，则千坟累累，竟迷村落。叹恨而返。展视罗袜，着风寸断，腐如灰烬。遂治装东旋。半载不能自释。复如稷门，冀有所遇。及抵南郊，日色已晚，息驾〔停车。〕庭树，趋诣丛葬所。但见坟兆相接，迷目榛荒，鬼火狐鸣，骇人心目。惊悼归舍，失意遨游，返辔遂东。行里许，遥见女郎独步墟墓间，神情意致怪似九娘。挥鞭就视，果九娘也。下骑与语，九娘径走，若不相识。再逼近之，色作怒意，举袖自障。顿呼"九娘"，则烟然没矣。

异史氏曰："香草沉罗，血满胸臆；东山佩玦，泪渍泥沙。古有孝子忠臣，至死不谅于君父者。公孙九娘岂以负骸骨之托，而怨怼不释于中耶？脾膈间物，〔指心。〕不能掬以相示，冤乎哉！"

促织

宣德_{明宣宗朱瞻基的年号。}间，宫中尚促织_{即蟋蟀。}之戏，岁征民间。此物故非西_{指陕西。}产，有华阴令欲媚上官，以一头进。试使斗而才，因责常供。令以责之里正。市中游侠儿，得佳者笼养之，昂其直，居为奇货。里胥猾黠，假此科敛丁口，每责一头，辄倾数家之产。邑有成名者，操童子业，久不售。_{未考中。}为人迂讷，遂为猾胥报充里正役，百计营谋不能脱。不终岁，薄产累尽。会征促织，成不敢敛户口，而又无所赔偿，忧闷欲死。妻曰："死何裨益？不如自行搜觅，冀有万一之得。"成然之，早出暮归，提竹筒铜丝笼，于败堵丛草处，探石发穴，靡计不施，迄无济。即捕得三两头，又陋劣不中于款。_{不符规格。}宰严限追比，旬余，杖至百，两股间脓血流漓，并虫亦不能行捉矣。转侧床头，惟思自尽。时村中来一驼背巫，能以神卜。成妻具资诣问。见红女白婆填塞门户。入其舍，则密室垂帘，帘外设香几，问者爇_{烧。}香于鼎，再拜。巫从旁望空代祝，唇吻翕辟，_{开合。}不知何词。各各竦立以听。少间，帘内掷一纸出，即道人意中事，无毫发爽。成妻纳纸钱案上，焚拜如前人。食顷，帘动，片纸抛落。拾视之，非字而画。中绘殿阁类兰若，后小山下，怪石乱卧，针针丛刺，青麻头伏焉，旁一蟆，若将跳舞。展玩不可晓。然睹促织，隐中胸怀。折藏之，归以示成。成反复自念：得勿教我猎虫所也？细瞻景状，与村东大佛阁真逼似。乃强起，扶杖执图诣寺后。有古陵蔚起。循陵而走，见蹲石嶙嶙，俨然类画。遂于蒿莱中侧听徐行，似寻针芥。而心目耳力俱穷，绝无踪响。冥搜未已，一癞头蟆猝然跃去。成益愕，急逐趁之。蟆入草间。蹑迹披求，<small>追随踪迹，拨开丛草。</small>见有虫伏棘根；遽扑之，入石穴中。拨以尖草，不出；以筒水灌之，始出，状极俊健。逐而得之，审视，巨身修尾，青项金翅。大喜，笼归，举家庆贺，虽连城拱璧不啻也。土于盆而养之，蟹白、栗黄，备极护爱。留待限期，以塞官责。成有子九岁，窥父不在，窃发盆。虫跃踯径出，迅不可捉；及扑入手，已股落腹裂，斯须就毙。儿惧，啼告母。母闻之，面色灰死，大骂曰："孽根，死期至矣！而翁<small>你父。</small>归，自与汝覆算耳！"儿涕而出。未几，成归，闻妻言，如被冰雪；怒索儿，儿渺然不知所往。既得尸于井，因而化怒为悲，抢呼欲绝。夫妻向隅，茅舍无烟，相对默然，无复聊赖。<small>不再有所指望。</small>日将暮，取儿藁葬。<small>草葬。</small>近抚之，气息惙然，喜置榻上，半夜复苏。夫妻心稍慰。但蟋蟀笼虚，顾之，则气断声吞，亦不敢复究儿。自昏达曙，目不交睫。东曦既驾，僵卧长愁。忽闻门外虫鸣，惊起觇视，虫宛然尚在。喜而捕之，一鸣辄跃去，行且速。覆之以掌，虚若无物；手才举，则又超忽而跃；急趁之，折过墙隅，迷其所往。徘徊四顾，见虫伏壁上。审谛之，短小，黑赤色，顿非前物。成以其小，劣之；惟彷徨瞻顾，寻所逐者。壁上小虫，忽跃落襟袖间。视之，形如土狗，梅花翅，方首，长胫，意似良。喜而收之。将献公堂，惴惴恐不当意，思试之斗以觇之。村中少年好事者，驯养一虫，自名"蟹壳青"，日与子弟角，无不胜；欲居之以为利；而高其直，亦无售<small>买。</small>者。径造庐访成。视成所蓄，掩口胡卢而笑。因出己虫，纳比笼中。成视之，庞然修伟；自增惭怍，不敢与较。少年固强之。顾念蓄劣物，终无所用，不如拼博一笑。因合纳斗盆。小虫伏不动，蠢若木鸡，少年又大笑。试以猪鬣毛撩拨虫须，仍不动。少年又笑。屡撩之，虫暴怒，直奔。遂相腾击，振奋作声。俄见小虫跃起，张尾伸须，直龁敌领。少年大骇，解令休止。虫翘然矜鸣，似报主知。成大喜。方共瞻玩，一鸡瞥来，径进以啄。成骇立，愕呼。幸啄不中，虫跃去尺有咫。鸡健进，逐逼之。虫已在爪下矣。成仓猝莫知所救，顿足失色。旋见鸡伸颈摆扑；临视，则虫集冠上，力叮不释。成益惊喜，掇置笼中。翌日进宰。宰见其小，怒诃成。成述其异。宰不信。试与他虫斗，虫尽靡。败。又试之鸡，果如成言，乃赏成。献诸抚军，抚军大悦。以金笼进上，细疏其能。既入宫中，举天下所贡蝴蝶、螳螂、油利挞、青丝额……一切异状，遍试之，无出其右者。每闻琴瑟之声，则应节而舞。益奇之。上大嘉悦，诏赐抚臣名马衣缎。抚军不忘所自，无何，宰以卓异闻。宰悦，免成役。又嘱学使，俾。使。入邑庠。由此以善养虫名，屡得抚军殊宠。不数岁，田百顷，楼阁万椽，牛羊蹄躈各千计。一出门，裘马过世家焉。

异史氏曰：“天子偶用一物，未必不过此已忘。奉行者即为定例。加之官贪吏虐，民日贴妇卖儿，更无休止。故天子一跬步，皆关民命，不可忽也。独是成氏子以蠹贫，以促织富，裘马扬扬，过于世家。当其为里正、受扑责时，岂意至此哉！天将以酬长厚之德，遂使抚臣、令尹并受促织恩荫。闻之，一人飞升，仙及鸡犬。信夫！”

王阮亭云：“宣德治世，宣宗令主，其台阁大臣，又三杨、蹇、夏诸君子，顾以草虫纤物，殃民至此耶？惜哉！抑传闻异辞耶？”

柳秀才

明季，_{明朝末年。}蝗生青兖间，渐集于沂。沂令忧之。退卧署幕，梦一秀才来谒。峨冠绿衣，状貌修伟，自言御蝗有策。询之，答云："明日，西南道上，有妇跨硕腹牝驴子，_{母驴。}即蝗神也。哀之可免。"令异之。诘旦，治具出邑南。伺良久，果有妇高髻褐帔，独鞚老苍卫，缓辔北度。令即爇香，捧卮酒，迎拜道左，_{道旁。}捉驴不令去。妇问："大夫将何为？"令便哀恳："区区小治，幸悯脱蝗口。"妇曰："可恨柳秀才饶舌，_{多言。}泄我密机。当即以其身受，不损禾稼可耳。"乃尽三卮，瞥不复见。后蝗来，飞蔽天日，然不落禾田，但集杨柳，过处，柳叶都尽。方悟秀才柳神也。或云"是宰官忧民所感"，诚然哉！

王阮亭云："柳秀才有大功德于沂。沂虽百世祀可也。"

水灾

康熙二十一年，苦旱，自春徂夏，赤地无青草。六月十三日，小雨，始有种菽者。十八日，大雨沾足，_{雨水充足。}乃种豆。一日，石门庄有老叟暮见二牛斗山上，谓村人曰："大水将至矣。宜携家播迁。"_{迁徙。}村人共笑之。无何，雨暴注，彻夜不止。平地水深数尺，居庐尽没。一农人弃其两儿，与妻扶老母奔避高埠。下视村中，已为泽国，并不复念及儿矣。及水落归家，见一村尽成丘墟。入门视之，则一屋仅存；两儿并坐床头，嬉笑无恙。咸谓夫妻之孝报云。此六月二十二日事。

康熙三十四年，平阳地震。人民死者十之七八，城郭尽墟。惟东郭仅存一舍，则王孝子家也。茫茫大劫中，惟孝嗣无恙，谁谓天公无皂白耶？

诸城某甲

学师孙景夏先生言：其邑中某甲者，值流寇之乱被杀，首垂胸前。寇退，家人得尸，将舁葬之，闻其气缕缕然。审视之，咽不断者盈指。遂扶其头，荷之以归。经一昼夜始呻，以匕箸稍稍哺饮食，半年竟愈。又十余年，与二三人聚谈。或作一解颐语，_{笑话。}众为哄堂，甲亦鼓掌。一俯仰间，刀痕暴裂，头堕血流，而气绝矣。甲父将讼笑者，众敛金赂之，又葬甲，乃解。

异史氏曰："一笑头落，此千古第一大笑也。颈连一线而不死，直待十年后成一笑狱，_{讼案。}岂非二三邻人负债前生耶！"

库官

邹平张华东，奉旨祭南岳。道出江淮间，将宿驿亭。前驱白："驿中有怪异，宿之，必致纷纭。"公弗听。宵分，冠剑而坐。俄闻靴声入，则一颁白_{须发半白。}叟，皂纱黑带。怪而问之。叟稽首曰：
"我库官也，为大人典藏_{管理库存财物。}有日矣。幸节钺遥临，下官释
此重负。"问："库存几何？"答云："二万三千五百金。"公虑多金
累缀，约归时盘验。叟唯唯而退。张至南中，馈遗颇丰。及还宿驿
亭，叟复出谒。及问库物，曰："已拨辽东兵饷矣。"深讶其前后之
乖。_{不符。}叟曰："人世禄命，皆有额数，锱铢不能增损。大人此
行，应得之数已得矣，又何求？"言已竟去。张乃计其所获，与所
言库数适相吻合。方叹饮啄有定，不可以妄求也。

酆都御史

酆都县外有洞，深不可测。相传阎王署其中，一切狱具，皆借
人工。桎梏_{脚镣手铐。}朽败，辄掷洞口，邑宰即以新者易之，经宿失
所在。供应度支，载之经制。明有御史行台华公，按及酆都，闻其
说，不以为信，欲入洞以决其惑。_{破除迷惑。}人辄言不可，公弗听。
秉烛而入，以二役从。深抵里许，烛暴灭。视之，阶道阔朗，有广
殿十余间；列坐尊官，袍笏俨然，惟东首虚一座。尊官见公至，降
阶而迎，笑问曰："至矣乎？别来无恙否？"公问："此何处所？"
尊官曰："此冥府也。"公愕然，告退。尊官指虚座云："此为君
座，那可复还！"公益惧，固请宽宥。尊官曰："定数何可逃也！"
遂检一卷示公。上注云：某月日，某以肉身归阴。公览之，战栗如
濯冰水；念母老子幼，泫然流涕。俄有金甲神人，捧黄帛书至。群
拜舞启读已，乃贺曰："君有还阳之机矣。"公喜致问。曰："适接
帝诏，大赦幽冥。可为君委折_{委曲折免。}原例耳。"乃示公途而出。

数武之外，冥黑如漆，不辨行路。公甚窘苦。忽一神将，轩然而入，赤面长髯，光射数尺。公迎拜而哀之。神将曰："诵佛经可出。"言已而去。公自计：经咒多不记忆，惟《金刚经》颇曾习之。遂乃合掌而诵，顿觉一线光明映照前路。忽有遗忘之句，则目前顿黑。定想移时，复诵复明，乃始得出。其二从人，则不可知矣。

王阮亭云："阎罗天子庙，在酆都南门外平都山上。旁即王方平洞，无他异。但山半有九蟒御史庙，神像狞恶，事亦荒唐。"

狐谐

万福，字子祥，博兴人。幼业儒。家少有，而运殊蹇，行年二十有奇，尚不能掇一芹。考取秀才。乡中浇俗，陋俗。多报富户役长。长厚者每至破其家。万适报充役，惧而逃。如济南，税居租住。逆旅。夜有奔女，颜色颇丽。万悦而私之。请其姓氏。女自言："实狐，但不为君祟耳。"万喜而不疑。女嘱勿与客共寝处。凡日用所需，无不仰给于狐。居无何，二三相识辄来造访，恒信宿连住两夜。不去。万厌之，而不便拒；不得已，以实告客。客愿一睹仙容。万白于狐。狐谓客曰："见我何为哉？我亦犹人耳。"闻其声，历历在目前，四顾，即又不见。客有孙得言者，善诽谑，固请见，且谓："得听娇音，魂魄飞越。何吝容华，徒使闻声相思？"狐笑曰："贤孙子欲为高曾祖母作行乐图耶？"诸客俱笑。狐曰："我为狐，请与客言狐典。有关狐的故事。愿闻否？"众唯唯。狐曰："昔某村旅舍故多狐，辄出祟行客。客知之，相戒不宿其舍。半年，门户萧索。主人大忧，甚讳言狐。忽有一远方客，自言异国人，望门休止。主人大悦。甫邀入门，即有途人阴告曰：'是家有狐。'客惧，白主人欲他徙。主人力白其妄，客乃止。入室方卧，见群鼠出于床下。客大骇，骤奔，急呼：'有狐！'主人惊问。客怨曰：'狐巢于此，何诳我言无？'主人又问：'所见何状？'客曰：'我适所见，细细幺麽。不是狐儿，必当是狐孙子。'"言罢，坐客为之粲然。孙曰："既不赐见，我辈宜留宿，勿去！阻其阳台。"喻男女欢会。狐笑曰："寄宿无妨。倘有小连犯，幸无滞怀。"在意。众恐其恶作剧，乃共散去。然数日必一来，索狐笑骂。狐谐甚，每一语即颠倒宾客，滑稽者不能屈也。群戏呼为"狐娘子"。一日，置酒高会，万居主人位，孙与二客分左右坐，上设一榻屈狐。狐辞不善酒。咸请坐谈，许之。酒数行，众掷骰为瓜蔓之令。一客值瓜色，当饮。戏以觥移上座曰："狐娘子大清醒，暂借一觞。"狐笑曰："我固不饮，愿陈一典，以佐诸公饮。"孙掩耳，不乐闻。客皆言曰："骂人者，当罚。"狐笑曰："我骂狐，何如？"众曰："可。"于是倾耳共听。狐曰："昔一大臣，出使红毛国。着狐腋冠见国王。王见而异之，问：'何皮？毛深温厚乃尔。'大臣以狐对。王言：'此物，生平所未曾得闻。狐字字画何等？'使臣书空而奏曰：'右边是一大瓜，山东方言指傻瓜。左边是一小犬。'"主客又复哄堂。二客陈氏兄弟，一名所见，一名所闻，见孙大窘，乃曰："雄狐指万福。何在？而纵雌狐指狐女。流毒若此！"狐曰："适一典，谈犹未终，遂为群吠所乱，请终之。国王见使臣乘骡，甚异之。使臣告曰：'此马之所生。'又大异之。使臣曰：'中国马生骡，骡生驹驹。'王细问其状。使臣曰：'马生骡，是臣所见。谐"陈所见"。骡生驹驹，是臣所闻。'"谐"陈所闻"。举坐又大笑。众知不敌，乃相约：后有开谑端者，罚作东道主。顷之，酒酣。孙戏谓万曰："有一联，请君属之。"万曰："何如?"孙曰:"妓者出门访情人。来时万福,去时万福。"合座属思,不能对。狐笑曰:"我有之矣!"众共听之。曰:"龙王下诏求直谏,鳖也得言,龟也得言。"四座无不绝倒。孙大恚曰:"适与尔盟,何复犯戒?"狐笑曰:"罪诚在我。但非此不能确对耳。明旦设席,以赎吾过。"相笑而罢。狐之诙谐,不可殚述。居数月,与万偕归。及博兴界,告万曰:"我此处有葭莩亲,_{远亲。}往来久梗,不可不一讯。日且暮,与君同寄宿,待旦而行可也。"万询其处。指言:"不远。"万疑前此故无村落,姑从之。行二里许,果见一庄,生平所未历。狐即叩关,一苍头出应门。入则重楼叠阁,宛然世家。俄见主人,有翁媪揖万而坐。列筵丰盛,待万以姻娅礼。遂宿焉。狐早起,谓万曰:"我遽偕君归,恐骇闻听。君宜先往,我将继至。"万从其言。先至,预白于家人。未几,狐至。与万言笑,人尽闻之,而不见其人。逾年,万复有事于济,狐又与俱。忽有数人来,狐从与语,备极寒暄。乃谓万曰:"我本陕中人,与君有夙因,遂从尔许时。今我兄弟至矣,将从以归,不能周事。"_{终身相伴。}留之不可,竟去。

王阮亭云:"此狐辨而黠,当是东方曼倩一流,又即妙绝解人颐。"

雨钱

滨州一秀才,读书斋中,有款门者。启视,则幡然一翁,形貌甚古。延之入,请问姓氏。翁自言:"养真,姓胡,实乃狐仙。慕君高雅,愿共晨夕。"秀才故旷达,亦不为怪,遂与评驳今古。翁殊博洽，镂花雕缋，粲于牙齿；时抽经义，则名理湛深，尤觉非意所及。秀才敬服，留之甚久。一日，密祈翁曰："君爱我良厚，顾我贫若此，君但一举手，金钱宜可立致。何不少为周给？"翁默然，似不以为可。少间，笑曰："此大易事。但须得十数钱作母。"_{本钱。}秀才如其请。翁乃与共入密室中，禹步作咒。俄顷，钱有数十百万，从梁间锵锵而下，势如骤雨，转瞬没膝，拔足而立，又没踝。广丈之舍，约深三四尺许。乃顾语秀才："颇厌_{满足。}君意否？"曰："足矣。"翁一挥，钱即划然而止。乃相与扃户出。秀才窃喜，自谓暴富。顷之，入室取用，则阿堵物_{指钱。}皆为乌有，惟母钱十余文，寥寥尚在。秀才大失所望，盛气向翁，颇怼其诳。翁怒曰："我本与君文字交，不谋与君作贼！欲如君意，只合寻梁上君子_{指小偷。}交好耳。老夫不能承命！"_{遵命。}遂拂衣去。

妾杖击贼

益都西鄙之贵家某者，富有巨金。蓄一妾，颇婉丽。而冢室_{正妻。}凌折之，鞭挞横施。妾奉事之惟谨。某甚怜之，往往私语慰抚。妾殊未尝有怨言。一夜，数贼逾墙入，撞其扉几坏。某与妻惶遽丧魄，摇颤不知所为。妾起，默无声息，暗摸屋中，得挑水木杖一条，拔关遽出。群贼乱如蓬麻。妾舞杖动，风鸣钩响，击四五人仆地。贼尽靡，骇愕，乱奔墙下，急不得上，倾跌咿哑，亡魂丧命。妾拄杖于地，顾而笑曰："此等物事，不直下手打得，亦学作贼！我不汝杀，杀嫌辱我。"悉纵之逸去。_{逃去。}某大惊，问："何自能尔？"则妾父故枪棒教师，妾尽传其技，殆不啻百人敌也。妻尤骇甚,悔向之迷于物色。由是善颜视妾,遇之反如嫡。然妾终无纤毫失礼。邻妇或谓妾曰:"嫂击贼如犬豕,顾奈何俯首受挞楚?"妾曰:"是吾分耳。他何敢言!"闻者益贤之。

异史氏曰:"身怀绝技,居数年而人莫之知,而卒之捍患御灾,化鹰为鸠。_{喻使正妻由凶悍变为善良。}呜呼!射雉既获,内人展笑;握槊方胜,贵主同车。技之不可以已也如是夫?"

秀才驱怪

长山徐远公,故明诸生也。鼎革_{指由清代明。}后,弃儒访道。稍稍学敕勒之术,远近多耳其名。某邑一巨公,具币,致诚款书,招之以骑。_{派人牵坐骑去接他。}徐问:"召某何意?"仆辞以:"不知。但嘱小人'务屈降临'耳。"徐乃行。至,则宴馔盛设,礼遇甚恭,然终不道其致迎之旨。徐不耐,因问曰:"实欲何为?幸祛疑抱。"主人辄言:"无他。"但劝杯酒,言词闪烁,殊所不解。谈话之间,不觉向暮。邀徐饮园中。园构造颇佳胜,而竹树蒙翳,景物阴森,杂花丛丛,半没草莱。抵一阁,覆板上悬蛛错缀,大小上下,不可以数。酒数行,天色曛暗,命烛复饮。徐辞不胜酒。主人即罢酒呼茶。诸仆仓惶撤肴器,尽纳阁之左室几上。茶啜未半,主人托故竟去。仆人便持烛引宿左室。烛置案上,遽返身去,颇甚草草。徐疑或携襆被来伴,久之,人声殊杳,即自起扃户寝。窗外皎月,入室侵床,夜鸟秋虫,一时啾唧。心中怛然,不成梦寝。顷之,板上囊囊,似踏蹴声,甚厉。俄下护梯,俄近寝门。徐骇,毛发猬立。急引被覆首,而门已豁然顿辟。徐展被角微伺之,见一物兽首人身,毛周其体，长如马鬛，深黑色，牙粲群峰，目炯双炬，及几，伏饴器中剩肴，舌一过，连数器辄罄如扫。已而趋近榻，嗅徐被。徐骤起，翻被幂_{覆盖}。怪头，极力按之，狂喊。怪出不意，惊脱，启外户窜去。徐披衣起遁，则园门外扃，不可得出。缘墙而走，择短垣逾，则主人马厩也。厩人惊，徐告之故，即就乞宿。将旦，主人使伺徐，失所在，大骇。已而得之厩中。徐出，大恨怒曰："我不惯作驱怪术。君遣我，又秘不一言。我橐中蓄如意钩，又不送达寝所，是欲死我也。"主人谢曰："拟即相告，虑君难之。初亦不知橐有藏钩。幸宥十死。"_{喻重罪}。徐终怏怏，即索骑归。自是怪亦遂绝。主人宴集园中，辄笑向客曰："我不忘徐生功也。"

异史氏曰："黄狸黑狸，得鼠者雄。此非空言也。假令翻被狂喊之后，隐其所骇惧，而公然以怪之遁为己能，天下必将谓：徐生真神人不可及。"

姊妹易嫁

掖县相国毛公，家素微，其父尝为人牧牛。时邑世族张姓者，有新阡_{新墓}。在东山之阳。或经其侧，闻墓中叱咤声曰："若等速避去！勿久溷_{hùn，扰乱。}贵人宅！"张闻，亦未深信。既又频得梦警曰："汝家墓地，本是毛公佳城，_{指墓地。}何得久假？"_{占据。}由是家数不利。客劝徙葬吉。张听之，遂徙焉。一日，相国父牧出张家故墓，猝遇雨，匿身废圹中。已而雨益倾盆，潦水奔穴，崩溃灌注，遂溺以死。相国时尚孩童。母自诣张，愿乞咫尺地掩儿父。张征知其姓氏，大异之；行视溺死所，适当置棺处，又益骇；乃使就故圹窆_{埋葬}焉，且令携若儿来。葬已，母偕儿诣张申谢。张一见辄喜，即留其家，教之读，以齿子弟行。_{当作自己的子弟辈看待。}又请以长女妻儿，母不敢应。张妻云："既已有言，奈何中改？"遂订盟焉。然此女甚薄毛家，怨怼之意，形于颜色。有人或道及，辄掩其耳。每向人曰："我死不从牧牛儿。"及亲迎，新郎入宴，彩舆在门；女掩袂向隅而哭。催之妆，不妆；劝之，亦不解。俄而新郎告行，鼓乐大作。女犹眼零雨而首飞蓬也。父止婿，自入劝女。女涕，若罔闻。怒而逼之，益哭失声。父无奈之何。又家人传白"新郎欲行"。父急出，言衣妆未竟，乞少停待。即又奔入视女，往来无停履。迁延少时，事愈急，女终无回意。父无计，周转欲自死。其次女在侧，颇非其姊，苦逼劝之。姊怒曰："小妮子亦学人喋聒，尔何不从他去？"妹曰："阿爹原不曾以妹子属毛郎。若以妹子属毛郎，更何须姊姊劝驾耶！"父以其言慷爽，因与伊母窃议，以次易长。母即向女曰："忤逆婢不遵父母命。欲以儿代若姊，儿肯之否？"女慨然曰："父母命儿往，即乞丐不敢辞。且何以见毛家郎便终当饿殍死乎？"父母闻其言，大喜，即以姊妆妆女，仓猝登车而去。入门，夫妇雅敦逑好。然女素病赤鬝，_{qiān，头发稀少。}稍稍介公意。久之，浸知_{渐渐知道。}易嫁之说，由是益以知己德女。居无何，公补博士弟子；应秋闱试，道经王舍人店。店主人先一夕梦神曰："明日当有毛解元来，后且脱汝于厄。"以故，晨起，专伺察东来客。及得公，甚喜，供具殊丰美，不索直。特以梦告，厚自托。公亦颇自负，私以细君_{代称己妻}发鬤鬤，_{鬤发稀少。}虑为显者笑，富贵后念当易之。已而晓榜既揭，竟落孙山。咨嗟寒分，懊惋丧志。心赧旧主人，不敢复由王舍，以他道归。后三年，再赴试，店主迎候如初。公曰："尔言初不验，殊惭祇奉。"主人曰："君以阴欲易妻故，被冥司黜落。岂妖梦不足以践？"公愕而问故，盖别后复梦云云。公闻之，惕然悔惧，木立若偶。主人谓："秀才宜自爱，终当作解首。"未几，果举贤书第一人；夫人发亦寻长，云鬟委绿，转更增媚。姊适里中富室儿，意气颇自高。其夫荡惰，家渐凌夷，空舍无烟火。闻妹为孝廉妇，弥增惭怍。姊妹辄避路而行。又无何，良人卒，家益落。顷之，公又擢进士。女闻之，刻骨自恨，遂忿然废身为尼。及公以宰相归，强遣女行者_{尼姑}诣府谒问，冀有所贻。比至，夫人馈以绮縠罗绢若干匹，以金纳其中，而行者不知也。携归见师，师失所望，恚曰："与我金钱，尚可作薪米费，此等仪物，我何须乎尔！"遂令将回。公及夫人疑之。及启视，而金俱在，方悟见却之意。发金笑曰："汝师百余金尚不能任，焉有福泽从我老尚书也！"遂以五十金付尼去，曰："将去，作尔师用度。多恐福薄人难承荷也。"行者归，具以告。师哑然自叹。念生平所为，辄自颠倒，美恶避就，繄岂由人耶？后店主以人命事逮系囹圄，公为力解，释罪。而夫人家亦时周其姊云。

异史氏曰："张公故墓，毛氏佳城，斯已奇矣。余闻时人有'大姨夫作小姨夫，前解元为后解元'之戏，此岂慧黠者所能较计耶？呜呼！彼苍者天，久不可问，何至毛公，其灵应如响？"

续黄粱

福建曾孝廉高捷南宫_{会试中式}。时，与二三新贵遨游郊郭。偶闻毗卢禅院寓一星者，因并骑往诣问卜。入，揖而坐。星者见其意气扬扬，稍佞谀之。曾摇箑_{摇扇}微笑，便问："有蟒玉分否？"星者正容，许"二十年太平宰相"。曾大悦，气益高。值小雨，乃与游侣避雨僧舍。舍中一老僧，深目高鼻，坐蒲团上，偃蹇傲慢。不为礼。众一举手，登榻自话。群以宰相贺曾。曾心气殊高，便指同游曰："某为宰相时，推张年丈作南抚；家中表中表兄弟。为参、游；我家老苍头，亦得小千把。于愿足矣。"一座大笑。俄闻门外雨益倾注，曾倦伏榻间。忽见有二中使，赍天子手诏，召曾太师决国计。曾得意荣宠，亦乌知其非有也，疾趋入朝。天子前席，温语良久，命三品以下听其黜陟，不必奏闻。即赐蟒服一袭，玉带一围，名马二匹。曾被服稽首以出。入家，则非旧所居第，绘栋雕榱，穷极壮丽，亦自不解何以遽至于此。拈须微呼，则应诺雷动。俄而，公卿进海物，伛偻足恭弯腰恭敬的样子。者叠出其门。六卿来，倒屣而迎；侍郎辈，揖与语；下此者，颔之而已。晋抚馈女乐十人，皆是好女子。其尤者，为袅袅，为仙仙，二人尤蒙宠顾。科头休沐，日事声歌。一日，念微时尝得邑绅王子良周济，我今置身青云，渠尚蹉跎仕路，何不一引手？早旦一疏，荐为谏议。即奉谕旨，立行擢用。又念郭太仆曾睚眦我，即传吕给谏及侍御陈昌等，授以意旨。越日，弹章交至，奉旨削职以去。恩怨了了，颇快心意。偶出郊衢，醉人适触卤簿，即遣人缚送京尹，立毙杖下。接第连阡者皆畏势，献沃产。自此富可埒国。无何，而袅袅、仙仙以次殂谢。朝夕遐想，忽忆曩年见东家女绝美，每思购充媵御，辄以绵薄违夙愿，今日幸可适志。乃使干仆数辈，强纳资于其家。俄顷，藤舆舁至，则较昔之望见时尤艳绝也。自顾生平，于愿斯足。又逾年，朝士窃窃，似有腹非心中反对。之者，曾亦高心盛气，不以置怀。有龙图学士包拯上疏，其略曰："窃以曾某，原一饮赌无赖市井小人。一言之合，荣膺圣眷。父紫儿朱，恩宠为极。不思捐躯摩顶，以报万一，反恣胸臆，肆意妄为。擅作威福。可死之罪，擢发难数！朝廷名器，居为奇货，量缺肥瘠，为价重轻。因而公卿将士，尽奔走于门下，估计贪缘，俨如负贩，仰息望尘，不可算数。或有杰士贤臣，不肯阿附，轻则置之闲散，_{安排清闲官职。}重则褫以编氓。_{革职为民。}甚且一臂不袒，辄连鹿马之奸；片语方干，远窜豺狼之地。朝士为之寒心，朝廷因而孤立。又且平民膏腴，任肆蚕食；良家女子，强委禽妆。沴气冤氛，暗无天日！奴仆一到，则守、令承颜；书函一投，则司、院枉法。或有厮养之儿，瓜葛之亲，出则乘传，风行雷动。地方之供给稍迟，马上之鞭挞立至。荼毒人民，奴隶官府，扈从所临，野无青草。而某方炎炎赫赫，怙宠无悔。召对方承于阙下，萋菲辄进于君前；委蛇才退于自公，声歌已起于后苑。声色狗马，昼夜荒淫，国计民生，罔存念虑。世上宁有此宰相乎！内外骇讹，人情汹汹，若不急加斧锧之诛，势必酿成操莽之祸。臣拯夙夜祗惧，不敢宁处，冒死列款，仰达宸听。伏祈断奸佞之头，籍贪冒之产，上回天怒，下快舆情。如果臣言虚谬，刀锯鼎镬，即加臣身。"云云。曾闻之，气魄悚骇，如饮冰水。幸而皇上优容，留中不发。又继而科道九卿交章劾奏，即昔之拜门墙、称假父_{干爹。}者，亦反颜相向。乃奉旨籍家，充云南军。子任平阳太守，已差员前往提问。曾闻旨，方惊怛无措，旋有武士数十人，带剑操戈，直抵内寝，褫_{夺。}其衣冠，与妻并系。俄见数夫运资于庭，金银钱钞数百万，珠翠瑙玉数百斛，幄幕帘榻之属又数千事；以至儿褓女舄，遗坠庭阶。曾一一视之，酸心刺目。又俄而一人掠美妾出，披发娇啼，玉容无主。悲火烧心，愤不敢言。俄楼阁仓库并已封志。立叱曾出。监者牵曳，夫妻吞声就道，求一下驽劣车，少作代步，亦不可得。十里外，妻足弱欲倾跌，曾时以一手相扶引。又十余里，己亦困惫，欻见高山直插霄汉，自忧不能登越，时挽妻相对泣。而监者狞目视之，不容稍停。又顾斜日已坠，无可投止，不得已，参差蹩躠而行。比至山腰，妻力已尽，泣坐路隅。曾亦憩止，任监者叱骂。忽闻百声齐噪，有群盗各操利刃，跳踉而至。监者大骇，逸_逃去。曾长跪，言："孤身远谪，橐中无长物。"哀求宥免。群盗裂眦宣言："我辈皆被害冤民，只祈得佞贼头，他无索取！"曾怒叱曰："我虽待罪，乃朝廷命官，贼子何敢尔！"贼怒，以巨斧挥曾头。觉头坠地作声。魂方骇疑，即有二鬼来，反接其手，驱之行。行逾数刻，入一都会。顷之，睹宫殿，殿上有丑形王者，凭几决罪福。曾前，匍匐听命。王者阅卷，才数行，即震怒曰："此欺君误国之罪，宜置油鼎！"万鬼群和，声如雷霆。即有巨鬼捽至墀下。见鼎高七尺许，四围炽炭，鼎足皆赤。曾觳觫哀号，窜迹无路。鬼以左手抓发，右手握踝，抛置鼎中。觉块然一身，随油波而上下，皮肉焦灼，痛彻于心；沸油入口，煎烹肺腑。念欲速死，而万计不能得死。约食时，鬼方以巨叉取曾出，复伏堂下。王又检册籍，怒曰："倚势凌人，合受刀山狱！"鬼复捽去。见一山不甚广阔，而峻峭壁立，利刃纵横，乱如密笋。先有数人胃肠刺腹于其上，呼号之声惨绝心目。鬼促曾上，曾大哭退缩。鬼以毒锥刺脑，曾负痛乞怜。鬼怒，捉曾起，望空力掷。觉身在云霄之上，晕然一落，刀交于胸，痛楚不可言状。移时，身躯重赘，刀孔渐阔；忽焉脱落，四肢蠖屈。鬼又逐以见王。王命会计生平卖爵鬻名、枉法霸产，所得金银几何。即有髯须吏持筹握算曰："三百三十一万。"王曰："彼既积来，还令饮去。"少间，取金钱堆阶上，如小丘陵，渐入釜中，熔以烈火。鬼使数辈，更相以杓灌其口，流颐_{脸颊}。则皮肤臭裂，入喉则脏腑腾沸。生时患此物之少，是时又患此物之多也。半日方尽。王者令押去甘州为女。行数步，见架上铁梁，围可数尺，绾一火轮，其大不知几百由旬，焰生五采，光耿云霄。鬼挞使登轮。方合眼跃登，则轮随足转，似觉倾坠，遍体生凉。开目自顾，身已婴儿，而又女也。视其父母，则悬鹑败絮，土室之中，瓢杖犹存。心知为乞人子。日随乞儿托钵，腹辘辘然常不得一饱，着败絮，风常刺骨。十四岁，鬻于顾秀才备媵妾，衣食粗足自给。而冢妇_{正妻。}悍甚，日以鞭棰从事，辄以赤铁烙胸乳。幸而良人颇怜爱，稍自宽慰。东邻恶少年忽逾垣来，逼与私。乃自念：前身恶孽，已被鬼责，今那可复尔！于是大声疾呼。良人与嫡妇尽起，恶少年始窜去。居无何，秀才宿诸其室。枕上喋喋，方自诉冤苦。忽震厉一声，室门大辟，有两贼持刀入，竟决秀才首，囊括衣物。但蒙首团伏被底，不敢作声。既而贼去，乃喊奔嫡室。嫡大惊，相与泣验，遂疑妾引奸夫杀良人。因以状白刺史。刺史严鞫，竟以酷刑定罪案，依律凌迟处死，系赴刑所。胸中冤气扼塞，距踊声屈，觉九幽十八狱无此黑暗也。正悲号间，闻同游者呼曰："兄梦魇耶？"曾豁然而寤，见老僧犹跏趺_{盘腿而坐。}坐上。同侣竞相谓曰："日暮腹枵，何久酣睡？"曾乃惨淡而起。僧微笑曰："宰相之占验否？"曾亦惊异，拜而请教。僧云："修德行仁，火坑中有青莲也。山僧何知焉！"曾盛气而来，不觉丧气而返。台阁之想，由此淡焉。入山学道，不知所终。

异史氏曰："福善祸淫，天之常道。闻作宰相而忻然于中者，必非喜其鞠躬尽瘁可知矣。是时，方寸中宫室妻妾无所不有。然而梦固为妄，想亦非真。彼以虚作，神以幻报。黄粱将熟，此梦在所必有，当以附之邯郸之后。"

小猎犬

山右卫中堂为诸生时，厌冗扰，徙斋僧院。苦室中蜰虫_{臭虫。}

蚊蚤甚多，竟夜整夜。不成眠。食后偃息在床，忽一小武士，首插雉尾，身高两寸许，骑马大如蜡，蚂蚱。臂上青鞲，有鹰如蝇，自外而入。盘旋室中，行且驶。公方凝注，忽又一人入，装亦如前，腰束小弓矢，牵猎犬如巨蚁。又俄顷，步者、骑者纷纷来，以数百辈，鹰亦数百臂，犬亦数百头。有蚊蝇飞起，纵鹰腾击，尽扑杀之。猎犬登床缘壁，搜噬虮蚤，凡罅之所伏藏，嗅之无不出者。顷刻之间，决杀殆尽。公伪睡，睨之，鹰集停落。犬审于其身。既而一黄衣人，着平天冠，如王者，登别榻，系驷苇簟间。从骑皆下，献飞献走，纷集盈侧。亦不知作何语。无何，王者登小辇。卫士仓皇，各命鞍马。万蹄攒奔，纷如撒菽；烟飞雾腾，斯须散尽。公历历在目，骇诧不知所由。蹑履穿鞋。外窥，渺无迹响，返身周视，都无所见，惟壁砖上遗一细犬。公急捉之，甚驯。置砚匣中，反复瞻玩。毛极细茸，项上有一小环。饲以饭颗，一嗅辄弃去。跃登床榻，寻衣缝，啮杀虮虱。旋复来伏卧。逾宿，公疑其已去，视之，则盘伏如故。公卧，则登床簟，遇虫辄啖毙。蚊蝇无敢落者。公爱之甚于拱璧。一日，昼卧，犬潜伏身畔。公醒转侧，觉有物压于腰底，固疑是犬，急起视之，已扁而死，如纸剪成者然。然自是壁虫无噍类活者。矣。

棋鬼

扬州督统将军梁公，解组罢官。乡居，日携棋酒，游翔林丘间。会九日登高，与客弈。忽有一人来，逡巡局侧，眈玩不去。视之，面目寒俭，悬鹑结焉。然意态温雅，有文士风。公礼之，乃坐，亦殊挒谦。_{谦逊。}公指棋谓曰："先生当必善此。何弗与客对垒？"其人逊谢移时始就局。局终而负，神情懊热，若不自已。又着，又负，益惭愤。酌之以酒，亦不饮，惟曳客弈。自晨至于日昃，不遑溲溺。方以一子争路，两互喋聒。其人忽离席悚立，神色惨沮，屈膝公前，稽颡_{叩头。}祈救。公骇疑，起扶之曰："戏耳！何至是？"其人曰："祈嘱圉人，_{养马人。}勿缚小生颈。"公又异之，问："圉人为谁？"曰："马成。"先是：公圉役马成者走无常，常十数日一入幽冥，摄牒作勾役。_{携带冥府公文担任勾魂使。}公以其言异，遂使人往视成，则僵卧已二日矣。公乃叱："成不得无礼！"瞥然间，其人即地而灭。公叹咤良久，乃悟其鬼。越日，马成瘳，公召诘之。成曰："彼湖襄人，癖嗜弈，产荡尽。父忧之，闭置斋中，辄逾垣出，窃引空处与弈者狎。父闻，诟詈，_{责骂。}终不可制止。父愤悒，赍恨而死。阎摩王以其不德，促其年寿，罚入饿鬼狱，于今七年矣。会东岳凤楼成，下牒诸府，征文人作碑记。冥王出之狱中，使应召自赎。不意中道迁延，_{拖延。}大愆限期。岳帝使直曹问罪于王，王怒，使小人辈罗搜之。前承主人命，故未敢以缧绁系之。"公问："今日作何状？"曰："仍付狱吏，永无生期矣。"公叹曰："癖之误人也如是夫！"

异史氏曰："见弈遂忘其死；及其死也，见弈又忘其生。非所欲有甚于生者哉？然癖嗜如此，尚未获一高着，_{高妙的棋法。}徒令九泉下有长死不生之弈鬼也。可哀也已。"

辛十四娘

广平冯生，少轻脱，纵酒。昧爽偶行，遇一少女，着红帔，容色娟好，从小奚奴，_{婢女。}蹀露奔波，履袜沾濡。心窃好之。薄暮醉归，道侧故有兰若，_{寺庙。}荒废已久，有女子自内出，则向丽人也。忽见生来，即转身入。阴念丽者何得在禅院中？系驴于门，往觇其异。入则断垣零落，阶上细草如毡。正彷徨间，一颁白_{发须半白。}叟出，衣帽整洁，问客何来。生曰："偶过古刹，欲一瞻仰。翁何至此？"叟曰："老夫流寓无所，暂借此安顿细小。既承宠降，有山茶，可以当酒。"乃肃生入。见殿后一院，石路光明，无复蓁莽。入其室，则帘幌床幕，香雾喷人。坐展姓字，云："蒙叟姓辛。"生乘醉遽问曰："闻有女公子未适良匹，窃不自揣，愿以镜台自献。"_{指为自己做媒。}辛笑曰："容谋之荆人。"生即索笔为诗曰："千金觅玉杵，殷勤手自将。云英如有意，亲为捣元霜。"主人笑付左右。少间，有婢与辛耳语。辛起，慰客耐坐，乃牵幕入。隐约三数语即趋出。生意必有佳报，而辛乃坐与喧嗻，_{谈笑。}不复有他言。生不能忍，问曰："未审意旨，幸释疑抱。"辛曰："君卓荦士，倾风已久。但有私衷，所不敢言耳。"生固请之。辛曰："弱息_{指女儿。}十九人，嫁者十二，有醮命_{婚配之权。}任之荆人，老夫不与焉。"生曰："小生只要得今朝领小奚奴带露行者。"辛不应。相对默然。闻房内嘤嘤腻语，生乘醉搴帘曰："伉俪既不可得，当一见颜色，以消吾憾。"内闻钩动，群立愕顾。果有红衣人，振袖倾鬟，亭亭拈带。望见生入，遍室张皇。辛怒，命数人捽生出。酒愈涌上，倒蓁芜中。瓦石乱落如雨，幸不着体。卧移时，听驴子犹龁草路侧，乃起跨驴，踉跄而行。夜色迷闷，误入涧谷，狼奔鸱叫，竖毛寒心。踟蹰四顾，并不知为何所。遥望苍林中灯火明灭，疑必村落，竟驰投之。仰见高闳，以策挝门。内有门者曰："何处郎君，半夜来此？"生以失路告。门者曰："待达主人。"生累足_{两足相叠，不敢正立，形容小心戒惧。}鹄俟，忽闻振管_{开锁。}辟扉，一健仆出，代生捉驴。生入，见室甚华好，堂上张灯火。少坐，有妇人出，问客姓氏。生具以告。逾刻，青衣数人，扶一老妪出，曰："郡君_{妇女的封号。}至。"生起立，肃身欲拜，妪止之。坐谓生曰："尔非冯云子之孙耶？"生曰："然。"妪曰："子当是我弥甥。_{外甥之子。}老身钟漏并歇，残年向尽，骨肉之间，殊所乖阔。"生曰："儿少失怙，_{丧父。}与我祖父处者，十不识一焉。素未拜省，祈便指示。"妪曰："子自知之。"生不敢复问，坐对悬想。妪曰："甥深夜何得来此？"生以胆力自矜诩，遂一一历陈所遇。妪笑曰："此大好事。况甥名士，殊不玷于姻娅，野狐精何得强自高！甥勿虑，我能为若致之。"生谢唯唯。妪顾左右曰："我不知辛家女儿遂如此端好！"青衣人曰："渠有十九女，都翩翩有风格。不知官人所欲聘者行几。"生曰："年约十五余矣。"青衣曰："此是十四娘。三月间，曾从阿母寿郡君，何忘却？"妪笑曰："是非刻莲瓣为高履，实以香屑，蒙纱而步者乎？"青衣曰："是也。"妪曰："此婢大会作意弄媚巧。然果窈窕，阿甥赏鉴不谬。"即谓青衣曰："可遣小狸奴唤之来。"青衣应诺去。移时入白："呼得辛家十四娘至矣。"旋见红衣女子，望妪伏拜。妪曳之曰："即为我家甥妇，勿仍修婢子礼。"女子起，娉娉而立，红袖低垂。妪理其鬓发，捻其耳环，曰："十四娘近在闺中作么生？"女低应曰："闲来只挑绣。"回首见生，羞缩不安。妪曰："此吾甥也。盛意与儿作姻好，何便教迷途，终夜窜溪谷？"女俯首无语。

姬曰："我唤汝非他，欲为吾甥作伐耳！"女默默而已。姬命扫榻展裀褥，即为合卺。女腆然曰："还以告之父母。"姬曰："我为汝作冰，有何舛谬？"女曰："郡君之命，父母当不敢违。然如此草草，婢子即死，不敢奉命。"姬笑曰："小女子志不可夺，真吾甥妇也。"乃拔女头上金花一朵，付生收之。命归家检历，_{检索历书，择定吉日。}以良辰为定。乃使青衣送女去。听远鸡已唱，遣役持驴送生出。数步外欻_{突然。}一回顾，则村舍已失，但见松楸浓黑，蓬颗蔽冢而已。定想移时，_{一会儿。}乃悟其处为薛尚书墓。薛固生祖母弟，故相呼以甥。心知遇鬼，然亦不知十四娘何人。咨嗟而归。漫检历以待之，而心恐鬼约难恃。再往兰若，则殿宇荒凉。问之居人，则言寺中往往见狐狸云。阴念若得丽人，狐亦自佳。至日，除舍扫途，更仆眺望，夜半犹寂，生已无望。顷之，门外哗然。踯躅出窥，则绣幰已驻于庭，双鬟扶女坐青庐_{指婚房。}中。妆奁亦无长物，惟两长鬣奴扛一襆满，_{储钱的器物。}大如瓮，息肩置堂隅。生喜得丽偶，并不疑其异类。问女曰："一死鬼，卿家何帖服之甚？"女曰："薛尚书今作五都巡环使，数百里鬼狐，皆备扈从。故归时常少。"生不忘蹇修，_{指媒人。}翌日，往祭其墓。归见二青衣，持贝锦为贺，竟委几上而去。生以告女。女视之曰："此郡君物也。"邑有楚银台之公子，少与生共笔砚，颇相狎。闻生得狐妇，馈遗为馂，即登堂称觞。越数日，又折柬来招饮。女闻，谓生曰："曩公子来，我穴壁窥之，其人猿睛而鹰隼，不可与久居也。宜勿往。"生诺之。翌日，公子造问负约之罪，且献新什。_{新作。}生评涉嘲笑，公子大惭，不欢而散。生归，笑述于房。女惨然曰："公子豺狼，不可狎也。子不听吾言，将及于难。"生笑谢之。后与公子辄相谀剧，前却尽释。会提学试，公子第一，生第二，公子沾沾自喜，走伻_{派人。}来邀生饮。生辞，频召乃往。至，则知为公子初度，_{生日。}宾客满堂，列筵甚盛。公子出试卷示生，亲友叠肩赞赏。酒数行，乐奏作于堂下，鼓吹伧伧，宾主甚乐。公子忽谓生曰："谚云'场中莫论文'。此言今知其谬。小弟所以忝居君上者，以起处数语略高一等耳。"公子言已，一座尽赞。生醉不能忍，大笑曰："君到于今，尚以为文章至是耶？"生言已，一座失色，公子惭忿气结。客渐去，生亦遁。醒而悔之，因以告女。女不乐，曰："君诚巷曲之儇子_{见识短浅的轻薄子弟。}也。轻薄之态，施之君子，则丧吾德；施之小人，则杀吾身。君祸不远矣！我不忍见君流落，请从此辞。"生惧而涕，且告之悔。女曰："如欲我留，与君约：从今闭户绝交游，勿浪饮。"生谨受教。十四娘为人，勤俭洒脱，日以纤织为事。时自归宁，未尝逾夜。又时出金帛作生计，日有赢余，辄投橐满。日杜门户，有造访者，辄嘱苍头谢去。一日，楚公子驰函来，女焚爇不以闻。越日，出吊于城，遇公子于丧者之家。捉臂苦邀，生辞以故，公子使圉人挽辔，拥掭以行。至家，立命洗腆_{洁净的酒食。}继辞欲退。公子要遮_{阻拦。}无已，出家姬弹筝为乐。生素不羁，一向闭置斋中，颇觉闷损，忽逢剧饮，兴顿豪，无复萦念，因而酣醉，颓卧席间。公子妻阮氏最悍妒，婢妾不敢施脂泽。日前，婢入斋中，为阮掩执，以杖击首，脑裂立毙。公子以生嘲慢，故衔生，日思所报，遂谋醉以酒而诬之。乘生醉昧，扛尸床间，合扉径去。生五更醒解，始觉身卧几上。起寻枕榻，则有物腻然，绁绊步履。摸之，人也，意主人遣僮伴睡，又蹴之，不动，掬之而僵。大骇，出门怪呼。厮役尽起，爇之，见尸，执生怒闹。公子出验之，诬生逼奸杀婢，执送广平。隔日，十四娘始知，潸然曰："早知有今日矣。"因按日以金钱遗生。生见府尹，无理可伸。朝夕搒掠，皮肉尽脱。女自诣问。生见之，悲气塞心，不能言说。女知陷阱已深，劝令诬服，以免刑宪，生泣听命。女还往之间，人咫尺不相窥。归家咨悢，遽遣婢子去。独居数日，又托媒媪购良家女，名禄儿，年已及笄，容华颇丽，与同寝食，抚爱异于群小。生认误杀，拟绞。苍头得信归，怆述不成声。女闻，坦然若不介意。既而秋决有日，女始皇皇惨动，昼去夕来无停履。每于寂所，於邑悲哀，至损眠食。一日日晡，狐婢忽来。女顿起，相引屏语。避人言谈。出，则笑色满面，料理门户如平时。异日，苍头至狱。生曰："寄语娘子，一往永诀。"苍头复命，女漫应之，亦不怆恻，殊落落置之。家人窃议其忍。忽道路沸传：楚银台革职，平阳观察奉特旨治冯生案。苍头闻之，喜告主母，女亦喜。即遣入府探视，则生已出狱，相见悲喜。俄捕公子至，一鞫，尽得其情。生立释宁家。归家。归见女，泫然流涕，女亦相对怆楚。悲已而喜，然终不知何以得达上听。女笑指婢曰："此君之功臣也。"生愕，问故。先是，女遣婢赴燕都，欲达宫闱，为生陈冤抑。婢至，则宫中有神守护，徘徊御沟间，数日不得入。婢惧误事，方欲归谋，忽闻圣驾将幸大同，婢乃预往，伪作流妓。上至勾栏，极蒙宠眷。疑婢不似风尘人，婢乃垂泣。上问："有何冤苦？"婢对："妾原籍直隶广平，生员冯某之女。父以冤狱将死，遂鬻妾勾栏中。"上惨然，赐金百两。临行细问颠末，以纸笔记姓名，且言欲与共富贵。婢言："但得父子团聚，不愿华膴华衣美食。也。"上颔之而去。婢以此情告生。生急拜，泪眦双荧。居无几何，女忽谓生曰："妾不为情缘，何处得烦恼？君被逮时，妾奔走戚眷间，并无一人代一谋者。尔时酸衷，诚不可以告诉。今视尘俗益厌苦。我已为君蓄一良偶，可从此别。"生闻，泣伏不起。女乃止。夜遣禄儿侍生寝，生拒不纳。朝视十四娘，容光顿减；又月余，渐已衰老；半载，黯然如村姬。生敬之，终不替。女忽复言别，且曰："君自有佳侣，安用此鸠盘貌丑之女。为？"生哀泣如前日。又逾月，女暴疾，绝食饮，羸卧闺闼。生侍汤药，如奉父母。巫医无灵，竟以溘逝。生悲怛欲绝，即以上赐金为营斋葬。数日，婢亦去。遂以禄儿为室。逾年，举一子。然比岁不登，家益落。夫妻无计，对影长愁。忽忆堂陬_{角落}。襆满，常见十四娘投钱于中，不知尚在否。近临之，则豉具盐盎，罗列殆满。头头置去，_{一件件搬去}。箸探其中，坚不可入；扑而碎之，金钱溢出。由此顿大充裕。后苍头至太华，遇十四娘骑青骡，婢子跨蹇_驴。以从，问："冯郎安否？"且言："致意主人，我已名列仙籍矣。"言讫不见。

异史氏曰："轻薄之词，多出于士类，此君子所悼惜也。余常冒不韪之名，言冤则已迂；然未尝不刻苦自励，以勉附于君子之林，而祸福之说不与焉。若冯生者，一言之微，几至杀身，苟非室有仙人，亦何能解脱囹圄，以再生于当世耶？吁！可惧哉！"

卷九

白莲教

　　白莲教某者，山西人，忘其姓名，大约徐鸿儒之徒。左道惑众，慕其术者多师之。某一日将他往，堂中置一盆，又一盆覆之，嘱门人坐守，戒勿启视。去后，门人启之，见盆内置清水，水上编草为舟，帆樯具焉。异而拨以指，随手倾侧，急扶如故，仍覆之。俄而师来，怒责：“何违吾命？”门人力白其无。师曰：“适海中舟几覆，何得欺我？”又一夕，烧巨烛于堂上，戒恪守，勿以风灭。漏二滴，二更时分。师不归，儽然而殆，非常困倦。就床暂寐；及醒，烛已竟灭，急起爇之。既而师入，又责之。门人曰：“我固不曾睡，烛何得息？”师怒曰：“适使我暗行十余里，尚复云云耶？”门徒大骇。如此奇行，不可胜数。后有爱妾与门人通，师觉之，隐而不言。遣门人饲豕，门人入圈，立地化为豕。某即呼屠人杀之，货其肉，人无知者。门人父以子不归，过问之，辞以久弗至。门人家诸处探访，绝无消息。有同师者隐知其事，泄诸门人父。其父告之邑宰。宰恐其遁，不敢捕治；达于上官，请甲士千人围其第，妻子皆就执。闭置樊笼，将以解都。押往京城。途经太行山，山上忽出一巨人，高与树等，目如碗，口如盆，牙长尺许。兵士愕立，不敢前行。某曰：“此妖也，吾妻可以却之。”众如其言，脱其妻缚。妻荷戈往，巨人怒，吸吞之。众愈骇。某曰：“既杀吾妻，是须吾子。”乃复出其子，又被吞如前状。众各对觑，莫知所为。某泣且怒曰：

"既杀吾妻，又杀吾子，情何以甘！然非吾自往不可也。"众果出诸樊笼，授之刃而遣之。巨人盛气而迎。格斗移时，巨人抓攫入口，伸颈咽下，从容竟去。

双灯

　　魏运旺，益都之盆泉人，故世族大家也。后式微，不能供读。年二十余，废学，就岳家业酤。_{卖酒。}一夕，魏独卧酒楼上，忽闻楼下踏跐声。魏惊起悚听。声渐近，寻梯而上，步步繁响。无何，双婢挑灯，已至榻前。后一年少书生，导一女郎，近榻微笑。魏大愕怪。转知为狐，毛发森竖，俯首不敢睨。书生笑曰："君勿见猜。舍妹与君有前因，便合奉事。"魏视书生，锦貂炫目，自惭形秽，觍颜_{羞赧。}不知所对。书生率婢子遗灯竟去。魏细视女郎，楚楚若仙，心甚悦之，然惭怍不能作游语_{。戏谑挑逗的语言。}女郎顾笑曰："君非抱本头者，何作措大气？"遽近枕席，暖手于怀。魏始为之破颜，捋裤相嘲，遂与狎昵。晓钟未发，双鬟即来引去。复订夜约。至晚，女果至，笑曰："痴郎何福？不费一钱，得如此佳妇，夜夜自投到也。"魏喜无人，置酒与饮，赌藏枚。女子十有九赢。乃笑曰："不如妾握枚子，君自猜之，中则胜，否则负。若使妾猜，君当无赢时。"遂如其言，通夕为乐。既而将寝，曰："昨宵衾褥涩冷，令人不可耐。"遂唤婢将襆被来，展布榻间，绮縠香腇。顷之，缓带交偎，口脂浓射，真不数_{胜过。}汉家温柔乡也。自此遂以为常。后半载，魏回家。适月夜与妻话窗间，忽见女郎华妆坐墙头，以手相招。魏近就之。女援之，逾垣而出，把手而告曰："今与君别矣。

请送我数武，<small>古以六尺为步，半步为武。</small>以表半载绸缪之意。"魏惊叩其故。女曰："姻缘自有定数，何待言也。"语次至村外，前婢挑双灯以待，竟赴南山，登高处，乃辞魏言别。魏留之不得，遂去。魏伫立彷徨，遥见双灯明灭，渐远不可睹，怏郁而返。是夜山头灯火，村人悉望见之。

赛偿债

李公著明，慷慨好施。乡人王卓，佣居公室。<small>在李家帮工，住在李家。</small>其人少游惰，不能操农业，家屡贫。然小有技能，常为役务，每赉之厚。时无晨炊，向公哀乞，公辄给以升斗。一日，告公曰："小人日受厚恤，三四口幸不殍饿。然何可以久？乞贷我绿豆一石作资本。"公欣然受之。卓负去，年余，一无所偿。及问之，豆资已荡然矣。公怜其贫，亦置不索。公读书于萧寺，<small>寺院。</small>后三年余，忽梦卓来曰："小人负主人豆直，今来投偿。"公慰之曰："若索尔偿，则平日所负欠者，何可算数？"卓愀然<small>忧愁。</small>曰："固然。凡人少有所为，而受人千金可不报也；若无端受人资助，升斗且不容昧，况其多乎！"言已竟去。醒而疑之。既而家人白公："夜牝驴产一驹，甚修伟。"公忽悟曰："得毋驹为王卓耶？"使人探访，卓于数日前果死矣。越数日归家，见驹，戏呼王卓。驹奔赴如有知识。自此遂以为名。公乘赴青州，衡府内监见而悦之，愿以重价购之。议直未定，适公以家中急务不及待，遂归。又逾岁，驹与雄马同枥，龁折胫骨，不可疗。有牛医至公家，见之，谓公曰："乞以驹付小人，朝夕疗养，需以岁月。万一得痊，得直与公平分。"公如所请。后数月，牛医售驹，得钱四千八百，以半献。公受钱，顿悟其数适符豆价也。噫！昭昭之债，而冥冥之偿，此足以劝矣！

鬼作筵

杜秀才九畹，内人病。会重阳，为友人招作茱萸会。早兴盥已，_{早起洗漱完。}告妻所往，冠服欲出。忽见妻昏愦，絮絮若与人语。杜异之，就问卧榻。妻辄"儿"呼之。家人心知其异。时杜有母枢未殡，_{埋葬。}疑其灵爽_{鬼魂。}所凭。杜祝曰："得毋吾母耶？"妻骂曰："畜生何不识尔父！"杜曰："既为吾父，不胜他人耶，何乃归家祟儿妇？"妻呼小字_{杜九畹之小名。}曰："我专为儿妇来，何反怨怼我！儿妇应即死；有四人来勾致，首者张怀玉。我万端哀乞，甫能允遂。我许小馈送，便宜付之。"杜如言，于门外焚纸钱。妻又言曰："四人去矣。彼不好违吾面目，三日后当治具_{置办筵席。}酬之。尔母老，龙钟不能料理中馈。及期尚烦儿妇一往。"杜曰："幽明殊途，安能代庖？祈望恕宥。"妻曰："儿勿惧，去即复返。此为渠事，当毋惮劳。"言已，曰："尽此且去。"妻即冥然，良久乃苏。杜问所言，茫不记忆。但曰："适见四人来，欲捉我去。幸阿翁哀请，且解囊赂之，始去。我见阿翁锱袽尚余二铤，欲窃取一铤来作糊口计。翁窥见叱曰：'尔欲何为？此物岂尔所可用耶！'我乃敛手未敢动。"杜以妻病革，_{病势危急。}疑信参半。越三日，方笑语间，忽瞪目久之，语曰："尔妇綦贫，曩见我白金，便生觊觎。然大约以贫故，亦不足怪。将以妇去，为我敦_{治理。}庖务，勿虑也。"言甫毕，奄然竟毙；约半日许，始醒。告杜曰："适阿翁呼我去，谓曰：'不用尔操作，我烹调自有人，只须坚坐指挥足矣。我冥中喜丰满，诸物馔都覆器外，切宜记之。'我诺，至厨下，见二妇操刀砧于中，俱绀帔而绿缘之，呼我以嫂。每盛炙于簋，必请觇视，_{检查}。然后行去，甚是丰满。我窥其客，曩四人都在筵中。进馔既毕，酒具已列器中，翁乃命我还。"杜闻之，大愕异，每语同人云。

胡相公

莱芜张虚一者，学使张道一之仲兄也。性豪放自纵。闻邑中某氏宅，为狐狸所居，敬怀刺_{名帖。}往谒，冀一见之。投刺隙_{同"隙"。}中，移时，扉自辟。仆者大愕却退。张肃衣敬入。见堂中几榻宛然，而阒寂无人。遂揖而祝曰："小生斋宿_{前一日斋戒独宿。}而来，仙人既不以门外见斥，何不敬赐光霁！"忽闻虚空中有人言曰："劳君枉驾，可谓跫然足音_{喻难得的来客}矣。请坐赐教。"即见两坐自移相向，甫坐，即有镂漆朱盘，贮双茗盏悬目前。各取对饮，吸呐有声，而终不见其人。茶已，继之以酒。细审官阀，_{官阶，门第。}曰："弟姓胡氏，于行为四，曰相公，从人所呼也。"于是酬酢议论，意气颇洽。鳖羞鹿脯，杂以芎蓼。_{指调味的香料。}进酒行炙者，似小辈甚夥。酒后颇思茶，意才少动，香茗已置几上。凡有所思，无不应念而至。张大悦，尽醉始归。自是，三数日必一访胡，胡亦时至张家，并如主客往来礼。一日，张问胡曰："南城中巫媪，日托狐神，渔病家利。_{乘机向病人勒索财物。}不知其家狐，君识之否？"曰："彼妄耳，实无狐。"少间，张起溲溺，闻小语曰："适所言南城狐巫，未知何如人。小人欲从先生往观之，烦一言请于主人。"张知为小狐，乃应曰："诺!"即席而请于胡曰："我欲得足下服役者一二辈,往探狐巫,敬请君命。"胡固言不必。张言之再三,乃许之。既而张出,马自至,如有控者。既骑而行,狐相语于途曰:"后先生于道途间,觉有细沙散落衣襟上,便是吾辈从也。"语次进城,至巫家。见张至,笑逆_{迎接}。曰:"贵人何忽得临?"张曰:"闻尔家狐子大灵应,果否?"巫正容曰:"若个蹀躞语,不宜贵人出得。何便言狐子?恐吾家花姊不欢。"言未已,空中发半砖来,中巫臂,踉跄欲跌。惊谓张曰:"官人何得抛击老身也!"张笑曰:"婆子盲也!几曾见自己额颅破,冤诬袖手者?"巫错愕不知所出,正回惑间,又一石子落,中巫,颠蹶,秽泥乱坠,涂巫面如鬼。惟哀号乞命。张请恕之,乃止。巫急起遁房中,阖户不敢出。张呼与语曰:"尔狐如我狐否?"巫惟谢过。张招之,且仰首望空中,戒勿伤巫。巫始惕惕_{恐惧的样子}而出。张笑谕之,乃还。由是每独行于途,觉尘沙淅淅然,则呼狐语,辄应不讹。虎狼暴客,恃以无恐。如是年余,愈于莫逆。尝问其甲子,殊不自记忆,但言:"见黄巢反,犹如昨日。"一夕共话,忽墙头苏然作响,其声甚厉。张异之。胡曰:"此必家兄。"张言:"何不邀来共坐?"曰:"伊道业颇浅,只好攫得两头鸡啖,便了足耳。"张谓胡曰:"交情之好,如吾两人,可云无憾;终未一见颜色,殊属恨事。"胡曰:"但得交好足矣,见面何为?"一日,置酒邀张,且告别。问:"将何往?"曰:"弟陕中产,将归去矣。君每以对面不觌_见为恨,今请一识。数岁之交,他日可相认耳。"张四顾都无所见。胡曰:"君试开寝室门,则弟在焉。"张如其言,推扉一觑,则内有美少年,相视而笑。衣裳楚楚,眉目如画,转瞬之间,不复睹矣。张返身而行,即有履声藉藉随其后,曰:"今日释君憾矣。"张依恋不忍别。胡曰:"离合自有数,何容介介。"_{挂怀。}乃以巨觥劝酒。饮至中夜,始以纱烛导张归。及明往探，则空房冷落而已。后道一先生为西川学使，张清贫犹昔，因往视弟，愿望颇奢。月余而归，甚违初意，咨嗟马上，嗒丧若失。忽一少年，骑青驴蹑追随。其后。张回顾，见裘马甚丽，意甚骚雅，遂与闲语。少年察张不豫，不高兴。诘之。张因欷歔而告以故。少年亦为慰藉。同行里许，至歧路中，少年乃拱手别曰："前途有一人，寄君故人一物，祈笑纳也。"复欲询之，驰驴径去。张莫解所由。又二三里许，见一苍头，持小篚子，盛物器。献于马前曰："胡四相公敬致先生。"张豁然顿悟。受而开视，则白镪满中。及顾苍头，亦不知所之矣。

念秧

异史氏曰：人情鬼蜮，鬼魂出没之地。所在皆然；南北冲衢，其害尤烈。如强弓怒马，御人于国门之外者，在郊野抢劫行人。夫人而知之矣；或有劙囊刺橐，攫货于市，行人回首，财货已空，此非鬼蜮之尤者耶？乃又有萍水相逢，甘言如醴，其来也渐，缓慢。其入也深。误认倾盖之交，遂罹丧资之祸。随机设阱，情状不一。俗以其言词浸润，名曰"念秧"。今北途多有之，遭其害者尤众。余乡王子巽者，邑诸生。有族先生，在都，为旗籍太史，将往探讯。治装北上，出济南行数里，有一人跨黑卫，驴。驰与同行。时以闲语相引，王颇与问答。其人自言："张姓，为栖霞隶，被令公差赴都。"称谓抃卑，谦卑。祇奉殷勤。相从数十里，约以同宿。王在前，则策蹇驴。追及；在后，则祇候道左。仆疑之，因厉色拒去，不使相从。张颇自惭，挥鞭遂去。既暮，休于旅舍，偶步门庭，则见张就外舍饮。方惊疑间，张望见王，垂手拱立，谦若厮仆，稍稍问讯。王亦以泛泛_{无意间}适相值，不为疑；然王仆终夜戒备之。鸡既唱，张来呼与同行，仆咄绝之，乃去。朝暾已上，王始就道。行半日许，前一人跨白卫，年四十已来，衣帽整洁；垂首蹇分，_{驴上。}盹寐欲堕。或先之，或后之，因循十余里。王怪问："夜何作，致迷顿乃尔？"其人闻之，猛然欠伸，言："青苑人，许姓。临淄令高檠，是我中表。家兄设帐_{开馆授徒。}于官署，我往探省，少获馈贶。今夜旅舍，误同念秧者宿，惊惕不敢交睫，遂致白昼迷闷。"王故问："念秧何说？"许曰："君客时少，未知险诈。今有匪类，以甘言诱行旅，夤缘_{拉拢关系。}与同休止，因而乘机骗赚。昨有葭莩亲，_{远亲。}以此丧资斧。吾等皆宜警备。"王颔之。先是，临淄宰与王有旧，王曾入其幕，识其门客果有许姓，遂不复疑。因道温凉，兼询其兄况。许约暮共主人，王诺之。仆终疑其伪，阴与主人谋，迟留不进，相失遂杳。翌日，日卓午，_{正午。}又遇一少年，年可十六七，骑健骡，冠服修整，貌甚都。同行久之，未尝交一言。日既夕，少年忽言曰："前去曲律店不远矣。"王微应之。少年因咨嗟欷歔，如不自胜。王略致诘问。少年叹曰："仆江南金姓。三年膏火，冀博一第，不图竟落孙山！家兄为部中主政，遂载细小_{家眷。}来，冀得排遣。生平不习跋涉，扑面风沙，使人薅恼。"因取红巾拭面，叹咤不已。听其语，操南音，娇婉若女子。王心好之，稍稍慰藉。少年曰："适先驰出，眷口久望不来，何仆辈亦无至者？日已将暮，奈何！"迟留瞻望，行甚缓。王遂先驱，相去渐远。晚投旅邸，既入舍，则壁下一床，先有客解装其上。王问主人，即有一人入，携之而出，曰："但请安置，当即移他所。"王视之则许。王止与同舍，许遂止。因与坐谈。少间，又有携装入者，见王、许在舍，返身遽出，曰："已有客在。"王审视，则途中少年也。王未言，许急起曳留之，少年遂坐。许乃展问邦族，少年又以途中言为许告。俄顷，解囊出资，堆累颇重；称两余付主人，嘱治肴酒，以供夜话。二人争劝止之，卒不听。俄而酒炙并陈。筵间，少年论文甚风雅。王问江南闱中题，少年悉告之。且自诵其承破，及篇中得意之句。言已，意甚不平，共扼腕之。少年又以家口相失，夜无仆役，患不解牧圉。不会喂牲口。王因命仆代摄荳豆。少年深感谢。居无何，忽蹴然曰："生平蹇滞，出门亦无好况。昨夜逆旅与恶人居，掷骰叫呼，聒耳沸心，使人不眠。"南音呼骰为兜，许不解，固问之。少年手摹其状，许乃笑，于橐中出骰一枚，曰："是此物否？"少年诺。许乃以骰为令，相欢饮。酒既阑，许请共掷，赢一东道主。王辞不解。许乃与少年相对呼卢。赌博。又阴嘱王曰："君勿漏言。蛮公子颇充裕，年又雏，未必深解五木诀。我赢些须，明当奉屈耳。"二人乃入隔舍。旋闻轰赌甚闹，王潜窥之，见栖霞隶亦在其中。大疑，展衾自卧。又移时，众共拉王赌。王坚辞不解。许愿代辨枭雄，指代王赌博。王又不肯，遂强代王掷。少间，就榻报王曰："汝赢几筹矣。"王睡梦应之。忽数人排阖而入，番语啁哳。首者言佟姓，为旗下逻捉赌者。时赌禁甚严，各大惶恐。佟大声吓王，王亦以太史旗号相抵。佟怒解，与王叙同籍，笑请复博为戏。众果复赌，佟亦赌。王谓许曰："胜负我不预闻。但愿睡，无相溷。"打扰。许不听，仍往来报之。既散局，各计筹码，王负欠颇多。佟遂搜王装橐取偿。王愤起相争，金捉王臂阴告曰："彼都匪人，其情叵测。我辈乃文字交，无不相顾。适局中我赢得若干数，可相抵；此当取偿许君者，今请易之：便令许偿佟，君偿我。弗过暂掩人耳目，过此仍以相还。终不然，以道义之交，遂实取君偿耶？"王故长厚，亦遂信之。少年出，以相易之谋告佟。乃对众发王装物，估入己橐。佟乃转索许、张而去。少年遂襆被来，与王连枕，衾褥皆精美。王亦招仆人卧榻上，各默然安枕。久之，少年故作转侧，以下体昵就仆。仆移身避之，少年又近就之。肤着股际，滑腻如脂。仆心动，试与狎，而少年殷勤甚至，衾息鸣动。王颇闻之；虽甚骇怪，而终不疑其有他也。昧爽，少年即起，促与早行。且云："君蹇疲殆，夜所寄物，前途请相授耳。"王尚无言，少年已加装登骑。王不得已，从之。骤行快，去渐远。王料其前途相待，初不为意。因以夜间所闻问仆，仆实告之。王始惊曰："今被念秧者骗矣！焉有宦室名士，而毛遂于圉仆？"又转念其谈词风雅，非念秧所能。急追数十里，踪迹殊杳。始悟张、许、佟皆其一党，一局不行，又易一局，务求其必入也。偿债易装，已伏一图赖之机；设其携装之计不行，亦必执前说篡夺而去。为数十金，委缀数百里；恐仆发其事，而以身交欢之，其术亦苦矣。后数年而有吴生之事。

邑有吴生，字安仁。三十丧偶，独宿空斋。有秀才来与谈，遂相知悦。从一小奴，名鬼头，亦与吴僮报儿善。久而知其为狐。吴远游，必与俱，同室之中，人不能睹。吴客都中，将旋里，闻王生遭念秧之祸，因戒僮警备。狐笑言："勿须，此行无不利。"至涿，一人系马坐烟肆，_{烟店。}裘服齐楚。见吴过，亦起超乘_{起身上马}。从之。渐与吴语，自言："山东黄姓，提堂户部。将东归，且喜同途不孤寂。"于是吴止亦止，每共食必代吴偿值。吴阳感之，而阴疑焉。私以问狐，狐但言："不妨。"吴意乃释。及晚，同寻寓所，先有美少年坐其中。黄入，与拱手为礼。喜问少年："何时离都？"答云："昨日。"黄遂拉与同寓。向吴曰："此史郎，我中表弟，亦文士，可佐君子谈骚雅，_{谈诗论文。}夜话当不寥落。"乃出金资，治具共饮。少年风流蕴藉，遂与吴大相爱悦。饮间，辄目示吴作觚弊，_{行酒令时作弊。}罚黄，强使醼，鼓掌作笑。吴益悦之。既而史与黄谋博赌，共牵吴，遂各出橐金为质。狐嘱报儿暗锁板扉，嘱曰："倘闻人喧，但寐无咄。"呼叫。吴诺。吴每掷小注则输，大注辄赢。更余，计得二百金。史、黄囊垂罄，议质其马。忽闻挝门声甚厉，吴急起，投骰于火，蒙被假卧。久之，闻主人觅钥不得，破扃启关，有数人汹汹入，搜捉博者。史、黄并言无有。一人竟将吴被，指为博者。吴叱咄之。数人强搜吴装。方不能与之撑拒，忽闻门外舆马呵殿声。吴急出鸣呼，众始惧，曳入之，但求无声，吴乃从容苞苴付主人。卤簿既远，众乃出门去。黄与史共作惊喜状，取次觅寝。黄命史与吴同榻。吴以腰橐置枕头，方命被而睡。无何，史启吴衾，裸体入怀，小语曰："爱兄磊落，愿从交好。"吴心知其诈，然计亦良得，遂相偎抱。史极力周奉，不料吴固伟男，大为凿枘，嚬呻殆不可任，窃窃哀免。吴固求讫事。手扪之，血流漂杵矣。乃释令归。及明，史惫不能起，托言暴病，但请黄、吴先发。吴临别，赠金为药饵之费。途中语狐，乃知夜来卤簿，皆狐为也。黄于途，益谄事吴。暮复同舍，斗室甚隘，仅容一榻，颇暖洁，而吴狭之。黄曰："此卧两人则隘，君自卧则宽，何妨？"食已，径去。吴亦喜独宿可接狐友。坐良久，狐不至。倏闻壁上小扉有指弹声。吴拔关探视，一少女艳装遽入，自扃门户，向吴展笑，佳丽如仙。吴喜致研诘，则主人之子妇也。遂与狎，大相爱悦。女忽潸然泣下。吴惊问之。女曰："不敢隐匿，妾实主人遣以饵君者。曩时入室，即被掩执，不知今宵何久不至。"又呜咽曰："妾良家女，情所不甘。今已倾心于君，乞垂拔救！"吴闻骇惧，计无所出，但遣速去，女惟俯首泣。忽闻黄与主人捶阖鼎沸。但闻黄曰："我一路祗奉，谓汝为人，何遂诱我弟室？"弟妻。吴惧，逼女令去。闻壁扉外亦有腾击声。吴仓卒汗如流沈，女亦伏泣。又闻有人劝止主人。主人不听，推门愈急。劝者曰："请问主人意将胡为？如欲杀耶，有我等客数辈，必不坐视凶暴。如两人中有一逃者，抵罪安可辞？如欲质之公庭耶，帷薄不修，适以取辱。且尔宿行旅，明明陷诈，安保女子无异言？”主人张目不能语。吴闻窃感佩，而不知其谁。初，肆门将闭，即有秀才共一仆，来就外舍宿。携有香酝，遍酌同舍，劝黄及主人尤殷。两人辞欲起，秀才牵裾，苦不令去。后乘间得遁，操杖奔吴所。秀才闻喧，始入劝解。吴伏窗窥之，则狐友也，心窃喜。又见主人意稍夺，改变。乃大言以恐之。又谓女子：“何默不一言？”女啼曰：“恨不如人，为人驱役贱务！”主人闻之，面如死灰。秀才叱骂曰：“尔辈禽兽之情，亦已毕露。此客子所共愤者！”黄及主人，皆释刀杖，长跪而请。吴亦启户出，顿大怒詈。秀才又劝止吴，两始和解。女子又啼，宁死不归内。奔出妪婢，捽女令入。女子卧地哭益哀。秀才劝主人重价货吴生。主人俯首曰：“作老娘三十年，今日倒绷孩儿，亦复何说！”遂依秀才言。吴固不肯破重资；秀才调停主客间，议定五十金。人财交付后，晨钟已动，乃共促装，载女子以行。女未经鞍马，驰驱颇殆。午间，稍息憩。将行，唤报儿，不知所往。日已西斜，尚无迹响，颇怀疑讶，遂以问狐。狐曰：“无忧，将自至矣！”星月已出，报儿始至。吴诘之。报儿笑曰：“公子以五十金肥奸伧，奸诈小人。窃所不平。适与鬼头计，反身索得。”遂以金置几上。吴惊问其故。盖鬼头知女止一兄，远出十余年不返，遂幻作其兄状，使报儿冒弟行，入门索姊妹。主人惶恐，诡托病殂。暴病而亡。二僮欲质官。主人益惧，啖之以金，渐增至四十，二僮乃行。报儿具述其故，吴即赐之。吴归，琴瑟綦笃。家益富。细诘女子，曩美少年即其夫，盖史即金也。袭一槲绸帔，云是得之山东王姓者。盖其党羽甚众，逆旅主人，皆其一类。何意吴生所遇，即王子巽连天叫苦之人，不亦快哉。旨哉古言：“善骑者善堕！”

泥书生

罗村有陈代者，少蠢陋。娶妻颇丽。自以婿不如人，郁郁不得志。然贞洁自持，姑媳亦相安。一夕独宿，忽闻风动扉开，一书生入，脱衣巾，就妇共寝。妇骇惧，苦相拒。而肌肤顿耎，_{软。}听其狎亵而去。自此恒无虚夕。月余，形容枯瘁。母怪问之，初惭怍不好言；固问，始以情告。母骇曰："此妖也！"百术为之禁咒，终不能绝。乃使代伏匿室中，操杖以伺。夜分，书生果复至，置冠几上，又脱袍服搭椸架_{衣架。}上。才欲登榻，忽惊曰："咄咄！有生人气！"急复披衣。代暗中暴起，击中腰胁，塔然作响。四壁张顾，书生已杳。束薪爇_{点燃。}照，泥衣一片堕地上，案上泥巾犹存。意是庙中土偶，遍视近村诸神祠，皆无缺巾破衣者。然自此遂绝不复来。其妻亦渐复其初矣。

土地夫人

骛桥王炳者，出村，见土地祠中出一美人，顾盼甚殷。挑以亵语，欢然乐受。狎昵无所，遂期夜奔。炳因告以居止。至夜果至，极相爱悦。问其姓名，固不以告。由此往来不绝。时炳与妻同榻，美人亦必来与交，妻竟不觉其有人。炳讶问之。美人曰："我土地夫人也。"炳大骇，急欲绝之，而百计莫能阻。因循半载，炳惫不起。美人来更频，家人都见之。未几，炳死，而美人犹日一至。炳妻叱之曰："淫鬼不自羞！人已死矣，复来何为？"美人遂去不返。土地虽小，亦神也，岂有任妇自奔者？愦愦_{昏庸}应不至此。不知何物淫昏，遂使千古下，谓此村有污贱不谨之神。冤矣哉！

寒月芙蕖

　　稷下道人者，不知何许人，亦不详其姓氏。冬夏惟着一单夹衣，系黄绦，别无裤襦。每用半梳梳发，即以齿衔髻_{用梳齿别在发髻上。}如冠状。日赤脚行市上，夜卧街头，离身数尺外，冰雪尽融。初来，辄对人作幻剧，市人争贻之。有井曲无赖子，遗以酒，求传其术，弗许。遇道人浴于河，骤抱其衣以胁之。道人揖曰："请以赐还，当不吝术。"无赖恐其绐，_{欺骗。}固不肯与。道人曰："果不相授耶？"曰："然。"道人默不与语。俄见黄绦化为蛇，围可数握，绕其身五六匝，怒目昂首，吐舌相向。无赖大惊，长跪，色青气促，惟言乞命。道人乃取绦。绦竟非蛇，另有一蛇，蜿蜒入城去。由是，道人之名益著。缙绅家闻其异，招与游，从此往来乡先生门。司道俱耳其名，每宴集，辄以道人从。一日，道人请于水面亭，报诸宪之饮。至期，各于案头得道人速客函，亦不知所由至。诸客赴宴所，道人伛偻出迎。既入，则空庭寂然，几榻未设，众疑其妄。道人顾官宰曰："贫道无僮仆，烦借隶从，_{仆役。}少代奔走。"官宰共诺之。道人于壁上绘双扉，以手挝之。内有应门者，振管而启，共趋觇望，则见憧憧往来于其中，屏幔床几，一切都有。即有人一一传送门外。道人命隶胥辈接列亭中，且嘱勿与内人交语。两相授受，惟顾而笑。顷刻，陈设满庭，穷极奢丽。既而旨酒散馥，热炙腾熏，皆自壁中传递而出。坐客无不骇异。亭故背湖水，每六月时，荷花数十顷，一望无际。宴时方隆冬，窗外茫茫，惟有烟绿。一官偶叹曰："此日宴集，可惜无荷花点缀！"众俱唯唯。少顷，一青衣吏奔白："荷叶满塘矣！"一座尽惊。推窗眺瞩，果见弥望_{满眼}青葱，间以菡萏。转瞬间，万枝千朵，一齐都开，朔风吹来，荷香沁脑。群以为异。遣吏人荡舟采莲。遥见吏人入花深处；少间返棹，白手来见。官诘之。吏曰："小人乘舟去，见花在远际；渐至北岸，又转遥遥在南荡中。"道人笑曰："此幻梦之空花耳。"无何酒阑，荷亦凋谢；北风骤起，摧折荷盖，无复存者。济东观察公甚悦之，携归署，日与狎玩。一日，公与客饮，道人亦在座。公故有家传良酝，每以一斗为率，_{标准}不肯供浪饮。是日，客饮而甘之，固索倾酿。公坚以既尽为辞。道人笑谓客曰："君必欲满老饕，索之贫道而可。"客请之。道人以壶入袖中。少刻出，遍斟座上，与公所藏更无殊别。尽欢始罢。公甚疑焉，入视酒瓿，则封固宛然，而空无物矣。心窃愧怒，执以为妖，笞之。杖才加，公觉股暴痛；再加，臀肉欲裂。道人虽声嘶于阶下，而观察实血殷于座上。乃止不笞，逐之令去。道人遂离济南，不知所往。后有人遇于金陵，衣装如故。问之，笑而不言。

酒狂

缪永定，江西拔贡生。素酗于酒，戚党多畏避之。偶适族叔家，缪为人滑稽善谑，客与语，悦之，遂共酣饮。缪醉，使酒骂座，_{借酒使性，辱骂同座客人。}忤客。客怒，一座大哗。叔以身左右排解。缪谓左袒_{偏袒}客，又益迁怒于叔。叔无计，奔告其家。家人来，扶掖以归。才置床上，四肢尽厥，抚之奄然气尽。缪死，有皂帽人絷去。至一府署，缥碧为瓦，世间无其壮丽。至墀下，似欲伺见官宰。自思我罪伊何，当是客讼斗殴。回顾皂帽人，怒目如牛，又不敢问。然自度贡生与人角口，或无大罪。忽堂上一吏宣言，使讼狱者翌日早候。于是堂下人纷纷藉藉，各鸟兽散。缪亦随皂帽人出，更无归着，缩首立肆檐下。皂帽人怒曰："颠酒_{发酒疯。}无赖子！日将暮，各去寻眠食，尔欲何往？"缪战栗曰："我且不知何事，并未告家人，故毫无资斧，庸将焉归？"皂帽人曰："颠酒贼！若酤自啖，便有用度！再支吾，老拳_{重拳。}碎颠骨子！"缪垂首不敢作声。忽一人自户内出。见缪，诧异曰："尔何来？"缪视之，则其母舅。舅贾氏，死已数载。缪见之，始恍然悟其已死，心益悲惧。向舅涕零曰："阿舅救我！"贾顾皂帽人曰："东灵非他，_{不是陌生人。}屈临寒舍。"二人乃入。贾重揖皂帽人，且嘱青眼。俄顷出酒食，团坐相饮。贾问："舍甥何事，遂烦勾致？"皂帽人曰："大王驾诣罗浮君，遇令甥醉詈，使我捉得来。"贾问："见王未？"曰："罗浮君会花子案，驾未归。"又问："阿甥将得何罪？"答云："未可知也。然大王颇恶此辈。"缪在侧，闻二人言，觳觫_{húsù，恐惧。}汗下，杯箸不能举。无何，皂帽人起谢曰："叨盛酌，已竟醉矣。即以令甥相付托，驾归再容登访。"乃去。贾谓缪曰："甥别无兄弟，自幼尔父母爱如掌上珠，常不忍一诃遣。汝十六七岁时，每三杯后，喃喃寻人疵不休，辄挝门裸骂，犹谓稚齿。不意别十余年，了无长进。今且奈何？"缪伏地哭，惟言悔无及矣。贾曳之曰："舅在此业酤，_{卖酒。}颇有小声望，必合极力。适饮者乃东灵使者，舅常饮之酒，与我颇相善。大王日有万幾，亦未必便能记忆。我委曲与言，浼以私意释汝去，或可允从。"又转念曰："此事担负颇重，非十万不能了也。"缪谢，锐然自任。诺之。次日，皂帽人早来瞻望。贾请间，语移时，来谓缪曰："谐矣。少顷即复来。我先罄所有，用以押券；余待甥归，从容凑致之。"缪喜曰："共得几何？"曰："十万。"缪曰："甥何处得如许？"贾曰："只金箔纸钱百提足矣。"缪喜曰："此易办耳。"待将停午，正午。皂帽人不至。缪欲出市上少游瞩。贾嘱勿远荡，诺而出。见街里贸贩，一如人世。至一所，棘垣峻绝，似是囹圄。对门一酒肆，纷纷者往来颇夥。肆外一带长溪，黑潦涌动，深不见底。方伫足窥探，肆内一人呼曰："缪君何来？"缪急视之，则邻村翁生，故十年前文字交。趋出握手，欢若平生。即就肆内小酌，各道契阔。寒暄话旧。缪庆幸中又逢知己，倾怀尽爵，不觉酣醉，顿忘其死，旧态复作，渐絮絮瑕疵翁。翁曰："数载不见，君犹尔耶！"缪素厌人道其酒德，闻翁言益愤，击桌顿骂。翁睨之，拂袖竟出。缪追至溪头，捋翁帽。翁怒曰："此真妄人！"乃推缪颠堕溪中。溪水殊不甚深，而水中利刃如麻，刺穿胁胫，坚难动摇，痛彻骨脑。黑水杂溲秽，随吸入喉，更不可过。岸上人观笑如堵，并无一引援者。时方危急，贾忽至。望见大惊，提携以归，曰："子不可为也！死犹弗悟，不足复为人！请仍从东灵受斧锧。"缪大惧，泣言："知罪矣！"贾乃曰："适东灵至，候汝为券。汝乃饮荡不归。渠忙迫不能待。我已立券，付千缗令去；余者以旬尽为期。子归宜急措置，夜于村外旷莽中，呼舅名焚之，此愿可结也。"缪悉应之。乃促之行。送于郊外，又嘱曰："必勿食言，累我无益。"乃示途令归。时缪已僵卧三日，家人谓其醉死，而鼻气隐隐如悬丝。是日苏，大呕，呕出黑沈数斗，臭不可闻。吐已，汗湿裀褥，气味熏腾，与吐物无异，身始凉爽。因告家人以异。旋觉刺处肿痛，隔夜成疮，犹幸不大溃腐。十日渐能杖行。家人共乞偿冥负。缪计所费，非数金不能办，颇生吝惜，曰："曩^{先前。}或醉梦之幻境耳。纵其不然，伊以私释我，何敢复使冥主知？"家人劝之，不听。然心惕惕然，不敢复纵饮。里党咸喜其进德，稍稍与共酌。年余，冥报渐忘，志渐肆，故状亦渐萌。一日，饮于子姓之家，又骂主人座。主人摈斥出，阖户径去。缪噪逾时，其子方知，捋扶而归。入室，面壁长跪，自投^{磕头。}无数，曰："便偿尔负！便偿尔负！"言已仆地。视之，气已绝矣！

阳武侯

　　阳武侯薛公禄，胶州薛家岛人。父最贫，牧牛乡先生^{辞官归乡养老之人。}家。先生有荒田，翁牧其处，辄见蛇兔斗草莱中，以为异，因请于主人为宅兆，构茅而居。后数年，太夫人临蓐，^{临产。}值雨骤至，适二指挥使奉命稽海，出其途，避雨户下。见舍上鸦鹊群集，竞以翼覆漏处，异之。既而翁出，指挥问："适何作？"翁以产告。又询所产，曰："男也。"指挥相顾愕曰："是必极贵！不然，何以得我两指挥护守门户也！"咨嗟而去。侯既长，垢面垂鼻涕，殊不聪慧。岛中薛姓，故隶军籍。是年应翁家出一丁口戍辽阳，翁长子深以为忧。时侯十八岁，人以大憨名，无与为婚者。忽自谓兄曰："大哥啾唧，得毋以遣戍无人耶？"曰："然。"侯笑曰："若肯以婢子妻我，我当任此役。"兄喜，即以婢配之。侯即携室赴戍所。行方数十里，暴雨骤至。途侧有危崖，夫妻奔避其下。少间雨止，始复行。才及数武，崖石崩坠。居人遥望两虎跃出，逼附^{逼近而合为一体。}两人而没。侯自此勇健非常，丰采顿异。后以军功封阳武侯，世爵。至启、祯间，袭侯某公薨，无子，止有遗腹，因暂以旁支代。凡世封家进御者有娠，即以上闻，_{奏知皇上。}官遣媪伴守之，既产乃已。年余，夫人生女。产后，腹犹震动，凡十五年，更数媪，又生男。应以嫡派赐爵。旁支噪之，以为非薛产。官收诸媪，械梏百端，皆无异言。爵乃定。

赵城虎

赵城妪，年七十余，止一子。一日入山，为虎所噬。妪悲痛几不欲活，号啼而诉于宰。宰笑曰："虎可以官法制之耶？"妪愈号跳，不能制止。叱之，亦不畏惧。宰又怜其老，不忍加威怒，遂给_{欺骗。}之，诺为捉虎。妪伏不去，必待勾牒_{拘捕犯人的公文。}出乃肯行。宰无奈之何，即问诸役："谁能任之？"一隶名李能，醺醉，诣前自言："能之。"持牒下，妪始去。隶醒而悔之，犹谓宰之伪局，姑以解妪扰耳，因亦不甚为意。持牒报缴。宰怒曰："固言能之，何容复悔？"隶窘甚，请牒拘猎户。宰从之。隶集诸猎人，日夜伏山谷，冀得一虎，庶可塞责。月余，受杖数百，冤苦罔控。遂诣东郭岳庙，跪而祝之，哭失声。无何，一虎自外来。隶错愕，恐被咥噬。虎入，殊不他顾，蹲立门中。隶祝曰："如杀某子者尔也，其俯听吾缚。"遂出缧索系虎颈，虎帖耳受缚。牵达县署，宰问虎曰："某子，尔噬之耶？"虎颔之。宰曰："杀人者死，古之定律。且妪止一子，而汝杀之，彼残年垂尽，何以生活？倘尔能为若子也，我将赦汝。"虎又颔之。乃释缚令去。妪方怨宰之不杀虎以偿子也，迟旦，启扉，则有死鹿。妪货其肉革，_{皮。}用以资度。自是以为常，时衔金帛掷庭中。妪从此致丰裕，奉养过于其子。心窃德虎。虎来，时卧檐下，竟日不去。人畜相安，各无猜忌。数年，妪死，虎来吼于堂中。妪素所积，绰可营葬，族人共葬之。坟垒方成，虎骤奔来，赴冢前，嗥鸣雷动，移时乃去。土人立"义虎庙"于东郭，至今犹存。

武技

　　李超，字魁五，淄之西鄙_{边境。}人，豪爽好施。偶一僧来托钵，_{化缘。}李饱啖之。僧甚感荷，乃曰："吾少林出也。有薄技，请以相授。"李喜，馆之客舍，丰其供给，旦夕从学。三月，艺颇精，意甚得。僧问："汝益乎？"曰："益矣。师所能者，我已尽能之。"僧笑命李试其技。李乃解衣唾手，如猿飞，如鸟落，腾跃移时，诩诩然交叉而立。僧又笑曰："可矣。子既尽吾能，请一角低昂。"_{一比高下。}李忻然，即各交臂作势。既而支撑格拒，李时时蹈僧瑕，_{破绽。}僧忽一脚飞掷，李已仰跌丈余。僧抚掌曰："子尚未尽吾能也！"李以掌致地，惭沮请教。又数日，僧辞去。李由此以武艺名，遨游南北，罔有其对。偶适历下，见一少年尼僧，弄艺于场，观者填溢。尼告众人曰："颠倒一身，_{独自表演武技。}殊觉冷落。有好事者，无妨下场一扑为戏。"如是宣言者三，众相顾，迄无应者。李在侧，不觉技痒，意气而进。尼便笑与合掌。才一交手，尼便呵止曰："此少林宗派也。"即问："尊师何人？"李初不言，尼固诘之，乃以僧告。尼拱手曰："憨和尚尔师耶？若尔，不必较手足，愿拜下风。"李请之再四，尼不可。众怂恿之，尼乃曰："既是憨师弟子，同是个中人，无妨一戏。但两相会意可耳。"李诺之。然以其文弱，颇易_{轻视}之；又年少心性喜胜，思欲败之，以要一日之名。方颉颃间，尼即遽止。李问其故，但笑不言。李以为怯，固请再角。尼乃起。少间，李腾一踝去，尼骈五指下削其股，李觉膝下如中刀斧，蹩躠不能起。尼笑谢曰："孟浪迕客，幸勿罪！"李舁归，月余始愈。后年余，僧复来，为述往事。僧惊曰："汝大卤莽！惹他何为！幸先以我名告之，不然，股已断矣！"

王阮亭云："此尼亦殊，踪迹不可测。"

又云："拳勇之技，少林为外家，武当张三峰为内家。三峰之后，有关中人王宗。宗传温州陈州同。州同，明朝嘉靖间人。故今两家之传，盛于浙东。顺治中，王来咸，字征南，其尤著者，蕲人也。雨窗无事，读李超事始末，因识于后。征南之徒，又有僧尼僧耳者，皆僧也。"

小人

康熙间，有术人_{表演幻术的人}。携一榼，榼藏小人，长尺许。投以钱，则启榼令出，唱曲而退。至掖，掖宰索榼入署，细审小人出处。初不敢言，固诘之，始自述其乡族。盖读书童子，自塾中归，为术人所迷，复投以药，四体暴缩，彼遂携之，以为戏具。宰怒，杖杀术人。

秦生

莱州秦生，制药酒，误投毒味，未忍倾弃，封而置之。积年余，夜适思饮，而无所得酒。忽忆所藏，启封嗅之，芳烈喷溢，肠痒涎流，不可制止。取盏将尝，妻苦劝谏。生笑曰："快饮_{痛快饮酒。}而死，胜于馋渴而死多矣。"一盏既尽，倒瓶再酌。妻覆其瓶，满屋流溢。生伏地而牛饮之。少时，腹痛口噤，中夜而卒。妻号泣，为备棺木，行_{将要。}入殓。次夜，忽有美人入，身不满三尺，径就灵寝，以瓯水灌之，豁然顿苏。叩而诘之。曰："我狐仙也。适丈夫入陈家，窃酒醉死，往救而归。偶过君家，彼怜君子与己同病，故使妾以余药活之也。"言讫不见。

余友人丘行素，贡士，嗜饮。一夜思酒，而无可行沽，辗转不可复忍，因思代之以醋。谋诸妇，妇嗤之。丘固强之，乃煨醯_{醋。}以进。壶既尽，始解衣甘寝。次日，竭壶酒之资，遣仆代沽。道遇伯弟襄宸，诘知其故，固疑嫂不肯为兄谋酒。仆言："夫人云：'家中蓄醋无多，昨夜已尽其半，恐再一壶，则醋根断矣。'"闻者皆笑之。不知酒兴初浓，即毒药犹甘之，况醋乎？此亦可以传矣。

鸦头

诸生王文，东昌人。少诚笃。薄游_{游历。}于楚，过六合，休于旅舍。偶步门外，遇里戚赵东楼，大贾也，尝数年不归。见王，相执甚欢，便邀临存。_{到家看望。}至其所，有美人坐室中，愕怪却步。赵曳之，又隔窗呼妮子去，王乃入。赵具酒馔，话温凉。王问："此何处所？"答云："此是小勾栏。余因久客，暂假床寝。"话间，妮子频来出入。王踧促不安，离席告别。赵强捉令坐。俄见一少女经门外过，望见王，秋波频转，眉目含情，仪容娴婉，实神仙也。王素方直，至此惘然若失。便问："丽者何人？"赵曰："此媪次女，小字鸦头，年十四矣。缠头者屡以重金啖媪，女执不愿，致母鞭楚，女以齿稚哀免，今尚待聘耳。"王闻言，俯首默然痴坐，酬应悉乖。_{差错。}赵戏之曰："君倘垂意，当作冰斧。"王怃然曰："此念所不敢存。"然日向西，绝不言去。赵又戏请之。王曰："雅意极所感佩，囊涩奈何！"赵知女性激烈，必当不允，故许以十金为助。王拜谢趋出，罄资而至，得五数，强赵致媪。媪果少之。鸦头言于母曰："母日责我不作钱树子，今请得如母所愿。我初学作人，报母有日，勿以区区放却财神去。"媪以女性拗执，但得允从，即甚欢喜。遂诺之，使婢邀王郎。赵难中悔，即加金付媪。王与女欢爱甚至。既，谓王曰："妾烟花下流，不堪匹敌，既蒙缱绻，义即至重。君罄囊博此一宵欢，明日如何？"王泫然悲哽。女曰："无悲。妾委风尘，实非所愿。顾未有敦笃可托如君者。请以宵遁。"王喜遽起，女亦起。听谯鼓已三下_{已打三更。}矣。女急易男装，草草偕出，叩主人扉。王故从双卫，托以急务，命仆便发。女以符系仆股并驴耳上，纵辔急驰，目不容启，耳后但闻风鸣。平明至汉口，税屋_{租房。}而止。王惊其异。女曰："言之得毋惧乎？妾实非人，乃狐耳。母贪淫，日遭虐逼，心所积懑。今幸脱苦海。百里外即非所知，可幸无患。"王略无疑畏，从容曰："室对芙蓉，家徒四壁，实难自慰，恐终见弃置。"女曰："何为虑此？今市货皆可居，三数口，淡薄亦足自给。可鬻驴以作资本。"王如言，即于门前设小肆。王与仆公同操作，卖酒贩浆其中。女作披肩，刺荷囊，日获赢余，顾瞻甚优。积年余，渐能蓄婢媪。王自是不着犊鼻，_{不亲自劳作。}但课督_{督责。}而已。女一日悄然忽悲，曰："今夜合有难作，奈何!"王问之。女曰："母已知妾消息，必见凌逼。若遣姊来，吾无忧，恐母自至耳。"夜已央，女自庆曰："不妨，阿姊来矣。"居无何，妮子排闼入。女笑逆之。妮子骂曰："婢子不羞，随人逃匿。老母令我缚去。"即出索子系女颈。女怒曰："从一者得何罪?"妮子益忿，捽女断衿。家中婢媪皆集。妮子惧，奔出。女曰："姊归，母必自至。大祸不远矣，可速作计。"乃急办装，将更播迁。_{迁徙。}媪忽掩入，怒容可掬，曰："我固知婢子无礼，须自来也!"女迎跪哀啼。媪不言，揪发提去。王徘徊怆恻，眠食都废。急诣六合，冀得贿赎。至则门庭如故，人物已非。问之居人，俱不知其所徙。悼丧而返。于是俵散客旅，囊资东归。后数年，偶入燕都，过育婴堂，_{旧时收养弃婴的机构。}见一儿，七八岁。仆人怪似其主，反复凝注之。王问："看儿何为?"仆笑以对。王亦笑。细视儿，风度磊落。自念乏嗣，因其肖己，爱而赎之。诘其姓字，自称王孜。王曰："子弃之襁褓，何知姓氏?"曰："本师_{育婴堂抚养人员。}尝言，得我时，胸前有字，书'山东王文之子'。"王大骇曰："我即王文也，乌得有子?"念必同己姓名者。心窃喜，甚爱惜之。及归，见者不问而知为王生子。孜渐长，孔武有力，喜田猎，不务生产，乐斗好杀，王亦不能钳制之。又自言能见鬼狐，悉不之信。会里中有患狐者，请孜往觇之。至则指狐隐处，令数人随指处击之，即闻狐鸣，毛血交落。由是人益异之。王一日游市廛，忽遇赵东楼，巾袍不整，形色枯黯。惊问所来。赵惨然请间。_{请求在避人处谈话。}王乃偕归命酒。赵曰："媪得鸦头，横施楚掠。既北徙，又欲夺其志。女矢死不二，因囚置之。生一男，弃诸曲巷，闻在育婴堂，想已长成。此君遗体也，当往访之。"王出涕曰："天幸孽儿已归。"因述本末。又问赵曰："君何落拓至此?"赵叹曰："今而知青楼之好，不可过认真也。夫何言!"先是，媪北徙，赵以负贩从之。货重难迁者，悉以贱售。途中脚直供亿，_{运输费用和生活物资。}烦费不资，因大亏损。妮子索取尤奢。数年，万金荡然。媪见床头金尽，旦夕加白眼。妮子渐寄贵家宿，恒数夜不归。赵愤激，亦无奈之何。适媪他出，鸦头自窗中呼赵曰："勾栏中原无情好，所绸缪者，钱耳。君依恋不去，将掇奇祸。"赵惧，如梦初醒。临行，窃往视女。女授书使达王，赵乃归。因以此情为王述之，即出鸦头书。书云："知孜儿已在膝下矣。妾之厄难，东楼君自能缅悉。前世之孽，夫何可言! 妾幽室之中，暗无天日，鞭创裂肤，饥火煎心，易一晨昏，如历年岁。君如不忘汉上雪夜单衾，递互暖抱时，当与儿谋，必能脱妾于厄。母姊虽忍，_{残忍。}要皆骨肉，但嘱勿致伤残，是所愿耳。"王读之，不觉泣下。乃以金帛赠赵而去。时孜年十八矣，王为述前后，因示母书。孜怒眦_{眼角}欲裂，即日趋装赴都。询吴媪，至则车马盈门。孜直入，妮子方与湖客饮，望见孜，愕立变色。孜骤进杀之。宾客大骇，以为寇。及视女尸，已化为狐。孜持刀径入，见媪督婢作羹。孜奔进室门，媪忽不见。孜四顾，急抽矢望屋梁射之，一狐贯心而坠，遂决其首。寻得母所，投石破扉。母子相见，哭各失声。母问媪姊，曰："已诛之矣!"母怒曰："儿何不听吾言!"因命葬郊野。孜伪诺之，剥其皮而藏之。检媪箱箧，尽卷金资，奉母而归。夫妻重谐，悲喜交至。既问媪姊，孜言："在吾囊中。"惊问之，出两革以献。母怒，骂曰："忤逆儿何得如是!"号恸自挝，转侧欲死。王极力抚慰，叱儿葬革。孜忿曰："今得安乐所，顿忘挞楚耶!"母益怒，涕不止。孜葬皮返命，始稍释。王自女归，家益盛。心德赵，报以巨金。赵始知媪母子皆狐也。孜承奉甚孝，然误触之，则恶声暴吼。女谓王曰："儿有拗筋，不刺去之，终当杀身倾产。"夜俟孜睡，潜絷其手足。孜醒曰："我无罪。"母曰："将医尔虐，其勿苦。"孜大叫，转侧不可开。女以巨针刺踝骨侧，三四分许，用力掘断，崩然有声；又于肘间脑际并如之。已乃释缚，拍令安卧。天明，奔候父母，涕泣曰："儿早夜忆昔所行，都非人类！"父母大喜。从此温和如处女，乡里贤之。

异史氏曰："妓尽狐也，不谓有狐而妓者；至狐而鸨，则兽而禽矣。灭理伤伦，其何足怪！至百折千磨，之死靡他，此人类所难，而乃于狐也得之乎！唐太宗谓魏徵饶更妩媚，吾于鸦头亦云。"

封三娘

范十一娘，曦城祭酒之女。少艳美，骚雅_{诗词}尤绝。父母钟爱之，求聘者辄令自择，女恒少所可。会上元日，水月寺中诸尼作"盂兰盆会"。是日，游女如云，女亦诣之。方随喜_{游览寺院}间，一女子步趋相随，屡望颜色，似欲有言。审视之，二八绝代姝也。悦而好之，转目盼注。女子微笑曰："姊非范十一娘乎？"答曰："然。"女子曰："久闻芳名，人言果不虚谬。"十一娘亦审里居。女笑言："妾封氏，第三，近在邻村。"把臂欢笑，词致温婉，于是大相爱悦，依恋不舍。十一娘问："何无伴侣？"曰："父母早逝，家中止一老妪，留守门户，故不得来。"十一娘将归，封凝眸欲涕，十一娘亦惘然，遂邀过从。封曰："娘子朱门绣户，妾素无葭莩亲，_{喻远亲。}虑致讥嫌。"十一娘固邀之。答："俟异日。"十一娘乃脱金钗一股赠之，封亦摘髻上绿簪为报。十一娘既归，倾想殊切。出所赠簪，非金非玉，家人都不之识，甚异之。日望其来，怅然遂病。父母讯得故，使人于近村谘访之，并无知者。时值重阳，十一娘羸顿无聊，倩侍儿强扶窥园，_{玩赏花园。}设褥东篱下。忽一女子攀垣来窥，觇之，则封女也。呼曰："接我以力！"侍儿从之，蓦然遂下。十一娘惊喜顿起，曳坐褥间，责其负约，且问所来。答云："妾家去此尚远，时来舅家作耍。前言近村者，缘舅家耳。别后悬想颇苦，然贫贱者与贵人交，足未登门，先怀惭怍，恐为仆婢下眼觑，是以不果来耳。适经墙外过，闻女子语，便一攀望，冀是小姐，今果如愿。"十一娘因述病源，封亦泣下如雨。因曰："妾来当须秘密。恐造言生事者，飞短流长，所不堪受。"十一娘诺。偕归同榻，快与倾怀。病寻愈。订为姊妹，衣服履舄，辄互易着。见人来，则隐匿夹幕间。积五六月，公及夫人颇闻之。一日，两人方对弈，夫人掩入，谛视惊曰："真吾儿友也！"因谓十一娘："闺中有良友，吾两人所欢，胡不早白？"十一娘因达封意。夫人顾谓三娘曰："伴吾儿极所欣慰，何昧之？"封羞晕满颊，默然拈带而已。夫人去，封乃告别。十一娘苦留之，乃止。一夕，自门外匆皇奔入。泣曰："我固谓不可留，今果遭此大辱！"惊问之。曰："适出更衣，_{如厕。}一少年丈夫，横来相干，幸而得逃。如此，复何面目！"十一娘细诘形貌，谢曰："勿须怪，此妾痴兄。会告夫人，杖责之。"封坚辞欲去，十一娘请待天曙。封曰："舅家咫尺，但须一梯度我过墙耳。"十一娘知不可留，使两婢逾垣送之。行半里许，辞谢自去。婢返，十一娘伏床悲泣，如失伉俪。后数月，婢以故至东村，暮归，遇封女从老妪来。婢喜，拜问。封亦恻恻，讯十一娘兴居。婢捉袂曰："三姑过我。我家姑姑盼欲死！"封曰："我亦思之，但不乐使家人知，归启园门，我自至。"婢归，告十一娘。十一娘喜，从其言，则封已在园中矣。相见各道间阔，久别之情。绵绵不寐。视婢子熟眠，乃起移与十一娘同枕，私语曰："妾固知小姐未字。以才色门第，何患无贵介婿，然纨袴儿敖不足数。如欲得佳偶，请无以贫富论。"十一娘然之。封又曰："旧年邂逅处，今复作道场，明日再烦一往，当令见一如意郎君。妾少读相人书，颇不参差。"昧爽，封即去，约候兰若。十一娘果往，封已先在。眺览一周。十一娘便约同车。携手出门，见一秀才，年可十七八，布袍不饰，而仪容俊伟。封潜指曰："此翰苑才翰林学士之才。也。"十一娘略睨之。封别曰："小姐先归，我即继至。"入暮果至，曰："我适物色甚详，其人即同里孟安仁也。"十一娘知其贫，不以为可。封曰："娘子何亦堕世情哉！此人苟长贫贱者，当抉挖。我眸子去，不复相天下士矣。"十一娘曰："且为奈何？"封曰："愿得一物，持与订盟。"十一娘曰："姊何草草！父母在，不遂如何？"封曰："妾此为，正恐其不遂耳。志若坚，生死何可夺也？"十一娘必不可。封曰："娘子姻缘已动，而魔劫未消。所以故，来报前好耳。请即以所赠金凤钗，矫命假托你的命令。赠之。"十一娘方谋更商，再做商量。封已出门去。时孟生贫而多才，意将择偶，故十八犹未聘也。是日，忽睹两艳，归涉冥想。一更向尽，封三娘款门而入。烛之，识为日中所见，喜致诘问。曰："妾封氏，范十一娘之女伴也。"生大悦，不暇细审，遽前拥抱。封拒曰："妾非毛遂，乃曹丘生。谓不是自结姻缘，而是代人做媒。十一娘愿缔永好，请倩冰也。"生愕然不信。封乃以钗示生，生喜不自已，矢曰："劳眷注关心。若此，仆不得十一娘为妇，宁终鳏终身不娶。耳。"封遂去。生诘旦，浼měi，请求。邻媪诣范夫人。夫人贫之，竟不商女，立使却去。十一娘知之，心失所望，深怨封之误己也；而金钗难返，只须以死矢之。又数日，有某绅为子求婚，恐不谐，浼邑宰作伐。时某方居权要，范公心畏之。以问十一娘，十一娘不乐。母诘之，默默不言，但有涕泪。使人潜告夫人：非孟生，死不嫁！公闻益怒，竟许某绅家。且疑十一娘有私意于生，遂涓吉_{择定吉日}。速成礼。十一娘忿不食，日惟耽卧。至亲迎之前夕，忽起揽镜自妆。夫人窃喜。俄侍女奔白："小姐自经死！"举宅惊涕，痛悔无所复及。三日遂葬。孟生自邻媪返命，愤恨欲绝。然遥遥探访，妄冀复成。察知佳人有主，忿火中烧，万虑俱断矣。未几，闻玉瘗香埋，懭然_{悲愤}。悲丧，恨不从丽人俱死。向晚出门，意将乘昏夜一哭于十一娘之墓。欻有一人来，近之，则封三娘。向生曰："喜姻好可就矣。"生泫然曰："卿不知十一娘亡耶？"封曰："我所谓可就者，正以其亡。可急唤家人发冢，我有异药能令苏。"生从之，发墓破棺，复掩其穴。生自负尸，与三娘俱归，置榻上，授以药，逾时而苏。顾见三娘，问："此何所？"封指生曰："此孟安仁也。"因告以故，始如梦醒。封惧漏泄，相将_{相伴}。去五十里，避匿山村。封欲辞去，十一娘泣留作伴，使别院居。因货殉葬之饰，用为资度，亦称小有。封每遇生来，辄避去。十一娘从容曰："吾姊妹，骨肉不啻也，然终无百年聚。计不若效英皇。"_{指同嫁孟生。}封曰："妾少得异诀，吐纳可以长生，故不愿嫁耳。"十一娘笑曰："世传养生术，汗牛充栋，而效者谁也？"封曰："妾所得非人世所知。世传并非真诀，惟华佗《五禽图》，差为不妄。凡修炼家，无非欲血气流通耳。若得厄逆症，作虎形立止，非其验耶！"十一娘阴与生谋，使伪为远出者。入夜，强劝以酒，既醉，生潜入污之。三娘醒曰："妹子害我矣！倘色戒不破，道成当升第一天。今堕奸谋，命也！"乃起告辞。十一娘告以诚意而哀谢之。封曰："实相告：我乃狐也。缘瞻丽容，忽生爱慕，如茧自缠，遂有今日。此乃情魔之劫，非关人力。再留，则魔更生，无底止矣。娘子福泽正远，珍重自爱。"言已而逝。夫妻惊叹久之。逾年，生乡会果捷，官翰林。投刺谒范公，公愧悔不见。固请之，乃见。生入，执子婿礼，伏拜甚恭。公愧怒，疑生儇薄。生请间，具道情事。公不深信，使人探诸其家，方大惊喜。阴戒勿宣，惧有祸变。又二年，某绅以关节^{以不正当的方法暗通消息。}发觉，父子充辽海军，十一娘始归宁焉。

狐梦

余友毕怡庵，倜傥不群，豪纵自喜。貌丰肥多髭。士林知名。尝以故至叔刺史公之别业，_{别墅。}休憩楼上。传言楼上故多狐。毕每读青凤传，心辄向往，恨不一遇。因于楼上摄想凝思。既而归斋，日已抵暮。时暑月燠热，当户而寝。睡中有人摇之。醒而却视，则一妇人，年逾不惑，而风雅犹存。毕惊起，问其谁。曰："我狐也。蒙君注念，心窃感纳。"毕闻而喜，投以嘲谑。妇笑曰："妾齿加长矣，纵人不见恶，先自惭沮。有小女及笄，可侍巾栉。明宵无寓人于室，当即来。"言已而去。至夜，焚香坐伺。妇果携女至。态度娴婉，旷世无匹。妇谓女曰："毕郎与有夙缘，即须留止。明旦早归，勿贪睡也。"毕乃握手入帏，款曲备至。事已，笑曰："肥郎痴重，使人不堪。"未明即去。既夕自来，曰："姊妹辈将为我贺新郎。明日即屈同去。"问："何所？"曰："大姊作筵主，此去不远也。"果候之，良久不至，身渐倦惰。才伏案头，女忽入曰："劳君久伺矣。"乃握手而行。奄至一处，有大院落。直上中堂，则见灯烛荧荧，灿若星点。俄而主人至，年近二旬，淡妆绝美。敛衽称贺已，将践席，婢入白："二娘子至。"见一女子入，年可十八九，笑向女曰：“妹子已破瓜此指女子结婚。矣。新郎颇如意否？”女以扇击背，白眼视之。二娘曰：“记儿时与妹相扑为戏，妹畏人数肋骨，远呵手指，即笑不可耐。便怒谓我当嫁僬侥国矮人国。小王子。我谓婢子他日嫁多髭郎，刺破小吻，嘴唇。今果然矣。”大娘笑曰：“无怪三娘子怒诅也！新郎在侧，直尔憨跳！”顷之，合尊促坐，宴笑甚欢。忽一小女抱一猫至，年可十二三，雏发未燥，而艳媚入骨。大娘曰：“四妹妹亦要见姊丈也？此无坐处。”因提抱膝头，取肴果饵之。移时，转置二娘怀中，曰：“压我胫骨酸痛。”二姊曰：“婢子许大，身如百钧重，我脆弱不堪。既欲见姊丈，姊丈故壮伟，肥膝耐坐。”乃捉置毕怀。入怀香耎，轻若无人。毕抱与同杯饮。大娘曰：“小婢勿过饮，醉失仪容，恐姊丈所笑。”小女孜孜展笑，以手弄猫，猫戛然鸣。大娘曰：“尚不抛却，抱走蚤虱矣！”二娘曰：“请以狸奴为令，执箸交传，鸣处则饮。”众如其教。至毕辄鸣。毕故豪饮，连举数觥，乃知小女子故捉令鸣也，因大喧笑。二姊曰：“小妹子归休，压煞郎君，恐三姊怨人。”小女郎乃抱猫去。大姊见毕善饮，乃摘髻子贮酒以劝。视髻仅容升许，然饮之，觉有数斗之多。比干，视之则荷盖也。二娘亦欲相酬，毕辞不胜酒。二娘出一口脂盒子，大于弹丸，酌曰：“既不胜酒，聊以示意。”毕视之，一吸可尽，接吸百口，更无干时。女在旁，以小莲杯易盒子去，曰：“勿为奸人所算。”置盒案上，则一巨钵。二娘曰：“何预汝事！三日郎君，便如许亲爱耶！”毕持杯向口立尽。把之腻软，审之非杯，乃罗袜一勾，衬饰工绝。二娘夺骂曰：“猾婢！何时盗人履子去，怪足冰冷也！”遂起，入室易舄。女约离席告别。女送出村，使毕自归。瞥然醒寤，竟是梦景，而鼻口醺醺，酒气犹浓，异之。至暮，女来曰：“昨宵未醉死耶？”毕言：“方疑是梦。”女曰：“姊妹怖君狂噪，故托之梦，实非梦也。”女每与毕弈，下棋。毕辄负。女笑曰："君日嗜此，我谓必大高着：今视之，只平平耳。"毕求指诲。女曰："弈之为术，在人自悟，我何能益君？朝夕渐染，或当有异。"居数月，毕觉稍进。女试之，笑曰："尚未，尚未！"毕出与所常共弈者游，则人觉其异，咸奇之。毕为人坦直，胸无宿物，微泄之。女已知，责曰："无惑乎同道者不交狂生也。屡嘱慎密，何尚尔尔！"怫然欲去。毕谢过不遑，女乃稍解；然由此来寝疏矣。积年余，一夕来，兀坐相向。与之弈，不弈；与之寝，不寝，怅然良久，曰："君视我孰如青凤？"曰："殆过之。"曰："我自惭弗如。然聊斋与君文字交，请烦作小传，未必千载下无爱忆如君者。"曰："凤有此志；曩^{先前}遵旧嘱，故秘之。"女曰："向为是嘱，今已将别，复何讳？"问："何往？"曰："妾与四妹妹为西王母征作花鸟使，不复得来矣。"毕求赠言。曰："盛气平，过自寡。"遂起捉手曰："君送我。"行至里许，洒涕分手，曰："彼此有志，未必无会期也。"乃去。康熙二十一年腊月十九日，毕子与余抵足绰然堂，细述其异。余曰："有狐若此，则聊斋之笔墨有荣光矣！"遂志之。

卷十

布客

长清某，贩布为业，客于泰安。闻有术人工_{精通}星命之学，诣问休咎。_{吉凶}术人推之曰："运数大恶，可速归。"某惧，囊资北下。途中遇一短衣人，似是隶胥。渐渍与语，遂相知悦。屡市餐饮，呼与共啜。短衣人甚德之。某问所营干，答言："将适长清，有所勾致。"_{捉拿}问为何人，短衣人出牒，示令自审；第一即己姓名。骇曰："何事见勾？"短衣人曰："我乃蒿里人，东四司隶役。想子寿数尽矣。"某出涕求救。鬼曰："不能。然牒上名多，拘集尚需时日。子速归，处置后事，我最后相招，此即所以报交好耳。"无何，至河际，断绝桥梁，行人艰涉。鬼曰："子行死矣，一文亦将不去。请即建桥，利行人；虽颇烦费，然于子未必无小益。"某然之。某归，告妻子作周身具。克日_{约定日期}鸠工_{聚集工匠}建桥。久之，鬼竟不至。心窃疑之。一日，鬼忽来曰："我已以建桥事上报城隍，转达冥司矣，谓此一节可延寿命。今牒名已除，敬以报命。"某喜感谢。后再至泰山，不忘鬼德，敬赍楮锭，_{纸钱}呼名酹奠。既出，见短衣人匆遽而来曰："子几祸我！适司君方莅事，幸不闻之。不然，奈何！"送之数武，_{半步为武}曰："后勿复来。倘有事北往，自当迂道过访。"遂别而去。

农人驱狐

　　有农人耕于山下，妇以陶器为饷。食已，置器垄畔。向暮视之，器中余粥尽空。如是者屡。心疑之，因睨注以觇之。有狐来，探首器中。农人荷锄潜往，力击之。狐惊窜走。器囊头，_{套在头上。}苦不得脱；狐颠蹶，_{跌倒。}触器碎落，出首，见农人，窜益急，越山而去。后数年，山南有贵家女，苦狐缠祟，敕勒无灵。狐谓女曰："纸上符咒，能奈我何？"女绐之曰："汝道术良深，可幸永好。顾不知生平亦有所畏者否？"狐曰："我罔所怖。但十年前在北山时，尝窃食田畔，被一人戴阔笠，持曲项兵，_{指锄头。}几为所戮，至今犹悸。"女告父。父思投其所畏，但不知姓名、居里，无从问讯。会仆以故至山村，向人偶道。旁一人惊曰："此与曩年事适相符，将无向所逐狐，今能为怪耶？"仆异之，归告主人。主人喜，即命仆马招农人来，敬白所求。农人笑曰："曩所遇诚有之，顾未必即为此物。且既能怪变，岂复畏一农人？"贵家固强之，使披戴如尔日状，入室，以锄卓地，_{立在地上。}咤曰："我日觅汝不可得，汝乃逃匿在此耶！今相值，决杀不宥！"言已，即闻狐鸣于室。农人益作威怒。狐即哀言乞命。农人叱曰："速去，释汝。"女见狐捧头鼠窜而去。自是遂安。

章阿端

卫辉戚生，少年蕴藉，有气敢任。时大姓有巨第，白昼见鬼，死亡相继，愿以贱售。生廉其直，购居之。而第阔人稀，东院楼亭，蒿艾成林，亦姑废置。家人夜惊，辄相哗以鬼。两月余，丧一婢。无何，生妻以暮至楼亭，既归得病，数日寻毙。家人益惧，劝生他徙。生不听。而块然^{孤独}无偶，憭栗自伤。婢仆辈又时以怪异相聒。生怒，盛气襆被，独卧荒亭中，留烛以觇其异。久之无他，亦竟睡去。忽有人以手探被，反复扪搎。生醒视之，则一老大婢，挛耳^{耳朵卷曲}蓬头，臃肿无度。生知其鬼，捉臂推之，笑曰："尊范不堪承教！"婢惭，敛手蹀躞而去。少顷，一女郎自西北隅出，神情婉妙。阚然至灯下，骂曰："何处狂生，居然高卧！"生起笑曰："小生此间之第主，候卿讨房税^{租房费用}耳。"遂裸而捉之。女急遁。生先趋西北隅，阻其归路。女计穷，便坐床上。近临之，对烛如仙；渐拥诸怀。女笑曰："狂生不畏鬼耶？将祸尔死！"生强解裙襦，则亦不甚抗拒。已而自白曰："妾章氏，小字阿端。误适荡子，刚愎不仁，横加折辱，遂愤悒夭逝，葬此廿余年矣。此宅下皆坟冢也。"问："老婢为谁？"曰："亦一故鬼，从妾服役。上有生人居，则鬼不安于夜室，适令驱君耳。"问："扪搎何为？"女笑曰："此婢三十年未经人道，其情可悯；然亦太不自谅矣。要之：馁怯者，鬼益侮弄之；刚肠者，不敢犯也。"听远钟响断，着衣下床，曰："如不见猜，^{被猜疑。}夜当复至。"入夕，果来，绸缪益欢。生曰："室人不幸殂谢，感悼不释于怀。卿能为我致之否？"女闻之，戚然曰："妾死二十年，谁一致念者！君诚多情，妾当极力。然闻投生有地矣，不知尚在冥司否。"逾夕，告生曰："娘子将生贵人家。以生前失环挞婢，婢自缢死，此案未结，以故迟留。今尚寄药王廊下，有监守者。妾使婢往行贿，或将来也。"生问："卿何闲散？"曰："凡枉死鬼不自投见，阎罗天子不及知也。"二鼓向尽，老婢果引生妻而至。生执手大悲，妻含涕不能言。女别去，曰："两人可话契阔，久别之情。另夜请相见也。"生问婢死事，妻曰："无妨，行结矣。"上床偎抱，款若平生之欢。由此遂以为常。后五日，妻忽泣曰："明日将赴山东，乖离苦长，奈何！"生闻言，挥涕流离，哀不自胜。女劝曰："妾有一策，可得暂聚。"共收涕询之。女请以纸钱十提，焚南堂杏树下，持贿押生者，俾缓时日。生从之。至夕，妻至，曰："幸赖端娘，今得十日聚。"生喜，禁女勿去，留与连床，暮以暨晓，惟恐欢尽。过七八日，生以限期将满，夫妻终夜涕泣。问计于女，女曰："势难再谋。然试为之，非冥资百万不可。"生焚之如数。女来，喜曰："妾使人与押生者关说，说人情。初难之；既见多金，心始摇。今已以他鬼代生矣。"自此，白日亦不复去，令生塞户牖，灯烛不绝。如是年余，女忽病，瞀闷懊憹，恍惚如见鬼状。妻抚之曰："此为鬼病。"生曰："端娘已鬼，又何鬼之能病？"妻曰："不然。人死为鬼，鬼死为聻。鬼之畏聻，犹人之畏鬼也。"生欲为聘巫医。曰："鬼何可以人疗？邻媪王氏，今行术于冥间，可往召之。然去此十余里，妾足弱不能行，烦君焚刍马。"生从之。马方爇，即见婢女牵赤骝，授绥庭下，转瞬已杳。少顷，与一老妪叠骑而来，絷马廊柱。妪入，切摸脉。女十指。既而端坐，首偊俅 shǔsù，颤抖。作态。仆地移时，蹶而起曰："我黑山大王也。娘子病大笃，幸遇小神，福泽不浅哉！此孽鬼为殃，不妨，不妨！但是病有瘳，须厚我供养，金百铤、钱百贯，盛筵一设，不得少缺。"妻一一嗷应。姬又仆而苏，向病者呵叱，乃已。既而欲去。妻送诸庭外，赠之以马，欣然而去。入视女郎，似稍清醒。夫妻大悦，抚问之。女忽言曰："妾恐不得再履人世矣。合目辄见冤鬼，命也！"因泣下。越宿，病益沉殆，曲体战栗，妄有所睹。拉生同卧，以首入怀，似畏扑捉。生一起，则惊叫不宁。如此六七日，夫妻无所为计。会生他出，半日而归，闻妻哭声。惊问，则端娘已毙床上，委脱犹存。启之，白骨俨然。生大恸，以生人礼葬于祖墓之侧。一夜，妻梦中呜咽。摇而问之，答云："适梦端娘来，言其夫为疒鬼，怒其改节泉下，衔恨索命去，祈我作道场以忏之。"生早起，即将如教。妻止之曰："度鬼非君所可与力也。"乃起去。逾刻而来，曰："余已命人邀僧侣。当先焚钱纸作用度。"生从之。日方落，僧众毕集，金铙法鼓，一如人世。妻每谓其聒耳，生殊不闻。道场既毕，妻又梦端娘来谢，言："冤已解矣，将生作城隍之女。烦为转致。"生与妻居三年，家人初闻而惧，久之渐习。生不在，则隔窗启禀。一夜，向生啼曰："前押生者，今情弊漏泄，按责甚急，恐不能久聚矣。"数日，果疾，曰："情之所钟，情之所向。本愿长死，不乐生也。今将永诀，得非数乎！"生遑遽求策。曰："是不可为也。"问："受责乎？"曰："薄有所责。然偷生之罪大，偷死之罪小。"言讫，不动。细审之，面庞形质，渐就渐灭矣。生每独宿亭中，冀有他遇，终亦寂然，人心遂安。

花姑子

安幼舆，陕之拔贡生。为人挥霍好义，喜放生。见猎者获禽兽，辄不惜重直，买释之。会舅家丧葬，往助执绋。_{送葬。}暮归，路经华岳，迷窜山谷中。心大恐。一矢之外，忽见灯火，趋投之。数武_{半步为武。}中，欻见一叟，伛偻曳杖，斜径疾行。安停足，方欲致问，叟先诘谁何。安以迷途告；且言灯火处必是山村，将以投止。叟曰："此非安乐乡。幸老夫来，可从去，茅庐可以下榻。"安大悦，从行里许，睹小村。叟叩荆扉，一妪出，启关曰："郎子来耶？"叟曰："诺。"既入，则舍宇湫隘。_{低湿狭小。}叟挑灯促坐，便命随便具食。又谓妪曰："此非他，是我恩主。婆子不能行步，可唤花姑子来酾酒。"_{斟酒}俄女郎以馔具入，立叟侧，秋波斜盼。安视之，芳容韶齿，殆类天仙。叟顾令煨酒。房西隅有煤炉，女郎入房拨火。安问："此公何人？"答曰："老夫章姓。年七十，止有此女。田家少婢仆，以君非他人，故敢出妻见子，_{让妻子儿女出来见客。}幸勿哂也。"安问："婿家何里？"答云："尚未。"安赞其慧丽，称不容口。叟方谦挹，忽闻女郎惊号。叟奔入，则酒沸火腾。叟乃救止。诃曰："老大婢，濡猛_{突然酒沸。}不知耶！"回首，见炉旁有蜀心插紫姑_{用高粱秆心编的紫姑神。}未竟，又诃曰："发蓬蓬许，才如婴儿！"持向安曰："贪此生涯，致酒沸腾。蒙君子奖誉，岂不羞死！"安审谛之，眉目袍服，制甚精工。赞曰："虽近儿戏，亦见慧心。"斟酌移时，女频来行酒，嫣然含笑，殊不羞涩。安注目情动。忽闻妪呼，叟便去。安觑无人，谓女曰："睹仙容，使我魂失。欲通媒妁，恐其不遂，如何？"女抱壶向火，默若不闻；屡问不对。生渐入室。女起厉色曰："狂郎入闼，将欲何为！"生长跪哀之。女夺门欲去。安暴起要遮，_{阻拦。}狎接朦胧。女颤声疾呼，叟匆遽入问。安释手而出，殊切愧惧。女从容向父曰："酒复涌沸，非郎君来，壶子融化矣。"安闻女言，心始安妥，益德之。魂魄颠倒，丧所怀来。于是伪醉离席，女亦遂去。叟设裀褥，阖扉乃出。安不能寐，未曙，呼别。至家，即浼请求。交好者造庐求聘，终日而返，竟莫得其居里。安遂命仆马，寻途自往。至则绝壁巉岩，竟无村落；访诸近里，此姓绝少。失望而归，并忘食寝。由此得昏瞀之疾；强啖汤粥，则唾嗒欲吐；溃乱中辄呼花姑子。家人不解，但终夜环伺之，气势阽危。一夜，守者困怠并寐，生蒙眬中，觉有人揣而抗摇晃。之。略开眸，则花姑子立床下，不觉神气清醒。熟视女郎，潸潸涕堕。女倾头笑曰："痴儿何至此耶？"乃登榻坐安股，以两手为按太阳穴。安觉脑麝奇香，穿鼻沁骨。按数刻，忽觉汗满天庭，渐达肢体。小语曰："室中多人，我不便住。三日后当复相望。"又于绣袪中出数蒸饼置床头，悄然遂去。安至中夜，汗已思食，扪饼啖之。不知所包何料，甘美非常，遂尽三枚。又以衣覆余饼，懵懵酣睡，辰分始醒，如释重负。三日，饼尽，精神倍爽。乃遣散家人。又虑女来不得其门而入，潜出斋庭，悉脱扃键。未几，女果至，笑曰："痴郎子！不谢巫耶？"安喜极，抱与绸缪，恩爱甚至。已而曰："妾冒险蒙垢，所以故，来报重恩耳。实不能永谐琴瑟，幸早别图。"安默默良久，乃问曰："素昧生平，何处与卿家有旧，实所不忆。"女不言，但云："君自思之。"生固求永好。女曰："屡屡夜奔，固不可；常谐伉俪，亦不能。"安闻言，悒悒而悲。女曰："必欲相谐，明宵请临妾家。"安乃收悲以忻，问曰："道路辽远，卿纤纤之步，何遂能来？"曰："妾固未归。东头聋媪我姨行，为君故，淹留至今，家中恐所疑怪。"安与同衾，但觉气息肌肤，无处不香。问曰："熏何芗泽，香气。致侵肌骨？"女曰："妾生来便尔，非由熏饰。"安益奇之。女早起言别，安虑迷途，女约相候于路。安抵暮驰去，女果伺待，偕至旧所。叟媪欢逆。迎接。酒肴无佳品，杂具藜藿。既而请安寝。女子殊不瞻顾，颇涉疑念。更既深，女始至，曰："父母絮絮不寝，致劳久待。"浃洽终夜，谓安曰："今宵之会，乃百年之别。"安惊问之。答曰："父母以小村孤寂，故将远徙。与君好合，尽此夜耳。"安不忍释，俯仰悲怆。依恋之间，夜色渐曙。叟忽闯然入，骂曰："婢子玷我清门，使人愧怍欲死！"女失色，草草奔出。叟亦出，且行且詈。安惊屏愕怯，无以自容，潜奔而归。数日徘徊，心境殆不可过。因思夜往，逾墙以伺其便。叟固言有恩，即令事泄，当无大谴。遂乘夜窜往，蹀躞<small>小步行走</small>山中，迷闷不知所往。大惧。方觅归途，见谷中隐有舍宇；喜诣之，则闬闳高壮，似是世家，重门尚未扃也。安向门者询章氏之居。有青衣出，问："昏夜何人询章氏？"安曰："是吾亲好，偶迷居向。"青衣曰："男子无问章也。此是渠妗<small>舅母</small>家，花姑今即在此，容传白之。"入未几，即出邀安。才登廊舍，花姑趋出迎，谓青衣曰："安郎奔波中夜，想已困殆，可伺床寝。"少间，携手入帷。安问："妗家何别无人？"女曰："妗他出，留妾代守。幸与郎遇，岂非夙缘？"然偎傍之际，觉甚腥膻，心疑有异。女抱安颈，遽以舌舐鼻孔，彻脑如刺。安骇绝，急欲逃脱，而身若巨绠之缚。少时，闷然不觉矣。安不归，家中觅者穷人迹。或言暮遇于山径者。家人入山寻之，则裸死危崖下。惊怪莫察其由，舁归。众方聚哭，一女郎来吊，自门外嗷啕而入。抚尸捺鼻，涕洟其中，呼曰："天乎，天乎！何愚冥至此！"痛哭声嘶，移时乃已。告家人曰："停以七日，勿殓也。"众不知何人，方将启问；女傲不为礼，含涕径出，留之不顾。尾其后，转瞬已杳，群疑为神，谨遵所教。至夜又来，哭如昨。及七夜，安忽苏，反侧以呻。家人尽骇。女子入，相向呜咽。安举手，挥众令去。女出青草一束，燂汤升许，即床头进之，顷刻能言。叹曰："再杀之惟卿，再生之亦惟卿矣！"因述所遇。女曰："此蛇精冒妾也。前迷道时，所见灯光，即是物也。"安曰："卿何能起死人而肉白骨也？毋乃仙乎？"女曰："久欲言之，恐致惊怪。君五年前，曾于华山道上买猎獐而放之否？"曰："然，其有之。"曰："是即妾父也。前言大德，盖以此故。君前日已生西村王主政家。妾与父讼诸阎摩王，王弗善也。父愿坏道代郎死，哀之七日，始得当。今之邂逅，幸耳。然君虽生，必且痿痹不仁；_{肢体萎缩麻木。}得蛇血和酒饮之，病乃可除。"生衔恨切齿，而虑其无术可以擒之。女曰："不难。但多残生命，累我百年不得飞升。其穴在老崖中，可于晡时聚茅焚之，外以强弩戒备，妖物可得。"言已，别曰："妾不能终事，实所哀惨。然为君故，业行已损其七，幸悯宥也。月来觉腹中震动，恐是孽根。男与女，岁后当相寄耳。"流涕而去。安经宿，觉腰下尽死，爬抓无所痛痒。乃以女言告家人。家人往，如其言，炽火穴中。有巨白蛇冲焰而出。数弩齐发，射杀之。火熄入洞，蛇大小数百头，皆焦而死。家人归，以蛇血进。安服三日，两股渐能转侧，半年始起。后独行谷中，遇老妪以绷席_{婴儿的包被}。抱婴儿授之，曰："吾女致意郎君。"安方欲问讯，瞥不复见。启褓视之，男也。抱归，竟不复娶。

　　异史氏曰："人之所以异于禽兽者几希，此非定论也。蒙恩衔结至于没齿，则人有惭于禽兽者矣。至于花姑，始而寄慧于憨，终而寄情于恝，_{jiá，淡然。}乃知憨者慧之极，恝者情之至也，仙乎仙乎！"

武孝廉

　　武孝廉石某，囊资赴都，将求铨叙。_{求取官职。}至德州，暴病，唾血不起，长卧舟中。仆篡金亡去。石大惫，病益加，资粮断绝。

榜人_{船家}。谋委弃之。会有女子乘船，夜来临泊，闻之，自愿以舟载石。榜人悦，扶石登女舟。石视之，妇四十余，被服灿丽，神采犹都。呻以感谢。妇临审曰："君夙有瘵根，今魂魄已游墟墓。"石闻之，嗷然哀哭。妇曰："我有丸药，能起死。苟病瘳，_{chōu，病愈。}勿相忘。"石洒泣矢盟。妇乃以药饵石；半日，觉少痊。妇即榻供甘旨，殷勤过于夫妇。石益德之。月余，病良已。石膝行而前，敬之如母。妇曰："妾茕独无依，如不以色衰见憎，愿侍巾栉。"_{指为其妻室。}时石三十余，丧偶经年，闻之，喜惬过望，遂相燕好。妇乃出藏金，使入都营干，相约返与同归。石赴都夤缘，_{攀附权要。}选得本省司阃；余金市舆马，冠盖赫奕。阴念妇腊已高，终非良偶，因以百金聘王氏女为继室，心中悚怯，恐妇闻知，遂避德州道，迂途履任。年余不通音耗。_{音信。}有石中表，偶至德州，与妇为邻。妇知之，诣问石况。某以实对。妇大骂，因告以情。某亦代为不平，慰解曰："或署中务冗，尚未暇遑。乞修尺一书，为嫂寄之。"妇如其言。某敬以达石，石殊不置意。又年余，妇自往归石，止于旅舍，托官署司宾者通姓氏。石令绝之。一日，方燕饮，闻喧詈声，释杯凝听，则妇已搴帘入矣。石大骇，面色如土。妇指骂曰："薄情郎！安乐耶？试思富若_{和。}贵何自来？我与汝情分不薄，即欲置婢妾，相谋何害？"石累足屏气，不能复作声。久之，长跪自投，诡辞求宥。妇气稍平。石与王氏谋，使以妹礼见妇。王氏雅_{很。}不欲；石固哀之，乃往。王拜，妇亦答拜。曰："妹勿惧，我非悍妒者。曩事，实人情所不堪，即妹亦当不愿有是郎。"遂为王缅述本末。王亦忿恨，因与交詈石。石不能自为地，惟求自赎，遂相安帖。初，妇之未入也，石戒阍人勿通。至此，怒阍人，阴_{偷偷。}诘让之。阍人固言管钥未发，无入者，不服。石疑之，而不敢问妇，两虽言笑，而终非所好也。幸妇娴婉不争夕。三餐后，掩闼早眠，并不问良人夜宿何所。王初犹自危；见其如此，益敬之。晏旦往朝，如事姑嫜。妇御下_{对待下人}。宽和有体，而明察若神。一日，石失印绶，合署沸腾，屑屑往还，无所为计。妇笑言："无忧，竭井可得。"石从之，果得焉。叩其故，辄笑不言。隐约间，似知盗者之名姓，然终不肯泄。居之终岁，察其行多异。石疑其非人，常于寝后使人瞰听之，但闻床上终夜作振衣声，亦不知其何为。妇与王极相怜爱。一夕，石以赴臬司未归，妇与王饮，不觉过醉，就卧席间，化而为狐。王怜之，覆以锦褥。未几，石入，王告以异。石欲杀之。王曰："即狐，何负于君？"石不听，急觅佩刀。而妇已醒，骂曰："虺蝮_{毒蛇名}之行，而豺狼之心，必不可与久居！曩时啖药，乞赐还也！"即唾石面。石觉森寒如浇冰水，喉中习习作痒，呕出，则丸药如故。妇拾之，忿然径出，追之已杳。石中夜旧症复作，血嗽不止，半载而卒。

异史氏曰："石孝廉翩翩若书生，或言其折节能下士，语人如恐伤。壮年殂谢，士林悼之。至闻其负狐妇一事，则与李十郎何以少异？"

西湖主

陈生弼教，字明允，燕人也。家贫，从副将军贾绾作记室。泊舟洞庭，适猪婆龙_{扬子鳄}。浮水面，贾射之中背。有鱼衔龙尾不去，并获之。锁置桅间，奄存气息；而龙吻张翕，似求援拯。生恻然心动，请于贾而释之。携有金疮药，戏敷患处，纵之水中，浮沉逾刻而没。后年余，生北归，复经洞庭，大风覆舟。幸扳一竹簏，漂泊终夜，绁_{绊住}。木而止。援岸方升，有浮尸继至，则其僮仆。力引出之，已就毙矣。惨怛无聊，坐石憩息。但见小山耸翠，细柳摇青，行人绝少，无可问途。自迟明以及辰后，怅怅靡之。_{无处可去。}忽僮仆肢体微动，喜而扪之。无何，呕水数斗，醒然顿苏。相与曝衣石上，近午始燥可着。而枵肠辘辘，饥不可堪。于是越山疾行，冀有村落。才至半山，闻鸣镝_{响箭}声。方凝听间，有二女郎乘骏马来，骋如撒菽。各以红绡抹额，_{头戴红巾}髻插雉尾，着小袖紫衣，腰束绿锦，一挟弹，一臂青鞲。度过岭头，则数十骑猎于榛莽，并皆姝丽，装束若一。生不敢前。有男子步驰，似是驭卒，因就问之。答曰："此西湖主，猎首山也。"生述所来，且告之馁。驭卒解裹粮授之，嘱云："宜即远避，犯驾当死！"生惧，疾趋下山。茂林中隐有殿阁，谓是兰若。_{佛寺}近临之，粉垣围沓，溪水横流，朱门半启，石桥通焉。攀扉一望，则台榭环云，拟于上苑，_{皇家园林}又疑是贵家园亭。逡巡而入，横藤碍路，香花扑人。过数折曲栏，又是别一院宇，垂杨数十株，高拂朱檐。山鸟一鸣，则花片乱飞；深苑微风，则榆钱自落。怡目快心，殆非人世。穿过小亭，有秋千一架，上与云齐；而胃索沉沉，杳无人迹。因疑地近闺阁，惴怯未敢深入。俄闻马腾于门，似有女子笑语。生与僮潜伏花丛中。未几，笑声渐近，闻一女子曰："今日猎兴不佳，获禽绝少。"又一女曰："非是公主射得雁落，几空劳仆马也。"无何，红妆数辈，拥一女郎至亭上坐。秃袖_{窄袖。}戎装，年可十四五。鬓多敛雾，腰细惊风，玉蕊琼英，未足方喻。诸女子献茗熏香，灿如堆锦。移时，女起，历阶而下。一女曰："公主鞍马劳顿，尚能秋千否？"公主笑诺。遂有驾肩者，捉臂者，褰裙者，挽扶而上。公主舒皓腕，躡利屣，轻如飞燕，蹴入云霄。已而扶下。群曰："公主真仙人也！"喜笑而去。生睨良久，神志飞扬。迨人声既寂，出诣秋千下，徘徊凝想。

见篱下有红巾，知为群美所遗，喜纳袖中。登其亭，见案上设有文具，遂援笔题巾曰："雅戏何人拟半仙？玩秋千。分明琼女散金莲。广寒队里恐相妒，莫信凌波上九天。"题已，吟诵而出。复寻故径，则重门扃锢矣。踟蹰罔计，返而楼阁亭台，涉历殆尽。一女掩入，惊问："何得来此？"生揖之曰："失路之人，幸乞垂救。"女问："拾得红巾否？"生曰："有之。然已玷染，奈何？"因出之。女大惊曰："汝死无所矣！此公主所常御，用。涂鸦若此，何能为地？"生失色，哀求脱免。女曰："窃窥宫仪，罪已不赦。念汝儒冠蕴藉，欲以私意相全；今孽乃自作，将何为计？"遂皇皇持巾去。生心悸肌栗，恨无翅翎，惟延颈俟死。久之，女复来，潜贺曰："子有生望矣！公主看巾三四遍，辗然无怒容，或当放君去。宜姑耐守，勿得攀树钻垣，发觉不宥矣。"日已浸暮，凶祥不能自必；而饿焰中烧，忧煎欲死。无何，女子挑灯至。一婢提壶榼，出酒食饷生。生急问消息，女云："适我乘间言：'园中秀才，可恕则放之；不然，饿且死。'公主沉思云：'深夜教渠何之？'遂命馈君食。此非恶耗也。"生徊徨终夜，危不自安。辰刻向尽，女子又饷之。生哀求缓颊，代人讲情。女曰："公主不言放，亦不言杀。我辈下人，何敢屑屑渎告？"既而斜日西转，眺望方殷，女子全身急奔而入，曰："殆矣！多言者泄其事于王妃；妃展巾抵地，扔在地上。大骂狂伧，祸不远矣！"生大惊，面如灰土，长跪请教。忽闻人语纷拿，女摇手避去。数人持索，汹汹入户。内一婢熟视曰："将谓何人，陈郎耶？"遂止持索者，曰："且勿且勿，待白王妃来。"返身急去。少间来曰："王妃请陈郎入。"生战惕从之。经数十门户，至一宫殿，碧箔银钩。即有美姬揭帘，唱："陈生至。"上一丽者，袍服炫冶。生伏地稽首曰："万里孤臣，幸恕余生！"妃急起曳之曰："我非君子，无以有今日。婢辈无知，致忤佳客，罪何可赎！"即设华筵，酌以镂杯。生茫然不解其故。妃曰："再造之恩，恨无所报。息女_{亲生女}儿。蒙题巾之爱，当是天缘，今夕即遣奉侍。"生意出非望，神惝恍而无着。日方暮，一婢前白："公主严妆已竟。"妃命引生就帐。忽而笙管敖曹，阶下悉践花阘；门当藩溷，处处皆笼烛。数十妖姬扶公主交拜。麝兰之气，充溢殿庭。既而相将入帏，两相倾爱。生曰："羁旅之臣，生平不省拜侍。玷污芳巾，得免斧锧幸矣；反赐姻好，实非所望。"公主曰："妾母，湖君妃子，乃扬江王女。旧岁归宁，偶游湖上，为流矢所中。蒙君脱免，又赐刀圭之药，一门戴佩，_{感激}。常不去心。郎勿以非类见疑。妾从龙君得长生诀，愿与郎共之。"生乃悟为神人，因问："婢子何以相识？"曰："尔日洞庭舟上，曾有小鱼衔尾，即此婢也。"又问："既不见诛，何迟迟不赐纵脱？"笑曰："实怜君才，但不得自主。颠倒终夜，他人不及知也。"生叹曰："卿我鲍叔也。馈食者谁？"曰："阿念，亦妾腹心。"生曰："何以报德？"笑曰："侍君有日，徐图塞责未晚耳。"生问："大王何在？"曰："从关圣征蚩尤未归。"居数日，生虑家中无耗，_{音信}。悬念綦切，乃先以平安书遣仆归。家中闻洞庭舟覆，妻子缞绖守丧。_{守丧}。已年余矣。仆归，始知不死，而音问梗塞，终恐漂泊难返。又半载，生忽至，裘马甚都，囊中金宝充盈。由此富有巨万，声色豪奢，世家所不能及。七八年间，生子五人。日日宴集宾客，宫室饮馔之奉，穷极丰盛。或问所遇，言之无少隐讳。有童稚之交梁子俊者，宦游南服_{南方}。十余年。归过洞庭，见一画舫，雕槛朱窗，笙歌幽细，缓荡烟波。时有美人推窗凭眺。梁注目舫中，见一少年丈夫，科头叠股其上；旁有二八姝丽，挼莎交摩。念必楚襄贵官，而驺从殊少。凝眸审谛，则陈明允也。不觉凭槛酣叫。生闻呼，罢棹，出临鹢首，邀梁过舟。见残肴满案，酒雾犹浓。生立命撤去。顷之，美婢三五，进酒烹茗，山海珍错，目所未睹。梁惊

曰:"十年不见,何富贵一至于此!"笑曰:"君小觑穷措大,_{穷书生。}
不能发迹耶?"问:"适共饮何人?"曰:"山荆耳。"梁又异之,
问:"携家何往?"答:"将西渡。"梁欲再诘,生遽命歌以侑酒。
一言甫毕,早雷聒耳,肉竹嘈杂,不复可闻言笑。梁见佳丽满前,
乘醉大言曰:"明允公,能令我真果消魂否?"生笑云:"足下醉
矣!然有一美妾之资,可赠故人。"遂命侍儿进明珠一颗,曰:"绿
珠不难再购,明我非吝惜者。"乃趋别_{催促分手。}曰:"小事忙迫,不
能与故人久聚。"遂送梁归舟,开缆径去。梁归,探诸其家,则生
方与客饮。因问:"昨在洞庭,何归之速?"答曰:"无之。"梁乃
追述所见,一坐尽骇。生笑曰:"君误矣,仆岂有分身术耶?"众异
之,而究莫解其故。后八十一岁而终。迨殡,讶其棺轻,开之,则
空棺耳。

异史氏曰:"竹篓不沉,红巾题句,此其中具有鬼神;而要之
皆恻隐之一念所通也。迨宫室妻妾,一身而两享其奉,即又不可解
矣。昔有愿娇妻美妾、贵子贤孙,而兼长生不死者,仅得其半耳。
岂仙人中亦有汾阳、季伦耶?"

孝子

青州东香山之前,有周顺亭者,事母至孝。母股生巨疽,痛不
可忍,昼夜嚬呻。周抚肌进药,至忘寝食。数月不瘥,周忧煎无以
为计。梦父告曰:"母疾赖汝孝。然此疮非人膏涂之不能愈,徒劳
焦恻也。"醒而异之。乃起,以利刃割胁肉,肉脱落,觉不甚苦。
急以布缠腰际,血亦不注。于是烹肉持膏,敷母患处,痛截然顿

止。母喜，问："何药而灵效如此？"周诡对之。母疮寻愈。周每掩护割处，即妻子亦不知也。既痊，有巨痕如掌。妻诘之，始得其情。

异史氏曰："刲股为伤生之事，君子不贵。然愚夫妇何知伤生之为不孝哉？亦行其心之所不自已者_{不能自我克制}而已。有斯人而知孝子之真，犹在天壤。司风教者，重务良多，无暇彰表，则阐幽明微，赖兹刍荛。"

阎王

李常久，临朐人。壶榼于野，_{携酒壶饮于郊野}。见旋风蓬蓬而来，敬酹奠之。后以故他适，路旁有广第，殿阁弘丽。一青衣人自内出，邀李，李固辞。青衣要遮甚殷。李曰："素不识荆，得毋误耶？"青衣云："不误。"便言李姓字。问："此谁家第？"云："入自知之。"入，进一层，见一女子，手足钉扉上。近视之，其嫂也。大骇。李有嫂，臂生恶疽，不起者年余矣。因自念何得至此。转疑招致_{青衣人的邀请}。意恶，畏阻却步。青衣促之，乃入。至殿下，上一人，冠带如王者，气象威猛。李跪伏，莫敢仰视。王者命曳起之，慰之曰："勿惧。我以曩昔扰子杯酌，欲一见相谢，无他故也。"李心始安，然终不知其故。王者又曰："汝不忆田野酹奠时乎？"李顿悟，知其为神，顿首曰："适见嫂氏受此严刑，骨肉之情，实恻于怀。乞王怜宥！"王者曰："此甚悍妒，宜得是罚。三年前，汝兄妾盘肠而产，彼阴以针刺肠上，俾至今脏腑常痛。此岂有人理者！"李固哀之。乃曰："便以子故宥之。当归劝悍妇改行。"李谢而出，则扉上无人矣。归视嫂，嫂卧榻上，疮血殷席。时以妾拂意故，方致诟骂。李遽劝曰："嫂勿复尔！今日恶苦，皆平日忌嫉所致。"嫂怒曰："小郎若个好男儿，又房中娘子贤似孟姑姑，任郎君东家眠，西家宿，不敢一作声。自当是小郎大乾纲，_{指夫权。}到不得代哥子降伏老媪！"李微哂曰："嫂勿怒，若言其情，恐欲哭不暇矣。"曰："便曾不盗得王母筹中线，_{谓不曾偷盗。}又未与玉皇案前吏一眨眼，_{谓不曾偷情。}中怀坦坦，何处可用哭者！"李小语曰："针刺人肠，宜何罪？"嫂勃然色变，问此言之因。李告之故。嫂战惕不已，涕泗流离而哀鸣曰："吾不敢矣！"啼泪未干，觉疼顿止，旬日而瘳。_{病愈。}由是力改前辙，遂称贤淑。后妾再产，肠复堕，针宛然在焉。拔去之，肠痛乃瘳。_{病愈。}

异史氏曰："或谓天下悍妒如某者，正复不少，恨阴网之漏多也。余谓：不然。冥司之罚，未必无甚于钉扉者，但无回信耳。"

土偶

沂水马姓者，娶妻王氏，琴瑟甚笃。马早逝，王父母欲夺其志，_{改变她守节的志向。}王矢节不他。姑_{婆婆。}怜其少，亦劝之，王不听。母曰："汝志良佳，然齿_{年纪。}太幼，儿又无出。每见有勉强于初，而贻羞于后者，固不如早嫁，犹恒情也。"王正容，以死自誓，母乃任之。女命塑工肖夫像，每食酹献如生时。一夕，将寝，忽见土偶人欠伸而下。骇心愕顾，即已暴长如人，真其夫也。女惧，呼母。鬼止之曰："勿尔。感卿情好，幽壤酸心。_{泉下心酸。}一门有忠贞，数世祖宗皆有光荣。吾父生有损德，应无嗣，遂至促我茂龄。

冥司念尔苦节，故令我归，与汝生一子，以承祧绪。"女亦沾襟。遂燕好如平生。鸡鸣即下榻去。如此月余，觉腹微动。鬼乃泣曰："限期已满，从此永诀矣！"遂绝。女初不言，既而腹渐大，不能隐，阴以告母。母疑涉妄，然窥女无他，大惑不解。十月果举一男。向人言之，闻者罔不匿笑，偷笑。女亦无以自伸。有里正故与马有隙，告诸邑令。令拘讯邻人，并无异言。令曰："闻鬼子无影，有影者伪也。"抱儿日中，影淡淡如轻烟然。又刺儿指血付土偶上，立入无痕；取他偶涂之，一拭便去。以此信之。及长，口鼻言动，无一不肖马者。群疑始解。

长治女子

陈欢乐，潞之长治人。有女慧美。有道士行乞，睨之而去。由是日托钵近村间。适一瞽人自陈家出，道士追与同行，问："何来？"瞽云："适过陈家推造命。"算命。道士曰："闻其家有女郎，我中表亲欲求姻好，但未知其甲子。"瞽为之述之，道士乃别而去。居数日，女绣于房，忽觉足麻痹，渐至股，又渐至腰腹，俄而晕然倾仆。逾刻始恍惚能立，将寻告父母。及出门，则见茫茫黑波中，一路如线，骇而却退，门舍居庐，已被黑水淹没。又视路上，行人绝少，惟一道士缓步于前。遂遥尾之，冀见同乡，一相告语。走数里以来，忽视里舍，视之，则己家门。大骇曰："奔驰如许，固犹在村中。何向来迷惘若此！"欣然入门，父母尚未归。复仍至己房，所绣业履，未绣完的鞋。犹在榻上。自觉奔波殆极，就榻憩坐。道士忽入。女大惊欲遁。道士捉而捺之。女欲号，则喑不能声。道士急以利刃剖女心，女觉魂飘飘离壳而立。四顾家舍全非，惟有崩崖若覆。视道士以己心血点木人上，又复叠指诅咒；女觉木人遂与己合。道士嘱曰："自此当听差遣，勿得违误！"遂佩戴之。陈氏失女，举家惶惑。寻至牛头山，始闻村人传言，岭下一女子剖心而死。陈奔验，果其女也。泣以诉宰。宰拘岭下居人，拷掠几遍，迄无端绪。姑收群犯，以待覆勘。道士去数里外，坐路旁柳树下，忽谓女曰："今遣汝第一差，往侦邑中审狱状。去当隐身暖阁上。倘见官宰用印，即当趋避，切记勿忘！限汝辰 七时到九时 来。去巳 九时到十一时。来。迟一刻，则以一针刺汝心中，令作急痛；二刻，刺二针；三刻则使汝魂魄消灭矣。"女闻之，四体惊悚，飘然遂去。瞬息至官廨，如言伏阁上。一时岭下人罗 排列。跪堂下，尚未讯诘。适将钤印公牒，女未及避，而印已出匣。女觉身体重奠，纸格似不能胜，噗然作响。满堂愕顾。宰命再举，响如前；三举，翻堕地下。众悉闻之。宰起祝曰："如是冤鬼，当便直陈，为汝昭雪。"女哽咽而前，历言道士杀己状、遣己状。宰差役驰去，至柳下，道士果在。捉还，一鞫 审讯。而服。人犯乃释。宰问："汝冤雪何归？"女曰："将从大人。"宰曰："吾署中无处可容，不如暂归汝家。"女良久曰："官署即吾家，我将入矣。"宰又问，音响已寂。退入宅中，则夫人生女矣。

义　犬

潞安某甲，父陷狱将死。搜括囊蓄，得百金，将诣郡关说。说人情。跨骡出，则所养黑犬从之。呵逐使退；既走，则又从之，鞭逐不返。从行数十里。某下骑，趋路侧私_{小便}焉。既，乃以石投犬，犬始奔去；某既行，则犬忽然复来，啮骡尾。某怒鞭之，犬鸣吠不已。忽跃在前，愤龁骡首，似欲阻其去路。某以为不祥，益怒，回骑驰逐之。视犬已远，乃返辔急驰，抵郡已暮。及扪腰囊，金亡其半，涔涔汗下，魂魄都失。辗转终夜，顿念犬吠有因。候关出城，细审来途。又自计南北冲衢，行人如蚁，遗金宁有存理。逡巡至下骑所，见犬毙草间，毛汗湿如洗。提耳起视，则封金俨然。感其义，买棺葬之，人以为义犬冢云。

伍秋月

　　秦邮王鼎，字仙湖。为人慷慨有力，广交游。年十八未娶。每远游，恒经岁不返。兄鼐，江北名士，友于_{兄弟之情}甚笃。劝弟勿游，将为择偶。生不听，命舟抵镇江访友。友他出，因税居于逆旅阁上。江水澄波，金山在目，心甚快之。次日，友来，请生移居，辞不去。居半月余，夜梦一女郎来，年可十四五，容华端妙，上床与合，既寤而遗。颇怪之，亦以为偶。入夜，又梦之，如是三四夜。心大异之，不敢熄烛，身虽偃卧，惕然自警。才交睫，梦女复来；方狎，忽自惊寤；急开目，则见少女如仙，俨然犹在抱也。见生醒，颇自愧怯。生虽知非人，意亦甚得；无暇问讯，直与驰骤。女若不堪，曰："狂暴如此，无怪人不敢明告也。"生始诘之，答云："妾伍氏秋月。先父名儒，邃于易数_{精通周易}。常珍爱妾；但言寿不永，故不许字人。后十五岁果夭殁，即攒葬阁东，令与地平。亦无冢志，惟立片石于棺侧曰：'伍秋月，葬无冢，三十年，嫁王鼎.'今已三十年,君适至。心喜,亟欲自荐,寸心羞怯,故假之梦寐耳。"王亦喜,复求讫事。曰:"妾少须阳气,欲求复生,实不禁此风雨。后日好合无限,何必今宵。"遂起而去。次夕,复至,坐对笑谑,欢若平生。灭烛登床,无异生人;但女既起,则遗泄流离,沾染裀褥。一夕,月明莹澈,小步庭中。问女:"冥中亦有城郭否?"答曰:"与阳等耳。冥间城府,不在此处,去此可三四里。但以夜为昼。"问:"生人能见之否?"答云:"亦可。"生请往观,女诺之。乘月去,女飘忽若风,王极力追随。欻至一处,女言:"不远矣。"生瞻望殊罔所见。女以唾涂其两眦,_{眼角。}启之,明倍于常,视夜色不殊白昼。顿见雉堞在杳蔼中,路上行人,如趋墟市。俄二皂絷三四人过,末一人怪类其兄。趋近之,果兄。骇问:"兄那得到此?"兄见鼎,潸然零涕,曰:"自不知何事强被拘囚。"生怒曰:"我兄秉礼君子,何至缧绁_{捆绑。}如此!"便请二皂,幸且宽释。皂不肯,殊大傲睨。生忿,欲与争。兄止之曰:"此是官命,亦合奉法,但余乏用度,索贿良苦。弟归宜措置。"生把兄臂,哭失声。皂怒,猛掣项索,兄顿颠蹶。生见之,忿火填胸,不能制止,即解佩刀,立决皂首。一皂喊嘶,生又决之。女大惊曰:"杀官使,罪不宥!迟则祸及!请即觅舟北发,归家勿摘提幡,_{丧幡。}杜门绝出入七日,保无虑也。"生乃挽兄,夜买小舟,火急北渡。归见吊客在门,知兄果死。闭门下钥始入,视兄已渺;入室,则亡者已苏,便呼:"饿死矣!可急备汤饼。"时死已二日,家人尽骇。生乃备言其故。七日启关,去丧幡,人始知其复苏。亲友集问,但伪对之。转思秋月,想念颇烦。遂复南下,至旧阁,秉烛久待,女竟不至。朦胧欲寝,见一妪来,曰:"秋月小娘子致意郎君:前以公役被杀,凶犯逃亡,捉得娘子去,现在监押,押役遇之虐。日日盼郎君,当谋作经纪。"生悲愤,便从妪去。至一城都,入西郭,妪指一门曰："小娘子即寄此间。"王入，见房舍颇繁，寄顿囚犯甚多，并无秋月。又进一小扉，斗室中有灯火。王近窗以窥，则秋月坐榻上，掩袖鸣泣。二役在侧，撮颐捉履，引以嘲戏。女啼益急。一役挽颈曰："既罪犯，尚守贞耶？"王怒不暇语，持刀直入，一役一刀，摧斩如麻，篡取女郎而出，幸无觉者。才至旅舍，蘧然即醒。方怪幻梦之凶，见秋月含涕而立。生惊起曳坐，告之以梦。女曰："真也，非梦也。"生惊曰："且为奈何！"女叹曰："此有定数。妾待月尽，始是生期；今已如此，急何能待！当速发瘗处，_{埋葬处。}载妾同归，日频唤妾名，三日可活。但未满时日，骨骾足弱，不能为君任井臼_{操持家务。}耳。"言已，草草欲出。又返身曰："妾几忘之，冥追若何？生时，父传我符书，言三十年后可佩，今其时矣。"乃索笔疾书两符，曰："一君自佩，一粘妾背。"送之出，志其没处，掘尺许，即见棺木，亦已败腐。侧有小碑，果如女言。发棺视之，女颜色如生。抱入房中，衣裳随风尽化。粘符已，以被褥严裹，负至江滨；呼舟急渡，伪言妹急病，将送归其家。幸南风大竞，甫晓已达里门。抱女安置，始告兄嫂。一家惊顾，亦莫敢直言其惑。生启衾，长呼秋月，夜辄拥尸而寝。日渐温暖，三日竟苏，七日能步；更衣拜嫂，盈盈然神仙不殊。但十步之外，须人而行；不则随风摇曳，屡欲倾侧。见者以为身有此病，转更增媚。每劝生曰："君罪孽太深，宜积德诵经以忏之。不然，寿恐不永也。"生素不佞_{迷信}佛，至此皈依甚虔。后亦无恙。

异史氏曰："余每欲上言，定律凡杀公役者，罪减平人三等。盖此辈无有不可杀者也。故能诛锄蠹役者，即为循良；即稍苛之不可谓虐。况冥中原无定法，倘有恶人，刀锯鼎镬不以为酷。若人心之所快，即冥王之所善也。岂罪致冥追，遂可幸而逃哉！"

莲花公主

　　胶州窦旭，字晓晖。方昼寝，见一褐衣人立榻前，逡巡惶顾，似欲有言。生问之，答云："相公奉屈。"_{屈驾光临。}生问："相公何人?"曰："近在邻境。"从之而出。转过墙屋，导至一处，叠阁重楼，万椽相接，曲折而行。觉万户千门，迥非人世。又见宫人女官，往来甚夥，都向褐衣人问曰："窦郎来乎?"褐衣人诺。俄，一贵官出迎，见生甚恭。既登堂，生启问曰："素既不叙，遂疏参谒。过蒙宠接，颇注疑念。"贵官曰："寡君_{对别国人称自己国君的谦词。}以先生清族世德，倾风结慕，深愿思晤焉。"生益骇，问："王何人?"答云："少间自悉。"无何，二女官至，以双旌导生行。入重门，见殿上一王者，见生入，降阶而迎，执宾主礼。礼已，践席，列筵丰盛。仰视殿上一扁曰"桂府"。生局蹐不能致词。王曰："忝近芳邻，缘即至深。便当畅怀，勿致疑畏。"生唯唯。酒数行，笙歌作于下，钲鼓不鸣，音声幽细。稍间，王忽左右顾曰："朕一言，烦卿等属对：'才人登桂府。'"四座方思，生即应云："君子爱莲花。"王大悦曰："奇哉！莲花乃公主小字，何适合如此?宁非夙分?传语公主，不可不出一晤君子。"移时，珮环声近，兰麝香浓，则公主至矣。年十六七，妙好无双。王命向生展拜，曰："此即莲花小女也。"拜已而去。生睹之，神情摇动，木坐凝思。王举觞劝饮，目竟罔睹。王似微察其意，乃曰："息女宜相匹敌，但自惭不类，如何?"生怅然若痴，即又不闻。近坐者蹴_{踩脚。}之曰："王揖君未见，王言君未闻耶?"生茫乎若失，懔懔_{羞愧。}自惭，离席曰：

"臣蒙优渥，不觉过醉，仪节失次，幸王垂宥。然日旰君勤，_{天色已}
_{晚，国君疲乏。}即告出也。"王起曰："既见君子，实惬心好，何仓卒
而便言离也？卿既不住，亦无敢于强。若烦萦念，更当再邀。"遂
命内官导之出。途中，内官语生曰："适王为可匹敌，似欲附为婚
姻，何默不一言？"生顿足而悔，步步追恨，遂至己家。忽然醒寤，
则返照已残。冥坐观想，历历在目。晚斋灭烛，冀旧梦可以复寻，
而邯郸路渺，悔叹而已。一夕，与友人共榻，忽见前内官来，传王
命相召。生喜，从去。见王伏谒。王曳起，延止隅坐，曰："别后
知劳思眷。谬以小女子奉裳衣，想不过嫌也。"生即拜谢。王命学
士大臣，陪侍宴饮。酒阑，宫人前白："公主妆竟。"俄见数十宫
女，拥公主出。以红锦覆首，凌波微步，挽上氍毹，_{毛织地毯。}与生
交拜成礼。已而送归馆舍。洞房温清，穷极芳腻。生曰："有卿在
目，真使人乐而忘死。但恐今日之遭乃是梦耳。"公主掩口曰："明
明妾与君，那得是梦？"诘旦_{明日早晨。}方起，戏为公主匀铅黄；已
而以带围腰，布指度足。_{以手指度量女足。}公主笑问："君颠耶？"曰：
"臣屡为梦误，故细志之。倘是梦时，亦足动悬想耳。"调笑未已，
忽一宫女驰入曰："妖入宫门，王避偏殿，凶祸不远矣！"生大惊，
趋见王。王执手泣曰："君子不弃，方图永好。讵期孽降自天，国
祚将覆，且复奈何！"生惊问何说。王以案上一章，授生启读。章
曰"含香殿大学士臣黑翼，为非常怪异，祈早迁都，以存国脉事：
据黄门报称：自五月初六日，来一千丈巨蟒，盘踞宫外，吞噬内外
臣民一万三千八百余口；所过宫殿尽成丘墟，等因。臣奋勇前窥，
确见妖蟒：头如山岳，目等江海；昂首则殿阁齐吞，伸腰则楼垣尽
覆。真千古未见之凶，万代不遭之祸！社稷宗庙，危在旦夕！乞皇
上早率宫眷，速迁乐土"云云。生览毕，面如灰土。即有宫人奔
奏："妖物至矣！"阖殿哀呼，惨无天日。王仓遽不知所为，但泣顾

曰："小女已累先生，速回避难。"生岔息而返。公主方与左右抱首哀鸣，见生入，牵袂曰："郎焉置妾？"生怆恻欲绝，乃捉腕思曰："小生贫贱，惭无金屋。有茅庐三四间，姑同窜匿可乎？"公主含涕曰："急何能择，乞携速往。"生乃挽扶而出。未几，至家。公主曰："此大安宅，胜故国多矣。然妾从君来，父母何依？请别筑一舍，当举国相从。"生难之。公主曰："不能急人之急，安用郎也！"生略慰解，即已入室。公主伏床悲泣，不可劝止。焦思无术，顿然而醒，始知梦也。而耳畔啼声，嘤嘤未绝。审听之，殊非人声，乃蜂子二三头，飞鸣枕上。大叫怪事。友人诘之，乃以梦告。友人亦诧为异。共起视蜂，依依裳袂间，拂之不去。友人劝为营巢。生如所请，督工构造。方竖两堵，而群蜂自墙外来，络绎如绳。顶尖未合，飞集盈斗。迹其所自，_{追踪它们的来处}。则邻翁之旧圃也。圃中蜂一房，三十余年矣，生息颇繁。或以生事告翁。翁觇之，蜂户寂然。发其壁，则蛇据其中，长丈许。捉而杀之。乃知巨蟒即此物也。蜂入生家，滋息_{繁殖}。更盛，亦无他异。

绿衣女

于生，名璟，字小宋，益都人。读书醴泉寺。夜方披_{翻书}诵，忽一女子在窗外赞曰："于相公勤读哉！"生念：深山何处得女子？方疑思间，女已推扉笑入，曰："勤读哉！"于惊起，视之，绿衣长裙，婉妙无比。于知非人，因诘里居。女曰："君视妾当非能咋噬_{吃人。}者，何劳穷问？"于心好之，遂与寝处。罗襦既解，腰细殆不盈掬。更筹方尽，翩然遂去。由此无夕不至。一夕共酌，谈吐间妙解音律。于曰："卿声娇细，倘度一曲，必能销魂。"女笑曰："不敢度曲，恐销君魂耳。"于固请之。女曰："妾非吝惜，恐为他人所闻。君必欲之，请便献丑，但只微声示意可耳。"遂以莲钩轻点床足，歌云："树上乌白鸟，赚奴中夜散。不怨绣鞋湿，只恐郎无伴。"声细如蝇，才可辨认。而静听之，宛转滑烈，动耳摇心。歌已，启门窥曰："防窗外有人。"绕屋周视，乃入。生曰："卿何疑惧之深？"笑曰："谚云：'偷生鬼子常畏人。'妾之谓矣。"既而就寝，惕然不喜，曰："生平之分，殆止此乎？"于急问之，女曰："妾心动，妾禄尽_{将死}矣。"于慰之曰："心动眼瞤，盖是常也，何遽此云？"女稍怿，_{欢喜}。复相绸缪。更漏既歇，披衣下榻。方将启关，徘徊复返，曰："不知何故，惴惴心怯。祈送我出门。"于果起，送诸门外。女曰："君伫望我，我逾垣去，君方归。"于曰："诺。"视女转过房廊，寂不复见，方欲归寝，闻女号救甚急。于奔往，四顾无迹，声在檐间。举首细视，则一蛛大如弹，搏捉一物，哀鸣声嘶。于破网挑下，去其缚缠，则一绿蜂，奄然将毙矣。捉归室中，置案头。停苏移时，始能行步。徐登砚池，自以身投墨汁，出伏几上，走作"谢"字。频展双翼，已乃穿窗而去。自此遂绝。

黎氏

龙门谢中条者，佻达_{轻薄}。无行。三十余丧妻，遗二子一女。晨夕啼号，萦累甚苦。谋聘继室，低昂未就。暂雇佣媪以抚子女。一日，翔步_{缓步}山途，忽一妇人出其后。斜以窥觇，是好女子，年二十许。心悦之，戏曰："娘子独行，不畏怖耶？"妇走不对。又曰:"娘子纤步,山径殊难。"妇仍不顾。谢四望无人,近身侧,遽挈其腕,遂曳入幽谷,将以强合,妇怒呼曰:"何处强人,横来相侵!"谢牵挽而行,更不休止。妇步履跌蹶,困窘无计,乃曰:"燕婉之求,乃若此耶?缓我当相就耳。"谢从之。偕入静壑,野合既已,遂相欢爱。妇问其里居姓氏,谢以实告。既亦问妇,妇言:"妾黎氏。不幸早寡,姑又殒殁,块然一身,无所依倚,故常至母家耳。"谢曰:"我亦鳏也,能相从乎?"妇问:"君有子女无也?"谢曰:"实不相欺:若论枕席之事,交好者亦颇不乏。只是儿啼女哭,令人不耐。"妇踌躇曰:"此大难事,观君衣服袜履款样,亦只平平,我自谓能办。但继母难作,恐不胜诮让责问耳。"谢曰:"请勿疑阻。我自不言,人何干焉?"妇亦微纳。转而虑曰:"肌肤已沾,有何不从?但有悍伯,丈夫之兄。每以我为奇货,恐不允谐,将复何如?"谢亦忧皇,谋与逃窜。妇曰:"我亦思之烂熟。所虑家人一泄,两非所便。"谢云:"此即细事。家中惟一老媪,立便遣去。"妇喜,遂与同归。先匿外舍;谢即入遣媪讫,扫榻迎妇,备极欢好。妇便操作,兼为儿女补缀,辛勤甚至。谢得妇,嬖爱异常,日惟闭门相对,更不通客。月余,适以公事出,反关从外关闭门户。乃去。及归,则中门严闭,扣之不应。排闼而入,渺无人迹。方至寝室,一巨狼冲门跃出,几惊绝。入视,子女皆无,鲜血殷地,惟三头存焉。返身追狼,已不知所之矣。

异史氏曰:"士则无行,报亦惨矣。再娶者,皆引狼入室耳,况将于野合逃窜中求贤妇哉!断弦者宜三复之。"

荷花三娘子

湖州宗湘若，士人也。秋日巡视田垄，见禾稼茂密处振摇甚动。疑之，越陌往觇，则有男女野合。一笑将返。即见男子觍然^羞结带，草草径去。女子亦起。细审之，雅甚娟好。心悦之，欲就绸缪，实惭鄙恶。乃略近拂拭曰："桑中之游^{指男女幽会}。乐乎？"女笑不语。宗近身启衣，肤腻如脂。于是挼莎上下几遍，女笑曰："腐秀才！要如何便如何耳，狂探何为？"诘其姓氏。曰："春风一度，即别东西，何劳审究？岂将留名字作贞坊耶？"宗曰："野田草露中，乃山村牧猪奴所为，我不习惯。以卿丽质，即私约亦当自重，何至屑屑如此？"女闻言，极意嘉纳。宗言："荒斋不远，请过留连。"女曰："我出已久，恐人所疑，夜分可耳。"问宗门户物志甚悉，乃趋斜径，疾行而去。更初，果至宗斋。殢雨尤云，备极亲爱。积有月日，密无知者。会一番僧卓锡^{居止}村寺，见宗惊曰："君身有邪气，曾何所遇？"答言："无之。"过数日，悄然忽病，女每夕携佳果饵之，殷勤抚问，如夫妻之好。然卧后必强宗与合。宗抱病，颇不耐之。心疑其非人，而亦无术绝使去。因曰："曩和尚谓我妖惑，今果病，其言验矣。明日屈之来，便求符咒。"女惨然色变。宗益疑之。次日，遣人以情告僧。僧曰："此狐也。其技尚浅，易就束缚。"乃书符二道，付嘱曰："归以静坛一事置榻前，即以一符贴坛口。待狐窜入，急覆以盆；再以一符贴盆上，投釜汤烈火烹煮，少顷毙矣。"家人归，并如僧教。夜深，女始至，探袖中金橘，方将就榻问讯。忽坛口飕飗一声，女已吸入。

家人暴起，覆口贴符，方欲就煮。宗见金橘散满地上，因追念情好，怆然感动，遽命释之。揭符去覆，女子自坛中出，狼狈颇殆，稽首曰："大道将成，一旦几为灰烬！君仁人也，誓必相报。"遂去。数日，宗益沉绵，若将陨坠。家人趋市，为购材木。途中遇一女子，问曰："汝是宗湘若纪纲_{仆人}否？"答云："是。"曰："宗郎是我表兄。闻病沉笃，将便省视，适有故不得去。灵药一裹，劳寄致之。"家人受归。宗念中表迄无姊妹，知是狐报。服其药，果大瘳，_{病愈}旬日平复。心德之，祷诸虚室，愿一再觏。_见一夜，闭户独酌，忽闻弹指敲窗。拔关出视，则狐女也。大悦，把手称谢，延止共饮。女曰："别来耿耿，思无以报高厚。今为君觅一良匹，聊足塞责否？"宗问："何人？"女曰："非君所知。明日辰刻，早越南湖，如见有采菱女着冰縠帔者，当急趁之。苟迷所往，即视堤边有短干莲花隐叶底，便采归，以蜡火爇其蒂，当得美妇，兼致修龄。"_{长寿}宗谨受教。既而告别，宗固挽之。女曰："自遭厄劫，顿悟大道。即奈何以衾裯之爱取人仇怨？"厉色辞去。宗如言至南湖，见荷荡中佳丽颇多。中一垂髫人，衣冰縠，绝代也。促舟剿逼，忽迷所往。即拨荷丛，果有红莲一枝，干不盈尺，折之而归。入门置几上，削蜡于旁，将以爇火。一回顾，化为姝丽。宗惊喜伏拜。女曰："痴生！我是妖狐，将为君祟矣！"宗不听。女曰："谁教子者？"答曰："小生自能识卿，何待教？"捉臂牵之，随手而下，化为怪石，高尺许，面面玲珑。乃携供案上，焚香再拜而祝之。入夜，杜_闭门塞窦，惟恐其亡。平旦视之，即又非石，纱帔一袭，遥闻芗泽，_{香气}展视领衿，犹存余腻。宗覆衾拥之而卧。暮起挑灯，既返，则垂髫人在枕上。喜极，恐其复化，哀祝而后就之。女笑曰："孽障哉！不知何人饶舌，遂教风狂儿屑碎欲死！"乃不复拒。而款洽间，若不胜任，屡乞休止。宗不听。女曰："如此，我便化去!"宗惧而罢。由是两情甚谐。而金帛常盈箱箧,亦不知所自来。女见人喏喏,似口不能道辞;生亦讳言其异。怀孕十余月,计日当产。入室,嘱宗杜门禁款_{敲门}者,自乃以刀剖脐下,取子出,令宗裂帛束之,过宿而愈。又六七年,谓宗曰:"夙孽偿满,请告别也。"宗闻泣下,曰:"卿归我时,贫苦不自立,赖卿小阜,何忍遽离遏?且卿又无邦族,他日儿不知母,亦一恨事。"女亦怅惘曰:"聚必有散,固是常也。儿福相,君亦期颐,_{百岁。}更何求?妾本荷氏,倘蒙思眷,抱妾旧物而呼曰:'荷花三娘子!'当有见耳。"言已解脱,曰:"我去矣。"惊顾间,飞去已高于顶。宗跃起,急曳之,捉得履,履脱及地,化为石燕,色红于丹朱,内外莹彻,若水晶然,拾而藏之。检视箱中,初来时所着冰縠帔尚在。每一忆念,抱呼"荷花三娘子",则宛然女郎,欢容笑黛,并肖生平,但不语耳。

友人云:"'花如解语还多事,石不能言最可人。'放翁佳句,可为此传写照。"

采薇翁

明鼎革,干戈_{战争。}蜂起。於陵刘芝生先生,聚众数万,将南渡。忽一肥男子诣栅门,_{军营之门。}敝衣露腹,请见兵主。先生延_{请。}入,与语,大悦之。问其姓名,自号采薇翁。刘留参帷幄,赠以刃。翁言:"我自有利兵,无须矛戟。"问:"兵何在?"翁乃捋衣露腹,脐大可容鸡子,_{鸡蛋。}忍气鼓之,忽脐中塞肤,嗤然突出剑跗,_{剑把。}握而抽之,白刃如霜。刘大惊,问:"止此乎?"笑指腹曰："此武库也，何所不有！"命取弓矢，又如前状，出雕弓一具；略一闭息，则一矢飞堕，其出不穷。已而敛插脐中，即都不见。刘神之，与同寝处，敬礼甚备。时营中号令虽严，而乌合之群，时出剽掠。翁曰："兵贵纪律。今统数万之众，而不能镇慑人心，此败亡之道。"刘善之，于是纠察卒伍，有掠取妇女财物者，枭以示众。军中稍渐渐。肃，而终不能绝。翁不时乘马出，遨游部伍间，而军中悍将骄卒，辄首自堕地，不知何因。因共疑翁。前进严饬之策，兵士已畏恶之，至此益相憾怨。诸部领谮于刘曰："采薇翁妖术也。自古名将，止闻以智，不闻以术。浮云、白雀之徒，终致灭亡。今无辜将士，往往自失其首，人情汹惧；将军与处，亦危道也，不如图之。"刘从其言，谋俟其寝而诛之。使觇翁。翁坦腹方卧，鼻息如雷。众大喜，以兵绕舍，两人持刀入，断其头，及举刀，头已复合，息如故，大惊。又砍其腹，腹裂无血，其中戈矛森聚，尽露其颖。尖。众益骇，不敢近。遥拨以稍，而铁弩大发，射中数人。众惊散，白刘。刘急诣之，已杳矣。

鹿衔草

关外山中多鹿。土人戴鹿首伏莽中，卷叶作声，鹿即群至。然牡少而牝多。牡交群牝，千百必遍，既遍遂死。众牝嗅之，知其死，分走谷中，衔异草置吻旁以熏之，顷刻复苏。急鸣金施铳，火铳。群鹿惊走。因取其草，可以回生。

小棺

天津有舟人某，夜梦一人教之曰："明日有载竹笥方形竹器。赁舟者，索之千金；不然，勿渡也。"某醒，不以为信。既寐，复梦，且书"顑、颙、颟"三字于壁，嘱云："倘渠吝价，当即书此示之。"某异之。但不识其字，亦不解何意。次日，留心行旅。日向西，果有一人驱骡载笥来问舟。某如梦索价。其人笑之。反复良久，某牵手以指书前字。其人大愕，即刻而灭。搜其装载，则小棺数万余，每具仅长尺许，各贮滴血而已。某以三字传示遐迩，并无知者。未几，吴逆指吴三桂。叛谋既露，党羽尽诛，陈尸几如棺数焉。徐白山云。

李生

商河李生，好道。此指佛法。村外里余有兰若，佛寺。筑精舍三楹，趺坐其中。游食缁黄，僧道。往来寄宿，辄与倾谈，供给不厌。一日，大雪严寒，有老僧担囊借榻，其词元妙。信宿连住两夜。将行，固挽之，留数日。适生以他故归，僧嘱早至，意将别。生鸡鸣而往，扣关不应。逾垣入，见室中灯火荧然，疑其所作，潜窥之，僧趋装矣。一瘦驴絷灯架上，细审，不类真驴，颇似殉葬物；然耳尾时动，气咻咻然。俄而装成，启户牵出。生潜尾之。山门外故有大池，僧系驴池树，裸入水中，遍体掬濯，已而着衣，牵驴入亦濯之。既而加装趋乘，行绝驶。生始呼之。僧但遥拱致谢，语不及闻，而去已远矣。此王梅庵言之。李其友人。曾至其家，见堂上一匾，书"待死堂"，亦达士也。

蒋太史

蒋太史超，记前世为峨嵋僧，数梦到故居庵前潭边濯足。为人笃嗜内典，_{佛典。}一意台宗，虽早登禁林，_{翰林院。}尝有出世之想。假归江南，抵秦陲不欲归。子哭挽之，弗听。遂入蜀，居成都金沙寺；久之，又至峨嵋，居伏虎寺，示疾祖化。_{佛教谓病逝。}自书偈云："翛然猿鹤自来亲，老衲无端堕业尘。妄向镬汤求避热，那从大海去翻身。功名傀儡场中物，妻子骷髅队里人。只有君亲无答报，生生常自祝能仁。"

王阮亭曰："蒋，金坛人，金坛故名金沙；又其字虎臣，卒没于峨嵋伏虎寺：名皆巧合，亦奇。予壬子典试蜀中，蒋在峨嵋，寄予书云：'身是峨嵋老僧，故万里归骨于此。'寻_{不久。}化去。余有挽诗云：'西风三十载，九病一迁官。忽忆峨嵋好，真忘蜀道难。法云晴浩荡，春雪气高寒。万里堪埋骨，天成白玉棺。'盖用书中语也。"

澄俗

澄人多化物类出院求食。有客寓旅店，时见群鼠入米盎，驱之即遁。客伺其入，骤覆之，瓢水贯注其中。顷之，尽毙。主人全家暴卒，惟一子在。讼客，官原而宥之。

卷十一

郭生

　　郭生，邑_{指淄川}。之东山人。少嗜读，但山村无所就正，_{指导纠正。}年二十余，字画多讹。先是，家中患狐，服食器用，辄多亡失，深患苦之。一夜读卷置案头，狐涂鸦甚，狼藉不辨行墨。因择其稍洁者辑读之，仅得六七十首。心恚愤而无如何。又积窗课_{日常习作。}二十余篇，待质名流。晨起，见翻摊案上，墨汁浓泚殆尽。恨甚。会王生者，以故至山，素与郭善，登门造访。见污本，问之。郭具言所苦，且出残课示王。王谛玩之，其所涂留，似有春秋；又复视浣_污。卷，类冗杂可删。讶曰："狐似有意。不惟无患，当即以为师。"过数月，回视旧作，顿觉所涂良确。于是改作两题，置案上以观其异。比晓，又涂之。积年余，不复涂，但以浓墨洒作巨点，淋漓满纸。郭异之，持以白王。王阅之曰："狐真尔师也，佳幅可售矣。"是岁，果入邑庠。_{考中秀才。}郭以是德狐，恒置鸡黍，备狐啖饮。每市房书名稿，不自选择，但决于狐。由是两试俱列前名，入闱中副车。时叶、缪诸公稿，风雅艳丽，家传而户诵之。郭有抄本，爱惜臻至，忽被倾浓墨碗许于上，污荫几无余字；又拟题构作，自觉快意，悉浪涂之：于是渐不信狐。无何，叶公以正文体被收，又稍稍服其先见。然每作一文，经营惨淡，辄被涂污。自以屡拔前矛，心气颇高，以是益疑狐妄。乃录向之洒点多者试之，狐又尽泚之。乃笑曰："是真妄矣！何前是而今非也！"遂不为狐设馔，取读本锁箱簏中。但见封锢俨然，启视，则卷面涂四画，粗于指；第一章画五，二章亦画五，后即无有矣。自是狐竟寂然。后郭一次四等，两次五等，始知其兆已寓意于画也。

异史氏曰："满招损，谦受益，天道也。名小立，遂自以为是，执叶、缪之故习，狃_{因袭。}而不变，势不至大败涂地不止也。满之为害如是夫！"

金生色

金生色，晋宁人也。娶同村木姓女。生一子，方周岁。金忽病，自分必死。谓妻曰："我死，子必嫁，勿守也！"妻闻之，甘词厚誓，期以必死。金摇手呼母曰："我死，劳看阿保，勿令守也。"母哭应之。既而金果死。木媪来哭已，谓金母曰："天降凶忧，婿遽遭殒命。女太幼弱，将何为计？"母悲悼中，闻媪言，不胜愤激，盛气对曰："必以守！"媪惭而罢。夜伴女寝，私谓女曰："人尽夫也。以儿好手足，何患无良匹！小儿女不早作人家，眈眈守此褓襁物，宁非痴子！倘必令守，不宜以面目好相向。"金母过，颇闻絮语，益恚。_{怒。}明日，谓媪曰："亡人有遗嘱，本不教妇守也。今既急不能待，乃必以守！"媪怒而去。母夜梦子来，涕泣相劝，心异之。使人言于木，约殡后听_{听任。}妇所适。而询诸术家，本年墓向不利。妇思自衔以售，缞绖_{丧服。}之中，不忘涂泽。居家犹素妆；一归宁，则崭然新艳。母知之，心弗善也；以其将为他人妇，亦隐忍之。于是妇益肆。村中有无赖子董贵者，见而好之，以金啖_{贿赂。}金邻媪，求通殷勤于妇。夜分由媪家逾垣以达妇所，因与会合往来。积有旬日，丑声四塞，所不知者惟母耳。妇室夜惟一小婢，妇腹心也。一夕，两情方洽，闻棺木震响，声如爆竹。婢在外榻，见亡者自幛后出，带剑入寝室去。俄闻二人骇诧声。少顷，董裸奔出。无何，金捽妇发亦出。妇大嗥。母惊起，见妇赤体走出，方将启关。问之不答，出门追视，寂不闻声，竟迷所往。入妇室，灯火犹亮。卧榻前见男子屦，呼婢；婢始战惕而出，具言其异，相与骇怪而已。董窜过邻家，团伏墙隅。移时，闻人声渐息，始起。身无寸缕，苦寒战栗，将假借衣于媪。视院中一室，双扉虚掩，因而暂入。暗摸榻上，触女子足，知为邻子妇。顿生淫心，乘其寝，潜就私之。妇醒，问：“汝来乎？”应曰：“诺。”妇竟不疑，狎亵备至。先是，邻子以故赴北村，嘱妻掩户以待其归。既返，闻室内有声，疑而审听，音态绝秽。大怒，操戈入室。董惧，窜于床下。邻子就戮之。又欲杀妻。妻泣而告以误，乃释之。但不知床下何人。呼母起，共火之，仅能辨认。视之，奄有气息；诘其所来，犹自供吐。而刃伤数处，血溢不止，少顷已死。媪仓皇失措，谓子曰：“捉奸而单戮之，子且奈何？”子不得已，遂又杀妻。是夜，木翁方寝，闻户外拉杂之声；出窥则火炽于檐，而纵火人犹彷徨未去。翁大呼，家人毕集。幸火初燃，尚易扑灭。命人操兵弩，搜纵火者。见一人趫捷如猿，竟越垣去。垣外乃翁家桃园，园中四绕周埤皆峻固。数人登梯以望，踪迹殊杳；唯墙下块然微动。问之不应，射之而哭。启扉往验，则女子白身卧，矢贯胸脑。细烛之，则翁女而金妇也。骇告主人，翁媪惊惕欲绝，不解其故。女合眸，面色灰败，口气细于属丝。使人拔脑矢，不可出；足踏顶而后出之。女嘤然一声，血暴注，气亦随绝。翁大惧，计无所出。既曙，以实情白金母，长跪哀乞。而金母殊不怨怒，但告以故，令自营葬。金有叔兄生光，怒登翁门，诟数前非。翁惭沮，赂令罢归。而终不知妇所私者何人。俄邻子以执奸自首，既薄责释讫；而妇兄马彪素健讼，具词控妹冤。官拘媪；媪惧，悉供颠末。又唤金母；母托疾，遣生光代质，具陈底里。于是前状并发，牵木翁夫妇尽出，一切尽得其情。木以海女嫁，坐_{定罪}纵淫，笞；使自赎，家产荡焉。邻媪导淫，杖之毙。案乃结。

异史氏曰："金氏子，其神乎！谆嘱醮妇，抑何明也！一人不杀，而诸恨并雪，可不谓神乎！邻媪诱人妇，而反淫己妇；木媪爱女，而卒以杀女。呜呼！'欲知后日因，当前作者是。'报更速于来生矣！"

彭海秋

莱州诸生彭好古，读书别业，离家颇远。中秋未归，岑寂无偶。念村中无可共语，惟丘生是邑名士，而素有隐恶，_{隐藏的恶行。}彭常鄙之。月既上，倍益无聊，不得已，折简邀丘。饮次，有剥啄者。_{叩门的人。}斋僮出应门，则一书生，欲谒主人。彭离席，肃_{恭敬地请进}客入。相揖环坐，便询族居。客曰："小生广陵人，与君同姓，字海秋。值此良夜，旅邸倍苦，闻君高雅，遂乃不介_{未经介绍。}而见。"视其人，布衣洁整，谈笑风流。彭大喜曰："是我宗人。今夕何夕，遘此佳客！"即命酌，款若夙好。察其意，似甚鄙丘；丘仰与攀谈，辄傲不为礼。彭代为之惭，因挠乱其辞，请先以俚歌侑饮。_{劝酒。}乃仰天再咳，歌《扶风豪士之曲》。相与欢笑。客曰："仆不能韵，莫报阳春。倩代者可乎？"彭言："如教。"客问："莱城有名妓无也？"彭答云："无。"客默良久，谓斋僮曰："适唤一人在门外，可导入之。"僮出，果见一女子逡巡户外。引之入。年二八以来，宛然若仙。彭惊绝，掖^扶坐。衣柳黄帔，香溢四座。客便慰问："千里颇烦跋涉也！"女含笑唯唯。彭异之，便致研诘。客曰："贵乡苦无佳人，适于西湖舟中唤得来。"谓女曰："适舟中所唱《薄幸郎曲》，大佳。请试反_{重复}之。"女歌云："薄幸郎，牵马洗春沼。人声远，马声杳；江天高，山月小。掉头去不归，庭中空白晓。不怨别离多，但愁欢会少。眠何处？勿作随风絮。便是不封侯，莫向临邛去！"客于袜中出玉笛，随声便串，_{演奏。}曲终笛止。彭惊叹不已，曰："西湖至此，何止千里，咄嗟招来，得非仙乎？"客曰："仙何敢言，但视万里犹庭户耳。今夕西湖风月，犹胜曩时，不可不一观也。能从游否？"彭留心以觇其异，诺言："幸甚！"客问："舟乎，骑乎？"彭思舟坐为逸，答言："愿舟。"客曰："此处呼舟较远，天河中当有渡者。"乃以手向空中招曰："船来！我等要西湖去，不吝价也。"无何，彩船一只，自空飘落，烟云绕之。众俱登。见一人持短棹，棹末密排修翎，形类羽扇，一摇则清风习习。舟渐上入云霄，望南游行，其快如箭。逾刻，舟落水中。但闻弦管敖嘈，呜行喤聒。出舟一望，月印烟波，游船若市。榜人_{舟人。}罢棹，任其自流。细视之，真西湖也。客于舱后取异香佳酿，欢然对酌。少间，一楼船渐近，相傍而行。隔窗一窥，中有三两人围棋喧笑。客飞一觥向女曰："饮此送君行。"女饮间，彭依恋徘徊，惟恐其去，蹴之以足。女斜波送盼；彭益动，请要后期。_{约定后会之期。}女曰："如相见爱，但问娟娘名字，无不知者。"客即以彭绫巾授女，曰："我为若代订三年之约。"即起，托女于掌中，曰："仙乎，仙乎！"乃扳邻窗，捉女入；窗目如盘，女伏身蛇游而进，殊不觉隘。俄闻邻舟曰："娟娘醒矣。"舟即荡去。遥见舟已就泊，舟中人纷纷并去，游兴顿消。遂与客言，欲一登岸，略同眺瞩。才作商确，舟已自拢。因而离舟翔步，_{缓步。}觉有里余。客后至，牵一马来，令彭捉之。即复去曰："待再假_{借。}两骑来。"久之不至。行人已稀，仰视斜月西转，天色向曙。丘亦不知何往。捉马营营，_{徘徊。}进退无主。振辔至泊舟所，则人船俱失。念腰橐空匮，倍益忧惶。天大明，见马上有小错囊，探之得白金三四两，买食凝待，不觉向午。计不如暂访娟娘，可以徐察丘耗。_{音信。}比询娟娘名字，并无知者。兴转萧索，次日遂行。马调良，_{温良。}幸不蹇劣，半月始归。方三人之乘舟而上也，斋僮归白："主人已仙去。"举家哀涕，谓其不返。彭归，系马而入。家人惊喜集问，彭始具白其异。因念己独还乡井，恐丘家闻而致诘，戒家人勿播。语次，道马所由来，众以仙人所遗，便悉诣厩验视。及至，则马顿渺，但有丘生以草缰絷枥边。骇极，呼彭出视。见丘垂首栈下，面色灰死。问之不言，两眸启闭而已。彭大不忍，解扶榻上，若丧魂魄。灌以汤酏，_{稀粥。}稍稍能咽。中夜少苏，急欲登厕；扶掖而往，下马粪数枚。又少饮啜，始能言。彭就榻研问之。丘云："下船后，彼引我闲语。至空处，戏拍顶领，遂迷闷颠踬。伏定少刻，自顾已马。心亦醒悟，但不能言耳。是大辱耻，诚不可以告妻子，乞勿泄也！"彭诺之，命仆马驰送归。彭自是不能忘情于娟娘。又三年，以姊丈判扬州，_{为扬州府通判。}因往省视。州有梁公子，与彭通家，开筵邀饮。即席，有歌姬数辈，俱来祗谒。公子问娟娘，家人白以病。公子怒曰："婢子声价自高，可将索子系之来！"彭闻娟娘名，惊问其谁。公子云："此娟女，广陵第一妓。缘有微名，遂倨而无礼。"彭疑名字偶同；然突突_{心跳剧烈。}自急，极欲一见之。无何，娟娘至，公子盛气排数。_{数落。}彭谛视，真中秋所见者也。谓公子曰："是与仆有旧，幸垂原恕！"娟娘向彭审顾，似亦错愕。公子未遑深问，即命行觞，彭问："《薄幸郎曲》，犹记之否？"娟娘更骇，目注移时，始度旧曲。听其声，宛似当年中秋时。酒阑，公子命侍客寝。彭捉手曰："三年之约，今始践耶！"娟娘曰："昔日从人泛西湖，饮不数卮忽若醉。蒙眬间被一人携去，置一村中。一僮引妾入；席中三客，君其一焉。后乘船至西湖，送妾自窗棂归，把手殷殷。每所凝念，谓是幻梦；而绫巾宛在，今犹什袭藏之。"彭告以故，共相叹诧。娟娘纵体入怀，哽咽而言曰："仙人已作良媒，君勿以风尘可弃，遂舍此苦海人！"彭曰："舟中之约，一日未尝去心。卿倘有意，则泻囊货马所不惜耳。"又称贷于别驾千金，与公子合谋，削其籍，_{从乐籍中除去她的名字。}携之以归。偶至别业，犹能识当年饮处云。

异史氏曰："马而人，必其为人而马者也；使为马，正恨其不为人耳。狮象鹤鹏，悉受鞭策，何可谓非神人之仁爱乎？即订三年约，亦渡苦海也。"

堪舆

沂州宋侍郎，字君楚，素尚堪舆；_{风水。}即闺阁中亦能读其书，解其理。宋公卒，两公子各立门户，为父卜兆。_{选择墓地。}闻有善青乌术_{堪舆术。}者，不惮千里，争罗致之。于是两门术士，召致盈百；日日连骑遍郊野，东西分道，出入如两旅。经月余，各得牛眠地，_{风水好的墓地。}此言封侯，彼云拜相。兄弟两不相下，因负气不相谋，各营寿域，_{墓穴。}锦棚彩幢，两处俱备。灵轝至歧路，兄弟各率其属以争，自晨至于日昃，不能决。宾客尽引去。舁夫凡十易肩，困惫不举，相与委柩路侧。因止不葬，鸠工_{聚集工匠。}构庐，以蔽风雨。

兄建舍于旁，留役居守，弟亦如之：三年而成村焉。积多年，兄弟继逝；嫂与娣始合谋，力破前人水火之议，并车入野，视所择两地，并言不佳。遂同修聘赟，请术人另相之。每得一地，必具图呈闺闼，判其可否。日进数图，悉疵摘之。旬余，始卜一域。嫂览图喜曰："可矣！"示娣。娣曰："是地当先发一武孝廉。"葬后三年，公长孙果以武庠领乡荐。

异史氏曰："青乌之术，或有其理；而癖而信之，则痴矣。况负气相争，委柩路侧，其于孝弟之道不讲，奈何冀以地理福儿孙哉！如闺中宛若，_{姒娌。}真雅而可传者矣。"

窦氏

南三复，晋阳世家也。有别墅，去所居十里余，每驰骑，一日诣之，适遇雨，途中有小村，见一农人家，门内宽敞，因投止焉。近村人故皆威重南。少顷，主人出邀，局蹐_{曲身弯腰，小步行走。}甚恭。入其舍，斗如。_{如斗般狭小。}客既坐，主人始操彗，殷勤洒扫。既而泼蜜为茶。命之坐，始敢坐。问其姓名，自言："廷章，姓窦。"未几，进酒烹雏，给奉周至。有笄女行炙，时止户外，稍稍露其半体，年十五六，端妙无比。南心动。雨歇既归，系念綦切。越日，具粟帛往酬，借此阶进。是后常一过窦，时携肴酒，相与留连。女渐稔，_{熟识。}不甚忌避，辄奔走其前。睨之，则低鬟微笑。南益惑焉，无三日不往者。一日，值窦不在，坐良久，女出应客。南捉臂狎之，女惭急，峻拒曰："奴虽贫，要嫁，_{按照婚约聘订。}何贵倨凌人也！"时南失偶，便揖之曰："倘获怜眷，定不他娶。"女要誓，南指矢天日，以坚永约，女乃允之。自此为始，瞰窦他出，即过缱绻。女促之曰："桑中之约，男女幽会。不可长也。日在帲幪之下，倘肯赐以姻好，父母必以为荣，当无不谐。宜速为计！"南诺之。转念农家岂堪匹偶，姑假其词以因循之。会媒来为议姻于大家，初尚踌躇，既闻貌美财丰，志遂决。女以体孕，催并益急，南竟绝迹不往。无何，女临蓐，产一男。父怒搒答打。女。女以情告，且言："南要我矣。"窦乃释女，使人问南；南立却不承。窦乃弃儿，益扑扑挞。女。女暗哀邻妇，告南以苦。南亦置之。女夜亡，视弃儿犹活，遂抱以奔南，款关而告阍者守门人。曰："但得主人一言，我可不死。彼即不念我，宁不念儿耶？"阍人具以达南，南戒勿入。女倚户悲啼，五更始不复闻。至明视之，女抱儿坐僵矣。窦忿，讼之上官，悉以南不义，欲罪南。南惧，以千金行赂得免。大家梦女披发抱子而告曰："必勿许负心郎；若许，我必杀之！"大家贪南富，卒许之。既亲迎，奁妆丰盛，新人亦娟好。然善悲，终日未尝睹欢容，枕席之间，时复有涕洟。问之，亦不言。过数日，妇翁至，入门便泪。南未遑问故，相将入室。见女而骇曰："适于后园，见吾女缢死桃树上，今房中谁也？"女闻言，色暴变，仆然而死。视之，则窦女。急至后园，新妇果自经死。骇极，往报窦。窦发女冢，棺启尸亡。前忿未蠲，消除。倍益惨怒，复讼于官。官因其情幻，拟罪未决。南又厚饵窦，哀令休结；官亦受其赇嘱，乃罢。而南家自此稍替。衰落。又以异迹传播，数年无敢字者。南不得已，远于百里外聘曹进士女。未及成礼，会民间讹传，朝廷将选良家女充掖庭，以故有女者，悉送归夫家去。一日，有妪导一舆至，自称曹家送女者。扶女入室，谓南曰："选嫔之事已急，仓卒不能如礼，且送小娘子来。"问："何无客？"曰："薄有奁妆，相从在后耳。"妪草草径去。南视亦风致，遂与谐笑。女俯颈引带，神情酷类窦女。心中作恶，茀未敢言。女登榻，引被幪首而眠。亦谓新人常态，弗为意。日敛昏，曹人不至，始疑。捋被问女，而女亦奄然冰绝。惊怪莫知其故，驰伻_{信使}告曹，曹竟无送女之事，相传为异。时有姚孝廉女新葬，隔宿为盗所发，破材失尸。闻其异，诣南所征之，果其女。启衾一视，四体裸然。姚怒，质状于官。官因南屡行无理，恶之，坐发冢见尸，论死。

异史氏曰："始乱之而终成之，非德也；况誓于初而绝于后乎？挞于室，听之；哭于门，仍听之：抑何其忍！而所以报之者，亦比李十郎惨矣！"

马介甫

杨万石，大名诸生也。生平有"季常之惧"。_{惧内。}妻尹氏，奇悍。少忤之，辄以鞭挞从事。杨父年六十余而鳏，尹以齿奴隶数。_{视为奴隶。}杨与弟万钟，常窃饵翁，不敢令妇知。然衣败絮，恐贻讪笑，不令见客。万石四十无子，纳妾王，旦夕不敢通一语。兄弟候试郡中，见一少年，容服都雅。与语悦之。询其姓字，自云："介甫，马姓。"由此交日密，焚香为昆季之盟。_{结拜兄弟。}既别，约半载，马忽携僮仆过杨。值杨翁在门外曝阳扪虱，疑为佣仆，通姓氏使达主人。翁披絮去。或告马："此即其翁也。"马方惊讶，杨兄弟岸帻出迎。登堂一揖，便请朝父。万石辞以偶恙。_{生病。}促坐笑语，不觉向夕。万石屡言具食，而终不见至。兄弟迭互出入，始有瘦奴持壶酒来。俄顷饮尽，坐伺良久，万石频起催呼，额颊间热汗蒸腾。俄，瘦奴以馔具出；脱粟失饪，_{糙米未熟。}殊不甘旨。食已，万石草草便去。万钟襆被来伴客寝。马责之曰："曩以伯仲高义，遂同盟好。今老父实不温饱，行道者羞之！"万钟泫然曰："在心之情，卒难申致。家门不吉，蹇不幸。遭悍嫂，尊长细弱，横被摧残。非沥血之好，此丑不敢扬也。"马骇叹移时，曰："我初欲早旦而行，今得此异闻，不可不一目见之。请假闲舍，就便自炊。"万钟从其教，即除室为马安顿。夜深窃馈蔬稻，惟恐妇知。马会其意，力却之。且请杨翁与同食寝。自诣城肆，市布帛为易袍裤。父子兄弟皆感泣。万钟有子喜儿，方七岁，夜从翁眠。马抚之曰："此儿福寿过于其父，但少年孤苦耳。"妇闻老翁安饱，大怒辄骂，谓马强预人家事。初恶声尚在闺闼，渐近马居，以示瑟歌之意。故意让马介甫听到骂声。杨兄弟汗体徘徊，不能制止；而马若弗闻也者。妾王体妊五月，妇始知之，褫衣惨掠。已，乃唤万石跪受巾帼，女子的头巾和发饰。操鞭逐出。值马在外，惭偄不前，又追逼之，始出。妇亦随出，又手顿足，观者填溢。马指妇叱曰："去，去！"妇即返奔，若被鬼逐，裤履俱脱，足缠萦绕于道上，徒跣而归，面色灰死。少定，婢进袜履，着已，嚎啕大哭。家无敢问者。马曳万石，为解巾帼。万石耸身定息，如恐脱落；马强脱之。而坐立不宁，犹惧以私脱加罪。探妇哭已，乃敢入，趑趄而前。妇殊不发一语，遽起，入房自寝。万石意始舒，与弟窃奇马。家人皆以为异，相聚偶语。妇微有闻，意羞怒，遍挞奴婢。呼妾，妾创剧不能起。妇以为伪，就榻搒答打。之，崩注堕胎。万石于无人处，对马哀啼。马慰解之。呼僮具牢馔，更筹再唱，二更时分。不放万石去。妇在闺中，恨夫不归，方大恚忿。闻撬扉声，急呼婢，则室门已辟。有巨人入，影蔽一室，狰狞如鬼。俄又有数人入，各执利刃。妇骇绝欲号。巨人以刀刺颈曰："号便杀却！"妇急以金帛赎命。巨人曰："我冥曹使者，不要钱，但取悍妇心耳！"妇益惧，自投败颡。巨人乃以利刃画妇心而数斥责。之曰："如某事，谓可杀否？"即一画。凡一切凶悍之事，责数殆尽，刀画肤革，不啻数十。末乃曰："妾生子，亦尔宗绪，何忍打堕？此事必不可宥。"乃令数人反接其手，剖视悍妇心肠。妇叩头乞命，但言知悔。俄闻中门启闭，曰："杨万石来矣。既已悔过，姑留余生。"纷然尽散。无何，万石入，见妇赤身绷系，心头刀痕，纵横不可数。解而问之，得其故，大骇，窃疑马。明日，向马述之，马亦骇。由是妇威渐敛，经数月不敢出一恶语。马大喜，告万石曰："实告君，幸勿宣泄：前以小术惧之。既得好合，请暂别也。"遂去。妇每日暮，挽留万石作侣，欢笑而承迎之。万石生平不解此乐，遽遭之，觉坐立皆无所可。妇一夜忆巨人状，瑟缩摇战。万石思媚妇意，微露其假。妇遽起，苦致穷诘。万石自觉失言，而不能讳，遂实告之。妇勃然大骂。万石惧，长跪床下。妇不顾。哀至漏三下。三更时分。妇曰："欲得我恕，须以刀画汝心头若干数，此恨始消。"乃起捉厨刀。万石大惧而奔，妇逐之。犬吠鸡腾，家人尽起。万钟不知何故，但以身左右翼兄。妇乃诟詈，忽见翁来，睹袍服，倍益烈怒；即就翁身条条割裂，批颊打耳光。而摘翁髭。万钟见之怒，以石击妇，中颅，颠蹶而毙。万钟曰："我死而父兄得生，何憾！"遂投井中，救之已死。移时妇苏，闻万钟死，怒亦遂解。既殡，弟妇恋儿矢不嫁。妇唾骂不与食，醮改嫁。去之。遗孤儿，朝夕受鞭楚。俟家人食讫，始啖以冷块。积半岁，儿尪羸，仅存气息。一日，马忽至。万石嘱家人勿以告妇。马见翁褴褛如故，大骇；又闻万钟殒谢，顿足悲哀。儿闻马至，便来依恋，前呼马叔。马不能识，审顾始辨，惊曰："儿何憔悴至此！"翁乃嗫嚅具道情事。马忿然谓万石曰："我曩道兄非人，果不谬。两人止此一线，杀之将奈何？"万石不言，惟伏首帖耳而泣。坐语数刻，妇已知之。不敢自出逐客，但呼万石入，批使绝马。含涕而出，批痕俨然。马怒之曰："兄不能威，独不能断出休妻。之耶？殴父杀弟，安然忍受，何以为人！"万石欠伸，似有动容。马又激之曰："如渠不去，须以威劫，便杀却勿惧。仆有二三知交，都居要地，必合极力，保无亏也。"万石诺，负气疾行，奔而入。适与妇遇，叱问："何为？"万石遑遽失色，以手据地，曰："马生教余出妇。"妇益恚，顾寻刀杖。万石惧而却走。马唾之曰："兄真不可教也已！"遂开箧，出刀圭药，一小匙药。合水授万石饮，曰："此丈夫再造散。所以不轻用者，以能病人故耳。今不得已，暂试之。"饮下少顷，万石觉忿气填胸，如烈焰中烧，刻不容忍。直抵闺闼，叫喊雷动。妇未及诘，万石一足腾起，妇颠去数尺有咫。即复握石成拳，擂击无算。妇体几无完肤，嘲哳犹骂。万石于腰中出佩刀。妇骂曰："出刀敢杀我耶？"万石不语，割股上肉大如掌，掷地上。方欲再割，妇哀鸣乞恕。万石不听，又割之。家人见万石凶狂，相集死力掖扶。出。马迎去，捉臂相用慰劳。万石余怒未息，屡欲奔寻。马止之。少间，药力渐消，嗒焉若丧。马嘱曰："兄勿馁。乾纲夫权。之振，在此一举。夫人之所以惧者，非朝夕之故，其所由来者渐矣。譬昨死而今生，须从此涤故更新，再一馁则不可为矣。"遣万石入探之。妇股栗心愫，倩婢扶起，将以膝行。止之乃已。出语马生，父子交贺。马欲去，父子共挽之。马曰："我适有东海之行，故便道相过，还时可复会耳。"月余，妇起，宾事良人。久觉黔驴无技，渐狎，渐嘲，渐骂；居无何，旧态全作矣。翁不能堪，宵遁，至河南，隶道士籍。万石亦不敢寻。年余，马至，知其状，怫然责数已，呼儿至，置驴子上，驱竟去。由此乡人皆不齿鄙夷。万石。学使按临，以劣行黜名。又四五年，遭回禄，火神名，引申指火灾。居室财物悉为煨烬，延烧邻舍。村人执以告郡，罚锾烦苛。于是家产渐尽，至无居庐。近村相戒，无以舍舍万石。尹氏兄弟，怒妇所为，亦拒绝之。万石既穷，质妾于贵家，偕妻南渡。至河南界，资斧已绝。妇不肯从，聒夫再嫁。适有屠而鳏者，以钱三百货去。万石一身，丐食于远村近郭间。至一朱门，阍人呵拒不听前。少间，一官人出，万石伏地啜泣。官人熟视久之，略诘姓名，惊曰："是伯父也！何一贫至此？"万石细审，知为喜儿，不觉大哭。从之入，见堂中金碧焕映。俄顷，父扶童子出，相对悲哽。万石始述所遭。初，马携喜儿至此，数日，即出寻杨翁来，使祖孙同居。又延师教读。十五岁入邑庠，次年领乡荐，始为完婚。乃别欲去。祖孙泣留之。马曰："我非人，实狐仙耳。道侣相候已久。"遂去。孝廉言之，不觉恻楚。因念昔与庶伯母同受酷虐，倍益伤感。遂以舆马赍金赎王氏归。年余，生一子，因以为嫡。尹从屠半载，狂悖犹昔。夫怒，以屠刀孔其股，穿以毛绠，悬梁上，荷肉竟出。号极声嘶，邻人始知。解缚抽绠；一抽，则呼痛之声，震动四邻。以是见屠来，则骨毛皆竖。后胫创虽愈，而断芒草木上的针状物遗肉内，终不良于行；犹夙夜服役，无敢少懈。屠既横暴，每醉归，则挞詈不情。至此，始悟昔之施于人者，亦犹是也。一日，杨夫人及伯母烧香普陀寺，近村农妇，并来参谒。尹在中，怅立不前。王氏故问："此伊谁？"家人进白："张屠之妻。"便呵使前，与太夫人稽首。王笑曰："此妇从屠，当不乏肉食，何羸瘠乃尔？"尹愧恨，归欲自经，绵弱不得死。屠益恶之。岁余，屠死。途遇万石，遥望之，以膝行，泪下如縻。万石碍仆，未通一言。归告侄，欲谋珠还。侄固不肯。妇为里人所唾弃，久无所归，依群乞以食。万石犹时就尹废寺中。侄以为玷，阴教群乞窘辱之，乃绝。此事余不知其究竟，后数行，乃毕公权撰成之。

异史氏曰："惧内，天下之通病也。然不意天壤之间，乃有杨郎？宁非变异！余尝作妙音经之续言，谨附录，以博一噱。"笑。

妙音经跋

　　窃以天道化生万物，重赖坤_{大地}。成；男儿志在四方，尤须内助。同甘独苦，劳尔十月呻吟；就湿移干，苦矣三年嚬笑。此顾_{念及}。宗祧而动念，君子所以有伉俪之求；瞻井臼而怀思，古人所以有鱼水之爱也。始而不逊之声，_{妻子言辞不逊}。或大施_{妻子对丈夫不尊敬}。而小报；_{丈夫对妻子的不逊小有反应}。继则如宾之敬，竟有往而无来。_{夫敬妻而妻不敬夫}。只缘儿女深情，遂使英雄短气。床上夜叉坐，任金刚亦须低眉；釜底毒烟生，即铁汉无能强项。秋砧之杵可掬，不捣月夜之衣；麻姑之爪能搔，轻试莲花之面。小受大走，直将代孟母投梭；_{丈夫逆来顺爱，妻子责夫如同父母责子}。妇唱夫随，翻欲起周婆制礼。婆娑跳掷，停观满道行人；嘲哳鸣嘶，扑落一群娇鸟。恶乎哉！呼天吁地，忽尔披发向银床；丑矣夫！转目摇头，猥欲投环延玉颈。当是时也：地下已多碎胆，天外更有惊魂。北宫黝未必不逃，孟施舍焉能无惧？_{意谓最勇猛的人也将感到畏惧}。将军气同雷电，一入中庭，顿归无何有之乡；大人面若冰霜，比到寝门，遂有不可问之处。岂果脂粉之气不势而威？胡乃肮脏之身不寒而栗？犹可解者：魔女翘鬟来月下，何妨俯伏皈依！最冤枉者：鸠盘蓬首到人间，也要香花供养。闻怒狮之吼，则双孔撩天；听牝鸡之鸣，则五体投地。登徒子淫而忘丑，回波词怜而成嘲。设为汾阳之婿，立致尊荣，媚_{讨好}。卿卿良有故；若赘_{入赘}外黄之家，不免奴役，拜仆仆将何求？彼穷鬼自觉无颜，任其斫树催花，止求包荒于怨妇；如钱神可云有势，乃亦撄鳞犯制，不能借重于方兄。_{指钱}。岂缚游子之心，惟兹鸟道？抑消霸王之气，恃此鸿沟？然死同穴，生同衾，何尝教吟"白首"？而朝行云，暮行雨，辄欲独占巫山。恨煞"池水清"，空按红牙玉板；怜尔妾命薄，独支永夜寒更。蝉壳鹭滩，喜骊龙之方睡；犊车麈尾，恨驽马之不奔。榻上共卧之人，挞去方知为舅；床前久系之客，牵来已化为羊。需之殷者仅俄顷，毒之流者无尽藏。买笑缠头，而成自作之孽，太甲必曰难违；俯首帖耳，而受无妄之刑，李阳亦谓不可。酸风凛冽，吹残绮阁之春；醋海汪洋，淹断蓝桥之月。<small>妻子吃醋，破坏了夫妻的情爱。</small>又或盛会忽逢，良朋即坐，斗酒藏而不设，且由房出逐客之书；故人疏而不来，遂自我广绝交之论。<small>妻子悍妒，丈夫与朋友绝交。</small>甚而雁影分飞，涕空沾于荆树；<small>甚至与兄弟分居。</small>鸾胶再觅，变遂起于芦花。<small>指虐待丈夫前妻的子女。</small>故饮酒阳城，一堂中惟有兄弟；吹竽商子，七旬内并无室家：古人为此，有隐痛矣。呜呼！百年鸳偶，竟成附骨之疽；五两鹿皮，或买剥床之痛。髯如戟者如是，胆似斗者何人？故不敢于马栈下断绝祸胎，又谁能向蚕室中斩除孽本？娘子军肆其横暴，苦疗妒之无方；<small>苦于没有治疗悍妒的方法。</small>胭脂虎啖尽生灵，幸渡迷之有楫。<small>幸好有佛法指点迷津。</small>天香夜爇，全澄汤镬之波；花雨晨飞，尽灭剑轮之火。极乐之境，彩翼双栖；长舌之端，青莲并蒂。拔苦恼于优婆之国，立道场于爱河之滨。咦！愿此几章贝叶文，洒为一滴杨枝水！

绛妃

癸亥岁，余馆于毕刺史公之绰然堂。公家花木最盛，暇辄从公杖履，得恣游赏。一日，眺览既归，倦极思寝，解履登床。梦二女郎，被服艳丽，近请曰："有所奉托，敢请移玉。"前往。余愕然起问："谁相见召？"曰："绛妃耳。"恍惚不解所谓，遽从之去。俄睹殿阁，高接云汉。下有石阶，层层而上，约尽百余级，始至巅头。最高处。见朱门洞敞，又有二三丽者，趋入通客。无何，诣一殿外，金钩碧箔，光明射眼。内一女人降阶出，环珮锵然，状若贵嫔。方思展拜，妃便先言："敬屈先生，理须首谢。"呼左右以毯贴地，若将行礼。余惶悚无以为地，因启曰："草莽微贱，得辱宠召，已有余荣。不尽之荣耀。况敢分庭抗礼，益增加。臣之罪，折臣之福！"妃命撤毯设宴，对筵相向。酒数行，余辞曰："臣饮少辄醉，惧有愆仪。教命命令。云何？幸释疑虑。"妃不言，但以巨杯促饮。余屡请命。乃曰："妾，花神也。合家细弱，依栖于此，屡被封家婢子指风神。横见摧残。今欲背城借一，决战。烦君属檄草草拟讨敌檄文。耳。"余皇然起奏："臣学陋不文，恐负重托；但承宠命，敢不竭肝膈之愚。"妃喜，即殿上赐笔札。诸丽者拭案拂座，磨墨濡毫。又一垂髫人，折纸为范，置腕下。略写一两句，便二三辈叠背相窥。余素迟钝，此时觉文思若涌。少间稿脱，争持去启呈绛妃。妃展阅一过，颇谓不疵，很好。遂复送余归。醒而忆之，情事宛然，但檄词强半遗忘，因足而成之：

　　"谨按封氏，飞扬成性，忌嫉为心。济恶以才，妒同醉骨；射人于暗，奸类含沙。昔虞帝虞舜。受其狐媚，英皇不足解忧，反借渠以解愠；楚王蒙其蛊惑，贤才未能称意，惟得彼以称雄。沛上英雄，云飞而思猛士；茂陵天子，秋高而念佳人。从此怙依恃。宠日恣，因而肆狂无忌。怒号万窍，响碎玉于王宫；澎湃中宵，弄寒声于秋树。忽向山林丛里，假虎之威；时于滟滪堆中，生江之浪。且也帘钩频动，发高阁之清商；檐铁忽敲，破离人之幽梦。寻帏下榻，反同入幕之宾；排闼登堂，竟作翻书之客。吹乱书页。不曾于生平识面，直开门户而来；若非是掌上留裙，几掠妃子而去。吐红丝于碧落，乃敢因月成阑；翻柳浪于青郊，谬说为花寄信。_{应花期而来的风。}赋归田者，_{指陶渊明辞官归田作《归去来兮辞》。}归途才就，飘飘吹薜荔之衣；登高台者，高兴方浓，轻轻落茱萸之帽。_{指孟嘉九月九日登高落帽。}蓬梗卷分上下，三秋之羊角抟空；筝声入乎云霄，百尺之鸢丝断系。不奉太后之诏，欲速花开；_{指武则天诏令百花冬日盛开。}未绝座客之缨，竟吹灯灭。_{指楚庄王令群臣绝缨。}甚则扬尘播土，吹平李贺之山；叫雨呼云，卷破杜陵之屋。冯夷_{河神。}起而击鼓，少女进而吹笙。荡漾以来，草皆成偃；_{倒伏。}吼奔而至，瓦欲为飞。未施抟水之威，浮水江豚时出拜；陡出障天之势，书天雁字不成行。助马当之轻帆，_{指风助王勃早抵南昌。}彼有取尔；牵瑶台之翠帐，于意云何？至于海鸟有灵，尚依鲁门以避；但使行人无恙，愿唤尤郎以归。古有贤豪，乘而破者万里；世无高士，御以行者几人？驾炮车之狂云，遂以夜郎自大；恃贪狼之逆气，漫以河伯为尊。姊妹_{花神姊妹。}俱受其催残，汇族_{全族。}悉为其蹂躏。纷红骇绿，掩苒何穷？擘柳鸣条，萧骚无际。雨零金谷，缀为藉客之裀；_{风雨过后，落花连缀为客人的坐垫。}露冷华林，去作沾泥之絮。_{柳絮被露水打湿沾上泥土。}埋香瘗玉，残妆卸而翻飞；朱榭雕阑，杂珮纷其零落。减春光于旦夕，万点正飘愁；觅残红于东西，五更非错恨。_{落花飘散东西，应责怪风吹。}翩翻江汉女，弓鞋漫踏春园；寂寞玉楼人，珠勒徒嘶芳草。斯时_{风吹花落春归之时。}也：伤春者有难乎为情之怨；寻胜者作无可奈何之歌。尔_{你，指风。}乃趾高气扬，发无端之踔厉；摧蒙振落，动不已之阑珊。伤哉绿树犹存，簌簌者绕墙自落；_{为花落而仅存枝叶而感到伤心。}久矣朱幡不竖，娟娟者贳涕谁怜？堕溷沾篱，毕芳魂于一日；朝荣夕悴，免荼毒于何年？怨罗裳之易开，骂空闻于子夜，讼狂伯之肆虐，章未报于天庭。_{化用韩愈《讼风伯》，谓欲讼风之狂虐，奏章未达于天帝处。}诞告芳邻，学作蛾眉之阵；凡属同气，群兴草木之兵。<small>四句谓花草应联合起来共同对抗狂风。</small>莫言蒲柳无能，但须藩篱有志。<small>蒲柳虽弱，只要有志，编成篱笆也可护卫花草。</small>且看莺俦燕侣，公覆夺爱之仇；请与蝶友蜂媒，共发同心之誓。兰桡桂楫，可教战于昆明；桑盖柳旌，用观兵于上苑。东篱处士，亦出茅庐；<small>指菊花也由隐居而出战。</small>大树将军，应怀义愤。杀其气焰，洗千年粉黛之冤；歼尔豪强，销万古风流之恨！"

河间生

河间某生，场中积麦穰如丘，家人日取为薪，洞之。<small>把堆积的麦穰挖出了一个洞。</small>有狐居其中，常与主人相见，老翁也。一日，屈主人饮，拱生入洞。生难之，强而后入。入则廊舍华好。即坐，茶酒芳烈。但日色苍黄，不变中夕。筵罢既出，景物俱杳。翁每夜往夙归，人莫能迹。问之，则言友朋招饮。生请与俱，翁不可。固请之，翁始诺。挽生臂，疾如乘风，可炊黍时，<small>做一顿饭的工夫。</small>至一城市。入酒肆，见座客良多，聚饮颇哗。乃引生登楼上。下视饮者，几案柈餐，可以指数。翁自下楼，任意取案上酒果，抔来供生，筵中曾莫之禁。<small>没有人来制止他。</small>移时，生视一朱衣人前列金橘，命翁取之。翁曰："此正人，不可近。"生默念：狐与我游，必我邪也；自今以往，我必正！方一注想，<small>专心思想。</small>觉身不自主，眩坠楼下。饮者大骇，相哗以妖。生仰视，竟非楼上，乃梁间耳。以实告众。众审其情确，赠而遣之。问其处，乃鱼台，去河间千里云。

云翠仙

梁有才，故晋人，流寓于济，作小负贩，无妻子田产。从村人登岱。泰山。岱，四月交，四月初，此为“佛诞节”。香侣杂沓。又有优婆夷塞，率众男子以百十，杂跽神座下，视香炷为度，以一炷香烧完为跪拜时长的限度。名曰“跪香”。才视众中有女郎，年十七八而美，悦之。诈为香客，近女郎跪；又伪为膝困无力状，故以手据女郎足。女回首似嗔，膝行而远之。才又膝行近之；少间又据之。女郎觉，遽起不跽，出门去。才亦起亦出，履其迹，尾随女子踪迹。不知所往。心无望，怏怏而行。途中见女郎从媪，似为女也母者。才趋之。媪女行且语。媪云：“汝能参礼娘娘，大好事！汝又无弟妹，但获娘娘冥加护，护汝得快婿，但能相孝顺，都不必贵公子、富王孙也。”才窃喜，渐渍，诘媪。媪自言为云氏，女名翠仙，其出也。家西山四十里。才曰：“山路涩，母如此蹜蹜，脚步细碎。妹如此纤纤，何能便至？”曰：“日已晚，将寄舅家宿耳。”才曰：“适言相婿，不以贫嫌，不以贱鄙，我又未婚，颇当母意否？”媪以问女，女不应。媪数问，女曰：“渠寡福，又荡无行，轻薄之心，还易翻覆。儿不能为遢伎儿作妇！”才闻，朴诚自表，切矢皦日。真诚地对着太阳起誓。媪喜，竟诺之。女不乐，勃然而已。母又强拍咻之。才殷勤，手于橐，用手从钱袋中掏出钱。觅山兜二，舁媪及女，己步从若为仆。过隘，辄呵兜夫不得颠摇，意良殷。俄抵村舍，便邀才同入舅家。舅出翁，妗出媪也。云兄之嫂之。谓：“才，吾婿。日适良，今日恰好是吉日。不须别择，便取今夕。”舅亦喜，出酒肴饵才。既，严妆翠仙出，拂榻促眠。女曰："我固知郎不义，迫母命，漫相随。郎若人也，当不须忧偕活。"才唯唯听受。明日早起，母谓才："宜先去，我以女继至。"才归，扫户闼。媪果送女至。入视室中，虚无有。便云："似此何能自给？老身速归，当小助汝辛苦。"遂去。次日，有男女数辈，各携服食器具，布一室满之。不饭俱去，但留一婢。才由此坐_{坐享}温饱，惟日引里中无赖，朋饮竞赌，渐盗女簪珥佐博。女劝之，不听；颇不耐之，惟严守箱奁似防寇。一日，博党款门访才，窥见女，适适然惊。问曰："子大富贵，何忧贫耶！"才问故。答曰："曩见夫人，实仙人也。适于子，家道不相称。货为媵，_{卖为妾。}金可得百；为妓，可得千。千金在室，而听_{听任。}饮博无资耶？"才不言，而心然之。归，辄向女欹歔，时时言贫不可度。女不顾，才频频击桌，抛匕箸，骂婢，作诸恶态。一夕，女沽酒与饮，忽曰："郎以贫故，日焦心。我又不能御穷，分郎忧，中怀耿耿，岂不愧怍？但无长物，止有此婢，鬻之，可稍稍佐经营。"才摇首曰："其直几何！"又饮少时，女曰："妾与郎，有何不相承，但力竭耳。念一贫如此，便死相从，不过均此百年苦，有何发迹？不如以妾鬻贵家，两所便益，得直或较婢多。"才故愕言："何得至此！"女固言之，色作庄。_{脸色表现得庄重。}才喜曰："容再计之。"遂缘中贵人货隶乐籍。中贵人亲诣才，见女大悦。恐不能即得，立券八百缗。事滨就矣，_{将要做成。}女曰："母日以婿家贫，常常萦念，今义断矣，我将暂归省；且郎与妾绝，何得不告母？"才虑母阻。女曰："我顾自乐之，保无差贷。"才从之。夜将半，始抵母家。挝阖入，见楼舍华好，婢仆辈往来憧憧。才日与女居，每请诣母，女辄止之，故为甥馆_{做女婿。}年余，曾未一临岳家。至此大骇，以其家巨，恐媵妓所不甘也。女引才登楼上。媪惊问夫妻何来。女怨曰："我固道渠不义，今果然！"乃于衣底出黄金二锭置几上，曰："幸不为小人赚脱，仍以还母。"媪骇问故。女曰："渠将鬻我，故藏金无用处。"乃指才骂曰："豺鼠子！曩日负肩担，面沾尘如鬼。初近我，熏熏作汗腥，肤垢欲倾塌，足手皴一寸厚，使人终夜恶。自我归汝家，安坐餐饭，鬼皮始脱。母在前，我岂诬耶？"才垂首，不敢少出气。女又曰："自顾无倾城姿，不堪奉贵人。似若辈男子，我自谓犹相匹。有何亏负，遂无一念香火情？夫妻情。我岂不能起楼宇，买良沃？念汝儇薄骨、乞丐相，终不是白头侣！"言次，婢妪连衿臂，旋旋围绕之。闻女责数，便都唾骂，共言："不如杀却，何须复云云！"才大惧，据地自投，但言知悔。女又盛气曰："鬻妻子已大恶，犹未便是剧；还不是最恶。何忍以同衾人赚作娼！"言未已，众眦裂，悉以锐簪剪刀股，攒刺胁踝。才大号，悲哀乞命。女止之曰："可暂释却。渠便无仁义，我不忍其縠觫。"因恐惧而颤抖。乃率众下楼去。才坐听移时，语声渐寂，思欲潜遁。忽仰视见星汉，东方已白，野色苍莽，灯亦寻灭。并无屋宇，身坐削壁上。俯瞰绝壑，深无底。骇绝，惧堕。身稍移，塌然一声，随石崩坠。壁半有枯藤横焉，胃挂。不得堕。以枯受腹，手足无着。下视茫茫，不知几何寻丈。不敢转侧，嗥怖声嘶，一身尽肿，眼耳鼻舌身力俱竭。日渐高，始有樵人望见之；寻缲来，缒而下，取置崖上，奄将溘毙。异归其家。至则门洞敞，家荒荒如败寺，床簏什器俱杳，惟有绳床败案，是己家旧物，零落犹存。嗒然自卧。饥时，日一乞食于邻。既而肿溃为癞。里薄其行，悉唾弃之。才无计，货屋而穴居。行乞于道，以刀自随。或劝以刀易饵，以刀换取食物。才不肯，曰："野居防虎狼，用自卫耳！"后遇向劝鬻妻者于途，近而哀语，遽出刀擎而杀之，遂被收。官廉察考。得其情，亦未忍酷虐之，系狱中，寻瘐死。

异史氏曰："得远山芙蓉，与共四壁，与以南面王岂易哉！己则非人，而怨逢恶之友；故为友者，不可不知戒也。凡狭邪子，诱人淫博，为诸不义，其事不败，虽则不怨亦不德。迨于身无襦，妇无裤，千人所指，无疾将死，穷败之念，无时不萦于心；穷败之恨，无时不切于齿。清夜牛衣中，辗转不寐，夫然后历历——分明地。想未落时，历历想将落时，又历历想致落之故，而因以及发端致落之人。至于此，弱者起，拥絮坐诅；强者愤，忍冻裸行，篝火索刀，霍霍磨之，不待终夜矣。故以善规人，如赠橄榄；以恶诱人，如馈漏脯变质的肉脯。也。听者固当省，言者可勿惧哉！"

大力将军

查伊璜，浙人。清明饮野寺中，见殿前有古钟，大于两石瓮；而上下土痕手迹，滑然如新。疑之。俯窥其下，有竹筐，受八升许，不知所贮何物。使数人抠耳力掀举之，无少动。益骇。乃坐饮以伺其人。居无何，有乞儿入，携所得糗糒，干粮。堆累钟下。乃以一手起钟，一手掬饵置筐内；往返数四始尽。已复合之，乃去。移时复来，探取食之，食已复探，轻若启椟。一座尽骇。查问："若个男儿胡为何。行乞？"答以："啖啖多，无佣者。"查以其健，劝投行伍。乞人愀然虑无阶。没有门路。查遂携归，饵之，计其食略倍五六人。为易衣履，又以五十金赠之行。后十余年，查犹子侄子。令于闽，做闽地的县令。有吴将军六一者，忽来通谒。款谈间，问："伊璜是君何人？"答言："为诸父行。与将军何处有素？"曰："是我师也。十年之别，颇复忆念。烦致先生一赐临也。"漫应之。自念：叔名贤，何得武弟子？会伊璜至，因告之。伊璜茫不记忆。因其问讯之殷，即命仆马，投刺于门。将军趋出，逆诸大门之外。视之，殊昧生平。窃疑将军误，将军伛偻曲身弯背以示恭敬。益恭。肃敬请。客入，深启三四关。忽见女子往来，知为私廨，屏足立。将军又揖之。少间登堂，则卷帘者，移座者，并皆少姬。既坐，方拟展问，将军颐少动，一姬捧朝服至，将军遽起更衣。查不知其何为。众姬捉袖整襟讫，先命数人捺查座上不使动，而后朝拜，如觐君父。查大愕，莫解所以。拜已，以便服侍坐。笑曰："先生不忆举钟之乞人耶？"查乃悟。既而华筵高列，家乐作于下。酒阑，群姬列侍。将军入室请祍，阖扉乃去。查醉起迟，将军已于寝门外三问矣。查不自安，辞欲返。将军投辖下钥，丢去车辖，锁上门，留客不去。锢闭之。见将军日无他作，惟点姬婢养厮卒，及骡马服用器具，督造记籍，戒无遗漏。查以将军家政，故未深叩。深问。一日，执籍谓查曰："不才得有今日，悉出高厚之赐。一婢一物，所不敢私，敢一半奉先生。"查愕然不受。将军不听。出藏镪数万，亦两置之。按籍点照，古玩床几，堂内外罗列几满。查固止之，将军不顾。稽婢仆姓名已，即令男为治装，女为敛器，且嘱敬事先生。百声悚应。又亲视姬婢登舆，厮卒捉马骡，阗咽并发，乃返，别查。后查以修史一案，株连被收，卒得免，皆将军力也。

异史氏曰："厚施而不问其名，真侠烈古丈夫哉！而将军之报，亦慷慨豪爽，尤千古所仅见。如此胸襟，自不应老于沟渎。以是知两贤相遇，非偶然也。"

白莲教

　　白莲盗首徐鸿儒，得左道_{旁门邪道}。之书，能役鬼神。小试之，观者尽骇。走门下者如鹜。_{投于门下的人很多}。于是阴怀不轨。因出一镜，言能鉴人终身。悬于庭，令人自照，或幞头，或纱帽，绣衣貂蝉，现形不一。人益怪愕。由是道路摇播，_{迅速传播}。踵求鉴者，挥汗相属。_{形容来者众多}。徐乃宣言："凡镜中文武贵官，皆如来佛注定龙华会中人。各宜努力，勿得退缩。"因以镜对众自照，则冕旒龙衮，俨然王者。众相视而惊，大众齐伏。徐乃建旗秉钺，罔不欢跃相从，冀符所照。不数月，聚党以万计，滕峄一带，望风而靡。后大兵_{政府官军}。进剿，有彭都司者，长山人，艺勇绝伦。寇出二垂髫女与战。女俱双刃，利如霜；骑大马，喷嘶甚怒。飘忽盘旋，自晨达暮，彼不能伤彭，彭亦不能捷也。如此三日，彭觉筋力俱竭，哮喘而卒。迨鸿儒既诛，捉贼党械问之，始知刃乃木刀，骑乃木凳也。假兵马死真将军，亦奇矣！

颜氏

　　顺天某生，家贫。值岁饥，从父之_{去往}。洛。性钝，年十七，裁不能成幅；_{写不出一篇完整的八股文}。而丰仪秀美，能雅谑，善尺牍。_{善于写信}。见者不知其中之无有也。无何，父母继殁，孑然一身，受童蒙于洛汭。时村中颜氏有孤女，名士裔也。少慧。父在时尝教之读，一过辄记不忘。十数岁，学父吟咏。父曰："吾家有女学士，惜不弁耳。"钟爱之，期择贵婿。父卒，母执此志，三年不遂，而母又卒。或劝适佳士，女然之而未就也。适邻妇逾垣来，就与攀谈。以字纸裹绣线，女启视，则某手翰，_{亲笔书信。}寄邻生者。反复之而好焉。邻妇窥其意，私语曰："此翩翩一美少年，孤与卿等，年相若也。倘能垂意，妾嘱渠媒合之。"女脉脉不语，妇归，以意授夫。邻生故与生善，告之，大悦。有母遗金鸦镮，托委致焉。刻日成礼，鱼水甚欢。及睹生文，笑曰："文与卿似是两人，如此，何日可成？"朝夕劝生研读，严如师友。敛昏，先挑烛据案自哦，为丈夫率，_{表率。}听漏三下，乃已。如是年余，生制艺_{八股文。}颇通；而再试再黜，身名蹇落，饔飧不给，抚情寂寞，嗷嗷悲泣。女诃之曰："君非丈夫，负此弁耳！使我易髻而冠，青紫直芥视之。"生方懊丧，闻妻言，睒睗而怒曰："闺中人，身不到场屋，便以功名富贵，似汝在厨下汲水炊白粥；若冠加于顶，亦犹人_{如同一般人。}耳！"女笑曰："君勿怒。俟试期，妾请易装相代。倘落拓如君，当不敢复藐天下士矣。"生亦笑曰："卿自不知蘖_{黄柏。}苦，真宜使尝试之。但恐绽露，为乡邻笑耳。"女曰："妾非戏语。君尝言燕_{河北省别称。}有故庐，请男装从君归，伪为弟。君以襁褓出，谁得辨其非？"生从之。女入房，巾服而出，曰："视妾可作男儿否？"生视之，俨然一顾影少年也。生喜，遍辞里社。交好者薄有馈遗，买一羸蹇，御妻而归。生叔兄尚在，见两弟如冠玉，甚喜，晨夕恤顾之。又见宵旰攻苦，倍益爱敬。雇一剪发雏奴，为供给使。暮后，辄遣去之。乡中吊庆，兄自出周旋；弟惟下帷读。居半年，罕有睹其面者。客或请见，兄辄代辞。读其文，瞠然骇异，或排闼而迫之，_{撞开门迫近颜氏。}一揖便亡去。客睹丰采，又共倾慕。由此名大噪，世家争愿赘焉。叔兄商之，惟辗然笑。再强之，则言："矢志青云，不及第，不婚也。"会学使按临，两人并出。兄又落。弟以冠军应试，中顺天第四；明年成进士，授桐城令，有吏治；_{有政声。}寻迁河南道掌印御史，富埒王侯。因托疾乞骸骨，赐归田里。宾客填门，乞谢不纳。又自诸生以及显贵，并不言娶，人无不怪之者。归后，渐置婢，或疑其私；嫂察之，殊无苟且。无何，明鼎革，天下大乱。乃告嫂曰："实相告，我小郎_{称丈夫的弟弟。}妇也。以男子矞茸，_{无能。}不能自立，负气自为之。深恐播扬，致天子召问，贻笑海内耳。"嫂不信，脱靴而示之足，始愕；视靴中，则败絮满焉。于是使生承其衔，仍闭门而雌伏矣。而生平不孕，遂出资购妾。谓生曰："凡人置身通显，则买姬媵以自奉。我宦迹十年，犹一身耳。君何福泽，坐享佳丽？"生曰："面首_{指男宠。}三十人，请卿自置耳。"相传为笑。是时生父母，屡受覃恩矣。缙绅拜往，尊生以侍御礼。生羞袭闺衔，惟以诸生自安，终生未尝舆盖云。

异史氏曰："翁姑受封于新妇，可谓奇矣。然侍御而夫人也，何时无之？但夫人而侍御者少耳。天下冠儒冠、称丈夫者，皆愧死矣！"

木偶戏

商人白有功言："在泺口河上，见一人荷竹簏，牵巨犬二。于簏中出木雕美人，高尺余，手目转动，艳妆如生。又以小锦鞯_{彩色鞍鞯。}被犬身，便令跨坐。安置已，叱犬疾奔。美人自起，学解马作诸剧，镫而腹藏，腰而尾赘，跪拜起立，灵变不讹。_{错误。}又作昭君出塞：别取一木雕儿，插雉尾，披羊裘，跨犬从之。昭君频频回顾，羊裘儿扬鞭追逐，真如生者。"

邵士梅

邵进士，士梅，济宁人。初授登州教授，有二老秀才投刺，睹其名，似甚熟识。凝思良久，忽悟前身。便问斋夫："某生居某村否？"又言其丰范，<small>面貌风度。</small>一一吻合。俄两生入，执手倾语，欢若平生。谈次，问高东海况。二生答："瘐死<small>犯人在狱中因饥饿、拷打、疾病而死。</small>二十余年矣，今一子尚存。此乡中细民，<small>小民。</small>何以见知？"邵笑云："我旧戚也。"先是，高东海素无赖；然性豪爽，轻财好义。有负租而鬻女者，倾囊代赎之。私一娼，娼坐隐盗，官捕甚急，逃匿高家。官知之，收高，备极搒掠，终不服，寻死狱中。其死之日，即邵生辰。后邵至某村，恤其妻子，远近皆知其异。此高少宰言之，即高公子冀良同年也。

王阮亭曰："邵前生为栖霞人，与其妻三世为夫妇，事更奇也。高东海以病死，非瘐死，邵自述甚详。"

邵临淄

临淄某翁之女，太学李生妻也。未嫁时，有术士推其造，<small>推算生辰八字。</small>决其必受官刑。翁怒之，既而笑曰："妄言一至于此！无论世家女必不至公庭，岂一监生不能庇一妇乎？"既嫁，悍甚，捶骂夫婿以为常。李不堪其虐，忿鸣于官。邑宰邵公准其词，签役立勾。翁闻之大骇，率子弟登堂，哀求寝息。^{平息。}弗许。李亦自悔，求罢。公怒曰："公门内岂作辍^{诉讼、罢讼。}尽由尔耶？必拘质审！"既到，略诘一二言，便曰："真悍妇！"杖责三十，臀肉尽脱。

异史氏曰："公岂有伤心于闺阃耶？何怒之暴也！然邑有贤宰，里无悍妇矣。志之，以补'循吏传'之所不及者。"

狂生

刘学师言："济宁有狂生某，善饮；家无儋石，而得钱辄沽，殊不以厄穷为意。值新刺史莅任，善饮无对。闻生名，招与饮而悦之，时共谈宴。生恃其狎，凡有小讼求直者，^{要求胜诉。}辄受薄贿，为之缓颊；^{为人说情。}刺史每可^{同意。}其请。生习为常，刺史心厌之。一日早衙，持刺登堂。刺史览之微笑。生厉声曰：'公如所请，可之；不如所请，否之。何笑也！闻之：士可杀不可辱。他固不能相报，岂一笑不能报耶！'言已，大笑，声震堂壁。刺史怒曰：'何敢无礼！宁不闻灭门令尹耶！'生掉臂^{摆动双臂。}竟下，大声曰：'生员无门之可灭！'刺史益怒，执之。访其家居，则并无田宅，惟携妻住城堞上。刺史闻而释之，但逐不令居城垣。朋友怜其狂，为买数尺地，购斗室^{如斗般的小室。}焉。入而居之，叹曰：'今而后，畏令尹矣！'"

异史氏曰："士君子奉法守礼，不敢劫人于市，南面者奈我何哉！然仇之犹得而加者，徒以有门在耳；夫至无门可灭，则怒者更无以加之矣。噫嘻！此所谓'贫贱骄人'者耶！独_{只是。}是君子虽贫，不轻干_{冒犯。}人，乃以口腹之累，喋喋公堂，亦品斯下矣。虽然，其狂不可及也。"

辽阳军

　　沂水某，明季充辽阳军。会辽城陷，为乱兵所杀，头虽断，犹不甚死。至夜，一人执簿来，按点诸鬼。至某，谓其不宜死，使左右续其头而送之。遂共取头安项上，群扶之，风声簌簌，行移时，置之而去。视其地，则故里也。沂令闻之，疑其窃逃。拘讯而得其情，颇不信；又审其颈无少断痕，将刑之。某曰："言之无可凭信，但请寄狱_{暂押狱中。}中，头断可假，陷城不可假。设辽阳无恙，然后即刑未晚也。"令然之。数日，辽信至，时日一如所言，遂释之。

张贡士

　　安丘张贡士，寝疾，_{卧病在床。}仰卧床头。忽见心头有小人出，长仅半尺，儒冠儒服，作俳优状。唱昆山曲，音调清澈，说白自道名贯，一与己同；所唱节末，_{情节。}皆其生平所遭。四折既毕，吟诗而没。张犹记其梗概，为人述之。
　　阮亭云："岂杞园耶？大奇。"

孙必振

孙必振渡江，值大风雷，舟船荡摇，同舟大恐。忽见金甲神立云中，手持金字牌，下示诸人。共仰视之，上书"孙必振"三字甚真。众谓："孙必振有犯天谴，请自为一舟，勿相累。"孙尚无言，众不待其肯可，_{同意。}视旁有小舟，共推置其上。孙既登舟，回视，则前舟覆矣。

元宝

广东临江山崖巉岩，常有元宝嵌石上。崖下波涌，舟不可泊。或荡桨近摘之，则牢不可动。若其人数_{天数。}应得此，则一摘即落，回首已复生矣。

龙

袁宣四言："在苏州，值阴晦，霹雳大作。众见龙垂云际，鳞甲张动，爪中抟一人头，须眉毕现。移时，入云而没。后亦未闻有失其头者。"

砚石

王仲超言："洞庭君山间有石洞，高可容舟，深暗不测，湖水出入其中。尝秉烛泛舟而入，见两壁皆黑石，其色如漆，按之而软；出刀割之，如切硬腐。豆腐干。随意制为砚。既出见风，则坚硬过于他石。试之墨，大佳。估舟游楫，往来甚众，中有佳石，不知取用，亦赖好奇者之品题也。"

武夷

武夷山有削壁千仞，人每于下拾沉香玉块焉。太守闻之，督数百人作云梯，将造到达。顶以觇其异，三年始成。太守登之，将及巅，见大足伸下，一拇指粗于捣衣杵，大声曰："不下，将堕矣！"大惊疾下，才至地，则架木朽折，崩坠无遗。

大鼠

万历间，宫中有鼠，大与猫等，为害甚剧。遍求民间佳猫捕制之，辄被啖食。适异国来贡狮猫，毛白如雪。抱投鼠室，阖其扉，潜窥之。猫蹲良久，鼠逡巡自穴中出，见猫怒奔之。猫避登几上，鼠亦登，猫则跃下。如此往复，不啻百次。众咸谓猫怯，以为是无能为者。既而鼠跳踯_{跳跃。}渐迟，腹硕似喘，蹲地上少休。猫即疾下，爪掬项毛，口龁首领，展转争持间，猫声呜呜，鼠声啾啾。启扉急视，则鼠首已碎矣。然后知猫之避，非怯也，待其惰也。彼出则归，彼归则复，用此智耳。噫！匹夫按剑，何异鼠乎！

张不量

贾人某，至直隶界，忽大雨_{落下。}雹，伏禾中。闻空中云："此张不量田，勿伤其稼。"贾私念：张氏何人，既云"不良"，何反祐祐。_{护祐。}既而雹止，贾行入村，访之，果有其人，因告所见，且问取名之义。盖张素积粟，家甚富，每春间，贫民皆就贷焉。偿时，多寡不较，悉内_{通"纳"，接受。}之，未尝执概取盈，故乡人名之"不量"。众趋田中，见禾穗摧折如麻，独张氏诸田无恙。

牧竖

两牧竖_{牧童。}入山，至狼穴，穴有小狼二，谋分捉之。各登一树，相去数十步。少顷，大狼至，入穴失子，意甚仓皇。竖于树上扭小狼耳蹄，故令嗥。大狼闻声仰视，怒奔树下，号且爬抓。其一竖又在彼树致小狼鸣急。狼辍声四顾，始望见之，乃舍此趋彼，跑号如前状。前树又鸣，又转奔之。足无停趾，口无停声，数十往复，奔渐迟，声渐弱，既而奄奄僵卧，久之不动。竖下视之，气已绝矣。今有豪强子，怒目按剑，若将抟噬，为所怒者，乃阖扉去。豪力尽声嘶，更无敌者，岂不畅然自雄？不知此禽兽之威，人故弄^{捉弄}之以为戏耳。

富翁

富翁某，商贾多贷其资。一日出，有少年从马后，问之，亦假本^{借本钱。}者。翁诺之。既至家，适几上有钱数十，少年无事，以手叠钱，高下堆垒之。翁谢去，竟不与资。或问故，曰："此必善博，^{喜好赌博。}非端人也。所熟之技，不觉形于手足矣。"访之果然。

王司马

新城王大司马霁宇，镇北边时，常使匠人铸一大杆刀，阔盈尺，重百钧。每按边，^{巡边。}辄使四人扛之。卤簿所止，则置地上，故令北人捉之，力撼不可少动。司马阴以桐木依样为刀，宽狭大小无异，贴以银箔，时于马上舞动。诸部落望见，无不震悚。又于边外埋苇箝为界，横斜十余里，状若藩篱，扬言曰："此吾长城也。"北兵至，悉拔而火之。司马又置之。既而三火，乃以炮石伏机其下，北兵焚箝，药石尽发，死伤甚众。既遁去，司马设箝如前，北兵遥望皆却走，以故帖服若神。后司马既老，乞骸归。塞上复警，召再起；时司马八十有三，力疾陛辞。上慰之曰："但烦卿卧治_{借其重望，不劳而治}耳。"于是司马复至边。每止处，辄卧幛中。北人闻司马至，皆不信，因假议和，将验真伪。启帘，见司马坦卧，皆望榻伏拜，挢舌而退。

　　阮亭曰："今抚顺东北，哈达城东，插柳以界蒙古，南至朝鲜，西至山海，长亘千里，名'柳条边'，私越者置重典，著为令。"

时 习 文 库

聊斋志异

〔清〕蒲松龄 著

下

齐鲁书社
·济南·

卷十二

杜翁

杜翁，沂水人。偶自市中出，坐墙下以候同游。觉少倦，忽若梦，见一人持牒摄去。持公文拘捕而去。至一府署，从来所未经。一人戴瓦陇冠自内出，则青州张某，其故人也。见杜惊曰：“杜大哥何至此？”杜言：“不知何事，但有勾牒。”张疑其误，将为查验。乃嘱曰：“谨立此，勿他适。恐一迷失，将难救挽。”遂去，久之不出。惟持牒人来，自认其误，释令归。杜别而行，途中遇六七女郎，容色娟好，悦而尾之。下道趋小径，行十数步。闻张在后大呼曰：“杜大哥，汝将何往？”杜迷恋不已。俄见诸女入一圭窦，心识为王卖酒者之家。不觉探身门内，略一窥瞻，即见身在苙中，与诸小豭猪。同伏。豁然自悟已化豕矣。而耳中犹闻张呼。大惧，急以首触壁。闻人言曰：“小豕癫痫矣。”还顾已复为人。速出门，则张候于途，责曰：“固嘱勿他往，何不听信？几至坏事！”遂把手送至市门，乃去。杜忽醒，则身犹倚壁间。诣王氏问之，果有一豕自触死云。

小谢秋容

渭南姜部郎第，多鬼魅，常惑人。因徙去。留苍头门守门。之而死，数易皆死；遂废之。里有陶生望三者，夙倜傥，好携妓，酒阑辄去。友人故_{故意。}使妓奔就，亦笑纳不拒；而实终夜无所沾染。常宿部郎家，有婢夜奔，生坚拒不乱；部郎以是契重之。家綦贫，又有"鼓盆之戚"，_{指丧妻。}茅屋数椽，溽暑不堪其热，因请部郎假废第。部郎以其凶故，却之。生因作《续无鬼论》献部郎，且曰："鬼何能为！"部郎以其请之坚，诺之。生往除厅事。薄暮，置书其中；返取他物，则书已亡。怪之。仰卧榻上，静息以伺其变。食顷，闻步履声，睨之，见二女自房中出，所亡书，送还案上。一约二十，一可十七八，并皆姝丽。逡巡立榻下，相视而笑。生寂不动。长者翘一足踹生腹，少者掩口匿笑。生觉心摇摇若不自持，即急肃然端念，_{端正念想。}卒不顾。女近以左手捋髭，右手轻批_{打。}颐颊，作小响。少者益笑。生骤起，叱曰："鬼物敢尔！"二女骇奔而散。生恐夜为所苦，欲移归，又耻其言不掩；_{指自己所作《续无鬼论》有所不确。}乃挑灯读。暗中鬼影憧憧，略不顾瞻。夜将半，烛而寝。始交睫，觉人以细物穿鼻，奇痒大嚏，但闻暗处隐隐作笑声。生不语，假寐以伺之。俄见少女以纸条拈细股，鹤行鹭伏而至；生暴起诃之，飘窜而去。既寝，又穿其耳。终夜不堪其扰。鸡既鸣，乃寂无声，生始酣眠。终日无所睹闻。日既下，恍惚出现。生遂夜炊，将以达旦。长者渐曲肱几上，观生读。既而掩生卷。生怒捉之，即已飘散。少间，又掩之。生以手按卷读。少者潜于脑后交两手掩生目，瞥然去，远立以哂。生指骂曰："小鬼头！捉得便都杀却！"女子即又不惧。因戏之曰："房中纵送，我都不解，缠我无益。"二女微笑，转身向灶，析薪溲米，为生执爨。_{烧火做饭。}生顾而奖曰："两卿此为，不胜憨跳耶？"俄顷粥熟，争以匕箸陶碗置几上。生曰："感卿服役，何以报德？"女笑云："饭中溲合_{掺杂。}砒鸩矣。"生曰："与卿夙无嫌怨，何至以此相加。"啜已复盛，争为奔走。生乐之，习以为常。日渐稔，接坐倾语，审其姓名。长者云："姜秋容乔氏，彼阮家小谢也。"又研问所由来。小谢笑曰："痴郎！尚不敢一呈身，谁要汝问门第，作嫁娶耶？"生正容曰："相对丽质，宁独无情？但阴冥之气，中人必死。不乐与居者，行可耳；乐与居者，安可耳。如不见爱，何必玷两佳人？如果见爱，何必死一狂士？"二女相顾动容，自此不甚虐弄之。然时而探手于怀，捋裤于地，亦置不为怪。一日，录书未卒业而出，返则小谢伏案头，操管_{执笔}代录。见生，掷笔睨笑。近视之，虽劣不成书，而行列疏整。生赞曰："卿雅人也！苟乐此，仆教卿为之。"乃拥诸怀，把腕而教之画。秋容自外入，色乍变，意似妒。小谢笑曰："童时常从父学书，久不作，遂如梦寐。"秋容不语。生喻其意，伪为不觉者，遂抱而授以笔曰："我视卿能此否？"作数字而起曰："秋娘大好笔力！"秋容乃喜。生于是折两纸为范，_{范本。}俾共临摹；生另一灯读，窃喜其各有所事，不相侵扰。仿毕，祇立几前，听生月旦。_{点评书写好坏。}秋容素不解读，涂鸦不可辨认。花判已，自顾不如小谢，有惭色。生奖慰之，颜始霁。二女由此师事生，坐为抓背，卧为按股，不惟不敢侮，争媚之。逾月，小谢书居然端好，生偶赞之。秋容大惭，粉黛淫淫，_{脂粉随着泪水流下。}泪痕如线；生百端慰解之，乃已。因教之读，颖悟非常，指示一过，无再问者。与生竞读，常至终夜。小谢又引其弟三郎来，拜生门下。年十五六，姿容秀美。以金如意一钩为贽，_{初次拜见长辈所送的礼物。}生令与秋容执一经。_{同读一经。}满堂咿唔，生于此设鬼帐焉。部郎闻之喜，以时给其薪水。秋容与三郎皆能诗，时相酬唱。小谢阴嘱勿教秋容，生诺之；秋容阴嘱勿教小谢，生亦诺之。一日，生将赴试，二女涕泪持别。三郎曰："此行可以托疾免；不然，恐履不吉。"生以告疾为辱，遂行。先是，生好以诗词讥切时事，获罪于邑贵介，日思中伤之。阴赂学使，诬以行检，诬陷品行。淹禁狱中。资斧绝，乞食于囚人，自分已无生理。忽一人飘忽而入，则秋容也。以馔具馈生。相向悲咽曰："三郎虑君不吉，今果不谬。三郎与姜同来，赴院申理矣。"数语而出，人不之睹，越日，部院出，三郎遮道，拦道。声屈，收之。秋容入狱报生，返身往侦之。三日不返。生悲饿无聊，度一日如年岁。忽小谢至，怆惋欲绝，言："秋容归，经由城隍祠，被西廊黑判强摄去，逼充媵御。侍妾。秋容不屈，今亦幽囚。妾驰百里，奔波颇殆；至北郭，被老棘刺透足心，痛彻骨髓，恐不能再至矣。"因示之足，血殷凌波，指鞋袜。焉。出金三两授生，跛踦而没。部院勘三郎，素非瓜葛，无端代控，将杖之，扑地遂灭。异之，览其状，情词悲恻。提生面鞫：审问。"三郎何人？"生伪为不知。部院悟其冤，释之。既归，竟夕无一人。更阑，小谢始至。惨然曰："三郎在部院，被廨神，官衙神。押赴冥司；冥王以三郎义，令托生富贵家。秋容久锢，妾以状投城隍，又被按阁，压下。不得入，且复奈何？"生忿曰："黑老魅何敢如此！明日仆其像，践踏为泥；数城隍而责之，案下吏暴横如此，渠在醉梦中耶！"悲忿相对，不觉四漏将残。秋容飘然忽至。两人惊喜急问。秋容泣下曰："今为万苦矣！判日以刀杖相逼。今夕忽放妾归，曰：'我无他，原以爱故；既不愿，固亦不曾污玷。烦告陶秋曹，勿见谴责。'"生闻少欢，欲与同寝，曰："今日愿为卿死。"二女戚然曰："向受开导，颇知义理，何忍以爱君者杀君乎？"执不可。然挽颈倾头，情均伉俪。二女以遭难故，妒念全消。会一道士途遇生，顾谓"身有鬼气"。生以言异，具告之。道士曰："此鬼大好，不宜负他。"因书二符付生，曰："归授两鬼，任其福命：如闻门外有哭女者，吞符急出，先到者可活。"生拜受，归嘱二女。后月余，果闻有哭女者。二女争奔而去。小谢忙急，忘吞其符。见有丧轝过，秋容直出，入棺而没；小谢不得入，痛哭而返。

生出视，则富室郝氏殡其女。共见一女子入棺而去，方共惊疑。俄闻棺中有声，息肩发验，女已顿苏。因暂寄生斋外罗守之。忽开目问陶生。郝氏研诘之。答云："我非汝女也。"遂以情告。郝未深信，欲舁归。女不从，竟入生斋，偃卧不起。郝乃识婿而去。生就视之，面庞虽异，而光艳不减秋容，喜惬过望，殷叙平生。忽闻呜呜鬼泣，则小谢哭于暗隅。_{角落。}心甚怜之，即移灯往，宽譬哀情，而衿袖淋浪，痛不可解。近晓始去。天明，郝以婢媪赍送香奁，居然翁婿矣。暮入帷房，则小谢又哭。如此六七夜，夫妇俱为惨动，不能成合卺之礼。生忧思无策。秋容曰："道士，仙人也。再往求，倘得怜救。"生然之。迹道士所在，叩伏自陈。道士力言"无术"。生哀不已。道士笑曰："痴生好缠人！合与有缘，请竭吾术。"乃从生来，索静室掩扉坐，戒勿相问。凡十余日，不饮不食。潜窥之，瞑若睡。一日晨兴，有少女搴帘入，明眸皓齿，光艳照人。微笑曰："跋履终夜，惫极矣！被汝纠缠不了，奔驰百里外，始得一好庐舍，道人载与俱来矣。待见其人，便相交付耳。"敛昏，小谢至，女遽起迎抱之，翕然合为一体，仆地而僵。道士自室中出，拱手径去。拜而送之。及返，则女已苏。扶置床上，气体渐舒，但把足呻言趾股酸痛，数日始能起。后生应试得通籍。_{仕宦新进。}有蔡子经者，与同谱，_{同年录取。}以事过生，留数日。小谢自邻舍归，蔡望见之，疾趋相蹑；小谢侧身敛避，心窃怒其轻薄。蔡告曰："有一事深骇物听，_{骇人听闻。}可相告否？"诘之，答曰："三年前，少妹夭殒，经两夜而失其尸，至今疑念。适见夫人，何相似之甚也？"生笑曰："山荆陋劣，何足以方君妹！然既系同谱，义即至切，何妨一献妻孥。"乃入内，使小谢衣殉装_{殉葬的衣服。}出。蔡大惊曰："真吾妹也！"因而泣下。乃具述本末。蔡喜曰："妹子未死，吾将速归，用慰严慈。"遂去。过数日，举家皆至。后往来如郝焉。

异史氏曰："绝世佳人，求一而难之，何遽得两哉！事千古而一见，惟不私奔女者能遘之也。道士其仙耶？何术之神也！苟有其术，丑鬼可交耳。"

林氏

济南戚安期，素佻达，喜狎妓。妻婉戒之，不听。妻林氏，美而贤。会北兵^{明末亡时，汉人对清兵的称呼。}入境，被俘去。暮宿途中，欲相犯。林伪诺之，适兵佩刀系床头，急抽刀自刭死；兵举而委^{丢弃。}诸野。次日，拔舍去。有人传林死，戚痛悼而往。视之，有微息。负而归，目渐动，稍稍嚬呻；扶其项，以竹管滴沥灌饮，能咽。戚抚之曰："卿万一能活，相负者必遭凶折！"^{凶死。}半年，林平复如故；但首为颈痕所牵，常若左顾。戚不以为丑，爱恋逾于平昔。曲巷之游，从此绝迹。林自觉形秽，将为置媵；戚执不可。居数年，林不育，因劝纳婢。戚曰："业誓不二，鬼神宁不闻之？即嗣续不承，亦吾命耳。若未应绝，卿岂老不能生者耶？"林乃托疾，使戚独宿，遣婢海棠，襆被卧其床下。既久，阴^{私下。}以宵情问婢，婢言无之，林不信。至夜，戒婢勿往，自诣婢所。卧少间，闻床上睡息已动，潜起登床扪之。戚醒问谁。林耳语曰："我海棠也。"戚却拒曰："我有盟誓，不敢更也。若似曩年，尚须汝奔就耶？"林乃下床去。戚自是孤眠。林使婢托己往就之。戚念妻生平曾未肯作不速之客，疑焉。摸其项无痕，知为婢，又咄之。婢惭而退。既明，以情告林，使速嫁婢。林笑云："君亦不必过执。^{固执。}倘得一丈夫子，亦幸甚。"戚曰："苟背盟誓，鬼责将及，尚望延宗嗣乎！"林翌日笑语戚曰："凡农家者流，苗与秀不可知，播种常例不可违。晚间耕耨之期至矣。"戚笑会之。既夕，林灭烛，呼婢使卧己衾中。戚入，就榻戏曰："佃人至矣。深愧钱镈不利，负此良田。"婢不语。既而举事，婢小语曰："私处小肿，颠猛不任。"戚体意温恤之。事已，婢伪起溺，以林易之。自此，时值落红，辄一为之，而戚不知也。未几，婢腹震。林每使静坐，不令给役于前。故谓戚曰："妾劝内婢，纳婢为妾。而君弗听。设尔日冒妾时，君误信之，交而得孕，将复如何？"戚曰："留犊鬻母。"林乃不言。无何，婢举一子。林暗买乳媪，抱养母家。移四五年，又产一子一女。长子名长生，已七岁，就外祖家读。林半月辄托归宁，一往看视。婢年益长，戚时时促遣之。林辄诺。婢日思儿女，林从其愿，窃为上鬟，梳成已婚女子的发髻。送诣母所。谓戚曰："日谓我不嫁海棠。母家有义男，业配之。"又数年，子女俱长成。值戚初度，生日。林先期治具，为候宾友。戚叹曰："岁月鹜过，匆匆而过。忽已半世。幸各强健，家亦不至冻馁。所阙者，膝下一点。"林曰："君执拗不从妾言，夫谁怨？然欲得男，两亦非难，何况一也。"戚解颜曰："既言不难，明日便索两男。"林言："易耳，易耳！"早起，命驾至母家，严妆子女，载与俱归。入门，令雁行立，呼父，叩祝千秋。拜已而起，相顾嬉笑。戚骇怪不解。林曰："君索两男，妾添一女。"始为详述本末，戚喜曰："何不早告？"曰："早告恐绝其母。今子已成立，尚可绝乎？"戚感极，泣不自禁。乃迎婢归，偕老焉。古有贤姬，如林者，可谓圣矣！

胡大姑

　　益都岳于九，家有狐祟，_{狐怪为害。}布帛器具，辄被抛掷邻堵。蓄细葛，将取作服，见捆卷如故，解视则边实而中虚，悉被剪去。诸如此类，不堪其苦。乱诟骂之。岳戒止云："恐狐闻。"狐在梁上曰："我已闻之矣。"由是祟益甚。一日，夫妻卧未起，狐摄衾服去。各白身蹲床上，望空哀祝之。忽见好女子自窗入，掷衣床头。视之，不甚修长，衣绛红，外袭雪花比甲，_{外穿雪白背心。}岳着衣，揖之曰："上仙有意垂顾，即勿相扰。请以为女，如何？"狐曰："我齿较汝长，何得妄自尊？"又请为姊妹，乃许之。于是命家人皆呼以胡大姑。时颜镇张八公子家，有狐居楼上，恒与人语。岳问："识之否？"答云："是吾家喜姨，何得不识！"岳曰："彼喜姨曾不扰人，汝何不效之？"狐不听，扰如故。犹不甚祟他人，而专祟其子妇：履袜簪珥，往往弃道上；每食，辄于粥碗中埋死鼠或粪秽。妇辄掷碗骂骚狐，并不祷免。岳祝曰："儿女辈皆呼汝姑，何略无尊长体耶？"狐曰："教汝子出_{休妻。}若妇，我为汝媳，便相安矣。"子妇骂曰："淫狐不自惭，欲与人争汉子耶！"时妇坐衣笥_{装衣物的竹器。}上，忽见浓烟出尻下，熏热如笼。启视，藏裳俱烬；剩一二事，皆姑服也。又使岳子出其妇，子不应。过数日又促之，仍不应。狐怒，以石击之，额破裂，血流几毙。岳益患之。西山李成爻善符水，因币聘之。李以泥金写红绢作符，三日始成。又以镜缚梃_{棍。}上，捉作柄，遍照宅中。使童子随视，有所见，即急告。至一处，童言墙上若犬伏。李即戟手书符其处。既而，禹步庭中，咒移时，即见家中犬豕并来，帖耳戢尾，若听教命。李挥曰："去！"即纷然鱼贯而去。又咒，群鸭即来，又挥去之。已而鸡至。李指一鸡，大叱之。他鸡俱去，此鸡独伏，交翼长鸣，曰："予不敢矣。"李曰："此物是家中所作紫姑_{厕神}也。"家人并言不曾作。李曰："紫姑今尚在。"因共忆三年前，曾为此戏，怪异即自尔日始也。遍搜之，见刍偶犹在厩梁上。李取投火中。乃出一酒瓶，三咒三叱，鸡起竟去。闻瓶口言曰："岳四狠哉！数年后，当复来。"岳乞付之汤火，李不可。或见其壁间挂数十瓶，塞口者皆狐也。言其以次纵之，出为祟，因此获聘金，居为奇货云。

细侯

　　昌化满生，设帐_{设馆授徒。}于余杭。偶涉廛市，_{街市。}经临街阁下，忽有荔壳坠肩头。仰视，一雏姬凭阁上，妖姿婉妙，不觉目注发狂。姬俯哂而入。询之，知为娼楼贾氏女细侯也，其声价颇高，自顾不能适愿。归斋冥想，终宵不枕。明日，往投以刺，相见言笑甚欢，心志益迷。托故假贷同人，敛金如干，携以赴女，款洽臻至。即枕上口占一绝赠云："膏腻铜盘夜未央，床头小语麝兰香。新鬟明日重妆凤，无复行云梦楚王。"细侯蹙然曰："妾虽污贱，每愿得同心而事之。君既无妇，视妾可当家否？"生大悦，即叮咛，坚相约。细侯亦喜曰："吟咏之事，妾自谓无难，每于无人处，欲效作一首，恐未能便佳，为观听所讥。倘得相从，幸教妾也。"因问生家田产几何。答曰："薄田半顷，破屋数椽而已。"细侯曰："妾归君后，当长相守，勿复设帐为也。四十亩聊足自给，十亩可以种黍，织五匹绢，纳太平之税有余矣。闭户相对，君读妾织，暇则诗酒遣怀，千户侯何足贵！"生曰："卿身价略可几多？"曰："依媪贪志，何能盈也？多不过二百金足矣。可恨妾齿稚，_{年幼。}不知重资财，得辄归母，所私蓄者，区区无多。君能办百金，过此即非所虑。"生曰："小生之落寞，卿所知也，百金何能自致。有同盟友令_{当县令。}于湖南，屡相见招，仆以道远，故惮于行。今为卿故，当往谋之。计三四月可以归复，幸耐相候。"细侯诺之。生既弃馆南游，至则令已免官，以罣误居民舍，宦囊空虚，不能为礼。生落魄难返，就邑中授徒焉。三年，莫能归。偶答弟子，弟子自溺死。东翁痛子而讼其师，因被逮囹圄。幸有他门人，怜师无过，时致馈遗，以是得无苦。细侯自别生，杜门不交一客。母诘知故，而志不可夺，亦姑听之。有富贾某，慕细侯名，托媒于媪，务在必得，不靳直。细侯不可。贾以负贩诣湖南，敬侦_{暗中打听。}生耗。时狱已将解，贾以金赂当事吏，使久锢之。归告媪云："生已瘐死。"细侯疑其信不确。媪曰："无论满生已死，纵或不死，与其从穷措大，_{穷书生。}以椎布终也，何如衣锦而餍粱肉乎？"细侯曰："满生虽贫，其骨清也；守龌龊商，诚非所愿。且道路之言，何足凭信！"贾又转嘱他商，假作满生绝命书，寄细侯以绝其望。细侯得书，唯朝夕哀痛。媪曰："我自幼于汝，抚育良劬，_{勤辛。}汝成人二三年，所得报者，日亦无多。既不愿隶籍，即又不嫁，何以谋生活？"细侯不得已，遂嫁贾。贾衣服簪珥，供给丰侈。年余，生一子。无何，生得门生力，昭雪而出，始知贾之锢己也。然念素无隙，反复不得其由。门人义助资斧以归。既闻细侯已嫁，心甚激楚，因以所苦，托市媪卖浆者达细侯。细侯大悲。方悟前此多端，悉贾之诡谋。乘贾他出，杀抱中儿，携所有亡归满；凡贾家服饰，一无所取。贾归，怒，质于官。官原其情，置不问。呜呼！寿亭侯之归汉，亦复何殊？顾只是。杀子而行，亦天下之忍人也！

狼三则

有屠人货肉归，日已暮。欻一狼来，瞰担中肉，似甚垂涎；步亦步，尾行数里。屠惧，示之以刃，则稍却；退却。既走，又从之。屠无计，默念狼所欲者肉，不如姑悬诸树，而早取之。遂钩肉，翘足挂树间，示以空空。狼乃止。屠即竟归。昧爽黎明。往取肉，遥望树上悬巨物，似人缢死状，大骇。逡巡近之，则死狼也。仰首审视，见口中含肉，肉钩刺狼腭，如鱼吞饵。时狼革皮毛。价昂，直十余金，屠小裕焉。缘木求鱼，狼则罹之，亦可笑已！

一屠晚归，担中肉尽，止有剩骨。途中两狼，缀行尾随。甚远。惧，投以骨。一狼得骨止，一狼仍从。复投之，后狼止而前狼又至。骨已尽，而两狼之并驱如故。屠大窘，恐前后受其敌。顾野有麦场，场主积薪其中，苫蔽成丘。屠乃奔倚其下，弛担放下肉担。持刀。狼不敢前，眈眈相向。少时，一狼竟去；其一犬坐像犬一样蹲坐。于前，久之，目似瞑，意暇甚。屠暴起，以刀劈狼首，又数刀毙之。方欲行，转视积薪后，一狼洞打洞。其中，意将隧入以攻其后也。身已半入，止露尻尾。屠自后断其股，亦毙之。乃悟前狼假寐，盖以诱敌。狼亦黠矣！而顷刻两毙，禽兽之变诈几何哉，止益增笑耳！

一屠暮行，为狼所逼。道旁有夜耕者所遗行室，奔入伏焉。狼自苫中探爪入。屠急捉之，令不可去。顾无计可以死之。唯有小刀不盈寸，遂割破爪下皮，以吹猪之法吹之。极力吹移时，一段时间。

觉狼不甚动，方缚以带。出视，则狼胀如牛，股直不能曲，口张不得合。遂负之以归。非屠乌能作此谋哉！

三事皆出于屠，则屠人之残，杀狼亦可用也。

刘亮采

闻济南怀利仁言：刘公亮采，狐之后身也。初，太翁刘亮采之父。居南山，有叟造其庐，自言胡姓。问所居，曰："只在此山中。闲处人少，惟我两人，可与数晨夕，可以朝夕相伴。故来相拜识。"因与接谈，词旨便利，言辞敏捷相宜。悦之。治酒相欢，醺而后去。越日复来，愈益款厚。刘云："自蒙下交，分情分。即最深。但不识家何里焉？敢问里居。"胡曰："不敢讳，实山中之老狐也。与若有夙因，故敢内交门下。固不能为君福，亦不敢为翁祸，幸相信勿骇。"刘亦不疑，更相契重。即叙年齿，胡作兄，往来如昆季。有小休咎吉凶。亦以告。时刘乏嗣，叟忽云："公勿忧，我当为君后。"刘讶其言怪。胡曰："仆算数命数。已尽，投生有期矣。与其他适，何如生故人家！"刘曰："仙寿万年，何遽及此？"叟摇首云："非汝所知。"遂去。夜果梦叟来，曰："我今至矣。"既醒，夫人生男，是为刘公。公既长，身短，言词敏谐，绝类狐。少有才名，壬辰成进士。为人任侠，急人之急，以故秦楚燕赵之客，趾错于门；货酒卖饼者，门前成市焉。

蕙芳

马二混，居青州东门内，以货面为业。家贫，无妇，与母共作苦。一日，媪独居，忽有美人来，年可十六七，椎而甚朴，而光华照人。媪惊顾穷诘。女笑曰："我以贤郎诚笃，愿委身母家。"媪益惊曰："娘子天人，有此一言，则折我母子数年寿！"女固请之。意必为侯门亡人，拒益力。女乃去。越三日，复来，留连不去。问其姓氏，曰："母肯纳我，我乃言；不然，固无庸问。"媪曰："贫贱佣保骨，得妇如此，不称般配。亦不祥。"女笑坐床头，恋恋殊殷。媪辞之，言："娘子宜速去，勿相祸。"女乃出门，视之西去。又数日，西巷中吕媪，来谓马曰："邻女董蕙芳，孤而无依，自愿为贤郎妇，胡弗纳？"马以所疑虑具白告诉。之。吕曰："乌有此耶！如有乖谬，咎在老身。"马大喜，诺之。吕既去，媪扫室布席，将待子归往取之。日将暮，女飘然自至。入室参母，起拜尽礼。告媪曰："妾有两婢，未得母命，不敢进也。"媪曰："我母子守穷庐，不解不懂得。役婢仆。日得蝇头利，仅足自给。今增新妇一人，娇嫩坐食，尚恐不温饱；益之二婢，岂吸风所能活耶！"女笑曰："婢来亦不费母度支，皆能自得食。"问："婢何在？"乃呼："秋月、秋松！"声未及已，忽如飞鸟堕，二婢已立于前。即令伏地叩母。既而马归，母迎告之。马喜入室，见翠栋雕梁，侔于宫殿；中设几屏帘幕，光耀夺目。惊极，不敢入。女下床迎笑，睹之若仙。益骇，却退。女挽之，坐与温语。马喜出非分，形色若不相属。即起，欲出行沽。女止曰："勿须。"因命二婢治具。秋月出一革袋，执向扉后，格格摇摆之。已而一手探入，壶盛酒，碗盛炙，触类熏腾。饮已而寝，则花裀锦褥，温腻非常。天明出门，则茅庐依旧。母子共奇之。媪诣吕所，将迹所由。_{察访来由。}入门，先谢其媒合之德。吕讶云："久不拜访，何邻女之曾托乎？"媪益疑，具言端委。吕大骇，即同媪来视新妇。女笑逆_{迎接。}之，极道作合之义。吕见其慧丽，愕眙良久，即亦不辞，唯唯而已。女赠白木搔具一事，曰："无以报德，姑奉此为姥姥爬背耳。"吕受而归，审视则化为白金。马自得妇，顿更旧业，门户一新。筒中貂锦无数，任马取着；而出室门，则为布素，但轻暖耳。女所自衣亦然。积四五年，忽曰："我谪降人间十余载，因与子有缘，遂暂留止。今别矣。"马苦留之。女曰："请别择良偶，以承庐墓。_{继承香火。}我岁月当一至焉。"忽不见。马乃娶秦氏。后三年，七夕，夫妻方共语，女忽入笑曰："新偶良欢，不念故人耶？"马惊起，怆然曳坐，便道衷曲。女曰："我适送织女渡河，乘间一相望耳。"两相依依，语无休止。忽空际有人呼"蕙芳"。女急起作别。马问其谁。曰："余适同双成姊来，彼不耐久伺矣。"马送之。女曰："子寿八旬，至期，我来收尔骨。"言已遂逝。今马六十余矣。其人但朴讷，无他长。

异史氏曰："马生，其名混，其业亵，蕙芳奚取哉？于此见仙人之贵朴讷诚笃也。余尝谓友人：若我与尔，鬼狐且弃之矣。所差不愧于仙人者，唯'混'耳。"

萧七

徐继长，临淄人，居城东之磨房庄。业儒未成，去而为吏。偶

适姻家，道出于氏殡宫。_{墓地。}薄暮醉归，过其处，见楼阁繁丽，一
叟当户坐。徐酒渴思饮，揖叟求浆。叟起，邀客入，升堂授饮。饮
已，叟曰："曛暮难行，姑留宿，早旦而发如何也？"徐亦疲殆，乐
遵所请。叟命家人具酒奉客，即谓徐曰："老夫一言，勿嫌孟浪：_鲁
_{莽。}郎君清门令望，可附婚姻。有幼女未字，_{未婚。}欲充下陈，_{谦言充}
_{当侍妾。}幸垂援拾。"徐踧踖不知所对。叟即遣伻_{使者。}告其亲族，又
传语令女妆束。顷之，峨冠博带者四五辈，先后并至。女郎亦炫妆
出，姿容绝俗。于是交坐宴会。徐神魂眩乱，但欲速寝。酒数行，
坚辞不任。乃使小鬟引夫妇入帏，馆同爰止。徐问其族姓，女自
言："萧姓，行七。"又复细审门阀。女曰："身虽贱陋，配吏胥当
不辱寞，何苦研穷？"_{追问到底。}徐溺其色，款昵备至，不复他疑。女
曰："此处不可为家。审知汝家姊姊甚平善，或不拗阻。归除_{修整。}
一舍，行将自至耳。"徐应之。既而加臂于身，奄忽就寐。既觉，
则抱中已空。天色大明，松阴翳晓，身下藉_{衬垫。}黍穰尺许厚。骇
叹而归。告妻。妻戏为除馆，设榻其中，阖门出曰："新娘子今夜
至矣。"因与共笑。日既暮，妻戏曳徐启门，曰："新人得毋已在室
耶？"既入，则美人华妆坐榻上。见二人入，屧起逆之。夫妻大愕，
女掩口局局而笑，参拜恭谨。妻乃治具，为之合欢。女早起操作，
不待驱使。一日谓徐曰："姊姨辈俱欲来吾家一望。"徐虑仓卒无以
应客。女曰："都知吾家不饶，将先赍馔具来，但烦吾家姊姊烹饪
而已。"徐告妻，妻诺之。晨炊后，果有人荷酒戠_{大块肉。}来，释肩
而去。妻为职庖人_{厨师。}之役。晡后，_{傍晚。}六七女郎至，长者不过
四十以来，围坐并饮，喧笑盈室。徐妻伏窗以窥，惟见夫及七姐相
向坐，他客皆不可睹。北斗挂屋角，欢然始去。女送客未返，妻入
视案上杯柈俱空。笑曰："诸婢想俱饿，遂如狗舐砧。"少间，女
还，殷殷相劳，夺器自涤，促嫡安眠。妻曰："客临吾家，使自

备饮馔，亦大笑谈。明日合另邀致。"逾数日，徐从妻言，使女复召客。客至，恣意饮啖，唯留四簋，不加匕箸。徐问之，群笑曰："夫人谓吾辈恶，故留以待调人。"_{调味之人，指徐妻。}座间一女，年十八九，素袀缟裳，云是新寡。女呼为六姊。情态妖艳，善笑能口。与徐渐洽，辄以谐语相嘲。行觞政，徐为录事，禁笑谑。六姊频犯，连饮十余爵，酡然竟醉。芳体娇懒，荏弱难持。无何，亡去。徐烛而觅之，则酣寝暗帏中。近接其吻，亦不觉。以手探裤，私处坟起。心旌方摇，席中纷唤徐郎，乃急理其衣，见袖中有绫巾，窃之而出。迨于夜央，_{夜半。}众客离席，六姊未醒。七姐入摇之，始呵欠而起，系裙理发，从众去。徐拳拳怀念，不释于心。将于空处展玩遗巾，而觅之已渺。疑送客时遗落途间，执灯细照阶除，都复乌有。意琐琐不自得。女问之，徐漫应之。女笑曰："勿诳语，巾子人已将去，徒劳心目。"徐惊，以实告，且言怀思。女曰："彼与君无夙分，_{缘分。}缘止此耳。"问其故，曰："彼前身曲巷中女；君为士人，见而悦之，为两亲所阻，志不得遂，感疾阽危。_{临死。}使人语之曰：'我已不起，但得若来，获一扪其肌肤，死无憾！'彼感此意，诺如所请。适以冗羁_{正好被冗事羁绊。}未遽往；过夕而至，则病者已殒。是前世与君有一扪之缘也。过此即非所望。"后设筵再招诸女，惟六姊不至。徐疑女妒，颇有怨怼。女一日谓徐曰："君以六姊之故，妄相见罪。彼实不肯至，于我何尤？今八年之好，行将别矣，请为君极力一谋，用解从前之惑。彼虽不来，宁禁我不往？登门就之，或人定胜天，不可知。"徐喜从之。女握手，飘若履虚。顷刻至其家，黄甓广堂，门户曲折，与初见时无少异。岳父母并出，曰："拙女久蒙温煦。老身以残年衰惫，有疏省问，或当不怪耶！"即张筵作会。女便问诸姊妹。母云："各归其家，惟六姐在耳。"即唤婢请六娘子来，久之不出。女入，曳之以出，俯首简默，寡言。不似前此之谐。少时，叟媪辞去。女谓六姊曰："姐姐高自重，使人怨我！"六姊微哂曰："轻薄郎何宜相近！"女执两人残卮，强使易饮，曰："吻已接矣，作态何为！"少时，七姐亡去，室中止余二人。徐遽起相逼，六姊宛转撑拒。徐牵衣长跪而哀之，色渐和，相携入室。才缓襦结，忽闻喊嘶动地，火光射闼。六姊大惊，推徐起曰："祸事忽临，奈何！"徐忙迫不知所为，而女郎已窜避无迹矣。徐怅然少坐，屋宇并失。猎者十余人，按鹰操刃而至，惊问："何人夜伏于此？"徐托言迷途，因告姓字。一人曰："适逐一狐，见之否？"答言："不见。"细认其处，乃于氏殡宫也。怏怏而归。犹冀七姐复至，晨占雀喜，夕卜灯花，而竟无消息矣。董玉玹谈。

乱离二则

学师刘芳辉，京都人。有妹许聘戴生，出阁有日矣。值北兵入境，父子恐细弱为累，谋妆送戴家。修饰未竟，乱兵纷入，父子分窜。女为牛录俘去。从之数日，殊不少狎。夜则卧之别榻，饮食供奉甚殷。又掠一少年来，年与女相上下，仪采都雅。牛录谓之曰："我无子，将以汝继统绪，继承宗祧。肯否？"少年唯唯。又指女谓曰："如肯，即以此为汝妇。"少年喜，愿从所命。牛录乃使同榻，浃洽甚乐。既而枕上各道姓氏，则少年即戴生也。

陕西某公，任盐秩，家累不从。家眷未跟随上任。值姜瓖之变，故里陷为盗薮，盗贼聚集之地。音信隔绝。后乱平，遣人探问，则百里绝烟，无处可寻消息。会以复命入都，有老班役丧偶，贫不能娶，公赍数金使买妇。时大兵_{清初时称清兵}凯旋，俘获妇口无算，插标_{在被卖者头上插草为标}市上，如卖牛马。遂携金就择之。自分金少，不敢问少艾_{少女}。一媪甚整洁，遂赎以归。媪坐床上细认曰："汝非某班役耶？"问所自知。曰："汝从我儿服役，胡不识！"班役大骇，急告公。公视之，果母也。因而痛哭，倍偿之。班役以金多，不屑谋媪。见一妇年三十余，风范超脱，因赎之。既行，妇且走且顾，曰："汝非某班役耶？"又惊问之。曰："汝从我夫服役，如何不识！"班役益骇，导见公。公视之，真其夫人。又悲失声。一日而母妻重聚，喜不可已。乃以百金为班役娶美妇焉。意必公有大德，所以鬼神为之感应。惜言者忘其姓字，秦中或有能道之者。

异史氏曰："炎昆之祸，玉石不分，诚然哉！若公一门，是以聚而传者也。董思白之后，仅有一孙，今亦不得奉其祭祀，亦朝士之责也。悲夫！"

菱角

胡大成，楚人。其母素奉佛。成就塾师读，道由观音祠，母嘱过必入叩。一日，至祠，有少女挽儿，遨戏其中，发才掩额，而丰致娟然。时成年十四，心好之。问其姓氏。女笑云："我祠西焦画工女菱角也。问将何为？"成又问："有婿家否？"女酡然_{脸红}曰："无也。"成言："我为若婿，好否？"女惭云："我不能自主。"而眉目澄澄_{目光清亮}，上下睨成，意似欣属焉。成乃出。女追而遥告曰："崔尔成，吾父所善，用为媒，无不谐。"成曰："诺。"因念其慧而多情，益倾慕之。归，向母实白心愿。母止此儿，常恐拂之，即浼_{请求}崔作冰。_{做媒。}焦责聘财奢，事已不就。崔极言清族才美，焦始许之。成有伯父，老而无子，授教职于湖北。妻卒任所，母遣成往奔其丧。数月将归，伯又病，亦卒。淹留既久，适大寇据湖南，家耗_{音信}遂隔。成窜民间，吊影孤惶而已。一日，有媪年四十八九，萦回村中，日昃不去。自言："离乱罔归，将以自鬻。"或问其价。言："不屑为人奴，亦不愿为人妇，但有母我_{把我当作母亲。}者，则从之，不较直。"闻者皆笑。成往视之，面目间有一二颇肖其母，触于怀而大悲。自念只身，无缝纫者，遂邀归，执子礼焉。炊饭织屦，劬劳若母。拂意辄遣之；而少有疾苦，则濡煦过于所生。忽谓曰："此处太平，幸可无虞。然儿长矣，虽在羁旅，大伦_{此指夫妻之伦。}不可废。三两日，当为儿娶之。"成泣曰："儿自有妇，但间隔南北耳。"媪曰："大乱时，人事翻复，何可株守？"成又泣曰："无论_{不要说。}结发之盟不可背，且谁以娇女付萍梗人？"媪不答，但为治帘幌衾枕，甚周备，亦不知所自来。一日，日既夕，戒成曰："烛坐勿寐，我往视新妇来也未。"遂出门去。三更既尽，媪不返。心大疑。俄闻门外喧哗，出视，则一女子坐庭中，蓬首啜泣。惊问："何人？"亦不语。良久，乃言曰："娶我来，即亦非福，但有死耳！"成大惊，不知其故。女曰："我少受聘于胡大成，不意湖北去，音信断绝。父母强以我归汝家。身可致，志不可夺_{改变。}也！"成闻而哭曰："即我是胡某。卿菱角耶？"女收涕而骇，不信。相将入室，即灯审顾，曰："得毋梦耶？"于是转悲为喜，相道离苦。先是，乱后，湖南百里，涤地无噍类。_{扫荡无活者。}焦携家窜长沙之东，又受周生聘。乱中不能成礼，期以是夕送诸其家。女泣不盥栉，家人强置车中。至途次，女颠坠车下，遂有四人荷肩舆至，云是周家迎女者，即扶升舆，疾行若飞，至是始停。一老姥曳之入，曰："此汝夫家，但入勿哭。汝家婆婆旦晚将至矣。"

乃去。成诘知情事，始悟媪神人也。夫妻焚香共祷，愿得母子复聚。母自戎马戒严，同侪人<small>同行人</small>。妇奔伏涧谷。一夜，噪言寇至，即并张皇四匿。有童子以骑授母。母急不暇问，扶肩而上，轻迅剽邀，瞬息至湖上。马踏水奔腾，蹄下不波。无何扶下，指一户云："此中可居。"母将拜谢，回视其马，化为金毛犼，<small>传说中菩萨的坐骑。</small>高丈余，童子超乘而去。母以手挝门，豁然启扉。有人出问，怪其音熟。视之成也。母子抱哭，妇亦惊起，一门欢慰。疑媪为大士现身。由此持观音经咒益虔。遂流寓湖北，治田庐焉。

饿鬼

马永，齐人。为人贪无赖，家卒屡空，乡人戏而名之"饿鬼"。年三十余，日益窭，衣百结鹑，两手交其肩，在市上攫食。人尽弃之，不以齿。邑有朱叟者，少携妻居于五都之市，操业不雅。暮岁归其乡，大为士类所口<small>所诟病。</small>而朱洁行为善，人始稍稍礼貌之。一日，值马攫食不偿，为肆人所苦。怜之，代给其直。引归，赠以数百，俾作本。马去，不肯谋业，坐而食。无何，资复匮，仍蹈旧辙。而常惧与朱遇，去之临邑。暮宿学宫，<small>文庙。</small>冬夜凛寒，辄摘圣贤颠上旒<small>摘圣贤冠上的玉串换钱。</small>而煨其板。<small>烧圣人手中的笏板取暖。</small>学官知之，怒欲加刑。马哀免，愿为先生生财。学官喜，纵之去。马探某生殷富，登门强索资，故挑其怒；乃以刀自劙，<small>割。</small>诬而控诸学。学官勒取重赂，始免申黜。诸生因而共愤，公质县尹。尹廉<small>考察。</small>得实，答四十，枷其颈，三日毙焉。是夜，朱叟梦马冠带而入，曰："负公大德，今来相报。"既寤，妾举子。叟知为马，名以马儿。少不慧，喜其能读。二十余，竭力经纪，得入邑庠。后考试寓旅邸，昼卧床上，见壁间悉糊旧艺，<small>八股文。</small>视之，有《犬之性》四句题，心畏其难，读而志之。入场，适是此题，录之，得优等，食饩焉。六十余，补临邑训导。官数年，曾无一道义交。惟袖中出青蚨，<small>喻钱。</small>则作鸱鹦笑；不则睫毛一寸长，棱棱若不相识。偶大令以诸生小故，判令薄惩，辄酷掠<small>拷打。</small>如治盗贼。有讼士子者，即富来叩门矣。如此多端，诸生不复可耐。而年近七旬，拥肿聋瞶，每向人物色黑须药。有某生素狂，锉茜根给之。天明共视，如庙中所塑灵官状。大怒拘生，生已早夜亡去。以此愤气中结，数月而死，士林快之。

考弊司

闻人生，河南人。抱病经日，见一秀才入，伏谒床下，谦抑尽礼。已而请生少步，把臂长语，刺刺且行，数里外犹不言别。生伫足，拱手致辞。<small>告辞。</small>秀才云："更烦移趾，仆有一事相求。"生问之。答云："吾辈悉属考弊司辖，司主名虚肚鬼王。初见之，例应割髀肉，<small>大腿。</small>浼<small>请求。</small>君一缓颊耳。"生惊问："何罪而至于此？"曰："不必有罪，此是旧例。若丰于贿者，可赎也。然而我贫。"生曰："我素不稔鬼王，何能效力？"曰："君前世是伊大父行，<small>祖父辈。</small>宜可听从。"言次，已入城郭。至一府署，廨宇不甚弘敞，惟一堂高广，堂下两碣东西立，绿书大于栲栳，一云"孝弟忠信"，一云"礼义廉耻"。蹑阶而进，见堂上一扁，大书"考弊司"。楹间，板雕翠字，一联云："曰校、曰序、曰庠，两字德行阴教化；上士、中士、下士，一堂礼乐鬼门生。”游览未已，官已出，鬈发鲐背，驼背。若数百年人，而鼻孔撩天，朝天。唇外倾，不承其齿。从一主簿吏，虎首人身。又十余人列侍，半狞恶若山精。秀才曰："此鬼王也。"生骇极，欲却退。鬼王已睹，降阶揖生上，便问兴居。生但诺诺。又问："何事见临？"生以秀才意具白之。鬼王色变曰："此有成例，即父命所不敢承！"气象森凛，似不可入一词。生不敢言，骤起告别；鬼王侧行送之，至门外始返。生不归，潜入以观其变。至堂下，则秀才已与同辈数人，交臂手臂反捆。历指，手指上夹着刑具。俨然在徽缰中。一狞人持刀来，裸其股，割片肉，可骈三指许。秀才大嗥欲嗄。生少年负义，愤不自持，大呼曰："惨惨如此，成何世界！"鬼王惊起，暂命止割，屣履逆生。生忿然已出，遍告市人，将控上帝。或笑曰："迂哉！蓝蔚苍苍，何处觅上帝而诉之冤也？此辈惟与阎罗近，呼之或可应耳。"乃示之途。趋而往，果见殿陛威赫。阎罗方坐，伏阶号屈。王召讯已，立命诸鬼缩绁提锤而去。少顷，鬼王及秀才并至。审其情确，大怒曰："怜尔夙世攻苦，暂委此任，候生贵家，等候来世投生富贵家。今乃敢尔！其去若善筋，增若恶骨，罚令生生世世不得发迹也！"鬼乃棰之仆地，颠落一齿，以刀割指端，抽筋出，亮白如丝。鬼王呼痛，声类斩豕。手足并抽讫，有二鬼押去。生稽首而出，秀才从其后，感荷殷殷。挽送过市，见一户垂朱帘，帘内一女子露半面，容妆绝美。生问："谁家？"秀才曰："此曲巷也。"既过，生低徊不能舍，遂坚止秀才。秀才曰："君为仆来，而令踽踽独行貌。以去，心何忍。"生固辞，乃去。生望秀才去远，急趋入帘内。女接见，喜形于色。入室促坐，相道姓名。女自言："柳氏，小字秋华。"一妪出，为具肴酒。酒阑入帏，欢爱殊浓，切切订婚嫁。既曙，妪入曰："薪水告竭，要耗郎君金资，奈何！"生顿念腰囊空虚，惶愧无声。久之，曰："我实不曾携得一文，宜署券保，归即奉酬。"妪变色曰："曾闻夜度娘索逋欠耶？"秋华频蹙，不作一语。生暂解衣为质。妪持笑曰："此尚不能偿酒直耳。"呿呿不满志，与女俱入。生惭。移时，犹冀女出展别，再订前约。久候无音，潜入窥之，见妪与秋华，自肩以上，化为牛鬼，目睒睒相对立。大惧，趋出。欲归，则百道歧出，莫知所从。问之市人，并无知其村名者。徘徊廛肆之间，历两昏晓，凄意含酸，响肠鸣饿，进退无以自决。忽秀才过，望见之，惊曰："何尚未归，而简亵随意地穿着内衣。若此？"生觍颜莫对。秀才曰："有之矣，得毋为花夜叉所迷耶？"遂盛气而往，曰："秋华母子，何遽不少施面目耶！"去少时，即以衣来付生，曰："淫婢无礼，已叱骂之矣。"送生至家，乃别而去。生暴绝三日始苏，历历为家人言之。

大人

　　长山李孝廉质君，诣青州，途中遇六七人，语音类燕。燕地，旧指河北省。审视，两颊俱有瘢，大如钱。异之，因问何病之同。客自述：旧岁客云南，日暮失道，入大山中，绝壑巉岩，不可得出。谷中有大树一章，株。条数尺绵绵下垂，荫广亩余。诸客计无所之，因共系马解装，傍树栖止。夜既深，虎豹鸮鸱，次第嗥动，诸客抱膝相向，不能寐。忽见一大人来，高以丈许。客团伏，莫敢息。大人至，以手攫马而食，六七匹顷刻都尽。既而折树上长条，捉人首穿腮，如贯鱼状。贯讫，提行数步，条毳折有声。大人似恐坠落，乃屈条之两端，压以巨石而去。客觉其去远，出佩刀，自断贯条，负痛疾走。未数武，见大人又导一人俱来。客惧，伏丛莽中。见后来者更巨，至树下，往来寻视，似有所求而不得。已乃声啁啾，似巨鸟鸣，意甚怒，盖怒大人之绐_{欺骗}已也。因以掌批其颊，大人伛偻顺受，无敢少争。俄而俱去。诸客始仓皇出。荒窜良久，遥见岭头有灯火，群趋之。至则一男子居石室中。客入环拜，兼告所苦。男子曳令坐，曰："此物殊可恨，然我亦不能钳制。待舍妹归，可与谋也。"居无何，一女子荷两虎自外入，问客何得至此。诸客叩伏而告以故。女子曰："久知两个为孽，不图凶顽若此！当即除之。"于石室中出铜锤，重三四百斤，出门遂逝。男子煮虎肉饷客。肉未熟，女子已返，曰："彼见我欲遁，追之数十里，断其一指而还。"因以指掷地，大于胫骨焉。众骇极，问其姓氏，即亦不言。少间，肉熟，客创痛不食。女以药屑遍糁之，痛顿止。既明，女子送客至树下，行李俱在。各负装行十余里，经昨夜斗处，女子指示之，石洼中残血尚存盆许。出山，女子始别而返。

向杲

向杲，字初旦，太原人。与庶兄_{庶母所生的兄长。}晟，友于_{兄弟情谊。}最敦。晟狎一妓，名波斯，有割臂之盟。_{密订婚约。}以其母_{指鸨母。}取直奢，所约不遂。适其母欲出籍为良，愿先遣波斯。有庄公子者，素善波斯，请赎为妾。波斯谓母曰："既愿同离水火，是欲出地狱而登天堂也。若妾媵之，相去几何矣！肯从奴志，向生其可。"母诺之，以意达晟。时晟丧偶未婚，喜，竭资聘波斯以归。庄闻，怒晟之夺所好也。途中偶逢，便大诟骂。晟不服。遂嗾_{指使。}从人折棰笞之，垂毙，乃去。呆闻奔视，则兄已死。不胜哀忿，具造写状纸。赴郡。庄广行贿赂，使其理不得伸。呆隐忿中结，莫可控诉，惟思要路刺杀庄。日怀利刃，伏于山径之莽。久之，机渐泄。庄知其谋，出则戒备甚严。闻汾州有焦桐者，勇而善射，以多金聘为卫。呆计无所施，然犹日伺之。一日，方伏，雨暴作，上下沾濡，寒战颇苦。既而烈风四塞，冰雹继至，身忽忽然痛痒不能复觉。岭上旧有山神祠，强起奔赴。既入庙，则所识道士在焉。先是，道士尝行乞村中，呆辄饭之，道士以故识呆。见呆衣服濡湿，乃以布袍授之，曰："姑易此。"呆易衣忍冻，蹲若犬，自视则毛革顿生，身化为虎。道士已失所在。心中惊恨，转念：得仇人而食其肉，计亦良得。下至旧伏处，见己尸卧丛莽中，始悟前身已死；犹恐葬于乌鸢，葬身乌鸦和老鹰之腹。时时逻守之。越日，庄适经此，虎暴出，于马上扑庄落，龁其首，咽之。焦桐返马而射，中虎腹，蹶然遂毙。呆在错楚杂乱丛生的柴草中，恍若梦醒；又经宵，始能行步，厌厌以归。家人以其连夕不返，方共骇疑，见之，喜相慰问。呆但卧，蹇涩不能语。少间，闻庄信，争即床头庆告之。呆乃自言："虎即我也。"遂述其异。由此播传。庄子痛父之死也惨，闻而恶之，因讼呆。官以事诞而无据，置不理焉。

异史氏曰："壮士志酬，必不生返，此千古所悼恨也。借人之杀以为生，仙人之术何神哉！然天下事之指人发者多矣。使怨者常为人，恨不令暂作虎耳！"

董公子

　　青州董尚书可畏，家庭森肃，内外男女，不敢通一语。一日，有婢及仆调笑于中门之外，为公子所窥，怒叱之，各奔而去。及夜，公子偕僮卧斋中。时方盛暑，室门洞敞。更既深，僮闻床上有声甚厉，方惊醒。月影中，见前仆提一物出门去。以其家人，故弗深怪，遂复寐。忽闻靴声訇然，一伟丈夫，赤面长髯，似寿亭侯_{即关羽。}像，捉一人头入。僮惧，蛇行入床下。但闻床上支支格格，如振衣，如摩腹，移时始罢。靴声又响，乃去。僮伸头渐出，见棂上有晓光，以手扪床上，着手粘湿，嗅之血腥。大呼公子，公子方醒。告而火_{点火。}之，血盈枕席。大骇，不得其故。忽有官役叩门。公子出见之，役愕然，但言怪事。诘之，告曰："适衙前一人，神色迷罔，大声自言曰：'我杀主人矣！'众见其衣有血污，执而白之官。审知为公子家人。彼言已杀公子，埋首于关帝庙侧。往验之，穴土犹新，而首则无之。"公子骇异，趋赴公庭，见其人即前狎婢者也。因述其异。官甚惶惑，重责而释之。公子不欲结怨于小人，以前婢配之，令去。积数日，其邻堵者，夜闻仆房中一声振响若崩裂，急起呼之，不应。排阖入视，见夫妇及寝床，皆截然断而为两，木肉上俱有削痕，似一刀所断者。关公之灵迹最多，盖未有奇于此者也。

周三

泰安张太华，富吏也。家有狐，扰不可堪，遣制罔效。陈其状于州尹，尹亦不能为力。时州之东亦有狐，居村民家，人共见之，一白发叟云。叟与居人通吊庆，_{吊唁或庆贺。}一如人世礼。自言行二，都呼之胡二爷。适有诸生谒尹，间道其异。尹为吏策，_{谋划。}使往问叟。时东村人有作隶者，_{当衙役的人。}吏即其家访之，事果不诬，便与俱往。即隶家设筵招胡。胡至，揖让酬酢，无异常人。吏因告以所求。胡言："我固悉之，但不能为君效力。仆友人周三，侨居岳庙，宜可降伏，当代求之。"吏喜，欠抑申谢。胡临别，与吏约，明日张筵于岳庙之东。吏如其教。胡果导周至。周虬髯铁面，服裤褶。饮数行，向吏曰："适胡二弟致尊意，事已尽悉。但此辈实繁有徒，_{有众多党羽。}不可善谕，难免用武。请即假馆_{借住在馆舍}君家，微劳所不敢辞。"吏闻之，自念：去一狐，得一狐，是以暴易暴也。游移不敢即应。周已知之，曰："得毋相畏耶？我非他比，且与君有喜缘。请勿疑。"吏诺之。周又嘱明日偕家人阖户坐室中，幸无哗。吏既归，悉听教言。俄闻庭中攻击刺斗之声，逾时始定。启关出视，血点点盈阶上。墀中有小狐首数枚，大如碗盏焉。又视所除舍，则周危坐_{端坐}其中，拱手笑曰："蒙重托，妖类已荡灭矣！"自是馆于其家，相见如主客焉。

鸽异

　　鸽类甚繁，晋有坤星，鲁有鹤秀，黔有腋蝶，梁有翻跳，越有诸尖：皆异种也。又有靴头、点子、大白、黑石、夫妇雀、花狗眼之类，名不可屈以指，惟好事者能辨之也。邹平张公子幼量，癖好之，按经_{明朝张万钟《鸽经》。}而求，务尽其种。其养之也，如保婴儿：冷则疗以粉草，热则投以盐颗。鸽善睡，睡太甚，有病麻痹而死者。张在广陵，以十金购一鸽，体最小，喜走，置地上，盘旋无已时，不至于死不休也，故常须人把握之；夜置群中，使惊诸鸽，可已瘅股之病，是名"夜游"。齐鲁养鸽家，无如公子最；公子亦以鸽自诩。一夜，坐斋中，忽一白衣少年叩扉入，殊不相识。问之，答曰："漂泊之人，姓名何足道。遥闻蓄鸽最盛，此生平之所好也，愿得寓目。"张乃尽出所有，五色俱备，灿若云锦。少年笑曰："人言果不虚，公子可谓尽养鸽之能事矣。仆亦携有一两头，颇愿观之否？"张喜，从少年去。月色冥漠，_{昏暗不清。}野况萧条，心窃疑惧。少年指曰："请勉行，寓屋不远矣。"又数武，见一道院，仅两楹。少年握手入，昧无灯火。少年立庭中，口中作鸽鸣。忽有两鸽出：状类常鸽，而毛纯白；飞与檐齐，且鸣且斗，每一扑，必作筋斗。少年挥之以肱，连翼而去。复撮口作异声，又有两鸽出：大者如鹜，小者才如拳；集阶上，学鹤舞。大者延颈立，张翼作屏，宛转鸣跳，若引之；小者上下飞鸣，时集其顶，翼翩翩如燕子落蒲叶上，声细碎类鼗鼓；大者伸颈不敢动。鸣愈急，声变如磬，两两相和，间杂中节。既而小者飞起，大者又颠倒引呼之。张嘉叹不已，自觉汪洋可愧，_{大开眼界，自愧不如。}遂揖少年，乞求分爱。少年不许。又固求之。少年乃叱鸽去，仍作前声，招二白鸽来，以手把之，曰："如不嫌憎，以此塞责。"接而玩之：睛映月作琥珀色，两目通透，若无隔阂，中黑珠圆于椒粒；启其翼，胁肉晶莹，脏腑可数。张甚奇之，而意犹未足，诡求不已。少年曰："尚有两种未献，今不敢复请观矣。"方竞论间，家人燎_{点燃。}麻炬，入寻主人。回视少年，化白鸽，大如鸡，冲霄而去。又目前院宇都渺，盖一小墓，树二柏焉。与家人抱鸽，骇叹而归。试使飞，驯异如初。虽未拔尤，人世亦绝少矣。于是爱惜臻至。积二年，育雌雄各三。虽戚好求之，弗得也。会父执某公，为贵官。一日，见公子，问："畜鸽几许？"公子唯唯以退。疑某意爱好之也，思所以报，而割爱良难。又念：长者之求，不可重拂。_{过分违背。}且不敢以常鸽应，选二白鸽，笼送之，自以千金之赠不啻也。他日，见某公，颇有德色；而某殊无一申谢语。心不能忍，问："前禽佳否？"答云："亦肥美。"张惊曰："烹之乎？"曰："然。"张大惊曰："此非常鸽，乃俗所称'鞑靼'者也。"某回思曰："味亦殊无异处。"张叹恨而返。至夜，梦白衣少年来，责之曰："我以君能爱之，故遂托以子孙。何以明珠暗投，致残鼎镬！今率若辈去矣。"言已，化为鸽，所养白鸽皆从之，飞鸣径去。天明视之，果俱亡矣。心甚恨之，遂以所畜，分赠知交，数日而尽。

异史氏曰："物莫不聚于所好，诚然也。叶公好龙，则真龙入室；而况学士之于良友，贤君之于良臣乎！而独阿堵之物，_{指钱。}好者更多，而聚者特少，亦以见鬼神之怒贪，而不怒痴也。"

向有友人馈朱鲫于孙公子禹年，家无慧仆，以老佣往。及门，倾水出鱼，索梓而进之。迨达主所，鱼已枯毙。公子但笑不言，以酒犒佣，即烹鱼以饷。既归，主人问："公子得鱼颇欢慰否？"答言："欢甚。"问："何以知？"曰："公子见鱼，便欣然有笑容，立命赐酒，且烹数尾，以犒小人。"主人骇甚，自念：所赠颇不粗劣，何至烹赐下人。因责之曰："必汝蠢顽无礼，故公子迁怒耳。"佣扬手力辩曰："我固陋拙，遂以为非人不通事理。耶！登公子门，小心如许，犹恐筲斗不文，小水桶盛鱼不够体面。敬索样出，一一匀排而后进之，有何不周详也！"主人骂而遣之。

灵隐寺僧某，以茶得名，铛臼皆精。然所蓄茶有数种，恒视客之贵贱以为烹献。其最上者，非贵客及知味者，不以奉也。一日，有贵官至，僧伏谒甚恭，出佳茶，手自烹进，冀得称誉。而贵官殊无一语。僧惑甚，又出最上一等，细细烹煎而后进之。饮已将尽，犹无赞语。急不能待，鞠躬曰："茶何如？"贵官执盏一拱曰："甚热。"此两事，可与张公子赠鸽，同一笑也。

聂政

怀庆潞王，有昏德。时行民间，窥见好女子，辄夺之。有王生妻，为王所睹，遣舆马直入其第。女子号涕不伏，强舁而出。生亡去，隐身聂政战国时期的刺客。之墓，冀妻经此过，得一遥诀。无何，妻至，望见丈夫，大哭投地。生恻动心怀，不觉失声。从人知其王生，执之，将加搒掠。拷打。忽墓中一丈夫出，手握白刃，气象威猛，厉声曰："我聂政也！良家子岂容强占！念汝辈非所自由，姑且宥恕。寄语无道主，若不改行，不日将决其首！"斩首。众大骇，弃车而走；丈夫亦入墓中而没。夫妻叩墓归，犹惧王命复临。过十余日，竟绝消息，心始安。王自此，淫威亦少杀云。

异史氏曰："余读刺客传，而独服膺于轵深井里也：其锐身而报知己，有豫之义；白昼而屠卿相，有鱄之勇；面皮自刑，不累骨肉，_{行刺后自毁面容而死，不连累其姊。}有曹之智。至于荆轲，力不足以谋无道秦，遂使绝裾而去，自取灭亡。轻借樊将军之头，何日可能还也？此千古之所恨，而聂政之所嗤者矣。闻之野史：其墓见掘于羊左之鬼。果尔，则生不成名，死犹丧义，其视聂之抱义愤而惩荒淫者，其为人之贤不肖何如哉！噫！聂之贤，于此益信。"

冷生

平城冷生者，少最钝，年二十余，未能通一经。后忽有狐来，与之燕处。_{友善相处。}每闻其终夜语，即兄弟诘之，亦不肯泄一字。如是多日，忽得狂易病：_{精神失常。}每为文时，得题则闭门枯坐；少时，哗然大笑。往窥之，则手不停草，而一艺_{一篇八股文。}成矣。既而脱稿，文思精妙。是年入泮，明年食饩。每逢场作笑，响彻堂壁。由此"笑生"之名大噪。幸学使退休_{退出考场，至别室休息。}不闻。后值某学使规矩严肃，终日危坐堂上。忽闻笑声，怒执之，将以加责。执事官代白其颠。学使怒稍息，释之，而黜其名。_{除去生员名籍。}从此佯狂诗酒，著有《颠草》四卷，超拔可诵。

异史氏曰："闭门一笑，与佛家顿悟时何殊间哉！大笑成文，亦一快事，何至以此褫革？如此主司，宁非悠悠！"_{荒谬。}

昔学师孙景夏先生，往访友人。至其窗外，不闻人语，但闻笑声嗤然，顷刻数作。意其与人戏耳。入视，则居之独也。怪之。始大笑曰："适无事，殆默温笑谈耳。"

邑宫生者，家畜一驴，性蹇劣。每途中逢独行之客，拱手谢曰："适忙遽，不遑下骑，勿罪！"言未已，驴已蹶然伏道上，屡试不爽。宫大惭恨，因与妻谋，使伪作客。自乃跨驴而周于庭，向妻拱手作遇客语。驴果伏。便以利锥毒刺之。适有友人相访，方欲款关，_{敲门。}闻宫言于内曰："不遑下骑，勿罪！"少顷，又言之。中大怪异，叩扉而问其故，以实告，相与捧腹。

此二则可附冷生之笑以传矣。

药僧

济宁某，偶于野寺外，见一游僧，向阳扪虱，杖挂葫芦，似卖药者。因戏曰："和尚亦卖房中丹否？"僧曰："有。弱者可强，微者可巨，立刻而效，不俟经宿。"某喜求之。僧解衲角，出药一丸，如黍大，令吞之。约半炊时，下部暴长，逾刻自扪，增于旧者三之一。心犹未满，窥僧起遗，_{入厕。}窃解衲，掐二三丸并吞之。俄觉肤若裂，筋若抽，项缩腰橐，而阳长不已。大惧，无术。僧返，见其状，惊曰："子必窃吾药矣！"即与一丸，始觉休止。解衣自视，则几与两股鼎足而三矣。缩颈蹒跚而归，父母皆不能识。从此为废物，日卧街上，多见之者。

皂隶

万历间，历城令梦城隍索人服役，即以皂隶八人，书姓名于牒，焚庙中。至夜，八人皆死。庙东有酒肆，肆主故与一隶有素。会夜来沽酒，问："款何客？"答云："僚友甚多，沽一尊少叙姓名耳。"质明，见他役，始知其人已死。入庙启扉，则瓶在焉，贮酒如故。归视所与钱，皆纸灰。令_{历城县令}肖八像于庙。诸役得差，皆先酬_{祭奠答酬}之乃行。不然，必遭笞谴。

红毛毡

红毛国，旧许与中国相贸易。边帅见其众，不听登岸。红毛人固请："但赐一毡之地足矣。"帅思一毡所容无几，许之。其人置毡岸上，仅容二人；扯之，容四五人；且扯且登，顷刻毡大亩许，已数百人矣。短刃并发，出于不意，被掠数里而去。

抽肠

莱阳民某，昼卧，见一男子与妇人握手入。妇黄肿，腰粗欲仰，意象_{神情}。愁苦。男子促之曰："来，来!"某意其苟合者，因假睡以窥所为。既入，似不见榻上有人，又促曰："速之!"妇便自袒胸怀，露其腹，腹大如鼓。男子出屠刀一口，用力刺入，从心下直剖至脐，蛊蛊有声。某大惧，不敢喘息。而妇人攒眉忍受，未尝少呻。男子口衔刀，入手于腹，捉肠挂肘际；且挂且抽，顷刻满臂。乃以刀断之，举置几上，还复抽之。几既满，悬椅上；椅又满，乃肘数十盘，如渔人举网状，望某首边一掷。觉一阵热腥，面目喉鬲覆压无缝。某不能复忍，以手推肠，大号起奔。肠堕榻前，两足被系，冥然而倒。家人趋视，但见身绕猪脏；既入审顾，则初无所有。众各自谓目眩，未尝骇异。及某述所见，始共奇之。而室中并无痕迹，惟数日血腥不散。

牛飞

邑人某，购一牛，颇健。夜梦牛生两翼飞去，以为不祥，疑有丧失。_{怀疑牛会死亡或逃跑。}牵市中，损价售之。以巾裹金，缠臂上。归至半途，见一鹰食残兔，近之，甚驯。遂以巾头縶鹰股，臂之。鹰屡摆扑，把捉稍疏，带巾腾去。某每谓定数不可逃，而不知不疑梦，不拾遗，走者何遽能飞哉!

卷十三

狐惩淫

某生者，购新第，常患狐。凡一切服物，多为所毁，又时以尘土置汤饵中。一日，有友过访，值生他适，至暮不归。生妻备馔具供客，已而偕婢啜食余饵。生素不羁，好蓄媚药，不知何时狐以药置粥中，妇食之，觉有脑麝气。问婢，婢答不知。食讫，觉欲焰上炽，不可暂忍；强自按抑，燥渴愈急。筹思家中无可奔者，独有客在，遂往叩斋。客问其谁，实告之。问何作，不答。客谢曰："我与若夫道义交，不敢为此兽行。"妇尚留连。客叱骂曰："某兄文章品行，被汝丧尽矣！"隔窗唾之。妇大惭，乃退。因自念：我何为若此？忽忆碗中香，得毋媚药耶？检包中药，果狼藉满案，盏盏中皆是也。稔_{熟知}知冷水可解，因就饮之。顷刻心下清醒，愧耻无以自容。辗转既久，更漏已残。愈恐天晓无以见人，乃解带自经。_{上吊。}婢觉救之，气已渐绝。辰后始有微息。客夜间已遁。生晡后方归，见妻卧，问之，不言，但含清涕。婢以状告。大惊，苦诘之。妻遣婢去，始以实陈。生叹曰："此我之淫报也，于卿何尤？_{责怪。}幸有良友，不然，何以为人！"遂从此痛饬往行，狐亦遂绝。

异史氏曰："居家者相戒勿蓄砒鸩，从无有相戒不蓄媚药者，亦犹人之畏兵刃而狎床笫也。宁知其毒有甚于砒鸩者哉！顾蓄之不过以媚内耳，乃至见嫉于鬼神；况人之纵淫有过于蓄药者乎？"

某生赴试自郡中归，日已暮，携有莲实菱藕，入室并置几上。

又有藤津伪器一事，_{一件。}水浸盎中。诸邻人以其新归，携酒登堂，生仓促置床下而出，令内子经营供馔，与客薄饮。饮已入内，急烛床下，盎水已空。问妇。妇曰："适与菱藕并出供客，何尚寻也？"生回忆肴中有黑条杂错，举座不知何物。乃失笑曰："痴婆子！此何物事，可供客耶？"妇亦疑曰："我方怨子不言烹法，其状可丑，又不知何名，只得糊涂脔切耳。"生乃告之，相与大笑。今某生贵矣，相狎者犹以为戏。

山市

奂山山市，邑_{指淄川。}景之一也。然数年恒不一见。孙公子禹年，与同人饮楼上，忽见山头有孤塔耸起，高插云冥。相顾惊疑，念近中无此禅院。无何，见宫殿数十所，碧瓦飞甍，始悟为山市。未几，高垣睥睨，连亘六七里，居然城郭矣。中有楼若者、堂若者、坊若者，历历在目，以亿万计。忽大风起，尘气莽莽然，城市依稀而已。既而风定天清，一切乌有；惟危_{高。}楼一座，直接霄汉。楼五架，窗扉皆洞开；一行有五点明处，楼外天也。层层指数：楼愈高，则明渐小；数至八层，才如星点；又其上，则黯然飘缈，不可计其层次矣。而楼上人往来屑屑，_{往来奔波。}或凭或立，不一状。逾时，楼渐低，可见其顶；又渐如常楼；又渐如高舍；倏忽如拳如豆，遂不可见。又闻有早行者，见山上人烟市肆，与世无别，故又名"鬼市"云。

江城

临江高生，名蕃，少慧，仪容秀美。十四岁入邑庠。富室争女之，生选择良苛，屡梗违抗。父命。父仲鸿，年六十，止此子，宠惜之，不忍少拂。初，东村有樊翁者，授童蒙于市肆，携家僦租赁。生屋。翁有女，小字江城，与生同甲，时皆八九岁，两小无猜，日共嬉戏。后翁徙去，积四五年，不复闻问。一日，生于隘巷中见一女郎，艳美绝俗。从一小鬟，仅六七岁。不敢倾顾，但斜睨之。女停睇，若欲有言。细视之，江城也。顿大惊喜。各无所言，相视呆立，移时始别，两情恋恋。生故以红巾遗地而去。小鬟拾之，喜以授女。女入袖中，易以己巾，伪谓鬟曰："高秀才非他人，勿得讳其遗物，可追还之。"小鬟果追付生。生得巾大喜。归见母，请与论婚。母曰："家无半间屋，南北流移，何足匹偶？"生言："我自欲之，固当无悔。"母中心摅拒不自决，以商仲鸿；鸿执不可。生闻之闷然，嗌不容粒。吃不下一点东西。母大忧之，谓高曰："樊氏虽贫，亦非狙侩无赖者比。我请过诸其家，倘其女可偶也，即亦何害。"高诺之。母托烧香黑帝庙，诣之。见女明眸秀齿，居然娟好，心大爱悦。遂以金帛厚赠之，实告以意。樊媪谦抑而后受盟。归述其情，生始解颜为笑。逾岁，择吉迎女归，夫妻相得甚欢。而女善怒，反眼若不相识；词舌嘲哳，絮叨。常常聒于耳。生以爱故，悉含忍之。翁姬稍有所闻，心弗善也，潜责其子。为女所闻，大恚，诟骂弥加。生稍稍反其恶声，女益怒，挞逐出户，阖其扉。生惴惴门外，不敢叩关，抱膝宿檐下。女自是视若仇。其初，长跪犹可以解，渐至屈膝无灵，而丈夫益苦矣。翁姑薄让责怪。之，女牴牾不可言状。翁姑忿怒，逼令大归。樊惭惧，浼请托。交好者请于仲鸿；鸿不许。年余，生出遇岳；岳把袂邀归其家，谢罪不遑。妆女出见，夫妇相对，不觉恻楚。樊乃沽酒款婿，酬劝甚殷。无何日暮，坚止宿留，扫别榻，使夫妇并寝。既曙辞归，不敢以情告父母，惟掩饰而弥缝之。由此三五日，辄一寄岳家宿，而父母不知也。樊一日自诣仲鸿。初不见，迫而后见之。樊膝行而请。高不承，诿诸其子。樊言：“婿昨夜宿仆家，不闻有异言。”高惊问：“何时寄宿？”樊具以告。高赧谢曰：“我固不之知耳。彼爱之，我独何仇乎？”樊既去，高呼子而骂。生但俯首，不少出气。言间，樊已送女至。高曰：“我不能为儿女任过，不如各立门户，即烦主析爨之盟。”樊劝之，不听。遂别院居之，遣一婢给役焉。月余，颇相安，翁媪窃慰。未几，女渐肆，生面上时有指爪痕，父母明知之，亦忍置不问。一日，生不堪挞楚，奔避父所，芒芒然如鸟雀之被鹯殴者。翁媪方怪问，女已横梃棍杖。追入，竟即翁侧，捉而棰之。翁姑沸噪，略不毫不。顾瞻。挞至数十，始悻悻以去。高逐子曰：“我惟避嚣，故析尔。尔固乐此，又焉逃乎？”生被逐，徙倚殊无所归。母恐其挫折行死，令独居而给之食。又召樊来使教其女。樊入室，开谕万端，女终不听，反以恶言相苦。樊拂衣而行，誓相绝。无何，樊翁愤生病，与媪相继死。女恨之，亦不临吊，惟日隔壁噪骂，故使翁姑闻。高悉置不较。生自独居，若离汤火，但觉凄寂。暗以金唆媒媪李氏，纳妓斋中，往来皆以夜。久之，女微闻知，诣斋嫚骂。生力白其诬，矢以天日，女始归。自此，日伺生隙。李媪自斋中出，适为所遭，急呼之；媪神色变异，女益疑。谓媪曰：“明告所作，或可宥免；若犹隐秘，撮毛拔头发。尽矣！”媪战而告曰：“半月来，惟勾栏李云娘过此两度耳。适公子言，曾于玉笋山见陶家妇，爱其双翘，双足。嘱奴招致之。渠虽不贞，亦未便作夜度娘，成否固未必也。"女以其言诚，姑从宽恕。媪欲行，又强止之。日既昏，呵之曰："可先往灭其烛，便言陶家至矣。"媪如其言，女即遽入。生喜极，挽臂促坐，具道饥渴。女默不语。生暗中索其足，曰："自山上一觐仙容，介介独恋是耳。"女终不语。生曰："夙昔之愿，今始得遂，何可觌面而不识也？"躬自促火，一照，则江城也。大惧失色，堕烛于地，长跪觳觫，若兵在颈。女摘耳提归，以针刺两股殆遍，乃卧以床下，醒则数骂之。生以此畏若虎狼，即偶假以颜色，枕席之上，亦震慑不能为人。女批颊而叱去之，益厌弃不以人齿。生日在兰麝之乡，如犴狴中人，仰狱吏之尊也。女有两姊，俱适诸生。长姊平善，讷于口，常与女不相洽。二姊适葛氏，为人狡黠善辨，顾影弄姿，貌不及江城，而悍妒与埒。相等。姊妹相逢无他语，惟各以阃威制服丈夫的威风。自鸣得意。以故二人最善。生适戚友，女辄嗔怒；惟适葛所，知之不禁也。一日，饮葛所。既醉，葛嘲曰："子何畏之甚？"生笑曰："天下事顾多不解：我之畏，畏其美也；乃有美不及内人，而畏与仆等者，惑不滋甚哉？"葛大惭不能对。婢闻，以告二姊。二姊怒，操杖遽出。生察其状凶，踩屣欲走。杖起，已中腰膂；三杖三蹶而不能起。误中颅，血流如渖。二姊乃去，生蹒跚而归。妻惊问之。初以连姨故，不敢遽告；再三研诘，始具陈之。女以帛束生首，忿然曰："人家男子，何烦他挞楚耶！"更短袖裳，怀木杵，携婢径去。抵葛家，二姊笑语承迎。女不语，以杵击之，仆；裂裤而痛楚焉。齿落唇缺，遗矢溲便。女既返，二姊羞忿，遣夫赴愬于高。生趋出，极意温恤。葛私语曰："仆此来，不得不尔。悍妇不仁，幸假手而惩创之，我两人何嫌嫌隙。焉。"女已闻之，遽出指骂曰："龌龊贼！妻子亏苦，反窃窃与外人交好！此等男子，不宜打杀耶！"疾呼觅杖。葛大窘，夺门窜去。生由此往来全无一所。同窗王子雅过之，宛转留饮。饮间，以闺阁相谑，颇涉狎亵。女适窥客，伏听尽悉，暗以巴豆投汤中而进之。未几，吐利_{上吐下泻}不可堪，奄存气息。女使婢问之曰："再敢无礼否？"始悟病之所自来，呻吟而哀之。则绿豆汤已储待矣。饮之乃止。从此同人相戒，莫敢饮于其家。王有酤肆，_{酒店。}肆中多红梅，设宴招其曹侣。生托文社，禀白而往。日暮，既酣，王生曰："适有南昌名妓，流寓此间，可以呼来共饮。"众大悦，惟生离座兴辞。群曳之曰："闺中耳目虽长，亦听睹不至于此。"因相矢缄口。生乃复坐。少间，妓果出。年十七八，玉佩玎冬，云鬟掠削。问其姓，云："谢氏，小字芳兰。"出词吐气，备极风雅，举坐若狂。而芳兰犹属意生，屡以色授。为众所觉，故曳两人连肩坐。芳兰阴把生手，以指书掌作"宿"字。生于此时，欲去不忍，欲留不敢，心如乱丝，不可言喻。而倾头耳语，醉态益狂，榻上胭脂虎，亦并忘之。少旋，听更漏已动，肆中酒客愈稀；惟遥座一美少年，对烛独酌，有小僮捧巾侍焉。众窃议其高雅。无何，少年罢饮出门去。僮反身入，向生曰："主人相候一语。"众都不知何谁，惟生颜色惨变，不遑告别，匆匆便去。盖少年乃江城，僮即其家婢也。生从至家，伏受鞭扑。从此益禁锢之，吊庆_{吊唁与庆贺。}皆绝。文宗下学，生以误讲降为青。一日，与婢语，女疑与私，以酒坛囊婢首而挞之。已而缚生及婢，以绣剪剪腹间肉互补之，释缚令其自束。月余，补处竟合为一云。女每以白足踏饼抛尘土中，叱生摭食之。如是种种。母以忆子故，偶至其家，见子柴瘠，既归，痛哭欲死。夜梦一叟告之曰："勿须忧烦，此是前世因。江城原静业和尚所养长生鼠，公子前身为士人，偶游其寺，误毙之。今作恶报，不可以人力回也。每早起，虔心诵观音咒一百遍，必当有效。"醒而述于仲鸿，鸿异之，夫妻咸遵其教。两月余，女横如故，益之狂纵。闻门外铮鼓，辄握发出，_{梳妆未毕便手握头发跑出来看热闹}。憨然引眺，千人共指不为怪。翁姑共耻之，然不能禁，腹诽而已。忽有老僧在门外宣佛果，观者如堵。僧吹鼓上革作牛鸣。女奔出，见人众无隙，命婢移行床，翘登其上。众目集视之，女为弗觉也者。逾时，僧敷衍_{论说}将毕，索清水一盂，持向女而宣言曰："莫要嗔，莫要嗔！前世也非假，今世也非真。咄！鼠子缩头去，勿使猫儿寻。"宣已，吸水喷射女面，粉黛淫淫，_{脂粉随着水流下}。下沾襟袖。众大骇，意女暴怒；女殊不语，拭面自归。僧亦遂去。女入室痴坐，嗒然若丧，终日不食，扫榻遽寝。中夜忽唤生醒。疑其将遗，捧进溺盆。女却之，暗把生臂，曳入衾。生承命，四体惊悚，若奉丹诏。女慨然曰："使君若此，何以为人！"乃以手抚扪生体，每至刀杖痕，嘤嘤啜泣，辄以指甲自掐，恨不即死。生见其状，意良不忍，所以慰籍之良厚。女曰："妾思和尚必是菩萨化身。清水一洒，若更_{替换}肺腑。今回忆曩昔所为，都如隔世。妾向时得毋非人耶？有夫妇而不能欢，有姑嫜而不能事，是诚何心！明日可移家去，仍与父母同居，庶便定省。"_{奉侍问安}絮语终夜，如话十年之别。昧爽即起，折衣敛器，婢携簏，躬襆被，促生前往叩扉。母出骇问，告以意。母迟回有难色，女已偕婢入。母从入。女伏地哀泣，但求免死。母察其意诚，亦泣曰："吾儿何遽如此？"生为细述前状，始悟曩昔之梦验也。喜唤厮仆，为除旧舍。女自是承颜顺志，过于孝子。见人，则觍如新妇。或戏述往事，则红涨于颊。且勤俭，又善居积；三年，翁姑不问家计，而富称巨万矣。生是岁乡捷。女每谓生曰："当日一见芳兰，今犹忆之。"生以不受荼毒，愿已至足，妄念所不敢萌，唯唯而已。会以应举入都，数月乃返。入室，见芳兰方与江城对弈。惊而问之，则女以数百金出其籍_{除其乐籍}云。余于浙邸得晤王子雅，言之竟夜甚详。

异史氏曰："人生业果，饮啄必报，而惟果报之在房中者，如附骨之疽，其毒尤惨。每见天下贤妇十之一，悍妇十之九，亦以见人世之能修善业者少也。观自在愿力宏深，何不将盂中水洒大千世界耶？"

孙生

余乡孙生者，娶故家^{世家大族}女辛氏。初入门，为穷裤，多其带，浑身纠缠甚密，拒男子不与共榻。床头常设锥簪之器以自卫。孙屡被刺劀，因就别榻眠。月余不敢问鼎。即白昼相逢，女未尝假以言笑。同窗某知之，私谓孙曰："夫人能饮否？"答云："少饮。"某戏之曰："仆有调停之法，善而可行。"问："何法？"曰："以迷药入酒，绐使饮焉，则惟君所欲矣。"孙笑之，而阴服其策良。询之医家，敬以酒煮乌头置案上。入夜，孙酾别酒，独酌数觥而寝。如此三夕，妻终不饮。一夜，孙卧移时，视妻犹寂坐，孙故作鼾声；妻乃下榻，取酒煨炉上。孙窃喜。既而满饮一杯；又复酌，约尽半杯许，以其余仍内壶中，拂榻遂寝。久之无声，而灯煌煌尚未灭也。疑其尚醒，故大呼："锡檠^{灯架。}熔化矣！"妻不应。再呼仍不应。白身往视，则醉睡如泥。启衾潜入，层层断其缚结。妻固觉之，不能动，亦不能言，任其轻薄而去。既醒，恶之，投缳自缢。孙梦中闻喘吼声，起而奔视，舌已出两寸许。大惊，断索，扶榻上，逾时始苏。孙自此殊厌恨之，夫妻避道而行，相逢则俯其首。积四五年，不交一语。妻或在室中与他人嬉笑，见夫至，则色立变，凛如霜雪。孙尝寄宿斋中，恒^{常。}经岁无归时；即强之归，亦面壁移时，默然即枕而已。父母甚忧之。一日，有老尼至其家，见妇，极加赞誉。母不言，但有浩叹。尼诘其故，具以情告。尼曰："此易与耳。"母喜曰："倘能回妇意，当不靳<small>吝惜</small>酬也。"尼窥室无人，耳语曰："请购春宫一帧，三日后，为若魇之。"尼既去，母从其教，购以待之。三日，尼果来，嘱曰："此须慎秘，勿令夫妇知。"乃剪下图中人，又针三枚，艾一撮，并以素纸包固，外绘数画如蚓状，使母赚妇出，窃取其枕，开其缝而投之；已而仍合之，返归故处。尼乃去。至晚，母强子归宿。佣媪知其情，窃往伏听。二更将残，闻妇呼孙小字，孙不答。少间，妇复语，孙厌气作恶声。质明，母入其室，见夫妇面首相背，知尼之术诬也。呼子于无人处，委谕<small>委婉劝说</small>之。孙闻妻名，便怒切齿。母怒骂之，不顾而去。越日，尼来，告之罔效。尼大疑。媪因述所听。尼笑曰："前言妇憎夫，故偏魇之。今妇意已转，所未转者男耳。请作两制之法，必有验。"母从之。索子枕如前缄置讫，又呼令归寝。更余，犹闻两榻上皆有转侧声，时作咳，都若不能寐。久之，闻两人在一床上唧唧语，但隐约不可辨。将曙，犹闻戏笑，吃吃不绝。媪以告母。母喜，尼来，厚馈之。由是，琴瑟好合，今皆三十余矣。生一男两女，十余年从无角口之事。同人私问其故。笑曰："前此顾影生怒，后此闻声而喜。自亦不解其何心也。"

异史氏曰："移憎而爱，术不亦神哉！然能令人喜者，亦能令人怒，术人之神，正术人之可畏也。先哲云：'六婆不入门。'有见矣夫！"

八大王

临洮冯生。传者忘其名字，盖贵介裔而凌夷^{衰败}矣。有渔鳖者，负其债不能偿，得鳖辄献之。一日献巨鳖，额有白点。生以其状异，放之。后自婿家归，至恒河之侧，日已就昏，见一醉者，从二三僮，颠跛而至。遥见生，便问："何人？"生漫应："行道者。"醉人怒曰："宁无姓名，胡言行道者？"生驰驱心急，置不答，竟过之。醉人益怒，捉袂使不得行，酒臭熏人。生益不耐，然力解莫能脱。问："汝何名？"呓然而对曰："我南都旧令尹也。将何为？"生曰："世间有此等令尹，辱寞^{辱没}世界矣！幸是旧令尹，假新令尹，将无途人耶！"醉人怒甚，势将用武。生大言："我冯某非受人挝打者！"醉人闻之，变怒为欢，踉蹡下拜曰："是我恩主，唐突勿罪！"起唤从人，先归治具。生辞之不得。握手行数里，见一小村。既入，则廊舍华好，似贵人家。醉人醒稍解，^{酒意渐消}生始询其姓字。曰："言之勿惊，我洮水八大王也。适西山青童招饮，不觉过醉，有犯尊颜，实切愧悚。"生知其妖，以其情词殷渥，遂不畏怖。俄而设筵丰盛，促坐欢饮。大王饮最豪，连举数觥。生恐其复醉，再作萦扰，伪醉求寝。大王已喻其意，笑曰："君得毋畏我狂耶？但请勿惧。凡醉人无行，谓隔夜不复记忆者，欺人耳。酒徒之不德，故犯者十九。仆虽不齿于侪偶，顾未敢以无赖之行，施之长者，何遂见拒如此？"生乃复坐，正容而谏曰："既自知之，何勿改行？"大王曰："老夫为令尹时，沉湎尤过于今日。自触帝怒，谪归岛屿，力反前辙者，十余年矣。今老将就木，潦倒不能横飞，^{飞黄腾}

达。故态复作，我自不解耳。兹敬闻命矣。"倾谈间，远钟已动。大王起捉臂曰："相聚不久。蓄有一物，聊报厚德。此不可以久佩，如愿后，当见还也。"口中吐一小人，仅寸余。因以爪掐生臂，痛若肤裂；急以小人按捺其上，释手已入革里，_{皮下。}甲痕尚在，而漫漫坟起，类痰核状。惊问之，笑而不答。但曰："君宜行矣。"送生出，大王自返。回顾村舍全渺，惟一巨鳖，蠢蠢入水而没。错愕久之。自念所获必鳖宝也。由此目最明，凡有珠宝之处，黄泉下皆可见，即素所不知之物，亦随口而出其名。于寝室中掘得藏镪数百，用度颇充。后有货故宅者，生视其中有藏镪无算，遂以重金购居之。由此与王公埒_{相等。}富。火齐木难_{珠宝名。}之类皆蓄焉。得一镜，背有凤钮，环水云湘妃之图，光射里余，须眉皆可数。佳人一照，则影留其中，磨之不能灭也；若改妆重照，或更一美人，则前影消矣。时肃府第三主绝美，雅慕其名。会主游崆峒，乃往伏山中，伺其下舆，照之而归，设置案头。审视之，见美人在中，拈巾微笑，口欲言而波_{眼波。}欲动。喜而藏之。年余，为妻所泄，闻之肃府。王怒收之。_{逮捕入狱。}追镜去，拟斩。生大赂中贵人，_{指宦官。}使言于王曰："王如见赦，天下之至宝，不难致也。不然，有死而已，于王诚无所益。"王欲籍其家_{抄没家产。}而徙之。三主曰："彼已窥我，十死亦不足解此玷，不如嫁之。"王不许。主闭户不食。妃子大忧，力言于王。王乃释生囚，命中贵以意示生。生辞曰："糟糠之妻不下堂，宁死不敢承命。王如听臣自赎，倾家可也。"王怒，复逮之。妃召生妻入宫，将鸩_{毒害。}之。既见，妻以珊瑚镜台纳妃，词意温恻。妃悦之，使参主。主亦悦之，订为姊妹，转使谕生。生告妻曰："王侯之女，不可以先后论嫡庶也。"妻不听，归修聘币纳王邸，赍送者以千人。珍石宝玉之属，王家亦不能知其名。王大喜，释生归，以主媵_{指帝王之女下嫁。}焉。主仍怀镜归。生一夕独寝，梦大王轩然入曰："所赠之物，当见还也。佩之既久，耗人精血，损人寿命。"生诺之，即留宴饮。大王辞曰："自聆药石，_{规劝别人改过向善的语言。}戒杯中物已三年矣。"乃以口啮生臂，痛极而醒。视之，则核块消矣。后此遂如常人。

异史氏曰："醒则犹人，而醉则犹鳖，此酒人之大都_{大概。}也。顾鳖虽日习于酒狂乎，而不敢忘恩，不敢无礼于长者，鳖不过人远哉？若夫某氏，则醒不如人，而醉不如鳖矣。古人有龟鉴，_{龟镜。}盍以为鳖鉴乎？乃作《酒人赋》。赋曰：'有一物焉，陶情适口；饮之则醺醺腾腾，厥名为"酒"。其名最多，为功已久：以宴嘉宾，以速父舅，以促膝而为欢，以合卺_{结婚。}而成偶；或以为"钓诗钩"，又以为"扫愁帚"。故曲生_{指酒。}频来，则骚客之金兰友；醉乡深处，则愁人之逋逃薮。糟丘之台既成，_{酒糟堆成小山，指酿成美酒。}鸱夷_{盛酒的皮囊。}之功不朽。齐臣遂能一石，学士亦称五斗。_{指淳于髡与刘伶善饮。}则酒固以人传，而人或以酒丑。若夫落帽之孟嘉，荷锸之伯伦，_{指刘伶。}山公_{山简。}之倒其接䍦，_{古代一种头巾。}彭泽_{陶渊明。}之漉以葛巾。酣眠乎美人之侧也，或察其无心；_{指阮籍醉卧邻人妇旁。}濡首于墨汁之中也，自以为有神。_{指张旭醉后挥毫如有神助。}井底卧乘船之士，_{形容贺知章醉饮之态。}槽边缚珥玉之臣。_{指毕卓盗饮邻人酒而被捆绑起来。}甚至效鳖囚而玩世，亦犹非害物而不仁。至如雨宵雪夜，月旦花晨，风定尘短，客旧妓新，履舄交错，兰麝香沉，细批薄抹，低唱浅斟；忽清商兮一奏，则寂若兮无人。雅谑则飞花粲齿，高吟则戛玉敲金。总陶然而大醉，亦魂清而梦真。果尔，即一朝一醉，当亦名教之所不嗔。尔乃嘈杂不韵，俚词并进；坐起欢哗，呶呶成阵。涓滴忿争，势将投刃；伸颈攒眉，引杯吸鸩；倾沈碎觥，拂灯灭烬。绿醑葡萄，狼藉不斩；病叶狂花，觞政所禁。如此情怀，不如勿饮。又有酒隔咽喉，间不盈寸；呐呐呢呢，犹讥主客；坐不言行，饮复不任；酒客无品，于斯为甚。甚有狂药下，客气粗；努石棱，磔髯须；袒两背，跃双趺。尘蒙蒙兮满面，哇浪浪兮沾裾；口狺狺兮乱吠，发蓬蓬兮若奴。其呼地而呼天也，似李郎指李贺。之呕其肝肠；其扬手而掷足也，如苏相苏秦。之裂于牛车。舌底生莲者，不能穷其状；灯前取影者，不能为之图。父母前而受忤，妻子弱而难扶。或以父执之良友，无端受骂于灌夫。婉言以警，倍益眩瞑。此名酒凶，不可救拯。惟有一术，可以解酩。解酒。厥术维何？只须一梃。木棍。絷其手足，与斩豕等。止困其臀，勿伤其顶，捶至百余，豁然顿醒。'"

罗祖

罗祖，即墨人也。少贫纵。族中应出一丁戍北边，即以罗往。罗居边数年，生一子。驻防守备雅很。厚遇之。会守备迁陕西参将，欲携与俱去。罗乃托妻子于其友李某者，遂西。自此三年不得返。适参将欲致书北塞，罗乃自陈，请以便道省看望。妻子。参将从之。罗至家，见妻子无恙，良慰。然床下有男子遗舄，心疑之。既而诣李申谢，李置酒殷勤；妻又道李恩义，罗感激不胜。明日，谓妻曰："我往致主命，暮不能归，勿伺也。"出门跨马去。匿身近处，更定却归。闻妻与李卧语，大怒，破扉。二人惧，膝行乞死。罗抽刃出，已复韬之，将刀收入鞘中。曰："我始以汝为人也，今若此，杀之污吾刀耳！与汝约：妻子而受之，籍名亦而充之，马匹器械具在。我逝矣。"遂去。乡人共闻之于官。官笞李，李以实告。而事无验见，莫可执凭，远近搜罗，则绝匿名迹。官疑其因奸致杀，益械李及妻；逾年，并桎梏以死。死于狱中。乃送其子归即墨。后石匣营有樵人入山，见一道士坐洞中，未尝求食。众以为异，赍粮供之。或有识者，盖即罗也。馈遗满洞，罗终不食，意似厌嚣，以故来者渐寡。积数年，洞外蓬蒿成材。或潜窥之，则坐处不曾少移。又久之，见其出游山上，就之已杳；往瞰洞中，则衣上尘蒙如故。益奇之。更数日而往，则玉柱下垂，坐化已久。土人为之建庙；每三月间，香楮相属于道。其子往，人皆呼以小罗祖，香税悉归之；今其后人，犹岁一往，收税金焉。沂水刘宗玉，向予言甚详。予笑曰："今世诸檀越，施主。不求为圣贤，但望成佛祖。请遍告之：若要立地成佛，须放下刀子去。"

刘姓

邑刘姓，虎而冠者凶残如虎之人。也。后去离开。淄居沂，习气不除，乡人咸畏恶之。有田数亩，与苗某连垅。苗勤，田畔多种桃。桃初实，子往攀摘；刘怒驱之，指为己有。子啼而告诸父。父方骇怪，刘已诟骂在门，且言将讼。苗笑慰之。怒不解，忿而去。时有同邑李翠石，作典商于沂，刘持状入城，适与之遇。以同乡，故相熟，问："作何干？"刘以告。李笑曰："子声望众所共知。我素识苗某甚平善，何敢占骗。将毋反言之耶？"乃碎其词纸，曳入肆，将与调停。刘恨恨不已，窃肆中笔，复造状，藏怀中，期以必告。未几，苗至，细陈所以，因哀李为之解免。言："我农人，半世不见官长。但得罢讼，数株桃，何敢执为己有。"李呼刘出，告以退让之意，刘犹指天画地，叱骂不休；苗惟和色卑词，无敢少辩。既罢，逾四五日，见其村中人传刘已死，李为惊叹。翼日他适，见杖_{拄杖}而来者俨然刘也。比至，殷殷问讯，且请顾临。李逡巡问曰："日前忽闻凶讣，一何妄也？"刘不答，但挽入村，至其家，罗浆酒焉。乃言："前日之传非妄也。曩出门，见二人来，捉见官府。问何事，但言不知。自思出入衙门数十年，非怯见官长者，亦不畏怖。从去，至公廨，见南面者有怒容，曰：'汝即刘某耶？罪恶贯盈，不自悛悔，_{悔改。}又以他人之物占为己有。此等横暴，合置铛鼎！'一人稽簿曰：'此人有一善，合不死。'南面者阅簿，色稍霁。便云：'暂送他去。'数十人齐声呵逐。余曰：'因何事勾我来？又因何事遣我去？还祈明示。'吏持簿下，指一条示之。上记：崇祯十三年，用钱三百，救一人夫妻完聚。吏曰；'非此则今日命当绝，宜堕畜生道。'骇极，乃从二人出。二人索贿。怒告曰：'不知刘某出入公门二十年，专勒人财者，何得向老虎讨肉吃耶！'二人乃不复言。送至村，拱手曰：'此役不曾啖得一口水。'二人既去，入门遂苏，时气绝已隔日矣。"李闻而异之，因诘其善行颠末。初，崇祯十三年，岁大凶，人相食。刘时在淄，为主捕隶。适见男女哭甚哀，问之。答云："夫妇聚才年余，今岁荒，不能两全，故悲耳。"少时，在油肆_{油店}前复见之，似有所争。近诘之。肆主马姓者便云："伊夫妇饿将死，日向我讨麻酱以为活。今又欲卖妇于我。我家中已买十余口矣。此何紧要？贱则售，否则已耳。如此可笑，生来_{硬来。}缠人！"男子因言："今粟贵如珠，自度非三百数，不足供逃亡之费。本欲两生，若卖妻而不免于死，何取焉？非敢言直，但求作阴骘_{积阴德}行之耳。"刘怜之，便问马出几何。马言："今日妇口，止直百许耳。"刘请勿短其数，且愿助以半价之资。马执不可。刘少负气，便谓男子："彼鄙琐不足道，我请如数相赠。若能逃荒，又全夫妇，不更佳耶？"遂发囊与之。夫妻泣拜而去。

刘述此事，李大加奖叹。刘自此前行顿改，今七旬犹健。去年，李诣周村，遇刘与人争。众围劝不能解。李笑呼曰："汝又欲讼桃树耶？"刘茫然改容，呐呐敛手而退。

异史氏曰："李翠石兄弟，皆称素封。无官爵封邑而富比封君的人。然翠石尤醇谨喜为善，未尝以富自豪，抑然诚笃君子也。观其解纷劝善，其生平可知矣。古云：'为富不仁。'吾不知翠石先仁而后富者耶，抑先富而后仁者耶？"

邵九娘

柴廷宾，太平人。妻金氏，不育，又奇妒。柴百金买妾，金暴遇之，残暴地对待她。经岁而死。柴忿出独宿，数月不践闺闼。一日，柴初度，生日。金卑词庄礼，为丈夫寿。柴不忍拒，始通言笑。金设宴内寝招柴。柴辞以醉。金华妆自诣柴所，曰："妾竭诚终日，君即醉，请一盏而别。"柴乃入，酌酒话言。妻从容曰："前日误杀婢子，今甚悔之。何便仇忌，遂无结发情耶？后请纳金钗十二，妾不汝瑕疵不把纳妾看作是你的过错。也。"柴益喜，烛尽见拔，遂止宿焉。由此敬爱如初。金便呼媒媪来，嘱为物色佳滕，而阴使迁延勿报，已则故督促之。如是年余。柴不能待，遍嘱戚好，为之购致，得林氏之养女。金一见，喜形于色，饮食共之，脂泽花钿，任其所取。然林故燕产，燕地人。不习女红，绣履之外，须人而成。金曰："我家素勤俭，非似王侯家买作画图看者。"于是授美锦使学制，若严师诲弟子。初犹诃骂，继以鞭楚。柴痛切于心，不能为地。而金之怜爱林，尤倍于昔，往往自为妆束，匀铅黄焉。但履跟稍有折痕，则以铁杖击双弯；双足。发少乱，则批两颊。林不堪其虐，自经死。柴悲惨心目，颇致怨詈。妻怒曰："我代汝教娘子，有何罪过？"柴始悟其奸，因复反目，永绝琴瑟之好。阴于别业修房闼，思购丽人而别居之。荏苒半载，未得其人。偶会友人之葬，见二八女郎，光艳溢目，停睇神驰。女怪其狂顾，秋波斜转之。询诸人，知为邵氏。邵贫士，止此女，少聪慧，教之读，过目能了。尤喜读内经《黄帝内经》。及冰鉴鉴赏人物。书。父爱溺之，有议婚者，辄令自择，而贫富皆少所可，故十七岁犹未字也。柴得其端末，知不可图，然心低徊之。又冀其家贫，或可利动。谋之数媪，无敢媒者，遂亦灰心，无所复望。忽有贾媪者，以货珠过柴。柴告所愿，赂以重金，曰："但求一通诚意，其成与否所勿责也。万一可图，千金不惜。"媪利其有，诺之。登门，故与邵妻絮语。睹女，惊赞曰："好个美姑姑！假到昭阳院，赵家姊妹何足数得！"又问："婿家阿谁？"邵妻答："尚未。"媪言："若个娘子，何愁无王侯作贵客也！"邵妻叹曰："王侯家所不敢望，只要个读书种子，便是佳耳。我家小孽冤，翻复遴选，十无一当，不解是何意向。"媪曰："夫人勿须烦怨。恁个丽人，不知前身修何福泽，才能消受得！昨一大笑事：柴家郎君云：'于某家茔边，望见颜色，愿以千金为聘。'此非饿鸱作天鹅想耶？早被老身诃斥去矣！"邵妻微哂未答。媪曰："便是秀才家难与较计；若在别个，失尺而得丈，宜若可为矣。"邵妻复笑不言。媪抚掌曰："果尔，则为老身计亦左计谋不当。也。日蒙夫人爱，登堂便促膝赐浆酒；若得千金，出车马，入楼阁，老身再到门，则阍者呵叱及之矣。"邵妻沉吟良久，起而去，与夫语；移时，唤其女；又移时，三人并出。邵妻笑曰："婢子奇特，多少良匹悉不就，闻为贱媵则就之。但恐为儒林笑也！"媪曰："倘入门得一小哥子，大夫人便如何耶！"言已，告以别居之谋。邵益喜，唤女曰："试同贾姥言之。此汝自主张，勿后悔，致怼父母。"女觍然曰："父母安享厚奉，则养女有济矣。况自顾命薄，若得佳偶，必减寿数，少_{稍微}受折磨，未必非福。前见柴郎亦福相，子孙必有兴者。"姥大喜，奔告柴。柴喜出非望，即置千金，备舆马，娶女于别业，家人无敢言者。女谓柴曰："君之计，所谓燕巢于幕，不谋朝夕者也。塞口防舌，以冀不漏，何可得乎？请不如早归，犹速发而祸小。"柴虑摧残。女曰："天下无不可化之人。我苟无过，怒何由起？"柴曰："不然。此非常之悍，不可情理动者。"女曰："身为贱婢，摧折亦自分_{自己的本分}耳。不然，买日为活，何可长也？"柴以为是，终踟蹰而不敢决。一日，柴他往。女青衣_{黑衣，婢仆所穿。}而出，命苍头控老牝马，一妪携襆从之，竟诣嫡所，伏地自陈。妻始而怒；既念其自首可原，又见容饰谦卑，气亦稍平。乃命婢子出锦衣衣之。曰："彼薄幸人播恶于众，使我横被口语。其实皆男子不义，诸婢无行，有以激之。汝试念背妻而立家室，岂复是人矣？"女曰："细察渠亦稍悔之，但不肯下气耳。谚云：'大者不伏小。'以礼论：妻之于夫，犹子之于父，庶之于嫡也。夫人若肯假以词色，则积怨可以尽捐。"_{舍弃。}妻云："彼自不来，我何与焉？"即命婢妪为之除舍。心虽不乐，亦暂安之。柴闻女归，惊怛不已，窃意羊入虎群，狼藉已不堪矣。疾奔而至，见家中寂然，心始稳贴。女迎门而劝，令诣嫡所。柴有难色。女泣下，柴意少纳。女往见妻曰："郎适归，自惭无以见夫人，乞夫人往一姗笑之也。"妻不肯行。女曰："妾已言之：夫之于妻，犹嫡之于庶。孟光举案，而人不以为诌，何哉？分在则然耳。"妻乃从之。见柴曰："汝狡兔三窟，何归为？"柴俯不对。女肘之，柴始强颜为笑。妻色稍霁，将返。女推柴从之，又嘱庖人备酌。自是夫妻复和。女早起，青衣往朝；盥已，授帨，执婢礼甚恭。柴入其室，苦辞之，十余夕始肯一纳。妻亦心贤之；然自愧弗如，积惭成忌。但女奉侍谨，无可蹈瑕；或薄施诃谴，女惟顺受。一夜，夫妻小有反唇，晓妆晨起梳妆时。犹含盛怒。女捧镜，镜堕，破之。妻益恚，握发裂眦。女惧，长跪哀免。怒不解，鞭之至数十。柴不能忍，盛气奔入，曳女出。妻哎哎逐击之。柴怒，夺鞭反扑，面肤绽裂，始退。由此夫妻若仇。柴禁女勿往。女弗听，早起，膝行伺幕外。妻捶床怒骂，叱去不听前。日夜切齿，将伺柴出，而后泄忿于女。柴知之，谢绝人事，杜门不通吊庆。吊唁和庆贺。妻无如何，唯日挞婢媪以寄其恨。下人皆不可堪。自夫妻绝好，女亦莫敢当夕，柴于是孤眠。妻闻之，意亦稍安。有大婢素狡黠，偶与柴语，妻疑其私，暴之尤苦，婢辄于无人处，疾首头痛，形容厌恶痛恨的样子。怨骂。一夕，轮婢值宿，女嘱柴，禁无往，曰："婢面有杀机，叵测也。"柴如其言，招之来，诈问："何作？"婢惊惧无所措辞。柴益疑之，检其衣，得利刃焉。婢无言，唯伏地乞死。柴欲挞之。女止之曰："恐夫人闻知，此婢必无生理。彼罪固不赦，然不如鬻之，既全其生，我亦得直焉。"柴然之。会有买妾者，急货之。妻以其不谋故，罪柴，益迁怒女，诟骂益毒。柴忿顾女曰："皆汝自取。前此杀却，乌有今日。"言已而走。妻怪其言，遍诘左右，并无知者；问女，女亦不言。心益闷怒，捉裾浪骂。柴乃返，以实告。妻大惊，向女温语；而心转恨其言之不早。柴以为嫌隙尽释，不复作防。适远出，妻乃召女而数之曰："杀主者罪不赦，汝纵之何心？"女造次仓促之间。不能以词自达。妻烧赤铁烙女面，欲毁其容。婢媪皆为之不平。每号痛一声，则家人尽哭，愿代受死。妻乃不烙，以针刺胁二十余下，始挥去之。柴归，见面创，大怒，欲往寻之。女捉襟曰："妾明知火坑，而故蹈之者。当嫁君时，岂以君家为天堂耶？亦自顾命薄，聊以泄造化之怒耳。安心忍受，尚有满时；若再触焉，是坎已填而复掘之也。"遂以药糁患处，数日寻愈。忽揽镜喜曰："君今日宜为妾贺，彼烙断我晦纹矣！"朝夕事嫡，一如往日。金前见众哭，自知身同独夫，_{残暴无道、众叛亲离的统治者}略有愧悔之萌，时时呼女共事，词色平善。月余，忽病呃逆，害饮食。柴恨其不死，略不顾问。数日，腹胀如鼓，日夜浸困。女侍伺不遑眠食，金益德之。女以医理自陈；金自觉畴昔过惨，疑其怨报，故谢之。金为人持家严整，婢仆悉就约束；自病后，皆散诞无操作者。柴躬自纪理，劬劳甚苦，而家中米盐，不食自尽。由是慨然兴中馈之思，_{古时指妇女在家主持饮食。}聘医药之。金对人辄自言为气蛊，以故医脉之，无不指为气郁者。凡易数医，卒罔效，亦滨危矣。又将烹药，女进曰："此等药，百裹无益，只增剧耳。"金不信。女暗撮别剂易之。药下，食顷三遗，病若失。遂益笑女言妄，呻而呼之曰："女华佗，今如何也！"女及群婢皆笑。金问故，始实告之。泣曰："妾日受子之覆载_{天覆地载之恩情}而不知也！今而后，请虽家政，听子而行。"无何，病痊，柴整设为贺。女捧壶侍侧；金自起夺壶，曳与连坐，爱异常情。更阑，女托故离席；金遣二婢曳还之，强与连榻。自此，事必商，食必偕，即姊妹无其和也。无何，女产一男。产后多病，金亲为调试，若奉其母。后金患心痨，_{心病。}痛起，则面目皆青，但欲觅死。女急市银针数枚，比至则气息濒尽，按穴刺之，划然痛止。十余日复发，复刺；过六七日又发。虽应手奏效，不至大苦，然心常惴惴，恐其复萌。夜梦至一处，似庙宇，殿中鬼神皆动。神问："汝金氏耶？汝罪过多端，寿数合尽；念汝改悔，故仅降灾，以示微遣。前杀两姬，此其宿报。至邵氏何罪，而惨毒至此？鞭挞之刑，已有柴生代报，可以相准；_{折算。}所欠一烙二十三针，今三次只偿零数，便望病根除耶？明日又当作矣！"醒而大惧，犹冀妖梦之诬。食后果病，其痛倍苦。女至刺之，随手而瘥。疑曰："技止此矣，病本_{病根。}何以不拔？请再灼之，此非烂烧不可，但恐夫人不能忍受。"金忆梦中语，以故无难色。然呻吟忍受之际，默思欠此十九针，不知作何变症，不如一朝受尽，庶免后苦。炷尽，求女再针。女笑曰："针岂可以泛常施耶？"金曰："不必论穴，但烦一十九刺。"女笑不可。金请益坚，起跪榻上。女终不忍。实以梦告，女乃约略经络，刺之如数。自此平复，果不复病。弥自忏悔，临下<small>对待下人。</small>亦无戾色。子名曰俊，秀慧绝伦。女每曰："此子翰苑相也。"八岁有神童之目；十五岁以进士授翰林。是时柴夫妇年四十，如夫人<small>妾的别称。</small>三十有二三耳。舆马归宁，乡里荣之。邵翁自鬻女后，家暴富，而士林羞与为伍；至是，始有通往来者。

异史氏曰："女子狡妒，其天性然也。而为妾媵者，又复炫美弄机，以增其怒。呜呼！祸所由来矣。若以命自安，以分自守，百折而不移其志，此岂梃刃<small>木棍和刀刃。</small>所能加乎？乃至于再拯其死，而始有悔悟之萌。呜呼！岂人也哉！如数以偿，而不增之息，亦造物之恕矣。顾以仁术作恶报，不亦颠乎！每见愚夫妇抱疴终日，即招无知之巫，任其刺肌灼肤而不敢呻，心尝怪之，至此始悟。"

闽人有纳妾者，夕入妻房，不敢便去，伪解屦作登榻状。妻曰："去休！勿作态！"夫尚徘徊，妻正色曰："我非似他家妒忌者，何必尔尔。"夫乃去。妻独卧，辗转不得寐，遂起，往伏门外，潜听之。但闻妾声隐约，不甚了了，唯"郎罢"二字，略可辨识。郎罢，闽人呼父也。妻听逾刻，痰厥而踣，首触扉作声，夫惊起，启户，尸倒入。呼妾火之，则其妻也。急扶灌之。目略开，即呻曰："谁家郎罢被汝呼！"妒情可哂。

巩仙

巩道人，无名字，亦不知何里人。尝求见鲁王，阍人守门人。不为通。有中贵人宦官。出，揖求之。中贵见其鄙陋，逐去之；已而复来。中贵怒，且逐且扑。至无人处，道人笑出黄金百两，烦逐者复中贵："为言我亦不要见王；但闻后苑花木楼台，极人间佳胜，若能导我一游，生平愿足矣。"又以白金赂逐者。其人喜，反命。中贵亦喜，引道人自厚载门入，诸景尽历。游历。又从登楼上。中贵方凭窗，道人一推，但觉身堕楼外，有细葛绷腰，悬于空际；下视，则高深晕目，葛隐隐作断声。惧极，大号。无何，数监至，大骇。见其去地绝远，登楼共视，则葛端系棂上，欲解援之，则葛细不堪用力。遍索道人已杳矣。束手无计，奏知鲁王。王诣视，大奇之。命楼下藉茅铺絮，因而断之。铺垫甫毕，葛崩然自绝，去地乃不咫耳。相与失笑。王命访道士所在。闻馆于尚秀才家。往问之，则出游未复。既，遇于途，遂引见王。王赐宴坐，便请作剧。表演幻术。道士曰："臣草野之夫，无他庸能。既承优宠，敢献女乐为大王寿。"遂探袖中，出美人置地上，向王稽拜已。道士命扮"瑶池宴"本，祝王万年。女子吊场数语。道士又出一人，自言王母。少间，董双成，许飞琼，一切仙姬，次第俱出。末有织女来谒，献天衣一袭，金彩绚烂，光映一室。王意其伪，索观之。道士急言："不可！"王不听，卒观之，果无缝之衣，非人工所能制也。道士不乐曰："臣竭诚以奉大王，暂而假诸天孙，今为浊气所染，何以还故主乎？"王又意歌者必皆仙姬，思欲留其一二；细视之，则皆宫中乐妓耳。转疑此曲非所夙谙，<small>不是从前熟悉的。</small>问之，果茫然不自知。道士以衣置火烧之，然后纳诸袖中，再搜之，则已无矣。王于是深重道士，留居府内。道士曰："野人之性，视宫殿如藩笼，不如秀才家得自由也。"每至中夜，必还其所；时而坚留，亦遂宿止。辄于筵间颠倒四时花木为戏。王问曰："闻仙人亦不能忘情，果否？"对曰："或仙人然耳；臣非仙人，故心如枯木矣。"一夜，宿府中，王遣少妓往试之。入其室，数呼不应；烛之，则冥坐榻上。摇之，眸一闪即复合；再摇之，齁声作矣。推之，则随手而倒，酣卧如雷；弹其额，硬连指，作铁金声。返以白王。王使刺以针，针弗入。推之，重不可摇，加十余人举掷床下，若千斤石堕地者。旦而视之，仍眠地上。醒而笑曰："一场恶睡，堕床下不觉耶！"后女子辈每于其坐卧时，按之以为戏，初按犹软，再按则铁石矣。道士舍秀才家，恒中夜不归。尚锁其户，及旦启扉，道士已卧室中。初，尚与曲妓惠哥善，矢志嫁娶。惠雅善歌，弦索倾一时。鲁王闻其名，召入供奉，遂绝情好。每系念之，苦无由通。一夕，问道士，"见惠哥否？"答言："诸姬皆见，但不知其谁何。"尚述其貌，道其年，道士乃忆之。尚求转寄一语。道士笑曰："我世外人，不能为君塞鸿。"<small>唐传奇《无双传》中的仆人，借指信使。</small>尚哀之不已。道士展其袖曰："必欲一见，请入此中。"尚窥之，中大如屋。伏身入，则光明洞彻，宽若厅堂，几案床榻，无物不有。居其内，殊无闷苦，道士入府，与王对弈。望惠哥至，阳以袍袖拂尘，惠哥已纳袖中，而他人不之睹也。尚方独坐凝想，忽有美人自檐间堕，视之，惠哥也。两相惊喜，绸缪臻至。尚曰："今日奇缘，不可不志。请与卿联句。"书壁上曰："侯门似海久无踪。"惠续云："谁识萧郎今又逢。"尚曰："袖里乾坤真个大。"惠曰："离人思妇尽包容。"书甫毕，忽有五人入，八角冠，淡红衣，认之都与无素。<small>平素无交往。</small>默然不言，捉惠哥去。尚惊骇不知所由。道士既归，呼之出，问其情事，隐讳不以尽言。道士微笑，解衣反袂示之。尚审视，隐隐有字迹，细才如虮，盖即所题句也。后十数日，又求一入。前后凡三入。惠哥谓尚曰："腹中震动，妾甚忧之，常以紧帛束腰际。府中耳目较多，倘一朝临蓐，何处可容儿啼？烦与巩仙谋，见妾三叉腰腰围三拃时，便一拯救。"尚诺之。归见道士，伏地不起。道士曳之曰："所言，予已了了。知晓。但请勿忧，君宗祧赖此一线，何敢不竭绵薄。但自此不必复入。我所以报君者，原不在情私也。"后数月，道士自外入，笑曰："携得公子至矣。可速把褓褓来。"尚妻最贤，年近三十，数胎而存一子；适生女，盈月而殇。闻尚言，惊喜自出。道士探袖出婴儿，酣然若寐，脐梗犹未断也。尚妻接抱，始呱呱而泣。道士解衣曰："产血溅衣，道家最忌。今为君故，二十年故物，一旦弃之。"尚为易衣。道士嘱曰："旧物勿弃却，烧钱许，一钱多重。可疗难产，堕死胎。"尚从其言。居之又久，忽告尚曰："所藏旧衲，当留少许自用，我死后亦勿忘也。"尚谓其言不祥。道士不言而去。入见王。曰："臣欲死！"王惊问之。曰："此有定数，亦复何言。"王不信，强留之。手谈下围棋。一局，急起；王又止之。请就外舍，从之。道士趋卧，视之已死。王具棺木，以礼葬之。尚临哭尽哀，始悟曩言盖先告之也。遗衲用催产，应如响，求者踵接于门。始犹以污袖与之；既而剪领襟，罔不效。没有不奏效的。及闻所嘱，疑妻必有产厄，断血布如掌，珍藏之。会鲁王有爱妃，临盆三日不下，医穷于术。或有以尚生告者，立召入，一剂而产。王大喜，赠白金、彩缎良厚，尚悉辞不受。王问所欲。曰："臣不敢言。"再请之。顿首曰："如推天惠，但赐旧妓惠哥足矣。"王召之来，问其年。曰："妾十八入府，今十四年矣。"王以其齿加长，命遍呼群姬，任尚自择；尚一无所好。王笑曰："痴哉书生！

十年前订婚嫁耶?"尚以实对。乃盛备舆马，仍以所辞彩缎，为惠哥作妆，送之出。惠所生子，名之秀生，秀者袖也，是时年十一矣。日念仙人之恩，清明则上其墓。有久客川中者，逢道人于途，出书一卷曰："此府中物，来时仓猝，未暇璧返，烦寄去。"客归，闻道人已死，不敢达王。尚代奏之。王展视，果道士所借。疑之，发其冢，空棺耳。后尚子少殇，赖袖生承继，益服巩仙之前知云。

异史氏曰："袖里乾坤，古人之寓言耳，岂真有之耶? 抑何其奇也! 中有天地，有日月，可以娶妻生子，而又无催科_{催租}。之苦，人事之烦，则衲中虮虱，何殊桃源鸡犬哉! 设容人常住，老于是乡可耳。"

二商

莒人商姓者，兄富而弟贫，邻垣而居。康熙间，岁大凶，_{荒年。}弟朝夕不自给。一日，日向午，尚未举火，枵腹蹀躞，无以为计。妻令往告兄。商曰："无益。脱_{倘若。}兄怜我贫也，当早有以处此矣。"妻固强之，商使其子往。少顷，空手而返。商曰："何如哉!"妻详问阿伯云何。子曰："伯踌躅目视伯母；伯母告我曰：'兄弟析居，_{分居。}有饭各食，谁复能相顾也。'"夫妻无言，暂以残盎败榻，少易_{交换。}糠秕而生。里中三四恶少，窥大商饶足，夜逾垣入。夫妻惊寤，鸣盥器而号。邻共嫉之，无援者。不得已，疾呼二商。商闻嫂鸣，欲趋救。妻止之，大声对嫂曰："兄弟析居，有祸各受，谁复能相顾也。"俄，盗破扉，执大商及妇，炮烙之，呼声綦惨。二商曰："彼固无情，焉有坐视兄死而不救者!"率子越垣，大声疾呼。二商父子故武勇，人所畏惧，又恐惊致他援，盗乃去。视兄嫂，两股焦灼。扶榻上，招集婢仆，乃归。大商虽被创，而金帛无所亡失，谓妻曰："今所遗留，悉出弟赐，宜分给之。"妻曰："汝有好兄弟，不受此苦矣！"商乃不言。二商家绝食，谓兄必有报；久之，寂不闻。妇不能待，使子捉囊往从贷，得斗粟而返。妇怒其少，欲反之；二商止之。逾两月，贫馁愈不可支。二商曰："今无术可以谋生，不如鬻宅于兄。兄恐我他去，或不受券而恤救济焉，未可知；纵或不然，得十余金亦可存活。"妻以为然，遣子操券诣大商。商告妇曰："弟即不仁，我手足也。彼去则我孤立，不如反其券而周之。"妻曰："不然。彼言去，挟我也；果尔，则适堕其谋。世间无兄弟者，便都死却耶！我高茸墙垣，亦足自固。不如受其券，从所适，亦可以广吾宅。"计定，令二商押署券尾，付直而去。二商于是徙居邻村。乡中不逞之徒，为非作歹之人。闻二商去，又攻之。复执大商，搒楚并兼，梏毒参至，所有金资，悉以赎命。盗临去，开廪呼村中贫者，恣所取，顷刻都尽。次日，二商始闻，及奔视，则兄已昏愦不能语；开眸见弟，但以手抓床席而已。少顷遂死。二商忿诉邑宰。盗首逃窜，莫可缉获。盗粟者百余人，皆里中贫民，州守亦莫如何。大商遗幼子，才五岁，家既贫，往往自投叔所，数日不归；送之归，则涕不止。二商妇颇不加青眼。不待见。二商曰："渠父母不义，其子何罪？"因市蒸饼数枚，自送之。过数日，又避妻子，阴负斗粟于嫂，使养儿。如此以为常。又数年，大商卖其旧宅，母子得直，足自给，二商乃不复至。后岁大饥，道馑相望。二商食指益繁，不能他顾。侄年十五，茁弱体弱。不能操作，使携篮从兄货胡饼。一夜，梦兄至，颜色惨戚，曰："余惑于妇言，失手足之义。弟不念前嫌，增我汗羞。所卖故宅，今尚空闲，宜僦居之。屋后蓬颗下，藏有窖金。发之，可以小阜。

使丑儿相从；长舌妇，余甚憾之，勿顾也。"既醒，异之。以重直啖第主，始得就，果发得五百金。从此，弃贱业，使兄弟设肆廛间。在街市上开店。侄颇慧，记算无讹，又诚悫，凡出入，一锱铢必告。二商益爱之。一日，泣为母请粟。商妻欲勿与；二商念其孝，按月廪给之。数年，家益富，大商妇病死，二商亦老，乃析侄，家资割半与之。

异史氏曰："闻大商一介不轻取予，亦狷洁自好者也。然妇言是听，愦愦不置一词，恝情骨肉，卒以吝死。呜呼！亦何怪哉！二商以贫始，以素封终，为人何所长？但不甚遵阃教听从妻子。耳。呜呼！一行不同，而人品遂异。"

沂水秀才

沂水秀才某，课业攻读学业。山中。夜有二美人入，含笑不语，各以长袖拂榻，相将坐，衣㼜无声。少间，一美人起，以白绫巾展几上，上有草书三四行，亦未审其何词。一美人置白金一铤，可三四两许，秀才掇纳袖中。美人取巾，握手笑出，曰："俗不可耐！"秀才扪金，则其中乌有矣。丽人在坐，投以芳泽，置不顾；而金是取，是乞儿相也，尚可耐哉！狐子可儿，可爱的人。雅态可想。

友人言此，因并思不可耐事，附志之：对酸俗客。市井人作文语。富贵态状。秀才装名士。信口谎言不掩。揖坐苦让上下。旁观谄态。财奴哭穷。歪诗文强人观听。醉人歪缠。作满洲调。任憨儿登筵抓看果。市井恶谑。体气苦逼人语。歪科甲谈时文。语次频称贵戚。假人余威装模样。

梅女

封云亭，太行人，偶至郡，昼卧寓所。时年少丧偶，岑寂之下，颇有所思。凝视间，见墙上有女子影，依稀如画。念必意想所致。而久之不动，亦不灭，异之。起视转真；再近之，俨然少女，容蹙舌伸，索环绣领。_{绳索套在颈脖处。}惊顾未已，冉冉欲下。知为缢鬼，然以白昼壮胆，不大畏怯。语曰："娘子如有奇冤，小生可以极力。"影居然下，曰："萍水之人，何敢遽以重务浼_{请托。}君子。但泉下槁骸，舌不得缩，索不得除，求断屋梁而焚之，恩同山岳矣。"诺之，遂灭。呼主人来，问所见状。主人言："此十年前梅氏故宅，夜有小偷入室，为梅所执，送诣典史。典史受盗钱五百，诬其女与通，将拘审验。女闻自经。后梅夫妻相继卒，宅归于余。客往往见怪异，而无术可以靖_{平息。}之。"封以鬼言告。主人计毁舍易楹，费不资，_{费用不可计数。}故难之；封乃协力助作。既就而复居之。梅女夜至，展谢已，喜气充溢，姿态嫣然。封爱悦之，欲与为欢。瞒然_{惭愧的样子。}而惭曰："阴惨之气，非但不为君利；若此之为，则生前之垢，西江不能濯矣。会合有时，今日尚未。"问："何时？"但笑不言。封问："饮乎？"答言："不饮。"封曰："坐对佳人，闷眼相看，亦复何味？"女曰："妾生平戏技，惟谙打马。_{棋类。}但两人寥落。夜深又苦无局。今长夜莫遣，聊与君为交线之戏。"_{翻线游戏。}封从之。促膝戟指，翻变良久，封迷乱不知所从；女辄口道而颐指之，愈出愈幻，不穷于术。封笑曰："此闺房之绝技也。"女曰："此妾自悟，但有双线，即可成文，人自不之察耳。"更阑颇怠，强使就寝，曰："我阴人不寐，请君自休。妾少解按摩之术，愿尽技能，以侑_助清梦。"封从其言。女叠掌为之轻按，自顶及踵皆遍；手所经，骨若醉。既而握指细擂，如以团絮相触状，体畅舒不可言；擂至腰，口目皆傛；至股，则沉沉睡去矣。及醒，日已向巳，觉骨节轻活，殊于往日。心益爱慕，绕屋而呼之，并无响应。日夕，女始至。封曰："卿居何所，使我呼欲遍？"曰："鬼无常所，要在地下。"问："地下有隙，可容身乎？"曰："鬼不见地，犹鱼不见水也。"封握腕曰："使卿而活，当破产购致之。"女笑曰："勿须破产。"戏至半夜，封苦逼之。女曰："君勿缠我。有浙娼爱卿者，新寓北邻，颇极风致。明夕，招与俱来，聊以自代，若何？"封允之。次夕，果与一少妇同至，年近三十以来，眉目流转，隐含荡意。三人狎坐，打马为戏。局终，女起曰："嘉会方殷，我且去。"封欲挽之，飘然已逝。两人登榻，于飞甚乐。诘其家世，则含糊不以尽道。但曰："郎如爱妾，当以指弹北壁，微呼曰'壶卢子'，即至。三呼不应，可知不暇，勿更招也。"天晓，入北壁隙中而去。次日，女来。封问爱卿。女云："被高公子招去侑酒，以故不得来。"因而剪烛共话。_{灯下闲聊。}女每欲有所言，吻唇。已启而辄止；固诘之，终不肯言，歘歊而已。封强与作戏，四漏始去。自此二女频来，笑声常彻宵旦，因而城社悉闻。典史某亦浙之世族，嫡室以私_{私通}。仆被黜。_{休弃。}继娶顾氏，深相爱好；期月_{满一月}。夭殂，心甚悼之。闻封有灵鬼，欲以问冥世之缘，遂跨马造封。封初不肯承，某力求不已。封设筵与坐，诺为之招鬼妓。日既曛，叩壁而呼，三声未已，爱卿骤入。举头见客，色变欲走。封以身横阻之。某审视，大怒，投以巨碗，溘然而灭。封大惊，不解其故，方将致诘。俄，暗室中一老妪出，大骂曰："贪鄙贼！坏我家钱树子！三十贯索要偿也！"以杖击某，中颅。某抱首而哀曰："此顾氏我妻也。少年而殒，方切哀痛；不图为鬼不贞。于姥乎何与？"姬怒曰："汝本浙江一无赖贼，买得条乌角带，_{花钱买了个小官。}鼻骨倒竖矣！汝居官有何黑白？袖有三百钱，便而翁_{你父亲。}也！神怒人怨，死期已迫，汝父母代哀冥司，愿以爱媳入青楼，代汝偿贪债，不知耶？"言已又击。某婉转哀鸣。方惊诧无从救解，旋见梅女自房中出，张目吐舌，颜色变异，近以长簪刺其耳。封惊极，以身幛客。女愤不已。封劝曰："某即有罪，倘死于寓所，则咎在小生。请少存投鼠之忌。"女乃曳姬曰："暂假余息，为我顾封郎也。"某张皇鼠窜而去。至署，患脑痛，中夜遂毙。次夜，女出笑曰："痛快！恶气出矣！"问："何仇怨？"女曰："曩已言之：受贿诬奸，衔恨已久。每欲浼君，一为昭雪，自愧无纤毫之德，故将欲言而辄止。适闻纷拿，窃以伺听，不意其仇人也。"封讶曰："此即诬卿者耶？"曰："彼典史于此，十有八年；妾冤殁十六寒暑矣。"问："姬为谁？"曰："老娼也。"又问爱卿，曰："卧病耳。"因靦然_{笑貌。}曰："妾昔谓会合有期，今真不远矣。君常愿破家相赎，犹记否？"封曰："今日犹此心也。"女曰："实告君：妾殁日，已投生延安展孝廉家。徒以大怨未伸，故迁延于是。请以新帛作鬼囊，俾妾得附君以往，就展氏求婚，计必允谐。"封虑势分悬殊，_{家势与身份。}恐将不遂。女曰："但去无忧。"封从其言。女嘱云："途中慎勿相唤；待合卺之夕，以囊挂新人首，急呼曰：'勿忘勿忘！'"封诺之。才启囊，女跳身已入。携至延安，访之，果有展孝廉，生一女，貌极端好；但病痴，又常以舌出唇外，类犬喘日。年十六岁，无问名_{提亲。}者。父母忧念成癖。封到门投刺，具通族阅。既退，托媒。展喜，赘封于家。女痴绝，不知为礼，使两婢扶曳归所。群婢既去，女解襟露乳，对封憨笑。封覆囊而呼之。女停眸审顾，似有疑思。封笑曰："卿不识小生耶？"举囊而示之。女乃悟，急掩襟，喜共燕笑。

诘旦，封入谒岳。展慰之曰："痴女无知，既承青眷，_{青眼有加。}君倘有意，家中慧婢不乏，仆不靳_{吝惜}相赠。"封力辨其不痴。展疑之。无何，女至，举止皆佳，因大惊异。女但掩口微笑。展细诘之，女进退而惭于言；封为略述梗概。展大喜，爱悦逾于平时。使子大成与婿同学，供给丰备。年余，大成渐厌薄之，因而郎舅不相能；厮仆亦刻疵其短。展惑于浸润，礼稍懈。女觉之，谓封曰："岳家不可久居；凡久居者，尽阘茸也。及今未大决裂，宜速归。"封然之，告展。展欲留女，女不可。父兄尽怒，不给舆马。女自出妆资赁马归。后展招令归宁，女固辞不往。后封举孝廉，始通庆好。

异史氏曰："官卑者愈贪，其常情然乎？三百诬奸，夜气之牿亡尽_{良心丧尽。}矣。夺佳偶，入青楼，卒用暴死。吁！可畏哉！"

康熙甲子，贝丘典史最贪诈，民咸怨之。忽其妻被狡者诱与偕亡。或代悬招状云："某官因自己不慎，走失夫人一名。身无余物，止有红绫七尺，包裹元宝一枚，翘边细纹，并无阙坏。"亦风流之小报也。

梁彦

徐州梁彦，患骹嚏，久而不已。一日，方卧，觉鼻奇痒，遽起大嚏。有物突出落地，状类屋上瓦狗，约指顶大。又嚏，又一枚落。四嚏，凡落四枚。蠢然而动，相聚互嗅。俄而强者啮弱者以食；食一枚，则身暴长。瞬息吞并，止存其一，大于鼫鼠矣。伸舌周匝，自舐其吻。_{唇。}梁大愕，踏之。物缘袜而上，渐至股际。捉衣而撼摆之，粘据不可下。顷入襟底，爬抓腰胁。大惧，急解衣掷地。扪之，物已贴伏腰间。推之不动，掐之则痛，竟成赘疣；口眼已合，如伏鼠然。

卷十四

郭秀才

东粤士人郭某，暮自友人归，入山迷路，窜榛莽中。约更许，闻山头笑语，急趋之。见十余人藉地_{坐在地上。}饮。望见郭，哄然曰："坐中正欠一客，大佳，大佳！"郭既坐，见诸客半儒巾，_{客中一半是秀才。}便请指迷。一人笑曰："君真酸腐！舍此明月不赏，何求道路耶？"即飞一觥来。郭饮之，芳香射鼻，一引遂尽。又一人持壶倾注。郭故善饮，又复奔驰吻燥，_{口渴。}一举十觥。众人大赞曰："豪哉，真吾友也！"郭放达善谑，能学禽语，无不酷肖。离坐起溲，窃作燕子鸣。众疑曰："夜半何得此耶？"又效杜鹃，众益疑。郭坐，但笑不言。方纷议间，郭回首为鹦鹉鸣曰："郭秀才醉矣，送他归也！"众惊听，寂不复闻。少顷，又作之。既而悟其为郭，始大笑。皆撮口从学，无一能者。一人曰："可惜青娘子未至。"又一人曰："中秋还集于此，郭先生不可不来。"郭敬诺。一人起曰："客有绝技，我等亦献踏肩之戏，若何？"于是哗然并起。前一人挺身矗立，即有一人飞登肩上亦矗立；累至四人，高不可登；继至者攀肩踏臂，如缘梯状。十余人顷刻都尽，望之可接霄汉。方惊顾间，挺然倒地，化为修道_{长长的道路。}一线。郭骇立良久，遵道得归。翌日，腹大痛；溺绿色似铜青，着物能染，亦无溺气，三日乃已。往验故处，则看骨狼藉，四围丛莽，并无道路。至中秋，郭欲赴约，朋友谏止之。设斗胆再往一会青娘子，必更有异，惜乎其见之摇也！

阿英

　　甘玉，字璧人，庐陵人。父母早丧。遗弟珏，字双璧。始五岁，从兄鞠养_{抚养}；_{抚养。}玉性友爱，抚弟如子。后珏渐长，丰姿秀出，又慧能文。玉益爱之，每曰："吾弟表表，不可以无良匹。"然简拔过刻，_{苛刻。}姻卒不就。适读书匡山_{庐山。}僧寺，夜初就枕，闻窗外有女子声。窥之，见三四女郎席地坐，数婢陈肴酒，皆殊色也。一女曰："秦娘子！恁良宵，阿英何不来？"下座者曰："昨自函谷来，被恶人伤右臂，不能同游，方用恨恨。"_{正因此遗憾。}一女曰："前宵一梦大恶，今犹汗悸。"下座者摇手曰："莫道莫道！今夕姊妹欢会，言之吓人不快。"女笑曰："婢子何胆怯尔尔！便有虎狼衔去耶？若要勿言，须歌一曲，为娘行侑_{劝。}酒。"女低吟曰："闲阶桃花取次开，昨日踏青小约未应乖。嘱咐东邻女伴少待莫相催，着得凤头鞋子即当来。"吟罢，一座无不叹赏。谈笑间，忽一伟丈夫，岸然_{高耸貌。}自外入，鹘睛荧荧，其貌狞丑。众啼曰："妖至矣！"仓卒哄然，殆如鸟散。惟歌者婀娜不前，被执哀啼，强与支撑。丈夫吼怒，龁手断指，就便嚼食。女郎踣地若死。玉怜恻不可复忍，乃急抽剑拔关出，挥之中股；股落，负痛逃去。扶女入室，面如尘土，血淋襟袖；验其手，则右拇断矣。裂帛代裹之。女始呻曰："拯命之德，将何以报？"玉自初窥时，心已隐为弟谋，因告以意。女曰："狼疾_{肢体残缺。}之人，不能操箕帚，当别为贤仲图之。"诘其姓氏，答言："秦氏。"玉乃展衾，俾暂休养；自乃襆被他所。晓而视之，则床上已空；意其自归。而访察近村，殊少此姓；广托戚朋，并无确耗。归与弟言，悔恨若失。珏一日偶游涂野，旷野。遇一二八女郎，姿致娟娟，顾之微笑，似将有言。因以秋波四顾而后问曰："君甘家二郎否？"曰："然。"曰："君家尊令尊。曾与妾有婚姻之约。何今日欲背前盟，另订秦家？"珏曰："小生幼孤，夙好都不曾闻，请言族阀，归当问兄。"女曰："无须细道，但得一言，妾当自至。"珏以未禀兄命为辞。女笑曰："呆郎君！遂如此怕哥子耶？既如此，妾陆氏，居东山望村。三日内，当候玉音。"您的回信。乃别而去。珏归，述诸兄嫂。兄曰："此大谬语！父殁时，我二十余岁，倘有是说，那得不闻？"又以其独行旷野，遂与男儿交语。愈益鄙之。因问其貌。珏红彻面颈，不出一言。嫂笑曰："想是佳人。"玉曰："童子何辨妍媸？纵美，必不及秦。待秦氏不谐，图之未晚。"珏默而退。逾数日，玉在途，见一女子，零涕前行。垂鞭按辔而微睨之，人世殆无其匹。使仆诘焉。答曰："我旧许甘家二郎，因家贫远徙，遂绝耗问。音信。近方归，复闻郎家二三其德，不专一。背弃前盟。往问伯伯甘璧人，焉置妾也？"甘惊喜曰："甘璧人，即我是也。先人曩约，实所不知。去家不远，请即归谋。"乃下骑授辔，步御以归。女自言："小字阿英。家无昆季，惟外姊表姐。秦氏同居。"始悟丽者所言，即其人也。玉欲告诸其家，女固止之。窃喜弟得佳妇，然恐其佻达招议。久之，女殊矜庄，又娇婉善言。母事嫂，嫂亦雅爱慕之。值中秋，夫妻方狎宴，嫂苦招之。珏意怅惘。女遣招者先行，约以继至；而端坐笑言，良久殊无去志。珏恐嫂待久，故促之。女但笑，卒不复去。质旦，晨妆甫竟，嫂自来抚问："夜来相对，何尔怏怏？"女微哂之。珏觉有异，质对参差。质询后发现破绽。嫂大骇："苟非妖物，何得有分身术？"玉亦惧，隔帘而告之曰："家世积德，曾无怨仇。如其妖也，请速行，幸勿杀吾弟！"女觍然曰："妾本非人，只以阿翁夙盟，故秦家姊以此劝驾。自分不能育男女，常欲辞去，所以恋恋者，为兄嫂待我不薄耳。今既见疑，请从此诀。"转眼化为鹦鹉，翩然逝矣。初，甘翁在时，蓄一鹦鹉，甚慧，尝自投饵。珏时四五岁，问："饲鸟何为？"父戏曰："将以为汝妇。"间虑鹦鹉乏食，则呼珏云："不将饵去，饿煞媳妇矣！"家人亦皆以此相戏。后断锁亡去。始悟旧约盖谓此也。然珏明知非人，而思之不置；嫂悬情尤切，且夕啜泣。玉悔之而无如何。后二年，为弟聘姜氏女，意终不自得。有表兄为粤司李，玉往省之，久不归。适土寇为乱，近村里落，半为丘墟。珏大惧，率家人避难山谷。山上男女颇杂，都不知其谁何。忽闻女子小语，绝类英。嫂促珏近验之，果英。珏喜极，捉臂不释。女乃谓同行者曰："姊且去，我望嫂嫂来。"既至，嫂望见悲哽。女慰劝再三。又谓："此非乐土。"因劝令归。众惧寇至，女固言："不妨。"乃相将俱归。女撮土拦户，嘱安居勿出。坐数语，反身欲去。嫂急握其腕，又令两婢捉左右足；女不得已，止焉。然不甚归私室。珏订之三四，始为之一往。嫂每谓新妇不能当叔意。女遂早起，为姜理妆，梳竟，细匀铅黄，<small>仔细地搽匀脂粉。</small>人视之，艳增数倍；如此三日，居然丽人。嫂奇之，因言："我又无子。欲购一妾，姑未遑暇。不知婢辈可涂泽否？"女曰："无人不可转移。但质美者易为力耳。"遂遍相诸婢，惟一黑丑者有宜男相。<small>生育男孩的相貌。</small>乃唤与洗濯，已而以浓粉杂药末涂之。如是三日，面色渐黄；四七后，脂泽沁入肌里，居然可观。日惟闭门作笑，并不计及兵火。一夜，噪声四起，举家不知所谋。俄闻门外人马鸣动，纷纷俱去。既明，始知村中焚掠殆尽；盗纵群队穷搜，凡伏匿岩穴者，悉被杀掳。遂益德女，目之以神。女忽谓嫂曰："妾此来，徒以嫂义难忘，聊分离乱之忧。阿伯行至，妾在此，如谚所云，非李非奈，可笑人也。我姑去，当乘间一相望耳。"嫂问："行人无恙乎？"曰："近中有大难。此无与他人事，秦家姊受恩奢，意必报之，固当无妨。"嫂挽之过宿，未明已去。玉自东粤归，闻乱，兼程_{加速赶路}。进。途遇寇，主仆弃马，各以金束腰间，潜身丛棘中。一秦吉了飞集棘上，展翼覆之。视其足，缺一指，心异之。俄而群盗四合，绕莽殆遍，似寻之。二人气不敢息。盗既散，鸟始翔去。既归，各道所见，始知秦吉了即所救丽者也。后值玉他出不归，英必暮至；计玉将归则早去。珏或会于嫂所，间邀之，则诺而不赴。一夕，玉他往，珏意阿英必至，潜伏候之。未几，英果来，暴起，要遮_{半路阻拦}。而归于室。女曰："妾与君情缘已尽，强合之，恐为造物所忌。少留有余，时作一面之会如何？"珏不听，卒与狎。天明诣嫂，嫂怪之。女笑云："中途为强寇所劫，劳嫂悬望矣。"数语趋出。居无何，有巨狸衔鹦鹉，经寝门过。嫂骇绝，固疑是英。时方沐，_{洗头。}辍洗急号，群起噪击，始得之。左翼沾血，奄存余息。抱置膝头，抚摩良久，始渐醒。自以喙理其翼。少旋，飞绕室中，呼曰："嫂嫂，别矣！吾怨珏也。"振翼遂去，不复来。

橘树

陕西刘公，为兴化令。有道士来献盆树；视之，则小橘，细才如指，摈弗受。刘有幼女，时六七岁，适值初度。道士云："此不足供大人清玩，聊祝女公子福寿耳。"乃受之。女一见，不胜爱悦，置诸闺闼，朝夕护之唯恐伤。刘任满，橘盈把矣。是年初结实。简装将行，以橘重赘，谋弃去。女抱树娇啼。家人绐之曰："几日而不复来。"女信之，涕始止。又恐为大力者负之而去，立视家人移栽墀下，乃行。女归受庄氏聘。庄丙戌登进士，释褐_{始任官职}。为兴化令。夫人大喜。窃意十余年橘不复存。及至，则树已十围，实累累以千计。问之故役，皆云："刘公去后，橘甚茂而不实，此其初结也。"更奇之。庄任三年，繁实不懈；第四年，憔悴无少华。夫人曰："君任此不久矣。"至秋，果解任。

异史氏曰："橘其有夙缘于女与？何遇之巧也！其实也似感恩，其不华也似伤离。物犹如此，而况于人乎！"

牛成章

牛成章，江西之布商也。娶郑氏，生子女各一。牛三十三岁病死。子名忠，时方十二；女八九岁而已。母不能贞，货产入囊，改醮_{改嫁}而去。遗两孤，难以存济。有牛从嫂，年已六帙，贫寡无归，遂与居处。数年，妪死，家益替_{衰败}。而忠渐长，思继父业，而苦无资。妹适毛姓，毛富贾也。女哀婿假数十金付兄。兄从人适金陵，途中遇寇，资斧尽丧，飘荡不能归。偶趋典肆，_{当铺}见主肆者绝类其父。出而潜察之，姓字皆符。骇异不喻_{不明白}其故。惟日流连其傍，以窥意旨，而其人亦略不顾问。如是三日，觇其言笑举止，真父无讹。即又不敢拜识；乃自陈于群小，_{仆人。}求以同乡之故，进身为佣。立券已，主人视其里居姓名，似有所动，问所从来。忠泣诉父名。主人怅然若失。久之，问："而母无恙乎？"忠又不敢谓父死，婉应曰："我父六年前，经商不返，母醮而去。幸有伯母抚育，不然，葬沟渎久矣！"主人惨然曰："我即是汝父也。"于是握手悲哀。又导入参_{拜见。}其后母。后母姬，年三十余，无出，得忠喜，设宴寝门。牛终欷歔不乐，即欲一归故里。妻虑肆中乏人，故止之。牛乃率子纪理肆务；居之三月，乃以诸籍委子，趣装西归。既别，忠实以父死告母。姬乃大惊，言：“彼负贩于此，曩所与交好者留作当商；娶我已六年矣。何言死耶？”忠又细述之，相与疑念，不喻其由。逾一昼夜，而牛已返。携一妇入，头如蓬葆。忠视之，则其所生母也。牛摘耳顿骂：“何弃吾儿！”妇慑伏不敢少动。牛以口龁其项。妇呼忠曰：“儿救吾！儿救吾！”忠大不忍，横身蔽隔其间。牛犹忿怒，妇已不见。众大惊，相哗以鬼。旋视牛，颜色惨变，委衣于地，化为黑气，亦寻灭矣。母子骇叹，举衣冠而瘗之。忠席_{凭借}父业，富有万金。后归家问之，则嫁母于是日死，一家皆见牛成章云。

青娥

霍桓，字匡九，晋人也。父官县尉。早卒。遗生最幼，聪慧绝人。十一岁，以神童入泮。_{幼年考中秀才。}而母过于爱惜，禁不令出庭户，年十三尚不能辨伯叔甥舅焉。同里有武评事者，好道，入山不返。有女青娥，年十四，美异常伦。幼时窃读父书，慕何仙姑之为人。父既隐，立志不嫁。母无奈之。一日，生于门外瞥见之。童子虽无知，只觉爱之极而不能言；直告母，使委禽_{送聘礼求婚。}焉。母知其不可，故难之。生郁郁不自得。母恐拂儿意，遂托往来者致意武，果不谐。生行思坐筹，无以为计。会有一道士在门，手握小镵，_{铁铲}长裁尺许。生借阅一过，问：“将何用？”答曰：“此劚_{锄。}药之具；物虽小，坚石可入。”生未深信。道士即以斫墙上石，应手落如腐。豆腐。生大异之，把玩不释于手。道士笑曰：“公子爱之，即以奉赠。”生大喜，酬之以钱，不受而去。持归，历试砖石，略无隔阂。顿念穴墙，在墙上打洞。则美人可见，而并不知其非法也。更定，逾垣而出，直至武第；凡穴两重垣，始达中庭。见小厢中尚有灯火，伏窥之，则青娥卸晚妆矣。少顷，烛灭，寂无声。穿堵入，女已熟眠。轻解双履，悄然登榻；又恐女郎惊觉，必遭诃逐，遂潜伏绣衾之侧，略闻香息，心愿窃慰。而半夜经营，疲殆颇甚，少一合眸，不觉睡去。女醒，闻鼻气休休；开目，见穴隙亮入。大骇，急起，暗摇婢醒，拔关轻出，敲窗唤家人妇，共爇火操杖以往。则见一总角书生，古代儿童将头发分为左右两半，束发为结，形如羊角，故称“总角”。酣眠绣榻；细审，识为霍生。抐摇动。之始觉，遽起，目灼灼如流星，似亦不大畏惧，但觍然害羞。不作一语。众指为贼，恐呵之。始出涕曰：“我非贼，实以爱娘子故，愿一近芳泽耳。”众又疑穴数重垣，非童子所能者。生出镜以言其异，共试之，骇绝，讶为神授，将共告诸夫人。女俯首沉思，意似不以为可。众窥知女意，因曰：“此子声名门第，殊不辱玷。不如纵之使去，俾复求媒焉。诘旦。假盗以告夫人，如何？”女不答。众乃促生行，生索镜，共笑曰：“呆儿童！犹不忘凶器耶！”生觑枕边有凤钗一股，阴纳袖中。已为婢子所窥，急白之，女不言，亦不怒。一媪拍颈曰：“莫道他呆，若小这小孩。意念乖绝也。”乃曳之，仍自窦中出。既归，不敢实告母，但嘱母复媒致之。母不忍显拒，唯遍托媒氏，急为别觅良姻。青娥知之，中情皇急，阴使腹心者风示媪。媪悦，托媒往。会小婢漏泄前事，武夫人辱之，不胜恚愤。媒至，益触其怒，以杖画地，骂生并及其母。媒惧奔归，具述其状。生母亦怒曰：“不肖所为，我都懵懵，一无所知。何遂以无礼相加。当交股时，何不将荡儿淫女一并杀却！”由是见其亲属，辄便披诉。公开宣扬。女闻，愧欲死。武夫人大悔，而不能禁之使勿言也。女阴使人婉致生母，且矢之以不他，其词悲切；母感之，乃不复言。而论亲之谋，亦遂辍矣。会秦中欧公宰是邑，见生文，深器之，时召入内署，极意优宠。一日，问生："婚乎？"答言："尚未。"诘之，对曰："夙与故武评事女，小有盟约；后以微嫌，嫌隙。遂致中寝。"中止。问："犹愿之否？"生觍然不言。公笑曰："我当为子成之。"即委县尉、教谕，纳币于武夫人。夫人喜，婚乃定。逾岁，娶女归。女入门，乃以镜掷地曰："此寇盗物，可将去！"生笑曰："勿忘媒妁。"珍佩之，恒不去身。女为人温良寡默，一日三朝其母，余惟闭门寂坐，不甚留心家务。母或以吊庆吊唁或庆贺。他往，则事事经纪，罔不井井。二年余，生一子孟仙，一切委之乳保，似亦不甚顾惜。又四五年，忽谓生曰："欢爱之缘，于兹八载。今离长会短，可将奈何！"生惊问之，即已默默，盛妆拜母，返身入室。追而诘之，则仰眠榻上而气绝矣。母子痛悼，购良材而葬之。母已衰迈，每每抱子思母，如摧肺肝，由是遘疾，遂惙不起。逆害饮食，不思饮食。但思鱼羹，而近地无鱼，百里外始可购致。时厮骑皆被差遣；生性纯孝，急不可待，怀资独往，昼夜无停趾。返至山中，日已沉冥，两足跋踦，步不能咫。后一叟至，问曰："足得毋泡起水泡。乎？"生唯唯。叟便曳坐路侧，敲石取火，以纸裹药末，熏生两足讫。完成。试使行，不惟痛止，兼益矫健。感极申谢。叟问："何事汲汲？"答以母病，因历道所由。叟问："何不另娶？"答云："未得佳者。"叟遥指山村曰："此处有一佳人，倘能从我去，仆当为君作伐。"生辞以母病待鱼，姑不遑暇。叟乃拱手，约以异日，入村但问老王，乃别而去。生归，烹鱼献母。母略进，数日寻瘳。乃命仆马往寻叟，至旧处，迷村所在。惆怅移时，夕暾渐坠；山谷甚杂，又不可以极望。乃与仆分上山头，以瞻里落；而山径崎岖，不可复骑，跋履而上，昧色笼烟矣。踯躅四望，更无村落，方将下山，而归路已迷，心中燥火如烧。荒窜间，冥堕绝壁。昏暗中从绝壁上跌落。幸数尺下有一线荒台，坠卧其上，阔仅容身。下视，黑不见底；惧极，不敢少动。又幸崖边皆生小树，约体如栏。定移时，见足旁有小洞口，心窃喜；以背着石，蠕行而入。意稍稳，冀天明可以呼救。少顷，深处有光如星点。渐近之，约二三里许，忽睹廊舍，并无缸烛，而光明若昼。一丽人自房中出，视之，则青娥也。见生，惊曰："郎何能来？"生不暇陈，把袪袖口。呜恻，女劝止之。问母及儿，生悉述苦况，女亦惨然。生曰："卿死年余，此得毋冥间耶？"女曰："非也，此乃仙府。曩实非死，所瘗，一竹杖耳。郎今来，仙缘有分也。"因导令朝父，则一修长。髯丈夫，坐堂上，生趋拜。女白："霍郎来。"翁惊起，握手略道平素。曰："婿来大好，分当留此。"生辞以母望，不能久留。翁曰："我亦知之，但迟三数日，即亦何伤。"乃饵以肴酒，即令婢设榻于西堂，施锦裯焉。生既退，约女同寝。女却之曰："此何处，可容狎亵？"生捉臂不舍。窗外婢子笑声嗤然，女益惭。方争拒间，翁入，叱曰："俗骨污吾洞府！宜即去！"生素负气，愧不可忍，作色曰："儿女之情，人所不免，长者何当窥伺？我无难即去，但令女须便将随。"翁无词，招女随之，启后户送之；赚欺哄。生离门，父子阖扉去。回头则峭壁巉岩，无少隙缝，只影茕茕，罔所归适。视天，斜月高揭，悬。星斗已稀。怅怅良久，悲已而恨，面壁叫号，迄无应者。愤极，腰中出镵，凿石攻进，且攻且骂。瞬息洞入三四尺许，隐隐闻人语曰："孽障哉！"生奋力，凿益急。忽洞底豁开二扉，推青娥出曰："可去，可去！"壁即复合。女怨曰："既爱我为妇，岂有待丈人如此者！是何处老道士授汝凶器，将人缠混欲死！"生得女，意愿已慰，不复置辨，但忧路险难归。女折两枝，各跨其一，即化为马，行且驶，俄顷至家。时失生已七日矣。初，生之与仆相失也，觅之不得，归而告母。母遣人穷搜山谷，并无踪绪。正忧惶间，闻子自归，欢喜承迎。举首见妇，几骇绝。生略述之，母益欣慰。女以形迹诡异，虑骇物听，骇人听闻。求母播迁。迁徙。母从之。异郡有别业，刻期徙往，人莫之知。偕居十八年，生一女，适同邑李氏。后母寿终，女谓生曰："吾家茅田中，雉抱八卵，其地可葬，汝父子扶榇归窆。biǎn，墓穴。儿已成立，宜即留守庐墓，无庸复来。"生从其言，葬后自返。月余，孟仙往省之，而父母俱杳。问之老奴，则云："赴葬未还。"心知其异，浩叹而已。孟仙文名甚噪，而困于场屋，四旬不售。未考中。后以拔贡入北闱，遇同号生，年可十七八，神采俊逸，爱之。视其卷，注顺天廪生霍仲仙。瞪目大骇，因自道姓名。仲仙亦异之，便问乡贯，孟仙悉告之。仲仙喜曰："弟赴都时，父嘱：文场中如逢山右霍姓者，吾族也，宜与款接，今果然矣。顾何以名字相同如此？"孟仙因诘高、曾高祖、曾祖。并严、慈父母亲。姓讳，已而惊曰："是我父母也！"仲仙疑年齿不类。孟仙曰："我父母皆仙人，何可以貌信其年岁乎！"因述往迹，仲仙始信。场后不暇休息，命驾同归。才到门，家人迎告：是夜失太翁及夫人所在。两人大惊，仲仙入而询诸妇，妇言："昨夕尚共杯酌。母谓：'汝夫妇少不更事。明日大哥来，吾无虑矣。'早旦入室，则阒无人矣。"兄弟闻之，顿足悲哀。仲仙犹欲追觅，孟仙以为无益，乃止。是科，仲仙领乡荐。以晋中祖墓在，从兄而归。犹冀父母尚居人间，随在探访，而终无踪迹矣。

异史氏曰："钻穴眠榻，其意则痴；凿壁骂岳，其行则狂。仙人之撮合之者，唯欲以长生报其孝耳。然既混迹人间，狎生子女，则居而终焉，亦何不可？乃三十年而屡弃其子，抑独何哉？异已！"

镜听

益都郑氏兄弟，皆文学士。大郑早知名，父母尝过爱_{常常偏爱}之，又因子并及其妇；二郑落拓，不甚为父母所欢，遂恶次妇，至不齿礼：冷暖相形，颇存芥蒂。次妇每谓二郑："等男子耳，何遂不能为妻子争气？"遂摈不与同宿。于是二郑感愤，勤心锐思，亦遂知名。父母稍稍优顾之，然终杀_{不如。}于兄。次妇望夫綦切，是岁大比，_{乡试。}窃于除夜以镜听卜。有二人初起，相推为戏，云："汝也凉凉去！"妇归，凶吉不可解，亦置之。闱后，兄弟皆归。时暑气犹盛，两妇在厨下，炊饼饷耕者，_{给耕者送饭。}其热正苦。忽有骑登门，报大郑捷。母入厨唤大妇曰："大男中式矣！汝可凉凉_{凉快。}去。"次妇愤恻，泣且炊。俄又有报二郑捷者。次妇力掷饼杖而起，曰："侬也凉凉去！"此时中情所激，不觉出之于口，既而思之，始知镜听之言验也。

异史氏曰："贫穷则父母不子，_{不把儿子当作儿子看待。}有以也哉！庭帏之中，固非愤激之地，然二郑妇激发男儿，亦与怨望无赖者，殊不同科。_{大不相同。}投杖而起，真千古之快事也！"

牛瘟

陈华封，蒙山人。以盛暑烦热，枕藉野树下。忽一人奔波而来，首着围领，疾趋树阴，掬石为座，挥扇不停，汗下如流沈。汁。陈起坐，笑曰："若除围领，不扇可凉。"客曰："脱之易，再着难也。"就与倾谈，颇极蕴藉。既而曰："此时无他想，但得冰浸凉酖，一道冷芳，度下十二重楼，指人咽喉管的十二节。暑气可清一半。"陈笑曰："此愿易遂，仆当为君偿之。"因握手曰："寒舍伊迩，近。请即迁步。"客笑而从之。至家，出藏酒于石洞，其凉震齿。客大悦，一举十觞。日已就暮，天忽雨，于是张灯于室，客乃解除领巾，相与磅礴。语次，见客脑后，时漏灯光，疑之。无何，客酩酊眠榻上。陈移灯窃窥之，见耳后有巨穴，如盏大；数道厚膜，间隔如棂；棂外覆革软皮。垂蔽，中似空空。骇极，潜抽髻簪，拨膜觇之，有一物，状类小牛，随手飞出，破窗而去。益骇，不敢复拨。方欲转步，而客已醒。惊曰："子窥见吾隐矣！放牛瘟牛瘟。出，将为奈何？"陈拜诘其故。客曰："今已若此，尚复何讳。实相告：我六畜瘟神耳。适所纵者牛瘟，恐百里内牛无种矣。"陈故以养牛为业，闻之大恐，拜求术解。客曰："余且不免于罪，其何术之能解？唯苦参散最效，其广传此方，勿存私念可也。"言已，谢别出门。又掬土堆壁龛中，曰："每用一合亦效。"拱手即不复见。居无何，牛果病，瘟疫大作。陈欲专利，秘其方，不肯传，惟传其弟。弟试之神验。而陈自锉啖牛，殊罔所效。没有一点效用。有牛二百蹄躈，倒毙殆尽；遗老牝牛四五头，亦逡巡即刻。就死。中心懊恼，无所用力。忽忆龛中掬土，念未必效，姑妄投之。经夜，牛乃尽起。始悟药之不灵，乃神罚其私也。后数年，牝牛繁育，渐复其故。

金姑夫

会稽有梅姑祠。神故马姓，族居东莞，未嫁而夫早死，遂矢志不醮，_{不改嫁。}三旬而卒。族长祠之，谓之梅姑。丙申，上虞金生，赴试经此，入庙徘徊，颇涉冥想。至夜，梦青衣_{婢女。}来，传梅姑命招之。从去。入祠，梅姑立候檐下，笑曰："蒙君宠顾，实切依恋。不嫌陋拙，愿以身为姬侍。"金唯唯。梅姑送之曰："君且去，设座成，当相迓_{相迎。}耳。"醒而恶之。是夜，居人梦梅姑曰："上虞金生，今为吾婿，宜塑其像。"诘旦，村人语梦悉同。族长恐玷其贞，以故不从。未几，一家俱病。大惧，为肖像于左。既成，金生告妻子曰："梅姑迎我矣。"衣冠而死。妻痛恨，诣祠，指女像秽骂，又升座批颊_{打耳光。}数四乃去。今马氏呼为金姑夫云。

异史氏曰："未嫁而守，不可谓不贞矣。为鬼数百年，而始易其操，抑何其无耻也！大抵贞魂烈魄，未必即依于土偶，其庙貌有灵，惊世而骇俗者，皆鬼狐凭之耳。"

仙人岛

王勉，字黾斋，灵山人。有才思，累冠文场，_{科举考试中屡获第一。}心气颇高，善诮骂，多所凌折。_{很多人被侵犯。}偶遇一道士，视之曰："子相极贵，然被'轻薄孽'折除几尽矣。以子智慧，若反身修道，尚可登仙籍。"王嗤曰："福泽诚不可知，然世上岂有仙人！"道士曰："子何见之卑？无他求，即我便是仙耳。"王益笑其诬。道士曰："我何足异，能从我去，真仙数十，可立见之。"问："在何处？"曰："咫尺耳。"遂以杖夹股间，即以一头授生，令如己状。嘱合眼，呵曰："起！"觉杖粗于五斗囊，凌空翕飞，潜扪之，鳞甲齿齿_{排列如齿}焉。骇惧，不敢复动。移时，又呵曰："止！"即抽杖去，落巨宅中，重楼延阁，类帝王居。有台高丈余，台上殿十一楹，宏丽无比。道士曳客上，即命僮子设筵招宾。殿上列数十筵，铺张炫目。道士易盛服以俟。少顷，诸客自空中来，所骑或龙、或虎、或鸾凤，不一其类。又各携乐器，有女子，有丈夫，皆赤其两足。中独一丽者，跨彩凤，宫样妆束，有侍儿代抱乐器，长五尺以来，非琴非瑟，不知何名。酒既行，珍肴杂错，入口甘芳，并异常馐。王默然寂坐，惟目注丽者，心爱其人，而又欲闻其乐，窃恐其终不一弹也。酒阑，一叟倡言曰："蒙崔真人雅召，今日可云盛会，自宜尽欢。请以器之同者，共队为曲。"于是各合配旅。丝竹之声，响彻云汉。独有跨凤者，乐伎无偶。群声既歇，侍儿始启绣囊，横陈几上。女乃舒玉腕，如挝筝状，其亮数倍于琴，烈足开胸，柔可荡魄。弹半炊许，_{大约做半顿饭的功夫}合殿寂然，无有咳者。既阕，_{一曲演奏完毕}铿尔一声，如击清磬。共赞曰："云和夫人绝调哉！"大众皆起告别，鹤唳龙吟，一时并散。道士设宝榻锦衾，备生寝处。王初睹丽人，心情已动；闻乐之后，涉想尤劳。_{更加思念不已}念己才调，自合拾芥青紫，_{考取功名如同从地上拾芥草一般容易}富贵后何求弗得。顷刻百绪，乱如蓬麻。道士似已知之，谓曰："子前身与我同学，后缘意念不坚，遂堕尘网。仆不自它于君，实欲拔出恶浊；不料迷悔已深，梦梦_{昏乱}不可提悟。今当送君行，未必无复见之期，然作天仙，须再劫矣。"遂指阶下长石，令闭目坐，坚嘱勿视。已，乃以鞭驱石，石飞起，风声灌耳，不知所行几许。忽念下方景界，未审何似；将两眸微开一线，则见大海茫茫，浑无边际。大惧，即复合，而身已随石俱堕，砰然一响，泅没若鸥。幸凫近海，略谙泅浮。闻人鼓掌曰："美哉跌乎！"危殆方急，一女子援登舟上，且曰："吉利，吉利，秀才'中湿'〔"中式"的谐音，即科举中式。〕矣！"视之，年可十七八，颜色艳丽。王出水寒栗，求火燎衣。女子曰："从我至家，当为处置。苟适意，勿相忘。"王曰："是何言哉！我中原才子，偶遭狼狈，过此图以身报，何但不忘！"女子以棹催艇，疾如风雨，俄已近岸。于舱中携所采莲花一握，引与俱去。半里入村，见朱户南开，进历数重门，女子先驰入。少间，一丈夫出，是四十许人，揖王升阶，命侍者取冠袍袜履，为王更衣。既，询邦族，王曰："某非相欺，才名略可听闻。崔真人切切眷爱，招升天阙，自分功名反掌，以故不愿栖隐。"丈夫起敬曰："此名仙人岛，远绝人世。文若姓桓，世居幽僻，何幸得觌名流。"因而殷勤置酒，又从容而言曰："仆有二女，长者芳云，年十六矣，抵今未遭良匹。欲以奉侍高人，如何？"王意必采莲人，离席称谢。桓命于邻党中，招二三齿德〔年高而有德之人。〕来。顾左右，立唤女郎。无何，异香浓麝，美姝十余辈，拥芳云出，光艳明媚，若芙蕖之映朝日。拜已即坐，群姝列侍，则采莲人亦在焉。酒数行，一垂髫女自内出，仅十余龄，而姿态秀曼，笑依芳云肘下，秋波流动。桓曰："女子不在闺中，出作何务？"乃顾客曰："此绿云，即仆幼女，颇慧，能记坟典。"〔古代经典。〕因令对客吟诗，遂诵竹枝词三章，娇婉可听。便令傍姊隅坐，桓因谓："王郎天才，宿构〔旧作。〕必富，可使鄙人得闻教否？"王慨然诵近体一作，顾盼自雄。中二句云："一身剩有须眉在，小饮能使块磊消。"邻叟再三诵之。芳云低告曰："上句是孙行者离火云洞，下句是猪八戒过子母河也。"一座抚掌，桓请其他。

王述水鸟诗云："潲头鸣格磔……"忽忘下句。甫一沉吟，芳云向妹，咕咕耳语，遂掩口而笑。绿云告父曰："渠为姊夫续下句矣。云：'狗腔响弸巴。'"合席粲然，王有惭色。桓顾芳云，怒之以目。王色稍定，桓复请其文艺。指八股文。王意世外人，必不知八股业，乃炫其冠军之作，题为孝哉闵子骞二句，破云："圣人赞大贤之孝……"绿云顾父曰："圣人无字门人者，'孝哉……'一句，即是人言。"王闻之，意兴索然。桓笑曰："童子何知！不在此，只论文耳。"王乃复诵。每数句，姊妹必相耳语，似是月旦品评。之词，但嗫嗫不可辨。王诵至佳处，兼述文宗评语，有云："字字痛切。"绿云告父曰："姊云：'宜删"切"字。'"众都不解。桓恐其语嫚，轻侮。不敢研诘。王诵毕，又述总评，有云："羯鼓一挝，则万花齐落。"芳云又掩口语妹，两人皆笑不可仰。绿云又告曰："姊云：'羯鼓当是四挝。'"众又不解。绿云启口欲言，芳云忍笑诃之曰："婢子敢言，打杀矣！"众大疑，互有猜论。绿云不能忍，乃曰："去'切'字，言'痛'则'不通'，鼓四挝，其声云'不通又不通'也。"众大笑。桓怒诃之，因而自起泛卮，饮尽杯中酒。谢过不遑。王初以才名自诩，目中实无千古；至此，神气沮丧，徒有汗淫。水流貌。桓谀而慰之曰："适有一言，请席中属对焉：'王子身边，无有一点不似玉。'"众未措想，绿云应声曰："黾翁头上，再着半夕即成龟。"芳云失笑，呵手扭胁肉数四。绿云解脱而走，回顾曰："何预汝事！汝骂之频频，不以为非，宁他人一句便不许耶？"桓咄之，始笑而去，邻叟辞别。诸婢导夫妻入内寝，灯烛屏榻，陈设精备，又视洞房中，牙签书函。满架，靡所不有。略致问难，响应无穷。王至此，始觉望洋堪羞。因见识鄙陋而羞愧。女唤"明珰"，则采莲者趋应，由是始识其名。屡受诮辱，自恐不见重于闺闼；幸芳云语言虽谑，而房帏之内，犹相爱好。王安居无事，辄复吟哦。女曰："妾有良言，不知肯嘉纳否？"问："何言？"曰："从此不作诗，亦藏拙之一法也。"王大惭，遂绝笔。久之，与明珰渐狎，告芳云曰："明珰与小生有拯命之德，愿少假以辞色。"芳云许之。每作房中之戏，招与共事，两情益笃，时色授而手语之。芳云微觉，责词重叠；王惟喋喋，强自解免。一夕，对酌，王以为寂，劝招明珰，芳云不许。王曰："卿无书不读，何不记'独乐乐'数语？"芳云曰："我言君不通，今益验矣。句读尚不知耶？'独要，乃乐与人要；问乐，孰要乎？曰：不。'"一笑而罢。适芳云姊妹赴邻女之约，王得间，急引明珰，绸缪备至。当晚，觉小腹微痛；痛已，而前阴尽缩。大惧，以告芳云。云笑曰："必明珰之恩报矣！"王不敢隐，实供之。芳云曰："自作之殃，实无可以方疗，既非痛痒，听_{听任}之可矣。"数日不瘳，忧闷寡欢。芳云知其意，亦不问讯，但凝视之，秋水盈盈，朗若曙星。王曰："卿所谓'胸中正，则眸子了焉'。"芳云笑曰："卿所谓'胸中不正，则了子眸焉'。"盖"没有"之"没"，俗读似"眸"，故以此戏之也。王失笑，哀求方剂。曰："君不听良言，前此未必不疑妾为妒，不知此婢原不可近。曩实相爱，而君若东风之吹马耳，故唾弃不相怜。无已，为若治之。然医师必审患处。"乃探衣而咒曰："'黄鸟黄鸟，无止于楚！'"王不觉大笑，笑已而瘳。逾数月，王以亲老子幼，每切怀思。以意告女，女曰："归即不难，但会合无日耳。"王涕下交颐，哀与同归。女筹思再三，始许之。桓翁张筵祖饯。绿云提篮入，曰："姊姊远别，莫可持赠。恐至海南，无以为家，夙夜代营宫室，勿嫌草创。"_{粗制}芳云拜而受之。近而审谛，则用细草制为楼阁，大如橡，小如橘，约二十余座，梁栋榱题，历历可数。其中供帐床榻，类麻粒焉。王儿戏视之，而心窃叹其工。芳云曰："实与君言，我等皆是地仙，因有夙分，遂得陪从。本不欲践红尘，徒以君有老父，故不忍违。待父天年，须复还也。"王敬诺。桓问："陆耶？舟耶？"王以风涛险，愿陆。出则车马已候于门。谢别言迈，行踪骛驶。俄至海岸，王心虑其无途，芳云出素练白色绢帛。一匹，望南抛去，化为长堤，其阔盈丈。瞬息驰过，堤亦渐收。至一处，潮水所经，四望辽邈。芳云止勿行，下车，取篮中草具，偕明珰数辈，布置如法，转眼化为巨第。并入解装，则与岛中无少差殊，洞房内几榻宛然。时已昏暮，因止宿焉。早旦，命生迎养。迎接父母赡养。生命骑趋诣故里，至则居宅已属他姓。问之里人，始知母及妻皆已物故，唯老父尚存。子善博，田产并尽，祖孙莫可栖止，暂僦居于西村。王初归，尚有功名之念，不惄于怀；不忘于怀。及闻此况，沉痛大悲，念富贵纵可携取，与空花何异。驱马至西村，见父衣服垢敝，衰老堪怜。相见，哭各失声。问不肖子，则出赌未归。王乃载父而还。芳云朝拜已，燂汤请浴，进以锦裳，寝以香舍。又邀致故老，与之谈宴，享奉过于世家。子一日寻至其处，王绝之，不听入，但与以廿金，使人传语曰："可持此买妇，以图生业。再来，则鞭挞立毙矣！"子泣而去。王自归，不甚与人通礼，然故人偶至，必延接盘桓，挹抑谦逊。过于平时。独有黄子介，夙与同门学，亦名士之坎坷者，王留之甚久，时与秘语，赆遗甚厚。居三四年，王翁卒，王万钱卜兆，营葬尽礼。时子已娶妇，妇束男子严，子赌亦少间矣。是日临丧，始得拜识姑嫜。公婆。芳云一见，许其能家，赐三百金为田产之费。翌日，黄及子同往省视，则舍宇全渺，不知所在。

异史氏曰："佳丽所在，人且于地狱中求之，况享寿无穷乎？地仙许携姝丽，恐帝阙下虚无人矣。轻薄减其禄籍，理固宜然，岂仙人遂不之忌哉？彼妇之口，抑何其虐也！"

阎罗薨

　　巡抚某公，父先为南服南方。总督，殂谢已久。公一夜梦父来，颜色惨栗，告曰："我生平无多孽愆，只有镇师一旅，不应调而误调之，途逢海寇，全军尽覆；今讼于阎君，刑狱酷毒，实可畏凛。阎罗非他，明日有经历官名，主管出纳、移文等。解粮至，魏姓者是也。当代哀之，勿忘！"醒而异之，意未深信。既寐，又梦父让责备。之曰："父罹厄难，尚弗镂心，犹妖梦置之耶？"公大异之。明日，留心审阅，果有魏经历，转运初至，即刻传入，使两人捺坐，强按而坐。而后起拜，如朝参礼。拜已，长跽涟洏而告以故。魏初不自任，公伏地不起。魏乃云："然，其有之。但阴曹之法，非若阳世懵懵，可以上下其手，即恐不能为力。"公哀之益切。魏不得已，诺之。公又求其速理。魏筹回虑无静所。公请为粪除清扫。宾廨，许之，公乃起。又求一往窥听，魏不可。强之再四，嘱曰："去即勿声。且冥刑虽惨，与世不同，暂置若死，其实非死。如有所见，无庸骇怪。"至夜，潜伏廨侧，见阶下囚人，断头折臂者，纷杂无数。墀中置火铛油镬，数人炽薪烧柴火。其下。俄见魏冠带出，升座，气象威猛，迥与曩殊。群鬼一时都伏，齐鸣冤苦。魏曰："汝等命戕于寇，冤自有主，何得妄攀官长？"众鬼哗言曰："例不应调，乃被妄檄前来，遂遭凶害，谁贻给予。之冤？"魏又曲为解脱，众鬼嗥冤，其声讻动。魏乃唤鬼役："可将某官赴油鼎，略入一爇，于理亦当。"察其意，似欲借此一泄众忿。言一出，即有牛首执公父至，即以利叉刺入油鼎。公见之，中心惨怛，痛不可忍，不觉失声一号，而庭中寂然，万形俱灭矣。公叹诧而归。及明，视魏，则已死于廨中。松江张禹定言之，以非佳名，故讳其人。

颠道人

颠道人，不知姓名，寓蒙山寺。歌哭不常，人莫之测，或见其煮石为饭者。会重阳，有邑贵载酒登临，_{登赏蒙山。}舆盖而往，宴毕过寺，甫及门，则道人赤足着破衲，自张黄盖，作警跸声而出，意近玩弄。邑贵惭怒，挥仆辈逐骂之，道人笑而却走。逐急弃盖，共毁裂之，片片化为鹰隼，四散群飞。众始骇。盖柄转成巨蟒，赤鳞耀目。众哗欲奔。有同游者止之曰："此不过翳眼之幻术_{障眼法。}耳，乌能噬人！"遂操刃直前。蟒张吻怒逆，吞客咽之。众益骇，拥贵人急奔，息于三里之外。使数人逡巡往探，渐入寺，则人蟒俱无。方将返报，闻老槐内喘急如驴，骇甚。初不敢前，潜踪移近之，见树朽中空，有窍_{孔。}如盘。试一攀窥，则斗蟒者倒植其中，而孔大仅容两手，无术可以出之。急以刀劈树，比树开而人已死。逾时少苏，舁归。道士不知所之矣。

异史氏曰："张盖游山，厌气浃于骨髓。仙人游戏三昧，一何可笑！余乡殷生文屏，毕司农之妹丈也，为人玩世不恭。章丘有周生者，以寒贱起家，出必驾肩而行，亦与司农有瓜葛之旧。_{远亲。}值太夫人_{指毕司农之母。}寿，殷料其必来，先候于道，着猪皮袜，公服持手本。俟周舆至，鞠躬道左，唱曰：'淄川生员接章丘生员！'周惭，下舆，略致数语而别。少间，同聚于司农之堂，冠裳满座，视其服色，无不窃笑，殷傲睨自若。既而筵终出门，各命舆马。殷亦大声呼：'殷老爷独龙车何在？'有二健仆，横扁杖_{扁担}。于前，腾身跨之。致声拜谢，飞驰而去。殷亦仙人之流亚也。"

胡四娘

程孝思，剑南人，少慧能文。父母俱早丧，家赤贫，无衣食业，求佣为胡银台司笔札。胡公试使文，大悦之，曰："此不常贫，可妻也。"银台有三子四女，皆褓中论亲于大家；止有少女四娘，孽出，_{庶出}。母早亡，笄年未字，_{未婚配}。遂赘程。或非笑之，以为惛耄_{年老}之乱命，而公弗之顾也。除馆馆生，_{清理馆舍，让程孝思居住}。供备丰隆。群公子鄙不与同食，婢仆咸揶揄焉。生默默不较短长，研读甚苦。众从旁厌讥之，程读弗辍；群又以鸣钲锽聒其侧，程携卷去，读于闺中。初，四娘之未字也，有神巫知人贵贱，遍观之，都无谀词，惟四娘至，乃曰："此真贵人也！"及赘程，诸姊妹皆呼之"贵人"以嘲笑之。而四娘端重寡言，若罔闻知。渐至婢媪，亦相率呼。四娘有婢名桂儿，意颇不平，大言曰："何知吾家郎君，便不作贵官耶？"二姊闻而嗤之曰："程郎如作贵官，当抉_挖。我眸子去！"桂儿怒而言曰："到尔时，恐不舍得眸子也！"二姊有婢春香，曰："二娘食言，我以两睛代之。"桂儿益恚，击掌为誓曰："管教两丁盲也！"二姊忿其语侵，立批_{打耳光}。之，桂儿号咷。夫人闻知，即亦无所可否，但微哂焉。桂儿噪诉四娘，四娘方绩，不怒亦不言，绩自若。会公初度，_{生日}。诸婿皆至，寿仪充庭。大妇嘲四娘曰："汝家祝仪何物？"二妇曰："两肩荷一口耳！"_{意谓送不起寿礼而白吃白喝}。四娘坦然，殊无惭怍。人见其事事类痴，愈益狎_{轻侮}。之。

独有公爱妾李氏，三姊所自出也，恒礼重四娘，往往相顾恤。每谓三娘曰："四娘内慧外朴，聪明浑而不露，诸婢子皆在其包罗中，而不自知。况程郎昼夜攻苦，夫岂久为人下者！汝勿效尤，效仿坏样。宜善之，他日好相见也。"故三娘每归宁，辄加意相欢。是年，程以公力得入邑庠。明年，学使科试士，而公适薨，程缞哀如子，未得与试。既离苦块，守丧期满。四娘赠以金，使趋入"遗才"籍。嘱曰："曩久居所以不被呵逐者，徒以有老父在，今万分不可矣！倘能吐气，庶回时尚有家耳。"临别，李氏及三娘赂遗优厚。程入闱，砥志研思，以求必售。无何，放榜，竟落孙山。愿乖气结，难于旋里，幸囊资小泰，携卷入都。时妻党多任京秩，恐见诮讪，乃易旧名，诡托里居，求潜身于大人之门。东海李兰台见而器之，收诸幕中，资以膏火，指学习费用。为之纳贡，使应顺天举，连战皆捷，授庶吉士。自乃实言其故，李公假千金，先使纪纲赴剑南，为之治第。时胡大郎以父亡空匮，货其沃墅，因购焉。既成，然后鸾舆马往迎四娘。先是，程擢第后，有邮报者，举宅皆恶闻之；又审其名字不符，叱去之。适三郎完婚，戚眷登堂为馂，nuǎn，旧时女儿嫁后三日，娘家馈送食物。姊妹诸姑咸在，惟四娘不见招于兄嫂。忽一人驰入，呈程寄四娘函信；兄弟发视，相顾失色。筵中诸眷客，始请见四娘。姊妹惴惴，惟恐四娘衔恨不至。无何，翩然竟来。申贺者，促坐者，寒暄者，喧杂满屋。耳有听，听四娘；目有视，视四娘；口有道，道四娘也；而四娘凝重如故。众见其靡所短长，无所计较。稍就安帖，于是争把盏酬四娘。方宴笑间，门外啼号甚急。群致怪问。俄见春香奔入，面血沾染。共诘之，哭不对。二娘诃之，始泣曰："桂儿逼索眼睛，非解脱，几抉去矣。"二娘大惭，汗粉交下。四娘漠然，合座寂无一语，客始告别。四娘盛妆，独拜李夫人及三姊，出门登车而去。众始知买墅者即程也。四娘初至墅，什物多阙。夫人及诸郎各以婢仆器具相赠遗，四娘一无所受；惟李夫人赠一婢，受之。居无何，程假归展墓，_{扫墓。}车马崲从如云，诣岳家礼公枢，次参李夫人。诸郎衣冠既竟，已升舆矣。胡公殁，群公子日竞赀财，枢置不问。故数年灵寝_{寄放灵枢的内堂。}漏败，渐将以华屋作山丘矣。程睹之悲愤，竟不谋于诸郎，刻期营葬，事事尽礼。殡日，冠盖相属，里中咸嘉叹焉。程十余年历秩清显，凡遇乡党厄急，罔不周给。二郎适以人命被逮，直指巡方者，为程同谱，_{同宗。}风规甚烈。_{执法甚严。}大郎浼_{请托。}妇翁王观察函致之，殊无裁答。益惧，欲往求妹，而自觉无颜，乃持李夫人手书往。至都，不敢遽进，觇程入朝，而后诣之。冀四娘念手足之义，而忘睚眦之嫌。阍人既通，即有旧媪出，导入厅事，具酒馔，亦颇草草。食毕，四娘出，颜色温霁，_{脸色温和。}问："大哥人事大忙，万里何暇枉顾？"大郎五体投地，泣述所来。四娘扶而笑曰："大哥好男子，此何大事，直得尔尔？妹子一女流，几曾见呜呜向人！"大郎乃出李夫人书。四娘曰："诸兄家娘子，都是天人，各求父兄即亦可了，何至奔波到此？"大郎无词，但固哀之。四娘作色曰："我以为跋涉来省妹子，乃以大讼来求贵人耶？"拂袖径入。大郎惭愤而出。归家详述，大小罔不诟詈；李夫人亦谓其忍。_{残忍。}逾数日，二郎释放宁家，众大喜，方笑四娘之徒取怨谤也。俄白四娘遣价_{信使。}候李夫人。唤入，仆陈金币，言："夫人为二舅事，遣发甚急，未遑字覆。聊寄微仪，以代函信。"众始知二郎之归，乃程力也。后三娘家渐贫，程施报逾于常格，又以李夫人无子，迎养若母焉。

僧术

黄生，故家世代仕宦之家。子。才情颇瞻，夙志高骞。村外兰若，佛寺。有居僧某，素与分情分。深。既而僧云游去，十余年复归。见黄，叹曰："谓君腾达已久，今尚白纻耶？想福命固薄耳。请为君贿冥中主者。能置十千否？"答言："不能。"僧曰："请勉办其半，余当代假之。三日为约。"黄诺之，竭力典质抵押物产。如数。三日，僧果以五千来付黄。黄家旧有汲井，水深不竭，云通河海。僧命束置井边，戒曰："约估摸。我到寺，即推堕水中。候半炊时，有一钱泛起，当拜之。"乃去。黄不解何术，转念效否未定，而十千可惜。乃匿其九，而以一千投之。少间，巨泡突起，铿然而破，即有一钱浮出，大如车轮。黄大惊，既拜，又取四千投焉。落下，击触有声，为大钱所隔，不得沉。日暮，僧至，谯让责备。之曰："胡不尽投？"黄云："已尽投矣。"僧云："冥中使者止将一千去，何乃妄言也？"黄实告之。僧叹曰："鄙吝者必非大器。此子之命合以明经贡生。终，不然，科甲立致矣。"黄大悔，求再襄之，僧固辞而去。黄视井中钱犹浮，以缏钓上，大钱乃沉。是岁，黄以副榜准贡，卒如僧言。

异史氏曰："岂冥中亦开捐纳之科耶？十千而得一第，值亦廉矣。然一千准贡，犹昂贵耳。明经不第，何值一钱！"

柳生

周生，顺天宦裔也，与柳生善。柳得异人传，精袁许之术。相人术。尝谓周曰："子功名无分，万钟之资，尚可以人谋。然尊阃尊夫人。薄相，恐不能佐君成业。"未几，妇果亡。家室萧条，不可聊赖。因诣柳，将以卜姻。入客舍，坐良久，柳归内不出。呼之再三，始出，曰："我日为君物色佳偶，今始得之。适在内作小术，求月老系赤绳耳。"周喜，问之，答曰："甫有一人携囊出，遇之否？"曰："遇之。褴褛若丐。"曰："此君岳翁，宜敬礼之。"周曰："缘相交好，遂谋隐秘，何相戏之甚也！仆即式微，犹是世裔，何至下婚于市侩？"降低身份与商人之女成婚。柳曰："不然。犁牛尚有子，何害？"周问："曾见其女耶？"曰："未也。我素与无旧，姓名亦问讯知之。"周笑曰："尚未识犁牛，何知其子？"柳曰："我以数命数。信之，其人凶而贱，然当生厚福之女。但强合之，必有大厄，容复禳之。"周既归，未肯以言为信，诸方觅之，迄无一成。一日，柳忽至，曰："有一客，我已代折简代为邀请。矣。"问："为谁？"曰："但勿问，宜速作黍。"准备酒食。周不谕其故，如命治具。俄客至，盖傅姓营卒也。心内不合，阳浮道誉之。而柳生承应甚恭。少间，酒肴既陈，柳起告客："公子向慕已久，每托某代访，曩夕始得晤。又闻不日远征，立刻相邀，可谓仓卒主人矣。"饮间，傅忧马病不可骑，柳亦俯首为之筹思。既而客去，柳让周曰："千金不买此友，何乃视之漠漠！"借马骑归，因假周命，登门持赠傅。周既知，稍稍不快，已无如何。过岁，将如前往。江西，投枭司幕。

诣柳问卜，柳言："大吉！"周笑曰："我意无他，但薄有所猎，当购佳妇，几幸前言之不验也，能否？"柳云："并如君愿。"乃至江西。值大寇叛乱，三年不得归。后稍平，选日遵路，中途为土寇所掠，同难七八人，皆劫其金资，释令去，惟周被掳至巢。盗首诘其家世，因曰："我有息女，欲奉箕帚，当即无辞。"周不答。盗怒，立命枭斩。周惧，思不如暂从其请，因从容而弃之。事过之后，另寻机会休弃。遂告曰："小生所以踟蹰者，以文弱不能从戎，恐益为丈人累耳。如使夫妇相将俱去，恩莫厚焉。"盗曰："我方忧女子累人，此何不可从也。"引入内，妆女出见，年可十八九，盖天人也。当夕合卺，深过所望。细审姓名，乃知其父即当年荷囊人也。因述柳言，为之感叹。过三四日，将送之行，忽大军掩至，全家皆就执缚。有将官三员监视，已将妇翁斩讫，寻次及周。周自分已无生理，一员审视曰："此非周某耶！"盖傅卒已以军功授副将军矣。谓僚曰："此吾乡世家名士，安得为贼！"解其缚，问所从来。周诡曰："适江臬娶妇而归，不意途陷盗窟。幸蒙拯救，德戴二天！但室人妻子。离散，求借洪威，更赐瓦全。"傅命列诸俘，令其自认，得之。饷以酒食，助以资斧，曰："曩受解骖之惠，旦夕不忘。但抢攘间不遑修礼，请以马二匹、金五十两，助君北旋。"又遣二骑持信矢作为信物的箭矢。护送之。途中，女告周曰："痴父不听忠告，母氏死之。知有今日久矣，所以偷生旦暮者，以少时曾为相者所许，冀他日能收亲骨耳。某所窖藏巨金，可以发赎父骨，余者携归，尚足谋生产。"嘱骑者候于途，两人至旧处，庐舍已烬。于灰火中，取佩刀掘尺许，果得金，尽装入囊，乃返。以百金赂骑者，使瘗翁尸，又引拜母冢，始行。至直隶界，厚赠骑者而去。周久不归，家人谓其已死，恣意侵冒，粟帛器具，荡无存者。闻主人归，大惧，哄然尽逃；只有一妪、一婢、一老奴在焉。周以出死得生，不复追问。及访柳，则不知所适矣。女持家逾于男子，择醇笃者授以资本，而均其息。每诸商会计于檐下，女垂帘听之；盘中误下一珠，辄指其讹。内外无敢欺。数年夥商盈百，家数十百万矣。乃遣人移亲骨，厚葬之。

异史氏曰："月老可以贿嘱，无怪媒妁之同于牙侩矣。乃盗也，而有是女耶！培塿_{小土丘。}无松柏，此鄙人之论耳。妇人女子犹失之，况以相天下士哉！"

冤狱

朱生，阳谷人。少年佻达，喜诙谑。因丧偶，往求媒媪，遇其邻人之妻，睨之美。戏谓媪曰："适睹尊邻，雅_{很。}妙丽，若为我求凰，渠_{她。}可也。"媪亦戏曰："请杀其男子，我为若图之。"朱笑曰："诺。"更月余，邻人出责负，_{讨债。}被杀于野。邑令拘邻保，血肤取实，_{意欲通过拷打获得实情。}究无端绪，惟媒媪述所戏谑之词，以此疑朱。捕至，百口不承。令又疑邻妇与私，搒掠之，五毒参至。妇不能堪，诬服。又讯朱，朱曰："细嫩_{指邻妇。}不任苦刑，所言皆妄。既使冤死，而又加以不节之名，纵鬼神无知，予心何忍乎！我实供之可矣：欲杀夫而娶其妇，皆我之为，妇实不之知也。"问："何凭？"答言："血衣可证。"及使人搜诸其家，竟不可得。又掠之，死而复苏者再。朱乃云："此母不忍出证据死我耳，待自取之。"因押归告母曰："予我衣，死也；即不予，亦死也。均之死，故迟也不如其速也。"母泣入室，移时，取衣出付之。令审其迹确，拟斩。再驳再审，无异词。经年余，决有日矣。令方摅囚，忽一人

直上公堂，努目怒目。视令而大骂曰："如此愦愦，何足临民！"隶
役数十辈，将共执之。其人振臂一挥，颓然并仆。令惧，欲逃。其
人大言曰："我关帝前周将军也。昏官若动，即便诛却！"令战惧踧
听。其人曰："杀人者乃宫标也，于朱某何与？"言已倒地，气若
绝。少顷而苏，面无人色。及问其名，则宫标也。搒之，尽服其
罪。盖宫素不逞，平素为非作歹。知某讨负而归，意腰囊必富，及杀
之，竟无所得。闻朱诬服，窃自幸。是日身入公门，殊不自知。令
问朱血衣所自来，朱亦不之知。唤其母鞫之，则割臂所染，验其左
臂，刀痕犹未平也。令亦愕然。后以此被参揭弹劾。免官，罚赎羁
留而死。年余，邻母欲嫁其妇，妇感朱义，遂嫁之。

　　异史氏曰："讼狱乃居官之首务，培阴骘，积阴德。灭天理，皆
在于此，不可不慎也。躁急污暴，固乖天和；淹滞因循，亦伤民
命。一人兴讼，则数农违时；农民错过耕种和收割的时节。一案既成，则
十家荡产：岂故之细小事。哉！余尝谓为官者，不滥受词讼，即是
盛德。且非重大之情，不必羁候；若无疑难之事，何用徘徊？即或
乡里愚民，山村豪气，偶因鹅鸭之争，致有雀角之忿，此不过借官
宰之一言，以为平定而已，无用全人，只须两造，原告和被告。笞杖
立加，葛藤悉断。所谓神明之宰非耶！每见今之听讼者矣：一票既
出，若故忘之。摄牒者入手未盈，不令消见官之票；承刑者润笔不
饱，不肯悬听审之牌。蒙蔽因循，动经岁月，不及登长吏之庭，而
皮骨已尽矣！而俨然而民上也者，偃息在床，漠若无事。宁知水火
狱中，有无数冤魂，伸颈延息，以望拔救耶？在奸民之凶顽，固无
足惜；而在良民之株累，受牵连而致罪。亦复何堪？况且无辜之干连，
往往奸民少而良民多；而良民之受害，且更倍于奸民。何以故？奸
民难虐，而良民易欺也。皂隶之所殴骂，胥徒之所需索，皆相良者
而施之暴。身入公门，如陷汤火。早结一日之案，则早安一日之

生，有何大事，而顾奄奄堂上若死人，似恐溪壑之不遽饱，而故假之以岁时也者！虽非酷暴，而其实厥罪维均矣。尝见一词之中，其急要不可少者，不过三数人；其余皆无辜之赤子，妄被罗织_{捏造罪名，陷害无辜。}者也。或平昔以睚眦开嫌，或当前以怀璧致罪。故兴讼者，以其全力谋正案，而以其余毒复小仇。带一名于纸尾，遂成附骨之疽；受万罪于公门，竟属切肤之痛。人跪亦跪，状若鸟集；人出亦出，还同猱系。而究之官问不及，吏诘不至，其实一无所用，只足以破产倾家，饱蠹役_{害人的吏役。}之贪囊；鬻子质妻，泄小人之私愤而已。深愿为官者，每投到时，_{案中有关人员到公堂之时。}略一审诘；当逐，逐之；不当逐，芟之。不过一濡毫，一动腕之间耳，便保全多少身家，培养多少元气。从政者曾不一念及此，又何必桁杨刀锯能杀人哉！"

农妇

　　邑_{指淄川。}西磁窑坞，有农人妇，勇健如男子，辄为乡中排难解纷。与夫异县而居。夫家高苑，距淄百余里，偶一来，信宿_{连住两夜。}便去。妇日赴颜山，贩陶器为业。有赢余，则施丐者。一夕与邻妇语，忽起曰："小腹微痛，想孳障_{指胎儿。}欲离身也。"遂去。天明往探之，则见肩荷酿酒巨瓮二，方将入门，随至其室，则有婴儿绷卧。骇问之，盖娩后已负重归里矣。故与北庵尼善，订为姊妹。后闻尼有秽行，忿然操杖，将往挞楚，众苦劝而止。一日，遇尼于途，遽批_{打耳光。}之。问："何罪？"亦不答，拳石交施，至不能号，乃释而去。

异史氏曰："世言女中丈夫，犹自知非丈夫也，妇并忘其为巾帼矣。其豪爽自快，与古剑仙何以少殊，毋亦其夫亦磨镜者流耶！"

安期岛

长山刘中堂青岳先生，同武弁_{武官。}某出使朝鲜。闻安期岛_{传说中仙人安期生所居的海岛。}神仙所居，欲命舟往游。国中臣僚佥_{皆。}谓不可，令待小张。盖安期不与世通，惟有弟子小张，岁辄一两至。欲至岛者，须先自白。如以为可，则一帆可至；否则飓风覆舟。逾一二日，国王召见。入朝，见坐上一人，佩剑冠棕笠，年三十许，仪容修洁。问之，即小张也。刘因自述向往之意，小张许之。但言："副使不可行。"又出，遍视从人，惟二人可以从游。遂命舟导刘俱往。水程不知远近，但觉微风习习，如驾云雾，移时已抵其境。时方严寒，既至，则气候温煦，山花遍岩谷。导入洞府，见三叟趺坐。东西者睹客入，漠若罔知；惟中座者起逆_{迎接。}客，相为礼。既坐，呼茶。有僮将盘去。洞外石壁有铁锥，锐没石中；僮拔锥，水即溢射，以盏承之；满，复塞之。既而托至，其色淡碧。试之，其凉震齿。刘畏寒不饮。叟顾僮颐示_{以下巴示意。}之。僮取盏去，呷其残者；仍于故处拔锥，溢取而返，则芳烈蒸腾，如初出于鼎。窃异之。问以休咎，_{吉凶。}笑曰："世外人岁月不知，何解人事？"问以却老术，_{返老还童。}曰："此非富贵人所能为者。"刘兴辞，_{起身告辞。}小张仍送之归。既至朝鲜，备述其异。国王叹曰："惜未饮其冷者。是先天玉液，一盏可延百龄。"刘将归，王赠一物，纸帛重裹，嘱近海勿开视。既离海，急取拆视，去尽数百重，始见一镜；审之，则鲛宫龙族，历历在目。方凝注间，忽见潮头高于楼阁，汹汹已近。大骇，极驰；潮从之，疾若风雨。大惧，以镜投之，潮乃顿落。

沅俗

李季霖，摄篆沅江，初莅任，见猫犬盈堂，讶之。僚属曰："此乡中百姓瞻仰风采者。"少间，人畜已半；移时，都复为人，纷纷并去。一日，出谒客，肩舆在途。忽一夫急呼曰："小人吃害_{受到伤害}矣！"即倩_{请求}。役代荷，伏地乞假。怒诃之，役不听，疾奔而去。遣人尾之。役奔入市，觅得一叟，便求按视。叟相之曰："是汝吃害矣。"乃以手揣_{触摸}。其肤肉，自上而下，力推之；推至少股，见皮肉坟然，_{突起。}以利刃破之，取出石子一枚，曰："愈矣。"乃奔而返。后闻其俗，有身卧室中，手即飞出，入人房闼，窃取财物。设被主觉，縶不令去，则此人一臂无用矣。

蛤

东海有蛤，饥时浮岸边，两壳开张；中有小蟹，赤线系之，出离壳数尺，猎食既饱，乃归，壳始合。或潜断其线，两物皆死。亦物理之奇也。

陵县狐

陵县李太史家，每见瓶鼎古玩之物，移列案边，势危将坠。疑斯仆所为，辄怒谴之。仆辈称冤，而亦不知其由。乃严扃斋扉，天明复然。心知其异，暗觇之。一夜，光明满室，讶为盗。两仆近窥，则一狐卧棂_{木柜}上，光自两眸出，晶莹四射。恐其遁，急入捉之。狐啮腕肉欲脱，仆持益坚，因共缚之。举视，则四足皆无骨，随手摇摇，若带垂焉。太史念其通灵，不忍杀；覆以柳器，狐不能出，戴器而走。乃数_{数落}其罪而放之，怪遂绝。

彭二挣

禹城韩公甫，自言："与邑人彭二挣并行于途，忽回首不见之，惟空蹇随行。但闻号救甚急，细听则在被囊中。近视，囊内累然，虽则偏重，亦不得堕。欲出之，则囊口缝纫甚密；以刀断线，始见彭犬卧_{像狗一样卧着}其中。既出，问何以入，亦茫不自知。盖其家有狐为祟，事如此类甚多云。"

卷十五

甄后

洛城刘仲堪，少钝而淫_{沉湎}。于典籍，恒杜闭_闭。门攻苦，不与世通。一日方读，忽闻异香满室；少间，珮声甚繁。惊顾之，有美人入，簪珥光彩，从者皆宫妆。刘惊伏地下，美人扶之曰："子何前倨而后恭也！"刘益惶恐曰："何处天仙，未曾拜识。前此几时有侮？"美人笑曰："相别几何，遂尔懵懵！便如此糊涂。危坐磨砖者，_{指刘桢因平视甄夫人而被罚服劳役，从事磨石。曹操前往视之，见刘桢匡坐正色磨石。}非子耶？"乃展锦鞯，_{坐垫}。设瑶浆，促坐对饮。与论古今事，博洽非常。刘茫茫不知所对。美人曰："我止赴瑶池一回宴耳，子历几生，聪明顿尽矣！"遂命侍者，以汤沃水晶膏进之。刘受饮讫，忽觉心神澄彻。既而曛暮，从者尽去，息烛解襦，曲尽欢好。未曙，诸姬已复集。美人起，妆容如故，鬤发修整，不再理也。刘依依苦诘姓字，答曰："告即不妨，恐益君疑耳。妾，甄氏，君公干_{刘桢}后身。当日以妾故罹罪，心实不忍。今日之会，亦聊以报情痴也。"问："魏文_{魏文帝曹丕}安在？"曰："丕，不过贼父之庸子耳。妾偶从游戏富贵者数载，过此即不复置念。彼囊以阿瞒_{曹操小字}故，久滞幽冥，今未闻知。反是陈思_{陈思王曹植}为帝典籍，_{为玉帝掌管典籍}。时一见之。"旋见龙舆止于庭中，乃以玉脂盒赠刘作别，遂登车，云拥雾覆而去。刘自是文思大进。然追念美人，凝思若痴，历数月，渐近羸殆。母不知其故，忧之。家一老妪，忽谓刘曰："郎君意颇有所思否？"刘以其言微中，不能隐，应曰："唯唯！"妪言："郎作尺一书，书信。我能邮致之。"刘惊喜曰："子有异术，向日昧于物色。果能之，不敢忘也。"折简为函，付妪便去。半夜而返曰："幸不误事。初至门，门者以我为妖，欲加絷系。出郎君书，乃将去。少顷唤入，夫人亦欷歔，自言不能复会，便欲裁答。回信。我言：'郎君羸惫，非一字所能瘳也。'夫人少沉思，乃释笔云：'烦先报刘郎，当即送一佳妇去。'临行又嘱：'适所言，乃百年之计，但无妄传，便能永久。'"刘喜伺之。明日，果有老姥率一女郎，诣母所，容色绝世，自言："陈氏，女其所出，名司香，愿求作妇。"母爱之，议聘更不索资，坐待成礼而去。惟刘心知其异，阴问女："系夫人何人？"答云："妾，铜雀故妓指曹操的姬妾。也。"刘疑其为鬼，女曰："非也。妾与夫人俱隶仙籍，偶以罪过，谪堕人间。夫人已复旧位；妾谪限未满，夫人请之天曹，暂使给役。去留皆在夫人，故得长侍床箦耳。"一日，有瞽媪牵黄犬，丐食其家，拍板俚歌。女出窥，立未定，犬断索咋女。女骇走，罗衿已断。刘以杖逐击之。犬犹怒龁断幅，顷刻碎嚼如麻。瞽媪捉领毛，缚之去。刘入视女，惊颜未定，曰："卿仙人，何乃畏犬？"女曰："君自不知：犬乃老瞒所化，盖怒妾不守分香戒守节之戒。也。"刘欲买犬杖毙之，女曰："不可。上帝所罚，何得擅诛！"居二年，见者皆惊其艳，而审所从来，殊涉恍惚，于是共疑为妖。母诘刘，刘亦微道其异。母大惧，戒使绝之，刘不听。母阴觅术士来，作法于庭。方规地为坛，女惨然曰："本期白首，今老母见疑，分义夫妻情义。绝矣。要我去，亦复匪难，而要岂禁咒所能遣耶！"乃束薪爇火，抛阶下。瞬息烟迷房屋，对面相失。有声震击如雷，已而烟灭，见术士七窍流血而死。入室，则女已渺。呼妪问之，亦不知所之矣。刘始告母："妪盖狐也。"

异史氏曰："始于袁，终于曹，而复注意于公干，仙人不应若是。然平心而论，奸瞒之篡子，何必有贞妇哉？犬睹故妓，应大悟分香卖履之痴，固犹然妒之耶？呜呼！奸雄不暇自哀，而后人哀之矣！"

宦娘

温如春，秦之世家也。少癖嗜琴，虽逆旅未尝暂舍。客晋，经由古寺，系马门外，将暂憩止。入，则有布衲道人，趺坐廊间，筇杖竹杖。倚壁，花布囊琴。温触所好，因问："亦善此耶？"道人云："顾不能工，只是不能精通。愿就善者学之耳！"遂脱囊授温。温视之，纹理佳妙，略一勾拨，清越异常。喜为抚一短曲，道人微笑，似未许可。温乃竭尽所长，道人哂曰："亦佳，亦佳！但未足为贫道师也。"温以其言夸，转请之。道人接置膝上，才拨动，觉和风自来；又顷之，百鸟群集，庭树为满。温惊极，拜请受业。道人三复之，温侧耳倾心，稍稍会其节奏。道人试使弹，点正疏节，指点纠正不合节奏的地方。曰："此尘间已无对矣。"由是，温精心刻画，遂称绝技。后归程，离家数十里，日已暮，暴雨，莫可投止。路旁有小村，趋之。不遑审择，见一门，匆匆遽入。登其堂，阒若无人。俄一女郎出，年十七八，貌类神仙。举首见客，惊而走入。温时未偶，系情殊深。俄一老媪出问客，温道姓名，兼求寄宿。媪言："宿当不妨，但少床榻；不嫌屈体，便可藉藁。"卧于草垫。少旋，以烛来，展草铺地，意良殷。问其姓氏，答云："赵姓。"又问："女郎何人？"曰："此宦娘，老身之犹子侄女。也。"温曰："不揣寒陋，欲求援系，何如？"媪颦蹙曰："此即不敢应命。"温诘其故，但云难言，怅然遂罢。媪既去，温视藉草腐湿，不堪卧处，因危坐_{正坐}鼓琴，以消永夜。雨既歇，冒夜遂归。邑有林下_{退休隐居}部郎葛公，喜文士。温偶诣之，受命弹琴。帘内隐约有眷客窥听，忽风动帘开，见一及笄人，丽绝一世。盖公有一女，小字良工，善词赋，有艳名。温心动，归与母言，媒通之；而葛以温势式微，_{衰落。}不许。然女自闻琴以后，心窃倾慕，每冀再聆雅奏；而温以姻事不谐，志乖意沮，绝迹于葛氏之门矣。一日，女于园中，拾得旧笺一折，上书惜余春词云："因恨成痴，转思作想，日日为情颠倒。海棠带醉，杨柳伤春，同是一般怀抱。甚得新愁旧愁，刬尽还生，便如青草。自别离，只在奈何天里，度将昏晓。今日个蹩损春山，望穿秋水，道弃了已拚弃了！芳衾妒梦，玉漏惊魂，要睡何能睡好？漫说长宵似年，依视一年，比更犹少：过三更已是三年，更有何人不老！"女吟咏数四，心悦好之。怀归，出锦笺，庄书一通，_{端正地抄写了一遍。}置案间。逾时索之不可得，窃意为风飘去。适_{恰好。}葛经闺门，拾之；谓良工作，恶其词荡，火之而未忍言，欲急醮之。_{把她嫁出去。}临邑刘方伯之子，适来问名，_{求婚。}心善之，而犹欲一睹其人。公子盛服而至，仪容秀美。葛大悦，款筵优渥。既而告别，座下遗女舄一钩，_{只。}心顿恶其儇薄，因呼媒而告以故。公子亟辨其诬，葛弗听，卒绝之。先是，葛有绿菊种，吝_{吝惜。}不传，良工以植闺中。温庭菊忽有一二株化为绿，同人闻之，辄造庐观赏，温亦宝之。凌晨趋视，于畦畔得笺，写惜余春词，反复披读，不知其所自至，以"春"为己名，益惑之，即案头细加丹黄，_{详细批注。}评语亵嫚。适葛闻温菊变绿，讶之，躬诣其斋，见词便取展读。温以其评亵，夺而挼莎_{揉搓。}之。葛仅读一两句，盖即闺门所拾者也。大疑，并绿菊之种，亦猜为良工所赠。归告夫人，使逼诘良工。良工涕欲死，而事无验见，莫可取实。夫人恐其迹彰，计不如以女归温。葛然之，遥致温，温喜极。是日招客为绿菊之宴，焚香弹琴，良夜方罢。既归寝斋，僮闻琴自作声，初以为僚仆之戏也；既知其非人，始白温。温自诣之，果不妄。其声梗涩，似将效己而未能者。爇火暴入，杳无所见。温携琴去，则终夜寂然。因意为狐，固知其愿拜门墙^{拜于门下为弟子}也者，遂每夕为奏一曲，而设弦任操，若为师，夜夜潜伏听之。至六七夜，居然成曲，雅足听闻。温既亲迎，各述曩词，始知缔好之由，而终不知所由来。良工闻琴鸣之异，往听之，曰："此非狐也，调凄楚，有鬼声。"温未深信。良工因言其家有古镜，可鉴魑魅。翌日，遣人取至，伺琴声既作，握镜遽入；火之，果有女子，仓惶室隅，莫能复隐。细审之，赵氏之宦娘也。大骇，穷诘之。泫然曰："代作蹇修^{媒人。}不为无德，何相逼之甚也？"温请去镜，约勿避。诺之。乃囊镜。女遥坐曰："妾太守之女，死百年矣。少喜琴筝。筝已颇能谙之，独此技未得嫡传，重泉犹以为憾。惠顾时，得聆雅奏，倾心向往；又恨以异物不能奉裳衣，^{亡人不能嫁为人妻。}阴为君聊合^{撮合。}佳偶，以报眷顾之情。刘公子之女舄，惜余春之俚词，皆妾为之也。酬师者不可谓不劳矣。"夫妻咸拜谢之。宦娘曰："君之业，^{琴艺。}妾思过半矣，但未尽其神理，请为妾再鼓之。"温如其请，又曲陈^{详细陈述。}其法。宦娘大悦，曰："妾已尽得之矣！"乃起辞欲去。良工故善筝，闻其所长，愿一披聆。宦娘不辞，其调其谱，并非尘世所能。良工击节，转请受业。女命笔为绘谱十八章，又起告别。夫妻挽之良苦，宦娘凄然曰："君琴瑟之好，自相知音；薄命人乌有此福。如有缘，再世可相聚耳。"因以一卷授温曰："此妾小像。如不忘媒妁，当悬之卧室，快意时，焚香一炷，对鼓一曲，则妾身受之矣。"出门遂没。

阿绣

海州刘子固，十五岁时，至盖，省看望。其舅。见杂货肆中一女子，姣丽无双，心爱好之。潜至其肆，托言买扇。女子便呼其父。父出，刘意沮，故折阅杀价。之而返。遥睹其父他往，又诣之。女将觅父，刘止之曰："无须，但言其价，我不靳直不计较价钱。耳。"女如言，故昂之。刘不忍争，脱贯竟去。明日复往，又如之。行数武，女追呼曰："返来，适伪言耳，价奢过当。"因以半价返之。刘益感其诚，蹈隙趁空。辄往，由是益熟。女问："郎君何所？"以实对。转诘之，自言："姚氏。"临行，所市物，女以纸代裹完好，已而以舌舐粘之。刘怀归不敢复动，恐乱其舌痕也。积半月，为仆所窥，阴与舅立要之归。意惓惓不自得。以所市香帕脂粉等类，密置一箧，无人时，辄阖户自检一过，触类凝想。次年，复至盖，装甫解，即趋女所。至则肆宇阒焉，失望而返。犹意偶出未复，早又诣之，阒如故。问诸邻，始知姚原广宁人，以贸易无重息，故暂归去，又不审何时可复来。神志乖丧。居数日，怏怏而归。为之卜婚，刘屡梗母议。母怪怒之。仆私以曩情告母，母益防闲防备约束。之，盖之途由是绝。刘忽忽失意貌。遂减眠食。母忧思无计，念不如从其志。于是刻日办装使如盖，转寄语舅，谋合之。舅承命诣姚。逾时而返，谓刘曰："事不谐矣！阿绣已字许配。广宁人。"刘低头丧气，心灰望绝。既归，捧箧啜泣，而徘徊痴念，冀天下有似之者。适媒来，艳称复州黄氏女。刘恐不确，命驾至复。入西门，见北向一家，两扉半开，内一女郎，怪似阿绣；再属目之，且行且盼而入，真是无讹。刘大动，因僦居东邻，细诘知为李氏。反复疑念：天下宁有如此酷肖者耶？居数日，莫可夤缘，_{攀附}。惟日眈眈候其门，以冀女或复出。一日，日方夕，女果出。忽见刘，即返身掩扉，以手指其后，又覆掌及额而入。刘喜极，但不能解。凝思移时，信步诣舍后，见荒园寥廓，西有短垣，略可及肩。豁然顿悟，遂蹲伏露草中。久之，有人自墙上露其首，小语曰："来乎？"刘诺而起。细视，真阿绣也。因大恸，_{悲痛}。涕堕如绠。女隔堵探身，以巾拭其泪，深慰之。刘曰："百计不遂，自谓今生已矣，何期复有今夕。顾卿何以至此？"曰："李氏，妾表叔也。"刘请逾垣。女曰："君先归，遣从人他宿，妾当自至。"刘如言，坐伺之。少间，女悄然入，妆饰不甚炫丽，袍袜犹昔。刘挽坐，备道艰苦。因问："卿已字，何未醮也？"女曰："言妾受聘者，妄也。家君以道里赊远，不愿附公子婚，此或托舅氏诡词，_{假话}。以绝君望耳。"既就枕席，宛转万态，款接之欢，不可言喻。四更遽起，过墙而去。刘自是不复措意黄氏矣。旅居忘返，经月不归。一夜，仆起饲马，见室中灯犹明，窥之，见阿绣，大骇。顾不敢诘主人，且起访诸市肆，始返而诘刘曰："夜与往还者，何人也？"刘初讳之。仆曰："此地岑寂，鬼狐之薮，_{聚集地}。公子宜自爱。彼姚家女郎，何为而至此？"刘始觍然曰："西邻是其表叔，有何疑沮？"仆言："我已访之最审：东邻止一孤媪，西家一子尚幼，别无密戚。所遇当是鬼魅；不然，焉有数年之衣尚未易者？且其面色过白，两颊少瘦，笑处无微涡，_{酒窝}。不如阿绣美。"刘反复回思，乃大惧曰："然！且奈何？"仆谋伺其来，操兵入共击之。至暮，女至，谓刘曰："知君见疑，然妾亦无他，不过了此夙分耳。"言未已，仆排闼入。_{推门而入}。女呵之曰："可弃兵！速具酒来，当与若主别。"仆便自投，若或夺焉。刘益恐，强设酒馔。女谈笑如常，举首向刘曰："君心事，方将图效绵薄，_{尽我微力为你效劳。}何竟伏戎？_{埋下伏兵。}妾虽非阿绣，颇自谓不亚，君视之犹昔否耶？"刘毛发俱竖，嗫不语。女听漏三下，把盏一呷，起立曰："我且去，待花烛后，再与新妇较优劣也。"转身遂杳。刘信狐言，竟如盖。怨舅之诳己也，不舍其家；寓近姚氏，托媒自通，啖以重赂。姚妻乃言："小郎_{妻子称丈夫之弟。}为觅婿广宁，若翁以是故去，就否未可知。须旋日，方可计较。"刘闻之，彷徨无以自主，惟坚守以俟其归。逾十余日，忽闻兵警，犹疑讹传；久之，信益急，乃趣装行。中途遇乱，主仆相失，为侦者所掠。以刘文弱，疏其防，盗马亡去。至海州界，见一女子，蓬鬒垢耳，步履蹉跌不可堪。刘驰过之，女遽呼曰："马上人非刘郎乎？"刘停鞭审顾，则阿绣也，心仍讶其为狐。（曰："汝真阿绣耶？"）女问："何为出此言？"刘述所遇。女曰："妾真阿绣也。父携妾自广宁归，遇兵被俘，授马屡堕。忽一女子握腕，趋遁荒窜，军中亦无诘者。女子健步若飞隼，苦不能从，百步而屡屡褪焉。久之，闻号嘶渐远，乃释手曰：'别矣！前皆坦途，可缓行。爱汝者将至，宜与同归。"刘知为狐，感之。因述其留盖之故。女言其叔为择婿于方氏，未委禽_{下聘礼。}而乱适作。刘始知舅言非妄。携女马上，叠骑而归。入门则老母无恙，大喜。系马入，俱道所由。母亦喜，为女盥濯，妆竟，容光焕发。母抚掌曰："无怪痴儿魂梦不置也！"遂设裯裰，使从己宿。又遣人赴盖，寓书于姚。不数日，姚夫妇俱至，卜吉成礼_{择吉成婚。}乃去。刘出藏簏，封识俨然。有粉一函，启之，化为赤土。刘异之。女掩口曰："数年之盗，今始发觉矣。尔日见郎任妾包裹，更不审及真伪，故以此相戏耳。"方嬉笑间，一人搴帘入曰："快意如此，当谢蹇修_{媒人。}否？"刘视之，又一阿绣也，急呼母。母及家人悉集，无有能辨识者。刘回眸亦迷；注目移时，始揖而谢之。女子索镜自照，赧然趋出，索之已杳。夫妇感其义，为位于室而祀之。一夕，刘醉归，室暗无人，方自挑灯，而阿绣至。刘挽问："何之?"笑曰："醉臭熏人，使人不堪！如此盘诘，谁作桑中逃_{外出幽会}耶?"刘笑捧其颊。女曰："郎视妾与狐姊孰胜?"刘曰："卿过之。然皮相者_{只看外表的人。}不辨也。"已而阖扉相狎。俄有叩门者，女起笑曰："君亦皮相者也。"刘不解。趋启门，则阿绣入，大愕。始悟适与语者狐也。暗中犹闻笑声。夫妻望空而祷，祈求现像。狐曰："我不愿见阿绣。"问："何不另化一貌?"曰："我不能。"问："何故不能?"曰："阿绣，吾妹也，前世不幸夭殂。生时，与余从母之天宫，见西王母，心窃爱慕，归即刻意效之。妹较我慧，一月神似；我学三月而后成，然终不及妹。今已隔世，自谓过之，不意犹昔耳。我感汝两人诚，故时复一至，今去矣。"遂不复言。自此三五日辄一来，一切疑难悉决之。值阿绣归宁，尝数日住，家人皆惧避之。每有亡失，则华妆端坐，插玳瑁簪长数寸。朝家人_{召集仆婢。}而庄语之："所窃物，夜当送至某所；不然，头痛大作，悔无及！"天明，果于某所获之。三年后，绝不复来。偶失金帛，阿绣效其妆，吓家人，亦屡效焉！

小翠

王太常，越人。总角时，昼卧榻上。忽阴晦，巨霆_{疾雷。}暴作。一物大于猫，来伏身下，展转不离。移时晴霁，物即径出。视之，非猫，始怖，隔房呼兄。兄闻喜曰："弟必大贵，此狐来避雷霆劫也。"后果少年登进士，以县令入为侍御。生一子名元丰，绝痴，十六岁不能知牝牡，_{雌雄。}因而乡党无与为婚者。王忧之。适有妇人率少女登门，自请为妇。视其女，嫣然展笑，真仙品也。喜问姓名。自言："虞氏，女小翠，年二八矣。"与议聘金。曰："是从我糠覈_{粗粝的饭食}不得饱，一旦置身广厦，役婢仆，厌_{通"餍"，饱食。}粱肉，彼意适，我愿慰矣，岂卖菜也而索直乎！"夫人悦，优厚之。妇即命女拜王及夫人，嘱曰："此尔翁姑，奉侍宜谨。我大忙，且去，三数日当复来。"王命仆马送之，妇言："里巷不远，无烦多事。"遂出门去。小翠殊不悲恋，便即奁中翻取花样。夫人亦爱乐之。数日，妇不至。以居里问女，女亦憨然不能言其道路。遂治别院，使夫妇成礼。诸戚党闻拾得贫家儿作新妇，共姗笑_{嘲笑}之。见女皆惊，群议始息。女又甚慧，能窥翁姑喜怒。王公夫妇，宠惜过于常情，然惕惕焉惟恐其憎子痴，而女殊欢笑，不为嫌。第_{但。}善谑，刺布作圆，_{缝布做球。}蹋蹴为笑，着小皮靴，蹴去数十步，绐_{哄骗。}公子奔拾之，公子及婢恒流汗相属。一日，王偶过，圆殉然来，直中面目。女与婢俱敛迹去，公子犹踊跃奔逐之。王怒，投之以石，始伏而啼。王以告夫人，夫人往责女，女俯首微笑，以手刓_{划刻。}席。既退，憨跳如故，以脂粉涂公子作花面如鬼。夫人见之，怒甚，呼女诟骂。女倚几弄带，不惧亦不言。夫人无奈，因杖其子。元丰大号，女始色变，屈膝乞宥。夫人怒顿解，释杖去。女笑拉公子入室，代扑衣上尘，拭眼泪，摩挲杖痕，饵以枣栗。公子乃收涕以忻。女阖庭户，复装公子作霸王，作沙漠人；_{扮作迎娶王昭君的匈奴王。}已乃艳服束细腰，婆娑作帐下舞；_{指扮作虞姬起舞。}或髻插雉尾，拨琵琶，丁丁缕缕然，_{指扮作王昭君弹琴。}喧笑一室，日以为常。王公以子痴，不忍过责妇；即微闻焉，亦若置之。同巷有王给谏者，相隔十余户，然素不相能；时值三年大计，_{明清时每三年对官员进行一次考核。}吏忌公握河南道篆，思中伤之。公知其谋，忧虑无所为计。一夕，早寝，女冠带饰冢宰_{吏部尚书。}状，剪素丝作浓髭，又以青衣饰两婢为虞候，窃跨厩马而出，戏云："将谒王先生。"驰至给谏之门，即又以鞭挝从人，大言曰："我谒侍御王，宁谒给谏王耶！"回辔而归。比至家门，门者误以为真，奔白王公。公急起承迎，方知为子妇之戏。怒甚，谓夫人曰："人方蹈<small>利用。</small>我之瑕，反以闺阁之丑，登门而告之。余祸不远矣！"夫人怒，奔女室诟让之。女惟笑听，并不一置词。挞之，不忍；出<small>休弃。</small>之，则无家。夫妻懊怨，终夜不寐。时家宰某公赫甚，其仪采服从，与女伪妆无少殊别，王给谏亦误为真。屡侦公门，中夜而客未出，疑家宰与公有阴谋。次日早朝，见而问曰："夜相公至君家耶？"公疑其相讥，惭颜唯唯，不甚响答。给谏愈疑，谋遂寝。<small>停止。</small>由此益交欢公。公探知其情，窃喜，而阴嘱夫人劝女改行，女笑应之。逾岁，首相免，适有以私函致公者，误投给谏。给谏大喜，先托善公者往假万金。公拒之。给谏自诣公所。公觅巾袍，并不可得；给谏侍候久，怒公慢，忿将行。忽见公子衮衣旒冕，<small>穿戴帝王冠服。</small>有女子自门内推之以出。大骇；已而笑抚之，脱其服冕，襆之而去。公急出，则客去已远。闻其故，惊颜如土，大哭曰："此祸水也！指日赤吾族<small>不久将诛灭我全族。</small>矣！"与夫人操杖往。女已知之，阖扉任其诟骂。公怒，斧其门。女在内含笑而告曰："翁无怒！有新妇在，刀锯斧钺，妇自受之，必不令贻害双亲。翁若此，是欲杀妇以灭口耶？"公乃止。给谏归，果抗疏揭王不轨，衮冕作据。上惊验之，其旒冕乃粱秸心所制，袍则败布黄袱也。上怒其诬。又召元丰至，见其憨状可掬，笑曰："此可以作天子耶？"乃下之法司。给谏又讼公家有妖人，法司严诘臧获，<small>奴婢。</small>并言无他，惟颠妇痴儿，日事戏笑，邻里亦无异词。案乃定，以给谏充云南军。王由是奇女，又以母久不至，意其非人。使夫人探诘之，女但笑不言。再复穷问，则掩口曰："儿玉皇女，母不知耶！"无何，公擢京卿。五十余，每患无孙。女居三年，夜夜与公子异寝，似未尝有所私。夫人舁榻去，嘱公子与妇同寝。过数日，公子告母曰："借榻去，悍不还！小翠夜夜以足股加腹上，喘气不得；又惯掐人股里。"婢姬无不粲然。夫人呵拍令去。一日，女浴于室，公子见之，欲与偕；女笑止之，谕使姑待。既出，乃更泻热汤于瓮，解其袍裤，与婢扶入之。公子觉蒸闷，大呼欲出。女不听，以衾蒙之。少时无声，启视已绝。_{气绝。}女坦笑不惊，曳置床上，拭体干洁，加复被焉。夫人闻之，哭而入，骂曰："狂婢何杀吾儿！"女鞓然_{笑貌。}曰："如此痴儿，不如无有。"夫人益恚，以首触女。婢辈争曳劝之。方纷嗓间，一婢告曰："公子呻矣！"夫人辍涕抚之，则气息休休，而大汗浸淫，沾浃茵褥。食顷，汗已，忽开目四顾，遍视家人，似不相识，曰："我今回忆往昔，都如梦寐，何也？"夫人以其言不痴，大喜，如获异宝。至晚，还榻故处，更设衾枕以觇之。公子入室，尽遣婢去。早窥之，则榻虚设。自此痴颠皆不复作，而琴瑟静好，如形影焉。年余，公为给谏之党奏劾免官，小有罣误。旧有广西中丞所赠玉瓶，价累千金，将出以贿当路。女爱而把玩之，失手堕碎，惭而自投。_{磕头。}公夫妇方以免官不快，闻之怒，交口呵骂。女忿而出，谓公子曰："我在汝家，所保全者不止一瓶，何遂不少存面目？实与君言：我非人也。以母遭雷霆之劫，深受而翁庇翼；又以我两人有五年夙分，故以我来报曩恩、了夙愿耳。身受唾骂，擢发不足以数。所以不即行者，以五年之爱未盈，今何可以暂止乎！"盛气而出，追之已杳。公爽然自失，而悔无及矣。公子入室，睹其剩粉遗钩，_{遗留的脂粉与绣鞋。}痛哭欲死；寝食不甘，日就羸悴。公大忧，急为胶续_{续娶。}以解之，而公子不乐。惟求良工画翠小像，日夜浇祷_{洒酒祭祀。}其下，几二年。偶以故自他里归，明月已皎，村外有公家园亭，骑马经墙外过，闻笑语声，停辔，使厮卒捉鞚，登鞍一望，则二女郎遨戏其中。云月昏蒙，不甚可辨。但闻一翠衣者曰："婢子当逐出门！"一红衣者曰："汝在吾家园亭，反逐阿谁?"翠衣人曰："婢子不羞，不能作妇，被人驱遣，犹冒认物产耶?"红衣人曰："索胜_{总还胜过。}老大婢无主顾者！"听其音，酷类小翠，疾呼之。翠衣人去曰："姑不与若争，汝汉子来矣！"既而红衣人来，果翠。喜极。女令登垣，承接而下之，曰："二年不见，骨瘦一把矣！"公子握手泣下，具道相思。女言："妾亦知之，但无颜复见家门。今与大姊游戏，又相邂逅，足知前因不可逃也。"请与同归，不可；请止园中，许之。公子遣仆奔白夫人。夫人惊起，驾肩而往，启钥入亭。女趋下迎拜；夫人捉臂流涕，力白前过，几不自容，曰："若不少记榛梗，请偕归慰我迟暮。"女峻辞不可。夫人虑野亭荒寂，谋以多人服役。女曰："我诸人悉不愿见，惟前两婢朝夕相从，不能无眷注耳。外惟一老仆应门，余都无所复须。"夫人悉如其言。托公子养疴园中，日供食用而已。女每劝公子别婚，公子不从。后年余，女眉目音声，渐与曩异，出像质之，迥若两人。大怪之。女曰："视妾今日，何如畴昔美?"公子曰："今日美则美矣，然较畴昔，则似不如。"女曰："噫！妾老矣！"公子曰："二十余岁，何得速老。"女笑而焚图，救之已烬。一日，谓公子曰："昔在家时，阿翁谓妾抵死不作茧。_{老死也不生育。}今亲老君孤，妾实不能产育，恐误君宗嗣，请娶妇于家，早晚奉侍翁姑。君往来于两间，亦无所不便。"公子然之，纳币_{下聘礼。}于钟太史之家。吉期将近，女为新人制衣履，赍送母所。及新人入门，则言貌举止，与小翠无毫发之殊，大奇之。往至园亭，则女已不知所在。问婢，婢出红巾曰："娘子暂归宁，留此贻公子。"展巾，则结玉玦_{形如环而有缺口。又与"决"同音，故古人多用玉玦表示决断之意。}一枚，心知其不返，遂携婢俱归。虽顷刻不忘小翠，幸而对新人如睹旧好焉。始悟钟氏之姻，女预知之，故先化其貌，以慰他日之思云。

异史氏曰："一狐也，以无心之德，而犹思所报；而身受再造_{再生。}之福者，顾失声于破甑，何其鄙哉！月缺重荣，从容而去，始知仙人之情，亦更深于流俗也！"

金和尚

金和尚，诸城人。父无赖，以数百钱鬻于五莲山寺。小顽钝，不能肄清业，_{诵经打坐等。}牧猪赴市若佣保。后本师死，稍有遗金，卷怀离寺，作负贩去。饮羊、登垄，_{坑蒙拐骗、垄断市场等行为。}计最工。数年暴富，买田宅水坡里。弟子繁有徒，食指日千计。绕里膏田千百亩。里中起第数十处，皆僧无人；即有，亦贫无业，携妻子僦屋佃田者也。每一门内，四缭连屋，皆此辈列而居。僧舍其中：前有厅事，梁楹节棁，绘金碧，射人眼；堂上几屏，晶光可鉴；又其后为内寝，朱帘绣幕，兰麝充溢喷人；螺钿雕檀为床，床上锦茵褥，褶叠厚尺有咫；壁上美人山水诸名迹，悬粘几无隙处。一声长呼，门外数十人，轰应如雷。细缨革靴者，_{仆人。}皆乌集鹄立；受命皆掩口语，侧耳以听。客仓卒至，十余筵可咄嗟办，肥醴蒸薰，纷纷狼藉如雾霈。但不敢公然蓄歌妓，而狡童十数辈，皆慧黠能媚人，皂纱缠头唱艳曲，听睹亦颇不恶。金若一出，前后数十骑，腰弓矢相摩戛。奴辈呼之皆以爷；即邑之人民，或祖之，伯叔之，不以师，不以上人，不以禅号也。其徒出，稍稍杀_{减。}于金，而风鬃雾辔，亦略与贵公子等。金又广结纳，即千里外呼吸亦可通，以此挟方面_{地方官。}长短，偶气触之，辄惕惕自惧。而其为人，鄙不文，顶趾无雅骨。从头到脚毫不文雅。生平不奉一经持一咒，迹不履寺院，室中亦未尝蓄铙鼓，此等物，门人辈弗及见，并弗及闻。凡傡屋者，妇女浮丽如京都，脂泽金粉，皆取给于僧；僧亦不之靳，吝惜。以故里中不田而农者以百数。时而恶佃决僧首瘗床下，亦不甚穷诘，但逐去之，其积习然也。金又买异姓儿，私子之。延儒师教帖括业。儿聪慧能文，因令入邑庠；旋援例作太学生。未几，赴北闱，领乡荐。中举。由是金之名以太公噪。向之"爷"之者"太"之，过去称金为"爷"的，如今称他为"太爷"。膝席者皆垂手执儿孙礼。无何，太公僧薨。孝廉缞经卧苫块，北向称孤；诸门人释杖满床榻；而灵帏后嘤嘤细泣，惟孝廉夫人一而已。士大夫妇咸华妆来，搴帷吊唁，冠盖舆马塞道路。殡日，棚阁云连，幡幢翳日。殉葬刍灵，茅草扎的人马。饰以金帛，舆盖仪仗数十事，件。马千匹，美人百袂，皆如生。方弼、方相，以纸壳制巨人，皂帕金铠，空中而横以木架，纳活人入，负之行。设机转动，须眉飞舞，目光烁闪，如将叱咤；观者惊怪，或小儿女遥望之，辄啼走。冥宅壮丽如宫阙，楼阁房廊，连垣数十亩，千门万户，入者迷不可出。祭品象物，多难指名。会葬者盖相摩，上自方面，皆伛偻入，起拜如朝仪；下至贡监簿史，则手据地以叩，不敢劳公子，劳诸师叔也。当是时，倾国瞻仰，男女喘汗属于道；相连于道。携妇褓儿，呼兄觅妹者，声鼎沸。杂以鼓乐喧阗，百戏鞺鞳，人语都不可闻。观者自肩以下皆隐不见，惟万顶攒动而已。有孕妇痛急欲产，诸女伴张裙为幄罗守之；但闻儿啼，不暇问雌雄，断幅绷怀中，或扶之，或曳之，蹩躠以去。奇观哉！葬后，以金所遗资产，瓜分而二之，子一，门人一。孝廉得半，而居第之南之北之东西，尽缁党，全是僧人。皆兄弟叙，痛痒犹相关云。

异史氏曰："此一派也，两宗未有，六祖无传，可谓独辟法门者矣。抑闻之：五蕴皆空，六尘不染，是谓'和尚'；口中说法，座上参禅，是谓'和样'；鞋香楚地，笠重吴天，是谓'和撞'；鼓钲镗鞳，笙管敖曹，是谓'和唱'；狗苟钻缘，蝇营淫赌，是谓'和幛'。金也者，尚耶？样耶？唱耶？撞耶？抑地狱之'幛'耶？"

役鬼

山西杨医，善针灸之术，又能役鬼。一出门，则捉骡操鞭者皆鬼物也。尝夜自他归，与友人同行。途中见二人来，修伟异常。友人大骇，杨便问："何人？"答云："长脚王、大头李，敬迓_迎。主人。"杨曰："为我前驱。"二人旋踵而行，蹇缓，则立候之，若奴隶然。

细柳

细柳娘，中都之士人女也。或以其飘袅可爱，戏呼之"细柳"云。柳少慧，解文字，喜读相人书。而生平简默，未尝言人臧否；但有问名_{求婚}者，必求一亲窥其人。阅人甚多，俱言未可，而年十九矣。父母怒曰："天下迄无良匹，汝将以丫角老耶？"女曰："我实欲以人胜天，顾久而不就，亦吾命也。今而后，请惟父母之命是听。"时有高生者，世家名士，闻细柳之名，委禽_{下聘礼}焉。既醮，夫妇甚得。生前室有遗孤，小字长福，时五岁，女抚养周至。女或归宁，福辄号啼从之，呵谴所不能止。年余，女产一子，名之长怙。生问命名之义，答言："无他，但望其长依膝下耳。"女于女红，疏略常不留意；而于亩之南东，_{耕作之事}。税之多寡，按籍而问，惟恐不详。久之，谓生曰："家中事请置勿顾，待妾自为之，不知可当家否？"生如言，半载而家无废事，生亦贤之。一日，生赴邻村饮酒，适有追逋赋_{追讨拖欠赋税。}者，挝门而谇；遣奴委之，不去，乃趋_{通"促"，促使。}童招生归。隶既去，生笑曰："细柳，今始知慧女不若痴男耶？"女闻之，俯首而哭。生惊挽而劝之，女终不乐。生不忍以家政累之，仍欲自任，女不肯。晨兴夜寐，经纪弥勤。每先一年，即储来岁之赋，以故终岁未尝见催租者一至其门。又以此法计衣食，由此用度益舒。于是生乃大喜，尝戏之曰："细柳何细哉：眉细、腰细、凌波细，且喜心思更细！"女对曰："高郎诚高矣：品高、志高、文字高，但愿寿数尤高！"村中有货美材_{棺木。}者，女不惜重价致之；价不能足，又多方乞贷于戚里。生以其不急之物，固止之，卒弗听。蓄之年余，富室有丧者，以倍资赎诸其门。生因利而谋诸女，女不可。问其故，不语；再问之，莹莹欲涕。心异之，然不忍重拂焉，乃罢。又逾岁，生年二十五，女禁不令远游，归稍晚，童仆招请者相属于道。于是同人咸戏谤之。一日，生如_{到。}友人饮，觉体不快而归，至中途坠马，遂卒。时方溽暑，幸衣衾皆所夙备。里中始共服细柳娘智。福年十岁，始学为文。父既殁，娇惰不肯读，辄亡去从牧儿遨。_{逃学去跟随牧童玩耍。}谯诃不改，继以夏楚，_{笞打。}而冥顽如故。母无奈之何，因呼而谕之曰："既不愿读，亦复何能相强？但贫家无冗人，_{闲人。}便更若衣，使与童仆共操作，不然，鞭挞无悔！"于是衣以败絮，使牧豕，归则自掇陶器，与诸仆啖饭粥。数日，苦之，泣跪庭下，愿仍读。母返身向壁，置不闻。不得已，执鞭啜泣而出。桁_{衣架}无衣，足无履，冷雨沾濡，缩头如丐。里人见而怜之。纳继室者，皆引细柳娘为戒，啧有烦言。乡人对细柳娘多有非议。女亦稍稍闻之，而漠不为意。福不堪其苦，弃豕逃去。女亦任之，殊不追问。积数月，乞食无术，憔悴自归；不敢遽入，哀求邻媪往白母。女曰："若能受百杖，可来见；不然，早复去。"福闻之，骤入痛哭，愿受杖。母问："今知改悔乎？"曰："悔矣！"曰："既知悔，无须挞楚，可安分牧豕，再犯不宥！"福大哭曰："愿受百杖，请复读。"女不听，邻姬怂恿之，始纳焉。濯发授衣，令与弟怙共师。勤身锐虑，大异往昔，三年游泮。中丞杨公，见其文而器之，月给常廪，以助灯火。读书费用。怙最钝，读数年不能记姓名。母令弃卷而农。怙游闲惮于作苦，母怒曰："四民士、农、工、商。各有本业，既不能读，又不能耕，宁不沟瘠死耶？"立杖之。由是率奴辈耕作，一朝晏起，则诟骂之。而衣服饮食，母辄以美者归兄。怙虽不敢言，而心窃不能平。农工既毕，母出资使学负贩。怙淫沉迷。赌，入手丧败，诡托盗贼，连数以欺其母。母觉之，杖责濒死。福长跪哀乞，愿以身代，怒始解。自是一出门，母辄探察之。怙行稍敛，而非其心之所得已也。一日，请诸母，将从诸贾入洛，实借远游以快所欲，而中心惕惕，惟恐不遂所请。母闻之，殊无疑虑，即出碎金三十两，为之具装；末又以铤金一枚付之，曰："此乃祖宦囊之遗，不可用去，聊以压装，备急可耳。且汝初学跋涉，亦不敢望重息，只此三十金，得无亏负足矣。"临行又嘱之。怙诺而出，欣欣意自得。至洛，谢绝客侣，宿名娼李姬之家。凡十余夕，散金渐尽，自以巨金在橐，初不以空匮自虑。及取而斫之，则伪金耳。大骇失色。李媪见其状，冷语侵客。怙心不自安，然囊空无所向往，犹冀姬念夙好，不即绝之。俄有二人握索入，骤系项领。惊惧不知所为。哀问其故，则姬已窃伪金，去首公庭矣。至官，不能置辞，梏掠几死。收狱中，又无资斧，大为狱吏所虐，乞食于囚，苟延余息。初，怙之行也，母谓福曰："记取二十日后，当遣汝之洛。我事繁，恐忽忘之。"福请所谓，黯然欲悲，不敢复请而退。过二十日而问之。叹曰："汝弟今日之浮荡，犹汝昔日之废学也。我不冒恶名，汝何以有今日？人皆谓我忍，残忍。但泪浮枕簟，而人不知耳。"因泣下。福侍立敬听，不敢研诘。泣已，乃曰："汝弟荡心不死，故授之伪金以挫折之，今度已在缧绁牢狱。中矣。中丞待汝厚，汝往求焉，可以脱其死难，而生其愧悔也。"福立刻而发。比入洛，则怙被逮已三日矣。即狱中而望之，怙奄然面如鬼，见兄涕不可仰。福亦哭。时福为中丞所宠异，故遐迩皆知其名。邑宰知为怙兄，急释之。怙至家，犹恐母怒，膝行而前。母顾曰："汝愿遂耶？"怙零涕不敢复作声。福亦同跪，母始叱之起。由是痛自悔，家中诸务，经理维勤；即偶惰，母亦不呵问之。凡数月，并不与言商贾。怙欲自请而不敢，以意告兄。母闻而喜，并力质贷而付之，半载而息倍焉。是年，福秋捷，又三年登第；弟货殖累巨万矣。邑有客洛者，窥见太夫人，年四旬，犹若三十许人，而衣妆朴素，类常家云。

异史氏曰："黑心符出，芦花变生，古与今如一丘之貉，良可哀也！或有避其谤者，又每矫枉过正，至坐视儿女之放纵，而不一置问，其视虐遇者几何哉？独是日挞所生，而人不以为暴；施之异腹儿，则指摘从之矣。夫细柳，非独忍于前子也，然使所出贤，亦何能出此心以自白于天下？而乃不引嫌，不避嫌。不辞谤，卒使二子一贵一富，表表于世。此无论闺阃，当亦丈夫之铮铮者矣！"

画马

　　临清崔生，家屡贫。围垣不修。每晨起，辄见一马卧露草间，黑质白章；_{黑毛白纹。}惟尾毛不整，似火燎断者。逐去，夜复来，不知其所自至。崔有善友，官于晋，每欲往就之，而苦无健步，_{强健的坐骑。}遂捉马施勒，乘之而去。嘱家人曰："倘有寻马者，当如晋以告。"既就途，马骛驶，_{急驰。}瞬息百里。夜不甚啖刍豆，意其病。次日紧衔不令驰，而马蹄嘶喷沫，健怒如昨。复纵之，午已达晋。时骑于市廛，观者无不称叹。晋王闻之，以重直购之。崔恐为失者所寻，以故不敢售。居半年，家中无耗，_{音信。}遂以八百金货于晋邸，乃自市_买健骡以归。后王以急务，遣校尉骑赴临清。马逸，追至崔之东邻，入门不可复见。索诸主人。主人曾姓，实莫之睹。及入其堂，见壁间挂子昂画马一帧，内一匹毛色浑似，尾处为香炷所烧，始悟马，画妖也。校尉难复王命，因讼曾。时崔得马资，居积盈万，自愿以其直代曾付校尉而去。曾甚德之，而不知即当年之售主也。

局诈_{三条}

　　某御史家人，偶立市间，有一人衣冠华好，近与攀谈。渐问主人姓字，又审官阀，_{官阶门第。}家人并告之。其人自言："王姓，贵主家之内史也。"语渐款洽，因曰："官途险恶，显者皆附于贵戚之门，尊主人所托何人也？"答言："无之。"王曰："此所谓惜小费而忘大祸者也。"家人曰："何托而可？"王曰："公主待人以礼，又能覆翼_{保护}人。某侍郎亦仆阶进。倘不惜千金赘，见公主当亦非难。"家人喜，问其居止。便指一门曰："日同巷不知耶？"家人归告御史。御史喜，即张盛筵，使家人往邀王。王欣然来。筵间道公主情性，及起居琐事甚详。且言："非同巷之谊，即赐百金赏，不肯效牛马。"御史益佩戴之。临别订约，王曰："公但备物，仆乘间言之，旦晚当有以报命。"越数日始至，骑骏马甚都。谓御史曰："可速治装行。公主事大烦，投谒者踵日相接，自晨及夕，常不得一闲。今得少隙，宜急往，误则相见无期矣。"御史乃出兼金_{精金}重币，从之而去。曲折十余里，始至公主第，下骑祗候。_{恭候。}王先持赘入，久之出，宣言："主召某御史。"即有数人接递传呼。御史伛偻而入，见高堂上坐丽人，姿貌如仙，服饰炳耀；侍姬皆着锦衣，罗列成行。御史伏谒尽礼，传命赐坐檐下，金碗进茗。主略致温旨，御史肃而退。自内传赐缎靴貂帽。既归，深德王，持刺谒谢，则门阒无人。疑其侍主未复。三日三诣，终不复见。使人询诸贵主之门，则高扉扃锢。访之居人，并言："此间从无贵主。前有数人僦屋而居，今去已三日矣。"使反命，主仆丧气而已。

副将军某，负资入都，将图握篆，_{将谋求做将军。}苦无阶。一日，有裘马_{衣裘乘马。}者谒之，自言："内兄为天子近侍。"茶已，请间云："目下有某处将军缺，倘不吝重金，仆嘱内兄游扬圣主之前，_{在皇帝面前称扬。}此任可致，大力者不能夺也。"某疑其唐突涉妄。其人曰："此无须踟蹰。某不过欲抽小数于内兄，于将军锱铢无所望。言定若干数，署券为信。待召见后方求实给，不效，则汝金尚存，谁将怀中而攫之耶？"某乃喜，诺之。次日复来，引某去见其内兄，云："姓田。"烜赫如侯家。某参谒，殊傲睨不甚为礼。其人持券向某曰："适与内兄议，率非万金不可，请即署券尾。"某从之。田曰："人心叵测，事后虑有翻覆。"其人笑曰："兄虑之过矣。既能予之，宁不能夺之耶？且朝中将相，有愿纳交而不可得者。将军前程方远，应不丧心至此。"某亦力矢而出。其人送之，曰："三日即复公命。"逾两日，日方西，数人吼奔而入，曰："圣上坐待矣！"某惊甚，疾趋入朝。见天子坐殿上，爪牙武士森立。某拜舞已，上命赐坐，慰问殷勤，顾左右曰："闻某武烈非常，今见之，真将军才也！"因曰："某处险要地，今已委卿，勿负朕意，候封有日耳。"某拜恩出。即有前日裘马者从至客邸，依券兑付而去。于是高枕待授，日夸荣于亲友。过数日，探访之，则前缺已有人矣。大怒，忿争于兵部之堂，曰："某承帝简，何得授之他人？"司马怪之。及述宠遇，半如梦境。司马怒，执下廷尉。始供其引见者之姓名，则朝中并无此人。又耗万金，始得革职而去。异哉！武弁虽呆，岂朝门亦可假耶？疑其中有幻术存焉，所谓"大盗不操矛弧"者也。

李生，嘉祥人，喜琴。偶适东郊，见工人掘土得古琴，遂以贱直得之。拭之，有异光，安弦而操，清烈非常。喜极，若获拱璧，贮以锦囊，藏之密室，虽至戚不以示也。邑丞程氏，新莅任，投刺谒李。李故寡交游，而以其先施故，报之。过数日，又招饮，固请乃往。程为人风雅绝俗，议论潇洒，李悦焉。越日，折柬酬之，欢笑益洽。由是月夕花晨，未尝不相共也。年余，偶于丞廨中，见绣囊裹琴置几上。李便展玩。程问："亦谙此否？"李言："非所长，而生平好之。"程讶曰："知交非一日，绝技胡不一闻？"拨炉爇点燃沉香，请为小奏。李敬如教。程曰："大高手！愿献薄技，勿笑小巫也。"遂鼓"御风曲"，其声泠泠然，有绝世出尘之意。李更倾倒，愿师事之。自此二人以琴交，情分益笃。年余，尽传其技。然程每诣李，李但以常琴供之，未肯泄所藏也。一夕，薄醉。丞曰："某新肄^{学习}一曲，兄愿闻之乎？"为奏《湘妃曲》，幽怨若泣。李极赞之。丞曰："可恨无良琴；若得良琴，音调益胜。"李欣然曰："仆蓄一琴，颇异凡品。今遇钟期，何敢终秘？"乃启椟负囊而出。程以袍袂拂尘，凭几载鼓，刚柔应节，工妙入神。李闻之，击节不置。丞曰："区区拙技，负此良琴。若得荆人^{对人谦称己妻。}一奏，当有一两声可听者。"李惊曰："公闺中亦精之耶？"丞笑曰："适此操乃传自细君者。"李曰："恨在闺阁，小生不及闻耳。"丞曰："我辈通家，原不以形迹相限。明日，请携琴去，当使隔帘为君奏之。"李悦。次日，抱琴而往，丞即治具欢饮。少间，将琴入，旋出即坐。俄见帘内隐隐有丽妆，顷之，香流户外。又少时，弦声细作；听之不知何曲，但觉荡心媚骨，令人魂魄飞越。曲终便来窥帘，竟二十余绝代之姝也。丞以巨白劝釂，内复改弦为《闲情之赋》，李神形益惑。倾饮过醉，离席辞谢，即便索琴。丞曰："醉后惧有蹉跌。请明日复临，当令闺人尽其所长。"李乃归。次日诣之，则廨舍寂然，惟一老隶应门。问之，云："五更携眷去，不知何作，言往复可三日耳。"如期往伺之，日既暮，并无音耗。吏皂皆疑，以白令，破扃而窥其室，室尽空，惟几榻犹存耳。达之上台，^{将此事报告上官。}并不测其何说。李丧琴，寝食俱废，不远数千里访诸其家。丞故楚产，三年前以捐资授嘉祥丞。执其姓名，询其里居，楚中并无其人。或言："有道士程姓者，善鼓琴，又传其有点金之术。三年前，忽去不复见。"疑即其人。又细审年甲^{年纪}容貌，吻合不谬。乃知道士之纳官，皆为琴也。知交年余，并不言及音律；渐而出琴，渐而献技，又渐而惑以佳丽；浸渍三年，得琴而去。道士之癖，更甚于李生也。天下之骗机多端，若道士者，犹骗中之风雅者矣。

钟生

　　钟庆余，辽东名士也。应济南乡举。闻藩邸有道士知人休咎，_{吉凶}。心向往之。二场后，至趵突泉，适相值。年六十余，须长过胸，一皤然_{须发斑白}道人也。集问灾祥者如堵，道士悉以微词授之。于众中见生，忻与握手曰："君心术德行可敬也！"挽登阁上，屏人_{避开人}语，因问："莫欲知将来否？"曰："唯唯。"曰："子福命至薄，然今科乡举可望。但荣归后，恐不复见尊堂矣。"钟生至孝，闻之涕下，遂欲不试而归。道士曰："若过此一往，一榜亦不可得矣。"生云："母死不见，且不可复为人，贵为卿相何加焉？"道士曰："某夙世与君有缘，今日必合尽力。"乃以一丸授之曰："可遣人夙夜将去，服之可延七日。场毕而行，母子犹及见也。"生藏之，匆匆而出，神志丧失。因计终天有期，_{母亲不久将亡故。}早归一日，则多得一日之奉养，携仆贳_{租。}驴，即刻东迈。驰里许，驴忽返奔，鞭之不驯，控之则蹶。生无计，燥汗如雨。仆劝止之，生不听。又贳他驴，又如之。日已衔山，莫知为计。仆又劝曰："明日即完场矣，何争此一朝夕乎？请即先主而行，计亦良得。"不得已，从之。次日，草草竣事，立时遂发，不遑啜息，_{顾不上饮食休息。}星驰而归。则母病绵惙，下丹药渐就痊可。入视之，就榻泫泣。母摇手止之，执手喜曰："适梦至阴司，见王者颜色霁和，谓稽尔生平，无大罪恶；今念汝子纯孝，赐寿一纪。"_{十二年。}生亦喜。历数日，果平健如故。未几闻捷，辞母如济。因赂内监，致意道士。道士欣然出，生便伏谒。道士曰："君既高捷，太夫人又增寿数，此皆盛德所致，道人何力焉！"生又讶其预知，因而拜问终身。道士云："君无大贵，但得耄耋_{长寿}足矣。君前身与我为僧侣，以石投犬，误毙一蛙，今已投生为驴。论前定数，君当横折；今孝德感神，已有解星入命，固当无恙。但夫人前世，为妇不贞，数应少寡。今君以德延寿，非其所偶，恐岁后瑶台倾_{指妻死}也。"生恻然良久，问继室所在。曰："在中州，今十四岁矣。"临别嘱曰："倘遇危急，宜奔东南。"后年余，妻病果死。生舅令于江西，母遣往省，即以便途过中州，将应继室之谶。偶适一村，值临河优戏，_{河边演戏}士女甚杂。方欲整辔趋过，有一失勒牡驴，_{失去缰绳的公驴}随之而行，致骡蹄跌。生回首，以鞭击驴耳；驴惊，大奔。时有王世子_{诸侯王的嫡子}方六七岁，乳媪抱坐堤上。驴冲过，扈从不及防，挤堕河中。众大哗，欲执之。生纵骡绝驰，顿忆道士言，极力趋东南。约三十余里，入一山村，有叟在门，下骑揖之。叟邀入，自言"方姓"，便诘所来。生叩伏在地，具以情告。叟言："不妨。请即寄居此间，当使徼者去。"至晚得耗，_{音信}始知为世子。叟大骇曰："他家可以为力，此真爱莫能助矣！"生哀不已。叟筹思曰："不可为也。请过宵听其缓急，或可再谋。"生愁怖，终夜不枕。次日侦听，则已行牒讥察，收藏者弃市。_{杀头}叟有难色，无言而入。生疑惧，无以自安。中夜，叟来叩扉入，少坐，便问："夫人年几何矣？"生以鳏对。叟喜曰："吾谋济矣！"问之，答云："姊夫慕道，挂锡南山；_{在南山出家}姊又谢世，遗有孤女，从仆鞠养，亦颇慧，以奉箕帚何如？"生喜符道士之言，而又冀亲戚密迩，可以得其周谋，曰："小生诚幸矣。但远方罪人，深恐贻累丈人。"叟曰："此即为君谋也。姊夫道术颇神，但久不与人事矣。合卺后，自与甥女筹之，必合有计。"生益喜，赘焉。女十六岁，艳绝无双。生每对之欷歔。女曰："妾即陋，何遽遽见嫌恶？"生谢曰："娘子仙人，相偶为幸。但有祸患，恐致乖违。"因以实告。女怨曰："舅乃非人！此弥天之祸，不可为谋，乃不明言，而陷我于坎窞！"_{陷阱。}生长跪曰："是小生以死命哀舅，舅慈悲而穷于术，知卿能生死人而肉白骨也。某诚不足称好逑，_{好的配偶。}然家门幸不辱寞。倘得再生，香花供养有日耳。"女叹曰："事已至此，夫复何辞？然父自削发招提，儿女之爱已绝。无已，同往哀之，恐担挫辱_{折辱。}不浅也。"乃一夜不寐，以毡绵厚作蔽膝，_{护膝的围裙。}夫妻隐着衣底。然后唤肩舆，入南山十余里。山径拗折绝险，不复可乘，下舆。女踸步甚艰，生挽臂曳扶，竭蹶_{筋疲力竭。}始得上达。不远即见山门，共坐少憩。女喘汗淫淫，_{水流貌。}粉黛交下。生见之，情不可忍，曰："为某事，遂使卿罹此苦！"女愀然曰："恐此尚未是苦。"困少苏，相将入兰若，_{寺庙。}礼佛而进。曲折入禅堂，见老僧趺坐，目若瞑，一童执拂侍之。方丈中，扫除光洁；而坐前悉布沙砾，密如星宿。女不敢择，入跪其上；生亦从诸其后。僧开眸一视，即复瞑去。女参白："久不定省。今女已嫁，故偕婿来。"僧久之，启视曰："妮子大累人！"即不复言。夫妻跪良久，筋力俱殆，沙砾将压入骨，痛不可支。又移时，乃言曰："将骡来未？"女答言："未。"曰："夫妻即去，可速将来。"二人拜而起，狼狈而行。既归，谨如其命，不解其意，但伏听之。过数日，相传罪人已得，伏诛讫。夫妻相庆。无何，山中遣童来，以断杖付生云："代死者，此君也。"便嘱葬祭，以解竹木之冤。生视之，断处有血痕焉。乃祝而葬之。夫妻不敢久居，星宿归辽阳。

医术

张氏者，沂之贫民。途中遇一道士，善风鉴，_{擅长相术}。相之曰："子当以术业_{技艺}富。"张曰："宜何从？"又顾之曰："医可也。"张曰："我仅识'之无'耳，乌能是？"道士笑曰："迂哉！名医何必多识字乎！但行之耳。"既归，贫无业，乃摭拾海上方，_{检取各地偏方}。即市廛中除地作肆，设鱼牙蜂房，谋升斗于口舌之间，而人亦未之奇也。会青州太守病嗽，牒檄所属征医。沂故山僻，少医工。而令惧无以塞责，因责里中使自报。于是共举张，令立召之。张方痰喘不能自疗，闻命大惧，固辞。令弗听，卒邮送之去。路经深山，渴极，咳愈甚。入村求水，而山中水价与玉液等，遍乞之，无与者。见一妇漉野菜，_{淘洗野菜}。菜多水寡，盆中浓浊如涎。张燥急难堪，便乞余沈，_汁饮之。少间渴解，嗽亦顿止。阴念：殆良方也。比至郡，诸邑医工已先施治，并未痊减。张入，求密所，伪作药目，传示内外；复遣人于民间索诸藜藿，如法淘汰讫，以汁进太守。一服，病良已。太守大悦，赐赉甚厚，旌以金匾。由此，名大噪，门常如市，应手无不悉效。有病伤寒者，言症求方。张适醉，误以疟剂予之。醒而悟，不敢以告人。三日后，有盛仪造门而谢者，问之，则伤寒之人，大吐大下而愈矣。此类甚多。张由此称素封，益以声价自重，聘者非重资安舆不至焉。

益都韩公，名医也。其未著_{未显名}时，货药于四方。暮无宿所，投止一家，则其子伤寒将死，因请施治。韩思不治则去此莫适，而治之诚无术。往复趑趄，以手搓体，而汗垢成片，捻之如丸。顿思以此绐_{欺骗。}之，当亦无所害。晓而不愈，已赚得寝食安饱矣。遂付之。中夜，主人挝门甚急。意其子死，恐被侵辱，惊起，逾垣疾遁。主人追之数里，韩无所逃，始止。乃知病者汗出而愈矣。挽回，款宴丰隆；临行，厚赠之。

鸿

　　天津弋人_{射鸟人。}得一鸿，其雄者随至其家，哀鸣翱翔，抵暮始去。次日，弋人早出，则鸿已至，飞号从之，既而集其足下。弋人将并捉之。见其伸颈俯仰，吐出黄金半铤。弋人悟其意，乃曰："是将以赎妇也。"遂释雌。两鸿徘徊，若相悲喜，遂双飞而去。弋人称金，得二两六钱。噫！禽鸟何知，而钟情若此！悲莫悲于生离别，物亦然耶？

象

　　广中有猎兽者，挟矢入山。偶卧憩息，不觉沉眠，被象鼻摄而去。自分必遭残害。未几，释置大树下，顿首一鸣，群象纷至，四面旋绕，若有所求。前象伏树下，仰视树而俯视人，似欲其登。猎者会意，即以足踏象背，攀援而升。虽至树巅，亦不知其意向所存。少间，有狻猊_{suānní，狮子。}来，众象皆伏。狻猊择一肥者，意将抟噬。象战栗，无敢逃者，惟共仰树上，似求怜拯。猎者因望狻狼发一弩，猱狼立殪。诸象瞻空，意若拜舞。猎者乃下。象复伏，以鼻牵衣，似欲其乘。猎者遂跨身其上。象乃行。至一处，以蹄穴地，得脱牙无算。_{无数。}猎人下，束置已，象乃负送出山始返。

周克昌

　　淮上贡生周天仪，年五旬，止一子，名克昌，爱昵之。至十三四岁，丰姿益秀；而性不喜读，辄逃塾，_{逃学。}从群儿戏，恒终日不返。周亦听之。一日，既暮不归，始寻之，殊竟乌有。夫妻号跳，几不欲生。年余，昌忽自至。言："为道士迷去，幸不见害。值其他出，得逃归。"周喜极，亦不追问。及教以读，慧悟倍于曩畴。逾年，文思大进，既入郡庠试，遂知名。世族争婚，昌颇不愿。赵进士女有姿，周强为娶之。既入门，夫妻调笑甚欢；而昌恒独宿，若无所私。逾年，秋战而捷。_{参加乡试中了举人。}周益慰。然年渐暮，日望抱孙，故常隐讽昌。昌漠若不解。母不能忍，朝夕多絮语。昌变色，出曰："我久欲亡去，所不遽舍者，顾复之情_{父母养育之恩。}耳。实不能探讨房帏，以慰所望。请仍去。彼顺志者且复来矣。"追曳之，已踣，衣冠如脱。_{衣帽如同蜕下的皮。}大骇，疑昌已死，是必其鬼也。悲叹而已。次日，昌忽仆马而至，举家惶骇。近诘之，亦言：为恶人掠卖于富商之家；商无子，子焉。得昌后，忽生一子。昌思家，遂送之归。问所学，则顽钝如昔，乃知此为真昌；其入泮乡捷者，鬼之假也。然窃喜其事未泄，即使袭孝廉之名。入房，妇甚狎熟；而昌觍然有怍色，似新婚。甫周年，生子矣。

　　异史氏曰："古言庸福人，_{平庸而有福之人。}必鼻口眉目之间具有少庸，而后福随之；其精光陆离者，鬼所弃也。庸之所在，桂籍可以不入闱而通，佳丽可以不亲迎而致；而况少有凭借，益之钻窥者乎！"

王货郎

济南业酒_{卖酒}。某翁，遣子小二如齐河索贳价。_{追讨酒债。}出西门，见兄阿大。——时大死已久。二惊问："哥那得来？"答云："冥府一疑案，须弟一证之。"二作色怨讪。大指后一人如皂状者，曰："官役在此，我岂自由耶！"但引手招之，二不觉从去，尽夜狂奔，至泰山下。忽见官衙，方将并入，见群众纷出。皂拱问："事何如矣？"一人曰："勿须复入，结_{结案。}矣。"皂乃释二令归。大忧弟无资斧。皂思良久，即引二去，走二三十里，入村，至一家檐下。嘱云："如有人出，便使相送；如其不肯，便道王货郎言之矣。"遂去。二冥然而僵。既晓，第主_{宅院主人。}出，见一人死门外，大骇。守移时，微苏。扶入饵之，始言里居，即求资送，主人难之，二如皂言。主人惊绝，急赁骑送之归。偿之不受，问其故，亦不言而别。

罴龙

胶州王侍御，出使琉球。舟行海中，忽自云际堕一巨龙，激水高数丈。龙半浮半沉，仰其首，以舟承颔；睛半启，嗒然若丧。此指疲惫不堪。阖舟大恐，停桡不敢少动。舟人曰："此天上行雨之疲龙也。"王悬救于上，焚香共祝之。移时，悠然遂逝。舟方行，又一龙堕如前状。日凡三四。又逾日，舟人命多备白米，戒曰："去清水潭不远矣。如有所见，但糁米于水，把米撒于水中。寂无哗。"俄至一处，水清彻底。下有群龙，五色，如盆如瓮，条条尽伏。有蜿蜒者，其鳞鬣爪牙，历历可数。众神魂俱丧，闭息合眸，不惟不敢窥，并不能动。惟舟人握米自撒。久之，见海底深黑，始有呻者。因问掷米之故，答曰："龙畏蛆，恐入其甲。白米类蛆，故龙见辄伏，舟行其上，可无害也。"

冯木匠

抚军周有德，改创故藩邸为部院衙署。时方鸠工，聚集工匠。有木作匠冯明寰直通"值"，值班。宿其中。夜方就寝，忽见纹窗半开，月明如昼。遥见短墙上立一红鸡；注目间，鸡已飞抢至地。俄一少女露半身来相窥。冯疑为同辈所私；静听之，众已熟眠。私心怔忡，窃望其误投也。少间，女果越窗过，径入己怀。冯喜，默不一言。欢毕，女亦遂去。自此夜夜至。初犹自隐，后遂明告。女曰："我非误就，敬相投耳。"两人情日密。既而工满，冯欲归，女已候于旷野。冯所居村，离郡济南府城。不甚远，女遂从去。既入室，家人皆莫之睹，始知其非人。迨数月，精神渐减，心益惧，延师巫师。镇驱，卒无少验。一夜，女艳妆来，向冯曰："世缘俱有定数：当来推不去，当去亦挽不住。今与子别矣。"遂去。

某甲

某甲私其仆妇，因杀仆纳妇，生二子一女。阅十九年，巨寇破城，劫掠一空。一少年贼，持刀入甲家。甲视之，酷类死仆。自叹曰："吾合休矣！"倾囊赎命，迄始终。不顾，亦不一言，但搜人而杀，共杀一家男女二十七口而去。甲头未断，寇去少苏，犹能言之，三日寻毙。呜呼！果报之不爽，没有差错。可畏也哉！

衢州三怪

张握仲从戎衢州，云："衢州夜静时，人莫敢独行。钟楼上有鬼，头上一角，象貌狞恶，闻人行声即下。人骇奔，鬼亦遂去。而见之辄病，多死者。又城中一塘，夜出白布一匹，如匹练横地上。过者拾之，即卷入水。又有鸭鬼，夜既定，塘边寂无一物，若闻鸭声即病。"

拆楼人

何冏卿，平阴人。初令秦中，一卖油者有薄罪，其言憨，何怒，杖毙之。后仕至铨司，家资富饶。建一楼，上梁_{安装屋顶最高一根}_{中梁}日，亲宾称觞为贺。忽见卖油者入，阴自骇疑。俄报妾生子。愀然曰："楼工未成，拆楼人已至矣！"人谓其戏，而不知其实有所见也。后子既长，最顽，荡其家。佣为人役，每得钱数文，辄买香油食之。

大蝎

明彭将军宏，征寇入蜀。至深山中，有大禅院，云已百年无僧。询之土人，则谓寺中有妖，入者辄死。彭恐伏寇，率兵斩茅而入。前殿中有皂_黑雕，夺门飞去；中殿无异；又进之，则佛阁，周视亦无所见，而入者皆头痛不能禁。彭亲入，亦然。少顷，有大蝎如琵琶，自板上蠢蠢而下，一军惊走。彭遂火其寺。

司札吏

游击官某，妻妾甚众。最讳其小字，呼年曰岁，生曰硬，马曰大驴；又讳安为放，败为胜。虽简札往来，不甚避忌，而家人道之，则怒。一日，司札吏白事误犯。大怒，以砚击之，立毙。三日后，醉卧，见吏持刺_{名帖}入。问："何为？"吏白："马子安来拜。"忽悟其鬼，急起拔刀挥之。吏微笑，掷刺几上，泯然而没。取刺视之，书云："岁家眷硬大驴子放胜。"_{此为避讳写法，正确写法为"年家眷生}

马子安拜"。暴谬之夫，为鬼揶揄，可笑甚已！

牛首山一僧，自名铁汉，又名铁屎。有诗四十首，见者无不绝倒。自镂印章二：一曰"混账行子"；一曰"老实泼皮"。秀水王司直梓其诗，名曰"牛山四十屁"。款云："混账行子、老实泼皮放。"不必读其诗，其标名已足解颐。欢笑。

卷十六

嫦娥

太原宗子美，从父游学，流寓广宁。父与红桥下林姬有素。_{平素有交往。}一日，父子过红桥遇之，固请过诸其家，瀹茗_{煮茶。}共话。有女在旁，殊色也。翁极赞之，姬顾宗曰："大郎温婉如处子，福相也。若不鄙弃，便奉箕帚，如何？"翁笑，促子离席，使拜姬曰："一言千金矣！"先是姬独居，女忽自至，告诉孤苦。问其小字，则名嫦娥。姬爱而留之，实将奇货居之_{把她看作奇货，待价而沽。}也。是时宗年十四，睨女窃喜，意翁必媒定之，而翁归若忘。心灼热，以白母。翁闻而笑曰："曩与贫婆子戏耳。彼不知将卖万金几何矣，此何可易言！"逾年，翁媪并卒。子美不能忘情嫦娥，服将阕，_{守丧期将满。}托人示意林姬。姬初不承，宗忿曰："我生平不轻折腰，何媪视之不值一钱？若负前盟，须见还也！"姬乃云："曩或与而翁戏约，容有之。但无成言，即都忘却。今既云云，我岂留嫁天王_{天子。}耶？要日日妆束，实望易千金。今请半焉，可乎？"宗自度难办，亦遂置之。适有寡媪，僦居西邻，有女及笄，小名颠当。偶窥之，雅丽不减嫦娥。向慕之，每以馈遗阶进_{以赠送礼品作为进其家门的途径。}久之渐熟，往往送情以目，而欲语无间。一夕，逾垣乞火，宗喜挽之，遂相燕好。约为嫁娶，辞以兄负贩未归。由此蹈隙往来，影迹周密。一日偶经红桥，见嫦娥适在门内，疾趋过之。嫦娥望见，招之以手，宗驻足。女又招之，遂入。女以背约让_{责备。}宗，宗述其故。女便入室，取黄金一铤付之。宗不受，辞曰："自分永与卿绝，遂他有所要。受金而为卿谋，是负人也；受金而不为卿谋，是负卿也。诚不敢有所负。"女默良久曰："君所约姜颇知之，其事必无成。即令成之，妾不怨君之负心也。其速行，媪将至矣。"宗仓卒无以自主，受之而归，心绪勃乱，进退罔知所从。隔夜以告颠当。颠当深然其言，但劝宗专意嫦娥。宗不语，颠当愿下之，_{居于嫦娥之下，即做妾。}宗乃悦。即遣媒纳金林妪，妪无词，以嫦娥归宗。入门后，悉述颠当言。嫦娥微笑，阳怂恿之。宗喜，急欲一白颠当，而颠当迹久绝。嫦娥知其为己，因暂归宁，故与之间，嘱宗窃其佩囊。已而颠当果至，与商所谋，但言勿急。既而解襟狎笑，胁下有紫荷囊，将便摘取。女觉之，变色起曰："君与人一心而与妾二，负心郎，请从此绝！"宗屈意挽解，不听竟去。一日，过门探察之，已另有吴客僦居其中，盖颠当子母徙去已久，影灭迹绝，莫可问讯，怨叹而已。宗自娶嫦娥，家暴富，连阁长廊，弥亘街路。嫦娥善谐谑，适见美人画卷，宗曰："吾自谓如卿，天下无两，但不曾见飞燕杨妃耳。"女笑曰："若欲见之，即亦不难。"乃执卷细审一过，_{一遍。}便趋入室，对镜修妆，效飞燕舞风，既又学杨妃带醉。长短肥瘦，随时变更；风情意态，对卷逼真。方作态时，有婢自外至，不复能识，惊问其僚。既而审注，恍然始笑。宗喜曰："吾得一美人，而千古之美人，皆在床闼矣！"一夜方熟寝，数人撬扉而入，火光射壁。女急起，惊言盗入。宗初醒，即欲鸣呼。一人以白刃加颈，惧不敢喘。又一人掠嫦娥负背上，哄然而去。宗始号，家役毕集，室中珍玩无少亡者。宗大悲，惘然失图，无复情地。告官追捕，殊无音息。荏苒三四年，郁郁常不聊赖，因假_{借。}赴试入都。居半载，占验询察，靡计不施。偶过姚巷，值一女子垢面羸衣，匡襄如丐。停趾相之，颠当也。骇曰："卿何憔悴至此？"答曰："别后南迁，老母即世，_{去世。}为恶人掠卖旗下，挞辱冻馁，所不忍言。"宗泣下，问："可赎否？"曰："难矣！耗费繁多，不能为力。"宗曰："实告卿：年来颇称小有，惜客中资斧有限，倾装货马，所不敢辞。如所需过奢，当归家营办之。"女约明日出西城，相会丛柳下。嘱独往，勿以人从。宗诺之。次日早往，则女先在，袿衣鲜明，大非前状。惊问之。笑曰："曩试君心耳，幸绨袍之意_{故人之情。}犹存。请至敝庐，谊必得当一报。"北行步武，即至其家，遂出肴酒，相与谈宴。宗约与俱归。女曰："妾多俗累，不能终从。嫦娥消息，固颇闻之。"宗急询："何所？"女曰："其行踪缥缈，妾亦不能深悉。西山有老尼，一目眇，_{瞎。}问之，当自知。"遂止宿其家，天明示以径。宗至其处，有古寺，周墉尽颓，丛竹内有茅屋半间，老尼缀衲_{缝补僧衣。}其中。睹客至，漫不为礼。宗揖之，尼始举头致问。因告姓氏，即白所求。尼曰："八十老瞽，与世暌绝，何处知佳人消息？"宗固求之，气益下，乃曰："我实不知，有二三戚属来夕相过，或小女子辈识之未可知。汝明夕可来。"宗乃出。次日再至，则尼他出，败扉扃焉。伺之既久，更漏已摧，明月高揭，_{高举}夜鸟悲啼，悁惧无所复之。方徘徊间，遥见二三女郎自外入，则嫦娥在焉。宗喜极，突起，急揽其袪。嫦娥曰："莽郎君！吓煞妾矣！可恨颠当饶舌，_{多嘴。}乃教情欲缠人。"宗曳坐，执手款曲，历诉艰难，不觉恻楚。女曰："实相告：妾实嫦娥被谪，浮沉俗间，其限已满。托为寇劫，所以绝君望耳。尼亦王母守府者，妾初谴时，蒙其收恤，故暇时常一临存。_{探望。}君如释妾，当为代致颠当。"宗不听，垂首陨涕。女遥顾曰："姊妹辈来矣。"宗方回顾，而嫦娥已杳。宗大哭失声，不欲复活，因解带自缢。恍惚觉神已出舍，怅怅靡之。俄见嫦娥来，捉而提之，足离于地；入寺，取树上尸推挤之，唤曰："痴郎，痴郎！嫦娥在此。"忽若梦醒。少定，女恚曰："颠当贱婢！害妾而杀郎君，我不能恕之也！"下山赁舆而归。既命家人治装，乃返身出西城，诣谢颠当。至则舍宇全非，愕叹而返。窃幸嫦娥不知。入门，嫦娥迎笑曰："君见颠当耶？"宗愕然不能答。女曰："君背嫦娥，乌得颠当？请坐待之，当自至。"未几，颠当果至，仓皇伏榻下。嫦娥叠指弹之，曰："小鬼头陷人不浅哉！"颠当叩头，但求赊死。_{缓死。}嫦娥曰："推人坑中而欲脱身天外耶？广寒十一姑不日下嫁，须绣枕百幅、履百双，可从我去，相共操作。"颠当恭白："但求分工，按时赍送。"女不许，谓宗曰："君若缓颊，_{求情。}即便放却。"颠当目宗，宗笑不语。颠当目怒之。乃乞还告家人，许之，遂去。宗问其生平，乃知其西山狐也。买舆待之。次日果来，遂俱归。或有问者，宗诡对之。然嫦娥重来，恒持重不轻谐笑。宗强使狎戏，惟密教颠当为之。颠当慧绝工媚。嫦娥乐独宿，每辞不当夕。一夜，漏三下，_{三更时。}犹闻颠当房中吃吃不绝。使婢窃听之。婢还，不以告，但请夫人自往。伏窗一窥，则见颠当凝妆_{盛妆}作己状，宗拥抱，呼以嫦娥。女哂而退。未几，颠当心暴痛，急褫衣，曳宗诣嫦娥所，入门便伏。嫦娥曰："我岂医巫魇胜者耶？汝自欲捧心效西子耳。"颠当顿首，但言知罪。女曰："愈矣。"遂起，失笑而去。颠当私谓宗曰："吾能使娘子学观音。"宗不信，因戏相赌。嫦娥每爱趺坐，_{盘腿打坐。}眸含若瞑。颠当悄以玉瓶插柳置几上；自乃垂发合掌侍立其侧，樱唇半启，瓠犀_{玉齿。}微露，睛不少瞬。宗笑之。嫦娥开眸始问，颠当曰："我学龙女侍观音耳。"嫦娥笑骂之，罚使学童子拜。颠当束发，遂四面朝参之，伏地翻转，逞诸变态，左右侧折，袜能磨乎其耳。嫦娥解颐，坐而蹴_{踢。}之。颠当仰首，口衔凤钩，微触以齿。嫦娥方嬉笑间，忽觉媚情一缕，自足趾而上，直达心舍，意荡思淫，若不能自主。乃急敛神，呵曰："狐奴当死！不择人而惑之耶？"颠当释口投地，嫦娥又厉责之，众都不解。嫦娥谓宗曰："颠当狐性不改，适间几为其所迷。若非夙根深者，堕落何难矣！"自是见颠当，每严御之。颠当惭惧，告宗曰："妾于娘子一肢一体，无不亲爱。爱之极，不觉媚之甚。谓妾有异心，不惟不敢，抑不忍。"宗因以告嫦娥，嫦娥遇之如初。然以嬉戏无节，数戒宗，宗不能从。因而大小婢妇竞相狎戏。一日，二人扶一婢效作杨妃。二人以目会意，赚婢懈骨作酣态，两手遽释；婢暴颠墀下，声若倾堵。_{墙倒。}众方大哗；近抚之，而妃子已作马嵬骪矣。众惧，急白主人。嫦娥惊曰："祸作矣！我言何如哉！"往验之，已不可救。使人告诸其父。父某甲，素无行，号奔而至，负尸入厅事，叫骂万端。宗闭户惴恐，莫知所措。嫦娥自出，责之曰："主即虐婢至死，律无偿法。且邂逅暴殂，_{偶然暴死。}乌知其不再苏？"甲噪言："四肢已冰，焉有生理！"嫦娥曰："勿哗。纵不活自有官在。"乃入厅抚尸，而婢已苏，曳之随手而起。嫦娥反身责曰："幸婢不死，贼奴何得无状！可以草索絷送官府！"甲无词，长跪哀免。嫦娥曰："汝既知罪，暂免究处。但小人无赖，反复何常，留汝女终为祸胎，宜即将去。原价若干数，当速为措置。"遣人押出，俾浼二三村老券证。署券已，乃唤婢至前，使甲自问之："无恙乎？"答云："无恙。"而后付之以去。已，乃朝_{聚集。}诸婢数责遍扑。又呼颠当为之厉禁。谓宗曰："今而知为人上者，一笑嚬_{通"颦"，蹙眉。}亦不可轻。谴端开之自妾，而流弊遂不可止。凡哀者属阴，乐者属阳。阳极阴生，此循环之定数。婢子之祸，是鬼神告之以渐_{告诉出现祸患的迹象。}也。荒迷不悟，则倾覆及之矣。"宗敬听之。颠当泣求拔脱。嫦娥乃掐其耳，逾刻释手；颠当憷然为间，忽若梦醒，据地自投，欢喜欲舞。由此闺阁清肃，无敢哗者。婢至其家，无疾暴死。甲以赎金莫偿，浼_{请托。}村老代求怜恕，许之。又以服役之情，施以材木而去。宗常患无子。嫦娥腹中忽闻儿啼，遂以刀破左胁出之，果男。无何复有身，又破右胁而出一女。男酷类父，女酷类母，皆论婚于世家。

异史氏曰："阳极阴生，至言哉！然室有仙人，幸能极我之乐，消我之灾，长我之生，而不我之死。是乡乐，老焉可矣，而仙人顾忧之耶？夫循环之数，理固宜然，而世之长困而不一亨者，又何以为解哉？昔宋人有求仙不得者，每曰：'作一日仙人而死亦无憾。'我不复能笑之也。"

褚生

顺天陈孝廉，十六七岁时，尝从塾师读于僧寺，徒侣綦繁。内有褚生，自言东山人，攻苦讲求，略不暇息，且寄宿斋中，未尝一见其归。陈与最善，因诘之。答曰："仆家贫，办束金_{给教师的酬金。}不易，即不能惜寸阴，而加以夜半，则我二日可当人三日。"陈感其言，欲携榻来与共寝。褚止之曰："且勿，且勿！我视先生，学非吾师也。阜城门有吕先生，年虽耄，可师，请与俱迁之。"盖都中设帐者_{塾师。}多以月计，月终束金完，任其留止。于是两生同诣吕。吕，越之宿儒，落魄不能归，因授童蒙，实非其志也。得两生甚喜，而褚又最慧，过目辄了，故尤器重之。两人情好款密，昼同几，夜亦共榻。月终，褚忽假归，十余日不复至。共疑之。一日，陈有故至天宁寺，遇褚廊下，劈苘淬硫_{劈苘麻，淬硫火。}作火具焉。见陈，忸怩不自安。陈问："何遽废读？"褚握手请间，戚然曰："实相告，家贫无以遗先生，必半月贩，始能一月读。"陈感慨良久，曰："但往读，自合极力。"命从人收其业，同归塾。戒陈勿泄，但托故以告先生。陈父固肆贾，居物致富，陈辄窃父金代褚遗师。父以亡金责陈，陈实告之。父以为痴，遂使废学。褚大惭，别师欲去。吕知其故，让_{责备}之曰："子既贫，胡不早告？"乃悉以金反陈父，止褚读如故，与共饔飧，若子焉。陈虽不入馆，然每邀褚过酒家饮。褚固以避嫌不往，而陈要之弥坚，往往泣下，褚不忍绝，遂与往来无间。逾二年，陈父死，复求受业。吕感其诚，纳之；而废学既久，较褚悬绝矣。居半年，吕长子自越来丐食寻父。门人辈敛金助装，褚惟洒涕依恋而已。吕临别，嘱陈师事褚。陈从之，馆褚于家。未几陈入邑庠，即以"遗才"应试。陈虑不能终幅，_{写一篇完整的八股文。}褚请代之。至期，褚偕一人来，云是表兄刘天若，嘱陈暂从去。陈方出，褚忽自后曳之，身欲蹭，刘急挽之而去。览眺一过，相携宿于其家。家无妇女，即馆客于内舍。居数日，忽已中秋。刘曰："今日李皇亲园中游人甚夥，当往一豁_解积闷，相便送君归。"使人荷茶鼎酒具而往。但见水肆梅亭，喧啾不得入。过水关，则老柳之下，横一画桡，_{画船。}相将登舟。酒数行，苦寂。刘顾僮曰："梅花馆近有新妓，不知在家否？"僮去少时，与姬俱来，盖勾栏李遏云也。李，都中名妓，工诗善歌，陈曾与友人一饮其家，故识之。相见略道温凉，姬戚戚有忧容。刘命之歌，为歌《蒿里》。_{古乐府曲名，为挽歌。}陈不悦，曰："主客即不当卿意，何至对生人歌死曲？"姬起谢，强颜为笑，乃歌艳曲。陈喜提腕曰："卿向日《浣溪纱》读之数过，今并忘之。"姬吟曰："泪眼盈盈对镜台，褰帘忽见小姑来，低头转侧看弓鞋。强解绿蛾开笑靥，频将红袖拭香腮，小心犹恐被人猜。"陈反复数四。已而泊舟，过长廊，见壁上题咏甚多，即命笔记词其上。日已薄暮，刘曰："闱中人将出矣。"遂送陈归。入门，即别去。陈见室暗无人，俄延间，褚生已入。细审之，却非褚。方自惊疑，客遽近身而仆。家人曰："公子愈矣！"共扶曳之。转觉仆者非他，即己也。既起，见褚生在旁，惚惚若梦。屏人而研究之。褚曰："告之勿惊，我实鬼也，久当投生。所以因循于此者，高谊所不能忘，故附君体以代捉刀。_{代人作文。}三场毕，此愿了矣。"陈复求赴春闱，曰："君先世福薄，悭吝之骨，诰赠所不戡也。"问："将何适？"曰："吕先生与仆有父子分，系念常不能置。表兄刘为冥司典簿，_{掌管生死簿。}求白地府主者，或当有说。"遂别而去。陈异之。天明访妓，将以问泛舟之事，则姬死数日矣。又至皇亲园，见题句犹存，而淡墨依稀，若将没灭。始悟题者为魂，作者为鬼。至夕，褚喜而至曰："所谋幸成，敬与君别。"遂伸两手，命陈书褚字于上以志之。陈将置酒为饯，摇手曰："勿须。君如不忘旧好，放榜后勿惮修阻。"_{不要畏惧路途遥远。}陈挥涕送之。见一人伺候于门，褚方依依，其人以手按其顶，随手而匾，掬入囊，负之而去。过数日，陈果捷。于是治装如越。吕妻断育几十年，五旬余忽生一子，两手握固不可开。陈至，请相儿，便谓掌中当有文曰"褚"。吕不深信。儿见陈，十指自开，视之果然。惊问其故，具告之，共相叹异。陈厚贻之，乃返。后吕以岁贡试入都，舍于陈。则儿十三岁已入泮矣。

异史氏曰："吕日教门人，而不知即自教其子。呜呼！作善于人而降祥于己，一间也哉！褚生者，未以身报师，而先以魂报友，其志其行，可贯日月，岂以其鬼故奇之与！"

霍女

朱大兴，彰德人。家富有而吝啬已甚，非儿女婚嫁，座无宾，厨无肉。然佽达喜渔色，_{追求美色。}色所在沉费不赀。每夜逾垣过村从荡妇眠。一夜，遇少妇独行，知为亡者，强胁之，引与俱归。烛之，美绝。自言霍氏。细致研诘，女不悦，曰："既加收齿，_{收纳。}何复盘察？如恐相累，不如早去。"朱不敢问，留与寝处。顾_{只是。}女不能安粗粝，又厌见肉臊，必燕窝或鸡心鱼肚白作羹汤，始能饫饱。朱无奈，竭力奉之。又善病，自言："日须参汤一碗。"朱初不肯，女呻吟垂绝，_{将死。}不得已投之，病若失。遂以为常。女衣必锦绣，数日即厌其故。如是月余，计所费不赀，朱渐不供。女啜泣不食，但求复去。朱惧，又委曲顺承之。每苦闷，辄令十数日，一招优伶为戏。戏时，朱设凳帘外，抱儿坐观之。女以无客，数相诮骂，_{经常责骂朱大兴。}朱亦不甚分解。_{辩解。}居二年，家渐落。向女婉言求少贬；女许之，用度皆损其半。久之，仍不给，女不得已，以肉糜相安，又渐而不珍亦御矣。朱窃喜。忽一夜，启后阁亡去。朱怊怅若失，遍访之，乃知在邻村何氏家。何大姓，世胄也，豪纵好客，灯火达旦。忽有丽人半夜入闺闼。诘之，则朱家之逃妾也。朱为人，何素藐之，又悦女美，遂竟纳焉。绸缪数日，益惑之，穷极奢欲，供奉一如朱。朱得耗，坐索之，何殊不为意。朱质于官，官以其姓名来历都不分晓，置不理。朱货产行赇，_{变卖田产，贿赂官府。}乃准拘质。女谓何曰："妾在朱家，亦非采礼媒定者，胡畏之！"何喜，将与质成。_{对质公堂。}座客顾生，独云不可，谓："收纳逃逋，已干国纪。况此女入门，日费无度，即千金之家，何能久也？"何大悟，罢讼，以女归朱。过一二日，女又逃。有黄生者，故贫士无偶。女叩扉入，自言所来。黄怀刑_{守法。}自爱，艳丽忽投，惊惧不知所为，固却之。女不去。应对间，娇婉无那。黄心动留之，而虑其不能安贫。女早起，躬操家苦，勌劳过旧室焉。黄为人蕴藉潇洒，工于内媚，恨相得晚，止恐风声露泄，为欢不久。而朱自讼后家益贫，又度女终不能安，遂置不究。女从黄数岁，亲爱綦笃。一日，忽欲归宁，要黄御送驾驭车马。之。黄曰："向言无家，何前后之舛也？"曰："曩漫言之：妾镇江人。昔从荡子流落江湖，遂至于此。妾家亦颇裕，君竭资而往，必无相亏。"黄从其言，赁舆同去。至扬州境，泊舟江际。女适凭窗，有巨商子过，惊其艳，反舟缀尾随。之，而黄不知也。女忽曰："君家綦贫，今有一疗贫之方，不知能从否？"黄诘之，女曰："妾相从数年，未能为君育男女，亦一不了事。妾虽陋，幸未老髦，有能以千金相赠者，便鬻妾去，此中妻室田庐皆备焉。此计如何也？"黄失色，不知何因。女笑曰："君勿急，天下固多佳人，谁肯以千金买妾者？其戏言于外以觇有无。卖不卖固自在君耳。"黄不肯。女自与榜人船夫。妇言之，妇目黄，黄漫应焉。妇去无几，返言："邻舟有商人子愿出八百。"黄故摇首以难之。未几，复来，便言如命，即请过船交兑。黄微哂。女曰："教渠姑待，我嘱黄郎，即令去。"女谓黄曰："妾日以千金躯事君，今始知耶？"黄问："以何词遣之？"女曰："请即往署券，去不去固自在我耳。"黄不可。女逼促之。黄不得已，诣焉。立刻兑付，黄令封志之，曰："结发之情，遂以贫故，遽相割舍。倘室人妻子。必不肯从，仍以原金璧赵。"方运金至舟，则见女已从榜人妇，从舟尾已登商舟，遥顾作别，并无凄恋。黄惊魂离舍，嗌不能言。俄商舟解缆，去如箭激。黄大号欲追之，榜人不从，开舟南渡矣。瞬息达镇江，运资上岸，榜人急解舟去。黄守装闷坐，无所适归，望江水之滔滔，如万镝之丛体万箭射体。方掩泣间，忽闻娇声呼："黄郎！"愕然四顾，则女已在前途。喜极，负装从之，问："卿何遽得来？"女笑曰："再迟数刻，则君有疑心矣。"黄乃疑其非常人，固诘其情。女笑曰："妾生平于吝者则破之，于邪者则诳之也。若实与君谋，君必不肯，何处可致千金者？错囊充牣钱袋充盈。而合浦珠还，君幸足矣，穷问何为？"乃雇役荷装，相将俱去。至水门内，一宅南向，径入。俄而翁媪男妇纷出相迎，皆曰："黄郎来也！"黄入参公姥，有两少年揖坐与语，是女兄弟大郎三郎也。筵间味无多品，玉榼四枚，方几已满。鸡蟹鹅鱼，皆脔为个。少年以巨碗行酒，谈吐豪放。已而引入别院，俾夫妇同处。衾枕滑奭，而床则以熟革代棕藤焉。日有婢媪馈致三餐，女或时竟日不至。黄独居颇觉闷苦，屡言归，女固止之。一日谓黄曰："今为君谋，请买一人为子嗣计。然买婢媵则价奢，当伪为姜也兄者，使父与论婚，良家子不难致。"黄不可。女弗听。有张贡士之女新寡，议聘金百缗，女强为娶之。新妇小名阿美，亦颇婉妙。女嫂呼之，黄瑟踧不自安，而女殊坦坦。他日谓黄曰："姜将与大姊至南海一省阿姨，月余可返，请夫妇安居。"遂去。夫妇独居一院，按时给食饮，亦甚隆备。然自入门后，曾无人复至其室。每晨阿美入觐媪，一两言辄退。娣姒^{妯娌}在旁，惟相视一笑，即留连久坐，亦不款曲。黄见翁，亦如之。偶值诸郎聚语，黄至，即都寂然。黄疑闷，莫可告语。阿美觉之，诘曰："君既与诸郎伯仲，^{兄弟}何以月来都如生客？"黄仓猝不能致对，吃吃而言曰："我十年于外，今始归耳。"美又细审翁姑阀阅^{世家门第}及姒娌里居。黄大窘，不能复隐，底里尽露。女泣曰："妾家虽贫，无作贱媵者，无怪诸宛若鄙不齿数矣！"黄惶怖失守，莫知筹计，惟长跽而前，一听女命。美收涕挽之，转请所处。黄曰："仆何敢他谋，计惟子身自去耳。"女曰："既嫁复归，于情何忍？渠虽先从，私也。妾虽后至，公也。不如姑俟其归，问彼既出此谋，将何以置妾也？"居数月，女竟不返。一夜，闻客舍喧饮。黄潜往窥之，见二客戎装上坐：一人裹豹皮巾，凛若天神；东首一人，以虎头革作兜牟，虎口衔额，鼻耳悉具焉。惊异而返，以告阿美，竟莫测霍父子何人。夫妇疑惧，谋欲傚寓他所，又恐生其猜度。黄曰："实告卿：即南海人还，折证一定，仆亦不能家此也。今欲携卿去，又恐尊大人别有异言。不如姑别，二年中当复至。卿能待，待之。如他适者，亦自任也。"阿美欲告父母而从之，黄不可。阿美流涕，要以信誓，乃别而归。黄入辞公姥。时诸郎皆他出，翁挽留以待其归，黄不听而行。登舟凄然，形神丧失。至瓜州，忽回首见片帆来，驶如飞。渐近，则船头按剑而坐者，霍大郎也。遥谓曰："君欲遄返，胡再不谋？遗夫人去，二三年谁复能待也！"言次，舟已逼近。阿美自舟中出，大郎挽登黄舟，跳身径去。先是，阿美既归，方向父母泣诉，忽大郎将舆带着轿子登门，按剑相胁，逼女风走。随夫而去。一家慑息，莫敢遮问。女述其状，黄不解何意，而得美良喜，开舟遂发。至家，出资营业，颇称富有。阿美悬念父母，欲黄一往探之；又恐以霍女来，嫡庶复有参差。居无何，张公访至，见屋宇修整，心颇慰。谓女曰："汝出门后，遂诣霍探问，见门户已扃，第主亦不之知，半年竟无消息。汝母日夜零涕，谓被奸人赚去，不知流离何所。今幸无恙耶？"黄实告以情，因相猜为神。后阿美生子，取名仙赐。至十余岁，母遣诣镇江，至扬州界，休于旅舍，从者皆出。有女子来，挽儿入他室，下帘，抱诸膝上，笑问何名。儿告之。问："取名何义？"答云："不知。"女言："归问汝父当自知。"乃为挽髻，自摘髻上花代簪之，出金钏束腕上。又以黄金内袖中，曰："将去买书读。"儿问其谁，曰："儿不知更有一母耶？归告汝父：朱大兴死无棺木，当助之，勿忘也。"老仆归舍失少主，寻至他室，闻与人语，窥之，则故主母。帘外微嗽，将有咨白。女推儿榻上，恍惚已杳。问之舍主，并无知者。数日自镇江归，语黄，又出所赠。黄感叹不已。及询朱，则死才三日，露尸未葬，厚恤之。

异史氏曰："女其仙耶？三易其主不为贞。然为渍者破其悭，

为淫者速其荡，女岂无心者耶？然破之，则不必其怜之矣，贪淫鄙
吝之骨，沟壑何惜焉？"

司文郎

　　平阳王平子，赴试北闱，赁居报国寺。寺中有余杭生先在，王
以比屋居，_{比邻而居。}投刺_{投递名帖。}焉，生不之答。朝夕遇之，多无
状。王怒其狂悖，交往遂绝。一日，有少年游寺中，白服裙帽，望
之傀然。_{高大貌。}近与接谈，言语谐妙，心爱敬之。展问邦族，云：
"登州宋姓。"因命苍头设座，相对嚯谈。余杭生适过，共起逊坐。
生居然上座，更不挹捱。_{谦逊。}率然问宋："尔亦入闱者耶？"答云：
"非也。驽骀之才，无志腾骧久矣。"又问："何省？"宋告之。生
曰："竟不进取，足知高明。山左右_{指山东宋生与山西王平子。}并无一字
通者。"宋曰："北人固少通者，然不通者未必是小生。南人固多通
者，然通者亦未必是足下。"言已鼓掌。王和之，因而哄堂。生惭
忿，轩眉攘腕_{扬眉挽袖。}而大言曰："敢当前命题一较文艺_{八股文。}
乎？"宋他顾而哂曰："有何不敢！"便趋寓所，取经授王。王随手
一翻，指曰："'阙党童子将命'。"生起，求笔札。宋曳之曰："口
占可也。我破已成：'于宾客往来之地，而见一无所知之人焉。'"
王捧腹大笑。生怒曰："全不能文，徒事嫚骂，何以为人！"王力为
排难，请另命佳题。又翻曰："'殷有三仁焉。'"宋立应曰："三
子者不同道，其趋一也。夫一者何也？曰：仁也。君子亦仁而已
矣，何必同？"生遂不作，起曰："其为人也小有才。"遂去。王以
此益重宋。邀入寓室，款言移晷，尽出所作质宋。宋流览绝疾，逾

刻已尽百首，曰："君亦深沉于此道者，然命笔时无求必得之念，而尚有冀幸得之心，即此已落下乘。"遂取阅过者一一诠说。王大悦，师事之。使庖人以蔗糖作水角。水饺。宋啖而甘之，曰："生平未解此味，烦异日更一作也。"由此相得甚欢。宋三五日辄一至，王必为之设水角焉。余杭生时一遇之，虽不甚倾谈，而傲睨之气顿减。一日以窗艺习作。示宋。宋见诸友圈赞已浓，目一过，推置案头，不作一语。生疑其未阅，复请之。答已览竟，生又疑其不解。宋曰："有何难解？但不佳耳！"生曰："一览丹黄，指圈赞。何知不佳？"宋便诵其文如夙读者，且诵且訾。批评。生局蹐汗流，不言而去。移时，宋去。生入，坚请王作。王拒之，生强搜得，见文多圈点，笑曰："此大似水角子！"王故朴讷，觍然而已。次日宋至，王具以告。宋怒曰："我谓'南人不复反矣'，伧楚何敢乃尔！当有以报之！"王力陈轻薄之戒以劝之，宋深感佩。既而场后以文示宋，宋颇相许。赞许。偶与涉历殿阁，见一瞽僧坐廊下，设药卖医。宋讶曰："此奇人也！最能知文，不可不一请教。"因命归寓取文。遇余杭生，遂与俱来。王呼师而参之。僧疑其问医者，便诘症候。王具白请教之意。僧笑曰："是谁多口，无目何以论文？"王请以耳代目。僧曰："三作两千余言，何暇久听！不如焚之，我视以鼻可也。"王从之。每焚一作，僧嗅而颔之曰："君初法大家，虽未逼真，亦近似矣。我适受之以脾。"问："可中否？"曰："亦中得。"余杭生未深信。先以古大家文烧试之。僧再嗅曰："妙哉此文！我心受之矣，非归、胡归有光、胡友信。何解办此！"生大骇，始焚己作。僧曰："适领一艺，未窥全豹，何忽另易一人来也？"生托言："朋友之作，止彼一首；此乃小生作也。"僧嗅其余灰，咳逆数声曰："勿再投矣！格格而不能下，强受之以膈。再焚，则作恶矣。"生惭而退。数日榜放，生竟领荐。中举。王下第。落榜。宋与走告僧。僧叹曰："仆虽盲于目，不盲于鼻。帘中人并鼻盲矣。"俄余杭生至，意气发舒，曰："盲和尚，汝亦啖人水角耶？今竟何如？"僧笑曰："我所论者文耳，不谋与君论命。君试寻试官之文，各取一首焚之，我便知孰为尔师。"生与王并搜之，止得七八人。生曰："如有舛错，以何为罚？"僧曰："剜我盲瞳去！"生焚之。每一首都言非是。至第六篇，忽向壁大呕，下气如雷。众皆粲然。僧拭目向生曰："此真汝师也！初不知而骤嗅之，刺于鼻，棘于腹，膀胱所不能容，直从下部出矣！"生大怒去，曰："明日自见，勿悔勿悔！"越二三日竟不至，已移去矣。乃知即某门生也。宋慰王曰："凡吾辈读书人，不当尤人，怨恨别人。但当克己。严格要求自己。不尤人则德益弘，能克己则学益进。当前踬落，固是数之不偶。命运不好。平心而论，文亦未便登峰。其由此砥砺，天下自有不盲之人。"王肃然起敬。又闻次年再行乡试，遂不归，止而受教。宋曰："都中薪桂米珠，勿忧资斧。舍后有窖镪，可以发用。"即示之处。王谢曰："昔窦、范贫而能廉，今某幸能自给，敢自污乎？"王一日醉眠，仆及庖人窃发之。王初觉，闻舍后有声，出窥则金堆地上。情见事露，并相慑服。方诃责间，见有金爵，类多镌款，审视，皆大父祖父。字讳。盖王祖曾为南部郎，入都寓此，暴病而卒，金其所遗也。王乃喜，秤得金八百余两。明日告宋，且示之爵，欲与瓜分，固辞乃已。以百金往赠瞽僧，僧已去。积数月，敦习益苦。及试，宋曰："此战不捷，始真是命矣！"俄以犯规被黜。王尚无言，宋大哭不能自止，王反慰解之。宋曰："仆为造物所忌，困顿至于终身，今又累及良友。其命也夫！其命也夫！"王曰："万事固有数在，如先生乃无志进取，非命也。"宋拭泪曰："久欲有言，恐相惊怪，某非生人，乃飘泊之游魂也。少负才名，不得志于场屋。佯狂至都，冀得知我者传诸著作。甲申之年，指崇祯十七年（1644）李自成领导的农民起义军攻陷北京。竟罹于难，岁岁飘蓬。幸蒙相爱，故极力为他山之攻，生平未酬之愿，实欲借良友以快之耳。今文字之厄若此，谁复能漠然无动于衷。哉！"王亦感泣。问："何淹滞？"曰："去年上帝有命，委宣圣孔子。及阎罗王核查劫鬼，上者备诸曹任用，余者即俾转轮。贱名已录，所未投到者，欲一见飞黄指科举得志，飞黄腾达。之快耳。今请别矣！"王问："所考何职？"曰："梓橦梓橦帝君，掌管天下文教之神。府中缺一司文郎，主管文运。暂令聋僮署篆，文运所以颠倒。万一幸得此职，当使圣教昌明。"明日，忻忻喜悦貌。而至曰："愿遂矣！宣圣命作《性道论》，视之喜，谓可司文。阎罗稽簿，欲以'口孽'言论过失。见弃，宣圣争之乃得就。某伏谢已，又呼近案下嘱云：'今以怜才，拔充清要，宜洗心供职，勿蹈前愆。'此可知冥中重德行，更甚于文学也。君必修行未至，但积善勿懈可耳。"王曰："果尔，余杭生其德行何在？"曰："此即不知。要冥司赏罚皆无少爽。差错。即前日瞽僧亦一鬼也，是前朝名家，以生前抛弃字纸过多，罚作瞽，彼自欲医人疾苦以赎前愆，故托游廛肆耳。"王命置酒。宋曰："勿须。终岁之扰尽此一刻，再为我设水角足矣。"王悲怆不食，坐令自啖。顷刻已过三盛，三盘。捧腹曰："此餐可饱三日，吾以志君德耳。向所食都在舍后，已生菌矣，藏作药饵，可益儿慧。"王问后会，曰："既有官责，当引嫌也。"又问："梓橦祠中以相酬祝，可能达否？"曰："此都无益。九天甚远，但洁身力行，自有地司牒文相报，则某必与知之。"言已，作别而没。王视舍后果生紫菌，紫芝。采而藏之。旁有新土坟起，则水角宛然在焉。王归，弥自刻厉。更加刻苦努力。一夜，梦宋舆盖而至曰："君向以小忿，误杀一婢，削去禄籍。今笃行已折除矣。然命薄，不足仍仕进也。"是年捷于乡，明年春闱又胜，遂不复仕。生二子，其一绝钝，啖以菌，遂大慧。后以故诣金陵，遇余杭生于旅次，极道契阔，久别之情。深自降抑，然鬓毛斑矣。

异史氏曰："余杭生公然自诩，意其为文，未必尽无可观，而骄诈之意态颜色，遂使人顷刻不可复忍。天人之厌弃已久，故鬼神皆玩弄之。脱能增修厥德，则帘内之刺鼻棘心者，遇之正易，何所遭之仅也。"

丑狐

穆生，长沙人。家清贫，冬无絮衣。一夕枯坐，有女子入，衣服炫丽而颜色黑丑。笑曰："得毋寒乎？"生惊问之，曰："我狐仙也。怜君枯寂，聊与共温寒榻耳。"生惧其狐而又厌其丑，大号。女以元宝置几上曰："若谐，以此相赠。"生悦而从之。床无裀褥，女代以袍。将晓，起而嘱曰："所赠可急市^买。软绵作卧具，余者絮衣作馔皆足矣。倘得永好，勿忧贫也。"遂去。生告妻，妻亦喜，即市帛为之缝纫。女夜至，见卧具一新，喜曰："君家娘子劬劳哉！"遂留金以酬之。从此至无虚夕，每去必有所遗。年余屋庐修洁，内外皆衣文绣，居然素封。女赂贻渐少，生由此心厌之。聘术士至，画符于门。女来，啮折而弃之，入指生曰："背德负心，至君已极！然此奈我何！若相厌薄，我自去耳。但情义既绝，受于我者须当偿也！"忿然而去。生惧以告术士。术士作坛，陈设未已，忽颠地下，血流满颊。视之，则割去一耳。众大惧奔散，术士亦掩耳窜去。室中掷石如盆，门窗釜甑无复全者。生伏床下，搐缩骇汗。^{抽搐流汗，缩成一团。}俄见女抱一物入，猫首猗^{wō，小狗。}尾，置床下，嗾之曰："嘻嘻！可嚼奸人足。"物即龁履，齿利于刃。生大惧，将屈藏之，四肢不能少动。物嚼指爽脆有声，生痛极哀祝。女曰："所有金珠，尽出无隐。"生应之。女曰："呵呵！"物乃止。生不能起，但告以处。女自往搜括，珠钿衣服之外，止得二百余金。女少之，又曰："嘻嘻！"物复嚼，生哀鸣求恕。女限十日偿金六百。生诺之，女乃抱物去。久之，家人渐至，从床下曳生出，足血淋漓，丧其二指。视室中财物俱空，惟当年破被存焉。遂以覆生令卧。又惧十日复来，乃货鬻田产以盈其数。至期女果至。急付之，无言而去。自此遂绝。生足疮，医药半年始愈，而家清贫如初矣。狐适近村于氏。于农家不中资，三年间援例纳粟，夏屋_{高大房屋}连蔓，所衣华服半生家物。生见之亦不敢问。偶适野，遇女于途，长跽道左。女无言，但以素巾裹五六金遥掷之，返身径去。后于氏早卒，女犹时至其家，家中金帛辄亡去。于子睹其来，拜参之，遥祝曰："父即去世，儿辈皆若子，纵不抚恤，何忍坐令贫也。"女遂去，不复至。

异史氏曰："邪物之来，杀之亦壮；而既受其德，即鬼物不可负也。既贵而杀赵孟，则贤豪非之矣。夫人非其心之所好，即万钟何动焉？观其见金色喜，其亦利之所在，丧身辱行而不惜者与？伤哉贪人，卒取残败。"

吕无病

洛阳孙公子，名麒，娶蒋太守女，甚相得，二十夭殂，悲不自胜。离家，居山中别业。适阴雨，昼卧，室无人。忽见复室帘下露妇人足，疑而问之。有女子搴帘出，年约十八九，衣服洁而微黑多麻，类贫家女。意必村中僦_{租赁}屋者，呵曰："所须宜白家人，何得轻入！"女微笑曰："妾非村中人，祖籍山东，吕姓。父文学士。妾小字无病，从父客迁，早离顾复。_{父母早亡。}慕公子世家名士，愿为康成_{郑玄字。此处以东汉经学大师郑玄喻孙生。}文婢。"孙笑曰："卿意良佳，然仆辈杂居，实所不便，容旋里后，当舆聘之。"女次且_{同"趑趄"，指欲言又止。}曰："自揣陋劣，何敢遂望敌体！_{指妻子。}聊备案前驱使，当不至倒捧册卷。"孙曰："纳婢亦须吉日。"乃指架上，使取通书_{历书}第四卷，盖试之也。女翻捡得之，先自涉览而后进之，笑曰："今日河魁_{月内凶神。}不曾在房。"孙意少动，留匿室中。女闲居无事，为之拂几整书，焚香拭鼎，满室光洁。孙悦之，至夕，遣仆他宿。女俯眉承睫，殷勤臻至。_{备至。}命之寝，始持烛去。中夜睡醒，则床头似有卧人。以手探之，知为女，捉而撼焉。女惊寤，起立榻下。孙曰："何不别寝，床头岂汝卧处！"女曰："妾善惧。"孙怜之，俾施枕床内。忽闻气息之来，清如莲蕊。异之，呼与共枕，不觉心荡，渐与同衾，大悦之。念避匿非策，又恐同归招议。_{招致非议。}孙有母姨，近隔十余门，谋令遁诸其家，而后舆致之。女称善，便言："阿姨，妾熟识之，无容先达，请即去。"孙送之，逾垣而去。孙母姨，寡媪也。凌晨启户，女掩入。媪诘之，答云："若甥遣问阿姨。公子欲归，路赊_远，乏骑，留奴暂寄此耳。"媪信之，遂止焉。孙归。矫谓姨家有婢欲相赠，遣人舁之而还，坐卧皆以从。久益嬖之，纳为小妻。_{妾。}世家论婚皆勿许，殆有终焉之志。女知之，苦劝另娶，乃娶于许，而终嬖爱无病。许其贤，略不争夕，而无病事许益恭，以此嫡庶谐好。许举一子阿坚，无病爱抱如己出。儿甫三岁，辄离乳媪从无病宿，许唤之不去也。无何，许病寻卒。临诀嘱孙曰："无病最爱儿，即令子之可也，即正位_{即以妾为妻}焉亦可也。"既葬，孙将践其言，告诸宗党，佥_{皆。}谓不可。女亦固辞，遂止。邑有王天官女，新寡，来求姻。孙雅_很不欲娶，王再请之。媒道其美，宗族仰其势，共怂恿之。孙惑焉，又娶之。色果艳，而骄已甚，衣服器用多厌嫌，辄加毁弃。孙以爱敬故，不忍有所拂。入门数月，擅宠专房，而无病至前，笑啼皆罪。时怒迁夫婿，数相斗阋。孙患苦之，以故多独宿。妇又怒。孙不能堪，托故之都，逃妇难也。妇又以远游咎无病。无病鞠躬屏气，承望颜色，而妇终不快。夜使直_{当值}宿床下，儿奔与俱。每唤起给使，儿辄啼，妇厌骂之。无病急呼乳媪来，抱之不去，强之益号。妇怒起，毒挞无算，始从乳媪去。儿以是病悸不食。妇禁无病不令见之。儿终日啼，妇叱媪使弃诸地。儿气竭声嘶，呼而求食，妇戒勿与。日既暮，无病窥妇不在，潜饮儿。儿见之，弃水捉襟，嗷啕不止。妇闻之，意气汹汹而出。儿闻声辄啼，一跃遂绝。无病大哭。妇怒曰："贱婢丑态，岂以儿死胁我耶！无论_{不要说}孙家褓襁物，即杀王府世子，_{诸侯王嫡子。}王天官女亦能任之！"无病乃抽息忍涕，请为葬具。妇不许，立命弃之。妇既去，窃抚儿四体犹温，隐语媪曰："可速将去，少待于野，我当继至。其死也共弃之，活也共抚之。"媪曰："诺。"无病入室，携簪珥出，追及之。共视儿已苏。二人喜，谋趋别业，往依姨。媪虑其纤步为累，无病乃先趋以示之，疾若飘风，媪力奔始能及。约二更许，儿病危不复可前。遂斜行入村，至田叟家，侍门待晓，扣扉借室，出簪珥易资，巫医并治，病卒不瘳。_{不愈。}女掩泣曰："媪好视儿，我往寻其父也。"媪方惊其谬妄，而女已杳矣。骇诧不已。是日孙在都，方憩息床上，女悄然入。孙惊起曰："才眠已入梦耶！"女握手哽咽，顿足不能出声，久之，方失声而言曰："妾历千辛，与儿逃于杨……"句未终，声纵大哭，倒地而灭。孙骇绝，犹疑为梦，唤从人共视，衣履宛然，大异不解。即刻趣装，星驰而归。既闻儿死妾遁，抚膺大悲。

语侵妇，妇反唇相稽。孙忿出白刃，婢妪遮救不得近。遥掷之，刀脊中额，额破血流，披发嗥叫而出，将以奔告其家。孙捉还，杖挞无数，衣皆若缕，伤痛不可转侧。孙命舁诸房中护养之，将待其瘥而后出休弃之。妇兄弟闻之怒，率多骑登门；孙亦集健仆械御之。两相叫骂，竟日始散。王未快意，讼之。孙捍卫家仆执械护卫。入城，自诣质审，诉妇恶状。宰不能屈，送广文惩戒以悦王。广文朱先生，世家子，刚正不阿。廉考察。得情，怒曰："堂上公以我为天下之龌龊教官，勒索伤天害理之钱，以吮人痛痔者耶！此等乞丐相，我所不能。"竟不受命。孙公然归。王无奈之，乃示意朋好为之调停，欲生一谢过其家。孙不肯，十返不能决。妇创渐平，欲出之，又恐王氏不受，因循而安之。妾亡子死，夙夜伤心，思得乳媪一问其情。因忆无病言"逃于杨"，近村有杨家疃，疑其在是；往问之，并无知者。或言五十里外有杨谷，遣骑诣讯，果得之。儿渐平复，相见各喜，载与俱归。儿望见父，嗷然大啼，孙亦泪下。妇闻儿尚存，盛气奔出，将致诮骂。儿方啼，开目见妇，惊投父怀，若求藏匿，抱而视之，气已绝矣。急呼之，移时始苏。孙恚曰："不知何如酷虐，遂使吾儿至此！"乃立离婚书，送妇归。王果不受，又舁还孙。孙不得已，父子别居一院，不与妇通。乳媪乃备述无病情状，孙始悟其为鬼。感其义，葬其衣履，题碑曰："鬼妻吕无病之墓。"无何，妇产一男，交手于项而死。孙益忿，复出妇。王又舁还之。孙无所为计，具状控诸上台，上官。皆以天官故，置不理。后天官卒，孙控不已，乃判令大归。妇人被夫家休弃，永归母家。孙由此不复娶，纳婢焉。妇既归，悍名噪甚，居三四年无问名者。妇顿悔，而已不可复挽。有孙家旧媪适至其家，妇优待之，对之流涕，揣其情，似念故夫。妪归告孙，孙笑置之。又年余，妇母又卒，孤无所依，诸娣姒颇厌嫉之。妇益失所，日辄涕零。一贫士丧偶，兄议厚其奁妆而遣之，妇不肯。每阴托往来者致意孙，泣告以悔；孙不听，终置之。一日，妇率一婢，窃驴跨之，竟奔孙。孙方自内出，迎跪阶下，泣不可止。孙欲去之，妇牵衣复跪之。孙固辞曰："如复相聚，常无间言<small>闲话。</small>则已耳。一朝有他，汝兄弟如虎狼，再求离遏，其可复得！"妇曰："妾窃奔而来，万无还理，留则留之，否则死之。且妾自二十一岁从君，二十三岁被出，诚有十分恶，宁无一分情？"乃脱一腕钏并两足而束之，袖覆其上曰："此时香火之誓，<small>结婚时的盟誓。</small>君宁不忆之耶？"孙乃荧眦欲泪，使人挽扶入室。而犹疑王氏诈谖，欲得其兄弟一言为证据。妇曰："妾私出，何颜复求兄弟？如不相信，妾藏有死具在此，请断指以自明。"遂于腰中出利刃，就床边伸左手一指断之，血溢如涌。孙大骇，急为束缚。妇容色痛变，而更不呻吟，笑曰："妾今日黄粱之梦已醒，特借斗室为出家计，何用相猜？"孙乃使子及妾另居一所，而己朝夕往来于两间。又日求良药医指创，月余寻愈。妇由此不茹荤酒，闭户诵佛而已。居久之，见家政废弛，谓孙曰："妾今此来，本欲置他事于不问，今见如此用度，恐子孙有莩饿<small>饿死。</small>者矣。无已，再觍颜<small>厚颜。</small>以经纪<small>经营。</small>之。"乃集婢媪，按日责其绩织。家人以其自投也，慢之，无人时窃相诮讪，而妇若罔闻知。既而课工惰者，鞭挞不贷，众始惧。又垂帘课主计仆，综理微密。孙乃大喜，使儿及妾皆朝见之。阿坚已九岁，妇每加意温恤。朝入塾，常留甘饵以待其归。儿亦渐亲爱之。一日，儿以石投雀，妇适过，中颅而仆，逾刻不语。孙大怒挞儿，妇苏，力止之，且喜曰："妾昔虐儿，中心每不自释，今幸消一罪案矣。"孙益嬖爱之，妇每拒，使就妾宿。居数年，屡产屡殇，曰："此昔日杀儿之报也。"阿坚既娶，遂以外事委儿，内事委媳。一日，曰："妾某日当死。"孙不信。妇自理葬具，至日更衣入棺而卒，颜色如生，异香满室。既殡，香始渐减。

异史氏曰："心之所好，原不在妍媸_{美丑}也。毛嫱西施，焉知非自爱之者美之乎？然不遭悍妒，其贤不彰，几令人与嗜痂者并笑矣。至锦屏之人，其凤根原厚，故豁然一悟，立证菩提。若地狱道中，皆富贵而不经艰难者也。"

钱卜巫

夏商，河间人。其父东陵，豪富侈汰。每食包子，辄弃其角，狼藉满地。人以其肥重，呼之"丢角太尉"。暮年家綦_很贫，日不给餐，两胉瘦，垂革_{皮肤}如囊，人又呼"募庄僧"，谓其挂袋也。临终谓商曰："余生平暴殄天物，上干_{冒犯}天怒，遂至饥冻以死。汝当惜福力行，以盖父愆。"商恪遵治命，诚朴无二，躬耕自给，乡人咸爱敬之。富人某翁，哀其贫，假以资，使学负贩，辄亏其母_{本钱}。愧无以偿，请为佣，翁不肯。商瞿然不自安，尽货其田宅往酬翁。翁诘得情，益直之，强为赎还旧业；又益贷以重金，俾作贾。商辞曰："十数金尚不能偿，奈何结来生驴马债_{迷信谓此生欠债不还，来世变为驴马偿还}也！"翁乃招他贾与偕。数月而返，仅能不亏。翁不收其息，使复之。年余货资盈辇。归至江，遭飓，舟几覆，物半丧失。归计所有，略可偿主。遂语贾曰："天之所贫，谁能救之？此皆我累君也。"乃稽簿付贾，奉身而退。翁再强之，必不可，躬耕如故。每自叹曰："人生世上，皆有数年之亨，何遂落拓如此？"会有外来巫，以钱卜，悉知人运数。敬诣之。巫，老妪也。寓室精洁，中设神座，香气常薰。商入朝拜讫，巫便索资。商授百钱，巫尽纳木筒中，执跪坐下，摇响如祈祷状。已而起，倾钱入手，而后于案上次第摆之。其法以字为否，幕为亨，<small>钱币铸字的正面为否卦，背面为亨卦。</small>数至五十八皆字，以后则尽幕矣。遂问："庚甲几何？"答："二十八岁。"巫摇首曰："早矣，早矣！官人现行者先人运，非本身运。五十八岁方交本身运，始无盘错也。"问："何谓先人运？"曰："先人有善，其福未尽，则后人享之；先人有不善，其祸未尽，则后人亦受之。"商屈指曰："再三十年，齿已老髦，行就木矣！"巫曰："五十八以前便有回闰，略可营谋，然仅免饥寒耳。五十八之年，当有巨金自来，不须力求。官人生无过行，再世享之不尽也。"别巫而返，疑信半焉。然安贫自守，不敢妄求。后至五十三岁，留意验之。时方东作，<small>春耕。</small>病疳不能耕。既瘥，天大旱，早禾尽枯。近秋方雨，家无别种，田数亩悉以种谷。既而又旱，荞菽半死，惟谷无恙。后得雨勃发，其丰倍焉。来春大饥，得以无馁。商以此信巫，从翁贷资，小权子母，<small>做生意。</small>辄小获。或劝作大贾，商不肯。迨五十七岁，偶葺<small>修葺。</small>墙垣，掘地得铁釜，揭之，白气如絮，惧不敢发。移时，气尽，白镪满瓮。夫妻共运之，秤计一千三百二十五两，窃议巫术小舛。<small>小差错。</small>邻人妻入商家，窥见之，归告夫。夫忌焉，潜告邑宰。宰最贪，拘商索金。妻欲隐其半，商曰："非所宜得，留之贾祸。"尽献之。宰得金，恐其漏匿，又追贮器，以金实之，满焉，乃释商。居无何，宰迁南昌同知。逾岁，商以懋迁<small>贸易。</small>至南昌，则宰已死，妻子将归。货其粗重，有桐油若干篓。商以直贱，买之以归。既抵家，器有渗漏，泻注他器，则内白金二铤，遍探皆然。兑之，适得前掘镪之数。商由此暴富，益赡贫穷，慷慨不吝。妻劝积贻子孙，商曰："此即所以遗子孙也。"邻人赤贫至为丐，欲有所求，而心自愧。商闻而告之曰："昔日事，乃我时数未至，故鬼神假子手以败之，于汝何尤？"遂周给之，邻人感泣。商寿八十，子孙承继，数世不衰。

异史氏曰："汰侈已甚，王侯不免，况庶人乎！生暴天物，死无含饭，可哀矣哉！幸而鸟死鸣哀，子能干蛊，穷败七十年，卒以中兴。不然，父孽累子，子复累孙，不至乞丐相传不止矣！何物老巫，遂发先天之秘？呜呼，怪哉！"

姚安

姚安，临洮人，美丰标。同里宫姓，有女字绿娥，艳而知书，择偶不嫁。母语人曰："门族丰采，门第和丰神。必如姚某始字之。"姚闻，绐妻窥井，挤堕之，遂娶绿娥。雅甚亲爱。然以其美也，故疑之。闭户相守，步辄缀焉。女欲归宁，则以两肘支袍，覆翼以出，入舆封志，上了轿子用封条封住轿门。而后驰随其后，越宿促与俱归。女心不能善，忿曰："若有桑中约，男女私会。岂琐琐所能止也！"姚以故他往，则扃女室中。女益厌之，俟其去，故以他钥置门外以疑之。姚见大怒，问所自来。女忿言："不知！"姚愈疑，伺察弥严。一日自外至，潜听久之，乃开锁启扉，惟恐其响，悄然掩入。见一男子貂冠卧床上，忿怒，取刀奔入，力斩之。近视，则女昼眠畏寒，以貂覆面也。大骇，顿足自悔。宫翁忿质于官。官收姚，褫衿苦械。姚破产，以巨金赂上下，得不死。由此精神迷惘，若有所失。适独坐，见女与髯丈夫狎亵榻上，恶之，操刀而往，则没矣。反坐，又见之。怒甚，以刀击榻，席褥断裂。愤然执刀，近榻以伺之，见女面立，视之而笑。遽斫之，立断其首。既坐，女不移处而笑如故。夜间灭烛，则闻淫溺之声，亵不可言。日日如是，不可复忍，于是鬻其田宅，将卜居他所。至夜，偷儿穴壁入，劫金而去。自此贫无立锥，忿恚而死，里人藁葬^{草葬。}之。

异史氏曰："爱新而杀其旧，忍乎哉！人止知新鬼为厉，而不知故鬼之夺其魄也。呜呼！截指而适其屦，不亡何待！"

崔猛

崔猛，字勿猛，建昌世家子。性刚毅。幼在塾中，诸童蒙稍有所犯，辄奋拳殴击。师屡戒不悛。名、字皆先生所赐也。至十六七，强武绝伦，又能持长杆跃登夏屋。喜雪不平，以是乡人共服之，求诉禀白者盈阶满室。崔抑强扶弱，不避怨嫌，稍忤之，石杖交加，肢体为残。每盛怒，无敢劝者。惟事母孝，母至则解。母谴责备至，崔唯唯听命，出门辄忘。比邻有悍妇，日虐其姑。^{婆婆。}饿濒死，子窃啖之。^{偷偷送饭给母亲。}妇知，诟厉万端，声闻四院，崔怒，逾垣而过，鼻耳唇舌尽割之，立毙。母闻之大骇，呼邻子极意温恤，配以少婢，事乃寝。母愤泣不食，崔惧，跽请受杖，且告以悔。母泣不顾。崔妻周，亦与并跪。母乃杖子而又以针刺其背，作十字纹，朱^{用红色染料。}涂之，俾勿灭。崔并受之，母乃食。母喜饭^{施饭。}僧道，往往餍饱之。适一道士在门，崔过之，道士目之曰："郎君多凶横之气，恐难保其令终。^{善终。}积善之家，不宜有此。"崔新受母戒，闻之，起敬曰："某亦自念之，但一见不平，苦不自禁，力改之或可免否？"道士笑曰："姑勿问可免不可免，请先自问能改不能改。但当痛自抑，^{严格克制自己。}如有万分一，我告君以解救之术。"崔平生不信魇禳，但笑不言。道士曰："我固知君不信，但我所言，不类巫觋，行之亦盛德事。即其不效，亦不足有所妨。"崔请之，乃曰："适门外一后生，宜厚结之，即犯死罪，此子能活之也。"呼崔出，指示其人，盖赵氏儿，名僧哥。赵，南昌人，以岁祲饥，侨寓建昌。崔由是深相结，请赵馆于其家，供给优厚。僧哥年十二，登堂拜母，约为昆弟。逾岁东作，<small>春耕。</small>赵携家去，音问遂绝。崔母自邻妇死，戒子益切，有赴诉者，辄摈斥之。一日，崔母弟卒，从母往吊，途遇数人絷一男子，呵骂促步，加以捶扑。观者塞途，舆不得进。崔问之。识崔者竞相拥告。先是，有巨绅子某甲者，豪横一乡，窥李某妻有色，欲夺之，道无由。<small>没有因由。</small>命家人诱与博赌，贷以资而重其息，要使署妻于券，资尽复给。终夜负债数千，半年计子母<small>本金和利息。</small>三十余千。李不能偿，强以多人篡取其妻。李哭诸其门。某怒，拉系树上，搒笞刺剟，逼立"无悔状"。崔闻之，气涌如山，鞭马前向，意将用武。母搴帘而呼曰："嘻！又欲尔耶！"崔乃止。既吊而归，不语亦不食，兀坐<small>独自端坐。</small>直视，若有所嗔。妻诘之，不答。至夜，和衣卧榻上，辗转达旦，次夜复然。忽启户出，辄又还卧，如此三四，妻不敢诘，惟慑息以听之。既而迟久乃返，掩扉熟寝矣。是夜，有人杀某甲于床上，刳腹流肠。李妻亦裸尸床下。官疑李，捕治之。横被残梏，踝骨皆见，卒无词，积年余不能堪，诬服论辟。<small>被判处死刑。</small>会崔母死，既殡，告妻曰："杀某甲者实我也。徒以有老母在，故不敢泄。今大事已了，奈何以一身之罪殃他人！我将赴有司死耳！"妻惊挽之，绝裾<small>扯断衣襟，指去意坚决。</small>而去，自首于庭。官愕然，械送狱，释李。李不可，坚以自承。官不能决，两收之。戚属皆诮让李。李曰："公子所为，是我欲为而不能者。彼代我为之，而忍坐视其死乎！今日即谓公子未出也可。"执不异词，固与崔争。久之，衙门皆知其故，强出之，以崔抵罪，濒就决矣。会恤刑官部郎案临，阅囚至崔名，屏人而唤之。崔入，仰视堂上，僧哥也。悲喜实诉。赵徘徊良久，仍令下狱，卒善视之。寻以自首减等，_{减刑。}充云南军。李为服役而去。未期年，_{未满一年。}援赦_{根据赦令}而归，皆赵力也。既归，李终从不去，代为纪理生业，予之资，不受。缘橦技击之术，颇以关怀。崔厚遇之，买妇受田焉。崔由此力改前行，每抚臂上刺痕，泫然流涕。以故乡邻有事，李辄矫命排解，不相承禀。有王监生者，家豪富，四方无赖不仁之辈出入其门。邑中殷实者多被劫掠，或忤之，辄遣盗杀诸途。子亦淫暴。王有寡婶，父子俱烝之。妻仇氏，屡沮王，王缢杀之。仇兄弟质诸官，王赇嘱以告者坐诬。兄弟怨愤莫伸，诣崔求诉。李绝之使去。过数日，客至，适无使，使李瀹茗。_{煮茶。}李默而出，告人曰："我与崔猛朋友耳。从徙万里，_{流放，即上文"充云南军"。}不可谓不至矣。曾无禀给_{工钱。}而役同厮养，所不甘也。"遂忿而去。或以告崔，崔讶其改节，而亦未之奇也。李忽讼于公堂，谓崔三年不给佣价。崔大异之，亲与对状。李忿相争，官不直之，责逐而去。又数日，李忽夜入王家，将其父子婶妇并杀之。粘纸于壁，自书姓名。及追捕之，则亡命无迹。王家疑崔主使，官不信。崔始悟前之讼，盖恐杀人之累己也。关行附近州邑，追捕甚急。会"闯贼"_{指闯王李自成。}犯顺，其事遂寝。无何，明鼎革，李携家归，复与崔善如初。时土寇啸聚，王有从子得仁，集叔所招无赖，据山为盗，焚掠村疃。一夜倾巢而至，以复仇为名。崔适他出。李破扉始觉，越墙伏暗中。贼搜崔、李不得，掳崔妻，括_{囊括。}财物而去。李归，止有一仆，忿急不能为地，乃断绳数十段，以短者付仆，长者自怀之。嘱仆越贼巢登半山，以火爇绳，散挂荆棘，即返勿顾。仆诺而去。李窥贼皆腰束红带，帽系红缨，遂效其装。有老牝马初生驹，贼弃诸门外。李乃缚驹跨马，_{将小马驹拴缚在家，骑着老母马出去。}衔枚而去，直至贼巢。贼据一大村。李系马村外，逾垣入，见贼纷纭操戈未释。李窃问诸贼，知崔妻在王某所。俄闻传令，俾各休息，轰然噭应。忽一人报东山有火，众贼共望之。初犹一二点，既而多类星宿。李岔息呕呼东营有警。王大惊，束装率众而出。李乘间漏出其后，反身入内。见两贼守帐，绐_{欺骗。}之曰："王将军遗佩刀。"两贼竞觅，李自后斫之。一贼踣；其一回顾，李又斩之。竟负崔妻越垣而出。解马授辔曰："娘子不知途，纵马可也。"马恋驹奔驶，李从之。出一隘口，李灼火于绳，遍悬之，乃归。次日崔还，以为大辱，形神跳躁，欲单骑往平贼。李谏止之。集村人而谋之，众恇怯_{胆怯。}莫敢应。解谕再四，得敢往二十余人。又苦无兵。适于得仁族姓家获奸细二，崔欲杀之，李不可。命二十人各持白梃，具列于前，乃割其耳而纵之。众怨曰："此等兵旅方惧知，而反示之。脱其倾队而来，阖村不保矣。"李曰："吾正欲其来也。"执匿盗者诛之，遣人四出，各假弓矢火铳，又诣邑借巨炮二。日暮，率壮士至隘口，置炮当其冲，使二人匿火而伏，嘱见贼乃发。又至谷东口，伐树置崖上。已而与崔各率十余人，分岸_{山谷两侧。}伏之。一更向尽，遥闻马嘶，暗觇之，贼果大至，络绎不绝。俟尽入谷，乃推堕树木以断归途。俄而炮发，喧腾号叫之声，震动山谷。贼骤退，自相践踏。至东口，不得出，集无隙地。两岸铳矢夹攻，势如风雨，断头折足，枕藉沟中。遗二十余人，长跽乞命。乃遣人絷送以归。乘胜直抵其穴，守巢者闻风奔窜，搜其辎重而返。崔大喜，问其设火之谋。曰："设火于东，恐其西追也。短，欲其速尽，恐侦知其无人也。既而设于谷口，口甚隘，一夫可以断之。彼即追来，见火必惧：皆一时犯险之下策也。"取贼鞫之，果追入谷，见火惊退。二十余贼，尽劓刖_{割鼻、断足。}而放之。由此威声大震，远近避乱者，从之如市。得土团三百余人，各处强寇无敢犯，一方赖之以安。

异史氏曰："快牛必能破车，崔之谓哉！志气慷慨，盖鲜俪并列。矣。然欲使天下无不平之事，宁非意过其中者与？李某一介细民，遂能济美。缘橦飞入，剪禽兽于深闺；断路夹攻，荡幺魔于隘谷。使得假五丈之旗，为国效命，乌在不南面而王哉！"

喷水鬼

莱阳宋玉叔先生为部曹时，所僦租赁。第甚荒落。一夜，二婢奉太夫人指宋母。宿厅上，闻院内哼哼有声，如缝工之喷水者。太夫人促婢起，穴窗在窗纸上戳洞。窥视，见一老妪，短身驼背，白发如帚，冠一髻，长二尺许。周院环走，悚急作鹤步行，且行且喷，水出不穷。婢愕返白，太夫人亦惊。两婢扶窗下聚观之。妪忽逼窗直喷棂内，窗纸破裂，三人尽仆，而家人不之知也。东曦既上，家人毕集，叩门不应，方骇。撬扉入，见一主二婢并死一室。一婢膈下犹温，扶灌之，移时而醒，乃述所见。先生至，哀愤欲死。细穷没处，掘深三尺余，渐露白发，又掘之，得一尸，如所见状，面肥肿如生。令击之。骨肉皆烂，皮内尽清水。

王阮亭云："玉叔襁褓失恃，此事恐属传闻之讹。"

鹰虎神

郡城指济南。东岳庙在南郭，大门左右神高丈余，俗名"鹰虎神"，狰狞可畏。庙中道士任姓，每鸡鸣辄起焚诵。有偷儿预匿廊间，伺道士起，潜入寝室，搜括财物。奈室无长物，惟于荐底^{草席}^{下。}得钱三百，纳腰中。拔关而出，将登千佛山。南窜许时，方至山下，见一巨丈夫自山上来，左臂苍鹰，^{左臂上架着苍鹰。}适与相遇。近视之，面铜青色，依稀似庙门中所习见者。大恐，蹲伏而战。神诧曰："盗钱安往？"偷儿益惧，叩不已。神揪令还入庙，使倾所盗钱跪守之。道士课毕，回顾骇愕。盗历历自述。道士收其钱而遣之。

金世成

金世成，长山人，素不检。忽出家作头陀。类颠，啖不洁以为美。犬羊遗秽于前，辄伏啖之，自号为佛。愚民妇异其所为，执弟子礼者以千万计。金诃食矢，无敢违者。创殿阁所费不资，^{钱财不可}^{计量。}人咸乐输之。邑令南公，恶其怪，执而笞之，使修圣庙。^{孔庙。}门人竞相告曰："佛遭难！"争募救之。宫殿旬月而成，其金钱之集，尤捷于酷吏之追呼也。

异史氏曰："予闻金道人，人皆就其名而呼之，谓为'今世成佛'。^{"金世成佛"的谐音。}夫佛品至啖秽，极矣。笞之不足辱，罚之适有济，南令公处法何良也！然学宫^{孔庙。}圮而烦妖道，亦士大夫之羞矣。"

卷十七

诗谳

青州居民范小山，贩笔为业，行贾未归。四月间，妻贺独宿，为人所杀。是夜微雨，泥中遗诗扇一握，乃王晟之赠吴蜚卿者。晟，不知何人。吴，益都之素封，与范同里，平日颇有佻达之行，故里党共信之。郡县拘质，坚不服，而惨被械梏，遂以成案。驳解往复，地方及上级官府反复审理。历十余官，更无异议。吴亦自分必死，嘱其妻罄竭所有以济救济。茕独。有向其门诵佛千者，给以絮裤，万者絮袄。于是乞丐如市，佛号声闻十余里。因而家骤贫，惟日货田产以给资斧，阴赂监者市鸩。买毒酒以自尽。夜梦神人告之曰："子勿死，曩日'外边凶'，目下'里边吉'矣。"再睡，又言，于是不果死。无何，周元亮先生分守是道，录囚至吴，若有所思。因问："吴某杀人有何确据？"范以扇对。先生熟视扇，便问："王晟何人？"并云不知。又将爰书记录囚犯供词的文书。细审一过，一遍。立命脱其死械，自监移至仓。范力争之。怒曰："而欲妄杀一人便了却耶？抑将得仇人而甘心耶？"众疑先生私吴，即莫敢言。先生标朱签，立拘南郭某肆主人。主人惧，罔知所以。至则问曰："肆壁有东莞指山东莒县。李秀才诗，何时题耶？"答："自旧岁提学案临，有二三秀才饮醉题留，不知所居何里。"遂遣人至日照，坐拘立即逮捕。李秀才。数日，秀才至。怒之曰："既作秀才，奈何谋杀人？"秀才顿首错愕，但言："无之。"先生掷扇下，令其自视，曰："明系尔作，何诡托王晟？"秀才审视云："诗真某作，字实非某书。"曰："既知汝诗，当即汝友，谁书者？"秀才曰："迹似沂州王佐。"乃遣役关拘王佐。佐至，呵之，一如诘李状。佐言："此益都铁商张诚索某书者，云晟其表兄也。"先生曰："盗在是矣。"执诚至，一讯遂伏。先是诚窥贺氏美，欲挑之恐不谐。念托于吴，必人所共信，故伪为吴扇执而往。谐则自认，不谐则嫁祸于吴，而实不期至于杀也。逾垣入，逼妇。妇以独居，常以刀自卫。既觉，捉诚衣，操刀而起。诚惧，夺其刀。妇力挽，令不得脱，且号。诚益窘，遂杀之，委_{丢弃}扇而去。三年冤狱，一朝而雪，无不诵神者。吴始悟"里边吉"乃"周"字也。然终莫解其故。后邑绅乘间请之，笑曰："此甚易知。细阅爰书，贺被杀在四月上旬；是夜阴雨，天气犹寒，扇乃不急之物，岂有忙迫之时，反携此以增累者？其嫁害可知。向避雨南郭，见题壁诗与箑_{扇子}。头之作，口角相类，_{语气相近}。故妄度李生，果因是而得真盗。幸中耳。"闻者叹服。

异史氏曰："天下事入之深者，当其无事，常为有事之用。词赋文章，华国之具_{为国家增添光彩的器具}也，而先生以相天下士，称孙阳焉。岂非入其中者深乎？而不谓相士之道，移于折狱_{断案}。易曰：'知幾其神。'先生有之矣。"

邢子仪

滕有杨某，从白莲教党，得左道_{邪道}之术。徐鸿儒诛后，杨幸漏脱，遂挟术以遨。家中田园楼阁，颇称富有。至泗上某绅家幻法为戏。妇女出窥，杨睨其女美。既归，谋摄取之。其继室朱氏亦风韵，饰以华装，伪为仙姬。又授木鸟，教之作用，_{使用之法。}乃自楼头推堕之。朱觉身轻如叶，飘飘然凌云而行，无何至一处，云止不前，知已至矣。是夜，月明清洁，俯视甚了，_{清楚。}取木鸟投之，鸟振翼飞去，直达女室。女见彩禽翔入，唤婢扑之。鸟自冲帘出，女追之。鸟堕地作鼓翼声。近逼之，扑入裙底。展转间负女飞腾，直冲霄汉。婢大号。朱在云中言曰："下界人勿须惊怖，我月府姮娥也。渠是王母第九女，偶谪尘世。王母日切怀念，暂招去一相会聚，即送还耳。"遂与结襟而行。方及泗水之界，适有放飞爆者，斜触鸟翼。鸟惊堕，牵朱亦堕，落一秀才家。秀才邢子仪，赤贫而性方梗。_{正直。}曾有邻妇夜奔，拒不纳，妇衔愤去，谮诸其夫，诬以挑引。夫固无赖，晨夕登门诟辱之。邢因货产，僦居别村。闻相士顾某，善决人福寿，踵门叩之。顾望见笑曰："君富足千钟，何着败絮_{破衣}。见人，岂谓某无瞳耶？"邢嗤妄之。顾细审曰："是矣！虽固萧索乎，然金穴不远矣。"邢又妄之。顾曰："不惟暴富，且得丽人。"邢终不以为信。顾推之出曰："且去且去！验后方索谢耳。"是夜独坐月下，忽二女自天降，视之皆丽姝。诧为妖，因致诘问，初不肯言。邢将号召邻里。朱惧，始以实告，且嘱勿泄，愿终从焉。邢思世家女不与妖人妇等，遂遣人告诸其家。其父母自女飞升，零涕惶惑；忽得报书，惊喜过望，立刻命舆马，星驰而去，报邢百金，携女归。邢得艳妻，方忧四壁，得金甚慰，往谢顾。顾又审曰："尚未尚未。泰运已交，百金何足言！"遂不受谢。先是，绅归，请于上官捕杨。杨预遁不知所之，遂籍其家，发牒追朱。朱惧，牵邢饮泣。邢亦计窘，姑贿承牒者，赁车骑携朱诣绅，哀求解脱。绅感其义，为极力营谋，得赎免。留夫妻于别馆，欢如戚好。绅女幼受刘聘。刘，一时显秩也，闻女寄邢家信宿，_{住了两晚。}以为辱，反姻书与女绝婚。绅将议姻他族，女告父母誓从邢。邢闻之喜，朱亦喜，自愿下之。绅忧邢无家，时杨居从官货，因代购之。夫妻遂归，出囊金粗治器具，蓄婢仆，旬日间耗费已尽。但冀女来，当复得其资助。一夕，朱谓邢曰："孽夫杨某，曾以千金埋楼下，惟妾知之。适视其处，砖石依然，或窖藏无恙未可知。"往共发之，果得金。因信顾术之神，厚报之。后女于归，装资丰盈，不数年富甲一郡矣。

异史氏曰："白莲歼灭而杨独不死，又附益_{聚敛暴富。}之，几疑恢恢者疏而近于漏矣。而孰知天之留之也，盖为邢也。不然，邢虽否极而泰，亦恶能仓卒起楼阁、累巨金哉？不爱一色，而天辄报之以两。呜呼！造物无言，而意可知矣。"

陆押官

赵公，湖广武陵人。官宫詹，致仕归。有少年伺门下，求司笔札。_{主管文书。}公召入，见其人秀雅如书生。诘其姓名，自言"陆押官"，不索佣价。公留之，慧过凡仆。往来笺奏，辄任意裁答，_{裁笺作答。}无不工妙。又主人与客弈，陆睨之，指点辄胜。赵由是益优宠之。诸僚仆见其得主人青顾，咸相戏，索俾作筵。押官诺，因问："僚属几何？"会别业主计者皆至，约三十余人。众悉告之数以难之。押官云："此大易。但客多仓卒不能遽办，肆中可也。"遂遍邀诸侣赴临街店。既坐，酒甫行，有按壶起者曰："诸君姑勿酌，请问今日东道谁主？宜先出资为质，始可放情饮啖。不然，一举数千，哄然都散，于何取偿也？"众悉目押官。押官笑曰："得毋谓我无钱耶？我固有钱。"乃起，向盆中捻湿面如拳，碎掐置几上，随掷随化为鼠，窜动满案。押官任捉一头，裂之，啾然腹破，得小金。再捉，亦如之。顷刻鼠尽，碎金满前，乃告众曰："是不足吾饮耶？"众异之，乃共恣饮。既毕，会直三两余。众秤金，适符其数。众思白其异于主人，遂索一枚怀之。既归，告赵，赵命取金，搜之已亡。反质肆主，则偿资悉化蒺藜。仆还白赵，赵诘之。押官曰："我非赚酒食者。某村麦穰中，再一簸扬，可得麦二石，足偿酒价有余也。"因挽一人同去。某村主计者将归，遂与偕往，至则净麦数斛，已堆场中矣。众以此益奇押官。一日，赵赴友筵，堂中有盆兰甚茂，爱之。既归，犹赞叹之。押官曰："诚爱此兰，无难致者。"赵犹未信。凌晨至斋，忽闻异香蓬勃，则有兰花一盆，箭叶多寡，宛如所见。因疑其窃，故审之。押官曰："臣家所蓄不下千百，何须窃为？"赵妄之。适某友至，见兰惊曰："何酷似寒家谦词，指自己家。物也？"赵曰："余适购之，亦不识所自来。但君今出门时见兰花尚在否？"某曰："我实不曾至斋，有无故不可知。然何以至此？"赵视押官，押官曰："此无难辨。公家盆破有补缀处，此盆无也。"验之始信。夜告主人曰："向言某家花卉颇多，都疑妄谬，今屈玉趾，乘月往观。但诸人皆不可从，惟阿鸭无害。"鸭，宫詹之僮仆也，遂如所请。既出，已有四人荷肩舆，伏候道左。道旁。赵乘之，疾如奔马。俄顷入山，但闻奇香沁骨。无何，至一洞府，见舍宇华耀，迥异人间。随处皆设花石，精盆佳卉，流光散馥。即兰花一种，约有数十余盆，无不茂美。观已，如前命驾归。押官从赵十余年，后赵无疾终，遂与阿鸭俱出，不知所往。

顾生

　　江南顾生，客稷下，眼暴肿，昼夜呻吟，罔所医药。十余日，痛少减，而合眼时辄睹巨宅，凡四五进，门皆洞辟，敞开。最深处有人往来，但遥睹不可细认。一日方凝注之，忽觉身入宅中，三历门户，绝无人迹。有南北厅事，官府办公处所。内以红毡贴地。略窥之，见满屋婴儿，坐者，卧者，膝行者，不可数计。愕疑间，一人自舍后出，见之曰："小王子谓有远客在门，果然。"便邀之。顾不敢入，强之乃入。问："此何所？"曰："九王世子居，世子痘病初瘳。今日亲宾作贺，先生有缘也。"言未已，有奔至者督促速行。俄至一处，雕榭朱栏，一殿北向，凡九楹。历阶而升，则客已满座。见一少年北面坐，知是王子，便伏堂下。满堂尽起。王子曳顾东向坐。酒既行，鼓乐暴作，诸妓升堂，演"华封祝"。才过三折，逆旅主人及仆唤进午膳，就床头频呼之。耳闻甚真，心恐王子知，然并无闻者，遂托更衣而出。仰视，日之中夕，则见仆立床前，始悟未离旅邸。心怅怅犹欲急返，因遣仆阖扉去。甫交睫，见宫舍依然。急遁故道而入，路经前婴儿处，并无婴儿，有数十蓬首鲐背，坐卧其中。望见顾，出恶声曰："谁家无赖子来此窥伺？"顾惊惧不敢置辨，疾趋后庭，升殿即坐。见王子额下添髯尺余矣。见顾笑问："何往？剧本过七折矣。"因以巨觥示罚。移时曲终，又呈出目。戏单。顾点"彭祖娶妇"。妓即以椰瓢行酒，可容五斗许。顾离席辞饮，言："臣目疾，不敢过醉。"王子曰："君患目，有太医在此，便合诊视。"东座一客即离座来，两指启双眦，以玉簪点白膏如脂，嘱合眸少睡。王子命侍儿引入复室，令卧。卧片时，觉床帐香奕，因而熟眠。居无何，忽闻鸣钲锽聒，即复惊醒，疑是优戏未毕。开目视之，则旅舍中狗舐油铛也。然目病若失，再闭之，一无所睹矣。

陈锡九

陈锡九，邳人。父子言，为邑名士。富室周某，仰其声望，订为婚姻。陈累举不第，而家萧索，游学于秦。数年无耗，阴有悔心。以少女适王孝廉为继室。王聘仪丰盛，仆马甚都，以此益憎锡九贫，坚意绝婚。问女，女不从。周怒，以恶服饰遣归锡九。日不举火，周亦不甚顾恤。一日，使佣媪以榼饷女，_{以酒食赠女。}入门向母曰："主人使某视小姑姑饿死否。"女恐母惭，强笑以乱其词，因出榼中肴饵列母前。媪止之曰："无须尔！自小姑入人家，何曾交换出一杯温凉水。吾家物，料姥姥亦无颜啖啖得。"母大恚，声色俱变。媪不服，恶语相侵。纷纭间，锡九自外入，讯知大怒，撮毛批颊，_{打耳光。}挞逐出门而去。次日，周来逆_{迎接。}女，女不肯归。明日复来，增其人数，众口呶呶，如将寻斗。母强劝女去。女潸然拜母，登车而去。过数日，又使人来逼索离婚书。母强锡九与之，惟望子言归，以图别处。周家有人自西安来，久知子言已死，陈母哀忿成疾，寻卒。锡九哀迫之中，犹冀妻临，久之渺然，悲愤益切。薄田数亩，鬻治葬具。葬已，乞食赴秦，以求父骨。至西安，遍访居人，或言数年前有书生死于逆旅，葬之东郊，今冢已没。锡九无策，惟朝丐市廛，暮宿野寺，冀有知者。会晚经丛葬处，有数人遮道，逼索饭价。锡九曰："我异乡人，乞食城郭，何处少人饭价？"共怒，摔之仆地，以败絮塞其口；力尽声嘶，渐就危殆。忽共惊曰："何处官府至矣！"释手寂然。俄有车马至，便问："卧者何人？"即有数人扶至车下。车中人曰："是吾儿也。孽鬼何敢尔！可悉缚来，勿致漏脱。"锡九觉有人去其塞，少定细认，真其父也。大哭曰："我为父骨良苦，今固尚在人间耶！"父曰："我非人，太行总管也。此来亦为吾儿。"锡九哭益哀。父稍稍慰谕之。锡九泣述岳家离婚，父曰："无忧！今新妇亦在母所。母念儿甚，可暂一往。"遂与同车，驰如风雨。移时，至一官署，下车入重门，则母在焉。锡九痛欲绝，父止之。锡九啜泣听命，见妻在母侧，问母曰："儿妇在此，得毋泉下物耶？"母曰："非也。是汝父接将来，待汝归后，当便送去。"锡九曰："儿侍父母，不愿归矣。"母曰："辛苦跋涉而来，为父骨耳。汝不归，初志云何也？且汝孝行已达天帝，赐汝金万斤。夫妻享受正远，何言不归？"锡九垂泣。父数数促行，锡九哭失声。父怒曰："汝不行耶？"锡九惧，收泪始询葬所。父挽之曰："子行，我告之处，去丛葬处百余步，有子母白榆是也。"挽之甚急，竟不遑别母。门外有健仆，捉马待之。既超乘，_{跃身上马。}父嘱曰："日所宿处有少资斧，可速办装归，向岳索妇，不得妇勿休也。"锡九诺而行。马绝驶，鸡鸣至西安。仆扶下，方将拜致父母，而人马已杳。寻至旧宿处，倚壁假寐，以待天明。坐处有卷石硌股，晓而视之，白金也。市棺赁舆，寻双榆下，得父骨而归。合厝_{合葬。}既毕，家仍四壁，幸里中怜其孝，共饭之。将往索妇，自度不能用武，与族兄十九往。及门，门者绝之。十九素无赖，出词秽亵。周使人劝锡九归，愿即送女去，锡九乃还。初，女之归也，周对之骂婿及母。女不语，但向壁零涕。陈母死，亦不使闻，得离书，掷向女曰："陈家出_{休弃。}汝矣！"女曰："我不曾悍逆，出我何为也？"欲归质其故，又禁闭之。后锡九如西安，遂造凶讣以绝女志。此信一播，遂有杜中翰来议姻，竟许之。亲迎有日，女始知。遂泣不食，以被韬蒙面，气如游丝。周正无所方计，忽闻锡九至，发语不逊，意料女必死，遂畀归锡九，意将待女死以泄其忿。锡九归，而送女者已至；犹恐锡九见其病而不纳，甫入门，委之而去。邻里代忧，共谋畀还。锡九不听，扶置榻上而气已绝，始大恐。正遑迫间，周子率数人持械入，门窗尽毁。锡九逃匿，苦搜之。乡人尽为不平。十九纠十余人，锐身急难。周子兄弟皆被夷伤，始鼠窜而去。周益怒，讼于官，捕锡九、十九等。锡九将行，以女尸嘱邻媪。忽闻榻上若息，近视之，秋波微动矣。少时已能转侧。大喜，诣官自陈。宰怒周讼诬。周惧，啖以重赂，始得免。锡九归，夫妻相见，悲喜交并。先是，女绝食奄卧，自矢必死。忽有人提起曰："我，陈家人也，速从余去，夫妻可以相见。不然，无及矣。"不觉身已出门，两人扶登肩舆。顷刻至官廨，见翁姑俱在。问："此何所？"母言："不必问，容当送汝归。"一日，见锡九至，窃喜。一见遽别，心颇疑怪。翁不知何事，恒数日不归。昨夕忽归，曰："我在武彝，迟归二日，难为保儿矣。可速送儿妇去。"遂以舆马送女。忽见家门，遂如梦醒。女与锡九共述曩事，相与惊喜。由此夫妻相聚，但朝夕无以自给。锡九于村中设童蒙帐，兼自攻苦，每私语曰："父言天赐黄金，今四堵空空，岂训读教小儿识字读书。所能发迹耶？"一日，自塾中归，遇二人问之曰："君陈某耶？"锡九然之，二人即出铁索絷之。锡九不解其故。少间，村人毕集，共诘之，始知为郡盗所牵。众怜其冤，醵钱凑钱。赂役，以是途中得无苦。至郡见太守，历数家世，太守愕然曰："此名士之子，温文尔雅，乌能作贼？"命脱缧绁，取盗严酷之，始供为周某贿嘱。锡九又诉翁婿反面之由，太守益怒，立刻拘提。即延请。锡九至署,与论世好,盖太守旧邻宰,韩公之子,故子言受业门人也。赠灯火之费读书费用。以百金,又以二骡代步,使不时趋郡,以课文艺。八股文。转于各上官游扬其孝,自总制而下皆有馈遗。锡九裘马而归,夫妻慰其。一日,妻母哭至,见女伏地不起。女骇问之,始知周已被械在狱矣。女哀哭自咎,但欲觅死。锡九不得已,诣郡为之缓颊。说情。太守释令自赎,罚谷一百石,批赐孝子陈锡九。既归,出仓粟杂糠秕而辇运之。锡九谓女曰:"而翁以小人之心度君子矣。乌知我必受之,而琐琐杂糠覈也?"因笑却之。锡九家虽少有,稍微富有。而墙垣陋敝。一夜群盗入,仆觉大号,止窃两骡而去。后半年余,锡九夜读,闻挝门声,问之寂然。呼仆起共视之,门一启,两骡跃入,则向所亡也。直奔枥下,咻咻汗喘。烛之,各负革囊,解视则白镪满中。大异,不知其所自来。后闻是夜大寇劫周,盈装出,适防兵追急,委其捆载而去。骡志故主,遂奔至也。周自狱中归,刑创犹剧,又遭盗劫,大病寻卒。女夜梦父囚系而至曰:"吾生平所为,悔之不及。今受冥谴,非若翁莫能解脱,为我代求婿致一函焉。"醒而鸣泣。诘之,具以告。锡九久欲一诣太行,即日遂发。既至,备牲物酹祝之,露宿其处,冀有所见,终夜无异,遂归。周死,子母益贫,仰给于次婿。王孝廉考补县尹,以墨贪污受贿。败,举家徙沈阳,益无所归。锡九时顾恤之。

异史氏曰:"善莫大于孝。鬼神通之,理固宜然,使为尚德之达人也者。即终贫,犹将取之,乌论后此之必昌哉?或以膝下之娇女,付诸颁白之叟而扬扬曰:'某贵官,吾东床指女婿。也。'呜呼!宛宛婴婴者如故,而金龟婿以谕葬归,其惨已甚矣;而况以少妇从军乎?可慨也夫!"

于去恶

北平陶圣俞，名下士。_{有盛名之士。}顺治间赴乡试，寓居郊郭。偶出户，见一人负笈俇儴，_{急迫不安。}似卜居_{寻找住处。}未就者。略诘之，遂释负于道，相与倾谈，言论有名士风。陶大悦之，请与同居。客喜，携囊入，遂同栖止。客自言顺天人，姓于，字去恶。以陶差长，_{年纪略大。}兄之。于性不喜游瞩，常独坐一室，而案头无书卷。陶不与谈，则默卧而已。陶疑之，搜其囊箧，则笔砚之外更无长物。怪而问之，笑曰："吾辈读书，岂临渴掘井耶？"一日，就陶借书去，闭户抄甚疾，终日五十余纸，亦不见其折叠成卷。窃窥之，则每一稿脱，辄烧灰吞之，愈益怪焉。诘其故，曰："我以此代读耳。"便诵所抄书，顷刻数篇，一字无讹。陶悦，欲传其术，于以为不可。陶疑其吝，词涉诮让。_{责怪。}于曰："兄诚不谅我之深矣！欲不言，则此心无以自剖；骤言之，又恐惊为异物，奈何？"陶固谓："不妨！"于曰："我非人，实鬼耳。今冥中以科目授官。七月十四日奉诏考帘官。十五日士子入闱。月尽，_{月底。}榜放矣。"陶问："考帘官何为？"曰："此上帝慎重之意，无论乌吏鳖官皆考之。能文者以内帘用，不通者不得与焉。盖阴之有诸神，犹阳之有守令也。得志诸公，目不睹坟典，不过少年持敲门砖，猎取功名。门既开则弃去。再司簿书十数年，即文学士，胸中尚有字耶！阳世所以陋劣幸进，而英雄失志者，惟少此一考耳。"陶深然之，由是益加敬畏。一日，自外来，有忧色，叹曰："仆生而贫贱，自谓死后可免，不谓迍邅先生相从地下_{迍邅，困顿难行貌，此处用拟人手法，意谓倒}

霉相随。矣！"陶请其故，曰："文昌奉命都罗国封王，帝官之考遂罢。数十年游神耗鬼，杂入衡文，混杂进来阅卷。吾辈宁有望耶？"陶问："此辈皆谁何人？"曰："即言之，君亦不识，略举一二人，大概可知：乐正师旷，司库和峤意谓由目盲的乐师师旷和爱钱的和峤做主考官。是也。仆自念命不可凭，文不可恃，不如休耳。"言已怏怏，遂将治任。整理行装离去。陶挽而慰之乃止。至中元之夕，谓陶曰："我将入闱，烦于昧爽时，持香炷于东野，三呼去恶，我便至。"乃出门去。陶沽酒烹鲜以待之。东方既白，敬如所嘱。无何，于偕一少年来。问其姓字，于曰："此方子晋，是我良友，适与场中相遇，闻兄盛名，深欲拜识。"同至寓，秉烛为礼。少年亭亭似玉，意度谦婉，陶甚爱之。便问："子晋佳作，当大快意。"于曰："言之可笑，闱中七则，作过半矣。细审主司姓名，裹具径出，奇人也！"陶扇炉进酒，因问："闱中何题？去恶魁解否？"是否取得魁首、解元。于曰："书艺经论各一，夫人而能之。策问：'自古邪僻固多，而世风至今日，奸情丑态，愈不可名。更不可名状。不惟十八狱所不得尽，抑非十八狱所能容。是果何术而可？或谓宜量加一二狱，然殊失上帝好生之心。其宜增与、否与，或别有道以清其源，尔多士其悉言勿隐。'弟策虽不佳，颇谓痛快。表：'拟天魔殄灭，赐群臣龙马天衣有差。'次则《瑶台应制诗》《西池桃花赋》。此三种自谓场中无两。"言已鼓掌。方笑曰："此时快心，放放任。兄独步矣；数辰后几天之后，意指放榜时。不痛哭始为男子也。"天明，方欲辞去。陶留与同寓，方不可，但期暮至。三日竟不复来，陶使于往寻之。于曰："无庸。子晋拳拳，非无意者。"日既夕，方果至，出一卷授陶曰："三日失约，敬录旧艺百余作，求一品题。"陶捧读大喜，一句一赞，略尽一二首，遂藏诸笥。谈至更深，方遂留，与于共榻寝。自此为常，方无夕不至，陶亦无方不欢也。一夕仓皇而入，向陶曰：

“地榜已揭，于五兄落第矣。”于方卧，闻言惊起，泫然流涕。二人极意慰藉，涕始止。然相对默默，殊不可堪。方曰：“适闻大巡环张桓侯_{张飞，死后谥号桓侯。}将至，恐失志者之造言_{谣言。}也。不然，文场尚有翻覆。”于闻之，色喜。陶询其故，于曰：“桓侯翼德，三十年一巡阴曹，三十五年一巡阳世。两间之不平，待此老而一消也。”乃起，拉方俱去。两夜始返，方谓陶曰：“君不贺五兄耶？桓侯前夕至，裂碎地榜，榜上名字，止存三之一。遍阅遗卷，_{未录取者的试卷。}得五兄甚喜，荐作交南巡海使，且晚舆马可到。”陶大喜，置酒称贺。酒数行，于问陶曰：“君家有闲舍否？”问：“将何为？”曰：“子晋孤无乡土，又不忍恝然_{淡然忘怀。}于兄。弟意欲假馆相依。”陶喜曰：“如此为幸多矣。即无多屋宇，同榻何碍？但有严君，须先关白。”_{禀告。}于曰：“审知尊大人慈厚可依。兄场闱有日，子晋如不能待，先归如何？”陶留伴逆旅，以待同归。次日方暮，有车马至门，接于莅任。于起，握手曰：“从此别矣。一言欲告，又恐阻锐进之志。”问：“何言？”曰：“君命淹蹇，_{艰难坎坷。}生非其时。此科之分十之一。后科桓侯临世，公道初彰，十之三。三科始可望也。”陶闻欲中止。于曰：“不然！此皆天数，即明知不可，而注定之艰苦，亦要历尽耳。”又顾方曰：“勿淹滞。今朝年月日时皆良，即以舆盖送君归。仆驰马自去。”方忻然拜别。陶中心迷乱，不知所嘱，但挥涕送之。见舆马分途，顷刻都散，始悔子晋北旋，未致一字，而已无及矣。三场毕，不甚满志，奔波而归。入门问子晋，家中并无知者，因为父述之。父喜曰：“若然，则客至久矣。”先是，陶翁昼卧，梦舆盖止于其门，一美少年自车中出，登堂展拜。讶问所来，答云：“大哥许假一舍，以入闱不得偕来，我先至矣。”言已，请入拜母。翁方谦却，适家媪入白：“夫人产公子矣！”恍然而醒，大奇之。是日陶言适与梦符，乃知儿即子晋后身也。父子各喜，名之小晋。儿初生，善夜啼，母苦之。陶曰："倘是子晋，我见之，啼当止。"俗忌客忤，故不令陶见。母患啼不可止，乃呼陶入。陶鸣抚弄之曰："子晋勿尔，我来矣。"儿啼正急，闻声辄止，停睇不瞬，如审顾状。陶摩顶而去，自是竟不复啼。数月后，陶不敢见之，一见则折腰索抱，走去则啼不可止。陶亦狎爱之。四岁离母，辄就兄眠。兄他出，则假寐以俟其归。兄于枕上教毛诗，诵声呢喃，夜尽四十余行。以子晋遗文授之，欣然乐读，过口成诵，试之他文不能也。七八岁眉目朗澈，宛然一子晋矣。陶两入闱皆不第。丁酉文场事发，帘官多遭诛谴，贡举之途一肃，乃张巡环力也。陶下科中副车，寻贡。遂灰志前途，隐居教弟，常语人曰："吾有此乐，翰苑不易也。"

异史氏曰："余每至张夫子张飞。庙堂，瞻其须眉凛凛有生气，又其生平暗哑如霹雳声，矛马所至，无不大快，出人意表。世以将军好武，遂置与绛、灌伍。宁知文昌事繁，需侯固多哉！呜呼！三十五年，来何暮也。"

王阮亭曰："数科来关节公行，非啖名即垄断，脱有桓侯，亦无如何矣。悲哉！"

凤仙

刘赤水，平乐人。少颖秀，十五入郡庠。父母早亡，遂以游荡自废。自暴自弃。家不中资，而性好修饰，衾榻皆精美。一夕被人招饮，忘灭烛去。酒数行，始忆之，急返。闻室中小语，伏窥之，见少年拥丽者眠榻上。宅临贵家废第，恒多怪异，心知其狐，即亦不

恐。入而叱曰："卧榻岂容鼾睡！"二人遑遽，抱衣赤身遁去。遗紫
纨裤一，带上系针囊。大悦，恐其窃去，藏衾中而抱之。俄一蓬头
婢自门隟入，向刘索取。刘笑要偿。婢请遗以酒，不应；赠以金，
又不应。婢笑而去。旋返，曰："大姑言如赐还，当以佳偶为报。"
刘问："伊谁？"曰："吾家皮姓。大姑小字八仙，共卧者胡郎也。
二姑水仙，适富川丁官人。三姑凤仙，较两姑尤美，自无不当意
者。"刘恐失信，请坐待好音。婢去久之，复返曰："大姑寄语官
人，好事岂能猝合？适与之言，反遭诟厉，但缓时日以待之。吾家
非轻诺寡信者。"刘付之，过数日，渺无信息。薄暮自外归，闭门
甫坐。忽双扉自启，两人以被承女郎，手捉四角而入曰："送新人
至矣！"笑置榻上而去。近视之，酣睡未醒，酒气犹芳，颊颜醉态，
倾绝人寰。喜极，为之捉足解袜，抱体缓裳，而女已微醒。开目见
刘，四肢不能自主，但恨曰："八仙淫婢卖我矣！"刘狎抱之，女嫌
肤冰，微笑曰："今夕何夕，见此凉人！"刘曰："子兮子兮，如此
凉人何！"《诗经·唐风·绸缪》："今夕何夕，见此良人。子兮子兮，如此良人何。"，
为欢庆新婚诗，这里借用其意，并谐"良"为"凉"。遂相欢爱。既而曰："婢子
无耻，玷人床寝，而以妾换裤耶，必小报之。"从此靡夕不至，绸
缪甚殷。袖中出金钏一枚曰："此八仙物也。"又数日，怀绣履一双
来，珠嵌金绣，工巧绝伦，且嘱刘暴扬公开展露之。刘出夸示亲
宾，求观者皆以资酒为贽，由此奇货居之。女夜来忽作别语。怪问
之，答云："姊以履故恨妾，欲携家远去，隔绝我好。"刘惧，愿还
之。女云："不必！彼方以此挟我，如还之，中其机矣。"刘问：
"何不独留？"曰："父母远去，一家十余口俱托胡郎经纪。若不从
去，恐长舌妇造黑白也。"从此不复至。逾二年，思念綦切。偶在
途中遇女郎骑款段马，老仆鞚之，磨肩过；反启幛纱相窥，丰姿艳
绝。顷一少年后至，曰："女子何人？似颇佳丽。"刘亟赞之。少年

拱手笑曰："太过奖矣！此即山荆也。"刘惶愧谢过。少年曰："此何妨。但南阳三葛，君得其龙，区区者又何足道！"刘疑其言。少年曰："君不认窃眠卧榻者耶？"刘始悟为胡，叙僚婿_{姊妹之夫相称。}之谊，嘲谑甚欢。少年曰："岳新归，将以省觐，可同行否？"刘喜，从入萦山，山上故有邑人避乱之宅。女下马入。少间，数人出望曰："刘官人亦来矣！"入门谒见翁姬，又一少年先在，靴袍炫美。翁曰："此富川丁婿。"并揖即坐。少时，酒炙纷纭，谈笑颇洽。翁曰："今日三婿并临，可称佳集。又无他人，可唤儿辈来，作一团圞之会。"俄，姊妹俱出，翁命设座，各傍其婿。八仙见刘，惟掩口而笑。凤仙辄与嘲弄。水仙貌少亚，而沉重温文，满座倾谈，惟把酒含笑而已。于是履舄交错，兰麝熏人，饮酒乐甚。刘视床头乐具毕备，遂取玉笛请为翁寿。翁喜，命善者各执一艺，因而合座争取，惟丁与凤仙不取。八仙曰："丁郎不谙可也，汝宁指屈不伸者。"因以拍板掷凤仙怀中，便串繁响。翁悦曰："家人之乐极矣！儿辈俱能歌舞，何不各尽所长？"八仙起捉水仙曰："凤仙从来金玉其音，_{珍视自己的歌声，不轻易演唱。}不敢相劳。我两人可歌'洛妃'一曲。"二人歌舞方已，适婢以金盘进果，都不知其何名。翁曰："此自真腊_{古国名，今位于柬埔寨。}携来，所谓'田婆罗'也。"因掬数枚送丁前。凤仙不悦曰："婿岂以贫富为爱憎耶？"翁微哂未言。八仙曰："阿爹以丁郎异县，故是客耳。若论长幼，岂独凤妹妹有拳大酸婿耶？"凤仙终不快，解华妆，以鼓拍授婢，唱"破窑"一折，声泪俱下。既阕，拂袖径去，一座为之不欢。八仙曰："婢子乔性_{任性}犹昔。"乃追之，不知所往。刘无颜，亦辞而归。至半途，见凤仙坐路旁，呼与并坐，曰："君一丈夫，不能为床头人吐气耶？黄金屋自在书中，愿好为之。"举足云："出门匆遽，棘刺破复履矣。所赠物在身边否？"刘出之，女取而易之。刘乞其敝者。

赧然曰："君亦大无赖矣！几见几时见。自己衾枕之物，亦要怀藏者？如相见爱，一物可以相赠。"遂出一镜付之曰："欲见妾，当于书卷中觅之。不然，相见无期矣。"言已不见，惆怅自归。视镜，则凤仙背立其中，如望去人于百步之外者。因念所嘱，谢客下帷。闭门读书。一日，见镜中人忽现正面，盈盈欲笑，益爱重之。无人时辄一共对，月余锐志渐衰，游恒忘返。归见镜影，惨然若涕。隔日再视，则背立如初矣，始悟为己之废学也。乃闭户研读，昼夜不辍，月余则影复向外。自此验之，每有事荒废，则其容戚；数日攻苦，则其容笑。于是朝夕悬之，如对师保。老师。如此二年，一举而捷。喜曰："今可以对我凤仙矣。"览镜视之，见画黛弯长，瓠犀喻女子的牙齿。微露，喜容可掬，宛在目前。爱极，停睇不已。忽镜中人笑曰："'影里情郎，画中爱宠'，今之谓矣。"惊喜四顾，则凤仙已在座后。握手问翁媪起居，曰："妾别后不曾归家，伏处岩穴，聊与君分苦耳。"刘赴宴郡中，女请与俱，共乘而往，人对面不相窥。既而将归，阴与刘谋，伪为娶于郡也者。女既归，始出见客，经理家政。人皆惊其美，而不知其狐也。刘属富川令门人，往谒之，遇丁，殷殷邀至其家，款礼优渥，言："岳父母近又他徙，内人归宁将复，当寄信往，并诣申贺。"刘初疑丁亦狐，及细审邦族，始知富川大贾子也。初，丁自别业暮归，遇水仙独步，见其美，微睨之。女请附骥以行。丁喜，载至斋，与同寝处。棂隙可入，始知为狐。女言："郎勿见疑。妾以君诚笃，故愿托之。"丁璧之，竟不复娶。刘归，假贵家广宅，备客燕寝，洒扫光洁，而苦无供帐；陈设之物。隔夜视之，则陈设焕然矣。过数日，果有三十余人，赍旗采酒礼而至，舆马缤纷，填溢街巷。刘揖翁及丁、胡入客舍，凤仙逆迎接。妪与两姨入内寝。八仙曰："婢子今贵，不怨冰人媒人。矣。钏履犹存否？"女搜付之，曰："履则犹是也，而被千人看破矣。"八仙以履击背，曰："挞汝寄语刘郎。"乃投诸火，祝曰："新时如花开，旧时如花卸。珍重不曾着，姮娥来相借。"水仙亦代祝曰："曾经笼玉笋，着出万人称。若使姮娥见，应怜太瘦生。"凤仙拨灰，曰："夜夜上青天，一朝去所欢。留得纤纤影，遍与世人看。"遂以灰捻桴中，堆作十余分。望见刘来，托以赠之。但见绣履满桴，悉如故款。八仙急出，推桴坠地，地上犹有一二只存者，又伏吹之，其迹始灭。次日，丁以道远，夫妇先归。八仙贪与妹戏，翁及胡屡督促之，停午中午。始出，与众俱去。初来仪从甚盛，观者如市。有两寇窥见丽人，魂魄丧失，因谋劫诸途。侦其离村，尾之而去。相隔不盈一矢，不到一箭之地。马急奔不能及。至一处，两崖夹道，舆行稍缓，追及之，持刀吼咤，人众都奔。下马启帘，则老妪坐焉。方疑误掠其母，才他顾而兵伤右臂，顷已被缚。凝眸视之，崖并非崖，乃平乐城门也。舆中则李进士母，自乡中归耳。一寇后至，亦被断马足而絷之。门丁执送太守，一讯而伏。时有大盗未获，诘之，即其人也。明春，刘及第，凤仙以招祸故，悉辞内戚之贺。刘亦更不他娶。及为郎官，纳妾，生二子。

异史氏曰："嗟乎！冷暖之态，仙凡固无殊哉！少不努力，老大徒伤。惜无好胜争强。佳人，作镜影悲笑耳。吾愿恒河沙数仙人，并遣娇女婚嫁人间，则贫穷海中，少苦众生矣。"

佟客

董生，徐州人。好击剑，每慷慨自负。偶在途中遇一客，跨蹇同行。与之语，谈吐豪迈。诘其姓字，云："辽阳佟姓。"问："何往?"曰："余出门二十年，适自海外归耳。"董曰："君遨游四海，阅人綦多，曾见异人否?"佟问："异人何等?"董乃自述所好，恨不得异人之传。佟曰："异人何地无之，要必忠臣孝子，始得传其术也。"董又奋然自许，即出佩剑弹之而歌，又斩路侧小树以矜其利。佟掀髯微笑，因便借观。董授之，展玩一过，曰："此铁甲所铸，为汗臭所蒸，熏蒸污染。最为下品。仆虽未闻剑术，然有一剑颇可用。"遂于衣底出短刃尺许以削董剑，毳通"脆"。如瓜瓠，应手斜断如马蹄。董骇极，亦请过手，再三拂拭而后反之。邀佟过诸其家，坚留信宿。叩以剑法，谢不知。董按膝雄谈，惟敬听而已。更既深，忽闻隔院纷拏。隔院为生父居，心惊疑。近壁凝听，但闻人作恶声曰："教汝子速出即刑，便赦汝。"少顷，似加搒掠，笞打。呻吟不绝者，真其父也。生提戈欲往，佟止之曰："此去恐无生理，宜审万全。"生遑然请教。佟曰："盗坐名指名。相索，必将甘心杀之而称心。焉。君无他骨肉，宜嘱后事于妻子。我启户为君警厮仆。"生诺。入告其妻，妻牵衣泣。生壮念顿消，遂共登楼，寻弓觅矢以备盗攻。仓皇未已，闻佟在楼檐上笑曰："贼幸去矣!"烛之已杳。逡巡出，则见翁赴邻饮，笼烛始归。惟庭前多编菅遗灰焉。乃知佟异人也。

异史氏曰："忠孝，人之血性；古来臣子而不能死君父为君父而死。者，其初岂遂无提戈壮往时哉，要皆一转念误之耳。昔解大绅与方孝孺相约以死，而卒食其言；安知矢约归家后，不听床头人呜泣而止哉?"

邑有快役某，每数日不归，妻遂与里中无赖通。一日归，适值少年自房中出。大疑，苦诘其妻。妻坚不服。既于床头得少年遗物，妻窘无词，惟长跽哀乞。某怒甚，掷以绳逼令自经。妻请妆服而死，许之。妻乃入室理妆；某自酌以待之，呵叱频催。俄妻炫服出，含涕拜曰："君果忍令奴死耶？"某盛气咄之。妻返走入房，方将结带，某掷盏锵然曰："哈！返矣。一顶绿头巾，或不能压人死耳。"遂为夫妇如初。此亦大绅者类也，一笑。

爱奴

河间徐生，设教于恩。腊初_{农历十二月初}。归，途遇一叟，审视曰："徐先生彻帐矣。明岁授教何所？"应曰："仍旧。"叟曰："敬业姓施，_{姓施名敬业}。有舍甥延求明师，适托某至东疃聘吕子廉，渠已受贽稷门。_{接受稷门的聘请。}君如苟就，束仪_{酬金}。请倍于恩。"徐以成约为辞。叟曰："信行，君子也。然去新岁尚远，敬以黄金一锭为贽，暂留教之，明岁另议，何如？"徐可之。叟下骑呈礼函，且曰："敝里不遥矣。宅綦隘，饲畜为艰，请即遣仆马去，散步亦佳。"徐从之，以行李寄叟马上。行三四里许，日既暮，始抵其宅。沤钉兽环，宛然世家。呼生出拜，十三四岁童子也。叟曰："妹夫蒋南川，旧为指挥使。止遗此儿，颇不钝，但娇惯耳。得先生一月善诱，当胜十年。"未几设筵，备极丰美，而行酒下食，皆以婢媪。一婢执壶侍立，年十五六以来，风致韵绝，心窃动之。席既终，叟命安置床寝，始辞而去。天未明，儿出就学。徐方起，即有婢来捧巾侍盥，即执壶人也。日给三餐悉此婢。至夕，又来扫榻。徐问："何无僮仆？"婢但笑不言，布衾径去。次夕复至。入以游语，婢笑不拒，遂与狎。因告曰："吾家并无男子，外事则托施舅。妾名爱奴。夫人雅_很。敬先生，恐诸婢不洁，故以妾来。今日但须缄密，恐发觉两无颜也。"一夜共寝忘晓，为公子所遭，徐惭怍不自安。

至夕，婢来曰："幸夫人重君，不然败矣！公子入告，夫人急掩其口，若恐君闻。但戒妾勿得久留斋馆而已。"言已，遂去。徐甚德之。然公子不喜读，诃责之，则夫人辄为缓颊。求情。初犹遣婢传言。渐亲出，隔户与先生语，往往零涕。顾每晚必问公子日课。徐颇心厌，作色曰："既从儿懒，又责要求。儿工，此等师我不惯作。请辞！"夫人遣婢谢过，徐乃止。自入馆以来，每欲一出登眺，辄锢闭之。一日，醉中怏闷，呼婢问故，婢言："无他，恐废学耳。如必欲出，但请以夜。"徐怒曰："受人数金，便当掩禁约束。死耶！教我夜窜何之乎？久以素餐无功而食。为耻，赀固犹在囊中耳。"遂出金置几上，治装欲行。夫人出，脉脉不语，惟掩袂哽咽。使婢反金，启钥送之。徐觉门户逼仄，走数步，日光射入，则身自陷冢中出。四望荒凉，一古墓也。大骇，而心感其义，乃卖所赐金，封堆植树而后去之。过岁，复经其处，展拜而行。遥见施叟，笑致温凉，道寒暄。邀之殷切。心知其鬼，而欲一问夫人起居，遂相将入村，沽酒共酌。不觉日暮，叟起偿酒价，便言："寒舍不远，舍妹亦适归宁，望移玉趾，为老夫祓除不祥。"出村数武，又一里落。叩扉入，秉烛向客。俄，蒋夫人自内出，始审视之，盖四十许丽人也。拜谢曰："式微之族，门户零落。先生泽及枯骨，真无计可以偿之。"言已泣下。既而呼爱奴，向徐曰："此婢，妾所怜爱。今以相赠，聊慰客中寂寞。凡有所须，渠亦略能解意。"徐唯唯。少间，兄妹俱去，婢留侍寝。鸡初唱，叟即来促装送行。夫人亦出，嘱婢善事先生。又谓徐曰："从此尤宜谨密，彼此遭逢诡异，恐好事者造言也。"徐诺而别。与婢共骑至馆，独处一室，与同栖止。或客至，婢不避，人亦不之窥也。偶有所欲，意一萌而婢已致之。又善巫，一按莎揉搓。而痾立愈。清明归，至墓所，婢辞而下。徐嘱代谢夫人，诺之遂没。数日返，方拟展墓，见婢华妆坐树下，因与俱发。终岁往返，如此为常。欲携同归，执不可。岁杪，_{年终。}辞馆归，相订后期。婢送至前坐处，指石堆曰："此妾墓也。夫人未出阁时便从服役，殀殂瘗此。如再过，以炷香相吊，当得复会。"既别而归，怀思颇苦，敬往祝之，殊无影响。乃市椟_{买棺材。}发冢，意将载骨归葬，以寄恋慕。穴开自入，则见颜色如生。然肤虽未朽而衣败若灰，头上玉饰金钏都如新制。又视腰间，裹黄金数铤，卷怀之。始解袍覆尸，抱入棺木，赁舆载归。停诸别第，饰以绣裳，独宿其旁，冀有灵应。忽爱奴自外入，笑曰："劫坟贼在此耶！"徐惊喜慰问。婢曰："向从夫人往东昌，三日既归，则舍宇已空。频蒙相邀，所以不肯相从者，以少受夫人重恩，不忍离遄_{远离。}耳。今既劫我来，即速瘗葬，便见厚德。"徐问："古人有百年复生者，今芳体如故，何不效之？"叹曰："此有定数，世传灵迹，半涉幻妄。要欲复起动履，_{行走。}亦复何难！但不能遂类生人，故不必也。"乃启棺入，尸即自起，亭亭可爱。探其怀则冷若冰雪。遂将入棺复卧，徐强止之。婢曰："妾过蒙夫人宠眷，主人自异域来，得黄金数万，妾窃取之，亦不甚追问。后濒危，又无戚属，遂藏以自殉。夫人痛妾殀谢，又以宝饰入殓。身所以不朽者，不过得金宝之余气耳。若在人世，岂能久乎？必欲如此，切勿强以饮食，若使灵气一散，则游魂亦消矣。"徐乃构精舍，与共寝处。笑语一如常人，但不食不息，不见生人耳。年余，徐饮薄醉，执残沥强灌之，立刻倒地，口中血水流溢，终日而尸已变。哀悔无及，遂厚葬之。

异史氏曰："夫人教子，无异人世，而所以待师者何厚也！岂不亦贤乎？余谓艳尸不如雅鬼，乃以措大_{穷书生。}之俗葬，致灵物不享其年，惜哉！"

章丘朱生，性刚鲠，设帐于某贡士家。每谴子弟，内辄遣婢媪出为乞免，颇不听之。一日，亲诣窗外与朱关说，_{讲情。}朱怒，操戒方大骂而出。妇惧而奔。朱追之，自后横击臀股，锵然作皮肉声。一何可笑。

　　长山某翁，每岁延师，必以一年束金，合终岁之盈虚，计每日得若干数；又以师离斋归斋之日，详记为籍。岁终，则公同按日而乘除_{计算}之。马生馆其家，初见操珠盘来，得故甚骇。既而暗生一术，反嗔为喜，听其扣算不少较。翁于是大悦，坚订来岁之约。马假辞以故。有某生号乖谬，马因荐以自代。既就馆，动辄诟骂。翁无奈，悉含忍之。岁杪携珠盘至。生勃然忿不可支，姑听其算。翁又以途中日尽归于西，_{途中往返的日子算在塾师账上，不给工资。}生不受，拨珠归东。_{拨动算盘珠算在主人账上。}两争不决，操戈相向，两人破头烂额而赴公庭焉。

单父宰

　　青州民某，五旬继娶少妇。二子恐其复育，乘父醉，割睾丸而药糁之。父觉，托病不言。久之，创渐平。忽入室，刀缝绽裂，血溢不止，寻毙。妻知其故，讼于官。官械其子，果伏。骇曰："余今为'单父宰'矣！"并诛之。

　　邑有王生者，娶月余而出其妻。妻父讼之。时辛公宰淄，问王："何故出妻？"答云："不可说。"固诘之，曰："以其不能产育耳。"公曰："妄哉！月余新妇，何知不能产？"忸怩久之，告曰："其阴甚偏。"公笑曰："是则偏之为害，而家之所以不齐也。"此可与单父宰并传一笑。

邑人

邑有乡人，素行无赖。一日晨起，有二人摄之去。至市头，见屠人以半猪悬架上，二人便极力推挤之，遂觉身与肉合，二人亦径去。少间，屠人卖肉，操刀断割，遂觉一刀一痛，彻于骨髓。后有邻公来市肉，苦争低昂，<small>力争秤高秤低。</small>添脂搭肉，片片碎割，其苦更惨。肉尽乃寻途<small>沿旧路。</small>归，归时日已向辰。<small>接近辰时。辰时相当于早上七点至九点。</small>家人谓其晏起，乃细述所遭。呼邻问之，则市肉方归。言其片数、斤数，毫发不爽。崇朝之间，已受凌迟一度，不亦奇哉！

岳神

扬州提同知，夜梦岳神召之，词色愤怒。仰见一人侍神侧，少为缓颊，醒而恶之。早诣岳庙，默作祈禳。既出，见药肆一人，绝肖所见。问之，知为医生。既归，暴病，特遣人聘之。既至，出方为剂，暮服之，中夜而卒。或言阎罗王与东岳天子，日遣侍者男女十万八千众，分布天下作巫医，<small>巫师和医生。</small>名“勾魂使者”。用药者不可不察也。

小梅

　　蒙阴王慕贞，世家子也。偶游江浙，见媪哭于途，诘之。言："先夫止遗一子，今犯死刑，谁有能出之者？"王素慷慨，志其姓名，出橐中金为之斡旋，竟释其罪。其人出，闻王之救己也，而茫然不解其故。访诸旅邸，感泣谢问。王言："无他，即怜汝老母耳。"其人大骇，自言母故已久。王亦异之。抵暮，媪来申谢，王咎其谬诬。媪曰："实相告，我东山老狐也。二十年前曾与儿父有一夕之好，故不忍其儿之馁也。"王悚然起敬。再欲诘之，已失所在。先是，王妻贤而好佛，不茹荤酒，治洁室悬观音像，以无子嗣，日日焚祷其中。而神又最灵，辄示梦教人趋避，趋吉避凶。以故家中事皆取决焉。后有疾，綦笃，移榻其中。又别设锦裀于内室而扃其户，若有所伺。王以为惑，而以其疾势昏瞀，不忍伤之。卧病二年，恶嚣，厌恶喧嚣。常屏人独宿。潜听之，似与人语；启门视之，则寂然矣。病中他无所虑，有女十四岁，惟日催治妆遣嫁。既醮，呼王至榻前，执手曰："今诀矣！初病时，菩萨告我，命当速死，念不了者，幼女未嫁，因赐少药，俾延息以待。去岁，菩萨将回南海，留案前侍女小梅，为妾服役。今将死，薄命人自称。又无所出。没有生儿子。保儿，妾所怜爱，恐娶悍妒之妇，令其子母失所。小梅姿容秀美，又温淑，即以为继室可也。"盖王有妾，生一子，名保儿。王以其言荒唐，曰："卿素敬者神，今出此言，不已亵乎？"答云："小梅事我年余，相忘形体，我已婉求之矣。"问："小梅何处？"曰："室中非耶？"方欲再诘，瞑目已逝。王夜守灵帏，闻室中隐隐啜泣。大骇，疑为鬼。唤诸婢妾启钥视之，则二八丽人，缞服_{丧服}。在室。众以为神，共罗拜之。女敛涕扶掖。王凝注之，俯首而已。王曰："如果亡室_{亡妻。}之言非妄，请即上堂受儿女朝谒。如其不可，仆亦不敢妄想，以取罪过。"女觍然出，竟登北堂。_{正房。}王使婢为设座南向。王先拜，女亦答拜。下而长幼卑贱，以次伏叩。女庄容坐受，惟妾至则挽之。自夫人卧病，婢惰奴偷，家久替。_{衰废。}众参已，肃肃列侍。女曰："我感夫人诚意，羁留人间。又以大事相委，汝辈宜各洗心，为主效力，从前愆尤，_{过失。}悉不较计。不然，莫谓室无人也！"共视座上，真如悬观音图像，时被微风吹动者。闻言悚惕，哄然并诺。女乃排拨丧务，一切井井，由是大小无敢懈者。女终日经纪内外。王将有作，亦禀白而行。然虽一夕数见，并不交一私语。既殡，王欲申前约，不敢径告，嘱妾微示意。女曰："妾受夫人谆嘱，义不容辞。但匹配大礼，不得草草。年伯黄先生，位尊德重，求使主秦晋之盟，_{泛指两家联姻。}则惟命是听。"时沂水黄太仆致仕闲居，于王为父执，_{父亲挚友。}往来最善。王即亲诣以实告。黄奇之，即与同来。女闻，即出展拜。黄一见，惊为天人，逊谢不敢当礼。既而助妆优厚，成礼乃去。女馈遗枕履，若奉舅姑，由此交益亲。合卺后，王终以神故，衾中带肃，时研诘菩萨起居。女笑曰："君亦太愚，焉有正直之神而下婚尘世者？"王力审所自。_{来历。}女曰："不必研穷，既以为神，朝夕供养，自无殃咎。"女御下_{对待下人。}常宽，非笑不语。然婢贱戏狎时遥见之，则默默无声。女笑谕曰："岂尔辈尚以我为神耶？我何神哉！实为夫人姨妹，少相交好。姊病见思，阴使南村王姥招我来。第以日近姊夫，有男女之嫌，故托为神道，闭内室中，其实何神？"众犹不信，而日侍其旁，见其举动，不少异于常人，浮言渐息。然即顽钝之婢，王素挞楚所不能化者，女一言无不乐于奉命。皆云：

"并不自知，实非畏之。但睹其貌则心自柔，故不忍拂其意耳。"以此百废具举，数年中田地连阡，仓廪万石矣。又数年，妾产一女，女举一子，子生左臂有朱点，因字小红。弥月，_{满月之庆。}女使王盛筵招黄。黄贺仪丰渥，但辞以耄，不能远涉；女遣两媪强邀之，黄始至。抱儿出，袒其左臂，以示命名之意，又再三问其吉凶。黄笑曰："此喜红也，可增一字，名喜红。"女大悦，更出展拜。是日，鼓乐充庭，贵戚如市。黄留三日始去。忽门外有舆马来，逆_{迎接。}女归宁。向十余年并无瓜葛，共议之，而女若不闻。理妆竟，抱子于怀，要王相送，王从之。至二三十里许，寂无行人，女停舆，呼王下骑，屏人语曰："王郎王郎，会短离长，谓可悲否？"王惊问其故。女曰："君谓妾何人也？"答以"不知"。女曰："江南拯一死罪有之乎？"曰："有。"曰："哭于路者吾母也，感义而思所报。乃因夫人好佛，附为神道，实将以妾报君也。今幸生此襁褓物，此愿已慰。妾视君晦运将来，此儿在家恐不能育，故借归宁解儿厄难。君记取家有死口时，当于晨鸡初唱，诣西河柳堤上。见有挑葵花灯来者，遮道苦求，可免灾难。"王诺之。因问归期，女曰："不可预定。要当牢记吾言，后会亦不远也。"临别执手，怆然交涕。俄登舆疾若风，王望之不见始返。经六七年，绝无音问。忽四乡瘟疫流行，死者甚众。一婢病三日死。王念囊嘱，颇以关心。是日与客饮，大醉而睡。既醒，闻鸡鸣，急起，至堤头，见灯光闪烁，适已过去。急追之，止隔百步许，益追益远，渐不可见，懊恨而返。数日暴病，寻卒。王族多无赖，共凭凌其孤寡，田禾树木，公然伐取，家日凌替。_{衰落。}逾岁，保儿又殇，一家更无所主。族人益横，割裂田产，厩中牛马俱空。又欲瓜分第宅，以妾居故，遂将数人来，强夺鬻之。妾恋幼女，母子环泣，惨动邻里。方危难间，俄闻门外有肩舆入，共觇之，则女引小郎自车中出。四顾人纷如市，问："此何人？"妾哭诉其由。女颜色惨变，便唤从来仆役，关门下钥。众欲抗拒，而手足若痿。女令一一收缚，系诸廊柱，日与薄粥三瓯。即遣老仆奔告黄公，然后入堂哀泣。泣已，谓妾曰："此天数也。已期前月来，适以母病耽延，遂至于今，不谓转盼间已成丘墟！"问旧时婢媪，则皆被族人掠去，又益欷歔。越日，婢仆闻女至，悉自遁归，相见无不流涕。所縶族人共噪儿非慕贞体胤，_{亲生骨肉。}女亦不置辨。既而黄公至，女引儿出迎。黄握儿臂，便将左袂，见朱记宛然，因袒示众人，以证其确。乃细审失物，登簿记名，亲诣邑令。令拘无赖辈，各笞四十，械禁严追。不数日，田地牛马，并归故主。黄将归，女引儿泣拜曰："妾非世间人，叔父所知也。今以此子委叔父矣。"黄曰："老夫一息尚在，无不悉为区处。"_{安排。}黄去。女盘查就绪，托儿于妾，乃具馔为夫妇祭扫。半日不返。视之，则杯馔犹陈，_{陈列。}而人杳矣。

异史氏曰："不绝人嗣者，人亦不绝其嗣。此人也而实天也。至座有良朋，车裘可共，迨宿莽既滋，妻子凌夷，则车中人望望然去之矣。死友而不忍忘，感恩而思所报，独何人哉！狐乎！倘尔多财，吾为尔宰。"_{管家。}

于中丞

于中丞成龙，按部至高邮。适巨绅家将嫁女，妆奁甚富，夜被穿窬_{打洞穿墙。}席卷而去。刺史无术。公令诸门尽闭，止留一门放行人出入，吏目守之，严搜装载。又出示谕阖城户口各归第宅，候次日查点搜掘，务得赃物所在。乃阴嘱吏目：设有城门中出入至再_两

^次。者捉之。过午，得二人，一身之外并无行装。公曰："此真盗也。"二人诡辩不已，公令解衣搜之，见袍服内着女衣二袭，皆奁中物也。盖恐次日大搜，急于移置，而物多难携，故密着而屡出之也。

又公为宰时，至邻邑，早旦经郭外，见二人以床舁病人，覆大被，枕上露发，发上簪凤钗一股，侧眠床上。有三四健男夹随，时更番以手拥被_{推而塞被}。令压身底，似恐风入。少顷，息肩路侧，又使二人更相为荷。于公过，遣隶回问之，云是妹子垂危，将送归夫家。公行二三里，又遣隶回，视其所入何村。隶尾之，至一村舍，两男子迎之而入。还以白公。公谓其邑宰："城中得毋有劫寇否？"宰云："无之。"时功令_{朝廷考核官员的条例}严，上下讳盗，故即被盗贼劫杀，亦隐忍而不敢言。公就馆舍，嘱家人细访之，果有富室被强寇入家，炮烙死矣。公唤其子来诘其状，子固不承。公曰："我已代捕巨寇在此，非有他也。"子乃顿首哀泣，求为死者雪恨。公叩关往见邑宰，差健役四鼓_{四更天}离城，直至村舍，捕得八人，一鞫尽伏其罪。诘其病妇何人，盗供："是夜同在勾栏，故与妓女合谋，置金床上，令抱卧至窝顿处，始瓜分耳。"共服于公之神。或问所以能知之故，公曰："此甚易解，但人不关心耳。岂有少妇在床，而容入手衾底者？且易肩而行，其势甚重，交手护之，则知其中之有物矣。若病妇昏瞆而至，必有妇人倚门而迎；止见男子，并不惊问一言，是以确知为盗也。"

绩女

绍兴有寡媪夜绩，忽一少女推扉入笑曰："老姥无乃劳乎？"视之，年十八九，仪容秀美，袍服炫丽。媪惊问："何来？"女曰："怜媪独居，故来相伴。"媪疑为侯门亡人，苦相诘。女曰："媪无惧，妾之孤亦犹媪也。我爱媪洁，故相就，两免岑寂，固不佳耶？"媪又疑为狐，默然犹豫。女竟升床代绩，曰："媪无忧，此等生活，妾优为擅长之，定不以口腹相累。"媪见其温婉可爱，遂安之。夜深谓媪曰："携来衾枕尚在门外，出溲时烦代捉提入。"媪出，得衣一裹，女解陈榻上，不知是何锦绣，香滑无比。媪亦设布被，与之共榻。罗衿甫解，异香满室。既寝，媪私念遇此佳人，可惜身非男子。女于枕上笑曰："姥七旬犹妄想耶？"媪云："无之。"女曰："既不妄想，奈何欲作男子？"媪益知为狐，大惧。女又笑曰："愿作男子何心？而又惧我耶！"媪益恐，股战摇床。女曰："嗟哉！胆如此大，还欲作男子？实相告：我真仙人，然非祸汝者。但须谨言，衣食自足。"媪早起拜于床下，女出臂挽之。臂腻如脂，热香喷溢，肌一着人，觉皮肤松快。媪心动，复涉遐想。女哂曰："婆子战栗才止，心又何处去矣？使作丈夫，当为情死！"媪曰："使是丈夫，今夜哪得不死！"由是两心浃洽，日同操作。视所绩匀细生光，织为布，晶莹如锦，价较常三倍。媪出则扃其户。有访媪者，辄于他室应之。居半载无知者。后媪渐泄于所亲，里中姊妹行皆托媪以求见。女让曰："汝言不慎，我将不能久居矣。"媪悔失言，深自责，而人之求见者日益众，至有以势迫媪者。媪涕泣自陈，女曰："若诸女伴，见亦无妨，恐有轻薄儿，将见狎侮。"媪复哀恳，始许之。越日，老妪少女，香烟相属于道。女厌其烦，无贵贱，悉不交语，惟默然端坐以听朝参而已。乡中少年闻其美，神魂倾动，媪悉绝之。有费生者，邑之名士，倾其产以重金啖媪，媪诺为之请。女已知之，责曰："汝卖我耶！"媪伏地自投。女曰："汝贪其赂，我感其痴，可以一见，然而缘分尽矣。"媪又伏叩。女约以明日。生闻之喜，具香烛而往，入门长揖。女帘内与语，问："君破产相见，将何以教妾也？"生曰："实不敢他有所干，只以毛嫱、西子，徒得传闻，如不以冥顽见弃，俾得一阔眼界，下愿已足。若休咎_{吉凶}自有定数，非所乐闻。"忽见帘幕之中，容光射露，翠黛朱樱，无不毕现，似无帘幌之隔者。生意眩神驰，不觉倾拜。拜已而起，则厚幕沉沉，闻声不见矣。悒怅间，窃恨未睹下体。俄见帘下绣履双翘，瘦不盈指。生又拜，帘中语曰："君归休，妾体惰矣。"媪延生别室，烹茶为供。生题"南乡子"一调于壁云："隐约画帘前，三寸凌波玉笋尖；点地分明，莲瓣落纤纤，再着重台更可怜。花衬凤头弯，入握应知软似绵；但愿化为蝴蝶去裙边，一嗅余香死亦甘。"题毕而去。女览题不快，谓媪曰："我言缘分已尽，今不妄矣。"媪伏地请罪。女曰："罪不尽在汝，我偶堕情障，以色身示人，遂被淫词污亵。此皆自取，于汝何尤？_{怨恨。}若不速迁，恐陷身情窟，转劫难出矣。"遂襆被出，媪追挽之，转瞬已失。

司训

教官某，甚聋，而与一狐善。狐耳语之，即能闻。每见上官亦与狐俱，人不知其重听_{听力不好。}也。积五六年，狐别而去，嘱曰："君如傀儡，非挑弄之，则五官俱废。与其以聋取罪，不如早自高_{自求清高，辞去官职。}也。"某恋禄，不能从其言，应对屡乖。学使欲逐之，某又求当道者为之缓颊。_{说情。}一日，执事文场。唱名毕，学使退与诸教官燕坐。_{闲坐。}教官各扪籍靴中，呈进关说。已而学使笑问："贵学何独无所呈进？"某茫乎不解。近坐者肘之，以手入靴示之势。某为亲戚寄卖房中伪器，辄藏靴中，随在求售。因学使笑语，疑索此物，鞠躬起对曰："有八钱者最佳，下官不敢呈进。"一坐匿笑。学使叱出之，遂免官。

异史氏曰："平原独无，亦中流之砥柱也。学使而求呈进，固当奉之以此。由是得免，冤哉！"

朱公子青《耳录》云："东莱一明经迟某，司训沂水。性颠痴，凡同人咸集时，皆默无语；迟坐片时，不觉五官俱动，笑啼并作，旁若无人焉者。若闻人笑声则顿止。日俭啬自奉，积金百余两，自埋斋房，妻子亦不使知。一日独坐，忽手足自动。少刻云：'作恶结怨，受冻忍饥，好容易积蓄者，今在斋房。倘有人知，竟如何？'如此再四。一门斗_{侍役。}在旁，殊亦不觉。次日，迟出，门斗入，掘取而去。过二三日，心不自宁，发穴验视，则已空空。顿足抚膺，_{捶胸。}叹恨欲死。"教职中可云千态万状矣。

黑鬼

胶州李总镇，买二黑鬼，其黑如漆。足革粗厚，立刃为途，往来其上，毫无所损。总镇配以娼妇，生子而白，僚仆戏之，谓非其种。黑鬼亦自疑，因杀子，骨则尽黑，始悔焉。公每令两鬼对舞，神情亦可观也。

土化兔

张靖逆侯勇，镇兰州时，出猎获兔甚多，中有半身或两股尚为土质。故一时秦中争传土能化兔。此亦物理不可解者。

卷十八

张鸿渐

　　张鸿渐，永平人。年十八为郡名士。时卢龙令赵某贪暴，人民共苦之。有范生被杖毙，同学忿其冤，将鸣部院，求张为刀笔之词，_{撰写讼状}。约其共事。张许之。妻方氏美而贤，闻其谋，谏曰："大凡秀才作事，可以共胜而不可以共败。胜则人人贪天功，一败则纷然瓦解，不能成聚。今势力世界，曲直难以理定。君又孤，脱有反复，急难者谁也！"张服其言，悔之，乃婉谢诸生，但为创词而去。质审一过，无所可否。赵以巨金纳大僚，诸生坐结党被收，又追捉刀人。张惧亡去，至凤翔界，资斧断绝。日既暮，踯躅旷野，无所归宿。欻睹小村，趋之。老姬方出阖扉，见之，问所欲为。张以实告，姬曰："饮食床榻，此都细事。但家无男子，不便留客。"张曰："仆亦不敢过望，但容寄宿门内，得避虎狼足矣。"姬乃令入。闭门，授以草荐，_{草垫}。嘱曰："我怜客无归，私容止宿，未明宜早去，恐吾家小娘子闻知，将便怪罪。"姬去，张倚壁假寐。忽有笼灯晃耀，见姬导一女郎出。张急避暗处，微窥之，二十许丽人也。及门，睹草荐，诘姬。姬实告之，女怒曰："一门细弱，何得容纳匪人！"_{非亲近之人}。即问："其人焉往？"张惧，出伏阶下。女审诘邦族，色稍霁曰："幸是风雅士，不妨相留。然老奴竟不关白，_{禀告}。此等草草，岂所以待君子！"命姬引客入舍。俄顷罗列酒浆，品物精洁；既而设锦裀于榻。张甚德之，因私询其姓氏。

姬言：“吾家施氏，太翁夫人俱谢世，止遗三女。适所见长姑舜华也。”姬既去，张视几上有《南华经注》，因取就枕上伏榻翻阅。忽舜华推扉入。张释卷，搜觅冠履，女即榻捺坐曰：“无须，无须！”因近榻坐，觍然曰：“妾以君风流才士，欲以门户相托，招男入赘。遂犯瓜履之嫌。得不相遐弃否？”张皇然不知所对，但云：“不敢相诳，小生家中固有妻耳。”女笑曰：“此亦见君诚笃，顾亦不妨。既不嫌憎，明日当烦媒妁。”言已欲去。张探身挽之，女亦遂留。未曙即起，以金赠张曰：“君持作临眺游览。之资。向暮，宜晚来，恐旁人所窥。”张如其言，早出晏归，半年以为常。一日，归颇早，至其处，村舍全无，不胜惊怪。方徘徊间，闻姬云：“来何早也！”一转盼则院落如故，身固已在室中矣。益异之。舜华自内出，笑曰：“君疑妾耶？实对君言，妾狐仙也，与君固有夙缘。如必见怪，请即别。”张恋其美，亦安之。夜谓女曰：“卿既仙人，当千里一息呼吸之间可达千里。耳。小生离家三年，念妻孥妻子和儿女。不去心，能携我一归乎？”女似不悦，谓：“琴瑟之情，妾自分自认为。于君为笃；君守此念彼，是相对绸缪者皆妄也。”张谢曰：“卿何出此言！谚云：‘一日夫妻，百年恩义。’后日归念卿时，亦犹今日之念彼也。设得新忘旧，卿何取焉！”女乃笑曰：“妾有褊心：于妾，愿君之不忘；于人，愿君之忘之也。然欲暂归，此复何难！君家固咫尺耳。”遂把袂出门，见道路昏暗，张逡巡不前。女曳之，走无几时，曰：“至矣。君归，妾且去。”张停足细认，果见家门。逾垝垣入，见室中灯火犹荧。近以两指弹扉，内问为谁，张具道所来。内秉烛启关，真方氏也。两相惊喜，握手入帷。见儿卧床上，慨然曰：“我去时儿才及膝，今身长如许矣。”夫妇偎倚，恍如梦寐。张历述所遭，问及讼狱，始知诸生有瘐死病死狱中。者，有远徙者，益服妻之远见。方纵体入怀曰：“君有佳偶，想不复念孤衾中有零涕人矣。"张曰:"不念,胡以来也? 我与彼虽云情好,终非同类。独其恩义难忘耳。"方曰:"君以我何人也?"张审视,竟非方氏,乃舜华也。以手探儿,一竹夫人圆柱形竹制取凉用具。耳,大惭无语。女曰:"君心可知矣。分当本应。自此绝交,犹幸未忘恩义,差足自赎。"过二三日,忽曰:"妾思痴情恋人,终无意味。君日怨我不相送,今适欲至都,便道可以同去。"乃向床头取竹夫人共跨之。令闭两眸,觉离地不远,风声飓飓,移时寻落。女曰:"从此别矣。"方将订嘱,女去已渺。怅立少时,闻村犬鸣吠,苍茫中见树木屋庐,皆故里景物,循途而归。逾垣叩户,宛若前状。方氏惊起,不信夫归,诘证确实,始挑灯呜咽而出。既相见,涕不可仰,张犹疑舜华之幻弄也。又见床头儿卧,一如昨夕,因笑曰:"竹夫人又携入耶?"方氏不解,变色曰:"妾望君如岁,盼望你如盼望丰收。枕上啼痕固在也。甫能相见,全无悲恋情,何以为心矣!"张察其情真,始执臂欷歔,具言其详。问讼案所结,并如舜华言。方相感慨,闻门外有履声,问之不应。盖里中有恶少,久窥方艳,是夜自别村归,遥见一人逾垣入,谓必赴淫约者,尾之而入。甲故不甚识张,但伏听之。及方氏亟问,乃曰:"室中何人也?"方讳言:"无之。"甲言:"窃听已久,敬将执奸耳。"方不得已,以实告。甲曰:"张鸿渐大案未结,即使归家,亦当缚送官府。"方苦哀之,甲词益狎逼。张忿火中烧,不可制止,把刀直出,剁甲中颅。甲踣犹号,又连剁之,遂毙。方曰:"事已至此,罪益加重,君速逃。妾请任其辜。"张曰:"丈夫死则死耳,焉肯辱妻累子以求活耶! 卿无顾虑,但令此子勿断书香,目即瞑矣。"天渐明,赴县自首。赵以钦件中人,姑薄惩之。寻由郡解都,械禁颇苦。途中遇女子跨马过,一老妪捉鞚,盖舜华也。张呼妪欲语,泪随声堕。女返辔手启幛纱,讶曰:"此表兄也,何至此?"张略述之。女曰:"依兄平昔,便当掉头不顾，然余不忍也。寒舍不远，即邀公役同临，亦可少助资斧。”从去二三里，见一山村，楼阁高整。女下马入，令姬启舍延客。既而酒炙丰美，似所夙备。又使姬出曰：“家中适无男子，张官人即向公役多劝数觞，前途倚赖多矣。遣人措办数十金，为官人作费，兼酬两客，尚未至也。”二役窃喜，纵饮，不复言行。日渐暮，二役径醉矣。女出，以手指械，械立脱。曳张共跨一马，驶如飞。少时，促下，曰：“君止此。妾与妹有青海之约，又为君逗留一晌，久劳盼注矣。”张问：“后会何时？”女不答。再问之，推堕马下而去。既晓，问其地，太原也。遂至郡，赁屋授徒焉。托名宫子迁，居十年，访知捕亡浸怠，乃复逡巡东向。既近里门，不敢遽入，俟夜深而后入。及门，则墙垣高固，不复可越，只得以鞭挝门。久之，妻始出问。张低语之，喜极纳入，作呵叱声曰：“都中少用度，即当早归。何得遣汝半夜来？”入室，各道情事，始知二役逃亡未返。言次，帘外一少妇频来，张问伊谁，曰：“儿妇耳。”问：“儿安在？”曰：“赴郡大比_{乡试。}未归。”张涕下曰：“流离数年，儿已成立，不谓能继书香，卿心血殆尽矣。”话未已，子妇已温酒炊饭，罗列满几。张喜慰过望。居数日，隐匿房榻，惟恐人知。一夜方卧，忽闻人语腾沸，捶门甚厉，大惧并起。闻人言曰：“有后门否？”益惧，急以门扇代梯，送张度垣而出。然后诣门问故，乃报新贵者也。方大喜，深悔张遁，不可追挽。张是夜越莽穿榛，急不择途。及明，困殆已极。初念本欲向西，问之途人，则去京都通衢不远。遂入乡村，意将质衣而食。见一高门，有报条粘壁上，近视知为许姓，新孝廉也。顷之，一翁自内出，张迎揖而告以情。翁见仪貌都雅，知非赚食者，延入相款，因诘所往。张托言设帐都门，归途遇寇。翁留诲其少子。张略问官阀，乃京堂林下者，_{退休的京官。}孝廉其犹子_{侄子。}也。月余，孝廉携一同榜归，云是永平张姓，十八九少年也。张以乡谱_{籍贯和姓氏。}俱同，暗中疑是其子，然邑中此姓良多，姑默之。至晚解装，出"齿录"，_{同登一榜者，在名录上详载姓名、年岁、籍贯、三代等。}急借披读，真子也。不觉泪下。共惊问之，乃指名曰："张鸿渐即我是也。"备言其由。张孝廉抱父大哭。许叔伫慰劝，始收悲以喜。许即以金帛函字，致告各宪，父子乃同归。方自闻报，日以张在亡_{逃亡}为悲，忽白孝廉归，感伤益痛。少时，父子并入，骇如天降，询知其故，始共悲喜。甲父见其子贵，祸心不敢复萌。张益厚遇之，又历述当年情状，甲父感愧，遂相交好。

太医

万历间，孙评事少孤。母十九岁守柏舟之节。孙举进士，而母已死。常语人曰："我必博诰命以光泉壤，始不负萱堂_{母亲的代称。}苦节。"忽得暴病，綦笃。素与太医善，使人招致之。使者出门而疾益剧。张目曰："生不能扬名显亲，何以见老母地下乎！"遂卒，目不瞑。无何，太医至，闻哭声，即入临吊，见其状异之。家人告以故，太医曰："欲得诰赠，即亦不难。今皇后旦晚临盆矣，但活十余日，诰命可得。"立命取艾灸尸一十八处，炷将尽，床上已呻。急灌以药，居然复生。嘱曰："切记勿食熊虎肉。"共志之，然以此物不常有，颇不关意。既而三日平复，仍从朝贺。过六七日，果生太子，召赐群臣。宴中使出异品，遍赐文武。白片朱丝，甘美无比。孙啖之不知何物。次日访诸同僚，曰："熊膰_{熊掌。}也。"大惊失色，即刻而病，至家遂卒。

王子安

　　王子安，东昌名士，困于场屋。_{屡考不中。}入闱后，期望甚切。近放榜时，痛饮大醉，归卧内室。忽有人白："报马来。"王踉跄起曰："赏钱十千！"家人因其醉，诳而安之曰："但请自睡，已赏之矣。"王乃眠。俄又有入者曰："汝中进士矣！"王自言："尚未赴都，何得及第？"其人曰："汝忘之耶？三场毕矣。"王大喜，起而呼曰："赏钱十千！"家人又诳之曰："请自睡，已赏之矣。"又移时，一人急入曰："汝殿试翰林，长班_{官员随身使唤的公役。}在此。"果见二人拜床下，衣冠修洁。王呼赐酒食，家人又绐之，暗笑其醉而已。久之，王自念不可不出耀乡里，大呼长班，凡数十声无应者。家人笑曰："暂卧候，寻他去。"又久之，长班果复来。王捶床顿足，大骂："钝奴焉往！"长班怒曰："措大_{穷书生。}无赖，向与尔戏耳，而真骂耶？"王怒，骤起扑之，落其帽。王亦倾跌。妻入扶之曰："何醉至此！"王曰："长班可恶，我故惩之，何醉也！"妻笑曰："家中只有一媪，昼为汝炊，夜为汝温足耳。何处长班，伺汝穷骨？"子女粲然皆笑。王醉亦稍解，忽如梦醒，始知前此之妄。然犹记长班帽落，寻至门后，得一缨帽如盏大，共异之。自笑曰："昔人为鬼揶揄，吾今为狐奚落矣。"

　　异史氏曰："秀才入闱，有七似焉。初入时，白足提篮似丐。唱名时，官呵吏骂似囚。其归号舍也，孔孔伸头，房房露脚，似秋末之冷蜂。其出闱场也，神情惝恍，天地异色，似出笼之病鸟。迨望报_{盼望报录人。}也，草木皆惊，梦想亦幻。时作一得意想，则顷刻而楼阁俱成；作一失意想，则瞬息而骸骨已朽。此际行坐难安，则似被絷之猱。_{猿猴。}忽然而飞骑传人，报条无我，此时神色猝变，嗒然若死，则似饵毒之蝇，弄之亦不觉也。初失志，心灰意败，大骂司衡无目，笔墨无灵，势必举案头物而尽炬之；炬之不已，而碎踏之；踏之不已，而投之浊流。从此披发入山，面向石壁，再有以'且夫''尝谓'之文进我者，定当操戈逐之。无何，日渐远，气渐平，技又渐痒，遂似破卵之鸠，只得衔木营巢，从新另抱矣。如此情况，当局者痛哭欲死，而自旁观者视之，其可笑孰甚焉。王子安方寸_{指心。}之中，顷刻万绪，想鬼狐窃笑已久，故乘其醉而玩弄之。床头人_{妻子。}醒，宁不哑然自笑哉？顾得志之况味不过须臾；词林诸公不过经两三须臾耳，子安一朝而尽尝之，则狐之恩与荐师等。"

刁姓

里有刁姓者，家无生产，每出卖许负之术，_{相术。}实无术也。而数月一归，则金帛盈橐。共异之。会里人有客于外者，遥见高门内一人冠华阳巾，言语啁嘁，众妇丛绕之。近视，则刁。因从旁微窥之。少间，有问者曰："吾等众中有一夫人，能辨之乎？"盖有一贵人妇微服其中，将以验其术也。里人代为之窘。刁从容望空横指曰："此何难辨？试观贵人顶上，自有云气环绕。"众妇不觉集视一人，觇其云气。刁乃指其人曰："此真贵人！"众惊服，群以为神。里人归述其诈慧。然后知虽小道，亦必有过人之才；不然，亦乌能欺耳目、赚金钱，无本而殖哉！

金陵乙

金陵卖酒人某乙，每酿成，投水而置毒焉。即善饮者，不过数盏，便醉如泥。以此得"中山"又名"千日酒"，一饮醉千日。之名，富致巨金。早起，见一狐醉卧槽边。缚其四股，方将觅刃，狐已醒，哀曰："勿见害，请如所求。"遂释之，辗转一会儿。已化为人。时巷中孙氏，其长妇患狐为祟，因以问之。答云："是即我也。"乙窥妇娣尤美，求狐携往。狐难之，乙固求之。狐邀乙去，入一洞中，取褐衣授之曰："此先兄所遗，着之当可去。"既服而归，家人皆不之见，袭常衣而出始见之。大喜，与狐同诣孙氏家，见墙上贴巨符，画笔画。蜿蜒如龙。狐惧曰："和尚大恶，很厉害。我不往矣。"遂退而去。乙逡巡近之，则真龙盘壁上，昂首欲飞，大惧亦出。盖孙觅一异域僧为之厌胜，授符先归，僧犹未至也。次日僧来，设坛作法。邻人共观之，乙亦杂处其中。忽变色急奔，状如被捉；至门外，踣地化为狐，四体犹着人衣。将杀之，妻子叩请。僧命牵去，日给饮食，数月寻毙。

郭安

孙五粒，有僮仆独宿一室，恍惚被人摄拘捕。去。至一宫殿，见阎罗在上，视之曰："误矣，此非是。"因遣送还。既归，大惧，移宿他所。遂有僚仆_{同一主家的仆人}郭安者，见榻上空闲，因就宿焉。又一仆李禄，与僮有夙怨，久将甘心，_{杀之而后快}。是夜操刀入，扪之，以为僮也，竟杀之。郭父鸣于官。时陈其善为邑宰，殊不苦之。_{不使李禄受刑罚之苦}。郭哀号，言："半生止此子，今将何以聊生！"陈即判李禄为之子。郭含冤而退。此不奇于僮之见鬼，而奇于陈之折狱也。

王阮亭曰："新城令陈端庵，性仁柔无断。王生与哲，典居宅于人，久之，不给直。讼之官，陈不能决，但曰：'《毛诗》有云："维鹊有巢，维鸠居之。"生为鹊可也。'"

今日济之西邑有杀人者，其妇讼之。邑令怒，立拘凶犯至，拍案骂曰："人家好好夫妇，直令寡耶！即以汝配之，亦令汝妻寡守。"遂判合之。此等明决，_{反语，讽刺断案糊涂}。皆是甲科所为，他途不能也。而陈亦尔尔，何途无才！

折狱

邑之西崖庄有贾某，被人杀于途。隔夜，其妻亦自经死。贾弟鸣于官。时浙江费公祎祉令淄，亲诣验之。见布袱裹银五钱，尚在腰中，知非为财也者。拘两村邻保，审质一过，殊少端绪，并未搒掠，释放归农。但命约地_{乡约、地保之类的乡中小吏}细察，十日一关白而已。逾半年，事渐懈，贾弟怨公仁柔，上堂屡噪。公怒曰："汝既不能指名，欲我以桎梏加良民耶？"呵逐而出。贾弟无所伸诉，愤葬兄嫂。一日，以赋役故逮数人至。内一人周成，惧责，上言钱粮措办已足，即于腰中出银袱，禀公验视。公验已，便问："汝家何里？"答云："某村。"又问："去西崖几里？"答云："五六里。"问："去年被杀贾某系汝何亲？"答云："不识其人。"公勃然曰："汝杀之，尚云不识耶？"周力辨，不听，严梏之，果伏其罪。先是，贾妻王氏将诣姻家，惭无钗饰，聒夫使假借。于邻。夫不肯，自假之，颇甚珍重。归途，卸而裹诸袜，内袖中；既至家，探袖已亡。不敢告夫，又无力偿邻，懊恼欲死。是日，周适拾之，知为贾妻所遗。窥贾他出，半夜逾垣，将执以求合。时溽暑，王氏卧庭中，周潜就淫之。王氏觉，大号。周急止之，留袜纳钗。周留下包袜，把钗交给王氏。事已，妇嘱曰："后勿来，吾家男子恶，犯恐俱死。"周怒曰："我挟勾栏数宿之资，宁一度可偿耶？"妇慰之曰："我非不愿相交，渠常善病，不如从容以待其死。"周乃去，于是杀贾。夜诣妇曰："今某已被人杀，请如所约。"妇闻大哭，周惧而逃，天明妇死矣。公廉考察。得情，以周抵罪。共服其神，而不知所以能察之故。公曰："事无难辨，要在随处留心耳。初验尸时，见银袜刺万字文，周袜亦然，是出一手也。及诘之，又云无旧，词貌诡变，是以确知其情也。"

异史氏曰："世之折狱断案。者，非悠悠置之，则缧系数十人而狼藉之耳。堂上肉鼓吹，喻拷打犯人的声响。喧阗旁午，遂频蹙曰：'我劳心民事也。'云板三敲，则声色并进，难决之词，不复置诸念虑。专待升堂时，祸桑树以烹老龟耳。呜呼！民情何由得哉！余每谓：'智者不必仁，而仁者则必智。盖用心苦则机关出也。''随在留心'之言，可以教天下之宰民社者矣。"

邑人胡成，与冯安同里，世有隙。胡父子强，冯屈意交欢，胡终猜之。一日，共饮薄醉，颇倾肝胆。胡大言说大话。："勿忧贫，百金之产不难置也。"冯以胡家不丰，故嗤之。胡正色曰："实相告：昨途遇大商载厚装来，我颠越堕落。于南山瞽井枯井。中矣。"冯又笑之。时胡有妹夫郑伦，托为说合田产，寄数百金于胡家，遂尽出以炫冯。冯信之。既散，阴以状报邑令。拘胡对勘，胡言其实。问郑及产主皆不讹。乃共验诸瞀井，一役缒下，则果有无首之尸在焉。胡大骇，莫可置辨，但称冤苦。公怒，击喙_{掌嘴}数十曰："确有证据，尚叫屈耶！"以死因具械制之。尸戒勿出，惟晓示诸村，使尸主投状。逾日有妇人抱状，言为亡者妻，言："夫何甲，揭数百金出作贸易，被胡杀死。"公曰："井有死人，恐未必即是汝夫。"妇执言甚坚。公又命出尸于井，视之果不妄。妇不敢近，却立而号。公曰："真犯已得，但骸躯未全。汝暂归，待得死者首，即招报_{公开判决}令其抵偿。"遂自狱中唤胡出，呵曰："明日不将头至，当械折股！"役押去终日而返，诘之，但有号泣。乃以梏具置前作刑势，即又不刑，曰："想汝当夜扛尸忙迫，不知坠落何处，奈何不细寻之？"胡哀免，祈容急觅，公乃问妇："子女几何？"答言："无之。"问："甲有何戚属？"但言："有堂叔一人。"慨然曰："少年丧夫，伶仃如此，其何以为生矣！"妇乃哭，叩求怜悯。公曰："杀人之罪已定，但得全尸，此案即消。消案后速醮_{改嫁}可也。汝少妇，勿复出入此门。"妇感泣，叩头而下。公即票示里人代觅其首。经宿，即有同村王五报称已获。问验既明，赏以千钱。唤甲叔至曰："大案已成，然人命重大，非积岁不能得结。侄既无出，少妇亦难存活，早令适人。此后亦无他务，但有上台检验，止须汝应声耳。"甲叔不肯，飞两签下。再辨，又一签下。甲叔惧，应之而出。妇闻，诣公谢恩。公极意慰谕之。又谕："有买妇者，当堂关白。"_{禀告}既下，即有投婚状者，盖即报人头之王五也。公唤妇上曰："杀人之真犯汝知之乎？"答以胡成。公曰："非也。汝与王五乃真犯耳！"二人大骇，力辨冤诬。公曰："我久知其情。所以迟迟而发者，恐有万一之屈耳。尸未出井，何以确信为汝夫？盖先知其死矣。且甲死犹衣败絮，数百金何所自来!"又谓王五曰:"头之所在，汝何知之熟也?所以如此其急者，意在速合耳!"两人惊颜如土，不能强置一词，并械之，果吐其实。盖王五与妇私已久，谋杀其夫，而适值胡成之戏也。乃释胡罪。冯以诬告重笞，徒三年。事既结，并未妄刑一人。

异史氏曰:"我夫子有仁爱名，即此一事，亦以见仁人之用心苦矣。方宰淄时，松才弱冠，过蒙器许，而驽钝不才，竟以不舞之鹤为羊公辱_{蒲松龄指自己科举受挫，辜负费祎祉的期许。}是我夫子生平有不哲_{不明智}之一事，则某实贻之也。悲夫!"

义犬

周村有贾某，贸易芜湖，获重资，赁舟将归。见堤上有屠人缚犬，倍价赎之，豢养舟上。舟人固积寇也。窥客装丰，荡舟入莽，操刀欲杀。贾哀赐全尸，盗乃以毡裹置江中。犬见之，哀鸣投水，口衔裹具与共沉浮，流荡不知几远，浅搁乃止。犬泅出，至有人处，狺狺哀鸣。或以为异，从之而往。见毡束水中，引出，断其绳。客固未死，始言其情。复哀舟人载还芜湖，将以伺盗船之归。登舟失犬，心甚悼焉。抵关三四日，估楫_{商船}如林，而盗船不见。适有同乡贾将携俱归，忽犬自来，望客鸣噪，唤之却走。客下舟趁之。犬奔上一舟，啮人胫股，挞之不解。客近呵之，则所啮即前盗也。衣服与舟皆易，故不得而认之矣。缚而搜之，则橐金犹在。呜呼!一犬也，而报恩如是，世无心肝者，其亦愧此犬也夫!

杨大洪

　　大洪杨先生涟，微时为楚名儒，自命不凡。科试后，闻报优等者，时方食，含哺_{口中含食}。出问：“有杨某否？”答以：“无有！”不觉嗒然自丧，咽食入鬲，遂成病块，噎阻甚苦。众劝驾令赴遗才录。公患无资，众醵_{凑钱}。十金送之行，乃强就道。夜梦一人告之云：“前途有人能愈君疾，宜苦求之。”临去，赠以诗，有“江边柳下三弄笛，抛向江心莫叹息”之句。明日途次，果见道士坐柳下，因便叩请。道士笑曰：“子误甚矣，我何能疗病乎？请为三弄可也。”因出笛吹之。公触所梦，拜求益切，且倾囊献之。道士接金掷诸江流。公以所来不易，哑然惊惜。道士曰：“君未能恝然_{淡然忘怀}耶？金在江边，请自取之。”公诣视果然，又益奇之，呼为仙。道士漫指曰：“我非仙，彼处仙人来矣。”赚_{哄骗}。公回顾，力拍其顶曰：“俗哉！”公受拍，张吻作声，喉中呕出一物，堕地培然，俯而破之，赤丝中裹饭犹存。病若失，回视道士已杳。

　　异史氏曰：“公生为河岳，没为日星，何必长生乃为不死哉！或以未能免俗不作天仙，因而为公悼惜。余谓天上多一仙人，不如世上多一圣贤，解者必不议余说之僭也。”

查牙山洞

　　章丘查牙山，有石窟如井，深数尺许。北壁有洞门，伏而引领望见之。会近村数辈，九日登临，<small>九月九日登高。</small>饮其处，共谋入探之。三人受灯，縋而下。洞高敞与夏屋等。入数武稍狭，即忽见底。底际一窦，蛇行始可入。烛之，漆漆然暗深不可测。两人馁而却退，一人夺其火而嗤之，锐身塞而进。幸隘处仅厚于堵，即又顿高顿阔，乃立乃行。顶上石参差，危将坠不坠。两壁嶙嶙峋峋然，类寺庙山塑，<small>山墙下的雕塑。</small>都成鸟兽人鬼形：鸟若飞，兽若走，人若坐若立。鬼魅魍魉，示现忿怒，奇奇怪怪，类多丑少妍。心凛然作怖畏。喜径夷，<small>道路平坦。</small>无少陂。逡巡几百步，西壁开石室，门左一怪石，鬼面人身而立，目怒口箕张，齿舌狞恶。左手作拳触腰际，右手叉五指欲扑人。心大恐，毛森森以立。遥望门中有爇灰，知有人曾至焉者，乃稍壮，强入之。见地上列碗盏，泥垢其中；然皆近今物，非古窑也。<small>古代器皿。</small>旁植锡壶四，心利之，解带缚项系腰间。即又旁瞩，一尸卧西隅，两肱及股四布以横。骇极。渐审之，足蹑锐屟，<small>尖足女鞋。</small>梅花刻底犹存，知是少妇。人不知何里，毙不知何年。衣色黯败，莫辨青红。发蓬蓬似筐许，乱丝粘着髑髅上。目、鼻孔各二，瓠犀<small>喻女性牙齿。</small>两行白巉，意是口也。存想首颠当有金宝珠饰，以火近脑，似有口气嘘灯，灯摇摇无定，纁黄，<small>黄中透红之色。</small>衣动掀掀。大惧，手摇颤，灯即顿灭。忆路急奔，不敢手索壁，恐触鬼物也。头触石，仆，即复起。冷湿浸额颊，知是血，不觉痛，抑不敢呻。岔息奔至窦，方将伏，似有人捉发住，晕然遂绝。众坐井上候久，疑之，又缒二人下，探身入窦，见发胃挂。石上，血淫淫尸僵。二人失色，不敢入，兀坐愁叹。俄井上又使二人下，中有勇者，始健进，曳之以出。置山上，半日方苏，言之缕缕。叙述详尽。所恨未穷其底，极穷之，必更有佳境也。后章令闻之，以泥丸封窦，不可复入矣。

康熙二十六七年间，养母峪之南石崖崩，现洞口。望之，钟乳林林如密笋然，深险无敢入者。忽有道士至，自称钟离弟子，言："师遣先至，粪除洞府。"居人供以膏火，道士携之而下，坠石笋上，贯腹而死。报令，令封其洞。其中必有奇境，惜道士尸解，无回音矣。

云萝公主

安大业，卢龙人。生而能言，母饮以犬血始止。既长，韶秀，顾影无俦，又慧能读，世家争婚之。母梦曰："儿当尚主。"娶公主为妻。信之。至十五六，迄无验，亦渐自悔。一日，安独坐，忽闻异香，俄一美婢奔入，曰："公主至！"即以长毡贴地，自门外直至榻前。方骇疑间，一女郎扶婢肩入，服色荣光，映照四堵。婢即以绣垫设榻上，扶女郎坐。安仓皇不知所为，鞠躬便问："何处神仙？劳降玉趾。"女郎微笑，以袍袖掩口。婢曰："此圣后府中云萝公主也。圣后属意郎君，欲以公主下嫁，故使自来相宅。"察看宅地。安惊喜，不知置词；女亦俯首，相对寂然。安故好弈，楸枰棋盘。常置座侧。一婢以红巾拂尘，移诸案上，曰："主日耽此，不知与粉侯对帝王之婿的美称。孰胜？"安移坐近案，主笑从之。甫三十余着，婢竟乱之，曰："驸马负矣！"敛子入盒，曰："驸马当是俗间高手，主仅能让六子。"乃以六黑子实局中，_{放在棋盘上。}主亦从之。主坐次，辄使婢伏座下，以背受足，左足踏地，则更一婢右伏。又两小鬟夹持之；每值安凝思时，辄曲一肘伏肩上。局未结，小鬟笑云："驸马又负矣。"婢进曰："主惰，宜且退。"女乃倾身与婢耳语。婢出，少顷而还，以千金置榻上，告生曰："适主言居宅湫鄙，_{低湿狭小。}烦以此少致修饰，落成相会也。"一婢曰："此月犯天刑，不宜建造，月后吉。"女起，生遮止闭门。婢出一物，状类皮排，就地鼓之，云气突出，俄顷四合，冥不见物，索之已杳。母知，疑以为妖。而生神驰梦想，不能复舍。急于落成，无暇禁忌；刻日敦迫，廊舍一新。先是，有滦州生袁大用，侨寓邻坊，投刺于门。生素寡交，托他出，又视其亡而报之。_{趁袁外出时去回访他，有意不相会面。}后月余，门外适相值，二十许少年也。宫绢单衣，丝带乌履，意甚雅。略与倾谈，颇甚温谨，悦之。揖而入，请与对弈，互有盈亏。已而设酒流连，谈笑大欢。明日，邀生至其寓所，珍肴杂进，相待殷渥。有小童十二三许，拍板清歌，又跳掷作剧。生大醉，不能行，便令负之。生以其纤弱，恐不胜，袁强之。僮绰有余力，荷送而归。生奇之，次日，犒以金，再辞乃受。由此交情款密，三数日辄一过从。袁为人简默而慷慨好施。市有负债鬻女者，解囊代赎无吝色。生以此益重之。过数日，诣生作别，赠楠珠、象箸等十余事，_{件。}白金五百，用助兴作。生反金受物，报以束帛。后月余，乐亭有仕宦而归者，橐资充牣。_{充实。}盗夜入，执主人，烧铁钳灼，劫掠一空。家人识袁，行牒追捕。邻院屠氏与生家积不相能，因其土木大兴，阴怀疑忌。适有小仆窃象箸卖诸其家，知袁所赠，因报大尹。尹以兵绕舍，值生主仆他出，执母而去。母衰迈受惊，仅存气息，二三日不复饮食。尹释之。生闻母耗，急奔而归，则母病已笃，越宿遂卒。收殓甫毕，为捕役执去。尹见其年少温文，窃疑诬枉，故恐喝之。生实述其交往之由。尹问："何以暴富？"生曰："母有藏镪，因欲亲迎，故治婚室耳。"尹信之，具牒解郡。邻人知其无事，以重金赂监者，使杀诸途。路经深山，被役曳近削壁，将推堕之。计逼情危，时方急难，忽一虎自丛莽中出，啮二役皆死。衔生去，至一处，重楼叠阁，虎入，置之。见云萝扶婢出，凄然慰吊，曰："妾欲留君，但母丧未卜窀穸。_{未择墓地。}可怀牒去，到郡自投，保无恙也。"因取生胸前带，连结十余扣，嘱云："见官时，拈此结而解之，可以弭祸。"生如其教，诣郡自投。太守喜其诚信，又稽牒，知其枉，销名令归。至中途遇袁，下骑执手，备言情况。袁忿然作色，默不一语。生曰："以君风采，何自污也。"袁曰："某所杀，皆不义之人，所取皆非义之财。不然，即遗于路者不拾也。君教我固自佳，然如君家邻，岂可留在人间耶！"言已，超乘_{跃身上马。}而去。生归殡母已，杜门谢客。忽一夜，盗入邻家，父子十余口尽行杀戮，止留一婢。席卷资物，与僮分携之。临去执灯谓婢曰："汝认之，杀人者我也，与他人无涉。"并不启关，飞檐越壁而去。明日告官，疑生知情，又捉生去。邑宰词色俱厉。生上堂握带，且辨且解，宰不能屈。又释之。既归，益自韬晦，读书不出，一跛妪执炊而已。服既阕，_{服丧期满。}日扫阶庭，以待好音。一日，异香满院，登阁视之，内外陈设焕然矣。悄揭画帘，则公主凝妆_{盛妆。}坐，急拜之。女挽手曰："君不信数，遂使土木为灾。又以苦块之戚，_{丧亲之悲。}迟我三年琴瑟，是急之而反以得缓，天下事大抵然也。"生将出资治具，女曰："勿复须。"婢探椟，肴羹如新出于鼎，酒亦芳冽。酬移时，日已投暮，足下踏婢，渐都亡去。女四肢娇惰，足股曲伸似无所着。生狎抱之。女曰："君暂释手。今有两道，请君自择。"生揽项问故，曰："若为棋酒之交，可得三十年聚首。若作床第之欢，可六年谐和耳。君焉取？"生曰："六年后再商之。"女乃默然，遂相燕好。女曰："妾固知君不免俗道，此亦数也。"因使生蓄婢媪，别居南院，炊爨纺绩以作生计。北院中并无烟火，惟棋枰酒具而已。户常阖，生推之则自开，他人不得入也。然南院人作事勤惰，女辄知之。每使生往谴责，无不具服。女无繁言，无响笑，与有所谈，但俯首微哂。每骈肩坐，喜斜倚人。生举而加诸膝上，轻如抱婴。生曰："卿轻若此，可作掌上舞。"曰："此何难，但婢子之为，所不屑耳。飞燕原九姊侍儿，屡以轻佻获罪，怒谪尘间，又不肯守女子之贞，今已幽_{囚禁}之矣。"阁上以锦荐布满，冬未尝寒，夏未尝热。女严冬皆着轻縠。生为制鲜衣，_{新衣。}强使着之。逾时解去，曰："尘浊之物，几于压骨成瘵！"一日抱诸膝上，忽觉沉倍曩时，异之。笑指腹曰："此中有俗种矣。"过数日，颦黛不食，曰："近病恶阻，颇思烟火之味。"生乃为具甘旨。从此饮食，遂不异于常人。一日，曰："妾质单弱，不任生产。婢子樊英颇健，可使代之。"乃脱衷服_{贴身内衣。}衣英，闭诸室。少顷，闻儿啼。启扉视之，男也。喜曰："此儿福相，大器也。"因名大器，绷纳生怀，俾付乳媪，养诸南院。女自娩身，腰细如初，不食烟火矣。忽辞生，欲暂归宁。问返期，答以："三日。"鼓皮排如前状，遂不见。至期不来。积年余，信音全渺，亦已绝望。生键户下闱，遂领乡荐。终不肯娶。每独宿北院，沐其余芳。一夜，辗转在榻，忽见灯火射窗，门亦自开。群婢拥公主入。生喜，起问爽约之故。女曰："妾未愆期，_{误期。}天上二日半耳。"生得意自诩，告以秋捷，_{考中举人。}意主必喜。女愀然曰："乌用是傥来者为！无足荣辱，止折人寿数耳。三日不见，入俗幛又深一层矣。"生由是不复进取。过数月，又欲归宁。生殊凄恋。女曰："此去定早还，无烦穿望。且人生合离，皆有定数，樽节之则长，恣纵之则短也。"

既去，月余即返。从此一年半载辄一行，往往数月即还。生习为常，亦不之怪。又生一子，女举之曰："豺狼也！"立命弃之。生不忍而止。名曰"可弃"。甫周岁，急为卜婚。诸媒接踵，问其甲子，_{生辰八字。}皆谓不合，曰："吾欲为狼子治一深圈，竟不可得。当令倾败六七年，亦数也。"嘱生曰："记取四年后，侯氏生女，左胁有小赘疣，此乃儿妇。当婚之，勿较其门第也。"即令书而志之。后又归宁，竟不复返。生每以所嘱告亲友。果有侯氏女，生有赘疣。侯贱而行恶，众咸不齿，生竟媒定焉。大器十七岁及第，娶云氏，夫妻皆孝友，父钟爱之。可弃渐长，不喜读，辄偷与无赖博赌，恒盗物偿戏债。_{赌债。}父怒挞之，卒不改。相戒提防，不使有所得。遂夜出，小为穿窬。_{穿壁逾墙。}为主所觉，缚送邑宰。宰审其姓氏，以名刺送之归。父兄共絷之，楚掠惨棘，几于绝气。兄代哀免，始释之。父忿怒得疾，食锐减。乃为二子立析产书，楼阁沃田，悉归大器。可弃怨怒，夜持刀入室，将杀兄，误中嫂。先是，主有遗裤，绝轻耎，云拾作寝衣。可弃斫之，火星四射，大惧奔去。父知，病益剧，数月寻卒。可弃闻父死，始归。兄善视之，而可弃益肆。年余，所分田产略尽，赴郡讼兄。官审知其人，斥逐之。兄弟之好遂绝。又逾年，可弃二十有三，女十五矣。兄忆母言，欲急为婚娶，召至家，除佳宅与居，迎妇入门。以父遗良田，悉登籍交之，曰："数顷薄产，为若_{你。}蒙死守之，今悉相付。吾弟无行，寸草与之，皆弃也。此后成败在于新妇，能令改行，无忧冻馁。不然，兄亦不能填无底壑也。"侯虽小家女，然固慧丽，可弃雅畏爱之，所言无敢违。每出，限以晷刻；过期，则诟厉不与饮食，可弃以此少敛。年余，生一子。妇曰："我以后无求于人矣。膏腴数顷，母子何患无温饱？无夫焉，亦可也。"会可弃盗粟出赌，妇知之，弯弓_{拉弓。}于门以拒之。大惧，避去。窥妇入，逡巡亦入。妇操刀起。可弃返奔，妇逐矸之，断幅伤臀，血沾袜履。忿极往诉兄，兄不礼焉，冤惭而去。过宿复至，跽嫂哀泣，求先容于妇，妇决绝不纳。可弃怒，将往杀妇，兄不语。可弃忿起，操戈直出。嫂愕然欲止之，兄目禁之。俟其去，乃曰："彼故作此态，实不敢归也。"使人觇之，已入家门。兄始色动，将奔赴之，而可弃已坌息<small>气急败坏</small>。返。盖可弃入家，妇方弄儿，望见之，掷儿床上，觅得厨刀。可弃惧，曳戈反走，妇逐出门外始返。兄已得其情，故诘之；可弃不言，惟向隅泣，目尽肿。兄怜之，亲率之去。妇乃纳之。俟兄出，罚使长跪，要以重誓，<small>逼他发重誓。</small>而后以瓦盆赐之食。自此改行为善。妇持筹握算，日致丰盈，可弃仰成而已。后年七旬，子孙满前，妇犹时捋白须，使膝行焉。

异史氏曰："悍妻妒妇，遭之者如疽附于骨，死而后已，岂不毒哉！然砒附天下之至毒也，苟得其用，瞑眩大瘳，非参苓所能及也。而非仙人洞见脏腑，又乌敢以毒药贻子孙哉！"

章丘李孝廉善迁，少通脱不泥，丝竹词曲之属皆精之。两兄皆登甲榜，<small>会试中式。</small>而孝廉益佻脱。娶夫人谢，稍稍禁制之，遂亡去，三年不返，遍觅不得。后得之临清勾栏中。家人入，见其南向坐，少姬十数左右侍，盖皆学音艺而拜门墙者也。临行，积衣累箧，悉诸妓所贻。既归，夫人闭置一室，投书满案。以长绳絷榻足，引其端自棂内出，贯以巨铃，系诸厨下。凡有所需，则蹴绳，绳动铃响则应之。夫人躬设典肆，<small>亲自开设当铺。</small>垂帘纳物估其值，左持筹，右握管，老仆供奔走而已。由此居积致富。每耻不及诸姒贵。锢闭三年而孝廉捷。喜曰："三卯两成，<small>指李氏三兄弟中两位兄长都登上甲榜。</small>吾以汝为豭<small>公猪。</small>矣，今亦尔耶？"

又耿进士崧生，亦章丘人。夫人每以绩火佐读。绩者不辍，读者不敢息也。或朋旧相诣，辄窃听之：论文则瀹茗作黍；若恣谐

谴，则恶声逐客矣。每试得平等，_{明清时岁试或科试按成绩分为六等，给予赏}
_{罚。平等，指处于不赏不罚这一级。}不敢入室门，超等始笑逆之。设帐_{当塾}
_{师。}得金，悉内献，丝毫不听隐匿。故东主馈遗，恒面较锱铢。人
或非笑之，而不知其销算良难也。后妇翁延教内弟。是年游泮，翁
谢仪十金。耿受楮返金。夫人知之曰："彼虽固亲，然舌耕_{教书谋生。}
何为也？"追之返而受之。耿不敢争，而心终歉焉，思暗偿之。于
是每岁馆金，皆短其数以报夫人。积二年余，得如干数。忽梦一人
告之曰："明日登高，金数即满。"次日试一临眺，果拾遗金，恰符
缺数，遂偿岳。后成进士，夫人犹诃谴之。耿曰："今一行作吏，
何得复尔？"夫人曰："谚云：'水长则船亦高。'即为宰相便
大耶？"

鸟语

中州境有道士募食乡村。食已，闻鹂鸣，因告主人使慎火。问
故，答曰："鸟云：'大火难救，可怕！'"众笑之，竟不备。明日
果火，延烧数家，始惊其神。好事者追及之，称为仙。道士曰：
"我不过知鸟语耳，何仙为？"适有皂花雀鸣树上，众问："何语？"
曰："雀言：'初六养之，初六养之，十四、十六殇之。'_{孪生子生于初}
_{六，故重言"初六养之"；十四、十六则分别为二子的亡日。}想此家双生矣。今日
为初十，不出五六日，当俱死也。"询之，果生二子。无何，并死，
其日悉符。邑令闻其奇，招之，延为客。时群鸭过，因问之。对
曰："明公内室必相争也。鸭云：'罢罢！偏向_{偏袒。}他！'"令大
服，盖妻妾反唇，令适被喧聒而出也。因留居署中，优礼之。时辨

鸟言，多奇中。而道士朴野，多肆言，辄无所忌。令最贪，一切供用诸物，皆折为钱以入之。一日方坐，群鸭复来，令又诘之，答曰："今日所言，不与前同，乃为明公会计计算。耳。"问："何计？"曰："彼云蜡烛一百八，银朱一千八。"令惭，疑其相讥。道士求去，令不许。逾数日宴客，忽闻杜宇，客问之，答曰："鸟云：'丢官而去。'"众愕然失色。令大怒，立逐而出。未几，令果以墨败。因贪污而罢官。呜呼！此仙人儆戒之，而惜乎危厉熏心者不之悟也！

齐俗呼蝉曰"稍迁"，其色绿者曰"都了"。邑有父子俱青、社生，将赴岁试，忽有蝉落襟上。父喜曰："'稍迁'，吉兆也。"一僮视之曰："何物'稍迁'，'都了'而已。"父子不悦。已而果皆被黜。

天宫

郭生，京都人，年二十余，仪容秀美。一日薄暮，有老妪贻尊酒。怪其无因，妪笑曰："无须问，但饮之自有佳境。"遂径去。揭尊微嗅，冽香四射，遂饮之。忽大醉，冥然罔觉。及醒，则与一人并枕卧。抚之，肤腻如脂，麝兰喷溢，盖女子也。问之不答，遂与交。交已，以手扪壁，壁皆石，阴阴湿冷。有土气，酷类坟冢。大惊，疑为鬼迷，因问女子："卿何神也？"女曰："我非神，乃仙耳。此是洞府，与卿有夙缘，勿相讶，但安心居之。再入一重门，有漏光处，可以溲便。"既而女起，闭户而去。久之腹馁，遂有女僮来，饷以面饼、鸭臛，鸭汤。便扪索而啖之，黑漆不知昏晓。无何，女子来寝，始知夜矣。郭曰："昼无天日，夜无灯火，食炙不知口处；常常如此，则姮娥何殊于罗刹，天堂何别于地狱哉？”女笑曰：“为尔俗中人，多言喜泄，故不欲以形色相见。且暗中摸索，妍媸亦当有别，何必灯烛！”居数日，忧闷异常，屡请暂归。女曰：“来夕与君一游天宫，便即为别。”次日，忽有小鬟笼灯入曰：“娘子伺郎久矣。”从之出，星斗光中，但见楼阁无数，经几曲画廊，始至一处，堂上垂珠帘，烧巨烛如昼。入，则美人华妆南向坐，年约二十许，锦袍炫目，头上明珠，翘颤四垂。地下皆设短烛，裙底皆照，诚天人耶。郭迷乱失次，不觉屈膝。女令婢扶曳入坐。俄顷，八珍罗列。女行酒曰：“饮此以送君行。”郭鞠躬曰：“向<small>之前。</small>觌面<small>对面。</small>不识仙人，实所惶惑；如容自赎，愿收为没齿不二<small>终身不怀二心。</small>之臣。”女顾婢微笑，便命移席卧室。室中流苏绣帐，衾褥香软，使郭就榻坐。饮次，女屡言：“君离家久，暂归亦无所妨。”更尽一筹，<small>一更已尽。</small>郭不言别。女唤婢笼烛送之。郭不言，伪醉眠榻上，抌<small>摇晃。</small>之不动。女使诸婢扶裸之。一婢私嚯曰：“个男子容貌温雅，此物何不文也！”举置床上，大笑而去。女亦寝，郭乃转侧。女问：“醉乎？”曰：“小生何醉！甫见仙人，神志颠倒耳。”女曰：“此是天宫，未明宜早去。如嫌洞中快闷，不如早别。”郭曰：“今有人夜得名花，闻香扪干，而苦无灯烛，此情何以能堪？”女笑允给灯火。漏下四点，呼婢笼烛抱衣而送之。入洞，见丹垩精工，寝处褥革棕毡尺许厚。郭解履拥衾，婢徘徊不去。郭凝视之，风致娟好，戏曰：“谓我不文者卿耶？”婢笑，以足蹴枕曰：“子宜僵<small>戏称睡眠。</small>矣！勿复多言。”视履端嵌珠如巨椒。捉而曳之，婢仆于怀，遂相狎，而呻楚不胜。郭问：“年几何矣？”答云：“十七。”问：“处子亦知情乎？”曰：“妾非处子。然荒疏已三年矣。”郭研诘仙人姓氏，及其清贯、尊行。婢曰：“勿问！即非天上，亦异人间。若必知其确耗，恐觅死无地矣。”郭遂不敢复问。次夕，女果以烛来，相就寝食，以此为常。一夜，女入曰："期以永好，不意人情乖阻，今将粪除_{清除}天宫，不能复相容矣。请以卮酒为别。"郭泣下，请得脂泽为爱。女不许，赠以黄金一斤、珠百颗。三盏既尽，忽已昏醉。既醒，觉四体如缚，纠缠甚密，股不得伸，首不得出。极力转侧，晕堕床下。出手摸之，则锦被囊裹，细绳束焉。起坐凝思，略见窗棂，始知为己斋中。时离家已三月，家人谓其已死。郭出，初不敢明言，惧被仙谴，然心疑怪之。窃间一告知交，莫有测其故者。被置床头，香盈一室；拆视，则湖绵杂香屑为之，因珍藏焉。后某达官闻而诘之，笑曰："此贾后之故智也。仙人乌得如此？虽然，此事宜慎秘；泄之，族_{灭族}矣！"有巫尝出入贵家，言其楼阁形状，绝似严东楼_{严世蕃}家。郭闻之大惧，携家亡去。未几，严伏诛，始归。

异史氏曰："高阁迷离，香盈绣帐。雏奴蹀躞，履缀明珠。非权奸之淫纵，豪势之骄奢，乌有此哉？顾淫筹一掷，金屋变而长门；唾壶未干，情田鞠为茂草。空床伤臆，暗烛销魂。含颦玉台之前，凝眸宝幄之内。遂使糟丘台上，路入天宫；温柔乡中，人疑仙子。倌楚之帷簿，固不足羞，而广田自荒者，亦足戒已！"

乔女

平原乔生，有女黑丑：窒一鼻，_{鼻翼一侧有缺损。}跛一足。年二十五六，无问名_{提亲。}者。邑有穆生，四十余，妻死，贫不能续，因聘焉。三年，生一子。未几，穆生卒，家亦索，大困，则乞怜其母。母颇不堪之。女亦忿不复返，惟以纺绩自给。有孟生丧偶，遗一子名乌头，才周岁，以乳哺乏人，急于求配。然媒数言，辄不当意。忽见女，大悦之，阴使人风示女。女辞焉，曰："饥冻如此，从官人得温饱，夫宁不愿？然残丑不如人，所可自信者，德耳。又事二夫，官人何取焉！"孟益贤之，向慕尤殷，使媒者函金加币而说其母。母悦，自诣女所，固要强迫之。女志终不夺改变。母惭，愿以少女字孟，家人皆喜，而孟殊不愿。居无何，孟暴卒。女往，临哭尽哀。孟故无戚党，死后，村中无赖辈悉凭凌之，家具携取一空。方谋瓜分其田产，家人亦各草窃以去，惟一妪抱儿哭帏中。女问得故，大不平。闻林生与孟善，乃踵门而告曰："夫妇朋友，人之大伦也。妾以奇丑，为世不齿，独孟生能知我，前虽固拒之，然固已心感之矣。今身死子幼，自当有以报知己。然存孤抚育孤儿。易，御侮难，若无兄弟父母，遂坐视其子死家灭而不一救，则五伦中可以无朋友矣。妾无所多需于君，但以片纸告邑宰。抚孤，则妾不敢辞。"林曰："诺！"女别而归。林将如其所教；无赖辈怒，咸欲以白刃相仇。林大惧，闭户不敢复行。女听之数日寂无音；及问之，则孟氏田产已尽矣。女忿甚，锐身挺身。自诣官。官诘女系孟何人，女曰："公宰一邑，所凭者理耳。如其言妄，即至戚无所逃罪；如非妄，即道路之人可听也。"官怒其言戆，呵逐而出。女冤忿无以自伸，哭诉于缙绅之门。某先生闻而义之，代剖于宰。宰按之，果真。穷治诸无赖，尽反所取。或议留女居孟第抚其孤，女不肯。扃其户，使妪抱乌头，从与俱归，另舍之。凡乌头日用所需，辄同妪启户出粟，为之营办；己锱铢无所沾染，抱子食贫，一如曩日。积数年，乌头渐长，为乌头延师教读，己子则使学操作。妪劝使并读，女曰："乌头之费，其所自有。我耗人之财以教己子，此心何以自明？"又数年，为乌头积粟数百石，乃聘于名族，治其第宅，析令归，乌头泣，要回同居，女乃从之。然纺绩如故，乌头夺其具，女曰："我母子坐食，心何安矣？"遂早暮为之经理，使其子巡行阡陌，_{料理稼穑。}若为佣然。乌头夫妇少有过，辄斥遣不少贷；_{宽容。}稍不悛，_{不悔改。}则怫然欲去。夫妇跽道悔词，始止。未几，乌头入泮，又辞欲归。乌头不可，捐聘币为穆子完婚。女乃析子令归，乌头留之不得，阴使人于近村，为市恒产百亩而后遣之。后女疾求归，乌头不听。病益笃，嘱曰："必以我归葬。"乌头诺。既卒，阴以金啖穆子，俾合葬于孟。及期，棺重，三十人不能举。穆子忽仆，七窍出血，自言曰："不肖儿，何得遂卖汝母！"乌头惧，拜祝之，始愈。乃复停数日，修治穆墓已，始合厝_{合葬。}焉。

异史氏曰："知己之感，许之以身，此烈男子之所为也。彼女子何知，而奇伟如是？若遇九方皋，直牝视之矣。"

刘夫人

廉生者，彰德人。少笃学，然早孤，家綦贫。一日他出，暮归失途。入一村，有媪来问曰："廉公子何之，夜得毋深乎？"生方惶惧，更不暇问其谁何，便求假榻。_{借宿。}媪引去，入一大第。有双鬟笼灯，导一妇人出，年四十余，举止大家。媪迎白："廉公子至！"生趋拜。妇喜曰："公子秀发，_{颖秀。}何但作富家翁乎！"即设筵，妇侧坐，劝醻甚殷，而自己举杯未尝饮，举箸亦未尝食。生惶惑，屡审阀阅。笑曰："再尽三爵告君知。"生如命饮已。妇曰："亡夫刘氏，客江右，遭变遽殒。未亡人独居荒僻，日就零落。虽有两孙，非鸱鸮即驽骀_{两孙子不是凶顽便是无能。}耳。公子虽异姓，亦三生骨肉_{隔代至亲。暗指廉生将成为刘夫人外孙女婿。}也；且至性纯笃，故遂觍然相见。无他烦，薄藏数金，欲倩_请。公子持泛江湖，分其赢余，亦胜案头萤枯死也。"生辞以少年书痴，恐负重托。妇曰："读书之计，先于谋生。公子聪明，何之不可？"遣婢运资出，交兑八百余两。生惶恐固辞，妇曰："妾亦知公子未惯贸迁，_{贸易。}但试为之，当无不利。"生虑重金非一人可任，谋合商侣。妇云："勿须。但觅一诚悫谙练之仆，为公子服役足矣。"遂轮纤指以卜之曰："伍姓者吉。"命仆马囊金送生出，曰："腊尽涤盏，候洗宝装矣。"_{年底准备酒筵，恭候廉生回来。}又顾仆曰："此马调良，可以乘御，即赠公子，勿须将回。"生归，夜才四鼓，仆系马自去。明日，多方觅役，果得伍姓，因厚价招之。伍老于行旅，又为人戆拙不苟，资财悉倚付之。往涉荆襄，岁杪_{年终。}始得归，计利三倍。生以得伍力多，于常格外，另有馈赏，谋同飞洒，不令主知。甫抵家，妇已遣人将迎，遂与俱去。见堂上华筵已设，妇出，备极慰劳。生纳资讫，即呈簿籍；妇置不顾。少顷即席，歌舞鞺鞳，伍亦赐筵外舍，尽醉方归。因生无家室，留守新岁。次日，又求稽盘。妇笑曰："后无须尔，妾会计久矣。"乃出册示生，登志甚悉，并给仆者亦载其上。生愕然曰："夫人真神人也。"过数日，馆谷丰盛，待若子侄。一日，堂上设席，一东面，一南面；堂下一筵西向。谓生曰："明日财星临照，宜可远行。今为主价_{廉生和伍某。}粗设祖帐，_{饯行。}以壮行色。"少间，伍亦呼至，赐坐堂下。一时鼓钲鸣聒。女优进呈曲目，生命唱"陶朱"。妇笑曰："此先兆也，当得西施作内助_{妻子。}矣。"宴罢，仍以全金付生曰："此行不可以岁月计，非获巨万勿归也。妾与公子，所凭者在福命，所信者在腹心。勿劳计算，远方之盈绌，妾自知之。"生唯唯而退。往客淮上，进身为齹贾。逾年，利又数倍。然生嗜读，操筹不忘书卷，所与游者皆文士。所获既盈，隐思止足，渐谢任于伍。桃源薛生与最善，适过访之，薛一门俱适别业，昏暮无所复之，阍人_{守门人。}延生入，扫榻作炊。细诘主人起居。盖是时方讹传朝廷欲选良家女犒边庭，民间骚动。闻有少年无妇者，不通媒妁，竟以女送诸其家，至有一夕而得两妇者。薛亦新婚于大姓，犹恐舆马喧动，为大令_{县令。}所闻，故暂迁于乡。生既留，初更向尽，方将拂榻就寝，忽闻数人排闼入，阍人不知何语。但闻一人云："官人既不在家，秉烛者何人？"阍人答："是廉公子，远客也。"俄而问者已入，袍帽光洁，略一举手，_{拱手。}即诘邦族。生告之，喜曰："吾同乡也。岳家谁氏？"答云："无之。"益喜趋出，即招一少年同入，敬与为礼。卒然曰："实告公子：某慕姓。今夕此来，将送舍妹于薛官人，至此方知无益。进退维谷之际，适逢公子，宁非数乎！"生以未悉其人，故踌躇不敢应。慕竟不听其致词，急呼送女者。少间，二媪扶女郎入，坐生榻上。睨之，年十五六，佳妙无双。生喜，始整巾向慕展谢。又嘱阍人行沽，略尽款洽。慕言："先世彰德人，母族亦世家，今凌夷_{衰落。}矣。闻外祖遗有两孙，不知家况何似？"_{如何。}生问："伊谁？"曰："外祖刘，字晖若。闻在郡北三十里。"生曰："仆郡城东南人，去北里颇远。年又最少，无多知交。郡中此姓最繁，止知郡北有刘荆卿，亦文学士，未审是否？然贫矣。"慕曰："某祖墓尚在彰郡，每欲扶两榇归葬故里，以资斧未办，姑犹迟迟。今妹子从去，归计益决矣。"生闻之，锐然自任。二慕俱喜，酒数行辞去。生却仆移灯，琴瑟之爱，不可胜言。次日，薛已知之，趋入城，除别院馆生。生诣淮，交盘已，留伍居肆，装资返桃源，同二慕启岳父母骸骨，两家细小，载与俱归。入门安置已，囊金诣主。前仆已候于途，从去。妇逆_{迎接。}见色喜曰："陶朱公载得西子来矣！前日为客，今日吾甥婿_{外孙女婿。}也。"置酒迎尘，倍益亲爱。生服其先知，因问："夫人与岳母远近？"妇云："勿问，久自知之。"乃堆金案上，瓜分为五，自取其二。曰："吾无用处，聊贻长孙。"生以过多，辞不受。凄然曰："吾家零落，宅中乔木，被人伐作薪。孙子去此颇远，门户萧条，烦公子一营办之。"生诺，而金止受其半。妇强内之，送生出，挥涕而返。生疑怪间，回视第宅，则为墟墓，始悟妇即妻之外祖母也。既归，赎墓田一顷，封植培土植树。伟丽。刘有二孙：长即荆卿，次玉卿，饮博无赖，皆贫。兄弟诣生申谢，生悉厚赠之。由此往来最稔。生颇道其经商之由，玉卿窃意家中多金，夜合博徒数辈，发墓搜之，剖棺露胔，竟无少获，失望而散。生知墓被发，以告荆卿。诣生同验之，入圹，见案上累累，前所分金具在。荆卿欲与生共取之。生曰："夫人原留此以待兄也。"荆卿乃囊运而归，告诸邑宰，访缉甚严。后一人卖坟中玉簪，获之，穷讯其党，始知玉卿为首。宰将治以极刑。荆卿代哀，仅得赎死。墓内外两家并力营缮，较前益坚美，由此廉、刘皆富，惟玉卿如故。生及荆卿常河润接济。之，而终不足供其博赌。一夜，盗入生家，执索金资，生所藏金，皆以千五百为个，发示之。盗取其二，止有鬼马先前刘夫人赠廉生的马。在厩，用以运之而去。使生送诸野，乃释之。村众望盗火未远，噪逐之。贼惊遁。共至其处，则金委路侧，马已倒为灰烬，始知马亦鬼也。是夜，止失金钏一枚而已。先是，盗执生妻，悦其美，将就淫之。一盗带面具，力呵止之，声似玉卿。盗释生妻，但脱腕钏而去。生以是疑玉卿，然心窃德之。后盗以钏质赌，为捕役所获，诘其党，果有玉卿。宰怒，备极五毒。施刑甚毒。兄与生谋，欲以重贿脱之，谋未成而玉卿已死。生犹时恤其妻子。生后登贤书，数世皆素封焉。呜呼！"贪"字之点画形象，甚近乎"贫"。如玉卿者，可以鉴矣！

公孙夏

保定有国学生某，将入都纳资，谋得县尹。<small>前往北京，通过捐纳谋取县令。</small>方趋装而病，月余不起。忽有僮入白客至，某亦自忘其病，趋出逆<small>迎接。</small>客。客华服类贵者，三揖入舍。叩所自来，客曰："仆公孙夏，十一皇子座客也。闻治装将图县秩，既有是志，太守不更佳耶？"某逊谢，但言资薄，不敢有奢愿。客请效力，俾出半资，约于任所取盈。某喜求策，客曰："督抚皆某昆季<small>兄弟。</small>之交，暂得五千缗，其事济矣。目前正定缺员，便可急图。"某讶其本省。<small>清代规定本省人不能在本省任职。</small>客笑曰："君迂矣！但有孔方<small>铜钱。</small>在，何问吴越桑梓<small>哪管是在外地还是家乡。</small>耶！"某终踌躇，疑其不经。客曰："无须疑惑。实相告：此冥中城隍缺也。君寿终，已注死籍。乘此营办，尚可以致冥贵。"即起告别曰："君且自谋，三日当复会。"遂出门跨马去。某忽开眸，与妻子永诀。命出藏镪，市楮锭万提，<small>买纸钱万串。</small>郡中是物为空。堆积庭中，杂刍灵鬼马，日夜焚之，灰高如山。三日，客果至。某出资交兑，客即导至部署，见贵官坐殿上，某便伏拜。贵官略审姓名，便勉以"清廉谨慎"等语。乃取凭文，<small>捐得官职的证书。</small>唤至案前与之。某稽首出署。自念监生卑贱，非车服炫耀，不足震慑曹属。于是益市舆马，又遣鬼役，以彩舆迓<small>迎接。</small>其美妾。区画方已，正定卤簿已至。途百余里，一道相属，意甚得。忽前导者钲息旗靡。惊疑间骑者尽下，悉伏道周，人小径尺，马大如狸。车前者骇曰："关帝<small>关羽。</small>至矣！"某惧，下车亦伏。遥见帝君从四五骑，缓辔而至。须多绕颊，不似世所模肖者；而神采威猛，目长几近耳际。马上问："此何官？"从者答："正定守。"帝君曰："区区一郡，何直得如此张皇！"^{铺张炫耀。}某闻之，洒然毛悚，身暴缩，自顾如六七岁儿。帝君令起，随马迹行。道旁有殿宇，帝君入南向坐，命授笔札，俾自书乡贯姓名。某书已，呈进。帝君视之，怒曰："字讹误不成形象！此市侩耳，何足以任民社！"^{担任地方官员。}又命稽其德籍。旁一人跪奏，不知何词。帝君厉声曰："干进罪小，卖爵罪重！"旋见金甲神绾锁去。遂有二人捉某，褫去冠服，笞五十，臀肉几脱，逐出门外。四顾车马尽空，痛不能步，偃息^{仰卧。}草间。细认其处，离家尚不甚远。幸身轻如叶，一昼夜始抵家。豁若梦醒，床上呻吟。家中集问，但言"股痛"。盖冥然若死者已七日矣。至是始寤，便问："阿怜何不来？"盖姜小字也。先是，阿怜方坐谈，忽曰："彼为正定太守，差役来接我矣。"乃入室严妆，妆竟而卒，才隔夜耳。家人述其异，某悔恨爬胸，命停尸勿葬，冀其复还。数日杳然，乃葬之。某病渐瘳，但股创大剧，半年始起。每曰："官资尽耗而横被冥刑，此尚可忍；但爱妾不知异向何所，清夜所难堪耳。"

异史氏曰："市侩固不足南面^{指做官。}哉！冥中既有线索，恐夫子马迹所不及到，作威福者，正不胜诛耳。吾乡郭华野先生，传有一事，与此颇类，亦人中之神也。先生以清鲠受主知，^{受到皇帝的赏识。}再起^{再次起用。}总制荆楚。行李萧然，^{稀少。}惟四五人从之，衣履皆敝陋，途中人竟不知为贵官也。适有新令赴任，道与相值。驼车二十乘，前车数十骑，驺从以百计。先生亦不知其何官，时先之，时后之，时以数骑杂其伍。彼前马者怒其扰，辄诃却之。先生亦不顾瞻。无何，至一巨镇，两俱休止。乃使人潜访之，则一国学生加纳赴任湖南者也。乃遣一价召之使来。令闻呼骇疑，反诘官阀，始知为先生，悚惧无以为地，冠带匍伏而前。先生问：'汝即某县县尹耶？'答曰：'然。'先生曰：'蕞尔_{微小。}一邑，何能养如许驺从？履任则一方涂炭矣！不可使殃民社，可即旋归勿前矣。'令叩首曰：'下官尚有文凭。'先生即令取凭，审验已，曰：'此亦细事，代若缴之可耳。'令伏拜而出。归途不知何以为情，而先生行矣。世有未莅任而已受考成_{朝廷考核官吏政绩。}者，实所创闻。先生奇人，故信其有此快举耳。"

鬼隶

历城二隶，奉邑宰韩承宣命，营干_{办事。}他郡，岁暮方归。途中遇二人，服装亦类公役，同行半日，近与话言。二人自称郡役，隶曰："济城快皂，相识者十有八九，二君殊昧生平。"其人云："实相告，我乃城隍之鬼隶也。今将以公文投东岳。"隶问："函中何事？"答云："济南大劫，所报者杀人之名数也。"惊问其数，曰："亦不甚悉，恐近百万。"隶益骇，因问其期，答以"正朔"。_{正月初一。}二隶相顾，计到郡则岁已除，_{除夕。}恐罹于难；迟之惧贻谴责。鬼曰："违误限期罪小，入逢劫数祸大。宜他避，姑无往。"隶从之，各趋岐路遁归。无何，北兵_{指清兵。}大至，屠济南，扛尸百万。二人亡匿得免。

果报

安丘某生，通卜筮之术，而其为人邪荡不检，每有钻穴逾墙之行则卜之。一日，忽病，药之不愈，曰："吾实有所见，冥中怒我狎亵天数，_{占卜以做坏事，亵渎天数。}将重谴矣，药何能为?"亡何，目暴瞽，两手无故自折。

某甲者，伯无嗣，利其有，愿为之后。伯既死，田产悉为所有，遂背前盟。又有一叔，家颇裕，亦无子。甲又父之。叔卒，又背之。于是并三家之产，称富一乡。忽暴病若狂，自言曰："汝欲享富厚而生耶?"遂以利刃自割肉，片片掷地。又曰："汝绝人后，尚欲有后耶?"剖腹流肠遂毙。未几，其子亦死，产业归他人矣。果报如此，可畏也夫!

卷十九

真生

　　长安士人贾子龙，偶过邻巷，见一客，风度洒如。问之，则真生，咸阳傀_{租赁}寓者也。心慕之。明日，往投刺，适值某亡。_{外出。}凡三谒，皆不遇。乃阴使人窥其在舍而后过之。真走避不出；贾搜之，始出。促膝倾谈，大相知悦。贾就逆旅遣僮行沽；真又善饮，能雅谑，乐甚。酒欲尽，真搜箧，出饮器。玉卮无当，_{玉酒杯无底。}注杯酒其中，盎然已满；以小盏挹取入壶，并无少减。贾异之，坚求其术。真曰："我不愿相见者，君无他短，但贪心未净耳。此乃仙家隐术，何能相授！"贾曰："冤哉！我何贪？间萌奢想者，徒以贫耳！"一笑而散。由是往来无间，形骸尽忘。每值乏窘，真辄出黑石一块，吹咒其上，以磨瓦砾，立刻化为白金，便以赠生；仅足所用，未尝赢余。贾每求益，真曰："我言君贪，如何，如何？"贾思：明告，必不可得，将乘其醉睡，窃石而要_{要挟。}之。一日，饮既卧，贾潜起，搜诸衣底。真觉之，曰："子真丧心，不可处矣。"遂辞别，移居而去。后年余，贾游河干，见一石黝然莹洁，绝类真生物。拾之，珍藏若宝。过数日，真忽至，睩然_{失意貌。}若有所失。贾慰问之，真曰："君前所见，乃仙人点金石也。曩从抱真子游，彼怜我介，_{有节操。}以此相贻。醉后失去，隐卜当在君所。如有还带之恩，_{归还珍贵失物的恩情。}不敢忘报。"贾笑曰："仆生平不敢欺朋友，诚如所卜。但知管仲之贫者，莫如鲍叔。君且奈何？"真请以百金为赠。贾曰："百金非少，但授我口诀，一亲试之。无憾矣。"真恐其寡信。贾曰："君自仙人，岂不知贾某宁失信于朋友者？"真授其诀。贾顾砌_{台阶}。上有巨石，将试之。真掣其肘，不听前。贾乃俯掬半砖，置砧上曰："若此者，非多耶。"真乃听之。贾不磨砖而磨砧。真变色，欲与争，而砧已化为浑金。反石于真，真叹曰："业如此，复何言。然妄以福禄加人，必遭天谴。如道_{逃避}。我罪，施材百具、絮衣百领，肯之乎？"贾曰："仆所以欲得钱者，原非欲窖藏之也。君尚视我为守财虏耶？"真喜而去。贾得金，且施且买，不三年，施数已满。真忽至，握手曰："君信义人也！别后被福神奏帝，削去仙籍，蒙君博施，今幸以功德消罪。愿勉之勿替_{懈怠}。也。"贾问真："系天上何曹？"曰："我乃有道之狐耳。出身綦_很。微，不堪孽累。故生平自爱，一毫不敢妄作。"贾为设酒，遂与欢饮如初。贾至九十余，狐犹时至其家。

长山某，卖解信药，_{砒石之解药}。即垂危，灌之无不活；然秘其方，即戚好不传也。一日，以株累被逮。妻弟饷食狱中，隐置信_{砒石}。焉。坐待食已而后告之。甲不信，少顷，腹中溃动，始大惊，骂曰："畜产速行！家中虽有药末，恐道远难俟。急于城中物色薜荔为末，清水一盏，速将来！"_{拿来}。妻弟如其教。迨觅至，某已呕泻欲死。急投之，立刻而安。其方自此遂传。此亦犹狐之秘其石也。

布商

布商某，至青州境，偶入废寺，见其院宇零落，叹悼不已。僧在侧曰："今如有善信，暂起山门，寺宇大门。亦佛面之光。"客慨然自任。僧喜，邀入方丈，款待殷勤。既而举列举。内外殿阁，并请装修。客辞以不能。僧固强之，词色悍怒。客惧，请即倾囊；于是倒装而出，悉授僧。将行，僧止之曰："君竭资，实非所愿，得毋甘心于我乎！不会是想杀我以快心意吧。不如先之。"遂握刀相向。客哀之切，弗听；请自经，许之。逼置暗室而迫促之。适有防海将军经寺外，遥自缺墙中，望见一红裳女子入僧舍，疑之。下马入寺，前后冥搜，竟不可得。至暗室所，严扃双扉。僧不肯开，托以妖异。将军怒，斩关门扇。入，则见客缢梁上。救之，片时复苏。诘得其情，又械问女子所在，实属乌有，盖神佛现化现身变化。也。杀僧，财物仍以归客。客益募修庙宇。由此，香火大盛。赵孝廉丰原，言之最悉。

何仙

长山王公子瑞亭，能以乩卜。乩神自称何仙，为纯阳吕洞宾，号纯阳子。弟子，或谓是吕祖所跨鹤云。每降，辄与人论文作诗。李太史质君师事之，丹黄课艺，评改习作。理绪明切。太史揣摩成，研习八股文，并考中进士。赖何仙力居多。因之文学士多皈依之。然为人决疑难事，多凭理，不甚言休咎。辛未岁，朱文宗案临济南，试后，诸友请决等第。何仙索试艺，悉月旦品评。之。座中有与乐陵李忭相善者，李固好学深思之士，众属望之，因出其文，代为之请。乩注云一等。少间云："适评李生，据文为断，然此生运数大晦，应犯夏楚。异哉！文与数适不相符，岂文宗不论文耶？诸公少待，试一往探之。"少顷，又书云："我适至提学署中，见文宗公事旁午，繁杂。所焦虑者殊不在文也，一切置付幕客。客六七人，粟生、例监都在其中，前世全无根气，禀赋。大半饿鬼道中游魂，乞食于四方者也。曾在黑暗狱中八百年，损其目之精气；如人久在洞中，乍出，则天地异色，无正明也。中有一二为人身所化者，阅卷分曹，恐不能适相值耳！"众问挽回之术。书云："其术至实，人所共晓，何必问？"众会其意，以告李。李惧，以文质孙太史子未，且诉以兆。太史赞其文，因解其惑。李以太史海内宗匠，文宗巨匠。心益壮，乩语不复置怀。后案发，竟居四等。太史大骇，取其文复阅之，殊无疵谪，评云："石门公祖素有文名，必不悠谬至此。是必幕中醉汉，不识句读者所为。"于是众益服何仙之神，共焚香祝谢之。乩书曰："李生勿以暂时之屈，遂怀惭怍，当多写试卷，益暴之，明岁可得优等。"李如其教。久之，署中颇闻，悬牌特慰之。次岁果列前名，其灵应如此。

异史氏曰："幕中多此辈客，无怪京都丑妇巷中至夕无闲床也。呜呼！"

神女

米生者，闽人，传者忘其郡邑、名字。偶入郡，醉过市廛，闻高门中箫鼓如雷。问之居人，云是开寿筵者，然门庭亦殊清寂。听之，笙歌繁响。醉中雅爱乐之，并不问其何家，即街头市祝仪，买贺礼。投晚生刺自称晚生的名帖焉。或见其衣冠朴陋。便问："君系此翁何亲？"答言："无之。"或言："此流寓者侨居于此，不审何官，甚贵倨也。既非亲属，将何求?”生闻而悔之，而刺已入矣。无何，两少年出逆客，华裳眩目，丰采都雅，揖生入。见一叟南向坐，东西列数筵，客六七人，皆似贵胄；见生至，尽起为礼，叟亦杖而起。生久立，待与周旋，应酬。而叟殊不离席。两少年致词曰："家君衰迈，起拜良艰。愚兄弟代谢高贤之见枉也。”生逊谢而罢，遂增一筵于上，与叟接席。未几，女乐作于下；座后设琉璃屏以幛内眷；鼓吹大作，座客不复可以倾谈。筵将终，两少年起，各以巨杯劝客。杯可容三斗，生有难色；然见客受，亦受。顷刻四顾，主客尽釂。生不得已，亦强尽之。少年复斟，生觉惫甚，起而告退。少年强挽其裾。生大醉，逿地，倒地。但觉有人以冷水洒面，恍然若寤。起视，宾客尽散，惟一少年捉臂送之，遂别而归。后再过其门，则已迁去矣。自郡归，偶适市，一人自肆中出，招之饮。视之，不识；姑从之入，则座上先有里人鲍庄在焉。问其人，乃诸姓，市中磨镜人也。问："何相识?”曰："前日上寿者，君识之否?”生言："不识。”诸言："予出入其门最稔。熟悉。翁，傅姓，但不知何籍、何官。先生上寿时，我方在墀下，故识之也。”日暮，饮散。鲍庄夜死于途。鲍父不识诸，执名讼生。检得鲍庄体有重伤，生以谋杀论死，备历械梏；以诸未获，罪无申证，明证。项系之。年余，直指巡方，廉考察。知其冤，出之。家中田产荡尽，而衣巾革褫，功名革除。冀其可以辨复，于是携囊入郡。日将暮，步履颇殆，休于路侧。遥见小车来，二青衣夹随之。既过，忽命停舆。车中不知何言。俄一青衣问生："君非米姓乎?”生惊起，诺之。问："何贫窭至此?”生告以故。又问："安之?”又告之。青衣去向车中语。俄，复返；请生至车前。车中以纤手搴帘。微睨之，乃绝代佳人也。谓生曰："君不幸得无妄之祸，闻之太息。今日学使署中，非白手空手。可出入者，途中无可解赠。”乃于髻上摘珠花一朵，授生曰：“此物可鬻百金，请缄藏之。”生下拜，欲问官阀，车行甚疾，其去已远。不解何人，执花悬想：上缀明珠，非凡物也。珍藏而行。至郡，投状。上下勒索甚苦。出花展视，不忍置去，^卖_{掉。}遂归。归而无家，依于兄嫂。幸兄贤，为之经纪，贫不废读。过岁，赴郡应童子试，误入深山。会清明节，游人甚众。有数女骑来，内一女郎，即曩年车中人也。见生停骖，问其所往。生具以对。女惊曰：“君衣顶^{指生员冠服，}_{代指生员资格。}尚未复耶？”生惨然，于衣下出珠花曰：“不忍弃此，故犹童子^{指未取得生员资格的读书人。}也。”女郎晕红上颊。既，嘱“坐待路隅”，款段^{马行缓慢。}而去。久之，一婢驰马来，以裹物授生曰：“娘子言，今日学使之门如市。赠白金二百，为进取之资。”生辞曰：“娘子惠我多矣！自分掇芹^考_{取秀才。}非难，重金所不敢受。但告以姓名，绘一小像，焚香供之足矣。”婢不顾，委地下而去。生由此用度颇充，然终不屑夤缘。^{攀附}_{权要。}后，入邑庠第一。以金授兄。兄善居积，三年旧业尽复。适闽中巡抚为生祖门人，优恤甚厚，兄弟称巨家矣。然生素清鲠，虽属大僚通家，而未尝有所干谒。一日，有客裘马至门，都无识者。出视，则傅公子也。揖而入，各道间阔，^{久别之情。}治具相款。客辞以冗，然亦不竟言去。已而，肴酒既陈，公子起而请间。相将入内，拜伏于地。生惊问：“何事？”怆然曰：“家君适罹大祸，欲有求于抚台，非兄不可。”生辞曰：“渠虽世谊，而以私干人，生平所不为也。”公子伏地哀泣。生厉色曰：“小生与公子，一饮之知交耳，何遂以丧节强人！”^{逼人。}公子大惭，起而别去。越日，方独坐，有青衣人入。视之，即山中赠金者，生方惊起。青衣曰：“君忘珠花否？”生曰：“唯唯，不敢忘。”曰：“昨公子，即娘子胞兄也。”生闻之，窃喜，伪曰：“此难相信。若得娘子亲见一言，则油鼎可蹈耳。不然，不敢奉命。”青衣出，驰马而去。更尽，复返，扣扉人曰："娘子来矣。"言未已，女郎惨然入，向壁而哭，不作一语。生拜曰："小生非卿，无以有今日。但有驱策，敢不惟命！"女曰："受人求者常骄人，求人者常畏人。中夜奔波，生平何解此苦！只以畏人故耳，亦复何言！"生慰之曰："小生所以不遽诺立即答应。者，恐过此一见为难耳。使卿夙夜蒙露，吾知罪矣。"因挽其祛，衣袖。隐抑搔之。女怒曰："子诚敝人也！不念畴昔之义，而欲乘人之厄，予过过错。矣！予过矣！"忿然而出，登车欲去。生追出，谢过，长跽而要遮之。青衣亦为缓颊。女意稍解，就车中谓生曰："实告君，妾非人，乃神女也。家君为南岳都理司，偶失礼于地官，将达帝听，非地都人官该省巡抚。印信不可解也。君如不忘旧义，以黄纸一幅为妾求之。"言已车发，遂去。生归，悚惧不已；乃假驱祟，言于巡抚。巡抚谓其事近巫蛊，不许。生以厚金赂其腹心，诺之，而未得其便也。既归，青衣候门，生具告之，默然退去。意似怨其不忠。生追送之曰："归告娘子，如事不谐，我以身命殉之。"既归，终夜辗转，不知计之所出。适院署有宠姬购珠，乃以珠花献之。姬大悦，窃印为之嵌盖章。纸。生怀归，青衣适至。笑曰："幸不辱命，然数年来贫贱乞食所不忍鬻者，今还为主人弃之矣。"因告以情，且曰："黄金抛置，我都不惜。寄语娘子，珠花须要偿也。"逾数日，傅公子登堂申谢，纳黄金百两。生作色曰："所以然者，为令妹之惠我无私耳。不然，即万金岂足易名节哉！"再强之，生色益厉。公子惭而去，曰："此事殊未了。"翌日，青衣奉女郎命，进明珠百颗，曰："此足以偿珠花耶？"生曰："重花者非贵珠也。设当日赠我万镒之宝，直须卖作富家翁耳！什袭珍藏。而甘贫贱，何为乎？娘子神人，小生何敢他望！幸得报洪恩于万一，死无憾矣！"青衣置珠案间。生朝拜而后却之。越数日，公子又至。生命治肴酒。公子使从人入厨下，自行烹调。相对纵饮，欢若一家。

有客馈苦糯，公子饮而美之。引尽百盏，面颊微赪，_{红色}。乃谓生曰："君贞介士，愚兄弟不能早知君，有愧裙钗多矣。家君感大德，无以相报，欲以妹子附为婚姻，恐以幽明_{人神有别}。见嫌也。"生喜惧非常，不知所对。公子辞而出曰："明夜七月初九，新月钩辰，天孙有少女下嫁，吉期也，可备青庐。"_{古时在青布搭成的帐篷中举行婚礼。}次夕，果送女郎至，一切无异常人。三日后，女自兄嫂以及仆婢，皆有馈赏。又最贤，事嫂如姑。数年不育，劝纳副室，生不肯；适兄贾于江淮，为买少姬而归。姬顾姓，小字博士，貌亦清婉。夫妇皆喜。见鬟上插珠花，甚似当年故物；摘视，果然。异而诘之，答云："昔有巡抚爱妾死，其婢盗出鬻于市；先人廉其直，买而归。妾爱之。先人无子，生妾一人，故所求无不得。后，父死家落，妾寄养于顾媪之家。顾妾姨行，见珠，屡欲售去。妾投井觅死，故至今犹存也。"夫妇叹曰："十年之物，复归故主，岂非数哉！"女另出珠花一朵曰："此物久无偶矣！"因并赐之，亲为簪于鬟上。姬退，问女郎家世甚悉。家人皆讳言之。阴告生曰："妾视娘子非人间人也，其眉目间有神气。昨簪花时，得以近视，其美丽出于肌里，非若凡人以黑白位置中见长耳。"生笑之。姬曰："君勿言，妾将试之。如其神，但有所需，无人处焚香以求，彼当自知。"女郎绣袜精工，博士爱之，而未敢言，乃即闺中焚香祝之。女早起，忽检箧中，出袜，遣婢赠博士。生见之而笑。女问故，以实告。女曰："黠哉！婢乎！"因其慧，益怜爱之。然博士益恭，昧爽时，必熏沐以朝。后博士一举两男，两人分字_{养育}之。生年八十，女貌犹如处子。生抱病，女鸠匠_{聚集工匠。}为材，令宽大倍于寻常；既死，女不哭；男女他适，则女已入材中死矣。因并葬之，至今传为"大材冢"云。

异史氏曰："女则神矣，博士而能知之，是遵何术与？乃知人之慧，固有灵于神者矣。"

湘裙

　　晏仲，陕西延安人，与兄伯同居，友爱敦笃。伯三十而卒，无嗣，妻亦继亡。仲痛悼之。每思生二子，则以一子为兄后。甫举一男，而仲妻又死。仲恐继室不恤其子，将购一妾。邻村有货婢者，仲往相之，略很。不称意，情绪无聊；被友人留酌，醺醉而归。途中遇故窗友梁生，握手殷殷，邀过其家。醉中忘其已死，从之而去。入其门，并非旧第。疑而问之。答云："新移此耳。"入而谋酒，则家酿已竭。尽。嘱仲坐待，洁瓶往沽。仲出立门外以俟之。见一妇人控驴而过，有童子随之，年可八九岁，面目神色绝类其兄。心恻然动念，急尾缀之，便问："童子何姓?"答云："姓晏。"仲益惊。又问："汝父何名?"答言："不知。"言次，已至其门。妇人下驴入。仲执童子曰："汝父在家否?"童诺而入。顷刻，一媪出窥，真其嫂也。讶叔何来。仲大悲，随之而入，见庐落亦复整顿。因问："兄何在?"曰："责负讨债。未归。"问："跨驴者何人?"曰："此汝兄妾甘氏，生两男矣。长阿大赴市未返；汝所见者阿小。"坐久，酒渐解，始悟所见皆鬼。以兄弟情切，即亦不惧。嫂温酒治具。仲急欲见兄，促阿小觅之。良久，哭而归曰："李家负欠不还，反与父闹。"仲闻之，与阿小奔而去，见有两人，方搒兄地上。仲怒，奋拳直入，当者尽踣。急救兄起，敌已俱奔。追捉一人，捶楚无算。始执兄手，顿足哀泣。兄亦泣。既归，举家慰问。乃具酒食，兄弟相庆。居无何，一少年入，年约十六七。伯呼阿大，令拜叔。仲挽之，哭向兄曰："大哥地下有两男子，而坟墓不扫；弟又子少而鳏，奈何？"伯亦凄恻。嫂谓伯曰："遣阿小从叔去亦得。"阿小闻之，依叔肘下，眷恋不去。仲抚之，倍益酸辛，问："汝乐从去否？"答云："乐从。"仲念鬼虽非人，慰情亦胜无也，因为解颜。开颜而笑。伯曰："从去，但无娇惯，宜啖以血肉，驱向日中曝之，午过乃已。六七岁儿，历春及夏，骨肉更生，可以娶妻育子；但恐不寿耳。"言间，有少女在门外窥听，意致温婉。仲疑为兄女，便以问兄。兄曰："此名湘裙，吾妾妹也，孤而无归，寄养十年矣。"问："已字许婚。否？"伯云："尚未。近有媒议东村田家。"女在窗外小语曰："我不嫁田家牧牛子。"仲颇有动于中，而未便明言。既而伯起，设榻于斋，止弟宿。仲雅不欲留，而意恋湘裙，将设法以窥兄意，遂别兄就榻。时方初春，气候犹寒，斋中夙无烟火，森然粟粟。对烛冷坐，思得小饮。俄而阿小推扉入，以杯羹斗酒置案上。仲喜极，问："谁之为？"答云："湘姨。"酒将尽，又以灰覆盆火，掷床下。仲问："爷娘寝乎？"曰："睡已久矣。""汝寝何所？"曰："与湘姨共榻耳。"阿小俟叔眠，乃掩门去。仲念湘裙慧而解意，益爱慕之，又以其能抚阿小，欲得之心益坚。辗转床头，终夜不寐。早起，告兄曰："弟子然无偶，烦大哥留意焉。"伯曰："吾家非一瓢一担贫寒之家。者，物色当自有人。地下即有佳丽，恐于弟无所利益。"仲曰："古人亦有鬼妻，何害？"伯似会意，便言："湘裙亦佳。但以巨针刺'人迎'，血出不止者，便可为生人妻，何得草草！"仲曰："得湘裙抚阿小亦得。"伯但摇首。仲求之不已。嫂曰："试捉湘裙，强刺验之，不可乃已。"遂握针出门外。遇湘裙，急捉其腕，则血痕犹湿。盖闻伯言时，早自试之矣。嫂释手而笑，反告伯曰："渠作有意乔才久矣，尚为之代虑耶！"妾闻之，怒；趋近湘裙，以指刺眶而骂曰："淫婢不羞，欲从阿叔奔去耶！我定不如其愿！"湘裙愧愤，哭欲觅死，举家腾沸。仲乃大惭，别兄嫂，率阿小而出。兄曰："弟姑去，阿小勿使复来，恐损其生气也。"仲诺之。既归，伪增其年，托言"兄卖婢之遗腹子"。众以其貌酷类，亦信为伯遗体。_{儿女。}仲教之读，辄遣抱一卷，就日中诵之。初以为苦，久而渐安。六月中，几案灼人，而儿戏且读，殊无少怨。儿甚慧，日尽半卷；夜与叔抵足，恒背诵之。仲甚慰。又以不忘湘裙，故不复作"燕楼"想_{不想纳妾}矣。一日，双媒来为阿小议姻。中馈无人，_{无妻。}心甚燥急。忽甘嫂自外入曰："阿叔勿怪，吾送湘裙至矣。缘婢子不识羞，我故挫辱之。叔如此表表，_{品德卓异。}而不相从，更欲从何人者！"见湘裙立其后，心甚欢悦。肃嫂坐，具述有客在堂，乃趋出。少间，复入，则甘氏已去。湘裙卸妆入厨下，刀砧盈耳矣。俄而肴蔌罗列，烹饪得宜。客去，仲入，见湘裙凝妆_{盛装。}坐室中，遂与交拜成礼。至晚，女仍欲与阿小共宿。仲曰："我欲以阳气温之，不可离也。"因置女别室，惟晚间杯酒一往欢会而已。湘裙抚前子如己出，仲益贤之。一夕，夫妇款洽，仲戏问："阴世有佳人否？"女思良久，答言："未见。惟邻女葳灵仙，群以为美，顾貌亦犹人，要善修饰耳！与妾往还最久，心中窃鄙其荡也。如欲见之，顷刻可致。但此等人未可招惹。"仲急欲一见。女把笔似欲作书，既而掷管曰："不可，不可！"强之再四，乃曰："毋为所惑。"仲诺之。遂裂纸作数画若符，于门外焚之。少时，帘动钩鸣，吃吃作笑声。女起，曳入。高髻云翘，殆类画图。扶坐床头，酌酒相叙间阔。初见仲，犹以红袖掩口，不甚纵谈；数盏后，嬉狎无忌，渐伸一足压仲衣。仲心迷乱，不知魂之所舍，目前惟碍湘裙。湘裙又故防之，顷刻不离于侧。葳灵仙忽起，搴帘而出。湘裙从之，仲亦从之。葳灵仙辄握仲手，趋入他室。湘裙甚恨，而无可如何，忿然归室，听其所为而已。既而仲入，湘裙责之曰："不听我言，后恐却之不得耳！"仲疑其妒，不乐而散。次夕，葳灵仙不召自来。湘裙甚厌见之，傲不为礼。仙竟与仲相将而去。如此数夕，女望其来，则诟辱之，而亦不能却也。月余，仲病不起，始大悔。唤湘裙与共寝处，冀可避之；昼夜防稍懈，则人鬼已在阳台。湘裙操杖逐之，鬼忿与争。湘裙荏弱，手足皆为所伤。仲浸以沉困。湘裙泣曰："吾何以见吾姊乎！"又数日，仲冥然遂死。初见二隶执牒入，不觉从去。至途，患无资斧，邀隶便道过兄所。兄见之，惊骇失色，问弟："近何作？"仲曰："无他，但有鬼病耳。"实告之。兄曰："是矣！"乃出白金一裹，谓隶曰："姑笑纳之。吾弟罪不应死，请释归，我使豚儿_{谦称自己的儿子}从去，或无不谐。"便唤阿大陪隶饮；反身入家，便告以故，乃令甘氏隔壁唤葳灵仙。俄至，见仲，欲遁。伯揪返，骂曰："淫婢生为荡妇，死为贱鬼，不齿群众_{被众人看不起}久矣，又祟吾弟耶！"立批_打之，云鬟蓬飞，妖容顿减。久之，一妪来，伏地哀恳。伯又责妪纵女宣淫，诃詈移时，始令与女俱去。伯乃送仲出。飘忽间已抵家门，直达卧室，豁然若寤，始知适间之已死也。伯责湘裙曰："我与若姊谓汝贤能，故使从吾弟，反欲促吾弟死耶！设非名分之嫌，便当挞楚。"湘裙惭惧啜泣，望伯伏谢。伯顾阿小，喜曰："儿居然生人矣。"湘裙欲出作黍。伯辞曰："弟事未办，我不遑暇。"阿小年十三，渐知恋父，见父出，零涕从之。父曰："从叔最乐，我行复来耳。"转身遂逝，自此不复通闻问矣。后阿小娶妇，生一子，亦年三十而卒。仲抚其孤，如侄生时。仲年八十，其子二十余矣，乃析_{分家}之。湘裙无所出，一日谓仲曰："我先驱狐狸于地下_{指首先死去}。可乎？"盛妆上床而殁。仲亦不哀，半年寻卒。

异史氏曰："天下之友爱如仲，几人哉！宜其不死而益之以年也。阳绝阴嗣，此皆不忍死兄之诚心所格。在人无此理，在天宁有此数乎！地下生子，愿承前业者，想亦不少，恐承绝产之贤兄弟不肯收恤耳！"

三生

　　湖南某，能记前生三世。一世为令尹，闱场入帘。<small>乡试中负责阅卷。</small>有名士兴于唐被黜落，愤懑而卒，至阴司，执卷讼之。此状一投，其同病死者<small>同样因黜落而愤懑病死的人。</small>以千万计，推兴为首，聚散成群。某被摄去，相与对质。阎罗便问："某既衡文，<small>评定文章优劣。</small>何得黜佳士而进凡庸？"某辨言："上有总裁，某不过奉行之耳。"阎罗即发一签，往拘主司。久之，勾至。阎罗即述某言，主司曰："某不过总其大成，虽有佳章，而房官不荐，吾何由而见之也？"阎罗曰："此不得相诿，其失职均也，例合笞！"<small>按例应受笞刑。</small>方将施刑，兴不满志，戛然大号；两墀诸鬼万声鸣和。阎罗问故。兴抗言<small>大声言说。</small>曰："笞罪太轻，是必抉其双睛，以为不识文之报。"阎罗不肯，众呼益厉。阎罗曰："彼非不欲得佳文，特其所见鄙耳。"众又请剖其心。阎罗不得已，使人褫其袍服，以白刃劙胸。两人沥血鸣嘶。众始大快，皆曰："吾辈抑郁泉下，未有能一伸此气者，今得兴先生，怨气都消矣。"哄然遂散。某受剖已，押投陕西为庶人子。年二十余，值土寇大作，陷入贼中。有兵巡道往平贼，俘掳甚众，某亦在中。心犹自揣非贼，冀可辨释。及见堂上官亦年二十余，细视，乃兴生也。惊曰："吾合尽矣！"既而俘者尽释，惟某后至，不容置辨，竟斩之。某至阴司，投状讼兴。阎罗不即拘，待其禄<small>禄命。</small>尽。迟之三十年，兴始至。面质之，兴以草菅人命，罚作畜。稽某所为，曾挞其太父母，其罪维均；某恐来生再报，请为大畜。阎罗判为大犬，兴为小犬。某生于北顺天府市肆中。一日，卧街头，有客自南中来，携一金毛犬，大如狸。某视之，兴也。心易其小，龁_{轻视}之。小犬咬其喉下，系缀如铃，大犬摆扑嗥窜。市人解之不得。俄顷，俱毙。并至冥司，互有争论。阎罗曰："冤冤相报，何时可已？今为若解之。"乃判兴来世为某婿。某生庆云，二十八举于乡，生一女，娴静娟好。世族争委禽_{求婚}焉。某皆弗许。偶过临郡，值学使发落诸生；其第一卷李姓，实兴也。遂挽至旅舍，优厚之。问其家，适无偶，遂订姻好。人皆谓其怜才，而不知有夙因也。既而娶女去，相得甚欢。然婿恃才，辄侮翁，恒隔岁不一至其门。翁亦颔之。后婿中岁淹蹇，苦不得售；_{科考不中。}翁百计为之营谋，始得志于名场。_{科场。}由此和好如父子焉。

异史氏曰："一被黜而三世不解，怨毒之甚至此哉！阎罗之调停固善；然墀_{宫殿台阶。}下千万众如此纷纷，勿亦天下之爱婿，皆冥中之悲鸣号动者耶！"

长亭

石太璞，泰山人，好厌禳之术。有道士遇之，赏其慧，纳为弟子。启牙签，_{图书函套上的象牙书签。}出二卷：上卷驱狐，下卷驱鬼。乃以下卷授之曰："虔奉此书，衣食佳丽皆有之。"问其姓名，曰："吾汴城北村元帝观王赤城也。"留数日，尽传其诀。石由此精于符箓，委贽_{送礼}者踵接于门。一日，有叟来，自称翁姓，炫陈币帛，谓其女鬼病已殆，必求亲诣。石闻病危，辞不受贽，姑与俱往。十余里，入山村，至其家，廊舍华好。入室，见少女卧縠幛中，婢以钩挂幛。望之，年十四五许，支缀_{气息微弱}于床，形容已槁。近临之，忽开目云："良医至矣。"举家皆喜，谓其不语已数日矣。石乃出，因诘病状。叟言："白昼见少年来，与共寝处，捉之已杳，少间，复至。意其为鬼。"石曰："其鬼也，驱之非难；恐其是狐，则非余所敢知。"叟云："必非，必非。"石授以符。是夕，宿于其家。夜分，有少年入，衣冠整肃。石疑是主人眷属，起而问之。曰："我鬼也。翁家尽狐。偶悦其女红亭，姑止焉。鬼为狐祟，阴騺无伤。君何必离人之缘_{破坏别人的情缘。}而护之也！女之姊长亭，光艳尤绝，敬留全璧，以待高贤。彼如许字_{许嫁。}，方可为之施治。尔时，我当自去。"石诺之。是夜，少年不复至，女顿醒。天明，叟喜以告石，请石入视。石焚旧符，乃坐诊之。见绣幕有女郎，丽若天人，心知其长亭也。诊已，索水洒幛。女郎急以碗水付之，蹀躞之间，意动神流。石生此际，心殊不在鬼矣。出辞叟，托制药去，数日不返。鬼益肆，除长亭外，子妇婢女俱被淫惑。又以仆马招石，石托疾不赴。明日，叟自至。石故作病股状，扶杖而出。叟拜问故，曰："此鳏之难也。曩夜婢子登榻倾跌，堕汤夫人，_{也称"汤婆子"，古人冬天夜晚用来取暖的灌水暖壶。}泡两足_{两足烫得起泡。}耳。"叟问："何久不续？"石曰："恨不得清门如君者。"叟默而出。石走送曰："病瘥，当自至，无烦玉趾也。"又数日，叟复来，石跛而见之。叟慰问三数语，便曰："顷与荆人_{谦称己妻。}言，君如驱鬼去，使举家安枕，小女长亭，年十七矣，愿遣奉事君子。"石喜，顿首于地，乃谓叟："雅意若此，病躯何敢复爱！"立刻出门，并骑而去。入视祟者既毕，石恐背约，请与媪盟。媪遽出曰："先生何见疑也！"即以长亭所插金簪授石为信。石朝拜之。已，乃遍集家人，悉为被除，惟长亭深匿无迹。遂写一佩符，使人持赠之。是夜寂然，鬼影尽灭，惟红亭呻吟未已，投以法水，所患若失。石欲辞去，叟挽止殷恳。至晚，肴核罗列，劝酬殊切。漏二下，主人乃辞客去。石方就枕，闻叩扉甚急。起视，则长亭掩入，辞气仓皇，言：“吾家欲以白刃相仇，君可急遁。”言已，返身竟去。石战惧无色，越垣急窜。遥见火光，疾奔而往，则里人夜猎者也。喜待猎毕，乃与俱归。心怀怨忿，无之可伸，思欲之汴寻赤城，而家有老父，病废已久。日夜筹思，莫决进止。忽一日，双舆至门，则翁媪送长亭至。谓石曰：“曩夜之归，胡再不谋？”石见长亭，怨恨都消，故亦隐而不发。媪促两人庭拜讫，石将设筵。辞曰：“我非闲人，不能坐享甘旨。我家老子昏髦，倘有不悉，不周到之处，郎肯为长亭一念老身，为幸多矣。”登车遂去。盖杀婿之谋，媪不之闻；及追之不得而返，媪始知之；颇不能平，与叟日相诟谇。长亭亦饮泣不食。媪强送女来，非翁意也。长亭入门，诘之，始知其故。过两三月，翁家取女归宁。石料其不返，禁止之。女自此时一涕零。年余，生一子，名慧儿，买乳媪哺之。然儿善啼，夜必归母。一日，翁家又以舆来，言媪思女甚，长亭益悲。石不忍复留之。欲抱子去，石不可，长亭乃自归。别时以一月为期，既而半载无耗，音信。遣人往探之，则向所僦宅久空。又二年余，望想都绝，而儿啼终夜，寸心如割。既而石父病卒，倍益哀伤；因而病瘳，苦次弥留，居丧期间病重。不能受宾朋之吊。方昏聩间，忽闻妇人哭入。视之，则缞绖身穿丧服。者长亭也。石大悲，一恸遂绝。婢惊呼，女始辍泣。抚之良久始渐苏。自疑已死，谓相聚于冥中。女曰：“非也。妾不孝，不能得严父心；尼归受阻不归。三载，诚所负心。适家人由东海经此，得翁凶闻。妾遵严命父命。而绝儿女之情，不敢循乱命不合情理的父命。而失翁媳之礼。妾来时，母知而父不知也。”言间，儿投怀中。女抚之，泣曰：“我有父，儿无母矣。”儿亦嗷啕，一室掩泣。女起，经理家政，枢前牲盛洁备。石乃大慰，而病久，急切不能起。女乃请石外兄_{表兄}。款洽吊客。丧既闭，石始杖而能起，相与营谋斋葬。葬已，女欲辞归，以受背父之遣。夫挽儿号，隐忍而止。未几，有人来告母病。乃谓石曰："妾为君父来，君不为妾母放令去耶？"石许之。女使乳媪抱儿他适，涕洟出门而去。去后，数年不返。石父子渐亦忘之。一日，昧爽启扉，则长亭飘入。石方骇问，女戚然坐榻上，叹曰："生长闺阁，视一里为遥，今一日夜而奔千里，殆矣！"细诘之，女欲言复止。请之不已，哭曰："今为君言，恐妾之所悲，而君之所快也。迩年徙居晋界，僦居赵缙绅之第。主客交最善，以红亭妻其公子。公子数逋荡，家庭颇不相安。妹归告父；父留之半年不令还。公子忿恨，不知何处聘一恶人来，遣神绾锁缚老父去。一门大骇，顷刻四散矣。"石闻之，笑不自禁。女怒曰："彼虽不仁，妾之父也，妾与君琴瑟数年，止有相好，而无相尤。今日人亡家败，百口流离。即不为父伤，宁不为妾吊_{对受灾之人表示慰问}乎！闻之忭舞，更无片语相慰藉。何不义也！"拂袖而出。石追谢之，亦已渺矣。怅然自悔，拚已决绝。过二三日，媪与女俱来。石喜慰问，母子俱伏。惊而询之，母子俱哭。女曰："妾负气而去，今不能自坚，又欲求人，复何颜矣！"石曰："岳固非人，母之惠，卿之情，所不忘也。然闻祸而乐，亦犹人情，卿何不能暂忍！"女曰："顷于途中遇母，始知系吾父者，盖君师也。"石曰："果尔，亦大易。然翁不归，则卿之父子离散；恐翁归，则卿之夫泣儿悲也。"媪矢以自明，女亦誓以相报。石乃即刻治任如汴。询至元帝观，则赤城归未久。入而参之，便问："何来？"石视厨下一老狐，孔前股而系之，_{洞穿狐狸的小腿，用绳子系着。}笑曰："弟子之来，为此老魅。"赤城诘之，曰："是吾岳也。"因以实告。道士谓其狡诈，不肯轻释。固请，乃许之。石因备述其诈。狐闻之，塞身入灶，似有惭状。道士笑曰：

"彼羞恶之心未尽亡也。"石起，牵之而出。以刀断索，抽之。狐痛极，齿龈龈然。石不遽抽而顿挫之，笑问曰："翁痛乎？勿抽可也。"狐睛睒闪，似有愠色。既释，摇尾出观而去。石辞归。三日前，已有人报叟信，媪先去，留女待石。石至，女逆而伏。石挽之曰："卿如不忘琴瑟之情，不在感激也。"女曰："今复迁还故居矣！村舍邻迩，音问可以不梗。妾欲归省，三日可旋，君信之否？"曰："儿生而无母，未便殇折。我日日鳏居，习已成惯。今不似赵公子，而反德报之，所以为卿者尽矣。如其不还，在卿为负义。道里虽近，当亦不复过问，何不信之与有？"女次日去，二日即返。问："何速？"曰："父以君在汴曾相戏弄，未能忘怀，言之絮絮；妾不欲复闻，故早来也。"自此闺中之往来无间，而翁婿间尚不通问讯云。

异史氏曰："狐情反复，诡诈已甚。悔婚之事，两女而一辙，诡可知矣！然要而婚之，是启其悔者已在初也。且婿既爱女而救其父，止宜置昔怨而仁化之；乃复狎弄_{戏弄}。于危急之中，何怪其没齿不忘也？天下之有冰玉_{岳父和女婿的代称}。而不相能者，类如此。"

席方平

席方平，东安人。其父名廉，性戆拙，因与里中富室羊姓有隙。羊先死。数年，廉病垂危，谓人曰："羊某今贿嘱冥使榜_{拷打。}我矣。"俄而身赤肿，号呼遂死。席惨怛不食，曰："我父朴讷，今见凌于强鬼，我将赴地下代伸冤气耳。"自此不复言，时坐时立，状类痴，盖魂已离舍_{躯体。}矣。席觉初出门，莫知所往，但见路有行人，便问城邑。少旋，入城，其父已收狱中。至狱门，遥见父卧檐下，似甚狼狈。举目见子，潸然涕流，便谓："狱吏悉受赇嘱，日夜搒掠，胫股摧残。"席怒，大骂狱吏："父如有罪，自有王章，岂汝等死魅所能操也！"遂出，抽笔为词，提笔撰写讼状。值城隍早衙，喊冤以投。羊惧，内外贿通，始出质理。城隍以所告无据，颇不直席。不认为席方平有理。席忿气无所复伸，冥行百余里，至郡。以官役私状，告之郡司，迟之半月，始得质理。郡司扑席，仍批城隍复案。席至邑，备受械梏，惨冤不能自舒。城隍恐其再讼，遣役押送归家。役至门辞去。席不肯入，遁赴冥府，诉郡邑之酷贪。冥王立拘质对。二官密遣腹心与席关说，许以千金。席不听，过数日，逆旅主人告曰："君负气已甚，官府求和而执不从；今闻于王前各有函进，恐事殆矣。"席以道路之口，犹未深信。俄有皂衣人唤入；升堂，见冥王有怒色，不容置词，命答二十。席厉声问："小人何罪？"冥王漠若不闻。席受答，喊曰："受答允当，公正，此处是反语。谁教我无钱耶！"冥王益怒，命置火床。两鬼摔席下。见东墀有铁床，炽火其下，床面通赤。鬼脱席衣，掬置其上，反复揉捺之。痛极，骨肉焦黑，苦不得死。约一时许，鬼曰："可矣。"遂扶起，促使下床着衣，犹幸跛而能行。复至堂上，冥王问："敢再讼乎？"席曰："大怨未伸，寸心不死！若言不讼，是欺王也。必讼！"又问："讼何词？"席曰："身所受者，皆言之耳！"冥王又怒，命以锯解其体。二鬼拉去。见立木，高八九尺许，有木板二，仰置其上，上下凝血模糊。方将就缚，忽堂上大呼"席某"。二鬼即复押回。冥王又问："尚敢讼否？"答云："必讼！"冥王命："捉去速解！"既下，鬼乃以二板夹席，缚木上。锯方下，觉顶脑渐辟，开。痛不可禁，顾亦忍而不号。闻鬼曰："壮哉此汉！"锯隆隆然，寻至胸下。又闻一鬼云："此人大孝，无辜。锯令稍偏，勿损其心。"遂觉锯锋曲折而下，其痛倍苦。俄顷，半身辟矣；板解，两身俱仆。鬼上堂大声以报，堂上传呼："令合身来见！"二鬼即推令复合，曳使行。席觉锯缝一道，痛欲复裂，半步而踣。一鬼于腰间出丝带一条授之，曰："赠此以报汝孝。"受而束之，一身顿健，殊无少苦，遂升堂而伏。冥王复问如前。席恐再罹酷毒，便答："不讼矣。"冥王立命送还阳界。隶率出北门，指示归途，反身遂去。席念阴曹之暗昧，尤甚于阳间，奈无路可达帝玉帝。听。世传灌口二郎为帝勋戚，有功勋的皇亲国戚。其神聪明正直，诉之当有灵异。窃喜二隶已去，遂转身南向。奔驰间，有二人追至曰："王疑汝不归，今果然矣。"摔回，复见冥王。窃疑冥王益怒，祸必更惨；而王殊无厉容，谓席曰："汝志诚孝，但汝父冤，我已为若雪之矣。今已往生富贵家，何用汝鸣呼为！今送汝归，予以千金之产，期颐之寿，百年的寿命。汝愿足乎？"乃往籍中钳以巨印，使席亲视之。席谢而下。鬼与俱出，至途，驱而骂曰："奸猾贼！频频翻复，使人奔波欲死！再犯，当捉入大磨中，细细研之。"席张目叱曰："鬼子胡为者！我性禁刀锯，不禁挞楚耶！请反见王，王如令我自归，亦复何劳相送！"乃返奔。二鬼惧，温语劝回。席故蹇缓，行数步，辄憩路侧。鬼含怒，不敢复言。约半日，至一村，一门半辟，鬼引与共坐，席便据门阈。二鬼乘其不备，推入门中。惊定自视，身已生为婴儿，愤啼不乳，三日遂殇。魂摇摇不忘灌口，约奔数十里，忽见羽葆鸟羽为装饰的仪仗。来，幡戟横路。越道避之，因犯卤簿，为前马所执，絷送车前。仰见车中一少年，丰仪瑰玮，问席"何人"。席冤愤正无所出，且意是必巨官，或当能作威福，因缅诉备述。毒苦。车中人命释其缚，使随车行。俄至一处，官府十余员迎谒道左，车中人各有问讯。已而指席目一官曰："此下方人，正欲往诉，宜即为之剖决。"席询之从者，始知车中即上帝殿下九王，所嘱即二郎也。席视二郎，修躯多髯，不类世间所传。九王既去，席从二郎至一官廨，则其父与羊姓并衙隶俱在。少顷，槛车囚车。中有囚人出，则冥王及郡司城隍也。当堂对勘，席所言皆不妄。三官战栗，状若伏鼠。二郎援笔立判。顷之，传下判语，令案中人共视之。判云："勘得冥王者：职膺王爵，身受帝恩。自应贞洁以率群僚，不当贪墨以速官谤。而乃繁缨棨戟，徒夸品秩之尊；羊狠狼贪，竟玷人臣之节。斧敲斫，斫入木，妇子之皮骨皆空；鲸吞鱼，鱼食虾，蝼蚁之微生可悯。当掬西江之水，为尔煎肠；即烧东壁之床，请君入瓮。城隍群司：为小民父母之官，司上帝牛羊之牧。职掌代替天帝管理人民之事。虽则职居下列，而尽瘁者不辞折腰；即或势逼大僚，而有志者亦应强项。不低头。乃上下其鹰鸷之手，既罔念夫民贫；且飞扬其狙狯之奸，更不嫌乎鬼瘦。惟受赃而枉法，真人面而兽心。是宜剔髓伐毛，暂罚冥死；所当脱皮换革，仍令胎生。隶役者：既在鬼曹，便非人类。只宜公门修行，庶还落蓐之身；何得苦海生波，益造弥天之孽。飞扬跋扈，狗脸生六月之霜；隳突叫号，虎威断九衢之路。肆淫威于冥界，咸知狱吏为尊；助酷虐于昏官，共以屠伯是惧。当于法场之内，剁其四肢。更向汤镬之中，捞其筋骨。羊某：富而不仁，狡而多诈。金光盖地，因使阎摩殿上尽是阴霾；铜臭熏天，遂教枉死城中全无日月。余腥犹能役鬼，大力直可通神。宜籍没收。羊氏之家，以偿席生之孝。即押赴东岳施行。"又谓席廉："念汝子孝义，汝性良懦，可再赐阳寿三纪。"一纪为十二年。因使两人送之归里。席乃抄其判词，途中，父子共读之。既至家，席先苏。令家人启棺视父，僵尸犹冰；俟之终日，渐温而活。及索抄词，则已无矣。自此家日益丰，三年间良沃遍野；而羊氏之子孙微衰落。矣，楼阁田产，尽为席有。里人或有治其产者，夜梦神人叱之曰："此席家物，汝乌得有之！"初未深信，既而种作，则终年升斗无获。于是，复鬶归席。席父九十余岁而卒。

异史氏曰："人人言净土，而不知生死隔世，意念都迷。且不知其所以来，又乌知其所以去；而况死而又死，生而复生者乎！忠孝志定，万劫不移，异哉席生，何其伟也！"

素秋

俞慎，字谨庵，顺天旧家世家。子。赴试入都，舍于郊郭。时见对户一少年，美如冠玉。心好之，渐近与语，风雅尤绝。大悦，捉臂邀至寓所，便相款宴。审其姓氏，自言："金陵人，姓俞，名士忱，字恂九。"公子闻与同姓，益加亲爱，因订为昆仲。结拜为兄弟。少年遂以名减字为忱。明日，过其家，书舍光洁；然门庭寂落，更无厮仆。引公子入内，呼妹出拜。年十三四以来，肌肤滢澈，粉玉无其白也。少顷，托茗献客，似家中亦无婢媪。公子异之，数语遂出。由是，友爱如胞。恂九无日不来，或留共宿，则以弱妹无伴为词。公子曰："吾弟流寓千里，曾无应门之僮，兄妹纤弱，何以为生矣？计不如从我去，有斗舍可供栖止。如何？"恂九喜，约以闱后。试毕，恂九邀公子去，曰："中秋月明如昼，妹子素秋，具有蔬酒，勿违其意。"竟挽入内。素秋出，略道温凉，寒暄。便入复室，下帘治具。少间，自出行炙。端送菜肴。公子起曰："妹子奔波，情何以忍！"素秋笑入。顷之，搴帘出，则一青衣婢捧壶，又一媪托柈进烹鱼。公子讶曰："此辈何来？不早从事，而烦妹子？"恂九微笑曰："妹子又弄怪矣！"但闻帘内吃吃作笑声，公子不解其故。既而宴终，婢媪撤器。公子适嗽，误堕婢衣。婢随唾而倒，碎碗流炙。视婢，则帛剪小人，仅四寸许。恂九大笑。素秋笑出，拾之而去。俄而，婢复出，奔走如故。公子大异之。恂九曰："此不过妹子幼时卜紫姑之小技此指剪帛为人的幻术。耳！"公子因问："弟妹都已长成，何未婚姻？"答云："先人即世，离世。去留尚无定所，故此迟迟。"遂与商定行期，鬻宅携妹，与公子俱西。既归，除舍舍之，又遣一婢为之服役。公子妻，韩侍郎之犹女侄女。也，尤怜爱素秋，饮食共之。公子与恂九亦然。而恂九又最慧，目下十行，试作一艺，八股文。老宿宿儒。不能及之。公子劝赴童子试。恂九曰："姑为此业者，聊与君分苦耳。自审福薄，不堪仕进；且一入此途，遂不能不戚戚于得失，故不为也。"居三年，公子又下第。落榜。恂九大为扼腕，奋然曰："榜上一名，何遂艰难若此！我初不欲为成败所惑，故宁寂寂耳。今见大哥不能自发舒，不觉中热，十九岁老童，当效驹驰也。"公子喜，试期送入场，邑、郡、道皆第一。益与公子下帷攻苦。逾年，科试，并为郡、邑冠军。恂九名大噪，远近争婚之，恂九悉却去。公子力劝之，乃以场后为解。无何，试毕，倾慕者争录其文，相与传诵；恂九亦自觉第二人不屑居也。榜既放，兄弟皆黜。时方对饮，公子尚强作噱；强颜欢笑。恂九失色，酒盏倾堕，身仆案下。扶置榻上，病已困殆。急呼妹至，张目谓公子曰："吾两人情虽如胞，实非同族。弟自分已登鬼箓，衔恩无可相报。素秋已长成，既蒙嫂氏抚爱，媵之可也。"公子作色曰："是真吾弟之乱命病重说胡话。也。其将谓我人头畜鸣外表是人但行为像动物。者耶？"恂九泣下。公子即以重金为购良材。恂九命舁至，力疾而入，嘱妹曰："我没后即阖棺，无令一人开视。"公子尚欲有言，而目已瞑矣。公子哀伤，如丧手足；然窃疑其嘱异，俟素秋他出，启而视之，则棺中袍服如脱。揭之，有蠹鱼蛀蚀书籍的小虫。径尺，僵卧其中。骇异间，素秋促入，惨然曰："兄弟何所隔阂！所以然者，非避兄也；但恐传布飞扬，妾亦不能久居耳。"公子曰："礼缘情制；礼法根据人情制定。情之所在，异族何殊焉！妹宁不知我心乎？即闺中当无漏言，请无虑。"遂速卜吉期，厚葬之。初，公子欲以素秋论婚于世家，恂九不欲；既没，公子以商素秋，素秋不应。公子曰："妹年已二十矣，长而不嫁，人其谓我何？"对曰："若然，但惟兄命。然自顾无福相，不愿入侯门，寒士而可。"公子曰："诺。"不数日，冰媒相属，卒无所可。始终没有如意的。先是，公子之妻弟韩荃来吊，得窥素秋，心爱悦之，欲购作小妻。妾。谋之姊，姊急戒勿言，恐公子知。韩去，终不能释；托媒风示公子，许为买乡场关节。代公子行贿，在乡试中买通关节。公子闻之，大怒，诟骂，将致意者批逐出门。自此，交往遂绝。适有故尚书之孙某甲，将娶而妇忽卒，亦遣冰来。其甲第云连，公子之所素知，然欲一见其人。因与媒约，使甲躬谒。及期，垂帘于内，令素秋自相之。甲至，裘马驺从，炫耀闾里。又视其人，秀雅如处子。公子大悦，见者咸赞美之，而素秋殊不乐。公子不听，竟许之；盛备奁妆，计费不赀。素秋固止之，但讨一老大婢，供给使而已。公子亦不之听，卒厚赠焉。既嫁，琴瑟甚敦。然兄嫂常系念之，每月辄一归宁。来时，奁中珠绣，必携数事，件。付嫂收贮。嫂未知其意，亦姑从之。甲少孤，止有寡母，溺爱过于寻常；日近匪人，行为不端之人。渐诱淫赌，家传书画鼎彝，皆以鬻偿戏债。赌债。而韩荃与有瓜葛，因招饮而窃探之，愿以两妾及五百金易素秋。甲初不肯；韩固求之，甲意似摇，恐公子不甘。韩曰："彼与我至戚，此又非其支系；若事已成，则彼亦无如我何。万一有他，我身任之。有家君在，何畏一俞谨庵哉！"遂盛装两姬出行酒，且曰："果如所约，此即君家人矣。"甲惑之，约期而去。至日，虑韩诈谖，欺诈。夜候于途，果有舆来。启帘验照不虚，乃导二姬去，姑置斋中。韩仆以五百金交兑俱明。甲奔入，伪告素秋，言公子暴病相呼。素秋未遑理妆，草草遂出。舆既发，夜迷不知何所；遄行良远，殊不可到。忽有二巨烛来，众窃喜其可以问途。无何，至前，则巨蟒两目如灯。众大骇，人马俱窜，委舆路侧。将曙复集，则空舆存焉。意必葬于蛇腹，归告主人，垂首丧气而已。数日后，公子遣人诣妹，始知为恶人赚去。初不疑其婿之伪也；取婢归，细诘情迹，微窥其变；忿甚，遍诉郡邑。甲惧，求救于韩。韩以金妾两亡，正复懊丧，斥绝不为力。甲呆憨，无所复计；各处勾牒至，但以贿嘱免行。月余，金珠服饰，典货一空。公子于宪府究理甚急，邑官皆奉严令。甲知不可复匿，始出；至公堂，实情尽吐。蒙宪票拘韩对质。韩惧，以情告父。父时休致，_{退休。}怒其所为不法，执付隶。既见诸官府，言及遇蟒之变，悉谓其词支。_{胡编乱扯。}家人拷掠殆遍，甲亦屡被敲楚。幸母日鬻田产，上下营救，刑轻得不死，而韩仆已瘐毙_{病死狱中。}矣。韩久困囹圄，愿助甲赂公子千金，哀求罢讼。公子不许。甲母又请益以二姬，但求姑存疑案，以待寻访；妻又承叔母命，朝夕解免，公子乃许之。甲家綦_{很。}贫，货宅办金，而急切不能得售。因先送姬来，乞其延缓。逾数日，公子夜坐斋头，素秋偕一媪蓦然忽入。公子骇问：“妹固无恙耶？”笑曰：“蟒变，乃妹之小术耳。当夜窜入一秀才家，依于其母。彼自言识兄，今在门外，请入之。”公子倒屣而出。烛之，非他，乃周生，宛平之名士也。素以声气相善。把臂入斋，款洽臻至。倾谈既久，始知颠末。初，素秋昧爽_{黎明。}款周门，母纳入；诘之，知为公子妹，便将驰报，素秋止之。因与母居，慧能解意，母悦之。以子无妇，窃属意素秋；微言之，素秋以未奉兄命为辞。生亦以公子交契，故不肯作无媒之合，但频频使人侦探。知讼事已有关说，_{调解说情。}素秋乃告母欲归。母遣生率一媪送之，即嘱媪媒焉。公子以素秋居生家久，窃有心而未言也。及闻媪言，大喜，即与生面订为好。先是，素秋夜归，将使公子得金，而后宣之。公子不可，曰："向愤无所泄，故索金以败之耳。今复见妹，万金何能易哉！"即遣人告诸两家，顿罢之。^{罢诉。}又念生家故不甚丰，道赊远，亲迎殊艰，因移生母来，居以恂九旧第。生亦备币帛鼓乐，婚嫁成礼。一日，嫂戏素秋："今得新婿，曩年枕席之爱，犹忆之否？"素秋微笑，因顾婢曰："忆之否？"嫂不解，研问之。盖三年床第，皆以婢代。每夕，以笔画其两眉，驱之去，即对烛而坐，婿亦不之辨也。益奇之，求其术，但笑不言。次年大比，生将与公子偕往，素秋以为不必。公子强挽之而去。是科，公子荐于乡；生落第归，隐有退志。逾年，母卒，遂不复言进取矣。一日，素秋告嫂曰："向问我术，固未肯以此骇物听也。今远别，行有日矣，请秘授之，亦可以避兵燹。"^{兵灾。}惊而问之。答云："三年后，此处当无人烟。妾荏弱，不堪惊恐，将蹈海滨而隐。大哥富贵中人，不可以偕，故言别也。"乃以术悉授嫂。数日，又告公子，留之不得，至于泣下。问"往何所"，即亦不言。鸡鸣早起，携一白须奴，控双卫而去。公子隐使人尾送之。至胶莱之界，尘雾幛天。既晴，已迷所往。三年后，"闯寇"犯顺，村舍为墟。韩夫人剪帛置门内，寇至，见云绕韦驮，高丈余，遂骇走，以是得无恙焉。后村中有贾客至海上，遇一叟似老奴，而髭发尽黑，猝不敢认。叟停足而笑曰："我家公子尚健耶？借口寄语，秋姑亦甚安乐。"问其居何里。曰："远矣，远矣！"匆匆遂去。公子闻之，使人于所在遍访之，竟无踪迹焉。

异史氏曰："管城子无食肉相，其来旧矣。初念甚明，而乃持之不坚，宁如糊眼主司，固衡命不衡文耶！一击不中，冥然遂死，蠹鱼之痴，一何可怜！伤哉！雄飞不如雌伏。"

贾奉雉

贾奉雉，平凉人，才名冠一时，而试辄不售。屡屡科考不顺。一日，途中遇一秀才，自言郎姓，风格洒然，谈言微中。因邀俱归，出课艺习作。就正。郎读罢，不甚称许，曰："足下文，小试取第一则有余，闱场取榜尾则不足。"贾曰："奈何？"郎曰："天下事，仰而跂之仰首跷脚去够。则难，俯而就之俯首靠近。甚易。此何须鄙人言哉！"遂指一二人、一二篇，以为标准，大率贾所鄙弃而不屑道者。闻之，笑曰："学者立言，贵乎不朽，即味列八珍，当使天下不以为泰耳！如此猎取功名，虽登台阁，犹为贱也。"郎曰："不然。文章虽美，贱则弗传。君欲抱卷以终也则已；不然，帘内诸官，皆以此等物事进身，恐不能因阅君文，另换一副眼睛肺肠也。"贾终默然。郎起而笑曰："少年盛气哉！"遂别而去。是秋入闱，复落；悒悒不得志，颇思郎言，遂取前所指示者强读之；未至终篇，昏昏欲睡，心惶惑无以自主。又三年，闱场将近，郎忽至。相见甚欢，因出所拟七题，使贾作之。越日，索文而阅，不以为可，又令复作。作已，又訾之。贾戏于落卷落选的考卷。中，集其茸冗泛滥不可告人之句，联缀成文，俟其来而示之。郎喜，曰："得之矣！"因使熟记，坚嘱勿忘，贾笑曰："实相告，此言不由中，转瞬即去，便受夏楚，鞭笞。不能复忆之也。"郎坐案头，强令自诵一过；一遍。因使祖背，以笔写符而去，曰："只此已足，可以高阁群书不读群书。矣！"验其符，濯之不下，深入肌里。至场中，七题无一遗者。回思诸作，茫不记忆；惟戏缀之文，历历在心。然把笔终以为羞，欲少窜易，_{更改。}而颠倒苦思，竟不能复更一字。日已西坠，真录而出。郎候之已久，问：“何暮也？”贾以实告，即求拭符，视之，已漫灭矣。再忆场中文，遂如隔世，大奇之。因问：“何不自谋？”笑曰：“某惟不作此等想，故能不读此等文也。”遂约明日过诸其寓。贾诺之。郎既去，贾取文稿自阅之，大非本怀，怏怏不自得，不复访郎，嗒丧而归。未几，榜发，竟中经魁。又阅旧稿，一读一汗；读竟，重衣尽湿。自言曰：“此文一出，何以见天下士乎！”方惭怍间，郎忽至，曰：“求中即中矣，何其闷也！”曰：“仆适自念，以金盆玉碗贮狗矢，真无颜出见同人，行将遁迹山林，与世长绝矣。”郎曰：“此亦太高，但恐不能耳。果能之，仆引见一人，长生可得，并千载之名亦不足恋，况侥来之富贵乎！”贾悦，留与共宿。曰：“容某思之。”天明，谓郎曰：“予志决矣。”不告妻子，飘然遂去。渐入深山，至一洞府，其中别有天地。叟坐堂上，郎使参之，呼以师。叟曰：“来何早也？”郎白：“此人道念已坚，望加收齿。”叟曰：“汝既来，须将此身并置度外始得。”贾唯唯听命。郎送至一院，安其寝处，又投以饵始去。房亦精洁，但户无扉，窗无棂，内惟一几一榻。贾解屦登床，月明穿射_{照射。}矣。觉微饥，取饵啖之，甘而易饱。窃意郎当复至，坐久寂然，杳无声响；但觉清香满室，脏腑空明，脉络皆可指数。忽闻有声甚厉，似猫抓痒，自牖视之，则虎蹲檐下。乍见甚惊，因忆师言，即复收神凝坐。虎似知有人，寻入近榻，气咻咻，遍嗅足股。少顷，闻庭中嗥动如鸡受缚，虎即趋出。又坐少时，一美人入，兰麝扑人，悄然登榻，附耳小言曰：“我来矣！”一言之间，口脂散馥。贾瞑然不少动。又低声曰：“睡乎？”声音颇类其妻。心微动，又念曰：“此皆师相试之幻术也。”瞑如故。美人笑曰：“鼠子动矣！”初，夫妻与婢同室，狎亵惟恐婢闻，私约一谜：曰“鼠子动”，则相欢好。忽闻是语，不觉大动。

开目凝视，真其妻也。问："何能来?"答云："郎生恐君岑寂思归，遣一婢导我来。"言次，因贾出门不相告语，偎傍之际，颇有怨怼。贾慰藉良久，始得嬉笑为欢。既毕，夜已向晨，闻叟谯诃声渐近庭院。妻急起，无地自匿，遂越短垣而去。俄顷，郎从叟入。叟对贾杖郎，便令逐客。郎亦引贾自短墙出，曰："仆望君奢，我对您期望过高。不免躁进。不图情缘未断，累受扑责，从此暂别，相见行有日也。"指示归途，拱手遂别。贾俯视，故村在目中矣。意妻弱步，必滞途间；疾趋里余，已至家门。但见房垣零落，旧景全非，村中老幼，竟无一相识者，心始骇异。忽念刘阮返自天台，情景真似，不敢入门，于对户憩坐。良久，有老翁曳杖出。贾揖之，问："贾某家何所?"翁指其第曰："此即是也。得毋欲闻奇事耶？仆悉知之。相传此公闻捷即遁，其子才七八岁。后至十四五岁，母忽大睡不醒。子在时，寒暑为之易衣。迨殁，等到其子死去。两孙穷蹙，房舍拆毁，惟以木架苫覆蔽之。月前，夫人忽醒，屈指百余年矣。远近闻其异，皆来访视，近日稍稀矣。"贾豁然顿悟，曰："公不识贾奉雉？即某是也。"翁大骇，走报其家。时长孙已死，次孙祥，年五十余矣，以贾年少，疑有诈伪。少间，夫人出，始识之。双涕霪霪，泪流不止。呼与俱去；苦无屋宇，暂入孙舍。大小男妇，奔入盈侧，皆其曾、元，曾孙、玄孙。率陋劣少文。长孙妇吴氏沽酒具藜藿，又使少子杲及妇与己共室，除舍舍祖翁姑。贾入舍，烟埃儿溺，杂气熏人。居数日，懊惋殊不可过。两孙家分供餐饮，调饪尤乖。更差。里中以贾新归，日日招饮，而夫人恒不得一饱。吴氏故士人女，颇娴闺训，承顺不衰。祥家给奉渐疏，或呼尔与之。贾怒，携夫人去，设帐设馆授徒。东里。每谓夫人曰："吾甚悔此一返，而已无及矣。不得已，复理旧业，若心无愧耻，富贵不难致也。"居年余，吴氏犹时馈赠，而祥父子绝迹矣。是岁试入邑庠，邑令重其文，厚赠之。由此家稍裕。祥稍稍来近就之。贾唤入，计囊所耗费，出金偿之，斥绝令去。遂买新第，移吴氏共居之。吴二子，长者留守旧业；次呆颇慧，使与门人辈共笔砚。一起学习。贾自山中归，心思益明澈，无何，连捷，登进士第。又数年，以御史出巡两浙，声名赫奕，歌舞楼台，一时称盛。贾为人鲠峭，不避权贵，朝中大僚思中伤之。贾屡疏求退，未蒙俞旨。皇帝许可的旨意。未几而祸作矣。先是，祥六子皆无赖，贾虽摈斥不齿，断绝关系。然皆窃余势以作威福，横占田宅。乡人共患之。有某乙娶新妇，祥次子篡取为妾。乙故狙诈，乡人敛金助讼，以此闻于都。于是当道者当权者。交章攻贾，贾殊无以自剖。被收经年，祥及次子皆瘐死。病死狱中。贾奉旨充辽阳军。时呆入泮已久，为人颇仁厚，有贤声。夫人生一子，年十六，遂以属呆；夫妻携一仆一媪而去。贾曰："十余年之富贵，曾不如一梦之久。今始知荣华之场，皆地狱境界。悔比刘晨、阮肇多造一重孽案耳。"数日，抵海岸。遥见巨舟来，鼓乐殷作，虞候舟上侍从人员。皆如天神。既近，舟中一人出，笑请侍御过舟少憩。贾见惊喜，踊身而过，押隶不敢禁。夫人急欲相从，而舟去已遥，遂愤投海中。漂泊数步，见一人垂练白绢。于水，引救而去。隶命篙师荡舟，且追且号。但闻鼓声如雷，与轰涛相间，瞬息已杳。仆识其人，盖郎生也。

异史氏曰："世传陈大士在闱中，书艺既成，吟诵数四，叹曰：'亦复谁人识得！'遂弃去更作，以故闱墨不及诸稿。科场应试文章不如平时习作。贾生羞而遁去，此盖有仙骨焉。乃再返人世，遂以口腹自贬，贫贱之中人甚矣哉！"

上仙

　　癸亥三月，与高季文赴稷下，_{此指府城济南。}同居逆旅。季文忽病。会高振美亦从念东先生至郡，因谋医药。闻袁麟公言：南郭梁氏家有狐仙，善"长桑之术"。_{医术。}遂共诣之。梁，四十以来女子也，致绥绥有狐意。入其舍，复室_{内室。}中挂红幕。探幕以窥：壁间悬观音像；又两三轴，跨马操矛，驺从甚沓；北壁下有案；案头小座，高不盈尺，贴小锦褥，云仙人至，则居此。众焚香列揖，妇击磬三，口隐约有词。祝已，肃_{敬请。}客就外榻坐。妇立帘下，理发支颐，与客语，具道仙人灵迹。久之日渐曛，_{日暮。}众恐碍夜难归，烦再祝请。妇乃击磬重祷，转身复立曰："上仙最爱夜谈，他时往往不得遇。昨宵有候试秀才，携看酒来，与上仙饮。上仙亦出良酝酬诸客，赋诗欢笑。散时，更漏向尽矣。"言未已，闻室中细细繁响，如蝙蝠飞鸣。方凝听间，忽案上若堕巨石，声甚厉。妇转身曰："几惊怖杀人！"便闻案上作叹咤声，似一健叟。妇以蕉扇隔小座。座上大言曰："有缘哉，有缘哉！"抗声让坐，又似拱手为礼。已而问："客何所谕教？"高振美遵念东先生意，问："见菩萨否？"答曰："南海是我熟径，如何不见！"又问："阎罗亦更代否？"曰："与阳世等耳！"问："阎罗何姓？"曰："姓曹。"已，乃为季文求药。曰："归当夜祀茶水，我于大士处讨药奉赠，何恙不已！"众各有问，悉为剖决。乃辞而归。过宿，季文少愈。余与振美治装先归，遂不暇造访矣。

卷二十

胭脂

东昌卞氏，业牛医_{治牛病的兽医}者，有女小字胭脂，才姿慧丽。父宝爱之，欲占凤_{择婿}于清门，而世族鄙其寒贱，不屑缔盟，以故及笄未字。对户龚姓之妻王氏，佻脱善谑，女闺中谈友也。一日，送至门，见一少年过，白服裙帽，丰采甚都。女意似动，秋波萦转之。少年俯其首，趋而去。去既远，女犹凝眺。王窥其意，戏之曰："以娘子才貌，得配若人，庶可无恨。"女晕红上颊，脉脉不作一语。王问："识得此郎否？"答云："不识。"王曰："此南巷鄂秀才秋隼，故孝廉之子。妾向与同里，故识之，世间男子无其温婉。衣素，以妻服未阕_{为亡妻服丧未满期}也。娘子如有意，当寄语使委冰_{派媒人}焉。"女无言，王笑而去。数日无耗，心疑王氏未暇即往；又疑宦裔不肯俯拾_{指降低身份联姻}。邑邑徘徊，萦念颇苦，渐废饮食，寝疾惙顿。王氏适来省视，研诘病因。答言："自亦不知，但尔日别后，即觉忽忽不快，延命假息，朝暮人也。"王小语曰："我家男子负贩未归，尚无人致声鄂郎。芳体违和，非为此否？"女赧颜良久。王戏之曰："果为此，病已至是，尚何顾忌！先令夜来一聚，彼岂不肯？"女叹息曰："事至此，已不能羞，但渠不嫌寒贱，即遣冰来，病当愈。若私约，则断断不可！"王颔之，遂去。王幼时与邻生宿介通；既嫁，宿侦夫他出，辄寻旧好。是夜，宿适来，因述女言为笑，戏嘱致意鄂生。宿久知女美，闻之窃喜，幸其机之可乘也。将与妇谋，又恐其妒。乃假无心之辞，_{漫不经心的话语。}问女家闺闼甚悉。次夜，逾垣入，直达女所，以指叩窗。内问："谁何？"答以鄂生。女曰："妾所以念君者，为百年，不为一夕。郎果爱妾，但宜速倩冰人。若言私合，不敢从命。"宿姑诺之，苦求一握纤腕为信。女亦不忍过拒，力疾启扉。宿遽入，即抱求欢。女无力撑拒，仆地上，气息不续。宿急曳之。女曰："何来恶少，必非鄂郎。果是鄂郎，其人温驯，知妾病由，当相怜恤，何遂狂暴如此！若复尔尔，_{如此。}便当鸣呼，品行亏损，两无所益！"宿恐假迹败露，不敢复强，但请后会。女以亲迎为期。宿以为远，又请之。女厌纠缠，约待病愈。宿求信物，女不许。宿捉足，解绣履而出。女呼之返，曰："身已许君，复何吝惜！但恐画虎成狗，致贻污谤。今亵物已入君手，料不可反。君如负心，但有一死！"宿既出，又投宿王所。既卧，心不忘履，阴揣衣袂，竟已乌有。急起篝灯，_{点灯。}振衣冥索。诘之，不应，疑妇藏匿。妇故笑以疑之。宿不能隐，实以情告。言已，遍烛门外，竟不可得。懊恨归寝，窃幸深夜无人，遗落当犹在途也。早起寻之，亦复杳然。先是，巷中有毛大者，游手无籍，_{无业游民。}尝挑王氏，不得；知宿与洽，思掩执以胁之。是夜，过其门，推之，未扃，潜入。方至窗外，踏一物，奂若絮绵；拾视，则巾裹女舃。伏听之，闻宿自述甚悉；喜极，抽息而出。逾数夕，越墙入女家；门户不悉，误诣翁舍。翁窥窗，见男子，察其音迹，知为女来者。心忿怒，操刀直出。毛大骇，反走；方欲攀垣，而卞追已近，急无所逃，反身夺刃。媪起，大呼。毛不得脱，因而杀之。女稍痊，闻喧始起。共烛之，翁脑裂不复能言，俄顷已绝。于墙下得绣履，媪视之，胭脂物也。逼女，女哭而实告之。但不忍贻累王氏，言鄂生之自至而已。天明，讼于邑，邑宰拘鄂。鄂为人谨讷，年十九岁，见客羞涩如童子；被执，骇绝。上

堂，不知置词，惟有战栗。宰益信其情真，横加梏械。_{滥施刑罚。}书
生不堪痛楚，以是诬服。既解郡，敲扑如邑。生冤气填塞，每欲与
女面相质。及相遇，女辄诟詈，遂结舌不能自伸，由是论死。往来
复讯，经数官，无异词。后委济南府复案。时吴公南岱守济南，一
见鄂生，疑其不类杀人者；阴使人从容私问之，俾_使得尽其词。
公以是益知鄂生冤，筹思数日，始鞫之。先问胭脂："订约后，有
知者否？"答言："无之。""遇鄂生时，别有人否？"亦答："无
之。"乃唤生上，温语慰之。生自言："曾过其门，但见旧邻妇王氏
与一少女出，某即趋避，过此并无一言。"吴公叱女曰："适言侧无
他人，何以有邻妇也？"欲刑之。女惧曰："虽有王氏，与彼实无关
涉。"公罢质，_{停止审讯。}命拘王氏。数日已至，又禁不与女通，立刻
出审。便问王："杀人者谁？"王对："不知。"公诈之曰："胭脂供
言，杀卜某汝悉知之。胡得隐匿！"妇呼曰："冤哉！淫婢自思男
子，我虽有媒合之言，特戏之耳！彼自引奸夫入院，我何知焉！"
公细诘之，始述其前后相戏之词。公呼女上，怒曰："汝言彼不知
情，今何以自供撮合哉！"女流涕曰："自己不肖，致父惨死。讼结
不知何年，又累他人，诚不忍耳。"公问王氏："既戏后曾语何
人？"王供："无之。"公怒曰："夫妻在床，应无不言者，何得云
无？"王供："丈夫久客未归。"公曰："虽然，凡戏人者，皆笑人
之愚，以炫己之慧，更不向一人言，将谁欺？"命梏十指。妇不得
已，实供曾与宿言。公于是释鄂拘宿。宿至，自供："不知。"公
曰："宿妓者，必无良士！"严械之。宿自供："赚女是真。自失履
后，未敢复往。杀人实不知情。"公怒曰："逾墙者，何所不至！"
又械之。宿不任凌籍，遂以自承。招成_{招供既成。}报上，无不称吴公
之神。铁案如山，宿遂延颈以待秋决矣。然宿虽放纵无行，故东国
名士，闻学使施公愚山贤能称最，又有怜才恤士之德；因以一词控

其冤枉，言词怆恻。公讨其招供，反复凝思之，拍案曰："此生冤也！"遂请于院司，移案再鞫。问宿生："鞋遗何所？"供言："忘之，但叩妇门时犹在袖中。"转诘王氏："宿介之外，奸夫有几？"供言："无之。"公曰："淫乱之人，岂得专私一人？"供言："身与宿介稚齿交合，故未能谢绝。后非无见挑者，身实未敢相从。"因使指其人以实之。供云："同里毛大，屡挑而屡拒之矣。"公曰："何忽贞白_{清白}。如此！"命搒_{笞打}。之。妇顿首出血，力辨无有。乃释之。又诘："汝夫远出，宁无有托故而来者？"曰："有之。某甲、某乙，皆以借贷、馈赠，曾一二次入小人家。"盖甲、乙皆巷中游荡子，有心于妇而未发者也。公悉籍_{登记}。其名，并拘之。既集，公赴城隍庙，使尽伏案前，便言："曩梦神人相告，杀人者不出汝等四五人中，今对神明，不得有妄言。如肯自首，尚可原宥。虚者，廉得无赦！"同声言无杀人之事。公以三木_{加在犯人颈、手、足上的木制刑具。}置地，将并夹之。括发裸股，齐鸣冤苦。公命释之，谓曰："既不自招，当使鬼神指之。"使人以毡褥悉幛殿窗，令无少隙；袒诸囚背，驱入暗中，始授盆水，一一命自盥讫，系诸壁下，戒令："面壁勿动！杀人者，当有神书其背。"少间，唤出验视，指毛曰："此真杀人贼也。"盖公先使人以灰涂壁，又以烟煤濯其手，杀人者恐神来书，故匿背于壁而有灰色；临出，以手护背而有烟色也。公固疑是毛，至此益信。施以毒刑，尽吐其实。判曰："宿介：蹈盆成括杀身之道，成登徒子好色之名。_{以上二句谓宿介因好色而招致杀身之祸。}只缘两小无猜，遂野鹜如家鸡之恋；为因一言有漏，致得陇兴望蜀之心。将仲子而逾园墙，便如鸟堕；冒刘郎而入洞口，竟赚门开。感帨惊尨，_{多毛狗。}鼠有皮胡若此？攀花折树，士无行其谓何！_{以上四句谓宿介暗入卞家谋求私通，乃无耻的行为。}幸而听病燕之娇啼，犹为玉惜；怜弱柳之憔悴，未似莺狂。而释么凤于罗中，尚有文人之意；乃劫香盟于袜底，宁非无赖之尤！蝴蝶过墙，隔窗有耳；莲花瓣卸，堕地无踪。假中之假指宿介假冒鄂生，毛大又假冒宿介。以生，冤外之冤鄂生因宿介受冤，宿介又因毛大受冤。谁信？天降祸起，酷械至于垂亡；自作孽盈，断头几于不续。彼逾墙钻隙，固有玷夫儒冠；而僵李代桃，诚难消其冤气。是宜稍宽笞扑，折其已受之惨；姑降青衣，姑且保留其生员资格，但进行降级，由穿蓝衫改为穿青衫。开其自新之路。若毛大者：刁猾无籍，市井凶徒。被邻女之投梭，指王氏拒绝毛大的挑诱。淫心不死；伺狂童之入巷，贼智忽生。开户迎风，喜得履张生之迹；求浆值酒，妄思偷韩掾之香。何意魄夺自天，魂摄于鬼。浪乘槎木，直入广寒之宫；径返渔舟，错认桃源之路。遂使情火息焰，欲海生波。刀横直前，投鼠无他顾之意；寇穷安往，急兔起反噬之心。越壁入人家，止期张有冠而李借；夺兵遗绣履，遂教鱼脱网而鸿罹。风流道乃生此恶魔，温柔乡何有此鬼蜮哉！即断首领，以快人心。胭脂：身犹未字，岁已及笄。以月殿之仙人，自应有郎似玉；原衣裳之旧队，何愁贮屋无金！而乃感关雎而念好述，竟绕春婆之梦；怨摽梅而思吉士，遂离倩女之魂。为因一线缠萦，致使群魔交至。争妇女之颜色，恐失胭脂；惹鹙鸟之纷飞，并托秋隼。莲钩摘去，难保一瓣之香；指宿介强夺绣履，未能保全而丢失。铁限敲来，几破连城之玉。毛大逾墙而入，险些破坏少女贞节。嵌红豆于骰子，相思骨竟作厉阶；丧乔木于斧斤，可憎才真成祸水。指胭脂对鄂生的相思之情，竟成为祸水之源，使自己父亲丧生。葳蕤自守，幸白璧之无瑕；缧绁苦争，喜锦衾之可覆。嘉其入门之拒，犹洁白之情人；遂其掷果之心，亦风流之雅事。仰彼邑令，作尔冰人。"案既结，遐迩传颂焉。自吴公鞫后，女始知鄂生冤。堂下相遇，觍然含涕，似有痛惜之词，而未可言也。生感其眷恋之情，爱慕殊切；而又念其出身微贱，且日登公堂，为千人所窥指，恐娶之为人姗笑。日夜萦回，无以自主，判牒既下，意始安帖。邑令为之委禽，送鼓吹焉。

异史氏曰："甚哉！听讼之不可以不慎也！纵能知李代为冤，谁复思桃僵亦屈！然事虽暗昧，必有其间，_{破绽。}要非深思研察，不能得也。呜呼！人皆服哲人之折狱明，而不知良工之用心苦矣。世之居民上者，棋局消日，绸被放衙，_{指下棋贪睡荒废政事。}下情民艰，曾不肯一劳方寸；_{心。}至鼓动衙开，巍然高坐，彼哓哓者直以桎梏靖之，何怪覆盆_{覆置的盆，比喻不见天日，沉冤难雪。}之下多沉冤哉！"

愚山先生，吾师也。方见知时，余犹童子。窃见其奖进士子，拳拳如恐不尽；小有冤抑，必委曲呵护之；曾不肯作威学校，以媚权要。真宣圣_{孔子。}之护法，不止一代宗匠，衡文无屈士已也。而爱才如命，尤非后世学使虚应故事者所及。尝有名士入场，作《宝藏兴焉》文，_{取《礼记·中庸》中文字为试题，指山间多宝藏。}误犯下"水"字，_{误记为水下宝藏。}录毕而后悟之。料无不黜之理，作词曰："宝藏在山间，误认却在水边。山头盖起水晶殿，瑚长峰尖，珠结树巅。这一回，崖中跌死撑船汉。告苍天，留点蒂儿，好与朋友看。"先生阅文至此，和之曰："宝藏将山夸，忽然见在水涯。樵夫漫说渔翁话。题目虽差，文字却佳。怎肯放在他人下？尝见他登高怕险，那曾见会水潦杀！"此亦风雅之一斑、怜才之一事也。

阿纤

奚山者，高密人，贸贩为业，往往客蒙沂间。一日，途中阻雨，及至所常宿处，而夜已深。遍叩肆门，无有应者。徘徊庑下，_{屋檐下。}忽二扉豁开。一叟出，便纳客入，山喜从之。縶蹇_{拴驴。}登堂，堂上迄无几榻。叟曰："我怜客无归，故相容纳，我实非卖食沽饮者。家中无多手指，惟有老荆弱女，眠熟矣。虽有宿肴，苦无烹瀹，勿嫌冷啜也。"言已，便入。少顷，以足床来置地上，促客坐；又入，携一短足几至。拔来报往，踯躅甚劳。山起坐不自安，曳翁暂息。少间，一女郎出行酒。叟顾曰："我家阿纤兴_{起床。}矣。"视之，年十六七，窈窕秀弱，风致嫣然。山有少弟未婚，窃属意焉。因问叟清贯尊阀，_{籍贯和门第。}答："名士虚，姓古。子孙皆夭折，剩有此女。适不忍搅其酣睡，想老荆唤起矣。"问："婿家阿谁？"答言："未字。"_{未许婚。}山窃喜。既而品味杂陈，似所宿具。食已，致恭_{致谢。}而言曰："萍水之人，遂蒙宠惠，没齿所不敢忘。缘翁盛德，乃敢遽陈朴鲁：_{朴实真诚的心意。}仆有幼弟三郎，十七岁矣。读书肄业，颇不冥顽。欲求援系，_{攀援求亲。}不嫌寒贱否？"叟喜曰："老夫在此，亦是侨寓。倘得相托，便假一庐，移家而往，庶免悬念。"山都应之，遂起展谢。叟殷勤安置而去。鸡既唱，叟已出，呼客盥沐。束装已，酬以饭金。固辞曰："留客一饭，万无受金之理；矧_{何况。}附为婚姻乎！"既别，客月余乃返。去村里余，遇老媪率一女郎，冠服尽素。既近，疑似阿纤。女郎亦频转顾，因把媪袂，附耳不知何词。媪便停步，向山曰："君奚姓耶？"山唯唯。媪惨然曰："不幸老翁压于败堵。今将上墓，家虚无人，请少待路侧，行即还也。"遂入林去，移时始来。途已昏冥，遂与偕行。道其孤弱，不觉哀啼，山亦酸恻。媪曰："此处人情，大不平善，孤媚难以过度。阿纤既为君家妇，过此恐迟时日，不如早夜同归。"山可之。既至家，媪挑灯供客已，谓山曰："意君将至，储粟都已粜去；_{卖掉。}尚存二十余石，远莫致之。北去四五里，村中第一门有谈二泉者，是吾售主。君勿惮劳，先以尊乘_{您的坐骑。}运一囊去。叩门而告之，但道：'南村古姥有数石粟，粜作路用，烦驱蹄躈_{牲口。}

一致之也.'"即以囊粟付山。山策蹇去,叩户,一硕腹男子出。告以故,倾囊先归。俄有两夫以五骡至,媪引山至粟所,乃在窖中。山下,为操量执概;母放,女收,顷刻盈装,付之以去。凡四返,而粟始尽。既而以金授媪。媪留其一人二畜,治任遂东。行二十里,天始曙。至一市,市头赁骑,谈仆乃返。既归,山以情告父母,相见甚喜。即以别第馆媪,卜吉为三郎完婚。媪治奁妆甚备。阿纤寡言少怒,或与语,但有微笑,昼夜绩织无停晷。以是,上下悉怜悦之。嘱三郎曰:"寄语大伯,再过西道,勿言吾母子也。"居三四年,奚家益富,三郎入泮矣。一日,山宿古之旧邻,偶及曩年无归、投宿翁媪之事。主人曰:"客误矣!东邻为阿伯别业,三年前,居者辄睹怪异,故空废甚久。有何翁媪相留?"山甚讶之,而未深信。主人又曰:"此宅向空,十年无敢入者。一日,第后墙倾。伯往视之,则石压巨鼠如猫,尾在外犹动摇。急归,呼众共往,则已渺矣。群疑是物为妖。后十余日,复入视,寂无形声。又年余,始有居人。"山益奇之。归家私语,窃疑新妇非人,阴为三郎虑;而三郎笃爱如常。久之,家中人纷相猜议。女微察之,夜中语三郎曰:"妾从君数年,未尝少失妇德;今置之不以人齿_{不把我当作人看待}。请赐离婚书,听君自择良偶。"因泣下。三郎曰:"区区寸心,宜所夙知。自卿入门,家日益丰,咸以福泽归卿,乌得有异言?"女曰:"君无二心,妾岂不知;但众口纷纭,恐不免秋扇之捐。"_{喻指被抛弃}三郎再四慰解乃已。山终不释,日求善捕之猫,以觇其意。女虽不惧,然蹙蹙不快。一夕,谓媪小恙,辞三郎省侍之。天明,三郎往讯,则室内已空。骇极,使人于四途踪迹之,并无消息。中心营营,寝食都废。而父兄皆以为幸,交慰藉之。将为续婚,而三郎殊不怿。_{喜。}俟之年余,音问已绝;父兄辄相消责,不得已,以重金买妾;然思阿纤不衰。又数年,奚家日渐贫,由是咸忆阿纤。有叔弟岚，以故至胶，迂道宿表戚陆生家。夜闻邻哭甚哀，未遑诘也。既返，复闻之，因问陆。陆云："数年前，有寡母孤女僦居于此，月前姥死，女独处，无一线之亲，是以哀耳。"问："何姓？"曰："姓古。常闭户不与里社通，故未悉其家世。"岚惊曰："是吾嫂也！"因往款扉。有人挥涕出，隔扉问曰："客何人？我家故无男子。"岚隙窥而遥审之，果嫂。便曰："嫂启关，我是叔家阿遂。"女闻之，拔关纳入，诉其孤苦，益凄怆悲怀。岚曰："三兄忆念颇苦。夫妻即有乖忤，何遂远遁至此！"即欲赁舆同归。女怆然曰："我以人不齿数，故遂与母偕隐；今又返而依人，谁不加白眼者！如欲复还，当与大兄分炊。不然，行乳药^{服毒药。}求死耳！"岚归，以告三郎。三郎星夜驰去。夫妻相见，各有涕洟。次日，告其屋主。屋主谢监生窥女美，阴欲图致为妾，数年不取其直；频风示媪，媪绝之。媪死，窃幸可谋，而三郎忽至；通计房租以留难之。三郎家故不丰，闻金多，颇有忧色。女言："不妨。"引三郎视仓储，约粟三十余石，偿租有余。三郎喜，以告谢。谢不受粟，故索金。女叹曰："此皆妾身之恶幛也。"遂以情告三郎。三郎怒，将讼于邑。陆氏止之，为散粟于里党，敛资偿谢；以车送两人归。三郎实告父母，与兄析居。阿纤出私金，日建仓廪，而家中尚无儋石。共奇之。年余，验视，则仓中盈积。不数年，家大富，而山苦贫。女移翁姑自养，辄以金粟周兄，狃^习。以为常。三郎喜曰："卿可云不念旧恶矣。"女曰："彼自爱弟耳；且非渠，妾何缘识三郎哉！"后亦无甚怪异。

瑞云

瑞云，杭之名妓，色艺无双。年十四岁，其母蔡媪，将使出应客。瑞云告曰："此奴终身发轫之始，不可草草。价由母定，客则听奴自择之。"媪曰："诺。"乃定价十五金，逐日见客。客求见者必以贽。见面的赠礼。贽厚者，接以弈，酬以画；薄者，留一茶而已。瑞云名噪已久，自此，富商贵介，日接踵于门。余杭贺生，才名夙著，而家仅中资。素仰瑞云，固未敢拟同鸳梦，亦竭微资，冀得一睹芳泽。窃恐其阅人既多，不以寒酸在意。及至相见一谈，而款接殊殷。坐语良久，眉目含情，作诗赠生曰："何事求浆者，蓝桥叩晓关？有心寻玉杵，端只在人间。"生得之，狂喜。更欲有言，忽小鬟来白："客至。"仓猝遂别。既归，吟玩诗词，梦魂萦扰。过一二日，情不自已，修贽复往。瑞云接见良欢。移坐近生，悄然曰："能图一宵之聚否？"生曰："穷踧之士，惟有痴情可献知己。一丝之贽，已竭绵薄。得近芳容，意愿已足；若肌肤之亲，何敢作此梦想！"瑞云闻之，戚然不乐，相对遂无一语。生久坐不出，媪频唤瑞云以促之，生乃归。心甚悒悒，思欲罄家以博一欢，转恐金尽而别，此情复何以堪！筹思及此，热念都消。由是，音息遂绝。瑞云择婿数月，更不得一当。媪颇恚，将强夺之而未发也。一日，有秀才来，投贽坐语，少时便起，以一指按女额曰："可惜，可惜！"遂去。瑞云送客返，共视额上有指印，黑如墨，濯之益真。过数日，墨痕渐阔；年余，连颧彻准墨痕蔓延至颧骨及鼻梁。矣。见者辄笑，而车马之迹指访客。以绝。媪斥去妆饰，使与婢辈伍。瑞云又荏弱，不任驱使，日益憔悴。贺闻而过_{探望。}之，见蓬首厨下，丑状类鬼。举目见生，面壁自隐。贺怜之，与媪言，愿赎作妇。媪许之。贺货田倾装，买之而归。入门，牵衣揽涕，且不敢以伉俪自居，愿备妾媵以俟来者。贺曰："人生所重者知己。卿盛时犹能知我，我岂以衰故忘卿哉！"遂不复娶。闻者共姗笑之，而生情益笃。居年余，偶至苏，有和生与同主人，忽问："杭有名妓瑞云，近如何矣？"贺以"适人"对。又问："何人？"曰："其人率与仆等。"_{那人与我略同。}和曰："若能如君，可谓得人矣。不知价几何许。"贺曰："缘有奇疾，姑从贱售耳。不然，如仆者，何能于勾栏中买佳丽哉！"又问："其人果能如君否？"贺以其问之异，因反诘之。和笑曰："实不相欺，昔曾一觑芳仪，甚惜其以绝世之姿，而流落不偶，故以小术晦其光而保其璞，留待怜才者之真鉴耳。"贺急问曰："君能点之，亦能涤之否？"和笑曰："乌得不能！但须其人一诚求耳！"贺起拜曰："瑞云之婿，即某是也。"和喜曰："天下惟真才人为能多情，不以妍媸易念_{不因美丑改变心意。}也。请从君归，便赠一佳人。"遂与同返。既至，贺将命酒。和止之曰："先行吾法，当先令治具者有欢心也。"即令以盥器贮水，戟指而书之，曰："濯之当愈。然须亲出一谢医人也。"贺笑捧而去，立俟瑞云自靧_{huì，洗脸。}之。随手光洁，艳丽一如当年。夫妇共德之，同出展谢，而客已渺矣。遍觅之不可得，意者其仙欤？

仇大娘

仇仲，晋人也，忘其郡邑。值大乱，为寇俘去。二子福、禄俱幼；继室邵氏抚双孤，遗业幸能温饱；而岁屡祲，_{农业收成屡屡受灾。}豪强者复凌藉之，遂至食息不保。_{饮食没有保障。}仲叔尚廉利其嫁，屡劝驾，而邵氏矢志不摇。廉阴券_{暗地立下契约。}于大姓，欲强夺之。关说已成，而他人不之知也。里人魏名，夙狡狯，与仲家积不相能，_{向来不和睦。}事事思中伤之。因邵寡，伪造浮言以相败辱。大姓闻之，恶其不德而止。久之，廉之阴谋与外之飞语，邵渐闻之；冤结胸怀，朝夕陨涕，四体渐以不仁，委身床榻。福甫十六岁，因缝纫无人，遂急为毕姻。妇姜秀才屺瞻之女，颇称贤能，百事赖以经纪。由此，用渐裕，仍使禄从师读。魏忌嫉之，而阳与善，频招福饮。福倚为腹心交。魏乘间告曰："尊堂病废，不能理家人生产；弟坐食一无所操作。贤夫妇何为作马牛哉！且弟买妇，将大费金钱。为君计，不如早析，_{分家。}则贫在弟，而富在君也。"福归，谋诸妇。妇咄之。奈魏日以微言相渐渍，福惑焉，直以己意告母。母怒，诟骂之。福益恚，辄视金粟为他人之物而委弃之。魏乘机诱与博赌。仓粟渐空，妇知而未敢言。既至粮绝，母骇问，始以实告。母忿怒而无如何，遂析之。幸姜女贤，旦夕为母执炊，_{做饭。}奉事一如平日。福既析，益无顾忌，大肆淫赌。数月间，田产悉偿戏债，_{赌债。}而母与妻皆不及知。福资既罄，无所为计，因券妻贷资，而苦无受者。邑人赵阎王，原漏网之巨盗，武断一乡，固不畏福之食言也，慨然假资。福持去，数日复空。意踟蹰，将背券盟，赵横目相加。福大惧，赚_{骗取。}妻付之。魏闻窃喜，急奔告姜，实将倾败仇也。姜怒，讼兴。福惧甚，亡去。姜女至赵家，始知为婿所卖，大哭，但欲觅死。赵初慰谕之，不听；既而威逼之，益骂。大怒，鞭挞之，终不肯服，因拔筓自刺其喉。急救，已透食管，血溢出。赵急以帛束其项，犹冀从容而挫折焉。明日，拘牒已至。赵行行殊不置意。官验女伤重，命笞之。隶相顾无敢用刑者。官久闻其横暴，至此益信。大怒，唤家人出，立毙之。姜遂舁女归。自姜之讼也，邵氏始知福不肖状，一号几绝，冥然大渐。_{病危。}禄时年十五，茕茕无以自主。先是，仲有前室女大娘，嫁于远郡；性刚猛，每归宁，馈赠不满其志，辄忤父母，往往以愤去。仲以是怒恶之，又因道远，遂数载不一存问。邵氏垂危，魏欲招之来，而启其争。适有贸贩者与大娘同里，便托寄语大娘，且歆以家之可图。_{以可以图谋仇家家产来使仇大娘动心。}数日，大娘果与少子来。入门，见幼弟侍病母，景象惨淡，不觉怆恻，因问弟福。禄备告之。大娘闻之，忿气塞吭，_{喉咙。}曰："家无成人，遂任人蹂躏至此！吾家田产，诸贼何得赚去！"因入厨下，爇火炊糜。先供母，而后呼弟及子共啖之。啖已，忿出诣邑投状，讼诸博徒。众惧，敛金赂大娘。大娘受其金，而仍讼之。邑令拘甲、乙等，各加杖责，田产殊置不问。大娘愤不已，率子赴郡。郡守最恶博者，大娘力陈孤苦及诸恶局骗之状，情词慷慨。守为之动，判令邑宰追田给主；仍惩仇福以儆不肖。既归，邑宰奉令敲比，于是故田尽反。大娘时已久寡，乃遣少子归，且嘱从兄务业，勿得复来。大娘由此止母家，养母教弟，内外有条。母大慰，病渐瘥，家务悉委大娘。里中豪强，少见凌暴，辄握刀登门，侃侃争论，罔不屈服。居年余，田产日增，时市药饵珍肴馈遗姜女。又见禄渐长成，频嘱媒为之觅姻。魏告人曰："仇家产业，悉属大娘，恐将来不可复返矣。"人咸信之，故无肯与论婚者。有范公子子文，家中名园为晋第一。园中名花夹路，直通内室；或不知而误入之，值公子私宴，怒执为盗，杖几死。会清明，禄自塾中归，魏引与游遨，遂至园所。魏故与园丁有旧，放令入，周历_{周游。}亭榭。俄至一处，溪水汹涌，有画桥朱槛，通一漆门。遥望门内，繁花如锦，盖即公子内斋也。魏绐_{欺骗。}之曰："君请先入，我适欲私焉。"禄信之，循桥入户，至一院落，闻女子笑声。方停步间，一婢出窥，见之，旋踵即返。禄始骇奔。无何，公子出，叱家人缒索逐之。禄大窘，自投溪中。公子反怒为笑，命诸仆引出；见其容裳秀雅，便令易其衣履，曳入一亭，诘其姓氏；蔼容温语，意甚亲昵。俄，趋入内；旋出，笑握禄手，过桥，渐达曩所。指内斋。禄不解其意，逡巡不敢入。公子强曳入之。见花篱内隐隐有美人窥伺。既坐，则群婢行酒。禄辞曰："童子无知，误践闺闼，得蒙赦宥，已出非望。但愿释令早归，受恩匪浅。"公子不听。俄顷，肴炙纷纭。禄又起，辞以醉饱。公子捺坐，笑曰："仆有一乐拍名，若能对，即放君行。"禄唯唯请教。公子云："拍名'浑不似'。"禄默思良久，对曰："银成'没奈何'。"公子大笑曰："真石崇也。"禄殊不解。盖公子有女名蕙娘，美而知书，日择良偶，夜梦一人告之曰："石崇，汝婿也。"问："何在？"曰："明日落水矣。"早告父母，共以为异。禄适符梦兆，故邀入内舍，使夫人女婢共觇之也。公子闻对而喜，乃曰："拍名乃小女所拟，屡思而无其偶，今得属对，亦有天缘。仆欲以息女亲生女。奉箕帚，寒舍不乏第宅，更无烦亲迎耳。"禄遑然逊谢，且以母病不能入赘为辞。公子姑令归谋，遂遣圉人负湿衣，送之以马。既归告母，母惊为不祥。于是始知魏氏险；然因凶得吉，亦置不仇，但戒子远绝而已。逾数日，公子又使人致意母。母终不敢应。大娘应之，即倩双媒纳采焉。未几，禄赘入公子家。年余，游泮，才名籍甚。妻弟长成，敬少弛。禄怒，携妇而归。母已杖而能行。频岁赖大娘经纪，第宅亦颇完好。新妇既归，婢仆如云，宛有大家风焉。魏又见绝，嫉妒益深，恨无瑕之可蹈；乃引旗下逃人诬禄寄资。引诱被清兵掳去为奴而逃亡的人，诬陷仇禄替他们寄存钱财。国初立法甚严，禄依令徙口外。范公子上下贿托，仅以蕙娘免行，田产尽没入官。幸大娘执析产书，锐身告理，新增良沃若干顷，悉挂福名，母女始得安居。禄自分不返，遂书离婚字字据。付岳家，伶仃自去。行数日，至都北，饭于旅肆；有丐子怔忪户外，貌绝类兄。近致讯诘，果兄。禄因自述，兄弟悲惨。禄解复衣，分数金，嘱令归。福泣受而别。禄至关外，寄将军帐下为奴。因禄文弱，俾主文籍，与诸仆同栖止。仆辈研问家世，禄悉告之。内一人惊曰："是吾儿也！"盖仇仲初为寇家牧马，后寇投诚，卖仲旗下，时从主屯关外。向禄缅述，始知真为父子。抱首悲哀，一室为之酸辛。已而愤曰："何物逃东，敢诈吾儿！"因泣告将军。将军即命禄摄书记，代理文书人员。函致亲王，付仲诣都。仲伺车驾出，先投冤状。亲王为之婉转，遂得昭雪，命地方官赎业归仇。仲返，父子各喜。禄细问家口，为赎身计，乃知仲入旗下，两易配而无所出，时方鳏也。禄遂治任返。初，福别弟归，匍匐自投。大娘奉母坐堂上，操杖问之："汝愿受扑责，便可姑留；不然，汝田产既尽，亦无汝啖饭处，请仍去。"福涕泣伏地，愿受答。大娘投杖曰："卖妇之人，亦不足惩。但宿案未消，再犯首官告官。可也。"即使人往告姜。姜女骂曰："我是仇氏何人，而相告耶？"大娘频述告福，而揶揄之。福惭愧，不敢出气。居半年，大娘虽给奉周备，而役同厮养。福操作无怨词；托以金钱，辄不苟。大娘察其无他，乃白母，求姜女复归。母意其不可复挽。大娘曰："不然，渠如肯事二主，楚毒岂肯自罹？要不能不有此忿耳！"遂率福躬往负荆。岳父母诮让责备。良切。大娘叱使长跪，然后请见姜女。请之再四，坚避不出。大娘搜捉以出。女乃指福唾骂，福惭汗无以自容。姜母始曳令起。大娘请问归期，女曰："向受姊惠綦多，今承尊命，岂复有异言！但恐不能保其不再卖也。且恩义已绝，更何颜与黑心子共生活哉！请别营一室，妾往奉侍老母，较胜披削出家为尼。足矣！"大娘代白其悔，为翌日之约而别。次朝，以乘舆取归，母逆迎接。于门而跽拜之。女伏地大哭。大娘劝止，置酒为欢。命福坐案侧，乃执爵而言曰："我苦争者，非自利也。今弟悔过，贞妇复还，请以簿籍交纳。我以一身来，仍以一身去耳！"夫妇皆兴席_{起身离席}。改容，罗拜哀泣。大娘乃止。居无何，昭雪之命下，不数日，田产悉还故主。魏大骇，不知其自，恨无术可以复施。适西邻有回禄之变，_{火灾}。魏托救焚而往，暗以编菅爇禄第，风又暴作，延烧几尽；止遗福居两三屋，举家依聚其中。未几，禄至，相见悲喜。初，范公子得离书，持商蕙娘，蕙娘痛哭，碎而投诸地。父从其志，不复强。禄归，闻其未嫁，喜如岳所。公子知其灾，欲留之。禄不可，遂辞而退。大娘幸有藏金，出葺败堵。福负锸营筑，掘见窖镪。夜，与弟共发之，石池盈丈，满中皆不动尊_{指白银}也。由是鸠工_{聚集工匠}。大作，楼舍群起，壮丽拟于世胄。禄感将军义，备千金往赎父。福请行，因遣仆辅之以去。禄乃迎蕙娘归。未几，父兄同归，一门欢腾。大娘自居母家，禁子省视，恐人议其私也。父既归，坚辞欲去。兄弟不忍，父乃析产而三之，子得二，女得一也。大娘固辞，兄弟皆泣曰："吾等非姊，乌有今日！"大娘乃安之，遣人招子，移家共居焉。或问大娘："异母兄弟，何遂关切如此？"大娘曰："知有母而不知有父者，惟禽兽如此耳！岂以人而效之！"福、禄闻之皆流涕，使工人治其第，皆与己等。魏自计：十余年祸之，而益以福之，深自愧悔；又仰其富，思交欢之。因以贺仲阶进，_{作为进见的理由}。备物而往。福欲却之；仲不忍拂，受鸡酒焉。鸡以布缕缚足，逸入灶，灶火燃布；往栖积薪，僮婢皆见而未顾也。俄而薪焚灾舍，一家惶骇。幸手指众多，一时扑灭，而厨中百物俱空矣。兄弟皆谓其物不祥。后值父寿，复馈牵羊，却之不得，系羊庭树。夜有僮被扑殴，忿趋树下，解羊索自经死。兄弟叹曰："其福之，不如其祸之也。"自是，魏虽殷勤，竟不敢受其寸缕，宁厚酬之而已。后魏老，贫而作丐，每周以布粟而德报之。

异史氏曰："噫嘻！造物之殊不由人也。益仇之而益福之，彼机诈者，无谓甚矣。顾受其爱敬，而反以得祸，不更奇哉！此可知盗泉之水，一掬亦污也。"

曹操冢

许城外，有河水汹涌，近崖深暗。盛夏时，有人入浴，忽然若被刀斧，尸断浮出；后一人亦如之。转相惊怪。邑宰闻之，遣多人间断上流，竭其水。见崖下有深洞，中置转轮，轮上排利刃如霜。去轮攻入，有小碑，字皆汉篆。细视之，则曹孟德 曹操字。墓也。破棺散骨，所殉金宝尽取之。

异史氏曰："后贤诗云：'尽掘七十二疑冢，必有一冢丧君尸。'宁知在七十二冢之外乎！奸哉瞒也！然千余年而朽骨不保，变诈亦复何益！呜呼！瞒之智正瞒之愚耳！"

龙飞相公

安庆戴生，少薄行，年少轻薄无行。无检幅。一日，自他醉归，途中遇故表兄季生。醉后昏眊，眼睛昏花。亦忘其死。问："向在何所？"季曰："仆已异物，君忘之耶？"戴始恍然，而醉亦不惧，问："冥间何作？"答云："近在转轮王殿下司录。"戴曰："人世祸福当知之。"季曰："吾职也，乌得不知！但过繁，非甚关切，不能

尽记耳。三日前，偶阅册，尚睹君名。"戴急问其何词。季曰："不
敢欺，尊名在黑暗狱中。"戴大惧，酒亦醒，苦求拯拔。季曰："此
非所能效力，惟善可以已之。然君恶籍盈指，_{记载恶行的簿册有一指厚。}
非大善不可复挽。穷秀才有何大力？即日行一善，非年余不能相
准，今已晚矣。但从此砥行，则地狱中或有出时。"戴闻之泣下，
伏地哀恳，及仰首而季已杳矣，悒悒而归。由此洗心改行，不敢差
跌。先是，戴私其邻妇，邻人闻知而不肯发，思掩执之。_{乘其不备抓获他。}
而戴自改行，永与妇绝；邻人伺之不得，以为恨。一日，遇
于田间，阳与语，给_{哄骗。}窥眢井，_{枯井。}因而堕之。井深数丈，计
必死。而戴中夜苏，坐井中，大号，殊无知者。邻人恐其复生，过
宿，往听之；闻其声，急投石。戴移避洞中，不敢复作声。邻人知
其不死，剧_{挖。}土填井，几满之。洞中冥黑，真与地狱无少异者。
况空洞无所得食，计无生理。匍匐渐入，则三步外皆水；无所复
之，还坐故处。初觉腹馁，久竟忘之。因思重泉下无善可行，惟长
宣佛号而已。既见磷火浮游，荧荧满洞，因而祝之曰："闻青磷悉
为冤鬼。我虽暂生，固已难返，如可共话，亦慰寂寞。"但见诸磷
渐浮水来；磷中皆有一人，高约人身之半。诘所自来，答云："此
古煤井。主人攻煤，震动古墓，被龙飞相公决地海之水，溺死四十
三人。我等皆其鬼也。"问："相公何人？"曰："不知也。但相公
文学士，今为城隍幕客。彼亦怜我无辜，三五日辄一施水粥。但我
辈冷水浸骨，超拔无日。君倘再履人世，祈捞残骨葬一义冢，则惠
及泉下者多矣。"戴曰："如有万分之一，此即何难！但深在重泉，
安望重睹天日乎！"因教诸鬼使念佛，捻块作珠，记其藏数。不知
时之昏晓，倦则眠，醒则坐而已。忽见深处有笼灯，众喜曰："龙
飞相公施食矣！"邀戴同往。戴虑水阻，众强扶曳以行，飘若履空。
曲折半里许，至一处，众释令自行。步益上，如升数仞之阶。阶

尽，睹房廊，堂上烧明烛一枝，大如臂。戴久不见火光，喜极，趋
上。上坐一叟，儒服儒巾，戴辍步不敢前。叟已睹之，讶问："生
人何来？"戴上，伏地自陈。叟曰："我耳孙远孙。也。"因令起，赐
之坐。自言："戴潜，字龙飞。曩因不肖孙堂，连结匪类，近墓作
井，使老夫不安于夜室，故以海水没之。今其后续如何矣？"盖戴
近宗凡五支，堂居长。初，邑中大姓赂堂，攻煤于其祖茔之侧。诸
弟畏其强，莫敢争。无何，地水暴至，采煤人尽死井中。诸死者家
群兴大讼，堂及大姓皆以此贫，堂子孙至无立锥。戴乃堂弟裔也，
曾闻先人传其事，因告翁。翁曰："此等不肖，其后乌得昌！汝既
来此，当毋废读！"因饷以酒馔，遂置卷案头，皆成、弘制艺，明代
成化、弘治年间的八股文。迫使研读。又命题课文，如师授徒。堂上烛常
明，不剪亦不灭。倦时辄眠，莫辨晨夕。翁时出，则以一僮给役。
历时觉有数年之久，然幸无苦。但无别书可读，惟制艺百首，首四
千余遍矣。翁一日谓曰："子孽报已满，合还人世。余冢邻煤洞，
阴风刺骨；得志后，迁我于东原。"戴敬诺。翁乃唤集群鬼，仍送
至旧坐处。群鬼罗拜再嘱。戴亦不知何计可出。先是，家中失戴，
搜访既穷；母告官，系累多人，并少踪绪。积三四年，官离任，缉
察亦弛。戴妻不安于室，遣嫁去。会里中人复治旧井，入洞见戴，
抚之未死，大骇，报诸其家。舁归，经日，始言其端末。自戴入
井，邻人殴杀其妇，为妇翁所讼；驳审年余，仅存皮骨而归。闻戴
复生，大惧，亡去。宗人议究治之，戴不许，且谓："曩时实所自
取，此冥中之谴，于彼何与焉？"邻人察其意无他，始逡巡而归。
井水既涸，戴买人入洞拾骨，俾各为具，使各各凑成完整尸骨。市棺设
地，葬丛冢焉。又稽宗谱，名潜，字龙飞，先设品物祭诸其冢。学
使闻其异，又赏其文，是科以优等入闱，遂捷于乡。乡试中举。既归，
营兆营建坟墓。东原，迁龙飞，厚葬之；春秋上墓，岁岁不衰。

异史氏曰："余乡有攻煤井者，洞没于水，十余人沉溺其中。竭水求尸，两月余始得涸，而十余人并无死者。盖水大至时，共泅高处，得不溺。縋而上之，见风始绝，一昼夜乃渐苏。始知人在地下，如蛇鸟之蛰，急切未能死也，然未有至数年者。苟非至善，三年地狱中，乌得有生人哉！"

珊瑚

安生大成，重庆人。父孝廉，早卒。弟二成，幼。生娶陈氏，小字珊瑚，性娴淑。而生母沈，悍谬不仁，遇之虐。珊瑚无怨色，每早旦靓妆往朝。值生疾，母谓其诲淫，诟责之。珊瑚退，毁妆以进。母益怒，投颡自挝。_{磕头，自打耳光。}生素孝，鞭妇。母少解，自此益憎妇。妇虽奉事惟谨，终不与交一语。生知母怒，亦寄宿他所，示与妇绝。久之，母终不快，触物类而骂之，意皆在珊瑚。生曰："娶妻以奉姑嫜，今若此，何以妻为？"遂出_{休弃。}珊瑚，使老妪送诸其家。方出里门，珊瑚泣曰："为女子不能作妇，归何以见双亲？不如死！"袖中出剪刀刺喉。急救之，血溢沾襟。扶归生族婶家。婶王氏，寡居无偶，遂止焉。妪归，生嘱隐其情，而心窃恐母知。过数日，探知珊瑚创渐平，登王氏门，使勿留珊瑚。王召之入；不入，但盛气逐珊瑚。无何，王率珊瑚出，见生，便问："珊瑚何罪？"生责其不能事母。珊瑚脉脉不作一言，惟俯首鸣泣，泪皆赤，素衫尽染。生惨恻，不能尽词而退。又数日，母已闻之，怒诣王，恶言诮让。王傲不相下，反数其恶，且言："妇已出，尚属安家何人？我自留陈氏女，非留安氏妇也。何烦强与_{干预。}他家事!"母怒甚而穷于词,又见其意气汹汹,惭沮大哭而返。珊瑚意不自安,思他适。先是,生有母姨于媪,即沈姊也,年六十余,子死,止一幼孙及寡媳,又尝善视珊瑚。遂辞王往投媪。媪诘得故,极道妹子昏暴,即欲送之还。珊瑚力言其不可,兼嘱勿言。于是与于媪居,类姑妇焉。珊瑚有两兄,闻而怜之,欲移之归而嫁之。珊瑚执不肯,惟从于媪纺绩以自度。生自出妇,母多方为子谋婚,而悍声流播,远近无与为偶。积三四年,二成渐长,遂先为毕姻。二成妻臧姑,骄悍戾沓,尤倍于母,母或怒以色,则臧姑怒以声。二成又懦,不敢为左右袒。于是母威顿减,莫敢撄,触犯。反望色笑而承迎之,犹不能得臧姑欢。臧姑役母若婢,生不敢言,惟身代母操作,涤器洒扫之事皆与焉。母子恒于无人处相对饮泣。无何,母以郁积病,委顿在床,便溺转侧皆须生。生昼夜不得寐,两目尽赤。呼弟代役,甫入门,臧姑辄唤去之。生于是奔告于媪,冀媪临存。亲临探望。入门泣且诉;诉未毕,珊瑚自帏中出。生大惭,禁声欲出。珊瑚以两手叉门。生窘极,自肘下冲出而归,亦未敢以告母。无何,于媪至,母止之。由此媪家无日不以人来,来辄以甘旨饷媪。媪寄语寡媳:"此处不饿,后无复尔。"而家中馈遗卒无少间。媪不肯少尝食,缄封存。留以进病者。母病亦渐瘥,媪幼孙又以母命将佳饵来问疾。沈叹曰:"贤哉妇乎!姊何修者!"媪曰:"妹以去妇被休弃的儿媳。何如人?"曰:"嘻!诚不至夫臧氏之甚也。然乌如甥妇贤!"媪曰:"妇在,汝不知劳;汝怒,妇不知怨。恶乎弗如?"沈乃泣下,且告之悔。曰:"珊瑚嫁也未者?"答云:"不知,然访之。"又数日,病良已,媪欲别。沈泣曰:"恐姊去我仍死耳!"媪乃与生谋,析二成居。二成告臧姑,臧姑不乐,语侵兄,兼及媪。生愿以良田悉归二成,臧姑乃喜。立析产书已,媪始去。明日,以车来迎沈。沈至其家,先求见甥妇,亟道甥妇德。媪曰:

"小女子百善，何遂无一疵？余固能容之。子即有妇如吾妇，恐亦不能享也！"沈曰："呜呼冤哉！谓我木石鹿豕耶？具有口鼻，岂有触香臭而不知者？"媪曰："被出如珊瑚，不知念子作何语？"_{不知道她提到你时会说什么。}曰："骂之耳！"媪曰："诚反躬无可骂，亦恶乎而骂之？"曰："瑕疵人所时有，惟其不能贤，是以知其骂也。"媪曰："当怨者不怨，则德焉者可知；当去者不去，则抚焉者可知。向之所馈遗而奉事者，固非予妇也，而妇也。"沈惊曰："何如？"曰："珊瑚寄此久矣。向之所供，皆渠夜绩之所贴也。"沈闻，泣数行下，曰："我何以见吾妇矣！"媪乃呼珊瑚。珊瑚含涕而出，伏地下。母惭痛自挝，媪力劝始止，遂为姑媳如初。十余日偕归。家中薄田数亩，不足自给，惟恃生以笔耕，_{代人抄写。}妇以针黹。二成称饶足，然兄不之求，弟亦不之顾也。臧姑以嫂之出也鄙之；嫂亦恶其悍，置不齿。兄弟隔院居，臧姑时有凌虐，一家尽掩其耳。臧姑无所用虐，虐夫及婢。婢一日自经死。婢父讼臧姑，二成代妇质理，大受扑责，仍坐拘臧姑。生上下为之营脱，卒不免。臧姑械十指，肉尽脱。官贪暴，索望良奢。二成质田贷资，如数内入，始得释。而债家责负日亟，不得已，悉以良田鬻于村中任翁。翁以田半属大成所让，要生署券。_{在契约上签字。}生往，翁忽自言："我安孝廉也，任某何人，敢市吾业！"又顾生曰："冥间感汝夫妇孝，故使我暂归一面。"生出涕曰："父有灵，急救吾弟！"曰："逆子悍妇，不足惜也！归家速办金，赎吾血产。"生曰："母子仅自存活，安得多金？"曰："紫薇树下有藏金，可以取用。"欲再问之，翁已不语；少时而醒，茫不自知。生归告母，亦未深信。臧姑已率数人往发窖，坎地_{掘地。}四五尺，止见砖石，并无所谓金者，失意而去。生闻其掘藏，戒母及妻勿往视。后知其无所获，母窃往窥之，见砖石杂土中，遂返。珊瑚继至，则见土内悉白镪；_{银。}呼生往验之，果然。生以先人所遗，不忍私，召二成均分之。数适得揭取之二，各囊之而归。二成与臧姑共验之，启囊则瓦砾满中，大骇，疑二成为兄所愚。使二成往窥兄，兄方陈金几上，与母相庆。因实告兄，生亦骇，而心甚怜之，举金而并赐之。二成乃喜，往酬债讫，甚德兄。臧姑曰："即此，益知兄诈。若非自愧于心，谁肯以瓜分者复让人乎？"二成疑信半之。次日，债主遣仆来，言所偿皆伪金，将执以首官。夫妻皆失色。臧姑曰："如何哉？我固谓兄贤不至于此，是将以杀汝也。"二成惧，往哀债主。主怒不释，二成乃券田于主，听其自售，始得原金而归；细视之，见断金二铤，仅裹真金一韭叶许，中尽铜耳。臧姑因与二成谋，留其断者，余仍反诸兄以觇之，且教之言曰："屡承让德，实所不忍。薄留二铤，以见推施之义。所存物产，尚与兄等。余无庸多田也，业已弃之，赎否在兄。"生不知其意，固让之。二成辞甚决，生乃受。称之，少五两余，命珊瑚质奁妆以满其数，携付债主。主疑似旧金，以剪刀断验之，纹色俱足，无少差谬；遂收金，与生易券。二成还金后，意其必有参差；_{争执。}既闻旧业已赎，大奇之。臧姑疑发掘时，兄先隐其真金，忿诣兄所，责数诟詈。生乃悟反金之故。珊瑚逆_{迎接。}而笑曰："产固在耳，何怒为！"使生出券付之。二成一夜梦父责之曰："汝不孝不弟，冥限已迫，寸土皆非己有，占赖将以奚为！"醒告臧姑，欲以田归兄。臧姑嗤其愚。是时，二成有两男，长七岁，次三岁。无何，长男病痘死。臧姑始惧，使二成退券于兄。言之再三，生不受。未几，次男又死，臧姑益惧，自以券置嫂所。春将尽，田芜秽不耕，生不得已，种治之。臧姑自此改行，定省_{昏定晨省，敬事父母。}如孝子，敬嫂亦至。未半年而母病卒。臧姑哭之恸，至勺水不入口，向人曰："姑早死，使我不得事，是天不许我自赎也。"产十胎，皆不育，遂以兄子为子。夫妻皆寿终。生有三子，举两进士，人以为孝友之报云。

异史氏曰："不遭跋扈之恶，不知靖献之忠。家与国有同情哉！逆妇化而母死，盖一堂孝顺，无德以堪之也。臧姑自克，谓天不许其自赎，非悟道者何能为此言乎！然应迫死，而以寿终，天固已恕之矣。生于忧患，有以矣夫！"

五通

南有五通，犹北之有狐也。然北方狐祟，尚百计驱遣之；至于江浙五通，民家有美妇，辄被淫占，父母兄弟皆莫敢息，为害尤烈。有赵弘者，吴之典商也。妻阎氏，颇风格。一夜，有丈夫岸然自外入，按剑四顾，婢媪尽奔。阎欲出，丈夫横阻之，曰："勿相畏，我五通神四郎也。我爱汝，不为汝祸。"因抱腰，如举婴儿，置床上。裙带自脱，遂狎之；而伟岸甚不可堪，迷惘中呻楚欲绝。四郎亦怜惜，不尽其器。既而下床，曰："我五日当复来。"乃去。弘于门外设典肆，是夜婢奔告之。弘知其五通，不敢问。质明，视妻恹不起，心甚羞之，戒家人勿播。妇三四日始就平复，而惧其复至。婢媪不敢宿内室，悉避外舍；惟妇对烛含愁以伺之。无何，四郎偕两人入，皆少年蕴藉；有僮列肴酒，与妇共饮。妇羞缩低头，强之饮，亦不饮，心惕惕然，恐更番为虐，则命合尽矣。三人互相劝酬，或呼大兄，或呼三弟。饮至中夜，上座二人并起曰："今日四郎以美人见招，会当邀二郎、五郎，酿酒凑钱饮酒。为贺。"遂辞而去。四郎挽妇入帏。妇哀免，四郎强合之。血液流漓，昏不知人，四郎始去。妇奄卧床榻，不胜羞愤，思欲自尽，而投缳则带自绝，屡试皆然，苦不得死。幸四郎不常至，约妇痊可始一来。积两三月，一家俱不聊生。有会稽万生者，赵之表弟，刚猛善射。一日过赵，时已暮，赵以客舍为家人所集，遂引客宿内院。万久不寐，闻庭中有人行声，伏窗窥之，见一男子入妇室；疑之，捉刀而潜视之，见男子与阎氏并肩坐，肴陈几上矣。忿火中腾，奔而入。男子惊起，急觅剑，刀已中颅；颅裂而踣。视之，则一小马，大如驴。愕问妇，妇具道之，且曰："诸神将至，为之奈何？"万摇手，禁勿声；灭烛，持弓矢伏暗中。未几，有四五人自空飞堕。万急发一矢，首者殪。_{死。}三人吼怒，拔剑搜射者。万握刃倚扉后，寂不少动。一人入，剁颅，亦殪。仍倚扉后，久之无声，乃出，叩关告赵。赵大惊，共烛之，一马两豕死室中。举家相庆。犹恐二物复仇，留万于家，炰_{烧烤。}豕烹马而供之；味美，异于常馔。万生之名，由是大噪。居月余，其怪竟绝，乃辞欲去。有木商某苦要之。先是，某有女未嫁，忽五通昼降，是二十余美丈夫，言将聘作妇，委金百两，约吉期而去。计期已迫，阖家惶惧；闻万生名，坚请过诸其家。恐万有难词，隐其情，不以告。盛筵既罢，妆女出拜客，年十六七，是好_{美丽。}女子。万错愕不解其故，离坐伛偻。_{鞠躬。}某捺坐而实告之。万初闻而惊，而生平意气自豪，故亦不辞。至日，某乃悬彩于门，使万坐室中。日昃不至，窃疑新郎已在诛数。未几，见檐间忽如鸟堕，则一少年盛服入。见万，反身而奔。万追出，但见黑气欲飞，以刀跃挥之，断其一足，大噪而去。伏视，则巨爪大如手，不知何物；寻其血迹，入于江中。某大喜，闻万无偶，是夕，即以所备床寝，使与女合卺焉。于是，素患五通者，皆拜请一宿其家。居年余，始携妻而去。自是，吴中止有一通，不敢公然为害矣。

异史氏曰："五通、青蛙，惑俗已久，遂至任其淫乱，无人敢私议一语。万生真天下之快人也！"

又

　　金生，字王孙，苏州人。设帐_{设帐授徒}于淮，馆缙绅园中。园中屋宇无多，花木丛杂。夜既深，僮仆尽散，孤影彷徨，意绪良苦。一夜，三漏将残，_{三更将尽。}忽有人以指弹扉。急问之，对以"乞火"，音类馆僮。启户纳之，则二八丽者，一婢从诸其后。生意为妖魅，穷诘甚悉。女曰："妾以君风雅之士，枯寂可怜，不畏多露，_{指不畏夜路辛劳。}相与遣此良宵。恐言其故，妾不敢来，君亦不敢纳也。"生又疑为邻之奔女，惧丧行检，敬谢之。女横波一顾，生觉魂魄都迷，忽颠倒不能自主。婢已知之，便云："霞姑，我且去。"女颔之，既而呵曰："去则去耳，甚得云耶、霞耶！"婢既去，女笑曰："适室中无人，遂借婢从来；无知如此，遂以小字令君闻矣。"生曰："卿深细如此，故仆惧有祸机。"女曰："久当自知。保不败君行止，勿忧也。"上榻，缓其妆束，见臂上腕钏，以条金贯火齐，_{串饰珠宝。}衔双明珠；烛既灭，光照一室。生益骇，终莫测其所自至。事甫毕，婢来叩窗。女起，以钏照径，入丛树而去。自此无夕不至。生于去时遥尾之，女似已觉，遂蔽其光，树浓叶茂，昏不见掌而返。一日，生诣河北，笠带断绝，风吹欲落，辄于马上以手自按。至河，坐扁舟上，风飘堕笠，随波竟去，意颇自失。既渡，见大风飘笠，团转空际，渐落；一手承之，则带已续矣，异之。归斋向女缅述。女不言，但微哂之。生疑女所为，曰："卿果神人，当相明告，以祛烦惑。"女曰："岑寂之中，得此痴情人为君破闷，妾自谓不恶。纵令妾能为此，亦相爱耳。苦致诘难，欲见绝耶？”生不敢复言。先是，生养甥女，既嫁，为五通所惑，心忧之，而未以告人，缘与女狎昵既久，肺鬲_{肺腑之言}。无不倾吐。女曰：“此等物事，家君能驱除之。顾只是。何敢以情人之私告诸严君？”生苦哀求计。女沉思曰：“此亦易除，但须亲往。若辈皆我家奴隶，若令一指得着肌肤，则此耻西江不能濯也。”生哀求无已。女曰：“当即图之。”次夕，女至，曰：“妾为君遣婢南下矣。婢子弱，恐不能便诛却耳！”次夜方寝，婢来叩户，生急起纳入。女问：“如何？”答云：“力不能擒，已宫之矣。”笑问其状。曰：“初以为郎家也，既到，始知其非。比至婿家，灯火已张，入见娘子坐灯下，隐几若寐。我敛其魂覆瓿中；少时物至，入室急退，曰：‘何得寓生人？’审视无他，乃复入。我阳若迷，彼启衾入。又惊曰：‘何得有兵气？’本不欲以秽物污指，奈恐缓而生变，遂急捉而阉之。物惊嗥遁去，乃起启瓿。娘子若醒，而婢子行矣。”生喜谢之。女与俱去。后半月余，女绝不复至，亦已绝望。岁暮，解馆欲归，女忽至。生喜逆之曰：“卿久见弃，念必何处获罪，幸不终绝耶！”女曰：“终岁之好，分手未有一言，终属缺事。_{缺憾之事。}闻君撤帐，故窃来一告别耳。”生请偕归，女叹曰：“难言之矣！今将别，情不忍昧：妾实金龙大王之女，缘与君有夙分，故来相就。不合遣婢江南，致江湖流传，言妾为君阉割五通。家君闻之，以为大辱，忿欲赐死。幸婢以身自任，怒乃稍解，杖婢以百数。妾一跬步，皆以保母从之。投隙_{乘隙。}一至，不能尽此衷曲，奈何！”言已欲别，生挽之而泣。女曰：“君勿尔，后三十年可复相聚。”生曰：“仆三十年矣。又三十年，皤然一老，何颜复见？”女曰：“不然，龙宫无白叟也。且人生寿夭，不在容貌，如求驻颜，固亦大易。”乃书一方_{方术。}于卷头而去。生旋里，甥女始言其异，云：“当晚若梦，觉一人捉塞盎中。既醒，则血殷床褥而怪绝矣。"生曰："我曩祷河伯耳。"群疑始解。后生六十余，貌犹类三十许人。一日，渡河，遥见上流浮莲叶大如席，一丽人坐其上，近视则神女也。跃从之，人随荷叶俱小，渐之如钱而灭。此事与赵弘一则，俱明季_{明末}事，不知孰前孰后，若在万生用武之后，则吴下仅遗半通，宜其不足为害也。

申氏

泾河之侧，有士人子申氏者，家屡贫，竟日恒不举火。夫妻相对，无以为计。妻曰："无已，子其盗乎？"申曰："士人子，不能亢宗_{光宗耀祖}。而辱门户，贻羞先人。跖而生，不如夷而死。"_{像盗跖那样抢劫而生，不如像伯夷那样高洁而死。}妻忿曰："子欲活而恶辱耶？世不田而农者止两途。汝既不能盗，我无宁娼耳！"申怒，与妻语相侵。妻含忿而眠。申念：为男子不能谋两餐，至使妻欲娼，固不如死。潜起，投缳庭树间。但见父来警曰："痴儿！何至于此！"断其绳，嘱曰："盗可一为，须择禾黍深处伏之。此行可富，勿庸再矣。"妻闻堕地声，惊寤；呼夫不应，爇火觅之；见树上缳绝，申死其下，大骇。抚捺之，移时而苏，扶卧床上。妻忿气少平。既明，托夫病，乞邻，得稀酏_{稀粥}饵申。申啜已，出而去。至午，负一囊米至。妻问所从来，曰："余父执皆世家，向以摇尾为羞，故不屑以相求也。今且将作盗，何顾焉？可速炊，我将从卿言，往行劫。"妻疑其未忘前言之忿，含忍之；因渐米作糜。申饱食讫，急寻坚木，斧作梃，_{用斧头削成棍棒。}持之欲出。妻察其意似真，曳而止之。

申曰："子教我为，事败相累，当无悔！"绝裾扯断衣袖，表示决绝。而去。日暮，抵邻村，违村里许伏焉。忽暴雨，上下淋湿。遥望浓树，将以投止。而电光一照，已近村垣，远处似有行人。恐为所窥，见垣下禾黍蒙密，疾趋而入，蹲避其中。无何，一男子来，身躯壮伟，亦投禾中。申惧，不敢少动。幸男子斜行去。微窥之，入于垣中。默意垣内为富室亢氏第，此必梁上君子，盗贼。伺其重获而出，当合瓜分。又念其人雄健，倘善取不予，必至用武。自度力不敌，不如乘其无备而颠之。把他打倒。计已定，伏伺良久。直将鸡鸣，始越垣出；足未及地，申暴起，梃中腰膂，踣然倾跌。视之非人，则一巨龟，喙张如盆。大惊，又连击之，遂毙。先是，亢翁有女，绝慧美，父母皆怜爱之。一夜，有丈夫入室，狎逼为欢。欲号，则舌已入口，昏不知人，听其所为而去。羞以告人，惟多集婢媪，严扃门户而已。夜既寝，更不知扉何自而开。入室，则群众皆迷，婢媪遍淫之。于是相告各骇，以告翁。翁戒家人操刃环绣闼，室中人烛而坐。约近夜半，内外人一时都瞑，忽若梦醒，见女白身卧，状类痴，良久始寤。翁甚恨之，而无如何。积数月，女柴瘠颇殆。每语人有能驱遣者，谢金三百。申平时亦悉闻之。是夜得龟，因悟祟翁女者，必是物也。遂叩门求赏。翁喜，延之上座，使人舁龟于庭而脔割之。留申过夜，其怪果绝，乃如数赠之。负金而归。妻以其隔宿不归，方切忧盼；见申入，急问之。申不言，以金置榻上。妻开视，几骇绝，曰："子真为盗耶？"申曰："汝逼我为此，又作是言。"妻泣曰："前特以相戏耳。今犯断头之罪，我不能受贼人累也，请先死。"乃奔。申逐出，笑曳而返之，具以实告，妻乃喜。自此谋生产，称素封焉。

异史氏曰："人不患贫，患无行耳。其行端者，虽饿不死；不为人怜，亦有鬼佑也。世之贫者，利所在忘义，食所在忘耻，人且不敢以一文相托，而何以见谅于鬼神乎！"

邑有贫民某乙，残腊向尽，_{将到腊月底。}身无完衣，自念何以卒岁？不敢与妻言，暗操白梃，出伏墓中，冀有孤身而过者，劫其所有。悬望甚苦，渺无人迹；而松风刺骨，不复可忍。意濒绝矣，忽一人伛偻来。心窃喜，持梃遽出。则一叟负囊道左，_{道旁。}哀曰："一身实无长物，家绝食，适于婿家乞得五升米耳。"乙夺米，复欲褫_夺其絮袄。叟苦哀之。乙怜其老，释之，负米而归。妻诘其故，诡以"赌债"对。阴念此策良佳，次夜复往。居无几时，见一人荷梃来，亦投墓中，蹲踞眺望，意似同道。乙乃逡巡自冢后出。其人惊问："谁何？"答云："行道者。"问："何不行？"曰："待君耳。"其人失笑。各以意会，并道饥寒之苦。夜既深，无所猎获。乙欲归，其人曰："子虽作此道，然犹雏也。前村有嫁女者，营办中夜，举家必殆。从我去，得当均之。"乙喜，从去。至一门，隔壁闻炊饼声，知未寝，伏伺之。无何，一人启关荷杖出行汲，_{出门汲水。}二人乘间掩入。见灯辉北舍，他屋皆暗黑。闻一媪曰："大姐可向东舍一瞩，汝奁妆悉在椟中，忘扃镭_{上锁}未也？"闻少女作娇惰声，二人窃喜，潜趋东舍，暗中摸索，得卧椟；启覆探之，深不见底。其人谓乙曰："入之。"乙果入，得一裹，传递而出。其人问："尽矣乎？"曰："尽矣。"又绐_{欺骗}之曰："再索之。"乃闭椟加锁而去。乙在其中，窘急无计。未几，灯火亮入，先照椟。闻媪曰："谁已扃矣！"于是母女上榻息烛。乙急甚，乃作鼠啮物声。女曰："椟中有鼠。"媪曰："勿坏而_你衣。我疲顿已极，汝宜自觇之。"女振衣起，发扃启椟。乙突出，女惊仆。乙拔关奔去，虽无所得，而窃幸得免。嫁女家被盗，四方流播。或议乙。乙惧，东遁百里，为逆旅主人赁作佣。年余，浮言稍息，始取妻同居，不业白梃矣。此其自述，因类申氏，故附之。

龙

北直界有龙堕入村。其行重拙，入某绅家。其户仅可容躯，塞而入。家人尽奔，登楼哗噪，铳炮轰然。龙乃出门外，停贮潦水，浅不盈尺。龙入，转侧其中，身尽泥涂，极力腾跃，尺余辄堕。泥蟠三日，蝇集鳞甲。忽大雨，乃霹雳拏空而去。

房生与友人登牛山，入寺游瞩。忽桷间一黄砖堕。砖上盘小蛇，细才如蚓；忽旋一周，如指；又一周，已如带。共惊，知为龙，群趋而下，方至山半，闻寺中霹雳一声，震动山谷。天上黑云如盖，一巨龙夭矫其中，移时始没。

章丘小相公庄，有民妇适野，值大风，尘砂扑面。觉一目眯，如含麦芒，揉之吹之，迄不愈，启睑而审视之，睛固无恙，但有赤线蜿蜒于肉分。或曰："此蛰龙也。"妇忧惧欲死。积三月余，天暴雨，忽巨霆一声，裂眦_{眼角}。而去。妇无少损。

卷二十一

恒娘

洪大业，都中人，妻朱氏，姿致颇佳，两相爱悦。后洪纳婢宝带为妾，貌远逊朱，而洪嬖之。朱不平，辄以此反目。洪虽不敢公然宿妾所，然益嬖宝带，疏朱。后徙居，与帛商狄姓者为邻。狄妻恒娘，先过院谒朱。恒娘三十许，姿仅中人，而言词轻倩。_{便巧动人。}朱悦。次日答拜，见其室亦有小妻，_{妾。}年二十以来，甚娟好。邻居几半年，并不闻其诉谇一语；而狄独钟爱恒娘，副室则虚员而已。朱一日见恒娘而问之曰："余向为良人之爱妾，为其为妾也，每欲易妻之名呼作妾，今乃知不然。夫人何术？如可授，愿北面为弟子。"恒娘曰："嘻！子则自疏，而尤_{怪罪。}男子乎！朝夕而絮聒之，是为丛殴爵矣，其离滋甚耳！子归，益纵之，即男子自来，勿纳也。一月后，当再为子谋之。"朱从其言，益饰宝带，使从丈夫寝。洪一饮食，亦使宝带共之。洪时一周旋朱，朱拒之益力。于是共称朱氏贤。如是月余，朱往见恒娘。恒娘喜曰："得之矣！子归，毁若妆，勿华服，勿脂泽，垢面敝履，杂家人_{仆婢。}操作。一月后，可复来。"朱从之，衣敝补衣，故为不洁清，而纺绩外无他问。洪怜之，使宝带分其劳。朱不受，辄叱去之。如是者一月，又往见恒娘。恒娘曰："孺子真可教也！后日为上巳节，欲招子踏春园。子当尽去敝衣，袍裤袜履，崭然一新，早过我。"朱曰："诺。"至日，揽镜细匀铅黄，一一如恒娘教。妆竟，过恒娘。恒娘喜曰：

"可矣!"又代挽凤髻,光可鉴影;袍袖不合时制,拆其缝,更作之;谓其履样拙,更于笥中出业履,_{正在制作的鞋。}共成之。成讫,即令易着。游后临别,饮以酒,嘱曰:"归去一见男子,即早闭户寝。渠来叩关,勿听也。三度呼,可一度纳。口索舌,手索足,皆吝之。半月后当复来。"朱归,炫妆见洪。洪上下凝睇之,欢笑异于平时。朱少话游览,便支颐作惰态,日未昏,即起入房,阖扉眠矣。未几,洪果来款关。_{敲门。}朱坚卧不起,洪始去。次夕复然。明日,洪让_{责怪。}之。朱曰:"独眠习惯,不堪复扰。"日既夕,洪入闺坐守之。灭烛登床,如调新妇,绸缪甚欢。更为次夜之约,朱不可,与洪约以三日为率。半月许,复诣恒娘。恒娘阖门与语曰:"从此可以擅专房矣。然子虽美,不媚也。子之姿,一媚可夺西施之宠,况下者乎!"于是试使睒,曰:"非也!病在外眦。"试使笑,又曰:"非也,病在左颐。"乃以秋波送娇,又辗然_{笑貌。}瓠犀_{喻女性牙齿。}微露,使朱效之。凡数十作,始略得其仿佛。恒娘曰:"子归矣!揽镜而娴习之,术无余矣。至于床笫之间,随机而动之,因所好而投之,此非可以言传者也。"朱归,一如恒娘教。洪大悦,形神俱惑,惟恐见拒。日将暮,则相对调笑,跬步不离闺阃,日以为常,竟不能却之使去。朱益善遇宝带,每房中之宴,辄呼与共榻坐。而洪视宝带益丑,不终席,遣去之。朱赚夫入宝带房,扃闭之,洪终夜无所沾染。于是宝带恨洪,对人辄怨谤。洪益厌怒之,渐施鞭楚。宝带忿,不自修饰,拖敝垢履,头类蓬葆,更不复可言人矣。恒娘一日谓朱曰:"我术何如矣?"朱曰:"道则至妙。然弟子能由之,而终不能知之也。纵之,何也?"曰:"子不闻乎?人情厌故而喜新,重难而轻易。丈夫之爱妾,非必其美也,甘其所乍获,而幸其所难遘也。纵而饱之,则珍错_{山珍海味。}亦厌,况藜藿乎!""毁之,而复炫之,何也?"曰:"置不留目,则似久别;忽睹艳妆，则如新至。譬贫人骤得粱肉，则视脱粟非味矣。而又不易与之，则彼故而我新，彼易而我难。此即子易妻为妾之法也。"朱大悦，遂为闺中之密友。积数年，忽谓朱曰："我两人情同一体，当自不昧_{不隐瞒}生平，向欲言而恐疑之也。行相别，敢以实告：妾乃狐也。幼遭继母之变，鬻妾都中。良人遇我厚，故不忍遽绝，恋恋以至于今。明日，老父尸解，妾往省觐，不复还矣。"朱把手唏嘘。早旦往视，则举家惶骇，而恒娘杳矣。

异史氏曰："买珠者不贵珠而贵椟，新旧难易之情，千古不能破其惑；而变憎为爱之术，遂得以行乎其间矣。古佞臣事君，勿令见人，勿使窥书，乃知容身固宠，皆有心传也。"

葛巾

常大用，洛人，癖好牡丹。闻曹州_{今属菏泽市}牡丹甲齐鲁，心向往之。适以他事如_{去往}曹，因假_借缙绅之园居焉。而时方二月，牡丹未华，惟徘徊园中，目注勾萌，以望其拆；_{花开。}作怀牡丹诗百绝。未几，花渐含苞，而资斧将匮；寻典春衣，流连忘返。一日凌晨，趋花所，则一女郎及老妪在焉。疑是贵家宅眷，亦遂遄返。暮而往，又见之，从容避去。微窥之，宫妆艳绝。眩迷之中，忽转一想：此必仙人，世上岂有如此女子！急返身而搜之，骤过假山，适与妪遇。女郎方坐石上，相顾失惊。妪以身幛女，叱曰："狂生何为？"生长跽曰："娘子必是神仙。"妪咄之曰："如此妄言，自当系送令尹！"生大惧。女郎微笑曰："去之。"遂过假山而去。生返复不能徙步，_{移步。}意女郎归告父兄，必有诟辱之来。偃卧空斋，自悔孟浪；窃幸女郎无怒容，或当不复置念。悔惧交集，终夜而病。日已向晨，喜无问罪之师，心渐宁帖。而回忆声容，转惧为想。如是三日，憔悴欲死。秉烛夜分，仆已熟眠；姬忽入，持瓯而进曰："吾家葛巾娘子，手和鸩汤，_{亲手调和的毒汤药}。其速饮！"生闻而骇，既而曰："仆与娘子，夙无嫌怨，何至赐死？既为娘子手调，与其相思而病，不如仰药_{仰首饮药}而死。"遂饮而尽之。姬笑，接瓯而去。生觉药气香冷，似非毒者；俄觉肺鬲宽舒，头颅清爽，酣然睡去。既醒，红日满窗。试起，病若失，心益信其为仙。无可夤缘，_{攀援}但于无人时仿佛其立处、坐处，虔拜而默祷之。一日，行去，忽于深树内觌面遇女郎；幸无他人，大喜，投地。女郎近曳之。忽闻异香竟体，即以手握玉腕而起，指肤软腻，使人骨节欲酥。正欲有言，老姬忽至。女令隐身石后，南指曰："夜以花梯度墙，四面红窗者，即妾居也。"匆匆遂去。生怅然，魂魄飞散，莫能知其所往。至夜，移梯登南垣，则垣下已有梯在，喜而下，果见红窗。室中闻敲棋声，伫立不敢复前，姑逾垣归。少间，再过之，子声犹繁；渐近窥之，则女郎与一素衣美人相对着，_{对弈}。老姬亦在坐，一婢侍焉。又返。凡三往复，三漏已催。生伏梯上，闻姬出云："梯也！谁置此？"呼婢共移去之。生登垣，欲下无阶，恨悒而返。次夕复往，梯先设矣。幸寂无人，入，则女郎兀坐，若有所思。见生，惊起，斜立含羞。生揖曰："自谓福薄，恐于天人无分，亦有今夕耶？"遂狎抱之。纤腰盈掬，吹气如兰。女撑拒曰："何遽尔！"生曰："好事多魔，迟为鬼妒。"言未及已，遥闻人语。女急曰："玉版妹子来矣，君可姑伏床下。"生从之。无何，一女子入，笑曰："败军之将，尚可复言战否？业_{已经}。已烹茗，敢邀为长夜之欢。"女郎辞以困惰。玉版固请之，女郎坚坐不行。玉版曰："如此恋恋，岂藏有男子在室耶？"强拉之出门而去。生膝行而出；恨绝，遂搜枕簟，冀一得其遗物。而室内并无香奁，只床头有水晶如意，上结紫巾，芳洁可爱。怀之，越垣归。自理襟袖，体香犹凝，倾慕益切。然因伏床之恐，遂有怀刑_{畏法惧刑}之惧，筹思不敢复往，但珍藏如意，以冀其寻。隔夕，女郎果至，笑曰："妾向以君为君子也，而不知寇盗也。"生曰："良有之！所以偶不君子者，第望其如意耳！"乃揽体入怀，代解裙结。玉肌乍露，热香四流，偎抱之间，觉鼻息汗熏，无气不馥。因曰："仆固意卿为仙人，今益知不妄。幸蒙垂盼，缘在三生。但恐杜兰香之下嫁，终成离恨耳。"女笑曰："君虑亦过。妾不过离魂之倩女，偶为情动耳。此事要宜慎密，恐是非之口，捏造黑白，君不能生翼，妾不能乘风，则祸离更惨于好别矣。"生然之，而终疑为仙，固诘姓氏。女曰："既以妾为仙，仙人何必以姓名传！"问："妪何人？"曰："此桑姥，妾少时受其露覆，故不与婢辈同。"遂起欲去，曰："妾处耳目多，不可久羁，蹈隙_{乘机}当复来。"临别索如意，曰："此非妾物，乃玉版所遗。"问："玉版为谁？"曰："妾叔妹也。"付钩乃去。去后衾枕皆染异香。由此三两夜辄一至，生惑之，不复思归。而囊橐既空，欲货马。女知之，曰："君以妾故，泻囊质衣，情所不忍，又去代步，千余里将何以归？妾有私蓄，聊可助装。"生辞曰："以卿情好，抚臆_{抚胸}誓肌，_{誓死}不足论报；又贪鄙以耗卿财，何以为人矣！"女固强之，曰："姑假君。"遂捉生臂，至一桑树下，指一石曰："转之！"生从之。又拔头上簪，刺土数十下，曰："爬之！"生又从之。则瓮口已见。女探手入，出白镪近五十两许。生把臂止之，不听，又出十余铤。生强反其半，而后掩之。一夕，谓生曰："近日微有浮言，势不可长，此不可不预谋也。"生惊曰："且为奈何？小生素迂谨，今为卿故，如寡妇之失守，_{失去操守}不复能自主矣。一惟卿命，刀锯斧钺，亦所不遑顾耳。"女谋偕亡，命生先归，约会于洛。生治任旋里，拟先归而后逆迎接。之；比至，则女郎车已至门。登堂朝家人，四邻惊贺，而并不知其窃而逃也。生窃自危。女殊坦然，谓生曰："无论千里外非逻察所及，即或知之，妾世家女，卓王孙当无如长卿何也！"生弟大器，年十七。女顾之曰："是有慧根，前程尤胜于君。"完婚有期，妻忽夭殒。女曰："妾妹玉版，君固尝窥见之，貌颇不恶，年亦相若，作夫妇，可称佳偶。"生闻之而笑，戏请作伐。做媒。女曰："必欲致之，即亦匪难。"喜问："何术？"曰："妹与妾最相善，两马驾轻车，费一姬之往返耳！"生惧前情俱发，不敢从其谋。女固言："无害！"即命车遣桑姬去。数日至曹，将近里门，姬下车，使御者止而候于途，乘夜入里；良久偕女子来，登车遂发。昏暮即宿车中，五更复行。女郎计其时日，使大器盛服而逆。五十里许乃相遇，御轮而归；鼓吹花烛，起拜成礼。由此，兄弟皆得美妇，而家又日以富。一日，有大寇数十骑突入第。生知有变，举家登楼。寇入，围楼。生俯问："有仇否？"答言："无仇。但有两事相求：一则闻两夫人世间所无，请赐一见；一则五十八人，各乞金五百。"聚薪楼下，为纵火计以胁之。生允其索金之请。寇不满志，欲焚楼。家人大恐。女欲与玉版下楼。止之，不听。炫妆而下，阶未尽者三级，谓寇曰："我姊妹皆仙媛，暂时一履尘世，何畏寇盗！欲赐汝万金，恐汝不敢受也。"寇众一齐仰拜，诺声"不敢"。姊妹欲退。一寇曰："此诈也。"女闻之，反身伫立，曰："意欲何作，便早图之，尚未晚也。"诸寇相顾，默无一言，姊妹从容上楼而去。寇仰望无迹，哄然始散。后二年，姊妹各举一子，始渐自言："魏姓，母封曹国夫人。"生疑曹无魏姓世家，又且大姓失女，何得一置不问？未敢穷诘，而心窃怪之，遂托故复诣曹。入境谘访，世族并无魏姓。于是仍假馆旧主人。忽见壁上有赠曹国夫人诗，颇涉骇异，因诘主人。主人微笑，即请往观曹夫人。至，则牡丹一本，高与檐等。问所由名，则以此花为曹第一，故同人戏封之。问其"何种"，曰："葛巾紫牡丹品种名。也。"心益骇，遂疑女为花妖。既归，不敢质言，但述赠夫人诗以觇之。女蹙然变色，遽出，呼玉版抱儿至，谓生曰："三年前感君见思，遂呈身相报；今见猜疑，何可复聚？"因与玉版举儿遥掷之，儿堕地并没。生方骇顾，则二女俱渺矣。悔恨不已。后数日，堕儿处生牡丹二株，一夜径尺，当年而花，一紫一白，朵大如盘，较寻常之葛巾、玉版，瓣尤繁碎。数年茂荫成丛，移分他所，更变异种，莫能识其名。自此，牡丹之盛，洛下无双焉。

异史氏曰："怀之专一，鬼神可通，偏反者指花。亦不可谓无情也。少陵寂寞，以花当夫人。况真能解语，何必力穷其原哉！惜常生之未达也！"

黄英

马子才，顺天人。世好菊，至才尤甚。闻有佳种，必购之，千里不惮。一日，有金陵客寓其家，自言其中表亲有一二种，为北方所无。马欣动，即刻治装，从客至金陵。客多方为之营求，得两芽，裹藏如宝。归至中途，遇一少年跨蹇，驴。从油碧车，丰姿洒落。渐近与语，少年自言"陶姓"，谈言骚雅。文雅。因问马所自来，马实告之。少年曰："种无不佳，培溉在人。"因与论艺种植。菊之法。马大悦，问："将何往？"答云："姊厌金陵，欲卜居河朔黄河以北地区耳。"马欣然曰："仆虽固贫，茅庐可以寄榻，不嫌荒陋，无烦他适。"陶趋车前，向姊咨禀。车中人推帘语，乃二十许绝世美人也。顾弟言：“屋不厌卑，而院宜得广。”马代诺之，遂与俱归。第南有荒圃，仅小室三四椽。陶喜居之，日过北院为马治菊。菊已枯，拔根再植之，无不活。然家清贫，陶日与马共饮食，而察其家，似不举火。马妻吕，亦爱陶姊，不时以升斗馈恤之。陶姊小字黄英，雅善谈，辄过吕所，与共纫绩。陶一日谓马曰：“君家固不丰，仆日以口腹累知交，胡可为常！为今计，卖菊亦足谋生。”马素介，耿直。闻陶言，甚鄙之，曰：“仆以君风流高土，当能安贫。今作是论，则以东篱为市井，将种菊的清雅之所当作贸易的地方。有辱黄花矣。”陶笑曰：“自食其力不为贪，贩花为业不为俗。人固不可苟求富，以不正当的手段谋求富贵。然亦不必务求贫也。”马不语，陶起而出。自是，马所弃残枝劣种，陶悉掇拾而去。由此不复就马寝食，招之，始一至。未几，菊将开，闻其门嚣喧如市，怪之，过而窥焉。见市人买花者，车载肩负，道相属也。其花皆异种，目所未睹。心厌其贪，欲与绝，而又恨其私秘佳种，遂款其扉，将就诮让。责备。陶出，握手曳入，见荒庭半亩皆菊畦，数椽之外无旷土。劚 zhú，挖。去者，则折别枝插补之；其蓓蕾在畦者，罔不佳妙。而细认之，皆向所拔弃也。陶入屋，出酒馔，设席畦侧，曰：“仆贫，不能守清戒，连朝幸得微资，颇足供醉。”少间，房中呼“三郎”，陶诺而去。俄献佳肴，烹饪良精。因问：“贵姊胡以不字？”答云：“时未至。”问：“何时？”曰：“四十三月。”又诘：“何说？”但笑不言。尽欢始散。过宿，又诣之，新插者已盈尺矣。大奇之，苦求其术。陶曰：“此固非可言传；且君不以谋生，焉用此？”又数日，门庭略寂，陶乃以蒲席包菊，捆载数车而去。逾岁，春将半，始载南中异卉而归，于都中设花肆，十日尽售，复归艺菊。问之去年买花者，留其根，次年尽变而劣，乃复购于陶。陶由此日富，一年增舍，二年起夏屋。兴作从心，更不谋诸主人。渐而旧日花畦，尽为廊舍；更于墙外买田一区，筑墉土墙。四周，悉种菊。至秋，载花去，春尽不归。而马妻病卒。意属黄英，微使人风示之。黄英微笑，意似允许，惟专候陶归而已。年余，陶竟不至。黄英课仆种菊，一如陶。得金益合商贾，村外治膏田二十顷，甲第益壮。忽有客自东粤来，寄陶生函信。发之，则嘱姊归马。考其寄书之日，即马妻死之日；回忆园中之饮，适四十三月也，大奇之。以书示英，请问"致聘何时"，英辞不受采。又以故居陋，欲使就南第居，若赘焉。马不可，择日行亲迎礼。黄英既适马，于间壁开扉通南第，日过课督促。其仆。马耻以妻富，恒嘱黄英作南北籍，南北两宅各做账簿。以防淆乱。而家中所需，黄英辄取诸南第。不半岁，家中触类皆陶家物。马立遣人一一赍还之，戒勿复取。未浃旬，又杂之。凡数更，马不胜烦。黄英笑曰："陈仲子毋乃劳乎？"喻指马子才如此追求廉洁不免过于辛劳。马惭，不复稽，一切听诸黄英。鸠工庀料，土木大作，马不能禁。经数月，楼舍连亘，连贯。两第竟合为一，不分疆界矣。然遵马教，闭门不复业菊，而享用过于世家。马不自安，曰："仆三十年清德，为卿所累。今视息人间，活在世上。徒依裙带而食，真无一毫丈夫气矣。人皆祝祈求。富，我愿祝穷耳！"黄英曰："妾非贪鄙；但不少置丰盈，遂令千载下人，谓渊明贫贱骨，百世不能发迹，故聊为我家彭泽陶渊明曾任彭泽令。解嘲耳！然贫者愿富，为难；富者求贫，固亦甚易。床头金任君挥去之，妾不靳吝惜。也。"马曰："捐他人之金，抑亦良丑。"黄英曰："君不愿富，妾亦不能贫也。无已，析君居，清者自清，浊者自浊，何害？"乃于园中筑茅茨，草屋。择美婢往侍焉。马安之。然过数日，苦念黄英。招之，不肯至；不得已，反就之。隔宿辄至，以为常。黄英笑曰："东食西宿，廉者当不如是。"马亦自笑，无以对，遂复合居如初。会马以事客金陵，适逢菊秋。早过花肆，见肆中盆列甚繁，款朵佳胜，心动，疑类陶制。少间，主人出，果陶也。喜极，具道契阔，遂止宿焉。要之归，陶曰："金陵，吾故土，将婚于是。积有薄资，烦寄吾姊。我岁杪岁末。当暂去。"马不听，请之益苦，且曰："家幸充盈，但可坐享，无须复贾。"坐肆中，使仆代论价，廉其值，数日尽售。逼促囊装，赁舟遂北。入门，则姊已除舍，床榻裀褥皆设，若预知弟也归者。陶自归，解装课役，大修园亭，惟日与马共棋酒，更不复结一客。为之择婚，辞不愿。姊遣两婢侍其寝处，居三四年，生一女。陶饮素豪，从不见其沉醉。有友人曾生，量亦无对，适过马。马使与陶共较饮。二人纵饮甚欢，相得恨晚。自辰以迄四漏，计各尽百壶。曾烂醉如泥，沉睡座间。陶起归寝，出门践菊畦，玉山倾倒，形容男子醉倒。委衣于侧，即地化为菊，高如人，花十余朵，皆大如拳。马大骇，告黄英。英急往，拔置地上，曰："胡醉至此！"覆以衣，要马俱去，戒勿视。既明而往，则陶卧畦边。马乃悟姊弟皆菊精也，益爱敬之。而陶自露迹，饮益放，恒自折柬招曾，因与莫逆。值花朝，曾来造访，以两仆舁药浸白酒一坛，约与共尽。坛将竭，二人犹未甚醉。马潜以一瓶续入之，二人又尽之。曾醉已惫，诸仆负之以去。陶卧地，又化为菊。马见惯不惊，如法拔之，守其旁，以观其变。久之，叶益憔悴。大惧，始告黄英。英闻，骇曰："杀吾弟矣！"奔视之，根株已枯。痛绝，掐其梗，埋盆中，携入闺中，日灌溉之。马悔恨欲绝，甚怨曾。越数日，闻曾已醉死矣。盆中花渐萌，九月既开，短干粉朵，嗅之，有酒香，名之"醉陶"，浇以酒则茂。后陶女长成，嫁于世家。黄英终老，亦无他异。

异史氏曰："青山白云人，遂以醉死，世尽惜之，而未必不自以为快也。植此种于庭中，如见良友，如对丽人，不可不物色之也。"

书痴

　　彭城郎玉柱，其先世官至太守，居官廉，得俸不治生产，积书盈屋。至玉柱，尤痴。家苦贫，无物不鬻，惟父藏书，一卷不忍置。_{弃置。}父在时，曾书《劝学篇》，_{宋真宗赵恒所作《劝学文》。}粘其座右，郎日讽诵，又幛以素纱，惟恐磨灭。非为干禄，实信书中真有金粟。昼夜研读，无间寒暑。年二十余不求婚配，冀卷中丽人自至。见宾亲，不知温凉，_{寒暄。}三数语后，则诵声大作。客逡巡自去。每文宗临试，辄首拔之，而苦不得售。一日，方读，忽大风飘卷去。急逐之，踏地陷足；探之，穴有腐草；掘之，乃古人窖粟，朽败已成粪土。虽不可食，而益信"千钟"之说_{指《劝学文》中"书中自有千钟粟"之说。}不妄，读益力。一日，梯登高架，于乱卷中得金辇径尺，大喜，以为"金屋"_{指《劝学文》中"书中自有黄金屋"。}之验。出以示人，则镀金而非真金，心窃怨古人之诳己也。居无何，有父同年观察是道，性好佛。或劝郎献辇为佛龛。观察大悦，赠金三百、马二匹。郎喜，以为金屋、车马_{指《劝学文》中"书中车马多如簇"。}皆有验，因益刻苦。然行年已三十矣。或劝其娶，曰："'书中自有颜如玉'，我何忧无美妻乎！"又读二三年，迄无效，人咸揶揄之。时民间讹言：天上织女私逃。或戏郎："天孙_{织女。}窃奔，盖为君也。"郎知其戏，置不辨。一夕，读《汉书》至八卷，卷将半，见纱剪美人夹藏其中，骇曰："书中颜如玉，其以此应之耶？"心怅然自失。而细视美人，眉目如生，背隐隐有细字云"织女"。大异之，日置卷上，反复瞻玩，至忘食寝。一日，方注目间，美人忽折腰起，坐卷上微笑。郎惊绝，伏拜案下。既起，已盈尺矣。益骇，又叩之。下几亭亭，婉然绝代之姝。拜问：“何神？”美人笑曰：“妾颜氏，字如玉，君固相知已久。日垂青盼，每天承蒙喜爱。脱假如。不一至，恐千载下无复有笃信古人者。”郎喜，遂与寝处。然枕席间亲爱倍至，而不知为人。每读，必使女坐其侧。女戒勿读，不听。女曰：“君所以不能腾达者，徒以读耳。试观春秋榜春榜，指春试考中进士之榜；秋榜，指秋试考中举人之榜。上，读如君者几人？若不听，妾行去矣。”郎暂从之。少顷，忘其教，吟诵复起。逾刻索女，不知所在。神志丧失，祝而祷之，殊无影迹。忽忆女所隐处，取《汉书》细检之，直至旧所，果得之。呼之，不动；伏以哀祝，女乃下，曰：“君再不听，当相永绝！”因使治棋枰、樗蒲之具，日与遨戏。而郎殊不属，觑女不在，则窃卷浏览。恐为女觉，阴取《汉书》第八卷，杂溷他所以迷之。一日，读酣，女至，竟不之觉；忽睹之，急掩卷，而女已亡矣。大惧，冥搜诸卷，渺不可得；既，仍于《汉书》八卷中得之，页数不爽。因再拜祝，矢发誓。不复读。女乃下，与之弈，曰：“三日不工，精通。当复去。”至三日，忽一局赢女二子，女乃喜；授以弦索，限五日工一曲。郎手营目注，无暇他及；久之，随指应节，不觉鼓舞。女乃日与博饮，郎随乐而忘读。女又纵之出门使结客，由此倜傥之名暴著。女曰：“子可以出而试矣。”郎一夜谓女曰：“凡人男女同居则生子；今与卿居久，何不然也？”女笑曰：“君日读书，妾固谓无益；今即夫妇一章，尚未了悟；枕席二字有工夫。”郎惊问：“何工夫？”女笑不言。少间，潜迎就之。郎乐极，曰：“我不意夫妇之乐，有不可言传者。”于是逢人辄道，无有不掩口指掩口而笑。者。女知而责之，郎曰：“钻穴逾墙者，始不可以告人，天伦之乐，人所皆有，何讳焉！”过八九月，女果举一男，买媪抚字抚育。之。一日，谓郎曰：“妾从君二年，业生子，可以别矣。久恐为君祸，悔之已晚。"郎闻言泣下，伏地不起，曰："卿不念呱呱者耶?"女亦凄然，良久曰："必欲妾留，当举架上书尽焚之。"郎曰："此卿故乡，乃仆性命，何出此言!"女不之强，曰："妾亦知其有数，不得不预告耳。"先是，亲族或窥见女，无不骇绝，而又未闻其缔姻何家，共诘之。郎不能作伪语，但默不言。人益疑，邮传播传各地。几遍，闻于邑宰史公。史，闽人，少年进士，闻声倾动，窃欲一睹丽容，因而拘郎及女。女闻知，遁匿无迹。宰怒收郎，斥革衣巾，夺去生员衣冠，取消生员资格。梏械备加，务得女所自往。郎垂死无一言。械其婢，略能道其仿佛。宰以为妖，命驾亲临其家。见书卷盈屋，多不胜搜，乃焚之。庭中烟结不散，暝若阴霾。郎既释，远求父门人书，得从辨复。申辩恢复功名的请求得到批准。是年秋捷，次年举进士。而衔恨切于骨髓，为颜如玉之位牌位，朝夕而祝曰："卿如有灵，当佑我官于闽。"后果以直指巡闽。居三月，访史恶款，作恶的条款。籍其家。时有中表为司理，逼纳爱妾，托言买婢寄署中。案既结，郎即日自劾，取妾而归。

异史氏曰："天下之物，积则招妒，好则生魔。女之妖，书之魔也。事近怪诞，治之未为不可，而祖龙之虐，不已惨乎! 其存心之私，更宜得怨毒之报。呜呼! 何怪哉!"

齐天大圣

许盛，兖人，从兄成，贾于闽。货未居积，客言大圣灵著，将祷诸祠。盛未知大圣何神，与兄俱往。至，则殿阁连蔓，穷极宏丽。入殿瞻仰，神猴首人身，盖齐天大圣孙悟空云。诸客肃然起敬，无敢有惰容。盛素刚直，窃笑世俗之陋。众焚奠叩祝，盛潜去之。既归，兄责其慢。盛曰："孙悟空乃丘翁指丘处机。之寓言，何遂诚信如此！如其有神，刀架雷霆，刀砍雷劈。余自受之。"逆旅主人闻呼大圣名，皆摇首失色，若恐大圣闻。盛见其状，益哗辨之，听者皆掩耳而走。至夜，盛果病，头痛大作。或劝诣祠谢罪，盛不听。未几，头小愈，股又痛；竟夜生巨疽，连足尽肿，寝食俱废。兄代祷，迄无验。或言神遣须自祝，盛卒不信。月余，创渐敛，而又一疽生，其痛倍苦。医来以刀割腐肉，血溢盈碗；恐人神其词，以许盛之病更加证实神人灵验。故忍而不呻。又月余，始就平复。而兄又大病。盛曰："何如矣？敬神者亦复如是。足征余之疾非由悟空也。"兄闻其言益恚，谓神迁怒，责弟不为代祷。盛曰："兄弟犹手足，前日肢体糜烂而不之祷，今岂以手足之病而易吾守改变我的操守。乎！"但为延医铧药，而不从其祷。药下，兄暴毙。盛惨痛结于心腹，买棺殓兄已，投祠指神而数责备。之曰："兄病谓汝迁怒，使我不能自白。倘尔有神，当令死者复生，余即北面称弟子，不敢有异词。不然，当以汝处三清之法，还处汝身，指把大圣像丢进茅坑。庶以破吾兄地下之惑。"至夜，梦一人招之去。入大圣祠，仰见大圣有怒色，责之曰："因汝无状，以菩萨刀穿汝胫股；犹不自悔，啧有烦言。本宜送拔舌狱，念汝一念刚鲠，姑置宥赦。汝兄病，乃汝以庸医夭其寿数，于人何尤？今不少施法力，益令狂妄者引为口实。"乃命青衣使请命于阎罗。青衣白："三日后，鬼籍已报天庭，恐难为力。"神取方版，木板。命笔不知何辞，使青衣执之而去。良久乃返，成与俱来，并跪堂上。神问："何迟？"青衣白："阎罗不敢擅专，又持大圣旨上咨斗宿，是以来迟。"盛趋上拜谢神恩。神曰："可速与兄俱去，若能向善，当为汝福。"兄弟悲喜，相将俱归。醒而异之，急起，启棺觇视，兄果已苏。扶出，极感大圣力。盛由此诚服，信奉更倍于流俗。而兄弟资本，病中已耗其半；兄又未健，相对长愁。一日，偶游郊外，忽一褐衣人相之曰："子何忧也？"盛方苦无所诉，因而备述其遭。褐衣人曰："有一佳境，暂往瞻眺，亦足破闷。"问："何所？"但云："不远。"从之，出郭半里许，褐衣人曰："予有小术，顷刻可到。"因命以两手抱腰，略一点首，遂觉云生足下，腾踔_{腾跃}而上，不知几百由旬。盛大惧，闭目不敢少启。顷之，曰："至矣。"忽见琉璃世界，光明异色。讶问："何处？"曰："天宫也。"信步而行，上上益高。遥见一叟，喜曰："适遇此老，子之福也。"举手相揖，叟邀过诸其所；烹茗献客，止两盏，殊不及盛。褐衣人曰："此吾弟子，千里行贾，敬造仙署，求少赠馈。"叟命童出白石一样，状类雀卵，莹澈如冰，使盛自取之。盛念携归可作酒枚，_{酒筹。}遂取其六。褐衣人以为过廉，代取六枚付盛，并裹之，嘱纳腰囊。拱手曰："足矣。"辞叟出，仍令附体而下。俄顷及地，盛稽首请示仙号。笑曰："适即所谓筋斗云也。"盛恍然悟为大圣，又求佑护。曰："适所会财星，赐利十二分，何须多求。"盛又拜之。起视，已渺。既归，喜而告兄。解取共视，则融入腰囊矣。后辇货而归，其利倍蓰。_{数倍。}自此屡至闽，必祷大圣。他人之祷，时不甚验。盛所求，无不应者。

异史氏曰："昔士人过寺，画琵琶于壁而去。比返，则其灵大著，香火相属焉。天下事固不必实有其人；人灵之，则既灵焉矣。何以故？人心所聚，而物或托焉耳。若盛之方鲠，固宜得神明之祐，岂真耳内绣针，毫毛能变；足下筋斗，碧落可升哉？卒为邪惑，抑其见之不真也？"

青蛙神

　　江汉之间，俗事_{崇奉}蛙神最虔。祠中蛙，不知几百千万，有大如笼者。或犯神怒，家中辄有异兆：蛙游几榻，甚或攀缘滑壁不得堕，其状不一。此家当凶，人则大恐，斩牲禳祷之，神喜则已。楚有薛昆生者，幼慧，美姿容，六七岁时，有青衣媪至其家，自称神使，坐致神意：愿以女下嫁昆生。薛翁性朴拙，雅_很不欲，辞以儿幼。虽固却之，而亦未敢议婚他姓。迟数年，昆生渐长，委禽_{送聘礼。}于姜氏。神告姜曰："薛昆生，吾婿也。何得近禁脔！"_{指薛昆生已为神婿，他人不得以女妻之。}姜惧，反其仪。薛公忧之，洁牲往祷，自言："不敢与神相匹偶。"祝已，见肴酒中皆有巨蛆浮出，蠢然扰动；倾弃，谢罪而归。心益惧，亦姑听之。一日，昆生在途，有使者迎宣神命，苦邀移趾。不得已，从与俱往。入一朱门，楼阁华好。有叟坐堂上，类七八十岁人。昆生伏谒，叟命曳起之，赐坐案旁。少间，婢媪集视，纷纭满侧。叟顾曰："人言薛郎至矣。"数婢奔入。移时，一媪率女郎出，年十六七，丽绝无俦。叟指曰："此小女十娘，自谓与君可称佳偶。君家尊乃以异类见拒。此自百年事，父母止主其半，是在君耳。"昆生目注十娘，心爱好之，默然不言。媪曰："我固知郎意良佳。请先归，当即送十娘往也。"昆生曰："诺。"趋归告翁。翁仓遽无所为计，乃授之词，_{推托之词。}使返谢之，昆生不肯行。方诮让间，舆已在门，青衣成群，而十娘入矣。上堂朝拜，翁姑见之皆喜。即夕合卺，琴瑟甚谐。由此神翁神媪时降其家。视其衣，赤为喜，白为财，必见。以故，家日兴。自婚于神，门堂藩溷厕所。皆蛙，人无敢诟蹴之。惟昆生少年任性，喜则忘，怒则践毙，不甚爱惜。十娘虽谦逊，但善怒，颇不善昆生所为，而昆生不以十娘故敛抑之。十娘语侵昆生。昆生怒曰："岂以汝家翁媪能祸人耶？丈夫何畏蛙也！"十娘甚讳言"蛙"，闻之恚甚，曰："自妾入门为汝家妇，田增粟，贾增价，亦复不少。今老幼皆已温饱，遂如鸮鸟生翼，欲啄母睛耶！"昆生益愤，曰："吾正嫌所增污秽，不堪贻子孙，请不如早别。"遂逐十娘。翁媪既闻之，十娘已去；呵昆生，使急往追复之。昆生盛气不屈。至夜，母子俱病，郁冒不食。翁惧，负荆于祠，词意殷切。过三日，病寻愈。十娘亦自至，夫妻欢好如初。十娘日辄凝妆盛妆。坐，不操女红。昆生衣履，一委诸母。母一日忿曰："儿既娶，仍累媪！人家妇事姑，吾家姑事妇！"十娘适闻之，负气登堂曰："儿妇朝侍食，暮问寝，事姑者，其道指"妇道"。如何？所短者，不能各佣钱，自作苦耳！"母无言，渐沮自哭。昆生入，见母涕痕，诘得故，怒责十娘。十娘执辩不相屈。昆生曰："娶妻不能承欢，不如无有！便触老蛙怒，不过横灾死耳！"复出十娘。十娘亦怒，出门径去。次日，居舍灾，发生火灾。延烧数屋，几案床榻，悉为煨烬。昆生怒，诣祠责数曰："养女不能奉翁姑，略无庭训，毫无家教。而曲护其短！神者至公，有教人畏妇者耶？且盎盂相敲，喻家庭口角。皆臣所为，无所涉于父母。刀锯斧铖，即加臣身。如其不然，我亦焚汝居室，聊以相报。"言已，负薪殿下，爇火欲举。居人集而哀之，始愤而归。父母闻之，大惧失色。至夜，神示梦于近村，使为婿家营宅。及明，赍财鸠工，共为昆生建造。辞之，不止。日数百人相属于道，不数日，第舍一新，床幕器具悉备焉。修除甫竟，十娘已至，登堂谢过，言词温婉，转身向昆生展笑。举家变怒为喜。自此，十娘性益和，居二年，无间言。十娘最恶蛇。昆生戏函用匣子装着。小蛇，绐^{欺哄}。使启之。十娘色变，诟昆生。昆生亦转笑生嗔，恶相抵。十娘曰："今番不待相迫逐，请从此绝。"遂出门去。薛翁大恐，杖昆生，请罪于神。幸不祸之，亦寂无音。积有年余，昆生怀念十娘，颇自悔；窃诣神所哀十娘，迄无声应。未几，闻神以十娘字袁氏，心中失望，亦求婚他族；而历相数家，并无如十娘者，于是益思十娘。往探袁氏，则已垩壁涤庭，^{粉刷墙壁，清扫庭院。}候鱼轩矣。心愧愤不能自已，废食成疾。父母忧惶，不知所处。忽昏愦中有人抚之曰："大丈夫频欲断绝，^{频频想要断绝夫妻情义。}又作此态！"开目，则十娘也。喜极，跃起曰："卿何来？"十娘曰："以轻薄人相待之礼，止宜从父命，另醮而去。固久受袁家采币，妾千思万思而不忍也。卜吉已在今夕，父又无颜反币，妾亲携而置之矣。适出门，父走送曰：'痴婢！不听吾言，后受薛家凌虐，纵死亦勿归也！'"昆生感其义，为之流涕。家人皆喜，奔告翁媪。媪闻之，不待往朝，奔入子舍，执手鸣泣。由此，昆生亦老成，不作恶谑，于是情好益笃。十娘曰："妾向以君儇薄，未必遂能相白首，故不敢留孽种于人世。今已靡他，妾将生子。"居无何，神翁神媪着朱袍，降临其家。次日，十娘临蓐，一举两男。由此往来无间。居民或犯神怒，辄先求昆生；乃使妇女辈盛妆入闺，朝拜十娘。十娘笑则解。薛氏苗裔^{后代子孙。}甚繁，人名之"薛蛙子家"，近人不敢呼，远人呼之。

又

青蛙神往往托诸巫以为言。巫能察神嗔喜，告诸信士曰"喜矣"，福则至；"怒矣"，妇子兀坐愁叹，有废餐者。流俗然哉？抑神实灵，非尽妄也？有富贾周某，性吝啬。会居人敛金修关圣祠，贫富皆与有力，独周一毛不拔。久之，工不就，首事者无所为谋。适众赛^{祭祀}。蛙神，巫忽言："周将军仓^{周仓，传说为关羽的部将。}命小神司募政，其取簿籍来！"众从之。巫曰："已捐者，不复强；未捐者，量力自注。"众唯唯敬听，各注已。巫视众曰："周某在此否？"周方混迹其后，惟恐神知，闻之失色，次且^{同"趑趄"。}而前。巫指籍曰："注金百。"周益窘。巫怒曰："淫债尚酬二百，况好事耶！"盖周私一妇，为夫掩执，以金二百自赎，故讦^{jié，揭发隐私。}之也。周益惭惧，不得已，如命注之。既归，告妻。妻曰："此巫之诈耳！"巫屡索，卒弗与。一日，方昼寝，忽闻门外如牛喘。视之，则一巨蛙，室门仅容其身，步履蹇缓，塞两扉而入。既入，转身卧，以阈^{门槛}承颔，举家尽惊。周曰："此必讨募金也。"焚香而祝，愿先纳三十，其余以次赍送，蛙不动；请纳五十，身忽一缩，小尺许；又加二十，益缩如斗；请全纳，缩如拳，从容出，入墙罅而去。周急以五十金送监造所，人皆异之，周亦不言其故。积数日，巫又言："周某欠金五十，何不催并？"周闻之惧，又送十金，意将以此完结。一日，夫妇方食，蛙又至，如前状，目作努；^{同"怒"。}少间，登其床，床摇撼欲倾；加喙于枕而眠，腹隆起如卧牛，四隅皆满。周惧，即完百数与之。验之，仍不少动。半日间，小蛙渐集，次日益多，穴仓登榻，无处不至。大于碗者，升灶啜蝇，糜烂釜中，以致秽不可食。至三日，庭中蠢蠢，^{指小青蛙密密麻麻。}更无隙处。一家惶骇，不知计之所出。不得已，请教于巫。巫曰："此必少之也。"遂祝之。益以二十金，首始举；又益之，起一足；直至百金，四足尽起，下床出门。狼犾数步，复反身卧门内。周惧，问巫。巫揣其意，欲周即解囊。周无奈，如数付巫，蛙乃行，数步外，身暴缩，杂众蛙中，不可辨认，纷纷然亦渐散矣。祠既成，开光赛神，_{首次祭祀新塑神像。}更有所需。巫忽指首事者曰："某宜出若干数。"共十五人，止遗二人。众祝曰："吾等与某某，已同捐过。"巫曰："我不以贫富为有无，但以汝等所侵渔之数_{侵吞建祠的钱款。}为多寡。此等金钱，不可自肥，恐有横灾。念汝等首事勤劳，故代汝消之也。除某某廉正无所苟且外，即我家巫，我亦不少私之，便令先出，以为众倡。"即奔入家，搜括箱椟。妻问之，亦不答，尽卷囊蓄而出，告众曰："某私克银八两，今使倾橐。"与众共衡之，秤得六两余，使人志其欠数。众愕然，不敢置辨，悉如数内入。巫过此茫不自知。或告之，大惭，质衣以盈之。惟二人亏其数，事既毕，一人病月余，一人患疔瘰，医药之费，浮于所欠，_{超过欠款。}人以为私克之报云。

异史氏曰："老蛙司募，无不可与为善之人，其胜刺钉拖索者，不既多乎？又发监守之盗_{指揭发巫者的贪污行为。}而消其灾，则其现威猛，正其行慈悲也。神矣！"

任秀

任建之，鱼台人，贩毡裘_{毛毡、裘皮。}为业。竭资赴陕，途中逢一人，自言："申竹亭，宿迁人。"话言投契，盟为弟昆，行止与俱。至陕，任病不起，申善视之。积十余日，疾大渐，_{病危。}谓申曰："吾家故无恒产，八口衣食，皆恃一人犯霜露。_{全靠我一人奔波经营。}今不幸殂谢异域。君，我手足也，两千里外，更有谁何？囊金二百余，一半君自取之，为我小备殓具，剩者可助资斧；其半寄吾妻子，俾辇吾榇而归。如肯携残骨归故里，则装资无计矣。"乃伏枕为书付申，至夕而卒。申以五六金为市薄材。殓已，主人催其移榇。小棺材。申托寻寺观，竟遁不返。任家年余方得确耗。任子秀，时年十七，方从师读，由此废学，欲往寻父枢。母怜其幼，秀哀涕欲死，遂典资装治任，俾老仆佐之行，半年始还。殡后，家贫如洗。幸秀聪颖，释服，入鱼台泮。而佻达善博，赌博。母教戒綦严，卒不改。一日，文宗案临，试居四等。母愤，泣不食。秀惭惧，对母自矢。于是闭户年余，遂以优等食饩。母劝令设帐，设馆授徒。而人终以其荡无检幅，咸诮薄之。有表叔张某，贾京师，劝使赴都，愿携与俱，不耗其资。秀喜，从之。至临清，泊舟关外。时盐航盐船。舣集，帆樯如林。卧后，闻水声人声，聒耳不寐。更既静，忽闻邻舟骰声清越，入耳萦心，不觉旧技复痒。窃听诸客皆已酣寝，囊中自备千文，思欲过舟一戏。潜起解囊，捉钱踟蹰，回思母训，即复束置。既睡，心怔忡，苦不得眠；又起，又解，如是者三。兴勃发，不可复忍，携钱竟去。至邻舟，则见两人对博，钱注赌注。丰美。置钱几上，即求入局。二人喜，即与共掷。秀大胜，一客钱尽，即以巨金质舟主，渐以十余贯作孤注。赌方酣，又有一人登舟来，眈视良久，亦倾囊出百金质主人，入局共博。张中夜醒，觉秀不在舟；闻骰声，心知之；因诣邻舟，欲挠阻之。至，则秀胯侧积资如山，乃不复言，负钱数千而返。呼诸客并起，往来移运，尚存十余千。未几，三客俱败，一舟之钱俱空。客欲赌金，以金为赌注。而秀欲已盈，故托非钱不赌以难之。张在侧，又促逼令归。三客燥急。舟主利其盆头，转贷他舟，得百余千。客得钱，赌更豪。无何，又尽归秀。天已曙，放晓关矣，共运资而返。三客亦去。主人视所质二百余金，尽箔灰耳。大惊，寻至秀舟，告以故，欲取偿于秀。及问姓名、里居，知为建之之子，缩颈羞汗而退。过访榜人，船夫。乃知主人即申竹亭也。秀至陕时，亦颇闻其姓字；至此，鬼已报之，故不复追其前隙矣。乃以资与张合业而北，终岁获利倍蓰，_{数倍。}遂援例入监。益权子母，十年间，财雄一方。

晚霞

　　五月五日，吴越间有斗龙舟之戏。刳木_{挖空整条木材。}为龙，绘鳞甲，饰以金碧；上为雕甍朱槛；帆旌皆以锦绣；舟末为龙尾，高丈余；以布索引木板下垂，有童坐板上，颠倒滚跌，作诸巧剧。下临江水，险危欲堕。故其购是童也，先以金啖其父母，预调驯之，_{训练使之熟练。}堕水死，勿悔也。吴门则载美姬，较不同耳。镇江有蒋氏童阿端，方七岁，便捷奇巧，莫能过，声价益起，十六岁犹用之。至金山下，堕水死。蒋媪止此子，哀鸣而已。阿端不自知死，有两人导去，水中别有天地；回视，则流波四绕，屹如壁立。俄入宫殿，见一人兜牟_{戴着头盔。}坐。两人曰："此龙窝君也。"便使拜伏。龙窝君颜色和霁，曰："阿端伎巧，可入柳条部。"遂引至一所，广殿四合。趋上东廊，有诸少年，出与为礼，率十三四岁。即有老妪来，众呼解姥。坐令献伎，已，乃教以钱塘飞霆之舞，洞庭和风之乐。但闻鼓钲喤聒，诸院皆响。既而诸院皆息。姥恐阿端不能即娴，独絮絮调拨之，而阿端一过_{一遍。}殊已了了。姥喜曰："得此儿，不让晚霞矣。"明日，龙窝君按部，_{检查各部。}诸部毕集。首按夜叉部，鬼面鱼服。鸣大钲，围四尺许；鼓可四人合抱，声如巨霆，叫噪不复可闻。舞起，则巨涛汹涌，横流空际；时堕一点，大如盆，着地消灭。龙窝君急止之，命进乳莺部，皆二八姝丽。笙歌细作，一时清风习习，波声俱静，水渐凝如水晶世界，上下通明。按毕，俱退立西墀下。次按燕子部，皆垂髫人。内一女郎，年十四五，振袖倾鬟，作散花舞，翩翩翔起，襟袖袜履间，皆出五色花朵，随风扬下，飘泊满庭。舞毕，随其部亦下西墀。阿端旁睨，雅爱好之，问之同部，即晚霞也。无何，唤柳条部，龙窝君特试阿端。端作前舞，喜怒随腔，俯仰中节。龙窝君嘉其慧悟，赐五文裤褶，鱼须金束发，上嵌夜光珠。阿端拜赐，亦趋西墀，各守其伍。端于众中遥注晚霞，晚霞亦遥注之。少间，端逡巡出部而北，晚霞亦渐出部而南；相去数武，而法严不敢乱部，相视神驰而已。既按蛱蝶部，童男女皆双舞。身长短，年大小，服色黄白，皆取诸同。诸部按已，鱼贯而出。柳条在燕子部后，端疾出部前，而晚霞已缓滞在后。回首见端，故遗珊瑚钗，端急纳袖中。既归，凝思成病，眠餐顿废。解姥辄进甘旨，日三四省，抚摩殷切，病不少瘥。姥忧之，罔所为计，曰："吴江王寿期已促，_{迫近。}且为奈何！"薄暮，一童子来，坐榻上与语，自言："隶蛱蝶部。"从容问曰："君病为晚霞否？"端惊问："何知？"笑曰："晚霞亦如君耳。"端凄然起坐，便求方计。童问："尚能步否？"答云："勉强尚能自力。"童挽出，南启一户，折而西，又辟双扉。见莲花数十亩，皆生平地上，叶大如席，花大如盖，_{伞盖。}落瓣堆梗下盈尺。童引入其中，曰："姑坐此。"遂去。少时，一美人拨莲花而入，则晚霞也。相见惊喜，各道相思，略述生平。遂以石压荷盖令侧，雅可幛蔽；又匀铺莲瓣而藉之，忻与狎寝。既订后约，日以夕阳为候，乃别。端归，病亦寻愈。由此，两人日一会于莲亩。过数日，随龙窝君往寿吴江王。称寿已，诸部悉还，独留晚霞及乳莺部一人在宫中教舞。数月更无音耗，端怅惘若失。惟解姥日往来吴江府；端托晚霞为外妹，求携去，冀一见之。留吴江门下数日，宫禁森严，晚霞苦不得出，怏怏而返。积月余，痴想欲绝。一日，解姥入，凄然相吊曰："惜乎！晚霞投江矣！"端大骇，涕下不能自止。因毁冠裂服，藏金珠而出，意欲相从俱死。但见江水若壁，以首力触，不得入。念欲复还，惧问冠服，罪将增重。意计穷蹙，汗流接踵。忽睹壁下有大树一章，^{棵。}乃猱攀而上，渐至端杪，猛力跃堕，幸不沾濡，而竟已浮水上。不意之中，恍睹人世，遂飘然泅去。移时得岸，少坐江滨，顿思老母，遂趁舟而去。抵里，四顾居庐，忽如隔世。次且至家，忽闻窗中有女子曰："汝子来矣。"音声甚似晚霞。俄，与母俱出，果晚霞也。斯时，两人喜胜于悲，而姥则悲疑惊喜，万状俱作矣。初，晚霞在吴江，觉腹中震动，龙宫法严，恐旦夕身娩，横遭挞楚；又不得一见阿端，但欲求死，遂潜投江水。身泛起，沉浮波中。有客舟拯之，问其居里。晚霞故吴名妓，溺水不得其尸；自念衎衎^{青楼。}不可复投，遂曰："镇江蒋氏，吾婿也。"客因代赁^{租用。}扁舟，送诸其家。蒋姥疑其错误，女自言不误，因以其情详告姥。姥以其风格韵妙，颇爱悦之。第虑年太少，未必肯终寡也。而女孝谨，顾家中贫，便脱珍饰，售数万。姥察其志无他，良喜。然无子，恐一旦临蓐，不见信于戚里。以谋女，女曰："母但得真孙，何必求人知。"姥亦安之。会端至，女喜不自已。姥亦疑儿不死；阴发儿冢，骸骨俱存，因以此诘端，端始爽然^{豁然。}自悟；但恐晚霞悟其非人，嘱母勿复言。母然之，遂告同里，以为当日所得非儿尸。然终虑其不能生子。未几，竟举一男，捉^{抚抱。}之无异常儿，始悦。久之，女渐觉阿端非人，乃曰："胡不早言？凡鬼衣^{穿。}龙宫衣，七七则魂魄坚凝，生人不殊矣。若得宫中龙角胶，可以续骨而生肌肤，惜不早购之也。"端货其珠，有贾胡出资百万，家由此巨富。值母寿，夫妻歌舞称觞，遂传闻王邸。王欲强夺晚霞。端惧，见王自陈夫妇皆鬼。验之无影而信，遂不之夺。但遣宫人就别院传其技。女以龟溺毁容，而后见之。教三月，终不能尽其技而去。

白秋练

　　直隶有慕生，小字蟾宫，商人慕小寰之子，聪慧喜读。年十六，翁以文业迂，不合时宜。使去而学贾。从父至楚，每舟中无事，辄便吟诵。抵武昌，父留居逆旅，守其居积。生乘父出，执卷哦诗，音节铿锵。辄见窗影憧憧，似有人窃听之，而亦未之异也。一夕，翁赴饮，久不归，生吟益苦。有人徘徊窗外，月映甚悉。怪之，遽出窥觇，则十五六倾城之姝。望见生，急避去。又二三日，载货北旋，暮泊湖滨。父适他出，有媪入曰："郎君杀吾女矣。"生惊问之，答云："妾白姓。有息女亲生女。秋练，颇解文字。言在郡城，得听清吟，于今结想，至绝眠餐，意欲附为婚姻，不得复拒。"生心实爱好，第只是。虑父嗔，因直以情告。媪不实信，务求盟约。生不肯，媪怒曰："人世姻好，有求委禽男方向女方下聘礼。而不得者。今老身自媒，反不见纳，耻孰甚焉！请勿想北渡矣。"遂去。少间，父至。善其词以告之，隐冀垂纳。而父以涉远，又薄鄙薄。女子之怀春也，笑置之。泊舟处，水深没棹，夜忽沙碛拥起，舟滞不得动。湖中，每岁客舟，必有留住守洲者；至次年，桃花水溢，他货未至，舟中物当百倍于原直也。以故，翁未甚忧怪；独计明岁南来，尚须揭资。筹办资金。于是留子自归。生窃喜，悔不诘媪居里。日既暮，媪与一婢扶女郎至，展衣卧诸榻上，向生曰："人病至此，莫高枕作无事者。"遂去。生初闻而惊，移灯视女，则病态含娇，秋波自流，略致讯诘，嫣然微笑。生强其一语。曰："'为郎憔悴却羞郎'，_{元稹《莺莺传》中的诗句。}可为妾咏。"生狂喜，欲近就之，而怜其荏弱；探手于怀，接脑为戏。女不觉欢然展谑，乃曰："君为妾三咏王建'罗衣叶叶'之作，病当愈。"生从其言。甫两过，_{两遍。}女揽衣起坐曰："妾愈矣。"再读，则娇颤相和。生神志益飞，遂灭烛共寝。女未曙已起，曰："老母将至矣。"未几，媪果至。见女凝妆欢坐，不觉欣慰；邀女去，女俯首不语。媪即自去，曰："汝乐与郎君戏，亦自任也。"于是生研问居止。女曰："妾与君不过倾盖之交，_{偶遇之交。}婚嫁尚不可必，何须令知家门。"然两人互相爱悦，要誓良坚。女一夜早起挑灯，忽开卷凄然泪莹。生急起问之，女曰："阿翁行且至。我两人事，妾适以卷卜，展之，得李益《江南曲》，词意非祥。"生慰解之曰："首句'嫁得瞿塘贾'，即已大吉，何不祥之与有？"女乃稍欢，起身作别曰："暂请分手，天明则千人指视矣。"生把臂呜咽，问："好事如谐，何处可以相报？"曰："妾常使人侦探之，谐否无不闻也。"生将下舟送之，女力辞而去。无何，慕果至。生渐吐其情，父疑其招妓，怒加诟厉。细审舟中财物，并无亏损，谯诃乃已。一夕，翁不在舟，女忽至，相见依依，莫知决策。女曰："低昂有数，_{成败皆有定数。}且图目前。姑留君两月，再商行止。"临别，以吟声作为相会之约。由此，值翁他出，遂高吟，则女自至。四月行尽，物价失时，诸贾无策，敛资祷湖神之庙。端阳后，雨水大至，舟始通。生既归，凝思成疾。慕忧之，巫医并进。生私告母曰："病非药祷_{医药和祷祝。}可痊，惟有秋练至耳。"翁初怒之。久之，支离益惫，始惧；赁车载子，复如楚。泊舟故处，访居人，并无知白媪者。会有媪操柁湖滨，即出自任。翁登其舟，窥见秋练，心窃喜，而审诘邦族，则浮宇泛宅_{飘泊无定的水上人家。}而已。因实告子病由，冀女登舟，姑以解其沉痼。媪以婚无成约，弗许。女露半面，殷殷_{忧伤貌。}窥听，闻两人言，眦泪欲堕。媪视女面，因翁哀请，即亦许之。是夜，翁出，女果至，就榻鸣泣曰："昔年妾状，今到君耶？此中况味，要不可不使君知。然羸顿如此，急切何能便瘳？妾请为君一吟。"生亦喜。女亦吟王建前作。生曰："此卿心事，医二人何得效？然闻卿声，神已爽矣。试为我吟'杨柳千条尽向西'。"唐代诗人刘方平《代春怨》中的诗句。女从之。生赞曰："快哉！卿昔诵诗余，有《采莲子》云'菡萏香莲十顷波'，心尚未忘。烦一曼声度之。"女又从之。甫阕，刚唱完。生跃起曰："小生何尝病哉！"遂相狎抱，沉疴若失。既而问："父见媪何词？事得谐否？"女已察知翁意，直对："不谐。"既而女去，父来。见生已起，喜甚，但慰勉之。因曰："女子良佳，然自总角时把柁棹歌，无论微贱，抑亦不贞。"生不语。翁既出，女复来。生述父意，女曰："妾窥之审详细矣！天下事，愈急则愈远，愈迎则愈距。当使意自转，反相求。"生问计，女曰："凡商贾，志在利耳！妾有术知物价。适视舟中物，并无少息，微利。为我告翁：居某物利三之，某物十之；归家，妾言验，则妾为佳妇矣。再来时，君十八，妾十七，相欢有日，何忧为？"生以所言物价告父。父颇不信，姑以余资半从其教。既归，所自置货，资本大亏；幸少从女言，得厚息，略相准。相持平。以是服秋练之神。生益夸张之，谓女自言能使己富。翁于是益揭资而南。至湖，数日不见白媪；过数日，始见其泊舟柳下，因委禽焉。媪悉不受，但涓吉送女过舟。翁另赁一舟，为子合卺。女乃使翁益南，所应居货，悉籍付之。媪乃邀婿去，家于其舟。翁三月而返；物至楚，价已倍蓰。数倍。将归，女求载湖水；既归，每食必加少许，如用醯醋酱焉。由是，每南行，必为致数坛而归。后三四年，举一子。一日，涕泣思归。翁乃偕子及妇俱如楚。至湖，不知媪之所在。女扣舷呼母，神形丧失；促生沿湖问讯。会有钓鲟鳇者，得白鱀。白鱀豚。生近视之，巨物也，形全类人，乳阴毕具。奇之，归以告女。女大骇，谓夙有放生愿，嘱生赎放之。生往商钓者，钓者索直昂。女曰："妾在君家，谋金不下巨万，区区者，何遂靳_{吝惜}直也！如必不从，妾即投湖水死耳！"生惧，不敢告父，盗金赎放之。既反，不见女，搜之不得，更尽始至。问："何往？"曰："适至母所。"问："母何在？"觍然曰："今不得不实告矣，适所赎即妾母也。向在洞庭，龙君命司行旅。近宫中欲选嫔妃，妾被浮言者所称道，遂敕妾母，坐相索。妾母实奏之，龙君不听，放_{流放}母于南滨，饿欲死，故罹前难。今难虽免，而罚未释。君如爱妾，代祷真君_{修仙得道者}可免。如以异类见憎，请以儿掷还君，妾自去。龙宫之奉，未必不百倍君家也。"生大惊，虑真君不可得见。女曰："明日未刻，真君当至。见有跛道士，急拜之，入水亦从之。真君喜文士，必合怜允。"乃出鱼腹纱一方，曰："如问所求，即出此，求书一'免'字。"生如言候之。果有道士蹩躠而至，生伏拜之。道士急走，生从其后。道士以杖投水，跃登其上。生竟从之而登，则非杖也，舟也。又拜之。道士问："何求？"生出罗求书。道士展视曰："此白鱲翼也。子何遇之？"蟾宫不敢隐，详陈颠末。道士笑曰："此物殊风雅，老龙何得荒淫！"遂出笔草书"免"字如符形。返舟令下，则见道士踏杖浮行，顷刻已渺。归舟，女喜，但嘱勿泄于父母。归后二三年，翁南游数月不归。湖水既罄，久待不至，女遂病，日夜喘急。嘱曰："如妾死，勿瘞_{埋葬}；当于卯午酉三时，一吟杜甫《梦李白》诗，死当不朽。候水至，倾注盆内，闭门缓妾衣，抱入浸之，宜得活。"喘息数日，奄然遂毙。后半月，慕翁至，生急如其教。浸一时许，女渐苏。自是，每思南旋。后翁死，生从其意，迁于楚。

王者

　　湖南巡抚某翁，遣州佐押解饷金六十万赴京。途中被雨，日暮愆程，_{耽误了行程。}无所投宿。远见古刹，因诣栖止。天明，视所解金，荡然无存。众骇怪，莫可取咎。_{找不到失金的原因。}回白抚公，公以为妄，将置之法。及诘众役，并无异词。公责令仍返故处，缉察端绪。至庙前，见一瞽者，形貌奇异，自榜云："能知心事。"因求卜筮。瞽曰："是为失金者。"州佐曰："然。"因诉前苦。瞽者便索肩舆，云："但从我去，当自知。"遂如其言，官役皆从之。瞽曰："东。"东之。曰："北。"北之。凡五日，入深山，忽睹城郭，居人辐辏。_{密集。}入城，走移时，瞽曰："止。"因下舆，以手南指曰："见有高门西向，可款关_{扣门。}自问之。"拱手自去。州佐从其教，果见高门，渐入之。一人出，衣冠汉制，不言姓名。州佐诉所自来，其人云："请留数日，当与君谒当事者。"遂导去，令独居一所，给以食饮。暇时闲步，至第后，见一园亭。入涉之，老松翳日，细草如毡。数转廊榭，又一高亭，历阶而入，见壁上挂人皮数张，五官俱备，腥气流熏，不觉毛发森竖，疾退归舍。自分留鞹异域，_{死在异乡。}已无生望，因念进退一死，亦姑听之。明日，衣冠者召之去，曰："今日可见矣。"州佐唯唯。衣冠者乘怒马甚驶，州佐步驰从之。俄，至一辕门，俨如制府衙署，皂衣人罗列左右，规模凛肃。衣冠者下马，导入又一重门。见有王者，珠冠绣绂，南面坐。州佐趋上伏谒。王者问："汝湖南解官耶？"州佐诺。王者曰："银俱在此。是区区者，_{这微少之物。}汝抚君即慨然见赠，未为不可。"

州佐泣诉："限期已满，归必就刑，禀白何所申证？"王者曰："此即不难。"遂付以巨函，云："以此复之，可保无恙。"又遣力士送之。州佐慑息不敢辨，受函而返。山川道路，悉非来时所经。既出山，送者乃去。数日，抵长沙，敬白抚公。公益妄之，怒不容辨，命左右飞索以缧立即用绳索捆绑。州佐解襆出函，公拆视未竟，面如灰土，命释其缚。但云："银亦细事，汝姑出。"于是急檄急令。属官，设法补解讫。数日，公疾，寻卒。先是，公与爱姬共寝，既醒，而姬发尽失。阖署惊怪，莫测其由。盖函中即其发也。外有书云："汝自起家守令，位极人臣，赇赂贪婪，不可悉数。前银六十万，业已验收在库，当自发贪囊，补充旧额。解官无罪，不得妄加谴责。前取姬发，略示微警，如复不遵教令，且晚取汝首领。姬发附还，以作明信。"公卒后，家人始传其书。后，属员遣人寻其处，则皆重岩绝壑，更无径路矣。

异史氏曰："红线金合以儆贪婪，良亦快异。然桃源仙人，不事劫掠，即剑客所集，乌得有城郭衙署哉！呜呼！是何神与？苟得其地，恐天下之赴愬者无已时矣。"

外国人

己巳秋，岭南从外洋飘一巨艘来。上有十一人，衣穿。鸟羽，文采璀璨。自言："吕宋国人。遇风覆舟，数十人皆死；惟十一人附巨木，飘至大岛得免。凡五年，日攫鸟虫而食；夜伏石洞中，织羽为帆。忽又飘一舟至，橹帆皆无，亦海中破于风者。于是附之将还，又被大风引至澳门。"巡抚题疏，送之还国。

蝎客

南商贩蝎者，岁至临朐，收买甚多。土人持木钳入山，探穴发石搜捉之。一岁复至，寓于客肆，忽觉心动，毛发森悚，急告主人曰："伤生既多，今见怒于虿鬼，将杀我矣！急垂援救！"主人顾室中有巨瓮，乃使蹲伏，而以瓮覆之。无何，一人奔入，黄发狰丑，便问主人："南客何在？"答以："他出。"其人入室四顾，鼻作嗅声者三，遂出门去，主人："幸可无恙矣。"往启瓮，则客已化血水。

鸟使

苑城史乌程家居，忽有鸟集屋上，香色类鸦。史见之，告家人曰："夫人遣鸟使告我矣，急备后事，某日当死。"至日果卒。殡日，鸦复至，随槽棺材。缓飞，由苑之新，至殡宫始不复见。长山吴木欣目睹之。

李象先

李象先，寿光之闻人也。前世为某寺执爨_{司炊事}。僧，无疾而化。魂出栖坊上，下见市上行人，皆有火光出颠_{头顶}上，盖体中阳气也。夜既昏，念坊上不可久居，但诸舍暗黑，不知所之。惟一家灯火犹明，飘赴之。到门，则身已婴儿。母乳_{喂奶}之，见乳恐惧。腹不胜饥，闭目强吮。逾三月余，即不复乳；乳之，则惊惧而啼。母以米沈间枣栗杂哺之，得以长成。是为象先。儿时至某寺，见寺僧，皆能呼其名。至老犹畏乳。

异史氏曰："象先学问渊博，海岱之清士。其子早贵，而身以文学终。此佛家所云福业未修者耶？其弟亦知名士，生有隐疾，数月始一动；动时急起，不顾宾客，自外呼而入，于是媪婢尽避；使及门复瘥，则不入室而返。兄弟皆奇人也。"

狮子

暹罗贡狮，每止处，观者如堵。其形状，与世传绣画者迥异，毛黑黄色，长数寸。或投以鸡，先以爪抟而吹之；一吹，则毛尽落如扫。亦事理之奇也。

蛙曲

王子巽言：在都时，曾见一人作剧于市，携木盒作格，凡十有二孔，每孔伏蛙。以细杖敲其首，辄哇然作鸣。或与金钱，则乱击蛙顶，如挒云锣，宫商词曲，了了可辨。

卷二十二

陈云栖

真毓生，楚夷陵人，孝廉之子。能文，美丰姿，弱冠知名。儿时，相者曰："后当娶女道士为妻。"父母共以为笑。而为之论婚，低昂苦不能就。生母臧夫人，祖居黄冈，生以故诣外祖母，闻时人语曰："黄冈'四云'，少者无伦。"盖郡有吕祖吕洞宾。庵，庵中女道士皆美，故云。庵去臧氏村仅十余里，生因窃往。扣其关，果有女冠三四人，谦喜承迎，度皆雅洁。中一最少者，旷世真无其俦，心好而目注之。女以手支颐，但他顾。诸道士觅盏烹茶。生乘间问姓字，答云："云栖，姓陈。"生戏曰："奇矣！小生适姓潘。"暗用书生潘必正与道姑陈妙常之事。陈赪颜发颊，低头不语，起而去。少间，瀹茗煮茶。进佳果。各道姓字：一白云深，年三十许；一盛云眠，二十已来；一梁云栋，约廿有四五，却为弟。同辈道姑之间互称师兄弟。而云栖不至。生殊怅惘，因问之。白曰："此婢惧生人。"生乃起别，白力挽之，不留而出。白曰："如欲见云栖，明日可复来。"生归，思恋萦切，次日又诣之。诸道士俱在，独少云栖，未便遽问。诸道士治具留餐，生力辞，不听。白拆饼授箸，劝进良殷。既问："云栖何在？"答云："自至。"久之，日势已晚，生欲归。白捉腕留之，曰："姑止此，我捉婢子来奉见。"生乃止。俄，挑灯具酒，云眠亦去。酒数行，生辞以醉。白曰："饮三觥则云栖出矣。"生果饮如数。梁亦以此诀劝之，生又尽之，覆盏告辞。白顾梁曰："吾等面薄，不能劝饮，汝往曳陈婢来，便道潘郎待妙常已久。"梁去，少时而返，具言："云栖不至。"生欲去而夜已深，乃佯醉仰卧。两人代裸之，递就淫焉。终夜不堪其扰。天既明，不睡而别，数日不敢复往，而心念云栖不忘也，但不时于近侧探侦之。一日，既暮，白出门与少年去。生喜，不甚畏梁，急往款关。云眠出应门。问之，则梁亦他适。因问云栖，盛导去，又入一院，呼曰："云栖，客至矣！"但见室门阖然而合。盛笑曰："扉闭矣。"生立窗外，似将有言，盛乃去。云栖隔窗曰："人皆以妾为饵，钓君也，频来则身命殆矣。妾不能终守清规，亦不敢遂乖_{违背}廉耻，欲得如潘郎者而事之耳。"生乃以白头相约。云栖曰："妾师抚养，即亦非易。果相见爱，当以廿金赎妾身。妾候君三年。如望为桑中之约，_{男女私会}。所不能也。"生诺之。方欲自陈，而盛复至，从与俱出，遂别而归。中心惝恍，思欲委曲夤缘，再一亲其娇范，_{少女仪容}。适有家人报父病，遂星夜而还。无何，孝廉卒。夫人庭训最严，心事不敢使知，但克减_{节约}金资，日积之。有议婚者，辄以服阕_{服丧}。为辞。母不听。生婉告曰："曩在黄冈，外祖母欲儿婚陈氏，诚心所愿。今遭大故，音耗遂梗，久不如黄省问；旦夕一往，如不果偕，从母所命。"夫人许之。乃携所积而去。至黄，诣庵中，则院宇荒凉，大异畴昔。渐入之，惟一老尼炊灶下，因就问讯。尼曰："前年老道士死，'四云'星散矣。"问："何之？"曰："云深、云栋从恶少遁去；向闻云栖寓居郡北；云眠消息不知也。"生闻之，悲叹，命驾即诣郡北，遇观_{道观}。辄询，并少踪绪。怅恨而返，伪告母曰："舅言：陈翁如岳州，待其归，当遣伻来。"逾半年，夫人归宁，以事问母，母殊茫然。夫人怒子诳，媪疑甥与舅谋，而未以闻也。幸舅远出，莫从稽其妄。夫人以香愿登莲峰，斋宿山下。既卧，逆旅主人扣扉，送一女道士寄宿同舍，自言"陈云栖"。闻夫人家夷陵，移座就榻，告诉坎坷，词旨悲恻。末言："有表兄潘生，与夫人同籍，烦嘱子侄辈一传口语，但道某暂寄栖鹤观师叔王道成所，朝夕厄苦，度日如岁。令早一临存，恐过此以往，未之或知也。"夫人审潘名字，即又不知。但云："既在学宫，秀才辈想无不闻也。"未明早别，殷殷再嘱。夫人既归，向生言及。生长跽曰："实告母：所谓潘生，即儿是也。"夫人诘知其故，怒曰："不肖子宣淫寺观，以道士为妇，何颜见亲宾乎！"生垂头不敢出词。会生以赴试入郡，窃命舟访王道成。至，则云栖半月前出游不返。既归，悒悒而病。适臧姬卒，夫人往奔其丧，殡后迷途，至京氏家，问之则族妹也。便相邀入。见有少女在室，年可十八九，姿容曼妙，目所未睹。夫人每思得一佳妇，俾子不惄，见女心动，因诘生平。妹云："此王氏女，京氏甥也。怙恃^{父母}俱失，暂寄此耳。"问："婿家谁？"曰："无之。"把手与语，意致娇婉。母大悦，为之过宿，私以己意告妹。妹曰："良佳。但其人高自位置；不然，胡蹉跎至今也？容商之。"夫人招与同榻，谈笑甚欢，自愿母夫人^{认夫人为母}。夫人悦，请同归荆州，女益喜。次日，同舟而还。既至，则生疾未起。母欲慰其沉疴，使婢阴告曰："夫人为公子载丽人至矣。"生未信，伏窗窥之，较云栖尤艳绝也。因念三年之约已过，出游不返，则玉容必已有主。得此佳丽，心怀颇慰。于是辗然动色，病亦寻瘳。母乃招两人相拜见。生出，夫人谓女："亦知我同归之意乎？"女微笑曰："妾已知之。但妾所以同归之初志，母不知也。妾少字^{许婚}夷陵潘氏，音耗阔绝，必已另有良匹。果尔，则为母也妇；不尔，则终为母也女，报母有日也。"夫人曰："既有成约，即亦不强。但前在五祖山时，有女冠问潘氏，今又云潘氏，固知夷陵世族无此姓也。"女惊曰："卧莲峰下者即母耶？询潘者即我是也。"母始恍然悟，笑曰："若然，则潘生固在此矣。"女问："何在？"夫人命婢导去问生。生惊曰："卿云栖耶?"女问："何知?"生言其情，始知以潘郎为戏。女知为生，羞与终谈，急返告母。母问其"何复姓王"。答云："妾本姓王，道士见爱，遂以为女，从其姓耳。"夫人亦喜，涓吉_{选择吉日}为之成礼。先是，女与云眠俱依王道成。道成居隘，云眠遂去之汉口。女娇痴不能作苦，又羞出操道士业，道成颇不善之。会舅京氏如黄冈，女遇之流涕，因与俱去，俾改女子妆，将论婚士族，故讳其曾隶道士籍。而问名者，女辄不愿，舅及妗_{舅母}皆不知其意向，心厌嫌之。是日，从夫人归，得所托，如释重负焉。合卺后，各述所遭，喜极而泣。女孝谨，夫人雅怜爱之;而弹琴好弈，不知理家人生业，夫人颇以为忧。积月余，夫人遣夫妻如京氏，留数日而归。泛舟江流，欻一舟过，中一女冠，近之，则云眠也。云眠独与女善。女喜，招与同舟，相对酸辛。问："将何之?"盛云："久切悬念。远至栖鹤观，闻依京舅，故将诣黄冈一奉探耳。竟不知意中人已得相聚。今视之如仙。剩此漂泊人，不知何时已矣!"因而欷歔。女设一谋，令易道妆，伪作姊，携伴夫人，徐择佳偶。盛从之。既归，女先白夫人，盛乃入。举止大家，谈笑间练达世故。母既寡，苦寂，得盛良欢，惟恐其去。盛早起，代母劬劳，_{操劳。}不自作客。母益喜，阴思纳女姊，以掩女冠之名，而未敢言也。一日，忘某事未作，急问之，则盛代备已久。因谓女曰："画中人_{美人，指陈云栖。}不能作家，亦复何为? 新妇若大娘者，吾无忧矣。"不知女存心久，但惧母嗔。闻母言，笑对曰："母既爱之，新妇欲效英、皇何如?"母不言，亦辗然笑。女退，告生曰："老母首肯矣。"乃另洁一室，告盛曰："昔在观中共枕时，姊言:'但得一能知亲爱之人，我两人当共事之。'犹忆之否?"盛不觉双眦莹莹，曰："妾所谓亲爱者非他:如日日经营，曾无一人知其甘苦;数日来略有微劳，即烦老母恤念，则心中冷暖顿殊矣。若不下逐客令，俾得长伴老母，于愿斯足，亦不望前言之践也。"女告母。母令姊妹焚香，各矢无悔词，乃使生与行夫妇礼。将寝，告生曰："妾乃二十三岁老处女也。"生犹未信。既而落红殷褥，始奇之。盛曰："妾所以乐得良人者，非不能甘岑寂也；诚以闺阁之身，觍然酬应如勾栏，所不堪耳。借此一度，挂名君籍，<small>名义上是您的妻子。</small>当为君奉事老母作内纪纲。若房帏之乐，请别与人探讨之。"三日后，襆被从母，遣之不去。女早之母所，占其床寝，不得已，乃从生去。由是三两日辄一更代，习为常。夫人故善弈，自寡居不暇为之，自得盛经理井井，昼日无事，辄与女弈。挑灯瀹茗，听两妇弹琴，夜分始散。每与人曰："儿父在时，亦未能有此乐也。"盛司出纳，<small>钱财收支。</small>每记籍报母，母疑曰："儿辈常言幼孤，作字弹琴谁教之？"女笑以实告。母亦笑曰："我初不欲为儿娶一道士，今竟得两矣。"忽忆童时所卜，始信定数不可逃也。生再试不第。夫人曰："吾家虽不丰，薄田三百亩，幸得云眠纪理，日益温饱。儿但在膝下，率两妇与老身共乐，不愿汝求富贵也。"生从之。后云眠生男女各一，云栖女一男三。母八十余岁而终。孙皆入泮；长孙云眠所出，已中乡选矣。

织成

洞庭湖中，往往有水神借舟。遇有空船，缆忽自解，飘然游行。但闻空中音乐并作，舟人蹲伏一隅，瞑目听之，莫敢仰视，任所往。游毕仍泊旧处。有柳生落第归，醉卧舟上。笙乐忽作，舟人摇生不得醒，急匿艎下。<small>船舱。</small>俄有人捽生。生醉甚，随手堕地，眠如故，即亦置之。少间，鼓吹鸣聒。生微醒，闻兰麝充盈，睨之，见满船皆佳丽，心知其异，目若瞑。少间，传呼织成。即有侍儿来，立近颊际，翠袜，紫绡履，细瘦如指。心好之，隐以齿啮其袜。少间，女子移动，牵曳倾蹜。上问之，因白其故。在上者怒，命即行诛。遂有武士入，捉缚而起。见南面一人，冠服类王者。因行且语曰："闻洞庭君为柳氏，指柳毅。臣亦柳氏；昔洞庭落第，今臣亦落第；洞庭得遇龙女而仙，今臣醉戏一姬而死；何幸不幸之悬殊也！"王者闻之，唤回，问："汝秀才下第者乎？"生诺。便授笔札，令赋"风鬟雾鬓"。生固襄阳名士，而构思颇迟，捉笔良久。上诮让曰："名士何得尔？"生释笔自白："昔《三都赋》十稔年。而成，以是知文贵工而不贵速也。"王者笑听之。自辰至午，稿始脱。王者览之，大悦曰："真名士也！"遂赐以酒。顷刻异馔纷纭。方问对间，一吏捧簿进曰："溺籍淹死者名册。告成矣。"问："人数几何？"曰："一百二十八人。"问："签差何人矣？"答云："毛、南二尉。"生起拜辞，王者赠黄金十斤，又水晶界方界尺。一握，曰："湖中小有劫数，持此可免。"忽见羽葆人马，纷立水面，王者下舟登舆，遂不复见，久之寂然。舟人始自艎下出，荡舟北渡，风逆不得前。忽见水中有铁猫浮出。舟人骇曰："毛将军出现矣！"各舟商客俱伏。无何，湖中一木直立，筑筑动摇。益惧曰："南将军又至矣！"少时，波浪大作，上翳天日，四顾湖舟，一时尽覆。生举界方，危坐端坐。舟中，万丈洪涛，近舟顿灭，以是得全。既归，每向人语其异，言："舟中侍儿，虽未悉其容貌，而裙下双钩，亦人世所无。"后以故至武昌，有崔媪卖女，千金不售；蓄一水晶界方，言："有能配此者，嫁之。"生异之，怀界方而往。媪忻然承接，呼女出见，年十五六已来，媚曼风流，更无伦比，略一展拜，反身入帏。生一见，魂魄动摇，曰："小生亦蓄一物，不知与老姥家所藏颇相称否？"因各出相较，长短不爽。媪喜，便问寓所，请生即归命舆，界方留作信。_{信物。}生不肯留。媪笑曰："官人亦大小心，老身岂为一界方抽身窜去耶？"生不得已，留之。出即赁舆急返，而媪室已空。大骇。遍问居人，迄无知者。日已向西，燥煨若丧，悒悒而返。中途值一舆过，忽搴帘曰："柳郎来何迟也？"视之，则崔媪，喜问："何之？"媪笑曰："必将疑老身掠骗者矣。别后适有便舆，顿念官人亦侨居，措办_{筹办。}亦艰，故遂送女归耳。"生邀回车，媪必不可。生怆惶不能确信，急奔入舟，女果及一婢在焉。见生入，含笑承迎。见翠袜紫履，与舟中侍儿妆饰，更无少别。心异之，徘徊凝注。女笑曰："眈眈注目，生平所未见耶？"生益俯窥之，则袜后齿痕宛然。惊曰："卿织成耶？"女掩口微哂。生长揖曰："卿果神人，早请直言，以祛烦惑。"女曰："实告君：前舟中所遇，即洞庭君也。仰慕鸿才，便欲以妾相赠；因妾过为王妃所爱，故归谋之。妾之来，从妃命也。"生喜，沐手焚香，望湖朝拜乃归。后诣武昌，女求同去，将便归宁。既至洞庭，女拔钗掷水，忽见一小舟自湖中出，女跃登如鸟飞集，转瞬已渺。生坐船头，于没处凝盼之。遥遥一楼船至，既近窗开，忽如一彩禽翔过，则织成至矣。一人自窗中递掷金帛珍物甚多，皆妃赐也。自是，岁一两觐以为常。故生家富有珠宝，每出一物，世家所不识焉。

相传唐时柳毅遇龙女，洞庭君以为婿。后逊位于毅。又以毅貌文，不能摄服水怪，付以鬼面，昼戴夜除；久之渐习忘除，遂与面合为一。毅揽镜自惭，故行旅泛湖，或以手指物，则疑为指己；以手覆额，则疑其窥己也：风波辄起，舟多覆。故初登舟，舟人必以此告戒之。不则设牲牢祭享乃得渡。许真君_{道士许逊}偶至湖，浪阻不得行。真君怒，执毅付郡狱。狱吏检囚，恒多一人，莫测其故。一夕，毅示梦郡伯，哀求拔救。郡伯以幽冥异路，谢辞之。毅云：

"真君于某日临境，但为求恳，必合有济。"既而真君果至，因代求之，遂得释。嗣后湖禁稍平。

竹青

鱼容，湖南人，谈者忘其郡邑。家綦贫，下第落榜。归，资斧断绝。羞于行乞，饿甚，暂憩吴王庙中，因以愤懑之词拜祷神座。出卧廊下，忽一人引去见吴王，跪白："黑衣队尚缺一卒，可使补缺。"吴王可，即授黑衣。既着，身化为乌，振翼而出。见乌群集，相将俱去，分集帆樯。船桅。舟上客旅，争以肉饵抛掷，群于空中接食之。因亦尤效，须臾果腹。翔栖树梢，意亦甚得。逾二三日，吴王怜其无偶，配以雌，呼之"竹青"，雅相爱乐。鱼每取食，辄驯无机，驯良而不机警。竹青恒劝谏之，卒不能听。一日，有满兵过，弹之中胸，幸竹青衔去之，得不被擒。群乌怒，鼓翼扇波，波涌起，舟尽覆。竹青乃摄饵哺鱼，鱼伤甚，终日而毙。忽如梦醒，则身卧庙中。先是，居人见鱼死，不知谁何，抚之未冰，故不时以人逻察之。至是，讯知其由，敛资送归。后三年，复过故所，参谒吴王。设食唤乌，乌下集群啖，乃祝曰："竹青如在，当止。"食已，并飞去。后领荐乡试中举。归，复谒吴王庙，荐以少牢。已，乃大设以飨群乌，又祝之。是夜宿于湖村，秉烛方坐，忽几前如飞鸟飘落，视之，则二十许丽人，辗然曰："别来无恙乎？"鱼惊问之，曰："君不识竹青耶？"鱼喜，诘所来。曰："妾今为汉江神女，返故乡时常少。前乌使两道君情，故来一相聚也。"鱼益欣感，宛如夫妻之久别，不胜欢恋。生将偕与俱南，一起去往湖南。女欲邀与俱西，两谋不决。寝初醒，则女已起。开目见高堂中巨烛荧煌，竟非舟中。惊起，问："此何所？"女笑曰："此汉阳也。妾家即君家，何必南！"天渐晓，婢媪纷集，酒炙已进。就广床上设矮几，夫妇对酌。鱼问仆之所在，答："在舟上。"生虑舟人不能久待。女言："不妨，妾当助君报之。"于是日夜谈宴，乐而忘归。舟人梦醒，忽见汉阳，骇绝。仆访主人，杳无信兆。舟人欲他适，而缆结不解，遂共守之。积两月余，生忽忆归，谓女曰："仆在此，亲戚断绝。且卿与仆，名为琴瑟，而不一认家门，奈何？"女曰："无论且不要说。妾不能往；纵能之，君家自有妇，将何以处妾也？不如置于此，为君别院可耳。"生恨道远不能时至，女出黑衣曰："君旧衣尚在。如念妾时，衣此可至，至时为君解之。"乃大设肴珍，为生祖饯。既醉而寝，醒则身在舟中。视之，洞庭旧泊处也。舟人及仆俱在，相视大骇，诘其所往，生故怅然自惊。枕边一袱，检视，则女赠新衣袜履，黑衣亦折置其中。又有绣囊维絷腰际，探之，则金资充牣充满。焉。于是南发，达岸，厚酬舟人而去。归家数月，苦忆汉水，因潜出黑衣着之，两胁生翼，翕然凌空，经两时许，已达汉水。回翔下视，见孤屿中有楼舍一簇，遂飞堕。有婢子已望见之，呼曰："官人至矣！"无何，竹青出，命众手为之缓结，觉羽毛划然尽脱。握手入舍，曰："郎来恰好，妾旦夕临蓐临产。矣。"生戏问曰："胎生乎？卵生乎？"女曰："妾今为神，则皮骨已更，应与曩异。"至数日，果产，胎衣厚裹，如巨卵然，破之，男也。生喜，名之"汉产"。三日后，汉水神女皆登堂以服食珍物相贺。并皆佳妙，无三十以上人。俱入室就榻，以拇指按儿鼻，名曰："增寿。"既去，生问："皆谁何？"女曰："此皆妾辈。其末后着藕白者，所谓'汉皋解珮'，即其人也。"居数月，女以舟送之，不用帆楫，飘然自行。抵陆，已有人絷马道左，遂归。由此往来不绝。后数年，汉产益秀美，生珍爱之。妻和氏苦不育，每思一见汉产。生以情告女，女乃治任，整理行装。送儿从父归。约以三月。既归，和爱之过于己出，过十余月，不忍令返。一日，暴病而殇，和氏悼痛欲死。生乃诣汉告女。入门，则汉产赤足卧床上，喜以问女。女曰："君久负约，妾思儿，故招之也。"生因述和氏爱儿之故。女曰："待妾再育，放汉产归。"又年余，女双生男女各一：男名"汉生"，女名"玉珮"。生遂携汉产归。然岁恒三四往，不以为便，因移家汉阳。汉产十二岁入郡庠。女以人间无美质，招去为之娶妇，始遣归。妇名"厄娘"，亦神女产也。后和氏卒，汉生及妹皆来躄踊。送葬。葬毕，汉生遂留，生携玉珮去，自此不返。

段氏

段瑞环，大名之富翁也。四十无子。妻连氏又最妒，欲买妾而不敢。私一婢，连觉之，挞婢数百，鬻诸河间栾氏之家。段日益老，诸侄朝夕乞贷，一言不相应，怒征声色。言辞和面容上表现出愤怒之情。段思不能给其求，而欲嗣一侄，则群侄阻挠之，连之悍亦无所施，始大悔。忿曰："翁年六十余，安得不能生男！"遂买两妾，听夫临幸，不之问。居年余，二妾皆有娠，举家皆喜。于是气息渐舒，凡诸侄有所强取，辄恶声梗拒之。无何，一妾生女，一妾生男而殇，夫妻失望，漫冀将来而已。又年余，段中风不起，诸侄益肆，牛马什物，竞自取去。连诟斥之，辄反唇相激，无所为计，朝夕鸣哭。段由是病益剧，寻死。诸侄集枢前，议析遗产。连虽痛切，然不能禁止之。但留沃墅一所，赡养老稚，侄辈不肯。连曰：

"汝等寸土不留，将令老妪及呱呱者饿死耶！"日不决，惟忿哭自捶。忽有客入吊，直趋灵前，俯仰尽哀。哀已，便就苦次。_{居丧的席位。}众不知其谁，诘之。客曰："亡者吾父也。"众益骇。客始从容自陈。先是，婢嫁栾氏，逾五六月，生子怀，栾抚之等诸男。十八岁入泮。后栾卒，诸兄析产，置不与诸栾齿。_{不把他看作栾氏兄弟。}怀问母，始知其故，曰："既属两姓，各有宗祧，何必在此承人百亩田哉！"乃命骑诣段，而段已死。言之凿凿，确可信据。连方忿痛，闻之大喜，直出曰："我今亦复有儿！诸所假_借去牛马什物，可好自送还；不然，有讼兴也！"诸侄相顾无色，渐引去。怀乃移妻来共居父忧。诸段不平，共谋逐怀。怀知之，曰："栾不以为栾，段复不以为段，我安适归乎！"忿欲质官，诸戚党为之排解，群谋亦寝。而连以牛马故，不肯已，怀劝置之。连曰："我非为牛马也，杂气积满胸，汝父以愤死，我所以吞声忍泣者，为无儿耳。今有儿，何畏哉！前事汝不知状，待予自质审。"_{向官府申诉。}怀固止之，不听，具词赴邑宰。宰拘诸段口对状，连气直词恻，吐陈泉涌。宰为动容，并惩诸段，追物给主。既归，其兄弟之子有不与党谋者，招之来，以所追物尽散给之。连七十余岁，将终，呼女及孙媳曰："汝等志之：如三十不育，便当典质钗珥，为婿纳妾，无子之情状难堪也。"

异史氏曰："连氏虽妒，而能疾转，宜天以有后伸其气也。观其慷慨激发，吁！亦杰哉！"

济南蒋稼，其妻毛，不育而妒。嫂每劝谏之，毛不听，曰："宁绝嗣，不令送眼流眉者_{眉目送情者，指妾。}忿气人也。"年近四旬，颇以嗣续为念。欲继兄子，弟与兄言兄诺，妇与嫂言嫂亦诺，然故悠忽之。儿每至叔所，夫妻曲意抚儿，饵以甘脆而问之曰："肯来吾家乎？"儿亦应之。兄私嘱儿曰："倘再问，答以不肯。如问何故不肯，答云：'待汝死后，何愁田产不为吾有。'"一日，稼远出行贾。儿至其家，毛又问，儿果对如父教。毛大怒，逐儿曰："妻孥在家，固日日算吾田产耶！其计左_{谬误。}矣！"急不能待夫归，立招媒媪为夫买妾。时有卖婢者，其直昂，倾资不能取盈，势将不就。兄恐其迟焉而悔，窃以金付媒媪，伪为媪所转贷者。毛大喜，购婢而归。稼既还，毛以情告，稼亦忿，遂与兄绝。年余，妾生子，夫妻共喜。毛曰："媪不知假资何人，年余竟不置问。此德不可忘。岂子已生，尚不偿母价耶！"稼乃囊金诣媪。媪曰："当谢大官人，无谢老身矣。老身贫如水，谁贷一金者。"因以实告。稼始悟，归与妻言，相为感泣。遂治具邀兄至，夫妻皆膝行，出金偿兄，兄不受，尽欢而散。后稼生三子。

狐女

伊衮，九江人。夜有女来，相与寝处。心知为狐，而恋其美，讳不告人，即父母不知也。久之，行体支离，父母始穷其故，伊实告之。父母大忧，使人更代伴寝，兼施敕勒，卒不能禁。翁自与同寝，则狐不至；易以他人，则又至。伊问之，狐曰："世俗符咒，何能斩我！然俱有伦理，岂有对翁行淫者！"翁闻之，益伴子不去，狐遂绝。后值叛寇横恣，村人尽窜，一家相失。伊奔入昆仑山，四顾荒凉，又无同侣。日既暮，心益惴恐。忽见一女子来，谓是避难者，急近就之，则狐女也。离乱之中，相见忻慰。女曰："日已西下，势无复之，君姑止此。我相佳地，暂创一室，以避虎狼。"乃北行数武，遂蹲莽中，不知何作。少刻返，握伊手南去，约十余步，又曳之回。忽见大树千章，_{株。}绕一高亭，铜墙铁柱，顶类金箔；近视则墙可及肩，四周并无门户，而墙上密排坎窨。_{洞穴。}女以足踏之而过，伊亦从之。既入，疑金屋非人工可造，因问所自来。女笑云："君自居之，明日即以相赠。金铁各千万计，半生吃着不尽矣。"既而告别，伊苦留之，乃止。曰："被人厌弃，已拚_{不惜。}永绝；今又不能自坚矣。"既醒，狐女不知何时已去。天明逾垣而出。回视卧处，并无亭屋，惟四针插指环_{顶针。}内，覆脂合_{胭脂盒。}其上；大树则丛荆老棘也。

张氏妇

凡大兵_{指清兵。}所至，其害甚于盗贼：盗贼人犹得而仇之，兵则人所不敢仇也。其少异于盗者，惟不甚敢轻于杀人耳。甲寅岁，三逆作乱，南征之士，养马兖郡，鸡犬庐舍一空，妇女皆被淫污。时遭霪雨，田中潴水_{积水。}为湖，民无所匿，遂乘桴入高粱丛中。兵知之，裸体乘马，入水冥搜，搒掠奸淫，鲜有遗脱。惟张氏妇独不伏，公然在家中，有厨舍一间，夜与夫掘坎深数尺，积茅焉；覆以薄，_{苇箔。}加席其上，若可寝处。自炊灶下。有兵至，则出门应之。二蒙古兵强与淫。妇曰："此等事岂对人可行者！"其一微笑啁嘻而出。妇与入室，指席使先登。薄折，兵陷。妇又另取席及薄覆其上，故立坎边以诱来者。少间，其一复入，闻坎中号，不知何处。妇以手笑招之曰："在此矣。"兵踏席又陷。妇乃益投以薪，掷火其中。火大炽，屋焚。妇乃呼救。火既熄，燔_{焚烧。}尸焦臭。或问之，妇曰："两豕恐害于兵，故纳坎中耳。"由此离村数里，相大道旁并无树木处，携女红往坐烈日中。村去郡远，兵来率乘马，顷刻数至。笑语啁啾，虽多不解，大约调弄之语。而去道不远，无一物可以蔽身，辄去，数日无恙。一日，一兵至，殊无少耻，欲就妇烈日中。妇含笑不甚拒，而隐以针刺其马，马辄喷嘶，兵遂系马股_{大腿}际，然后拥妇。妇出巨锥猛刺马项，马负痛骇奔。缰系股不得脱，曳驰数十里，同伍始代捉之。首躯不知何处，缰上一股，俨然在焉。

异史氏曰："巧计六出，不失身于悍兵。贤哉妇乎，慧而能贞！"

于子游

海滨人言："一日，海中忽有高山耸出，居人骇异。一秀才寄宿渔舟，沽酒独酌。夜既深，一少年入，儒服儒冠，自称'于子游'，言词风雅。秀才悦，便与欢饮。饮中夜，离席言别。秀才曰：'君家何许？元夜_{黑夜}茫茫，亦太自苦。'答云：'仆非不欲盘桓，但以序_{节序}。近清明，将随大王上墓。眷口先行，大王姑留憩息，明日辰刻发矣。宜归早治任也。'秀才亦不知大王何人。送至艎首，_{船头}跃身入水，拨刺而去，乃知为鱼之妖也。次日辰刻，见山峰浮动，顷刻已没。始知山为大鱼，即所云大王也。"俗传清明前，海中大鱼携儿女往拜其墓，信有之乎？

康熙初，莱郡潮出大鱼，鸣号数日，其声如牛。既死，荷担割肉者一道相属。鱼大盈亩，翅尾皆备，独无目珠。眶深如井，水满之，割肉者误堕其中，辄溺死。或云：海中贬_{贬谪}。大鱼则去其目，以目则夜光珠云。

男妾

一官绅在扬州买妾，连相数家，悉不当意。惟一媪寄居卖女，女十四五，丰姿姣好，又善诸艺。大悦，以重金购得之。至夜入衾，肤腻如脂。喜扪私处，则男子也。骇极，方致穷诘。盖买好童，加意修饰，设局以欺人耳。黎旦，遣家人奔赴媪所，则已遁去无踪。中心懊丧，进退莫决。适浙中同年某来，因与告诉，某便索观，一见大悦，以原金赎之而去。

异史氏曰："苟遇知音，即予以南威不易也。何事无知婆子，多作一伪境哉！"

汪可受

湖广黄梅县汪可受，能记三生：一世为秀才，读书僧寺。僧有牝马产骡驹，爱而夺之。后死，冥王稽籍，怒其贪暴，罚使为骡偿寺僧。既生，僧爱护之，欲死无间。没有机会。稍长，辄思投身涧谷，又恐负豢养之恩，冥罚益甚，遂安之。数年孽满自毙，生一农人家。堕蓐能言，父母以为不祥，杀之，乃生汪秀才家。秀才近五旬，得男甚喜。汪生而了了，聪颖。但忆前生以早言死，遂不敢言。至三四岁，人皆以为哑。一日，父方为文，适有友人过访，投笔出应客。汪入见父作，不觉技痒，代成之。父返见之，因问："何人来？"家人启白："无之。"父大疑。次日，敬书一题置几上，旋出。少间即返，翳行_{隐蔽而行}。窃步而入。则见儿伏案间，稿已数行，忽睹父至，不觉出声，跪求免死。父喜，握手曰："吾家止汝一人，既能文，家门之幸，何自匿为？"由是益教之读。少年成进士，后至大同巡抚。

王大

李信，邑之博徒也。昼卧假寐，忽见昔年博友王大、冯九来，邀与遨戏。_{此指赌博。}李亦忘其为鬼，忻然从之。既出，王大往约村中周子明，冯乃导李先行，入村东庙中。少顷，周果同王至。冯出叶子_{纸牌}。约与撩零。_{此指赌博。}李曰："仓卒无博资，辜负盛约，奈何？"周亦云然。王曰："燕子谷黄八官人放利债，同往贷之，宜必诺允。"于是四人相将俱去。飘忽间至一大村。村中甲第连亘，王指一门曰："此黄公子家。"内一老仆出，王告以意。仆即入白。旋出，奉公子命，请王、李相会。入见公子，年十八九已来，笑语蔼然。便以大钱一提付李，曰："固知君悫直，无妨假贷。周子明我不能信之也。"王委曲代为之请。公子要李署保，李不肯。王从旁怂恿之，李乃诺。亦授一千而出，便以付周，且述公子之意以激其必偿。出谷口，见一妇人来，则村中赵氏妻，素喜争善骂。冯曰："此处无人，悍妇宜小祟之。"遂与王捉返入谷，妇大号。冯掬土塞其口。周赞曰："此等妇，只宜椓杙阴中！"冯乃挦裤，以长石强纳之。妇若死。众乃散去，复入庙，相与博赌。自午至夜分，李大胜，冯、周资尽空。李因以原资增息付王，使代偿黄公子。王又分给周、冯，局复合。居无何，闻人声纷拏，_{纷杂。}一人奔入曰："城隍老爷亲捉博者，今至矣！"众失色。李舍钱逾垣而逃；众顾资皆被缚。既出，果见一神人坐马上，马后系博徒二十余人。天未明，已至邑城，门启而入。至衙署，城隍南面坐，唤人犯上，执籍呼名。呼已，并令以利斧斫去将指，_{中指。}乃以墨朱各涂两目，游市三周讫。押者索贿而后去其墨朱，众皆赂之。周独不肯，辞以囊空。押者约送至家而后酬之，亦不许。押者指之曰："汝真铁豆，炒之不能爆也。"遂拱手去。周出城，以唾湿袖，且行且拭。及河自照，墨朱未去，掬水盥之，坚不可下，悔恨而归。先是，赵氏妇以故至母家，日暮不归。夫往逆之，至谷口，见妇卧道周。睹状，知其遇鬼，去其泥塞，负之而归。渐苏能言，始知阴中有物，宛转抽拔而出。乃述所遭。赵怒，遽赴邑宰，讼李及周。牒下，李初醒，周尚沉睡，状类死。宰以其诬控，笞赵械妇，夫妻皆无理以自伸。越日周醒，目眶忽变一赤一黑，大呼指痛，视之，筋骨已断，惟皮连之，数日寻堕。目上墨朱，深入肌里，见者无不掩笑。一日，见王大来索负，周厉声但言无钱，王忿而去。家人问之，始知其故。共以神鬼无情，劝偿之。周龂龂_{争论貌。}不可，且曰："今日官宰皆左袒赖债者，阴阳应无二理，况赌债耶！"次日，有二鬼来，谓黄公子具呈在邑，拘赴质审；李信亦见牒来，取作见证：二人一时并死。至村外相见，王、冯俱在。李谓周曰："君尚带赤黑眼，敢见官耶？"周仍以前言告。李知其吝，乃曰："汝既昧心，我请见黄八官人，为汝还之。"遂共诣公子所。李入而告以故，公子不可，曰："负欠者谁，而取偿于子？"出以告周，因谋出资假_{借。}周进之。周益忿，语侵公子。鬼乃拘与俱行。无何，至邑，入见城隍。城隍呵曰："无赖贼涂眼犹在，又赖债耶！"周曰："黄公子出利债诱某博赌，遂被惩创。"城隍唤黄家仆上，怒曰："汝主人开场诱赌，尚讨债耶？"仆白："取资时，公子不知其赌。公子家燕子谷，捉获博徒在观音庙，相去十余里。公子从无设局场之事。"城隍顾周曰："取资悍不还，反被捏造。人之无良，至汝而极！"欲答之。周又诉其息重。城隍曰："偿几分矣？"答云："实未有所偿。"城隍怒曰："本资尚欠，而论息耶？"答三十，立押偿主。二鬼押至家，索贿，不令即活，缚诸厕内，令示梦家人。家人焚楮锭纸钱。二十提，火既灭，化为金二两、钱二千。周乃以金酬债，以钱赂押者，遂释令归。既苏，臀创突起，脓血崩溃，数月始痊。后赵氏妇不敢复骂；而周以四指带赤黑眼，赌如故。以此知博徒之非人矣。

异氏史曰："世之不平，皆由为官者矫枉之过正也。昔日富豪以倍称之息，拆夺良家子女，人无敢息者；人们害怕得不敢呼吸。不然，函刺一投，则官以三尺法法律。左袒之。故昔之民社官，地方官。皆为世家役耳。迨后贤者鉴其弊，又悉举而大反之。有舆人重资作巨商者，衣锦餍粱肉，家中起楼阁、买良沃，而竟忘所自来，一取偿则怒目相向。质诸官，官则曰：'我不为人役也。'呜呼！是何异懒残和尚，无工夫为俗人拭涕哉！余尝谓昔之官谄，今之官谬。谄者固可诛，谬者亦可恨也。放资而薄其息，何尝专有益于富人乎？"

张石年宰淄时，最恶博。其涂面游城亦如冥法。刑不至堕指，而赌以绝。盖其为官甚得钩距钩索隐情。法。方簿书旁午时，正忙于处理公文时。每一人上，公偏暇豫，问里居、年齿、家口、生业甚详。问已，始劝勉令去。有一人完税缴单，自分无事，呈单欲下。公止之，细问一过，曰："汝何博也？"其人力辨生平不解博。公笑曰："腰中尚有博具。"搜之果然。人以为神，而并不知其何术。

乐仲

乐仲，西安人。父早丧，母遗腹生仲。母好佛，不茹荤。仲既长，嗜饮善啖，窃腹非口中不言而心非议。母，每以肥甘劝进，母辄咄之。后母病弥留，苦思肉。仲急无所得肉，刲 kuī，割取。左股献之。病稍瘥，悔破戒，不食而死。仲哀悼益切，以利刃又刲右股见骨。家人共救之，裹帛敷药，寻愈。心念母苦节，又痛母愚，遂焚所供佛像，立主牌位。祀母。醉后辄对哀哭。年二十始娶，身犹童子。娶三日，谓人曰："男女居室，天下之至秽，我实不为乐！"遂去休弃妻。妻父顾文渊，浼请托。亲求返，请之三四，仲必不可。迟之半年，顾遂醮女。仲鳏居二十年，行益不羁：奴隶优伶皆与饮；里党乞求，不靳吝惜。与；有言嫁女无釜者，便即灶头举赠之，自乃从邻借釜炊。诸无行者知其性，咸朝夕骗赚之。或以博赌无资，故对之欷歔，言追呼急，将以鬻子。仲自措税金若干数，倾囊与之。未几，诟租吏登门，始典质营办。以是故家益落。先是，仲殷饶，同堂同祖之亲。子弟争奉事之。家中所有，任其取携，亦莫之较。及仲蹇落，存问绝少。幸仲达，不为意。值母忌辰，仲适病，不能上墓，将遣子弟代祀，仆造诸门，皆辞以故。仲乃酹诸室中，对主号痛，无嗣之戚，颇以萦怀。因而病益剧。瞀乱昏迷。中觉有人抚摩之，目微启，则母也。惊问："何来？"曰："缘家中无人上墓，故来就飨，即视汝病。"问："向居何所？"答以南海。摩抚既已，四体生凉。开目四顾，渺无一人，而病良瘥。既起，思朝南海，苦无侣。会邻村有结香社者，卖田十亩，挟资投之。而社中人以其不洁清，指乐仲饮酒吃肉，不行斋戒。共摈绝之。求同行，乃许之。及诸途，牛酒薤蒜，熏腾满屋，众益恶之，乘其醉睡，不告而去。仲于是独行，至闽界，遇友人邀饮，有名妓琼华在座。适言南海之游，琼华愿相附以行。仲喜，即待趋装，遂与俱发，寝食共之，而实一无所私。既至南海，社中人清醮方毕，见其载妓而至，益非笑之，鄙不与同朝。朝拜。仲与琼华窥其意，俟其既拜而后拜之。众拜已，恨无所现示，中有泣者。二人方投地，忽见遍海皆莲花，花上璎珞垂珠；琼华见为菩萨，仲视之，朵上皆其母。急奔呼母，跃入从之。众见万朵莲花，悉变霞彩，障海如锦。少间，云静波澄，一切都杳，而仲犹身在海岸。亦不自解其何以得出，衣履并无沾濡。望海大哭，声震岛屿。琼华挽劝之；怆然下刹，命舟北渡。途中有豪家招琼华去，仲独憩逆旅。有童子方八九岁，丐食肆中，貌不类乞儿。细诘之，则被逐于继母。心怜之。儿依依左右，苦求拔拯，仲遂携与俱归。问其姓氏，自言："阿辛，姓雍，母顾氏。尝闻母言：适雍六月遂生余。余本乐姓。"仲大惊。自疑生平一度，不应有子。因问乐居何乡，答云："不知。但母没时，付书一函，嘱无遗脱。"仲急索书，辛启荷囊取付仲。仲视之，则当年与顾家离婚书也。惊曰："真吾儿也！"审其年貌良确，颇慰心愿。然家计日疏，居二年，割亩割卖之地。渐尽，竟不能童仆。一日，父子方自炊，忽有丽人入，视之，则琼华也。惊问所自，笑曰："业作假夫妻，何又问也？向不即从者，徒以有老媪在，今媪已死。顾念不从人，则无以自庇；从人，则又无以自洁：计两全无如从君者，是以不惮千里。"遂解妆，代儿炊。仲良喜。至夜，父子同寝如故，另洁一舍舍琼华。儿母之，琼华亦善抚儿。戚党闻之，皆馈仲，此指赠送结婚礼物。两人皆乐受之。客至治具，琼华悉为营备，仲亦不问所自来。琼华渐出金珠赎故产，因而婢仆马牛日益繁盛。仲每谓琼华曰："仆醉时，卿当避匿，勿使我见。"琼华笑诺之。一日大醉，急唤琼华，琼华艳妆出。仲眄之良久，忽大喜，蹈舞若狂，曰："吾悟矣!"酒顿醒，觉世界光明，所居庐舍，尽为玉宇琼楼，移时始已。由此不复饮市上，惟对琼华饮。琼华茹素，以茶茗侍。一日微醺，命琼华为之按股，见股上刲痕，化为两朵赤苔，莲花。隐起肉际。奇之。仲笑曰："卿视此花放后，二十年假夫妻分手矣。"琼华益信之。既为阿辛完婚，琼华渐以家付新妇，与仲别院居。子及妇日三朝，非疑难事不以闻。役二婢：一温酒，一瀹茗而已。一日，琼华至儿所，新妇多所咨白，良久而返，辛亦从往朝父。入门，见仲白足赤足。坐榻上。闻声，开眸微笑曰："母子来大好!"即复瞑。琼华大惊曰："君欲何为?"视其股上莲花大放，试之，气已绝。急以两手捻合其花。且祝曰："妾千里从君，大非容易。为君教子训妇，亦有微劳。即差二三年，何不一少待也?"一炊黍时，忽开眸笑曰："卿自有卿事，何必又牵一人作伴也? 无已，姑为卿留。"琼华释手，则花已复合。于是居处言笑如初。积三年余，琼华年近四旬，犹窈窕如二十许人。忽谓仲曰："凡人死后，被人捉头舁足，殊不雅洁。"遂命工治双椁。棺材。辛骇问之，答云："非汝所知。"工既竣，沐浴妆竟，谓子及妇曰："我将死矣。"辛泣曰："数年赖母经纪，始不冻馁。母尚未得一享安逸，何遂舍儿而去?"曰："父种福而子享，奴婢牛马，皆骗债者填偿汝父，我无功焉。我本散花天女，偶涉凡念，遂谪人间三十余年，今限已满。"遂登椁自入。再呼之，双目已含。辛哭告父，父不知何时已僵，衣冠俨然。号痛欲绝。入棺并停堂中，数日未殓，冀其复返。光明生于股际，照彻四壁。琼华棺内则异香喷溢，近舍皆闻。棺既合，香光始渐敛。既殡，乐氏诸子弟觊觎其有，共谋逐辛，讼诸官。官莫能辨，拟以田产半给诸乐。辛不服，以词质郡，久不决。初，顾嫁女于雍，经年余，雍流寓于闽，音耗遂绝。顾老无子，苦忆女，遂诣婿所，则女死而甥_{外孙}亦逐。忿质公庭。雍惧，重赂之；顾不受，必欲得甥。雍穷觅郡邑，半年不得。夫妻皆被刑辱。顾偶于途中见彩舆过，斜避道左，_{道旁。}舆中一美人呼曰："彼非顾翁耶？"顾诺。美人曰："汝甥即吾子，现在乐家，勿讼也。甥方有难，宜急往！"顾欲详诘，舆去已远。顾乃受赂，诣西安，至则讼方沸腾。顾即自投至官，言女大归_{妻子被丈夫休弃永归娘家}日、再醮日及生子年月，历历甚悉。诸乐皆被杖逐，案遂结。既归，言其见美人之日，即琼华没日，此时讼犹未兴也。辛为顾移家来，授庐赠婢，六十余生一子，辛亦时顾恤之。

异史氏曰："断荤远室，佛之似也。烂漫天真，佛之真也。乐仲对丽人，直视之为香洁道伴，_{求道伙伴。}不作温柔乡观也。寝处三十年，若有情，若无情，此为菩萨真面目，世中人乌得而测之哉！"

香玉

劳山下清宫，耐冬高二丈，大数围，牡丹高丈余，花时璀璨如锦。胶州黄生，筑舍其中而读焉。一日，遥自窗中见女郎素衣，掩映_{忽隐忽现。}花间，心疑观中乌得有此。趋出，已遁去。由此屡见之。遂隐身丛树中以伺其至。无何，女郎又携一红裳者来，遥望之，艳丽双绝。行渐近，红裳者却退曰："此处有人！"生乃暴起。二女惊奔，袖裾飘拂，香风流溢。追过短墙，寂然已杳。爱慕殷切，因题树上云："无限相思苦，含情对短窗。恐归沙吒利，何处觅无双？"归斋冥想。女郎忽入，惊喜承迎。女笑曰："君汹汹似强寇，使人恐怖；君竟骚士，_{文士。}无妨相亲。"略叩生平，曰："妾小字香玉，隶籍平康巷。_{指青楼。}被道士闭置山中，实非所愿。"生问："道士何名？当为卿一涤此垢。"女曰："不必，彼亦未敢相逼，借此与风雅士长作幽会亦佳。"问："红衣者谁？"曰："此名绛雪，亦妾义姊。"遂相狎寝。既醒，曙色已红。女急起曰："贪欢忘晓矣。"着衣易履，且曰："妾酬君作，口占勿笑也：'良夜更易尽，朝暾已上窗。愿如梁间燕，栖处自成双。'"生握腕曰："卿秀外惠中，使人爱而忘死。顾一日之去，如千里之别。卿乘间当来，勿待夜也。"女诺之。由此夙夜必谐。每使邀绛雪来，辄不至，生以为恨。女曰："绛姊性殊落落，_{孤高。}不似妾情痴也。当从容劝驾，不必过急。"一夕，女惨然入曰："君陇不能守，尚望蜀耶？_{您连我都保不住了，还奢望得到绛雪吗。}今长别矣。"问："何之？"以袖拭泪曰："此有定数，难为君言。昔日佳什，今成谶语矣。'佳人已属沙叱利，义士今无古押衙。'可为妾咏。"诘之不言，但有呜咽。竟夜不眠，早旦而去。生怪之。次日，有即墨蓝氏，入宫游瞩，见牡丹，悦之，掘移径去。生始悟香玉乃花妖也，怅惋不已。过数日，闻蓝氏移花至家，日就萎悴。恨极，作哭花诗五十首，日日临穴，涕洟其处。一日，凭吊而返，遥见红衣人挥涕穴侧。从容而近就之，女亦不避。生因把袂，相向汍澜。_{流泪。}已而挽请入室，女亦从之。叹曰："童稚姊妹，一朝断绝！闻君哀伤，弥触妾恸。泪堕九泉，或当感诚再作；_{再生。}然死者魂气已散，仓猝何能与吾两人共谈笑也？"生曰："小生薄命，妨害情人，当亦无福消双美。曩频烦香玉道达微忱，胡再不临？"女曰："妾以年少书生，什九薄幸，不知君固至情人也。然妾与君交，以情不以淫。若昼夜狎昵，则妾所不能矣。"言已告别。生曰："香玉长别，使人寝食俱废。赖卿少留，慰此怀思，何决绝如是！"女乃止，过宿而去。数日不复至。冷雨幽窗，苦怀香玉，辗转床头，泪凝枕簟。揽衣更起，挑灯命笔，踵前韵曰："山院黄昏雨，垂帘坐小窗。相思人不见，中夜泪双双。"诗成自吟。忽窗外有人曰："作者不可无和。"听之，绛雪也。启门纳之。女视诗，即续其后曰："连袂人何处？孤灯照晚窗。空山人一个，对影自成双。"生读之泪下，因怨相见之疏。女曰："妾不能如香玉之热，但可少慰君寂寞耳。"生欲与狎。曰："相见之欢，何必在此。"于是至无聊时，女辄一至。至则宴饮酬唱，有时不寝，遂去。生亦听之。谓之曰："香玉吾爱妻，绛雪吾良友也。"每欲相问："卿是院中第几株？早以见示，仆将抱植家中，免似香玉被恶人夺去，贻恨百年。"女曰："故土难移，告君亦无益也。妻尚不能终从，况友乎！"生不听，捉臂而出。每至牡丹下，辄问："此为卿否？"女不言，掩口笑之。适生以残腊归。过岁二月间，忽梦绛雪至，愀然曰："妾有大难，君急往尚得相见，迟无及矣。"醒而异之，急命仆马星驰至山。则道士将建屋，有耐冬一株，碍其营造，工师方纵斤斧矣。生知所梦即此，急止之。入夜，绛雪来谢。生笑曰："向不实告，宜造此厄！今而后已知卿矣。卿如不至，当以艾炷相灸。"女曰："妾固知君如此，曩故不敢相告。"坐移时，生曰："今对良友，益思艳妻。久不哭香玉，卿能从我哭乎？"二人乃往，临穴洒涕。至一更向尽，绛雪收泪劝止，乃还。又数夕，生方独居凄恻，绛雪笑入曰："喜信报君知：花神感君至情，俾香玉复降宫中。"生喜，问："何时？"答云："不知，要不远耳。"天明下榻，生曰："仆为卿来，勿长使人孤寂。"女笑诺。两夜不至，生往抱树，摇动抚摩，频唤："绛雪！"久之无声，乃返。对烛团艾，将以灼树。女遽入，夺艾弃之。曰："君恶作剧，使人创痏，当与君绝矣！"生笑拥之。坐方定，香玉盈盈而入。生望见，泪下流漓，急起把握香玉，以一手捉绛雪，相对悲哽。已而坐道离苦，生觉把之而虚，如手自握，惊其不类曩昔。香玉泫然曰："昔妾花之神，故凝；今妾花之鬼，故散也。今虽相聚，君勿以为真，但作梦寐观可耳。"绛雪曰："妹来大好，妾被汝家男子纠缠死矣。"遂辞而去。香玉款笑如生平；但偎傍之际，仿佛以身就影。生悒悒不欢。香玉亦俯仰自恨。乃曰："君以白蔹屑，少杂硫黄，日酹妾一杯水，明年此日报君恩。"亦别而去。明日往观故处，则牡丹萌生矣。生从其言，日加培溉，又作雕栏以护之。香玉来，感激甚至。生谋移植其家，女不可，曰："妾弱质不堪复戕。且物生各有定处，妾来原不拟生君家，违之反促年寿。但相怜爱，好合自有日耳。"生恨绛雪不至。香玉曰："必欲强之使来，妾能致之。"乃与生挑灯出至树下，取草一茎，布掌作度，<small>以手掌作尺度。</small>以度树本，自下而上，至四尺六寸，按其处，使生以两爪齐搔之。俄，绛雪自背后出，笑骂曰："婢子来，益助桀为虐耶！"牵挽并入。香玉曰："姊勿怪！暂烦陪侍郎君，一年后不相扰矣。"自此遂以为常。生视花芽日益肥茂，春尽，盈二尺许。归后亦以金遗道士，使朝夕培养之。次年四月至宫，则花一朵，含苞未放；方流连间，花摇摇欲拆，<small>绽开。</small>少时已开，花大如盘，俨然有小美人坐其中，才三四指许；转瞬间飘然已下，则香玉也。笑曰："妾忍风雨以待君，君来何迟也！"遂入室，绛雪亦至。笑曰："日日代人作妇，今幸退而为友。"遂相谈宴赓和。至中夜，绛雪乃去。两人同寝，款洽一如当年。后生妻卒，遂入山，不复归。是时牡丹已大如臂。生每指之曰："我他日寄魂于此，当生卿之左。"两女笑曰："君勿忘之。"后十年余，忽病。其子至，对之而哀。生笑曰："此我生期，非死期也，何哀为！"谓道士曰："他日牡丹下有赤芽怒生，一放五叶者，即我也。"遂不复言。子舆致而归，至家寻卒。次年，果有肥芽突出，叶如其数。道士以为异，灌溉之，三年高数尺，大拱把，<small>径围大如两手合围。</small>但不花。

老道士死，其弟子不知爱惜，因其不花，斫去之。白牡丹亦憔悴寻死；无何，耐冬亦死。

异史氏曰："情之结者，鬼神可通。花以鬼从，而人以魂寄，非其结于情者深耶？一去而两殉之，即非坚贞，亦为情死矣。人不能贞，犹是情之不笃耳。仲尼读《唐棣》而曰'未思'，信矣哉！"

三仙

士人某，赴试金陵，经由宿迁，会三秀才谈言超旷，悦之。沽酒相欢，款洽间各表姓字：一介秋衡，一常丰林，一麻西池。纵饮甚乐，不觉日暮。介曰："未修地主之仪，忽叨盛馔，<small>承蒙盛宴招待。</small>于理未当。茅茨不远，可便下榻。"常、麻并起，捉襟唤仆，相将俱去。至邑北山，忽睹庭院，门绕清流。既入，舍宇精洁。呼童张灯，又命安置从人。麻曰："昔人以文会友，今闱场伊迩，<small>试期临近。</small>不可虚此良夜。请拟四题，命阄各拈其一，文成方饮。"众从之，各拟一题，写置几上，拾得者就案构思。二更未尽，皆已脱稿，迭相传视。士人读三作，深为倾倒，草录而怀藏之。主人进良酝，巨杯促醹，不觉醺醉。客兴辞。主人乃导客就别院寝，醉中不暇解屦，着衣遂卧。既醒，红日已高，四顾并无院宇，惟主仆卧山谷中。大骇，呼仆起，见旁有一洞，水涓涓流溢。自讶迷惘。视怀中，则三作俱存。下山问土人，始知为"三仙洞"。盖洞中有蟹、蛇、虾蟆三物最灵，时常出游，人往往见之云。士人入闱，三题皆仙作，以是擢解。<small>考中举人。</small>

王十

高苑王十，负盐于博兴。夜为两人所获。意为土商_{本地盐商}之逻卒也，舍盐欲遁，而足苦不前，遂就缚。固哀之。二人曰："我非盐肆中人，乃鬼卒也。"十惧，但乞至家，一别妻子。鬼不许，曰："此去亦未便至死，不过暂役耳。"十问："何事？"曰："冥中新阎罗莅任，见奈河淤平，十八狱厕坑俱满，故捉三等人使淘河：小偷、私铸_{私自铸钱。}私盐；又一等人使涤厕：乐户也。"十从去，入城郭，至一官署，见阎王在上，方稽名籍。鬼上白："捉一私贩王十至。"阎王视之，怒曰："私盐者，上漏国税，下蠹民生者也。若世之暴官贪商所指为私贩者，皆天下之良民。贫人揭锱铢之本，_{持少量本金。}求升斗之息，何为私哉！"责二鬼，罚使市盐四斗，并十所负，代运至家。留十，授以蒺藜骨朵，令随诸鬼督河工。鬼引十去，至奈河边，见河内人夫，繮续_{如绳索系在一起。}如蚁。又视河水浑赤，近之臭不可闻。淘河者皆赤体持畚锸，出没其中。朽骨腐尸，盈筐负舁而出，深处则灭顶求之。惰者辄以骨朵击背股。同监者以香绵丸如巨菽，使纳口中，乃近岸。见高苑肆商亦在其中。十独苛遇之：入河楚背，上岸敲股。商惧，常没身水中，十乃已。经三昼夜，河夫半死，河工亦竣。前二鬼仍送至家，醒然而苏。先是，十负盐未归，天明，妻启户，则盐两囊置庭中，而十久不至。使人遍觅之，则死途中。舁之而归，奄有微息，大惑不解其故。既醒始言之。肆商亦于前日死，至是始苏。骨朵击处皆成巨疽，浑身腐溃，臭不可近。十故诣之。望见十，犹缩首衾中，如在奈河状。一年始愈，不复为商矣。

异史氏曰："盐之一道，朝廷之所谓私，乃不从乎公者也；官与商之所谓私，乃不从其私者也。近日齐、鲁新规，土商随在到处。设肆，各限疆域。不惟此邑之民不得去之彼邑，即此肆之民不得去之彼肆。而肆中则潜设饵以钓他邑之民：其售于他邑，则廉其直；而售诸土人，则倍其价以昂之。又设逻于道，使境内之人皆不得逃吾昂。其有境内冒他邑以来者，法不宥。宽恕。彼此互相钓，而越肆假冒之愚民益多。一被逻获，则先以刀杖残其胫股，而后送诸官；官则桎梏之，是名'私盐'。呜呼！冤哉！漏数万之税非私，而负升斗之盐则私之；本境售诸他境非私，而本境卖诸本境则私之，冤矣！律中'盐法'最严，而独于贫难军民，背负易食者不之禁；今则一切不禁，而专杀此贫难军民！且夫贫难军民，妻子嗷嗷，上守法而不盗，下知耻而不娼；不得已，而揭十母而求一子。持十本而求一利。使邑尽此民，即夜不闭户可也，非天下之良民乎哉！彼肆商者，不但使之淘奈河，直当使涤狱厕耳！而官于春秋节，受其斯须之润，遂以三尺法，指法律。助使杀吾良民。然则为贫民计，莫若为盗及私铸耳：盗者白昼劫人，而官若聋；铸者炉火亘天，而官若瞽；即异日淘河，尚不至如负贩者所得无几，而官刑立至也。呜呼！上无慈惠之师，而听奸商之法，日变日诡，奈何不顽民日生，而良民日死哉！"

故事邑中肆商，以若干石盐资，岁奉邑宰，名曰"食盐"。又逢节序，且厚仪厚重的礼物。贶之。商以事谒官，官则礼貌之，坐与语，或茶焉。送盐犯至，重惩不遑。张公石年宰淄，肆商来见，寻旧规但揖不拜。公怒曰："前令受汝贿，故不得不隆汝礼；我市盐而食，何物商人，敢公堂抗礼乎！"捋裤将笞，商叩头谢过，乃释之。后肆中得二负贩者，其一逃去，其一被执至官。公问："贩者二人，其一焉往？"贩者云："奔去矣。"公曰："汝病股不能奔耶？"曰："能奔。"公曰："既被捉，必不能奔；果能，可起试奔，验汝能否。"其人奔数步欲止。公曰："大奔勿止！"其人疾奔，竟出公门而去。见者皆笑。公爱民之事不一，此其闲情，邑人犹乐诵之。

大男

　　奚成列，成都士人也。先有一妻一妾。妾何氏，小字昭容。妻早没，娶继室申氏，不能相善，虐遇何，因并及奚；终日哓聒，恒不聊生。奚忿怒亡去。去后，何生一子大男。奚久不返，申摈_{排斥}不与同炊，计日授粟。大男渐长，何不敢求益，惟纺绩佐食。大男见塾中诸儿吟诵，羡之，告母欲读。母以其太稚，姑送诣塾，试使读以难之。而大男慧，所读倍诸儿。师异之，愿不索束脩。_{学生给塾师的酬金。}何乃使从师，薄相酬。积二三年，经书全通。一日，归谓母曰："塾中五六人，皆从父乞钱买饵，我何无也？"母曰："待汝长时，当告汝知。"大男曰："我方七八岁，何时长也？"母曰："汝往塾，路经关圣庙，当拜之，佑汝速长。"大男信之，每日两过必入拜。母知之，问："汝所祝何词？"答云："但祝明年便使我十五六岁。"母笑之。而大男学与躯体长并速：至十岁，如十三四者；其所为文，塾师不能窜易之。一日，谓母曰："昔谓我壮大当告父处，今可矣。"母曰："尚未，尚未！"又年余，居然成人，研诘益频，母乃缅述之。大男闻之，意不胜悲，欲往寻父。母曰："儿太幼，汝父亡存未知，何遽可寻？"大男无言而去，至午不归。往询诸师，则辰餐未返。母大惊，犹谓其逃塾。出资佣役，_{雇人。}靡处不搜，竟杳无迹。大男出门，不知何往之善，惟循途奔去。遇一人将如夔州，自言钱姓。大男丐食相从。钱病其缓，为赁代步，资斧皆耗之。至夔同食，钱阴投毒其中，大男瞑不觉。钱载至大刹，托为己子，偶病绝资，卖诸僧。僧见其丰姿秀出，争购之。钱得金而去。僧饮之，略醒。主僧始知之，诣视，奇其相，研诘始得巅末。又益怜之，责僧赠资使去。有泸州蒋秀才下第_{落榜。}归，途中问得故，嘉其孝，携与同行。至泸，主其家。月余，无往不谙。或言闽商有奚姓者，于是辞蒋，将之闽。蒋赠遗衣履，其里党皆敛资助之。至途，有二布客欲诣福清，邀与同侣。行数程，客窥囊金，引至空所，絷手足，解夺而去。适有永福陈翁过其旁，脱缚载诸后车，遂至翁家。翁豪富，诸路商贾多出其门，翁嘱南北客代访父耗。留大男伴诸儿读。大男遂止，不复游矣。由是家益远，音益梗。何昭容孤居三四年，申氏减其费，抑勒_{逼迫。}令嫁。何自食其力，志不摇，申强卖于重庆贾，贾劫取而去。至夜，以刀自劙。_{割。}贾不敢逼，俟创瘥，又转鬻于盐亭贾。至盐亭，自刺心头，洞见脏腑。贾大惧，药敷之，既平，但求作尼。贾告之曰："我有商侣，身无淫具，每欲得一人主缝纫，此与作尼无异，亦可少偿吾直。"何诺之。贾舆送去，入门，主人趋出，则奚生也。盖奚以弃儒为商，贾以其无妇，故赠之也。相见悲骇，各述苦况，始知有儿寻父未归。奚乃嘱诸客侣，侦察大男。而昭容遂以妾为妻矣。然自历艰苦，疴痛多疾，不能操作，劝奚纳媵。奚鉴前祸，不从所请。何曰："妾如争床第者，数年间固已从人生子矣，尚得与君有今日之聚乎？且人加我者，隐痛在心，岂及诸身而自蹈之？"奚乃嘱客侣为买三十许老妾。逾半年，客果为买妾归。入门，则妻申氏。各相骇怪。先是，申独居年余，兄苞劝令再适。申从之，惟田产为子姓所阻，不得售。鬻诸所有，积数百金，携归兄家。有保宁贾，闻其富有奁资，以多金啖苞，赚娶之。而贾老废不能人。申怼兄，不安于室，梁缢井投，不堪其扰。贾怒，搜括其资，将卖作妾，而闻者皆以三十余齿加长。贾将适夔，遂载与俱去。遇奚同肆商，遂货之而去。既见奚，惭惧不出一语。奚问同肆商，略知梗概，因曰："使遇健男，则在保宁，无再见之期，此亦数也。然今日我买妾，非娶妻，可先拜昭容，修嫡庶礼。"申耻之。奚曰："昔日汝作嫡，何如哉？"何劝止之。奚不可，操杖临逼。申不得已，拜之。然终不屑承奉，但操作别室。而何悉优容之，亦不忍课其勤惰。奚每与昭容谈宴，辄呼给役其侧；何更代以婢，不听前。_{不让申氏在面前侍奉。}会陈公嗣宗宰盐城。奚与里人有小争，里人以逼妻作妾揭讼_{向官府告发。}奚。公不准理，叱逐之。奚喜，与何窃共颂德。一漏既尽，僮忽叩扉入，白："邑令公至！"奚骇极，急觅衣履，则公已至寝门；益骇，不知所为。何审之，急出曰："是吾儿也！"遂哭。公乃伏地悲咽。盖大男从陈翁姓，业为官矣。初，公至自都，迂道过故里，始知两母皆醮，抚膺哀痛。族中人始知大男已贵，反其田庐。公留仆营造，冀父复返。既而授任盐亭，又欲弃官寻父，陈翁苦劝之。会有卜者，使筮焉。卜者曰："小者居大，少者为长；求雄得雌，求一得两：为官吉。"公乃之任。为不得亲，居官不茹荤酒。是日，得里人状，睹奚姓名，疑之。阴遣内纪纲窃访之，果父。乘夜微行而出。见母，亦信卜者之神。临去，嘱勿播。出金二百，令即办装归。至家，门户已新，益畜仆马，居然大家矣。申见大男贵盛，益自敛。兄苞知之，告于官，为妹争嫡。官廉得其情，曰："贪资劝嫁，去奚已更二夫。何颜争昔年嫡庶耶！"重笞之。由此名分益彰。而申姊何，何亦姊申，衣服饮食悉不自私。申初惧其复仇，至是益愧悔。奚亦忘其旧恶，俾_使。内外皆呼以太母，但诰命不及耳。

异史氏曰："颠倒众生，不可思议。此造物之巧也！奚生不能自立于妻妾之间，一碌碌庸人耳。苟非孝子贤母，乌能有此奇合，坐享厚糈以终身哉！"

卷二十三

韦公子

韦公子，咸阳世家也。放纵好淫，婢妇有色，无不私者。尝载金数千，欲尽览天下名妓，凡繁丽之区，罔不至。其不好者，信宿即去；当意则作百日留。叔某公亦名宦，休致归，闻其行，怒之。延明师，置别业，使与诸公子键户_{闭门}读。公子夜伺师寝，逾垣归，迟明而返，以为常。一夜，失足折肱，师始知之。告公，公怒不之惜，益施夏楚，_{鞭笞。}俾_使不能起，而后药之。月余渐愈，公与之约：能读倍诸弟，文字佳，出勿禁；私逸者，挞如前。而公子最慧，读常过程。_{读书常超过规定进度。}如此数年，中乡榜。欲自败约，而公犹钳制之。赴都，以老仆从，授日记籍，使志其言动，故数年无过行。后成进士，公乃少弛其禁。而公子或将有作，惟恐公闻，入曲巷中，辄托姓魏。一日，过西安，见优僮罗惠卿，年十六七，秀丽如好女，悦之。夜留缱绻，赠贴丰隆。闻其新娶妇尤韵妙，益触所好，私意示惠卿。惠卿无难色，至夜携妇至，果少好，遂三人共一榻。留数日，眷爱臻至。谋与俱归，问其家口，答云："母早丧，惟父存耳。某原非罗姓。母少服役于咸阳韦氏，卖至罗家，四月生余。倘得从公子去，亦可察其耗问。"公子惊问："母何姓？"答："姓吕。"骇极，汗下浃体，盖其母即生家婢也。生无言。天明，厚赠之，劝令改业。伪托他适，约归时召致之，遂别而去。后令_{当县令}苏州某邑，有乐妓沈韦娘，雅丽绝伦，心好之，潜留与狎，戏曰："卿小字取'春风一曲杜韦娘'耶?"答曰："非也。妾母十七为名妓，有咸阳公子与君侯同姓，留三月，订盟婚娶。公子去，八月生妾，因名韦，实妾姓也。公子临别时，赠黄金鸳鸯，今尚在。一去竟无音耗，妾母以是愤邑死。妾三岁，受抚于沈媪，故从其姓。"公子闻其言，愧恨无以自容。默移时，顿生一策。忽起挑灯，唤韦娘饮，藏有鸩毒，暗置杯中。韦娘才下咽，溃乱呻嘶。众集视，则已毙矣。呼优人至，付以尸，重赂之。而韦娘所与交好者尽势家，闻之不解其故，悉不平，共贿激优人，使讼于上官。公子惧，泻囊弥缝，_{倾其资财，贿赂官员，掩饰罪行。}卒以浮躁免官。归家年三十八，颇悔前行。而妻妾五六人，皆无子，欲继公之孙；公以其门无内行，恐习气染儿，虽诺嗣之，但待其老而归之。公子愤，欲往招惠卿，家人皆以为不可，乃罢。又数年，忽病，辄挝心曰："淫婢宿妓者，非人也!"公闻之，叹曰："是殆将死矣!"乃以次子之子，送诣其家，定省之。月余寻卒。

异史氏曰："盗婢宿娼，其流弊殆不可问。然以己之骨血，而谓他人父，亦已羞矣。而鬼神又侮弄之，诱使自食便液。尚不自剖其心，自刭其首，而徒流汗投鸩，非人头而畜鸣者_{外貌是人，但行为如畜生。}耶! 虽然，风流公子所生子女，即在风尘中，亦皆擅场。"

石清虚

邢云飞，顺天人。好石，见佳石不靳_{吝惜}重直。偶渔于河，有物挂网，沉而取之，则石径尺，四面玲珑，峰峦叠秀。喜极，如获异珍。既归，雕紫檀为座，供诸案头。每值天欲雨，则孔孔生云，遥望如塞新絮。有势豪某踵门_{登门}求观，既见，举付健仆，策马竟去。邢无奈，顿足悲愤而已。仆负石至河滨，息肩桥上，忽失手堕诸河。豪怒鞭仆，即出金雇善泅者，百计冥搜，_{仔细搜索}竟不可见，乃悬金署约而去。由是寻石者日盈于河，迄无获者。后邢至落石处，临流于邑，但见河水清澈，则石固在水中。邢大喜，解衣入水，抱之而出，檀座犹存。既归，不肯设诸厅事，洁内室供之。一日，有老叟款门而请，刑托言石失已久。叟笑曰："客舍非耶？"邢便请入舍，以实_{证实}其无。既入，则石果陈几上。邢错愕不能言。叟抚石曰："此吾家故物，失去已久，今固在此。既见之，请即赐还！"邢窘甚，遂与争作石主。叟笑曰："既汝家物，有何验证？"邢不能答。叟曰："仆则固识之。前后有九十二窍，巨孔中五字云：'清虚天_{月宫}石供'。"邢审视窍中，果有小字，细于粟米，竭目力才可辨认；又数其窍，果如所言。邢无以对，但执不与。叟笑曰："谁家物而凭君作主耶？"拱手而出。邢送至门外；既还，则石失所在。大惊，疑叟，急追之，则叟缓步未远。奔去，牵其袂而哀之。叟曰："奇矣！径尺之石，岂可以手握袂藏者耶？"邢知其神，强曳之归，长跽请之。叟乃曰："石果君家者耶，仆家者耶？"答曰："诚属君家，但求割爱耳。"叟曰："既然，石固在是。"还，入室，则石已在故处。叟曰："天下之宝，当与爱惜之人，此石能自择主，仆亦喜之。然彼急于自见，_{自现于人}其出也早，则魔劫未除。实将携去，待三年后始以奉赠。既欲留之，当减三年寿数，始可与君相终始，君愿之乎？"曰："愿。"叟乃以两指捏石窍，窍软如泥，随手而闭。闭三窍已，曰："石上窍数，即君寿数也。"作别欲去。邢苦留之，辞甚坚；问其姓字，亦不言，遂去。积年余，邢以故他出，夜有小偷入室，诸无所失，惟窃石而去。邢归，悼丧欲死。访察购求，全无踪绪。积有数年，偶入报国寺，见卖石者，近视则其故物，将便认取。卖者不服，因负石至官。官问："何所质验？"凭证。卖石者能言窍数。邢问其他，卖石者不能言。邢乃言窍中五字及三指痕，理遂得伸。官欲杖责卖石者，卖石者自言以二十金买诸市，遂释之。邢得石归，裹以锦，藏椟中，时出一赏，先焚异香而后出之。有尚书某购以百金，而邢意万金不易也。某怒，因以他事中伤之。邢被收，典质田产。某托人风示其子，子告邢，邢愿以死殉石。妻窃与子谋，献石尚书家。邢出狱始知，骂妻殴子，屡欲自经，皆以家人觉救得不死。夜梦一丈夫来，自言"石清虚"。谓邢："勿戚！悲伤。特与君年余别耳。明年八月二十日昧爽时，可诣海岱门以两贯相赎。"邢得梦甚喜，敬志其日。而石在尚书家，更无出云之异，久亦不甚贵重之。明年，尚书以罪削职，寻死。邢如期诣海岱门，则其家人窃石出，将求售主，因以两贯市归。后邢至八十九岁，自治葬具，又嘱子必以石殉。既而果卒。子遵遗教，瘗石墓中。半年许，贼发墓，劫石去。子知之，莫可追诘。逾二三日，携仆在道，忽见两人奔踬汗流，往空自投曰："邢先生勿相逼！我二人将石去，不过卖四两银耳。"遂絷送之官，一讯遂伏。问石，则鬻诸宫氏。取石至，官爱玩，欲得之，命寄诸库。吏举石，石忽堕地，碎为数十余片。罔不失色。官乃重械两盗而放之。邢子拾石出，仍瘗墓中。

异史氏曰："物之尤者祸之府。奇异之物会招致各种灾祸。至欲以身殉石，亦痴甚矣！而卒之石与人相终始，谁谓石无情哉？古人云：'士为知己者死。'非过也！石犹如此，而况人乎！"

曾友于

　　曾翁，昆阳故家也。翁初死未殓，两眶中泪出如沈。汁。有子六，莫解其故。次子悌，字友于，为邑名士，以为不祥，戒诸兄弟各自惕，勿贻痛于先人；而兄弟半迁笑之。先是，翁嫡配生长子成，至七八岁，母子为强寇掳去。娶继室，生三子：长曰孝，为诸生，次曰忠，曰信。妾生三子：曰悌，曰仁，曰义。孝以悌等出身贱，鄙不齿，因结连忠、信若为党。即与客饮，悌等过堂下，亦傲不加礼。仁、义皆忿，与友于谋，欲相仇。友于百词宽譬，不从所谋；而仁、义年最少，因兄言，亦遂止。孝有女，适邑周氏，病死。纠悌等往挞其姑，悌不从。孝忿然，令忠、信合族中无赖子，往捉周妻，搒掠无算，抛粟毁器，盎盂无存。周告邑宰。宰怒，拘孝等囚系之，将行申黜。申报郡府，革除功名。友于惧，见宰自投。友于品行，素为宰所仰重，诸昆弟以是得无苦。友于乃诣周所，亲负荆。周亦器重友于，讼遂息。孝归，终不德友于。无何，友于母张夫人卒，孝等皆不为之服，服衰。宴饮如故。仁、义益忿。友于曰："此彼之无礼，于我何损焉？"及葬，把持墓门，不使合厝。合葬。友于乃瘗母隧道中。未几，孝妻亡，友于招仁、义往奔其丧。二人皆曰："期且不论，功于何有？"再劝之，哄然散去。友于乃自往，临哭尽哀。隔墙闻仁、义鼓且吹，孝怒，纠诸弟往殴之，友于操杖先从。入其家，仁觉而逃；义方逾垣，友于自后击仆之。孝等拳杖交加，殴不止。友于横身障阻之。孝怒，让责备。友于。友于曰："责之者，以其无礼也，然罪固不至死。我不怙弟恶，亦不助兄暴。

如怒不解，愿以身代之。"孝遂反杖挞友于，忠、信亦相助殴兄，声势震动，里党群集排解，乃散去。友于即扶杖诣兄请罪。孝逐去之，不令居丧次。而义创甚，不复食饮。仁代具造讼诸官，诉其不为庶母行服。官签牒拘孝、忠、信，而令友于陈状。友于以面目损伤，不能诣署，但作词禀白，哀求阁寝，宰遂消案不行。义亦寻愈。由是仇怨益深。仁、义皆幼弱，辄被敲楚。殴打。恚友于曰："人皆有兄弟，我独无！"友于曰："此两语，我宜言之，两弟何云！"因苦劝之，卒不听。友于遂扃户，携妻子借寓他所，离家五十余里，冀不相闻。友于在家，虽不助弟，而孝等犹稍稍顾忌之；既去，诸兄一不当，辄叫骂其门，辱侵母讳。名讳。仁、义度不能抗，惟杜门思乘间刺杀之，行则怀刃。一日，寇所掠长兄成，忽携妇亡归。诸兄弟以家久析，聚谋三日，竟无处可以置之。仁、义窃喜，招去共养之。往告友于，友于亦喜，即归，共出田宅居成。诸兄怒其施惠，登其门窘辱之。而成久在寇中，习于威猛。闻之，大怒曰："我归，更无一人肯置一屋；幸三弟念手足，又罪责之。是欲逐我耶！"以石投孝，孝仆。仁、义各以杖出，捉忠及信，并挞无数。成不待其讼，先讼之。宰又使人请教友于。友于不得已，诣宰。俯首不言，但有流涕。亟问之，惟求公讯。宰乃判孝等各出田产归成，使七分相准。将财产平分为七份，各归兄弟七人。自此仁、义与成倍益爱敬。谈及葬母事，因并泣下。成恚曰："如此不仁，是禽兽也！"遂欲启圹，更为改葬。仁奔告友于，友于急归谏止之。成不听，刻期发墓，作斋于茔。以刀削树，谓诸弟曰："所不衰麻相从者，有如此树！"众唯唯。于是一门皆哭临，安厝尽礼。由此兄弟相安。而成性刚烈，辄批挞诸弟，而于孝等尤甚。惟重友于，盛怒时，友于一至，片言可解。孝有所行，成往往不平之。因之，孝无十日不至友于所，潜对友于诟诅。友于婉谏，卒不纳。友于不堪其扰，又迁于三泊，僦_租屋而居，去家益远，音迹遂疏。逾二年，诸弟皆畏惮成，久遂相习，纷竞绝少。而孝年四十六，生五子：长继业，三继德，皆嫡出；次继功，四继绩，皆庶出；又婢出继祖。皆成立。亦效父旧行，各为党，日相竞，孝亦不能呵止。惟祖无兄弟，年又最幼，诸兄弟皆得而诟厉之。岳家故近三泊，会诣岳，窃迂道诣叔。入门，见叔家两兄一弟，弦诵怡怡，_{弦歌诵读，兄弟和睦。}久居不言归。叔促之，哀求寄居。叔曰："汝父母皆不之知，我岂惜瓯饭瓢饮乎！"乃归。过数月，夫妻往寿岳母。告父曰："我此行不归矣。"父诘之，因吐微隐。父虑与有夙隙，计难久居。祖曰："父虑过矣。二叔，圣贤也。"遂去，携妻之三泊。友于除舍居之，以齿儿行，使执卷从长子继善读。祖最慧，寄籍三泊年余，入云南郡庠。与善闭户研读，而祖又讽诵最苦，友于益爱之。而自祖居三泊，家中兄弟益不相能。一日，微反唇，业诟辱庶母。功怒，刺杀业。官收功重械之，数日死狱中。业妻冯氏，犹日以骂代哭。功妻刘闻之，怒曰："汝家男子死，谁家男子活耶？"操刀入，击杀冯，自投井中亦死。冯父大立，悼女死惨，率诸子弟，藏兵衣底，往捉孝妾，裸挞道上以辱之。成怒曰："我家死人如麻，冯氏何得复尔！"吼奔而出，诸曾从之，诸冯尽靡。成首捉大立，割其两耳。其子护救，继、绩以铁杖横击，折其两股。诸冯各被夷伤，哄然尽散，惟冯子犹卧道周。众等莫可方略，成夹之以肘，置诸冯村而还。遂呼绩诣官自首。冯状亦至。于是诸曾皆被收。惟忠亡去，至三泊，徘徊门外，犹恐兄念旧恶。适友于率一子一侄入闱归，望见，惊曰："弟何来？"忠未语先泪，长跽道左。_{道旁。}友于益骇，握手入，诘得其情，惊曰："且为奈何！一门乖戾，逆知_{预知}奇祸久矣；不然，胡以窜迹至此。我离家久，与大令_{县令。}无声气之通，今即匍匐而往，只取辱耳。但得冯父子伤重不死，吾三人幸有捷者，则此祸可以少解。"乃留之，昼与同餐，夜与共寝。忠颇感愧。居十余日，又见其叔侄俨如父子，兄弟皆如同胞，凄然下泪曰："今始知曩日非人也。"友于亦喜其悔悟，相对酸恻。俄报友于父子同科，祖亦副榜。大喜。不赴鹿鸣，先归展墓。明季甲第最重，诸冯皆为敛息。友于乃托亲友，赂以金粟，资其医药，讼乃息。举家共泣，乞友于复归。友于乃与兄弟焚香约誓，俾各涤虑涤除恶念。自新，遂移家还。祖从叔不欲归其家。孝乃谓友于曰："我乏德，不应有亢宗光宗耀祖。子；弟又善教，即从其志，俾姑寄名为汝后。有寸进时，可赐还也。"友于从之。后三年，祖果举于乡。使移家去，夫妻皆痛哭，乃去。居数日，祖有儿方三岁，亡归友于家，藏伯善室，不复返，捉去辄逃。孝乃异其居，令与友于邻。祖启户于壁通叔家，两间定省如一焉。自此成亦渐老，一门事皆取决于友于。因而门庭雍穆，和睦。称孝友焉。

异史氏曰："天下惟禽兽止知母而不知父，奈何诗书之家往往而蹈之也！夫门内之行，品行。其渐渍于子孙者，直入骨髓。故古云：其父盗，其子必行劫，其流弊然也。孝虽不仁，其报已惨；而卒能自知乏德，托子于弟，宜其有操心虑患之子也。论果报，犹迂矣。"

嘉平公子

嘉平某公子，丰仪秀美。年十七八，入郡赴童子试。偶过许娼之门，门内有二八丽人，因目注之。女微笑点其首，公子喜，近就与语。女便问："寓居何所？"具告之。问："寓中有人否？"曰：

"无。"女云："妾夕间奉访，勿使人知。"公子诺而归，既暮，排去僮仆。女果至，自言"小字温姬"。且云："妾慕公子风流，遂背媪而至。区区之意，深愿奉以终身。"公子亦喜，约以重金相赎。自此三两夜辄一至。一夕，冒雨而来，入门，解去湿衣，罥挂。诸椸衣架。上；已乃脱足上小靴，求公子代去泥涂，遂上床以被自覆。公子视其靴，乃五文新锦，沾濡殆尽，惜之。女曰："妾非敢以贱物相役，我不敢役使公子代我拭去靴上之泥。欲使公子知妾之痴于情也。"而是想要公子明白我冒雨涉泥而来的痴情。既听窗外雨声不止，遂吟曰："凄风冷雨满江城。"求公子续，公子辞以不解。女曰："公子如此一人，何乃不知风雅！使妾清兴消矣！"因劝令肄习，公子诺之。往来既频，仆辈皆知。公子有姊夫宋氏，亦世家子，闻其事，窃求公子一见温姬。公子言之，女必不可。宋隐身仆舍，伺女至，伏窗窥之，颠倒欲狂。急排闼入，女起，逾垣而去。宋向往殊殷，乃修贽备礼。诣许媪，指名求之，则果有温姬，而死已久。宋愕然而返，以告公子，公子始知为鬼，而心终爱好之。至夜，以宋言告女。女曰："诚然。顾君欲得美女子，妾亦欲得美丈夫。各遂所愿足矣，人鬼何论焉？"公子以为然。试毕而归，女亦从之。他人不见，惟公子见之。至家，寄诸斋中。公子独宿不归，父母疑之。女归宁，始隐以告母。父母大惊，戒公子绝之。公子不能听。父母深以为忧，百术驱遣不得去。一日，公子有谕仆帖，谕告仆人的便条。置案上，中多错谬："椒"讹"菽"，"姜"讹"江"，"可恨"讹"可浪"。女见之，书其后云："何事'可浪'？'花菽生江'。有婿如此，不如为娼！"遂告公子曰："妾初以公子世家文人，故蒙羞自荐。不图虚有其表！以貌取人，毋乃为天下笑乎！"言已而没。公子虽愧恨，犹不知所题，拆帖示仆。闻者传以为笑。

异史氏曰："温姬可儿！翩翩公子，何乃苛其中之所有哉！遂至悔不如娼，则妻妾羞泣矣。顾百计遣之不去，而见帖浩然，则‘花菽生江’，何殊于杜甫之‘子章髑髅’哉！"《耳录》云：道旁设浆者，榜云："施恭结缘。"讹"茶"为"恭"，亦可笑。

二班

　　殷元礼，云南人，善针灸之术。遇寇乱，窜入深山。日既暮，村舍尚远，惧遭虎狼。遥见前途有两人，疾趁追赶。之。既至，两人问客何来，殷乃自陈族贯。两人拱敬曰："是良医殷先生也，仰山斗喻为世人所钦仰的人。久矣！"殷转诘之。二人自言班姓，一为班爪，一为班牙。便谓："先生，余亦避难者，石室幸可栖宿，敢屈玉趾，且有所求。"殷喜从之。俄至一处，室傍岩谷。爇点燃。柴代烛，始见二班容躯威猛，似非良善。计无所之，即亦听之。又闻榻上呻吟，细审，则一老妪僵卧，似有所苦。问："何恙？"牙曰："以此故，敬求先生。"乃束火照榻，请客逼视。见鼻下口角有两赘瘤，皆大如碗。且云："痛不可触，妨碍饮食。"殷曰："易耳。"出艾团之，为灸数十壮，艾灸一炷为一壮。曰："隔夜愈矣。"二班喜，烧鹿饷客；并无酒饭，惟肉一品。爪曰："仓猝不知客至，望勿以辔褒招待不周。为怪。"殷饱餐而眠，枕以石块。二班虽诚朴，而粗莽可惧，殷转侧不敢熟眠。天未明，便呼妪，问所患。妪初醒，自扪，则瘤破为创。殷促二班起，以火就照，敷以药屑，曰："愈矣。"拱手遂别。班又以烧鹿一肘赠之。后三年无耗。音信。殷适以故入山，遇二狼当道，阻不得行。日既西，狼又群至，前后受敌。狼扑之，仆；数狼争啮，衣尽碎。自分已死。忽两虎骤至，诸狼四散。虎怒，大吼，狼惧尽伏。虎悉扑杀之，竟去。殷狼狈而行，惧无投止。遇一媪来，睹其状，曰："殷先生吃苦矣！"殷戚然诉状，问何见识。<small>相识。</small>媪曰："余即石室中灸瘤之病妪也。"殷始恍然，便求寄宿。媪引去，入一院落，灯火已张，曰："老身伺先生久矣。"遂出袍裤，易其敝败。罗浆具酒，酬劝谆切。媪亦以陶碗自酌，谈饮俱豪，不类巾帼。殷问："前日两男子，系老姥何人？胡以不见？"答云："两儿遣逆<small>迎接。</small>先生，尚未归复，必迷途矣。"殷感其义，纵饮不觉沉醉，酣眠座间。既醒，已曙，四顾竟无庐舍，孤坐岩上。闻岩下喘息如牛，近视，则老虎方睡未醒，喙间有二瘢痕，皆大如拳。骇极，惟恐其觉，潜踪而遁。始悟两虎即二班也。

乩仙

章丘米步云，善以乩卜。每同人<small>志同道合者。</small>雅集，辄召仙相与赓和。<small>唱和。</small>一日，友人见天上微云，得句，请以属对，曰："羊脂白玉天。"乩书云："问城南老董。"众疑其不能对，故妄言之。后以故偶适城南，至一处，土如丹砂，异之。有一叟牧豕其侧，因问之。叟曰："此俗呼猪血红泥地也。"忽忆乩词，大骇。问其姓，答云："我老董也。"属对不奇，而预知过城南之必遇老董，斯亦神矣！

苗生

龚生，岷州人。赴试西安，憩于旅舍，沽酒自酌。一伟丈夫入，坐与扳谈。生举卮劝客，客亦不辞。自言苗姓，言噱 言笑。粗豪。生以其不文，偃蹇 yǎnjiǎn, 傲慢。遇之。尊既尽，不复唤沽。苗生曰："措大 对穷书生的蔑称。饮酒，使人闷损矣！"起向垆头，酒店。出钱行沽，提一巨瓻而入。生辞不饮，苗捉臂劝釂，臂痛欲折。生不得已，为尽数觞。苗以羹碗自吸，笑曰："仆不善劝客，行止惟君所便。"生即治装行。约数里许，马病卧于途，坐待路侧。行李重累，无所方计。苗寻至，诘知其故，遂卸装付仆，己乃以肩承马腹而荷之，趋二十余里，始至逆旅，释马就枥。移时，生主仆方至。生乃惊为神，相待优渥，沽酒市饭，与共餐饮。苗曰："仆善饭，非君所能饱饫，饮可也。"引尽一瓻，乃起而别曰："君医马尚须时日，余不能待，行矣。"遂去。后闱毕，三四友人邀登华山，藉地 席地而坐。作筵。方共宴笑，苗忽至，左携巨尊，右提豚肘，掷地曰："闻诸君登临，敬附骥尾。"敬附名士之后。众起为礼，相并杂坐，豪饮甚欢。众欲联句，苗争曰："纵饮甚乐，何苦愁思！"众不听，设"金谷之罚"。意谓作诗不成，罚酒三杯。苗曰："不佳者，当以军法从事！"众笑曰："其罪不至于此。"苗曰："如不见诛，仆武夫亦能之也。"首座靳生曰："绝巘凭临眼界空。"苗信口而续曰："唾壶击缺剑光红。"下座沉吟既久，苗遂引壶自倾。移时，以次属句，渐涉鄙俚。苗呼曰："只此已足，如赦我者，勿作矣！"客弗之听。苗不可复忍，遽效作龙吟，山谷响应；又起，俯仰作狮子舞。

诗思既乱，众乃罢吟，因而飞觞再酌。时已半醉，客互诵闱中作，_{科场中所作八股文。}迭相赞赏。苗不欲听，牵生豁拳。_{猜拳。}二人胜负屡分，而诸客诵赞未已。苗厉声曰：“仆听之已悉。此等文，只宜向床头对婆子读耳，广众中刺刺者可厌也！”众有惭色，又更恶其粗莽，遂益高吟。苗怒甚，伏地大吼，立化为虎，扑杀诸客，咆哮而去。所存者，惟生及靳，是科领荐。后三年，再经华阴，忽见嵇生，亦山上被噬者。大恐欲驰，嵇捉鞚_{捉住马络头。}使不得行。靳乃下马，问其何为。答曰：“我今为苗氏之伥，从役良苦。必再杀一士人，始可相代。三日后，应有儒服儒冠者见噬于虎，然必在苍龙岭下，始是代某者。君于是日，多邀文士于此，即为故人谋也。”靳不敢辨，敬诺而别。至寓所，筹思终夜，莫知为谋，自拚_{不惜。}背约，以听鬼责。适有表戚蒋生来，靳述其异。蒋名下士，邑尤生考居其上，窃怀忌嫉。是日闻靳言，阴欲陷之。折简邀尤，与共登临，自乃着白衣_{无官职或功名之人所穿的便服。}而往，尤亦不解其意。至岭半，肴酒并陈，敬礼臻至。会郡守登岭上，守故与蒋为通家，_{世交。}闻蒋在下，遣人召之。蒋不敢以白衣往，遂与尤易服冕。交着未竟，虎骤至，衔蒋而去。

异史氏曰：“得意津津者，捉衿袖，强人听闻；闻者欠伸_{打哈欠，伸懒腰。}屡作，欲睡欲遁，而诵者足蹈手舞，茫不自觉。知交者亦当从旁肘之蹑之，_{用肘碰他，用脚踩他。}恐座中有不耐事之苗生在也。然忌嫉者易服冕而毙，则知苗亦无心者耳。故厌怒者苗也——非苗也。”

杜小雷

杜小雷，益都之西山人。母双盲。杜事之孝，家虽贫，无日不甘旨奉之。一日，将他适，市肉付妻，令作馎饦。妻最忤逆，_{不孝顺}切肉时，杂蜣螂其中。母觉臭恶不可食，藏以待子。杜归，问："馎饦美乎？"母摇首，出以示之。杜裂视，见蜣螂，怒甚。入室，欲挞妻，又恐母闻。上榻筹思，妻问之，亦不语。妻自馁，彷徨榻下。久之，喘息有声。杜叱曰："不睡，待敲扑_{鞭笞}耶！"亦觉寂然。起而烛之，妻不知何在，但见一豕，细视，则两足犹人，始知为妻所化。邑宰闻之，縶去，使游四门，以戒来者。谭薇臣曾亲见之。

毛大福

太行毛大福，疡医也。一日，行术归，道遇一狼，吐裹物，退蹲道左。毛拾视，则布裹金饰数事。_{件。}方怪异间，狼前欢跃，略曳袍服，即复去。毛行，又曳之。察其意不恶，因从之去。未凡，至穴，见一狼病卧，视顶上有巨疮，溃腐生蛆。毛悟其意，拨剔净尽，敷药如法，乃行。日既晚，狼遥送之。行三四里，又遇数狼，咆哮相侵，惧甚。前狼急入其群，若相告语，众狼悉散去。毛乃归。先是，邑有银商宁泰，被盗杀于途，莫可追诘。会毛货金饰，为宁氏所认，执赴公庭。毛诉所从来，官不之信，将械之。毛冤极不能自伸，惟求宽释，请问诸狼。官遣两隶押入山，直抵狼穴。值狼未归，既暮不至，三人遂反。至半途，遇二狼，其一疮痕犹在。毛识之，因揖而祝曰："前蒙馈赠，今遂以此被屈。君不为我昭雪，回去捞掠死矣！"狼见毛被絷，怒奔隶。隶拔刀向之。狼以喙拄地大嗥；嗥两三声，山中百狼群集，围旋之。隶大窘。竞前啮絷索，隶悟其意，解毛缚，狼乃俱去。归述其状，官异之，而犹未遽释毛。后数日，官出行在道，一狼衔敝履^{破鞋}委于路侧，未以为异，过之。狼又衔履奔前途而置之。官命收履，狼乃去。既归，阴遣人访履主。或传某村有业薪者，被二狼追逐，衔履而去。拘来认之，果其履也。遂疑杀宁者即薪，鞫之果然。盖薪杀宁，取其巨金，衣底藏饰，未遑收括，被狼衔去也。

昔一收生姬^{接生婆}。自他归，遇一狼阻道，牵衣若欲召之。乃从去，见雌狼方娩不下。姬为之用力，既产，始放之归。明日，衔鹿置庭中。乃知此事自古有之也。

雹神

唐太史济武，适日照会安氏葬。^{为安氏送葬}道经雹神李左车之祠，暂入游眺。祠前有池，池水清澈，有朱鱼数头，游泳其中。内一斜尾鱼唼呷^{shàxiā，鱼吃食声}水面，见人不惊。太史拾小石将戏击之，道士在旁急止勿击。问其故，则池鳞皆龙族，触之必致风雹。太史笑附会之诬，不听其言，卒掷之。既而升车东迈，则有黑云如盖，随之以行。既而簌簌雹落，大如棉子。又行里余，始霁。太史弟凉武在后，相去一矢。少间追及，相与语，则竟不知有雹也。问之前行者亦然。太史笑曰："此岂广武君作怪耶！"而犹未之深异。安村外有关圣祠，<small>关帝庙。</small>适有裨贩之客，<small>小商贩。</small>释肩门外，忽弃双簏，趋祠中，拔架上大刀，旋转而舞曰："我，李左车也。明日将陪从淄川唐太史一助执绋，<small>送葬。</small>敬先告主人。"数语而醒，自不知其何言，亦不识唐太史何人也。安氏闻之大惧。村去神祠四十余里，敬修楮帛<small>纸钱。</small>祭具，诣祠哀祷，但求怜悯，不敢烦其枉驾。太史怪其敬信之深，问诸主人。盖雹神灵迹最著，往往托生人以为言，应验无虚语。若不虔祝以尼<small>阻止。</small>其行，则明日风雹立至矣。

异史氏曰："广武君在当年，亦老谋壮事者流也。即司雹于东，或亦其不磨之气，受职于天。然业神矣，何必翘然自异哉！盖太史道义文章，天人之钦瞩已久，此鬼神之所以必求信于君子也。"

李八缸

太学李月生，升宇翁之次子也。翁最富，以缸贮金，里人称之"八缸"。翁寝疾，呼子分金，兄八之，弟二之。月生不能无觖 <small>jué，缺，不满。</small>望。翁曰："我非偏有爱憎，藏有窖镪，必待无多人时，方以畀<small>给予。</small>汝，勿急也。"过数日，翁益弥留。月生虑一旦不虞，觑无人，即床头秘讯之。翁曰："人生苦乐，皆有定数。汝方享妻贤之福，故不宜再助多金，以增汝过。"盖月生妻车氏，最贤，有桓、孟之德，翁是以云。月生固哀之，怒曰："汝尚有二十余年坎壈未历，即予千金，亦立尽耳。苟不至山穷水尽时，勿望给与也！"月生为人孝友敦笃，即亦不敢复言。犹冀父复瘳，旦夕可以婉告。

无何，翁大渐，_{病危}。寻卒。幸兄贤，斋葬之谋，弗与较计。而月生天真烂漫，不较锱铢，又好客善饮，炊黍治具，日促妻三四作，又不甚理家人生产。里中无赖窥其懦，辄鱼肉之。逾数年，家渐落。窘急时，赖兄小周给，不至大困。无何，兄以老病卒，益失所助，至绝粮食。春贷秋偿，田所出，登场辄尽。于是割亩为活，_{业，产业}。益消减。又数年，长子及妻相继殂谢，无聊益甚。寻买贩羊者之妻徐，冀得其小阜；而徐性刚烈，日凌藉之，至不敢与朋友通吊庆礼。忽一夜梦父曰："今汝所遭，可谓山穷水尽矣。尝许汝窖镪，今其可矣。"问："何在？"曰："明日畀汝。"醒而异之，犹谓是贫中之积想也。次日，发土葺_{修理}。墙，掘得巨金。始悟向言"无多人"，乃死亡将半也。

异史氏曰："月生，余杵臼交，_{指贫贱之交}。其为人朴诚无少伪。余兄弟与交，哀乐辄相共。数年来，村隔十余里，老死竟不相闻。余偶过其居里，因亦不敢过问之。则月生之苦况，盖有不可明言者矣。忽闻暴得千金，不觉为之鼓舞。呜呼！翁临终之治命，_{先人临终时的遗言}。昔习闻之，而不知其言言皆谶也。抑何其神哉！"

老龙船户

朱公徽荫，巡抚粤东，时往来商旅，多告无头冤状。往往千里行人，死不见尸，甚至数客同游，全绝音信，积案累累，莫可究诘。初告，有司尚欲发牒_{公文}。行缉；_{捕拿}。迨投状既多，遂竟置而不问。公莅任，稽旧案，状中称死者不下百余，其千里无主者，更不知其几何。公骇异惨怛，筹思废寝。遍访僚属，迄少方略。于是洁诚熏沐，致檄于城隍之神。已而变食斋寝，恍惚中见一官僚，搢笏_{笏板插于绅带。}而入。问："何官？"答云："城隍刘某。""将何言？"曰："鬓边垂雪，天际生云，水中漂木，壁上安门。"言已而退。既醒，隐谜不解。辗转终宵，忽悟曰："垂雪者，老也；生云者，龙也；水上木为船；壁上门为户：合之非'老龙船户'耶！"盖省之东北，曰小岭，曰蓝关，源自老龙津以达南海，岭外巨商，每由此入粤。公早遣武弁，_{武官。}密授机谋，捉老龙津驾舟者，次第擒获五十余名，皆不械而服。盖寇以舟渡为名，赚客登舟，或投蒙药，或烧闷香，使诸客沉迷不醒；而后剖腹纳石，以沉于水。冤惨极矣！自昭雪后，遐迩欢腾，谣颂咸集焉。

异史氏曰："剖腹沉尸，惨冤已甚，而木雕之有司，_{形如木雕的官员。}更少疴痒，则粤东之暗无天日久矣！公至而鬼神效灵，覆盆_{覆置的盆，喻不见天日，沉冤难雪。}俱照，何其异哉！然公亦非有四目两口，不过疴瘝_{民之疾苦，如病痛在身。}之念，积于中者至耳。苟徒巍巍然，出则刀戟横路，入则兰麝熏心，尊优则极，而何能与神通哉！"

青城妇

费邑高梦说，为成都宰时，有一奇狱。先是，有西商客成都，娶青城山寡妇。既而以他故西归，年余复返。夫妻一聚，而商暴卒。同商者疑之，具状告官。高亦疑妇有私，苦讯之。横加酷掠，迄无词。牒解郡臬，并少情实，淹系_{久系。}成都狱，积有时日。后高署有病者，一老医入，适相言及。医闻之，遽曰："妇尖嘴否？"问："何说？"医初不言，问之坚而后言："盖绕青城山有数村落，其中妇女多为蛇交，则生女尖喙，阴中有物类蛇舌。至淫纵时，则舌或出，一入阴管，男子阳脱立死。"高闻之骇，尚未深信。医曰："此处有巫媪，能内药使妇意荡，舌自出，是否可以验见。"高如其言，使媪治之，舌果出，其疑始解。牒报郡。郡官皆如法验之，乃释其罪。

鸮鸟

长山杨令，性奇贪。康熙乙亥间，值西塞用兵，市民间骡马辇运粮饷。杨假此搜括，地方头畜一空。周村为商贾所集，趁墟_{赶集}者车马辐辏。杨率健丁悉篡夺之，计不下数百余头。四方估客，无所控告。时诸令皆以公务在郡。会益都令董、莱芜令范、新城令孙，会集旅舍。有山西二商，迎门号诉，盖有健骡四头，俱被抢掠，道远失业，不能归，故哀求诸公为缓颊_{代说人情}也。三公怜其情，许之，遂命驾共诣杨。杨治具相款。酒既行，众言来意。杨不听。众言之益切。杨举酒促釂以乱之，曰："某有一令，_{酒令。}不能者罚。须一天上、一地下、一古人，左右问所执何物，口道何词，随问答之。"便倡_{首倡。}云："天上有月轮，地下有昆仑，有一古人刘伯伦。左问手执何物，答云：'手执酒杯。'右问口道何词，答云：'道是酒杯之外不须提。'"范公云："天上有广寒宫，地下有乾清宫，有一古人姜太公。手执钓鱼竿，道是'愿者上钩'。"孙云："天上有天河，地下有黄河，有一古人是萧何。手执一本《大清律》，道是'赃官赃吏'。"杨有惭色，沉吟久之，曰："某又有之。天上有灵山，地下有泰山，有一古人是寒山。手执一帚，道是

'各人自扫门前雪'。"众相视觍然，不作一语。忽一少年入，袍服华整，举手作礼，共挽坐，酌一大斗。_{大酒杯。}少年笑曰："酒且勿饮。久闻诸公雅令，愿献刍荛。"_{谦称己言。}众请之。少年曰："天上有玉帝，地下有皇帝，有一古人洪武朱皇帝。_{明太祖朱元璋。}手执三尺剑，道是'贪官剥皮'。"众大笑。杨悪骂曰："何处狂生敢尔！"命隶执之。少年跃登几上，化为鸮，_{猫头鹰。}冲帘飞出，集庭树间，四顾室中，作笑声。主人击之，且飞且笑而去。

异史氏曰："市马之役，诸大令_{县令。}健畜盈厩者十之七，而千百为群，作骡马贾者，长山外不数数_{屡次。}见也。圣明天子爱惜民力，取一物必偿其直，乌知奉行者流毒若此哉！鸮所至，人最厌其笑，儿女共唾之，以为不祥。此一笑。则何异于凤鸣哉！"

古瓶

邑北村中井湮，村人某甲、乙缒入淘之。掘尺余，得髑髅。误破之，口含黄金，喜纳腰橐。复掘，又得髑髅六七枚。冀得含金，悉破之，而一无所有。惟旁有磁瓶二、铜器一。器大可合抱，重数十斤，侧有双环，不知何用，斑驳陆离。_{颜色错杂。}瓶亦古制，非近款。既出井，甲、乙皆死。移时乙苏，曰："我乃汉人。遭新莽之乱，_{指王莽篡汉自立，改国号新。}全家投井中。适有少金，因内口中，实非含殓之物，人人都有也。奈何遍碎头颅？情殊可恨！"众香楮_{焚香烧纸。}共祝之，许为殡葬，乙乃愈；甲不能复生矣。颜镇孙生闻其异，购铜器而去。瓶一，入袁孝廉宣四家，可验阴晴：见有一点润处，初如粟米，渐阔渐满，未几雨至；润退，则云亦开。其一入张秀才家，用志朔_{农历每月初一}。望_{农历每月十五}：朔则黑起如豆，与日俱长；望则一瓶遍满；既望，_{农历每月十六}。又以次而退，至晦_{农历每月最后一天}。则复其初。以埋土中久，瓶口有小石粘口上，刷剔不可下。欲敲去之，石落而口微缺，亦一憾事。浸花其中，花落结实，与在树者无异云。

元少先生

韩元少先生为诸生时，有吏突至，白主人欲延作师，而殊_竟无名刺。问其家阀，吏含糊对之。束帛缄贽，_{聘师礼物}仪礼优渥。先生诺之，约期而去。至日，果以舆来。迤逦而往，道路皆所未经。忽睹殿阁，下车入，气象类藩邸。既就馆，酒炙纷罗，劝客自进，并无主人。筵既撤，则公子出拜，年十五六，姿表秀异。展礼罢，趋就他舍，请业_{请教学业}。始至师所。公子慧绝，闻义辄通。而先生以不知家世，颇所疑闷。馆中有二僮为之给役，私就诘之，皆不对。问："主人何在？"答以事忙。先生求导窥之，僮不可。又屡求之，僮乃诺。导至一处，闻拷楚声。自门隙目注之，见一王者坐殿上，阶下剑树刀山，皆冥中事。大骇。方将却步，内已知之，因罢政，叱退诸鬼，疾呼僮。僮变色曰："我为先生，祸及身矣！"战惕奔入。王者怒曰："何敢引人私窥！"即以巨鞭重笞讫。乃召先生入，曰："所以不见者，以幽明异路。今已知之，势难再聚。"因赠束金使行，曰："君天下第一人，_{指考中状元}。但坎壈未尽耳。"使青衣捉骑送之。先生疑身已死。青衣曰："何得便尔！先生食御一切置自俗间，非冥中物也。"既归，坎坷数年，作会、状，_{考中会元、状}

元。其言皆验。

薛慰娘

　　丰玉桂，聊城儒生也，贫无生业。万历间，岁大祲，_{大荒年。}孑然南遁。年余将归，至沂而病。力疾行数里，至城南丛葬处，益惫，因傍冢憩息。少间如梦，至一村，有叟自门中出，邀生入。屋两楹，亦殊草草。_{简陋。}室内一女子，年十六七，仪容慧雅。叟使瀹柏枝汤，以陶器供客。便向生诘里居、年齿，既已，乃曰："洪都李姓，平阳族。流寓此间，今三十二年矣。君志此门户，余家子孙如见探访，即烦一指示之。老夫不敢忘义。义女慰娘，颇不丑，可配君子。三豚儿_{谦称己儿。}到日，即遣主盟。"生喜，拜曰："犬马_{卑幼者对尊长的谦称。}齿二十有二，尚少良配。惠意眷好，固佳；但何处得翁之家人而告诉也？"叟曰："君但住北村中，相待月余，自有来者，只求无惮烦耳。"生恐其言不信，要_{要约。}之曰："实告翁：仆固家四壁耳，恐后日不如所望，中道之弃，人所难堪。即无姻好，亦不敢不守季路之诺，即何妨质言之也？"叟笑曰："君欲老夫旦旦_{盟誓。}耶？我稔知君贫。此订非专为君，慰娘孤而无依，相托已久，不忍听其流落，故以奉君子耳。何见疑耶！"即捉臂送生出，拱手合扉而去。生忽似梦觉，则身卧冢边，日已将午。渐起，次且入村。村人见之皆惊，谓其死道旁已经日矣。顿悟叟即坟中人也，隐而不言，但求寄寓。村人恐其复死，莫敢留。村有秀才与同姓，闻之，趋诘家世，盖生缌服叔_{远房叔叔}也。喜导至家，饵治之，数日寻愈。因述所遇，叔亦惊怪，遂坐待以觇其异。居无何，果有官人至村，访父墓址，自言平阳进士李叔向。先是，其父李洪都，与同乡某甲远行贾，死于沂，某因瘗诸丛葬处。既归，某亦寻死。是时公三子皆幼。长伯仁，后举进士，令淮南。数遣人寻父墓，迄无知者。次仲道，寻举孝廉。叔向最少，亦登第。于是亲求父骨至沂，无处不谂。是日，问村人，皆莫之识。生乃引至葬所，指示之。叔向以其年少未敢信，生具陈所遭，叔向奇之。审视有两坟近相接，或言三年前有仕宦者，葬少妾于此。叔向恐误发他家，生遂以所卧处示之。叔向命舁材其侧，始发冢。冢开，则见女尸，服妆黯败，而粉黛面容。如生。叔向知其误，骇极，莫知所为。而女已顿起，四顾曰：“三哥来耶？”叔向惊就问之，则慰娘也。乃解衣蔽覆，舁归逆旅。急发旁冢，冀父复活。既发，则肤革犹存，而抚之僵燥，悲哀不已。装荷入棺，清醮七日；女亦缞绖丧服名。若女。忽告叔向曰：“曩阿翁有黄金二铤，曾分一为妾作奁。妾以孤弱无藏所，故仅以丝线絷腰，而未将去，兄得之否？”叔向不知，乃使生反求诸圹，果得之，一如女言。叔向仍以线志者分赠慰娘。暇乃审其家世。先是，女父薛寅侯无子，止生慰娘，深钟爱之。女一日自金陵舅氏归，将媪问渡。操舟者乃金陵媒也。适有仕宦者任满赴都，托觅美妾，凡历数家，无当意者，故将为扁舟诣广陵。忽遇女，隐生诡谋，急招附渡。媪素识之，遂与共济。中途，投毒食中，女、媪皆迷。推媪堕江，载女而返，以重金鬻诸仕宦者。入门，嫡始知，怒甚。女又迷闷，不知为礼，遂挞楚而囚禁之。北渡至沂，女方苏。婢言始末，女大泣，自经，乃瘗女于沂之南郭乱冢中。女至墓，为群鬼所凌，李翁时呵护之，女乃父事翁。翁曰：“汝命合不死，当为择一快婿。”一日，生既见而出，返谓女曰：“此生品谊品行。不凡。待汝三兄至，为汝主婚。”一日，曰：“汝可归候，汝三兄将来矣。”盖即发墓之日也。女于丧次，为叔向缅述之。叔向叹息良久，即以慰娘为妹，俾使。从李姓。略买衣妆，遣归生，曰："资斧无多，不能为妹子办妆。意将偕归，以慰母心，何如？"女亦欣然。于是夫妻从叔向，轝枢并发。既归，母诘得其故，爱逾所生，馆诸别院。丧次，女哀悼过于儿孙。母益怜之，不令东归，嘱诸子为之买第。适有冯氏卖宅，直六百金。仓猝未能取盈，暂收契券，约日交兑。及期，冯早至；适女亦自别院入省母，突见之，绝似当年操舟人。冯亦似惊。女趋过之。两兄亦以母小恙，俱集母所。女问："厅前踯躅者谁也？"仲道曰："几忘却，此必前日卖宅者也。"即起欲出。女止之，告以所疑，使诘难之。仲道诺而出，则冯已去，而巷南塾师薛先生在焉。因问："何来？"曰："昨夕冯某浼请托。早登堂，一署券保。适途遇之，云偶有所忘，暂归便返，使仆坐以待之也。"少间，生及叔向皆至，遂相攀谈。慰娘以冯故，潜自屏后来窥客，细审之，则其父也。突出，持抱大哭。翁惊涕曰："吾儿何来？"众始知薛即寅侯也。仲道虽与街头屡遇之，初未悉其名字。至是共喜，为述前因，设酒相庆。因留信宿，自道行踪。盖自失女后，妻以悲死，鳏无所依，故游学至此也。生约买宅后，迎与同居。翁次日往探冯，则举家遁去，始知杀媪卖女者，即其人也。冯初至平阳，贸易成家；比年博赌，渐就消乏，故货居宅，卖女之资，亦濒尽矣。慰娘得所，即亦不甚仇之，但择日徙居，更不追其所往。李母络遗不绝，一切日用之需皆给之。生遂家于平阳，但归赴岁试回原籍聊城参加科举考试。深以为苦，幸是科举孝廉。慰娘富贵，每念媪为己死，思有以报其子。媪夫姓殷氏，一子名富，善博，贫无立锥。一日，博局争注，殴杀人命，亡归平阳，虽不识生，然以慰娘故，远相投。生喜，留之门下。研诘之，道其所杀姓名，盖即冯某也。骇叹久之，因为道破，富始知冯即杀母之仇。益喜，遂佣为生家服役，亦家于西。薛寅侯就养于婿，婿为买妇，生子女各一焉。

田子成

　　江宁田秀才子成，过洞庭，覆舟而没。子良耜，时在抱中。妻杜氏，闻讣，仰药死。良耜受庶祖母抚育，得以成立，后成进士，筮仕湖北。年余，奉宪命营务湖南。至洞庭，痛哭而返。自告才力不及，降县丞，隶汉阳，甚非所乐，辞不就。诸院司强督促之，乃就。辄放浪江湖间，不以官职自守。一夕，舣舟_{停舟}江岸，闻洞箫声，抑扬可听。乘月步去，约半里许，见旷野中茅屋数椽，荧荧灯火；近窗窥之，则三人对酌其中。上座一秀才，年三十许；下座一叟；侧坐吹箫者，年最少。吹竟，叟击节叹赏。秀才面壁吟思，若罔闻。叟曰："卢中君必有佳作，请长吟，俾得共赏之。"秀才乃吟曰："满江风雨冷凄凄，瘦草零花化作泥。千里云山飞不到，梦魂夜夜竹桥西。"吟声怆恻。叟笑曰："卢十兄故态作矣！"因酌以巨觥，曰："老夫不能属和，请歌以侑酒。"_{劝酒。}乃歌"兰陵美酒"之什。歌已，一座解颐。少年起曰："我视月斜何度矣。"突出，见客，拍手曰："窗外有人，我等狂态尽露也！"遂挽客入，共一举手。叟使与少年相对坐。试其杯皆冷酒，辞不饮。少年知其意，即起，以苇炬燎壶而进之。良耜亦命从者出钱行沽，叟固止之。因讯邦族，良耜具道生平。叟致敬曰："吾乡父母_{父母官，即地方官。}也。仆少君姓江，此间土著。"指少年曰："此江西杜野侯。"又指秀才曰："此卢十兄，与公同乡。"卢自见良耜，殊偃蹇_{傲慢。}不甚为礼。良耜因问："家居何里？如此清才，殊竟_{竟。}早不闻。"答曰："流寓已久，亲族恒不相识，可叹人也！"言之哀楚。叟摇手乱之曰："好客相逢，不理觞政，聒絮如此，厌人听闻！"遂把杯自饮，曰："一令酒令。请共行之，不能者罚。每掷三骰，每次掷三个骰子。以相逢为率，所掷三个骰数，其中两个数相加之和与第三个数相同。须一古典相合。"乃掷得幺二三，倡曰："三加幺二点相同，鸡黍三年约范公：朋友喜相逢。"次少年，掷得双二单四，曰："不读书人，但见俚典，勿以为笑。四加双二点相同，三人聚义古城中：兄弟喜相逢。"卢得双幺单二，曰："二加双幺点相同，吕向两手抱老翁：父子喜相逢。"良耜掷，复与卢同，曰："二加双幺点相同，茅容二簋款林宗：主客喜相逢。"令毕，良耜兴辞。卢始起，曰："故乡之谊，未遑倾吐，何遽言别？将有所问，愿少留也。"良耜复坐，问："何言？"曰："仆有老友某，没于洞庭，亦与君同族否？"良耜曰："是先君也，何以相识？"曰："少时相善。没日，惟仆见之，因收其骨，葬江边耳。"良耜出涕下拜，求指墓所。卢曰："明日来此，当指示之。要亦易辨，去此数武，但见坟上有丛芦十茎者是也。"良耜洒涕，与众拱别。至舟，终夜不寝，顿念卢情词似皆有因。不能待旦，昧爽黎明。而往，则舍宇全无，益骇。因遵所指处往寻墓，果得之。丛芦其上，数之，适符其数。恍然悟卢十兄之称，皆其寓言；所遇，乃其父之魂也。细问土人，则二十年前有高翁，富而好善，水中溺者，皆拯其尸而埋之，故有数坟在焉。遂发冢负骨，弃官而返。归告祖母，质其状貌皆确。江西杜野候，乃其表兄，年十九，溺于江；后其父流寓江西。又悟杜夫人没后，葬竹桥之西，故诗中忆之也。但不知叟何人耳。

王桂庵 子寄生附

　　王樨，字桂庵，大名世家子。适南游，泊舟江岸。临舟有榜人^{船夫}女，绣履其中，风姿韵绝。王窥瞻既久，女若不觉。王朗吟"洛阳女儿对门居"，^{唐代王维《洛阳女儿行》诗句。}故使女闻。女似解其为己者，略举首一斜瞬之，俯首绣如故。王神志益驰，以金铤一枚遥投之，堕女襟上。女拾弃之，若不知为金也者。金落岸边，王拾归，益怪之。又以金钏掷之，堕足下；女操业不顾。无何，榜人自他归。王恐其见钏研诘，心颇急；女从容以双钩^{双脚}覆蔽之。榜人解缆，顺流径去。王心情丧惘，痴坐凝思。时王方娶而丧偶，悔不即媒定之。乃询诸舟人，并不识其何姓。乃返舟急追之，目力既穷，杳不知其所往。不得已，返舟而南。务毕，^{事务办完。}北旋，又沿江细访，并无音耗。至家，寝食皆萦念之。逾年，复南，买舟江际，若家焉。日日细数行舟，往来者帆楫皆熟，而曩舟殊杳。居半年，资罄而归。行思坐想，不能少置。一夜，梦至江村，过数门，见一家柴扉南向，门内疏竹为篱，意是园亭，径入之。有夜合一株，红丝满树。隐念：诗中"门前一树马缨花"，此其是矣。过数武，苇笆光洁。又入之，见北舍三楹，双扉合焉。南有小舍，红蕉蔽窗。探身一窥，则椸架^{衣架。}当门，胃^{挂。}画裙其上，知为女子闺阃，愕然却退；而内亦觉之，有奔出看客者，粉黛^{面容。}微呈，则舟中人也。喜出非望，曰："亦有相逢之期乎！"方将狎就，女父适归，倏然惊觉，始知为梦。景物历历，如在目前。秘之，恐与人言，破此佳兆。后年余，再适镇江。郡南有徐太仆，与有世谊，招之饮，信马而去，误入小村，道途景色，仿佛平生所历。一门内马缨一树，景象宛然。骇极，投鞭而入。种种物色，与梦无别。再入，则房舍亦如其数。梦既验，不复疑虑，直趋南舍，舟中人果在其中。遥见王，惊起，以扉自幛，叱问："何处男子？"王逡巡间，犹疑是梦。女见步履渐近，闯然扃户。王曰："卿不忆掷钏者耶？"备述相思之苦，且言梦征。梦兆。女隔窗审其家世，王具道之。女曰："既属宦裔，中馈必有佳人，焉用妾？"王曰："非以卿故，婚娶固已久矣。"女曰："果如所云，足知君心。妾此情难告父母，然亦方命违命抗婚。而绝数家。金钏犹在，料钟情者必有耗闻耳。父母适探外戚，行且至。君姑退，倩冰委禽，请媒人下聘礼。计无不遂；若望以非礼成偶，则用心左差错。矣。"王仓猝欲出。女遥呼王郎曰："妾芸娘，姓孟氏。父字江蓠。"王诺记而出。罢筵早返，谒江蓠。既见，始知即榜人也。江逆入，设座篱下。王自道家阀，即致来意，兼纳百金为聘。翁曰："息女已字许婚。矣。"王曰："讯之甚确，固待聘耳，何见绝之深？"翁曰："适间所诺，不敢为诳。"王神情俱失，拱别而返。不知其言信否，终夜辗转，无人可以探讯。向欲以情告太仆，恐娶榜人女为先生笑；今情急，无可为谋，质明，诣太仆，实告之。太仆曰："此翁与有瓜葛，是祖母侄孙，何不早言？"王始吐隐情。太仆疑曰："江蓠固贫，素不以操舟为业，得毋误乎？"乃遣子大郎诣孟，孟曰："仆虽空匮，非卖婚者。曩公子以金自媒，谅仆必为利动，故不敢附为婚姻。既承先生命，必无错谬。但顽女颇恃娇爱，好门户辄便拗却，不得不与商榷，免他日怨悔也。"遂起，少入而返，拱手一如尊命，约期乃别。大郎反命，王乃盛备禽妆，纳采于孟，假馆太仆之家，亲迎成礼。居三日，辞岳北归。夜宿舟中，问芸娘曰："向于此处遇卿，固疑不类舟人子。当日泛舟何之？"答曰："妾叔家江北，偶借扁舟一省视耳。妾家仅可自给，然傥来物_{意外偶得之物}。颇不贵视之。笑君双瞳如豆，_{目光短浅。}屡以金资动人。初闻吟声，知为风雅士，又疑为儇薄子作荡妇挑之也。使父见金钏，君死无地矣。妾怜才心切否？"王笑曰："卿固黠甚，然亦堕吾术矣！"女问："何事？"王止而不言。又固诘之，乃曰："家门日近，此亦不能终秘。实告卿：我家中固有妻在，吴尚书女也。"芸娘不信，王故壮其词_{夸大其词。}以实之。芸娘色变，默移时，遽起奔出；王踪履追之，则已投江中矣。王大呼，诸船惊闹，夜色昏蒙，惟有满江星点而已。王悼痛终夜，沿江而下，以重价觅其骸骨，亦无见者。悒悒而归，忧痛交集。又恐翁来视女，无词可以相对。有姊婿官河南，遂命驾造之，年余始归。途中遇雨，休装民舍，见房廊清洁，有老妪弄儿厦间。儿睹王入，即求援抱，王怪之。又视儿秀婉可爱，揽置膝头。妪唤之，不去。少顷，雨霁，王举儿付妪，下堂趋装。儿啼曰："阿爹去矣！"妪耻之，呵之不止，强抱而去。王坐待治任，忽有丽者自屏后抱儿出，则芸娘也。方诧异间，芸娘骂曰："负心郎！遗此一块肉，焉置之？"王乃知为己子。酸来刺心，不暇问其往迹，先以前言之戏，矢日_{对着太阳发誓。}自白。芸娘始反怒为悲，相向涕零。先是，地主莫翁，六旬无子，携媪往朝南海。归途泊舟江际，芸娘随波下，适触翁舟。翁命从人拯出之，疗控终夜，始渐苏。翁媪视之，是好女子，甚喜，以为己女，携之而归。居数月，欲为择婿，女不可。逾十月，举一子，名之寄生。王避雨其家，寄生方周岁也。王于是解装，入拜翁媪，遂为岳婿。居数月，始举家归。至，则孟翁坐待，已两月矣。翁初至，见仆辈情词恍惚，心颇疑怪；既见，始共欢慰。历述颠末，乃知其枝梧_{支吾。}者有由也。

寄生，字王孙，郡中名士。父母以其褓襁认父，谓有夙慧，钟爱之。长益秀美，八九岁能文，十四入郡庠。每自择偶。父桂庵有妹二娘，适郑秀才子侨，生女闺秀，慧艳绝伦。王孙见之，心窃爱好，思慕良切。积久，寝食俱废。父母大忧，苦研诘之，遂以实告。父遣冰于郑；郑性方谨，以中表为嫌，却之。而王孙益病，母计无所出，阴婉致二娘，但求闺秀一临存_{探望}之。郑闻，益怒，出恶声焉。父母既绝望，听之而已。郡有大姓张氏，五女皆美；幼者小名五可，尤冠诸姊，择婿未字。一日，上墓，途遇王孙，自舆中窥之，归以白母。母沈知其意，见媒媪于氏，微示之。媪遂诣王所。时王孙方病，讯知之，笑曰："此病老身能医之。"芸娘问故。媪述张氏意，并道五可之美。芸娘喜，即使往候王孙。媪入，抚王孙而告之。王孙摇首曰："医不对症，奈何！"媪笑曰："但问医良否耳：其良也，召和而缓至，_{和、缓，均为春秋时秦国名医。意谓同是名医，请谁都一样。}可矣；执其人以求之，守死而待之，不已痴乎？"王孙欷歔曰："但天下之医，无愈_{胜过}和者。"媪曰："何见之不广也？"遂以五可之容颜发肤，神情态度，口写而手状之。王孙又摇首曰："媪休矣！此余愿所不及也。"反身向壁，不复听矣。媪见其志不移，遂去。一日，王孙沉痼中，忽一婢入曰："所思之人至矣！"喜极，跃然能起。急出舍，则丽人已在庭中。细认之，却非闺秀，着松花色细褶绣裙，双钩微露，神仙不啻也。拜问姓名，答曰："妾，五可也。君深于情者，而独钟情闺秀，使人不平。"王孙谢曰："生平未见颜色，故目中止一闺秀。今知罪矣！"遂与要誓。_{约订嫁娶盟誓。}方握手殷殷，适母来抚摩，遽然而觉，则一梦也。回思声容笑貌，宛在目中。阴念：五可果如此梦，何必求所难遘。因而以梦告母。母喜其念少夺，_{改变。}急欲媒之。王孙恐梦见不的，_{不准确。}托邻妪素识张氏者，伪以他故诣之，而嘱潜相五可。妪至其家，五可方病，靠枕支颐，婀娜之态，倾绝一世。近问："何恙？"女默然弄带，不作一语。母代答曰："非病也。连朝与爷娘负气耳！"妪问故。曰：

"诸家问名，_{求婚。}皆不愿，必如王家寄生者方嫁。是为母者劝之急，遂作意不食数日矣。"妪笑曰："娘子若配王郎，真是玉人成双也。渠若见五娘，恐又憔悴死矣！我归，即令倩冰，如何?"五可止之曰："姥勿尔！恐其不谐，益增笑耳！"妪锐然以必成自认，五可方微笑。妪归，复命，一如于媪言。王孙详问衣履，无不与梦吻合，大悦。意稍舒，终不敢以人言为信。过数日，渐瘳，秘招于媪来，谋以亲见五可。媪难之，姑应而去。久之，不至。方欲觅之，媪忽欣然而入曰："机幸可图。五娘向有小恙，因令婢辈将扶一过对院。公子往伏伺之，五娘行缓涩，委曲可以尽睹。"王孙喜如其教，明日，命驾早往，媪先在焉。即令系马村树，导入临路舍，设座掩扉乃去。少间，五可果扶婢出。王孙自门隙目注之。女经门外过，媪故指挥云树以迟纤步，王孙窥觇尽悉，仿佛又入梦中，意颤不能自持。未几，媪至，曰："可代闺秀否?"王孙申谢而返，始告父母，遣妁要盟。及媒往，则五可已别字矣。王孙失意，悔闷欲死，即刻复病。父母忧甚，责其自误。王孙无词，惟日饮米汁一合。积数日，鸡骨支床，较前尤甚。媪忽至，惊曰："何惫之甚?"王孙涕下，以情告媪，笑曰："痴公子！前日人来趁汝，而故却之；今日汝求人，而能必遂耶?虽然，尚可为力。早与老身谋，即许京都皇帝子，侬能夺之使还。"王孙大悦，求策。媪命函启伻，约次日候于张所。桂庵恐以唐突见拒。媪曰："前与张公业已_已有成言，迁延数日而遽悔之；且彼字他家，尚无函信。谚云：'先炊者先餐。'何疑也！"桂庵从之。次日，二仆往，并无异词，厚犒而归。王孙悦，病复起。由此闺秀之想始绝。初，郑子侨却聘，闺秀颇不怿；_{不高兴}既闻张氏姻成，心益抑郁，恍惚若病，日就支离。父母诘之，不肯言。婢窥其意，隐以告母。郑闻之怒，不医以听其死。二娘怼曰："吾侄亦殊不恶，何守头巾戒，_{指迂腐儒生所守的戒律。}杀吾娇女!"郑恚曰:"若所生女,不如早亡,免贻笑柄!"以此夫妻反目。二娘故与女言,将使仍归王孙,若为媵。女俯首不言,若甚愿之。二娘商郑,郑益怒,一付二娘,完全交给二娘。置女若已死,不复预闻。二娘爱女切,欲实实行。其言。女乃喜,病始渐瘳。窃探王孙,亲迎有日矣。及期,以侄完婚,伪欲归宁,昧旦,使人求仆舆于兄。兄最友爱,又以居村邻迩,即以所备亲迎舆马,先逆迎接。二娘。既至,则妆女入车,使两仆两媪护送之。到门,以毡贴地而入。时鼓乐已集,从仆叱令吹握,一时人声沸聒。王孙奔视,则女子以红帕蒙首立堂上。骇极,欲奔;郑仆夹扶,便令交拜。王孙不知何由,即日拜讫。二媪扶女,径坐青庐,始知其闺秀也。举家皇乱,莫知所为。时渐滨暮,王孙不复敢行亲迎之礼。桂庵遣仆以情告张;张怒,遂欲断绝。五可不肯,曰:"彼虽先至,未受雁采;没有正式订婚手续。不如仍使亲迎。"父纳其言,以对来使。使归,桂庵终不敢从。相对筹思,喜怒俱无所施。张待之既久,知其不行,遂亦以舆马送五可至,因另设青帐于别室。而王孙周旋两间,踟蹰无以自处。母乃调停于中,使序行以齿,以长幼为序。二女皆诺。及五可闻闺秀差长,称"姊"有难色。母甚虑之。比三朝同会于母所,见闺秀风致宜人,不觉右尊敬。之,自是始定。然父母皆恐其积久不相能,而二女更无间言,衣履易着,相爱如姊妹焉。王孙始问五可却媒之故。笑曰:"无他,聊报君之却于媪耳。尚未见妾,意中止有闺秀;既见妾,亦略靳之,以觇君之视妾,较闺秀何如也。使君为伊病,而不为妾病,则亦不必强求容矣。"王孙笑曰:"报亦惨矣!然非于媪,何得一觌芳容!"五可曰:"是妾自欲见君,媪何能为? 过对院时,岂不知眈眈者在门内耶? 梦中业相约,何尚未之信耶?"王孙惊问:"何知?"曰:"妾病中梦至君家,初以为妄;后闻君亦梦妾,乃知魂魄真到此也。"王孙异之,遂述所梦,时日悉符。父子之良缘，皆以梦成，亦奇情也。故并存之。

异史氏曰："父痴于情，子遂几为情死。所谓情种，其王孙之谓与？不有善梦之父，何生离情之子哉！"

酒虫

长山刘氏，体肥嗜饮。每独酌，辄尽一瓮。负郭田三百亩，辄半种黍；而家豪富，不以饮为累也。一番僧见之，谓其身有异疾。刘答言："无。"僧曰："君饮尝不醉否？"曰："有之。"曰："此酒虫也。"刘愕然，便求医疗。曰："易耳。"问："需何药？"俱言不须。但令于日中俯卧，絷手足；去首半尺许，置良酝一器。移时，燥渴，思饮为极。酒香入鼻，馋火上炽，而苦不得饮。忽觉喉中暴痒，哇呕吐。有物出，直堕酒中。解缚视之，赤肉长三寸许，蠕动如游鱼，口眼悉备。刘惊谢。酬以金，不受，但乞其虫。问："将何用？"曰："此酒之精：瓮中贮水，入虫搅之，即成佳酿。"刘使试之，果然。刘自是恶酒如仇。体渐瘦，家日益贫，后饮食至不能给。

异史氏曰："日尽一石，无损其富；不饮一斗，适以益贫。岂饮啄固有数乎？或言：'虫是刘之福，非刘之病；僧愚之以成其术。'然与，否与？"

卷二十四

周生

周生者，淄邑侯之幕客。邑侯适公出，夫人徐，有参礼碧霞元君愿，以道赊远，将遣仆赍仪代往。使周为祝文。_{祭神的祷辞}。周作骈词，历叙平生，颇涉狎谑。中有云："栽般阳满县之花，偏怜断袖；置夹谷弥山之草，惟爱余桃。"此诉夫人所愤也，诸如此类甚多。脱稿，示同幕凌生。凌以为亵，戒勿用。弗听，付仆而去。居无何，周生卒；既而仆亦死；又未几，徐夫人以产后亡。人犹未之异也。周生子自都来迎父榇，_{棺材}。夜与凌生同宿。梦父戒之曰："文字不可不慎也！我不听凌君言，遂以亵词，致干_{冒犯}。神怒，遂夭天年；又贻累徐夫人，且殃及焚文之仆：恐冥罚犹未已也！"醒以告凌，凌亦梦同，因述其文。周子方知之，为之惕然。

异史氏曰："恣情纵笔，辄洒洒自快，此文士之通病也。然淫嫚之词，何敢以告神明哉！狂生无知，冥遣其所应尔。乃使贤夫人及千里之仆，骈死_{一同死去}。而不知其罪，不亦与俗中之刑律犹分首从者，反多愦愦哉？冤已！"

褚遂良

长山邑民赵某，税_{租赁}。屋大姓之家。病症结，又素孤，贫难自给，奄就危殆。一日，力疾就凉，移卧树下。既醒，见绝代丽人坐身旁。因便诘问，女答云："我特来为汝作妇。"赵惊曰："无论贫人不敢有妄想；且奄然垂毙，有妇欲何为！"女自媒能治之。赵曰："我病非仓猝可除，纵有良方，且苦无资可买药饵！"女曰："我医疾不用药也。"遂以手按赵腹，力摩之。觉其掌热如火。移时，腹中癖块，隐隐作解拆声。又少时，欲登厕。急起，走数武，解衣大下，胶液流离，结块尽出，觉通体快爽。返卧故处，谓女曰："娘子何人？祈告姓氏，以便尸祝。"_{设牌位祝祷。}答云："我狐仙也。君乃唐朝褚遂良，曾有恩于妾家，每铭心欲一报之。日相寻觅，今始能得，夙愿可酬矣。"赵自惭形秽，又虑茅屋灶煤，沾染华裳。女但请行，赵乃导入家，土茎无席，灶冷无烟。曰："无论光景如此，不堪相辱；即卿能甘之，请视瓮底空空，又何以养妻子？"女但言："无虑。"言次，_{说话之间。}一回头，见榻上毡席衾褥已设；方将致诘，又转瞬，见满室皆银光纸裱贴如镜，诸物已悉变易，几案精洁，肴酒并陈矣。遂相欢饮。日暮，与同犹寝，如夫妇。主人闻其异，请一见之。女即出见，无难色。由此四方传播，造门者甚夥。女并无所拒绝。或设筵招之，女必与夫俱。一日，座中有孝廉，阴萌淫念。女已知之，忽加诮让，即以手推其首；首过棂外，而身犹在室，出入转侧，皆所不能。因共哀免，乃曳出之。积年余，造请者日益繁，女颇厌之。被拒者辄骂赵。值端阳，饮酒高会，忽一白兔跃入。女起曰："春药翁来见召矣！"谓兔曰："请先行。"兔趋出，径去。女命赵取梯。赵于舍后负长梯来，高数丈。庭有大树一章，_{株。}便倚其上；梯更高于树杪。_{树顶。}女先登，赵亦随之。女回首曰："亲宾有愿从者，当即移步。"众相视不敢登。惟主人一僮，踊跃从诸其后。上上益高，梯尽云接，不可见矣。共视其梯，则多年破扉，去其白板耳。群入其室，灰壁败灶依然，他无一物。犹忆僮返可问，竟终杳已。

刘全

邹平马医侯某，荷饭饷耕者。至野，有风旋其前，侯即以杓掬浆_{爵汤水}祝奠之。尽数杓，风始去。又一日，适城隍庙，闲步庑下，见内塑刘全献瓜像，被鸟雀遗粪，糊蔽目睛。侯曰："刘大哥何遂受此玷污！"因以爪甲为除去之。后数年，病卧，被二皂摄去。至官衙前，逼索财贿甚苦。侯方无所为计，忽自内一绿衣人出，见之讶曰："侯翁何来？"侯便告诉。绿衣人即责二皂曰："此汝侯大爷，何得无礼！"二皂喏喏，逊谢不知。俄闻鼓声如雷。绿衣人曰："早衙矣。"遂与俱入，令立墀下，曰："姑立此，我为汝问之。"遂上堂点手。_{招手。}招一吏人下，略道数语。吏人见侯，拱手曰："侯大哥来耶？汝亦无甚大事，有一马相讼，一质便可复还。"遂别而去。少间，堂上呼侯名。侯上跪，一马亦跪。官问侯："马言被汝药死，有诸？"侯曰："彼得瘟症，某以瘟方治之。既药不瘳，_{病愈。}隔日而死，与某何所干涉？"马作人言，两相苦。官命稽籍，籍注马寿若干，应死于某年月日，数确符。因诃曰："此汝天年适尽，何得妄控！"叱之而去。因谓侯："汝存心方便，可以不死。"仍命二皂送之，前二人亦与俱出，又嘱途中善相视。侯曰："今日虽蒙覆庇，生平实未识荆。_{相识。}乞示姓字，以图衔报。"绿衣人曰："三年前，仆从泰山来，焦渴欲死。经君村外，蒙以杓浆见饮，至今不忘。"吏人曰："某即刘全。曩蒙雀粪之污，闷不可奈，君手为涤除，是以耿耿。_{铭记于心。}奈冥间酒馔，不可以奉宾客，请即别矣。"侯始豁悟，乃归。既至家，款留二皂，皂并不敢饮其杯水。侯苏，盖死已两日矣。自此益修善行。每逢节序，必以浆酒酬刘全。后年至八旬，尚强健，能超乘_{跃身上马}驰走。一日，于途间，见刘全骑马来，如将远行。拱手温凉已，刘曰："君数已尽，勾牒出矣。勾役欲相招，我禁使勿须。君可归治后事，三日后，我来同君行。地下代买小缺，_{小官职。}亦无苦也。"遂去。侯归告妻子，招别戚友，棺衾俱备。第四日日暮，对众曰："刘大哥来矣。"入棺遂殁。

姬生

南阳鄂氏，患狐，金钱什物，辄被窃去。迮之，祟益甚。鄂有甥姬生，名士，素不羁。焚香代为祷免，卒不应；又祝舍_{舍弃。}外祖使临己家，亦不应。众笑之。生曰："彼能幻变，必有人心。我固将引之，俾_{使。}入正果。"三数日辄一往祝之。虽固不验，然生所至，狐遂不扰。以故，鄂常止生宿。生夜望空请见，邀益坚。一日，生归，独坐斋中，忽房门缓缓自开。生起，致敬曰："狐兄来耶？"殊寂然无声。又一夜，门自开。生曰："倘是狐兄降临，固小生所祷祝而求者，何妨即赐光霁？"_{指现形。}即又寂然。而案头钱二百，及明，失之。生至夜，增以数百，中宵，闻布幄铿然。生曰："来耶？敬具时铜_{铜钱。}数百，以备取用。仆虽不充裕，然非鄙吝者。若缓急有需用度，无妨质言，_{直言。}何必盗窃？"少间，视钱，脱去二百。生仍置故处，数夜不复失。有熟鸡，欲供客而失之。生至夕，又益以酒。而狐从此绝迹矣。鄂家祟如故。生又往祝曰：

"仆设钱而子不取，设酒而子不饮；我外祖衰迈，无为久祟之。仆备有不腆之物，夜当凭汝自取。"乃以钱十千、酒一樽，两鸡皆聂切，陈几上。生卧其旁，终夜无声，钱物亦如故。自此，狐怪以绝。生一日晚归，启斋门，见案上酒一壶，燀雏盈盘；钱四百，以赤绳贯之，即前日所失物也。知狐之报。嗅酒而香，酌之色碧绿，饮之甚醇。壶尽半酣，觉心中贪念顿生，蓦然欲作贼，便启户出。思村中一富室，遂往越其墙。墙虽高，一跃上下，如有翅翎。入其斋，窃取貂裘、金鼎而出。归置床头，始就枕眠。天明，携入内室。妻惊问之，生嗫嚅而告，有喜色。妻初以为戏，既知其真，骇曰："君素刚正，何忽作此！"生恬然不为怪，因述狐之有情。妻恍自悟："是必酒中之狐毒也。"隐念丹砂可以却邪，遂觅研_研为细末。入酒，使饮之。少顷，忽失声曰："我奈何做贼！"妻代解其故，爽然自失。又闻富室被盗，噪传里党。生终日不食，莫知所处。妻为之谋，使乘夜抛其墙内。生从之。富室复得故物，其事遂寝。生岁试冠军，又举行优，应受倍赏。及发落之期，道署梁上粘一帖云："姬某作贼，偷某家裘、鼎，何为行优？"梁最高，非跂足_{踮脚}。可粘。文宗疑之，执帖问生。生愕然，念此事除妻外无知者；况署中深密，何由而至？因悟曰："此必狐为之也。"遂缅述无讳，文宗赏礼有加焉。生每自念，无取罪于狐，所以屡陷之者，亦小人之耻独为小人耳。

异史氏曰："生欲引邪入正，而反为邪惑。狐意未必大恶，或生以谐引之，狐亦以戏弄之耳。然非身有夙根，室有贤助，几何不如原涉所云，家人寡妇，一为盗污，遂行淫哉！吁！可惧也！"

吴木欣云："康熙甲戌，一乡科_{举人}。令浙中，点稽囚犯。有窃盗，已刺字讫，例应逐释。令嫌'窃'字减笔从俗，非官板正字，使刮去之；候创平，依字汇_{字典}中点画形象另刺之。盗口占一绝云：'手把菱花仔细看，淋漓鲜血旧痕瘢。早知面上重为苦，窃物先防识字官。'禁卒笑之曰：'诗人不求功名，而乃为盗？'盗又口占答之云：'少年学道志功名，只为家贫误一生。冀得资财权子母，囊游燕市博恩荣。'"即此观之，秀才为盗，亦仕进之志也。狐授姬生以进取之资，而反悔为所误，迂哉！一笑。

韩方

明季，济郡以北数州县，邪疫大作，比户皆然。齐东有农民韩方，性至孝。其父母皆病，因具楮帛，_{纸钱。}哭祷于孤石大夫之庙。归途零涕。遇一人衣冠清洁，问："何悲也？"韩具以告。其人曰："孤石之神，即亦不在于此，祷之何益？仆有小术，可以一试。"韩喜，便诘姓字。其人曰："我不求报，何必通乡贯乎？"韩殷殷请临其家。其人又言："无须。但归，以黄纸置床上，厉声言：'我明日赴都，_{指泰山之南的鬼都蒿里山。}告诸岳帝！'病当已。"韩恐不验，坚求移趾。其人曰："实告子：我非人也。巡环使者以我诚笃，俾_{使。}为南县土地。感君孝，指授此术。目前岳帝举_{推举。}枉死之鬼，其有功人民，或正直不作邪祟者，以城隍、土地用。今日殃人者，皆郡城中北兵所杀之鬼，急欲赴都自投，故沿途索赂，以谋口食耳。言告岳帝，则彼必惧，故当已。"韩悚然起敬，伏叩道侧。既起，则人已渺。惊叹而归。遵其教，父母皆愈。以传邻村，无不验者。

异史氏曰："沿途祟人而往，以求不作邪祟之用，此与策马应'不求闻达之科'者何殊哉！天下事大率类此。犹忆甲戌、乙亥之间，当事者_{地方官吏。}使民捐谷，疏告九重，谓民乐输。_{乐意输纳。}于是各州县如数取盈，甚费敲扑。_{鞭笞。}是时，郡北七邑皆被水，岁大祲，_{大荒年。}催办尤难。吾乡唐太史偶至利津，见系逮十余人，即道中问其何事，答云：'官捉吾等赴城，比追乐输耳。'农民亦不知'乐输'二字作何解，遂以为徭役敲比之名，亦可叹而亦可笑也！"

纫针

虞小思，东昌人。居积为业。妻夏氏，归宁而返，见门外一妪，偕少女哭甚哀。夏诘之，妪挥涕相告。乃知其男子王心斋，亦宦裔也。家衰落，无衣食业，浼_{请托。}中保贷富室黄氏金，学作贾。中途遭寇，巨梃中颅，丧资，幸不死。至家，黄责偿，计子母_{本息。}不下三十金，实无可以准之。黄窥其女纫针美，将谋作妾。使中保质告之：如其肯，可折债外，仍以廿金压券。王谋诸妻。妻泣曰："我虽贫，固簪缨之胄。_{官宦人家之后。}彼以执鞭_{职业卑贱。}发迹，何敢遂媵吾女！且纫针固有婿耳，汝乌得擅作主！"先是，同邑傅孝廉之子，与王投契，生男阿卯，与褓中论婚。后孝廉官于闽，年余而卒。妻子不能归，消息全绝。以是故，纫针十五，尚未字也。妻言及此，王无词，但谋所以为计。妻曰："不得已，其妄谋诸两弟。"盖妻范氏，其曾祖曾任京职，两孙田产尚多也。次日，妻携女归告两弟。两弟任其涕泪，并无一词为之设处。范乃号泣而归。适逢夏诘，且述且哭。夏怜之；视其女，绰约可爱，益之哀楚。因邀入其家，款以酒食，慰之曰："母子勿戚，妾当竭力。"范未遑谢，女已哭伏在地，益惋惜之。筹思曰："虽有薄蓄，然三十金亦复大难。当典质相付。"母子拜别，夏以三日为约。别后，百计为之营谋，亦未敢告诸其夫。三日，未满其数，又使人假_借诸其母。范母子已至，因实告之。又订以次日。抵暮，假金至，合裹并置床头。至夜，有盗穴壁，以火入。夏觉，睨之，见一人臂上悬短刀，状貌凶恶。大惧，不敢复作声，伪为睡者。盗近箱，意将发扃。回顾夏枕边有裹物，探身攫去，就灯解视已，乃入腰囊，不复肤箧_{撬开箱子}。而去。夏乃起呼。家中惟一小婢，隔墙呼邻，邻人集而盗已远。夏乃对烛啜泣。亡何，婢睡去，夏引带自经于楹间。婢觉，天已大曙，始呼人解其悬，四肢已冰。虞知奔至，诘婢始得其由，惊涕营葬而已。时方夏，尸不僵，亦不腐。过七日，乃殓之。既葬，纫针潜出，哭于其墓。暴雨忽集，霹雳大作，墓发，女亦震死。虞闻，奔验之，则棺木已启，妻呻嘶其中，抱出之。旁有女尸，不知其谁。夏审视，始辨之。方相骇怪。未几，范至，见女已死，号曰："固疑其在此，今果然矣！闻夫人自缢，日夜不绝声。今夜语我，欲哭夫人于殡宫，_{墓室。}我未之应也。"夏感其义，遂与夫言，即以所葬材穴葬之。范拜谢。虞负妻归，范亦归告其夫，相与哀泣。闻村北一人，被雷击死于途，身有朱字云："偷夏氏金贼。"俄闻邻妇哭声，乃知死者即其夫马大也。村人白于官，官拘其妇械鞫之，则范以夏氏之揩金赎女，对人感泣，马大博赌无赖，闻之而盗心遂生也。及押妇搜赃，则止存二十数；又检马尸得四数。官判卖妇偿补责还虞。夏益喜，全金悉仍付范，俾_使偿债主。葬女三日，夜大雷电，益以风，坟复破，女亦顿苏。不归其家，往叩夏氏之门。夏惊起，隔扉问之。女曰："我纫针也。"夏骇为鬼，呼邻媪并诘之，知其更生，喜内入室。女自言："愿从夫人服役，不复归矣。"夏曰："得毋谓我捐金买婢耶？汝葬后，债已代偿，可勿见猜。"女益感泣，愿以母事夏。夏未诺。女曰："儿能操作，亦不至坐食。"天明告范，范喜，急至。母女相见，哭失声。即从女志使从夏。夏强送女归，女啼思夏。王心斋自负之来，委诸门内而去。夏见之惊问，始知其故，遂亦安之。虞至，急下拜呼以父。虞固无子女，见女依依怜人，颇以为欢。女纺绩缝纫，勤劳臻至。夏病几殆，女昼夜给役。见夏不食，亦不食；面上时有啼痕。向人曰："母有万分一，我誓不复生！"夏少瘳，^{病愈。}始解颜为欢。夏闻之流涕，曰："我四十无子，但复生一女如纫针者足矣。"夏自少不育，逾岁忽举^{生。}一男，人以为行善之报。居二年，女益长。虞与王谋，不能坚守旧盟。王曰："女在君家，婚姻惟君所命。"女十七，慧美无双。此言一出，问名^{求婚}者趾错于门，夫妻为之拣对。富室黄某亦遣媒来。虞恶其富而不仁，力却之。为择于冯氏。冯，邑名士，子亦慧而能文。将告于王；王出负贩未归，遂径诺之。黄以不得于虞，亦托作贾，迹王所在，设馔相邀，更复助以资本，渐渍习洽，^{逐渐熟悉融洽。}因自道其子慧以自媒。王感其情，又仰其富，遂与订盟。既归，诣虞，则虞已受冯氏婚书。闻王言，颇不悦，以情告女。女怫然曰："债主吾仇也！以我事仇，但有一死！"王无言，托人告黄以冯氏之盟。黄怒曰："女姓王，不姓虞。我约在先，彼约在后，何得背盟！"遂投状邑宰，宰意以先约判归黄。冯曰："王某以女付虞，固言婚嫁不复预闻，^{干预。}且某有定婚书，彼不过杯酒之谈耳。"宰不能坚，将惟女愿是从。黄退，以金赂邑宰，求其左祖，^{偏袒。}以此月余不决。一日，有孝廉赴都，道过东昌，使人问王心斋。适问于虞，虞转诘之，盖孝廉傅姓，即阿卯也。入闽籍，年十八已乡捷矣。犹以前约未婚，母嘱便道访王，问其女已嫁否也。虞大喜，邀傅至家，历述所遭。然婿来千里，患无质实。傅于箧中出王当日允婚书。虞招王至，验之而真，乃共喜。是日当集覆审，傅投刺谒邑宰，其案始消。涓吉约期乃去。礼闻后，还东昌，居其旧第，行亲迎礼。而捷报又自闽中还，盖傅又捷南宫^{考中进士。}矣。复入都观政而返。女不乐南渡，傅亦以桑梓地，往迁父枢，载母俱归。后数年，虞卒，子才七八岁，女抚之过于其弟。使读书，入邑庠，家称素封，皆傅力也。

异史氏曰："神龙中亦有游侠耶？瘅恶彰善，生死皆以雷霆，此'钱塘破阵舞'也。轰轰屡击，皆为一人，焉知纫针非龙女谪降者耶？"

桓侯

荆州彭好士，自他饮归。下马溲便，马龁草路旁。有细草一丛，蒙茸可爱，初放黄花，艳光夺目，马食已过半矣。彭拔其余茎，嗅之有异香，因内诸怀。超乘跃身上马。复行，马骛驶绝驰，奔走极快。颇觉快意，竟不计算归途，纵马所之。忽见西阳近山，始将旋辔回转。但见乱山丛杳，并不知其何所。一青衣人来，见马方喷嘶，代为捉衔，曰："天已近暮，吾家主人便请宿止。"彭问："此系何地？"曰："阆中也。"彭大骇，盖半日已千余里矣。因问："主人伊谁？"曰："到自知之。"又问所在，曰："咫尺耳。"遂代鞚疾行，人马若飞。过一山头，见半山中屋宇重叠，杂以屏幔，遥睹衣冠一簇，若有所俟。彭至下马，相向拱敬。俄，主人出，气象刚猛，巾服都异人世。拱手向客，曰："今日客，莫远于彭君。"因揖彭，请先行。彭谦谢，不肯遽先。主人捉臂行之。彭觉捉处如被械梏，痛欲折，不敢复争，遂行。下此者，犹相推让，主人或推之，或挽之，客皆呻吟倾跌，似不能堪，一依主命而行。登堂，则陈设炫丽，两客一筵。一席。彭暗问接座者："主人何人？"答云：

"此张桓侯<small>张飞，谥桓侯。</small>也。"彭愕然，不敢复咳，合座寂然。酒既行，桓侯曰："岁岁叨扰亲宾！聊设薄酌，尽此区区之意。值远宾辱临，亦属幸遇。仆窃妄有干求，如少存爱恋，即亦不强。"彭起问："何物？"曰："尊乘已有仙骨，非尘世所能驱策。欲市马相易，如何？"彭曰："敬以奉献，不敢易也。"桓侯曰："当报以良马，且将赐以万金。"彭离席伏谢，桓侯命人曳起之。俄顷，酒馔纷纶。日落，命烛。众起辞，彭亦告别。桓侯曰："君远来焉归？"彭顾同席者曰："已求此公作居停主人<small>借宿的房主。</small>矣。"桓侯乃遍以巨觞酧客，谓彭曰："所怀香草，鲜者可以成仙，枯者可以点金；草七茎，得金一万。"即命僮出方授彭，彭又拜谢。桓侯曰："明日造市，请于马群中任意择其良者，不必与之论价，吾自给之。"又告众曰："远客归家，可少助以资斧。"众唯唯。觞尽，谢别而出。途中始诘姓字，同座者为刘子翚。同行二三里，越岭即睹村舍。众客陪彭并至刘所，始述其异。先是，村中岁岁赛社<small>秋收后，陈酒食祭祀田神。</small>于桓侯之庙，斩牲优戏，以为成规，刘其首善者也。三日前，赛社方毕，是午，各家皆有一人邀请过山。问之，言殊恍惚，但敦促甚急。过山见亭舍，相共骇疑。将至门，使者始实告之；众亦不敢却退。使者曰："姑集此，邀一远客，行至矣。"盖即彭也。众述之惊怪。其中被把握者皆患臂痛，解衣烛之，肤肉青黑。彭自视亦然。众散，刘即襆被共寝。既明，村中争延客；又伴彭入市相马。相数十匹，苦无佳者；彭亦拚苟就之。又入市，见一马，骨相似佳；骑试之，神骏无比。径骑入村，以待鬻者；再往寻之，其人已去。遂别村人欲归。村人各馈金资，遂归。马一日约五百里。抵家，述所自来，人不之信。囊中出蜀物，始共怪之。香草久枯，恰得七茎，遵方点化，家以暴富。遂敬诣故处，独祀桓侯之祠，优戏三日而返。

异史氏曰："观桓侯燕宾，而后信武夷幔亭非诞也。然主人肃敬请。客，遂使蒙爱者几欲折肱，则当年之勇力可想。"

吴木欣言："有李生者，唇不掩其门齿，露于外者盈指。一日，于某所宴集，二客逊逊让。上下，其争甚苦。一力挽使前，一力却向后。力猛肘脱，李适立其后，肘过触咪，双齿并堕，血下如泉。众愕然，其争乃息。"此与桓侯之握臂折肱，同一笑也。

粉蝶

阳曰旦，琼州士人也。偶自他郡归，泛舟于海，遭飓风，舟将覆，忽飘一虚舟空船。来，急跃登之。回视，则同舟尽没。风愈狂，瞑然任其所吹。亡何，风定。开眸，忽见岛屿，舍宇连垣。把棹近岸，直抵村门。村中寂然，行坐良久，鸡犬无声。见一门北向，松竹掩映。时已初冬，墙内不知何花，蓓蕾满树。心爱悦之，逡巡而入。遥闻琴声，步少停。有婢自内出，年十四五以来，飘洒艳丽。睹阳，返身遽入。俄闻琴声歇，一少年出，讶问客所自来，阳具告之。转诘邦族，阳又告之。少年喜曰："我姻亲也。"遂揖请入院。院中精舍华好，又闻琴声。既入舍，则一少妇危坐，端坐。朱弦方调，年可十八九，风采焕映。见客入，推琴欲逝。离去。少年止之曰："勿遁，此正卿家瓜葛。"指亲戚。因代溯所由。少妇曰："是吾侄也。"因问其祖母尚健否，父母年几何矣。阳曰："父母四十余，都各无恙；惟祖母六旬，得疾沉痼，一步履须人耳。侄实不省知道。姑系何房，望祈明告，以便归述。"少妇曰："道途辽阔，音问梗塞久矣。归时但告而父：'十姑问讯矣。'渠自知之。"阳问："姑丈何族?"少年曰:"海屿姓晏。此名神仙岛,离琼三千里,仆流寓亦不久也。"十娘趋入,使婢以酒食饷客,鲜蔬香美,亦不知其何名。饭已,引与瞻眺,见园中桃杏含苞,颇以为怪。晏曰:"此处夏无大暑,冬无大寒,花无断时。"阳喜曰:"此乃仙乡。归告父母,可以移家作邻。"晏但微笑。还斋秉烛,见琴横案上,请一聆其雅操。晏乃抚弦捻柱。十娘自内出,晏曰:"来,来!卿为若侄鼓之。"十娘即坐,问:"侄愿何闻?"阳曰:"侄素不谙琴操,实无所愿。"十娘曰:"但随意命题,皆可成调。"阳笑曰:"海风引舟,亦可作一调否?"十娘曰:"可。"即按弦挑动,如有旧谱,意调崩腾;静会_{领会}之,如身仍在舟中,为飓风摆簸状。阳惊叹欲绝,问:"可学否?"十娘授琴,试使勾拨,曰:"可教也。欲何学?"曰:"适所奏《飓风操》,不知可得几日学?请先录其曲,吟诵之。"十娘曰:"此无文字,我以意谱之耳。"乃别取一琴,作勾剔之势,使阳效之。阳习至更余,音节粗合,_{大致合谱}。夫妻始别去。阳目注心凝,对烛自鼓;久之,顿得妙悟,不觉起舞。举首忽见婢立灯下,惊曰:"卿固犹未去耶?"婢笑曰:"十姑命待安寝,掩户移檠_{端灯}耳。"审顾之,秋水澄澄,_{形容眼睛清澈明亮}意态媚人。阳心动,微挑之,婢俯首含笑。阳益惑之,遽起揽颈。婢曰:"勿尔!夜已四漏,主人将起。彼此有心,来宵未晚。"方狎抱间,闻晏唤"粉蝶"。婢作色曰:"殆矣!"急奔而去。阳潜往听之,但闻晏曰:"我固谓婢子尘缘未灭,汝必欲收录之。今何如矣?宜鞭三百!"十娘曰:"此心一萌,不可给使,不如为吾侄遣之。"阳甚惭惧,返斋灭烛自寝。天明,有童子来侍盥沐,不复见粉蝶矣,心惴惴恐见遣逐。俄,晏与十姑并出,似无所介于怀,便考所业。阳为一鼓。十娘曰:"虽未入神,已得什九,肄熟可以臻妙。"阳复求别传。晏教以《天女谪降》之曲,指法拗折,习之三日,始能成曲。晏曰:"梗概已尽，此后但须熟耳。娴此两曲，琴中无硬调矣。"阳颇忆家，告十娘曰："吾居此，蒙姑抚养甚乐；顾家中悬念。离家三千里，何日可能还也！"十娘曰："此亦不难。故舟尚在，当助汝一帆风。子无家室，我已遣粉蝶矣。"乃赠以琴，又授以药，曰："归医祖母，不惟却病，亦可延年。"遂送至海岸，俾登舟。十娘解裙作帆，曰："但听帆漾，无须桨楫。"阳凄然，方欲拜别，而南风竞起，离岸已远矣。视舟中糗糒_{干粮}已具，然止足供一日之餐。腹馁不敢多食，惟恐遽尽，但啖胡饼_{芝麻烧饼}一枚，觉表里甘芳。余六七枚，珍而存之，即亦不饥。俄见夕阳欲下，方悔来时未索膏烛。瞬息，遥见人烟；细审，则琼州也。喜极。旋已近岸，解裙裹饼而归。入门，举家惊喜，盖离家已十六年矣，始知其遇仙。视祖母老病益惫，出药投之，沉疴立除。共怪问之，因述所见。祖母泫然曰："是汝姑也。"初，老夫人有少女，名十娘，生有仙姿，许字晏氏。婿十六岁，入山不返。十娘待至二十余，忽无疾自卒，葬已三十余年。闻旦言，共疑其未死。出其裙，则犹殉葬时所着也。饼分啖之，一枚终日不饥，而精神倍生。老夫人命发冢验视，则空棺存焉。旦初聘吴氏女未娶，旦数年不返，遂他适。共信十娘言，以俟_{等待}粉蝶之至；既而年余无音，始议他图。临邑钱秀才有女名荷生，艳名远播。年十六未嫁，而三丧其婿。遂媒定之，涓吉成礼。既入门，光艳绝代。旦视之，则粉蝶也。惊问曩事，女茫乎不知，盖被逐时即降生之辰也。每为之鼓《天女谪降》之操，辄支颐凝想，若有所会。

锦瑟

沂人王生，少孤，自为族。家清贫。然风标修洁，洒然裙履少年也。富翁兰氏见而悦之，妻以女，许为起屋治产。娶未几而翁死。妻兄弟鄙不齿数。<small>鄙夷他，不把他看作是家庭成员。</small>妇尤骄倨，常佣奴其夫；自享馐馔，生至，则脱粟瓢饮，折稊为匕，<small>折草为筷。</small>置其前。王悉隐忍之。年十九，往应童子科，被黜。自郡中归，妇适不在室，釜中烹羊脾熟，就啖之。妇入不语，移釜去。生大惭，抵箸<small>扔筷子。</small>地上，曰：“所遭如此，不如死！”妇恚，问死期，即授索为自经之具。生忿投羹碗，败妇颡。<small>砸破了兰氏的额头。</small>生含忿出，自念良不如死，遂怀带入深壑。至丛树下，方择枝系带，忽见土崖间微露裙幅；瞬息，一婢出，睹生急返，如影就灭，土壁亦无绽痕。固知妖异，然欲觅死，故无畏怖，释带坐觇之。少间，复露半面，一窥即缩去。念此鬼物，从之必有死乐。因抓石叩壁曰：“地如可入，幸示一途！我非求欢，乃求死者。”久之无声。王又言之。内云：“求死请姑退，可以夜来。”音声清锐，细如游蜂。生曰：“诺。”遂退以待夕。居无何，星宿已繁，崖间忽成高第，静敞双扉。生拾级而入。才数武，有横流涌注，气类温泉。以手探之，热如沸汤，<small>沸水。</small>亦不知其深几许。疑即鬼神示以死所，遂踊身跃入。热透重衣，肤痛欲糜，<small>烂。</small>幸浮不沉。洇没良久，热渐可忍，极力抓爬，始登南岸，一身幸不泡伤。行次，遥见厦屋中有灯火，趋之。有猛犬暴出，龁衣败袜。摸石以投，犬稍却。又有群犬要吠，皆大如犊。危急间，婢出叱退，曰：“求死郎来耶？吾家娘子悯君厄穷，使妾送君入安乐窝，从此无灾矣。"挑灯引之。启后门，黯然行去。入一家，明烛射窗，曰："君自入，妾去矣。"生入室四瞻，盖已入己家矣。返奔而出，遇妇所役老媪，曰："终日相觅，又焉往？"反曳入室。妇帕裹伤处，下床笑逆，_{迎接。}曰："夫妻年余，狃谑顾不识耶？我知罪矣。君受虚诮，我被实伤，怒亦可以少解。"乃于床头取巨金二铤置生怀，曰："以后衣食，一惟君命，可乎？"生不语，抛金夺门而奔，仍将入壑，以叩高第之门。既至野，则婢行缓弱，挑灯犹遥望之。王急奔且呼，灯乃止。既至，婢曰："君又来，负娘子苦心矣。"王曰："我求死，不谋与卿复求活。娘子巨家，地下亦应需人。我愿服役，实不以有生为乐。"婢曰："乐死不如苦生，君设想何左_{谬误}也！吾家无他务，惟淘河、粪除、饲犬、负尸；作不如程，_{劳作不能完成规定数量。}则刵耳劓鼻、敲刖胫趾。君能之乎？"曰："能之。"又入后门，生问："诸役可也。适言负尸，何处得如许死人？"婢曰："娘子慈悲，设'给孤园'，收养九幽横死无归之鬼。鬼以千计，日有死亡，须负瘗之耳。请一过观之。"移时，见一门，署"给孤园"。入见屋宇错杂，秽臭熏人。园中鬼见烛群集，皆断头缺足，不堪入目。回首欲行，见尸横墙下；近视之，血肉狼藉。婢曰："半日未负，已被狗咋。"_{咬。}即使生移去之。生有难色。婢曰："君如不能，请仍归享安乐。"生不得已，负置秘处。乃求婢缓颊，_{代讲人情。}幸免尸污。婢诺。行近一舍，曰："姑坐此，妾入言之。饲狗之役较轻，当代图之，庶几得当以报。"去少顷，奔出，曰："来，来！娘子出矣。"生从入。见堂上笼烛四悬，有女郎近户坐，乃二十许天人也。生伏阶下。女郎命曳起之，曰："此一儒生，乌能饲犬？可使居西堂，主簿。"生喜，伏谢。女曰："以汝朴诚，可敬乃事。如有舛错，罪责不轻也！"生唯唯。婢导至西堂，见栋壁清洁，喜甚，谢婢。始问娘子官阀。婢曰："小字锦瑟，东海薛侯女也。妾名春燕。且夕所需，幸相闻。"_{相告。}婢去，旋以衣履衾褥来置床上。生喜得所。黎旦，早起视事，录鬼籍。一门仆役，尽皆参谒，馈酒送脯甚多。生引嫌，_{避嫌。}悉却之。日两餐，皆自内出。娘子察其廉谨，特赐儒巾鲜衣。凡有赏赉，皆遣春燕。婢颇风格，既熟，颇以眉目送情。生斤斤自守，不敢少致差跌，但伪作呆钝。积二年余，赏给倍于常廪，_{赏赐的物品超过薪酬的一倍。}而生谨抑如故。一夜方寝，闻内第喊噪。急起，捉刀出，见炬火光天。入窥之，则群盗充庭，厮仆骇窜。一仆促与偕遁，生不肯，涂面束腰，杂盗中，呼曰："勿惊薛娘子！但当分括财物，勿使遗漏。"时群贼方搜锦瑟不得，生知未为所获，潜入第后独觅之。遇一伏妪，始知女与春燕皆越墙矣。生亦过墙，见主婢伏于暗陬。_{角落。}曰："此处乌可自匿？"女曰："吾不能复行矣！"生弃刀负之。奔二三里许，汗流竟体，始入深谷，释肩令坐。飙一虎来。生大骇，欲迎当之，虎已衔女。生急捉虎耳，极力伸臂入虎口，以代锦瑟。虎怒，释女，嚼生臂，脆然有声。臂断落地，虎亦径去。女泣曰："苦汝矣！苦汝矣！"生忙遽未知痛楚，但觉血溢如水，使婢裂襟裹断处。女止之，俯觅断臂，自为续之，乃裹之。东方渐白，始缓步归。登堂如墟。天既明，仆媪始渐集。女亲诣西堂，问生所苦。解裹，则臂骨已续；又出药掺其创，始去。由此益重生，使一切享用悉与己等。臂愈，女置酒内室以劳之。赐之坐，三让而后隅坐。女举爵如让宾客。久之，曰："妾身已附君体，意欲效楚王女之于臣建，_{意谓欲下嫁王生。}但无媒，羞自荐耳。"生惶恐曰："某受恩深重，杀身不足酬。所为非分，惧遭雷殛，不敢从命。苟怜无室，_{妻室。}赐婢已过。"一日，女长姊瑶台至，四十许佳人也。至夕，招生入，瑶台命坐，曰："我千里来为妹主婚，今夕可配君子。"生又起辞。瑶台遽命酒，使两人易盏。生固辞，瑶台夺易之。生乃伏地谢罪，受饮之。瑶台出，女曰："实告君：妾乃仙姬，以罪被谪。自愿居地下，收养冤魂，以赎帝谴。适遭天魔之劫，遂与君有附体之缘。远邀大姊来，固主婚嫁，亦使代摄家政，以便从君归耳。"生起敬曰："地下最乐！某家有悍妇，且屋宇隘陋，势不能圆容委曲以共其生。"女笑，但言："不妨。"既醉，归寝，欢恋臻至。过数日，谓生曰："冥会不可长，请君即归。干理家事毕，妾当自至。"以马授生，启扉自出，壁复合矣。生骑马入村，村人尽骇。至家门，则高庐焕映矣。先是，生去，妻召两兄至，将棰楚报之；至暮，不归，始去。或于沟中得生履，疑其已死。既而年余无耗。_{音信。}有陕中贾某，媒通兰氏，遂就生第与妇合。半年中，修建连亘。贾出经商，又买妾归，自此不安其室，贾亦恒数月不归。生讯得其故，怒，系马而入。见旧媪，媪惊伏地。生叱骂之，使导诣妇所，寻之已遁；既于舍后得之，已自经死。遂使人舁归兰氏。呼妾出，年十八九，风致亦佳，遂与寝处。贾托村人求反其妾，妾哀号不肯去。生乃具状，将讼其霸产占妻之罪。贾不敢复言，收肆西去。方疑锦瑟负约；一夕，正与妾饮，则车马叩门而女至矣。女但留春燕，余都遣归。入室，妾朝拜之。女曰："此有宜男相，_{生男孩的面相。}可以代妾苦矣。"即赐以锦裳珠饰。妾拜受，立侍之；女挽坐，言笑甚欢。久之，曰："我醉欲眠。"生亦解履登床，妾始出；入房，则生卧榻上；异而返窥之，烛已灭矣。生无夜不宿妾室。一夜，妾起，潜窥女所，则生及女方共笑语。大怪之。急反告生，则床上无人矣。天明，阴告生；生亦不自知，但觉时留女所，时寄妾宿耳。生嘱隐其异。久之，婢亦私生，女若不知之。婢临蓐难产，但呼"娘子"。女入，胎即下；举之，男也。为断脐置婢怀，笑曰："婢子勿复尔！业多，_{多产。}则割爱难矣。"自此，婢不复产。妾出五男二女。居三十年，女时返其家，往来皆以夜。一日，携婢去，不复来。生年八十，忽携老仆夜出，亦不返。

太原狱

太原有民家，姑妇婆媳。皆寡。姑中年，不能自洁，村无赖频来就之。妇不善其行，阴于门户墙垣阻拒之。姑惭，借端出妇；妇不去，颇有勃谿。争吵。姑益恚，反相诬，告诸官。官问奸夫姓名，媪曰："夜来宵去，实不知其谁何，鞫妇自知。"因讯妇。妇果知之，而以奸情归媪，苦相抵。拘无赖至，又哗辨谓："两无所私，彼姑妇不相能，故妄言相诋毁耳。"官曰："一村百人，何独诬汝？"重笞之。无赖叩乞免责，自认与妇通。械妇，妇终不承。逐去之。妇忿告宪院，仍如前，久不决。时吾邑孙进士柳下令临晋，推折狱才，公认的断案人才。遂下其案于临晋。人犯到，公略讯一过，寄监讫，便命隶人备砖石刀锥，质理审案。听用。共疑曰："严刑自有桎梏，何将以非刑折狱耶？"不解其意，姑备之。明日升堂，问知诸具已备，命悉置堂上。乃唤犯者，又一一略鞫之。乃谓姑妇："此事亦不必甚求清析。淫妇虽未定，而奸夫则确。汝家本清门，不过一时为匪人所诱，罪全在某。堂上刀石具在，可自取击杀之。"姑妇趑趄，恐邂逅抵偿，不小心打死人而遭抵偿人命之罪。公曰："无虑，有我在。"于是媪妇并起，掇石交投。妇衔恨已久，两手举巨石，恨不即立毙之；媪惟以小石击臀腿而已。又命用刀。妇把刃直贯胸膺，媪犹逡巡未下。公止之曰："淫妇我知之矣。"命执媪严梏之，遂得其情。无赖笞三十，其案乃结。

附记：公一日遣役催租，租户他出，妇应之。役不得贿，拘妇至。公怒曰："男子自有归时，何得扰人家室！"遂笞役，遣妇去。乃命匠多备手械，以备敲比。明日，邑中传颂公仁。欠赋者闻之，皆使妻出应，公尽拘而械之。余尝谓：孙公才非所短，然如得情，则喜而不暇哀矜矣。

新郑讼

长山石进士宗玉，为新郑宰。适有远客张某，经商于外，因病思归，不能骑步，赁禾车田间运禾谷的车。一辆，携资五千，两夫挽载以行。至新郑，两夫往市饮食，张守资独卧车中。有某甲过，睨之，见旁无人，夺资去。张不能御，抵抗。力疾起，遥尾缀之，入一村中；又从之，入一门内，张不敢入，但自短垣窥觇之。甲释所负，回首见窥者，怒执为贼，缚见石公，因言情状。问张，张备述其冤。公以无质实，叱去之。二人下，皆以官无皂白。公置若不闻。颇忆甲久有逋赋，拖欠赋税。但遣役严追之。逾日，即以银三两投纳。石公唤问金所自来。甲答："质衣鬻物。"皆指名以实之。石公遣役令视纳税人，有与甲同村者否。适甲邻人在，便唤入。石公问："汝既为某甲近邻，金所从来当自知之。"邻答："不知。"石公曰："邻家不知，其来暧昧。"来路不明。甲惧，顾邻曰："我质某物、鬻某器，汝宁不闻之乎？"邻急曰："然，固闻之矣。"石公怒曰："是必与某甲同盗，非穷治之不可！"命取梏械。邻人大惧曰："吾以邻故，不敢招怨耳。今刑及己身，何讳乎！彼实劫张某钱所市买，指用铜钱兑换银两。也。"遂释之。时张以丧资未归，乃责甲押偿之。石公此类甚多，亦见其实心为政也。

异史氏曰："石公为诸生时，每一艺_{八股文。}出，得者秘以为宝。观其人，恂恂雅饬，翰苑则优，似非簿书才者_{善于处理政务的人才。}乃一行作吏，神君之名，噪于河朔。谁谓文章仅华国之具哉！故志之以风有位者。"

房文淑

开封邓成德，游学至兖州界，寓败寺中，佣为造齿籍者_{编制户口名册的人。}缮写。岁暮，僚役各归其家，邓独爨庙中。黎旦，有少妇叩门而入，艳绝，至佛前焚香，叩拜而去。次日，又如之。至夜，邓起挑灯，适有所作，女至益早。邓曰："来何早也？"女曰："明则人杂，故不如夜。太早，又恐扰君清睡。适望见灯光，知君已起，故至耳。"生戏曰："寺中无人，寄宿可免奔波。"女哂曰："寺中无人，君是鬼耶？"邓见其可狎，俟其拜毕，曳坐求欢。女曰："佛前岂可作此。身无片椽，_{无房屋居住。}尚作妄想！"邓固求不已。女曰："去此三十里某村，有六七童子，延师未就。君往访李前川，可以得之。托言携有家室，令别给一舍，妾便为君执炊，此长久之计也。"邓虑事发获罪。女曰："无妨。妾房氏，小字文淑，并无亲属，恒终岁寄居舅家，谁知之。"邓喜。既别女，即至某村，谒见李前川，其谋果遂，约岁前即携家至。既返，早旦告女，女约候于途中。邓告别同党，借骑而去。女果待于半途，乃下骑，以辔授女，御之而行。至斋所，相得甚欢。积六七年，居然琴瑟，并无追逋逃者。女忽举一子。邓以妻不育，得之甚喜，名之"兖生"。女曰："伪配终难作真。妾将辞君而去，又生此累人物何为！"邓曰："命好,倘得余钱,拟与卿遁归乡里,何出此言?"女曰："多谢,多谢!我不能胁肩谄笑,仰大妇眉睫,为人作乳媪,呱呱者难堪也!"邓代妻明不妒,女亦不言。月余,邓解馆,_{辞馆不做塾师。}谋与前川子同出经商。告女曰："我思先生设帐,必无富有之理。今学负贩,庶有归时。"女亦不答。至夜,女忽抱子起。邓问："何作?"女曰："妾欲去。"邓急起,追问之,家门未启,而女已杳。骇极,始悟其非人也。邓以迹可疑,故亦不敢告人,托之归宁而已。初,邓离家,与妻娄约,年终必返;既而数年无音,传其已死。兄以其无子,欲改醮_{改嫁。}之。娄更以三年为期,日惟块然_{独处貌。}一室,以纺绩自力。一日,既暮,往扃外户,一女子掩入,怀中绷儿,曰："自母家归,适晚。知姊独居,故求寄宿耳。"娄内之。至房中,视之,二十余丽者也。喜与共榻,因弄其儿,儿白如瓠。叹曰："未亡人_{寡妇自称。}遂无此物!"女曰："我正嫌其累人,即嗣为姊后,如何?"娄曰："无论娘子不忍割爱;即忍之,妾亦无乳能活之也。"女曰："此即何难。当生儿时,患无乳,饮药半剂而效。今余药犹存,即以奉赠。"遂出一裹,_{一包。}置窗间。娄漫应之,未遽怪也。既寝,醒而呼之,则儿在而女已启关去矣。骇极。日向辰,儿啼饥。娄不得已,饵其药,移时湩_{乳汁。}流,遂哺儿。积年余,儿益丰肥,渐学语言,爱之不啻_{如同。}己出,由此再醮之志以绝。但早起抱子,不能躬操作,衣食益窘。一日,女忽至。娄恐索儿,先问其不谋而去之罪,后叙其鞠养之苦。女笑曰："姊告诉艰难,我遂置儿不索耶?"遂招儿。儿啼入娄怀。女曰："犊子不认母矣!此百金不能易,可将金来,署立券保。"娄以为真,颜作赧。女笑曰："姊勿惧,妾来正为儿也。别后虑姊无豢养之资,因多方措十余金来。"乃出金授娄。娄恐其过此以往,索儿有词,坚却不受。女置床上,出门径去。娄抱子出追,其去已远,呼之亦不顾,犹疑其意恶。然得金少权子母，_{放债生息。}家以饶足。又三年，邓以贾有赢余，治装归。方共慰藉，忽睹儿，问谁氏子。妻告以故。问："何名？"曰："渠母呼之充生，遂仍其旧。"邓惊曰："此真吾子也！"问其时日，即夜别之日。邓乃历述与房文淑离合之情，益共欣慰。冀女犹至，而终渺矣。

秦桧

青州冯中堂家，杀一豕，爓去毛鬣，肉内有字云："秦桧七世身。"烹而啖之，其肉臭恶，因而弃之，投诸犬。呜呼！桧之肉，犬亦当不食之矣！

闻益都人言：中堂之祖，前身在宋朝为桧所害，故生平最敬武穆王。_{岳飞，谥武穆。}特于青州城北通衢旁建岳王殿，秦桧、万俟卨伏跪地下。往来行人瞻礼岳王，则投石桧、卨，香火不绝。后大兵征于七之年，冯氏子孙毁岳王像。数里外有俗祠"子孙娘娘"，因舁桧、卨其中，使朝跪焉。百世下，必有杜十姨、伍髭须之误，甚可笑也。

又青州城内，旧有澹台子羽祠。当魏珰_{明朝宦官魏忠贤。}烜赫时，世家中有媚之者，就子羽毁冠去须，改作魏监。此亦骇人听闻者也。

浙东生

　　浙东生房某，客于陕，贫不能归，教授生徒。尝以胆力自诩。一夜，裸卧，忽有毛物从空堕下，击胸有声；觉大如犬，气咻咻然，四足挠动。大惧，欲起；物以两足扑倒之，恐极而毙。经一时许，觉有人以尖物穿鼻，大嚏，乃苏。见室中灯火荧煌，床边坐一美人，笑曰："好男子！胆气固如此耶？"生知为狐，益惧。女渐与狎戏，胆始放，遂共款昵。积半年，如琴瑟之好。女一日卧床头，生潜以猎网蒙之。女醒，不敢动，但哀之。生但笑不前。女忽化白气自床下出，恚曰："终非好相识！可送我去。"以手曳之，身不觉自行。出门，凌空翕飞。食顷，女释手，生晕然坠落。适世家园中有虎阱，揉木为圈，绳作网，以覆其口。生坠网上，网为之侧_{倾斜}。以腹受网，_{跌卧于网上。}身半倒悬。下视，虎蹲阱中，仰见卧人，跃上，近不盈尺，心胆俱碎。园丁来饲虎，见而怪之。扶上，已死；移时，始渐苏，备言其故。其地为浙界，离家已四百余里矣。告之主人，赠以资而遣之。尝告人曰："虽经两死，然非狐不能归也。"

博兴女

　　博兴民王某，有女及笄。势豪某窥其姿，伺女出，掠去，无知者。至家，逼与淫，女号嘶撑拒，某缢杀之。门外故有深渊，遂以石系尸，沉诸其中。王觅女不得，计无所施。天忽雨，雷电绕其家，霹雳大作，龙下攫其首而去。未几，天晴，渊中女尸浮出，一手捉人头，审视，则豪某也。官知，鞫其家人，始得其情。龙其女之所化与？何以能然也？奇哉！

一员官

济南同知吴公，刚正不徇。时有陋规，凡贪墨者，亏空犯赃罪，上官辄庇之，以赃分摊属僚，_{将贪污而亏空的公款，让下属分摊偿还。}无敢梗者。以命公，不受；强之不得，怒加叱骂。公亦恶声还报之，曰："某官虽微，亦受君命。可以参处，_{弹劾处分。}不可以骂詈也！要死便死，不能损朝廷之禄，代人上枉法赃耳！"上官乃改颜温慰之。人皆言斯世不可以行直道；人自无直道耳，何反咎斯世之不可行哉！会高苑有穆清怀者，狐附之，辄慷慨与人谈论，音响在座上，但不睹其人。适至郡，宾客谈次，_{谈论间。}或诘之曰："仙固无不知，请问郡中官共几员？"应声答曰："一员。"共笑之。复诘其故，曰："通郡官僚虽七十有二，其实可称为官者，吴同知一人而已。"是时泰安知州张公者，人以其木强，_{质朴倔强。}号之"橛子"。凡贵官大僚登岱者，夫马兜舆_{山轿。}之类，需索烦多，州民苦于供亿。公一切罢之。或索羊豕，公曰："我即一羊也，一豕也，请杀之以犒驺从。"大僚亦无奈何。公自远宦，别妻子者十二年。初莅泰安，夫人及公子自都中来省之，相见甚欢。逾六七日，夫人从容曰："君尘甑犹昔，_{谓贫困如昔。}何老悖不念子孙耶？"_{为何年老糊涂不为子孙考}

虑。公怒，大骂，呼杖，逼夫人伏受。公子覆母，自号泣，乞代。公横施挞楚，乃已。夫人即偕公子命驾，妇矢_{发誓}。曰："渠即死于是，吾亦不复来矣！"逾年，公果卒。此不可谓非今之强项令也。然以久离之琴瑟，何至以一言而燥怒至此，不情矣哉！而威严能行于床笫，事更奇于鬼神矣。

龙戏蛛

徐公为齐东令。署中有楼，用藏肴饵，往往被物窃食，狼藉于地。家人数受谯责，因伏伺之。见一蜘蛛，大如斗。骇走白_{禀告}公。公以为异，日遣婢辈投饵焉。蛛益驯，饥辄出依人，饱而后去。积年余，公偶阅案牍，蛛忽来伏几下。疑其饥，方呼家人取饵；旋见两蛇夹蛛卧，细才如箸，蛛爪蜷腹缩，若不胜惧。转瞬间，蛇暴长，粗于卵。大骇，欲走。巨霆大作，合家震毙。移时，公苏；夫人及婢仆击死者七人。公病月余，寻卒。公为人廉正爱民，枢发之日，民敛钱以送，哭声满野。

异史氏曰："龙戏蛛，每意是里巷之讹言耳，乃竟。真有之乎？闻雷霆之击，必于凶人。奈何以循良之吏，罹此惨毒？天公之愦愦，_{糊涂。}不已多乎！"

阎罗筵

静海邵生者，家贫。值母初度，_{生日。}备牲酒祀于庭；拜已而起，则案上肴馔皆空。甚骇，以情告母，母疑其匮乏不能为寿，故诡言之。邵默然无以自白。无何，学使案临，苦无资斧，薄贷而往。途遇一人，伏候道左，邀请甚殷。从去，见殿阁楼台，弥亘街路。既入，一王者坐殿上，邵伏拜。王者霁颜命坐，即赐宴饮，因曰："前过华居，_{称人居室的敬词。}厮仆辈道路饥渴，有叨盛馔。"邵愕然不解。王者曰："我忤官王也。不记尊堂设帨之辰_{您母亲的生辰之日。}乎？"宴终，出白镪一裹，_{一包。}曰："豚蹄之扰，聊以相报。"受之而出，则宫殿人物，一时都渺；惟有大树数章，_{大树曰章。}萧然道侧。视所赠，则真金，秤之得五两。考终，止耗其半，犹怀归以奉母云。

放蝶火驴

长山王进士岧生，为令时，每听讼，按律之轻重，罚令纳蝶自赎；堂上千百齐放，如风飘碎锦，王乃拍案大笑。一夜，梦一女子，衣裳华好，从容而入，曰："遭君虐政，姊妹多物故。_{死亡。}当使君先受风流之小谴耳。"言已，化为蝶，回翔而去。明日，方独酌署中，忽报直指使_{朝廷特派巡视地方的官员。}至，皇遽而出，闱中戏以素花_{白花}。簪冠上，忘除之。直指见之，以为不恭，大受诟骂而返。由是罚蝶之令遂止。

青城于重寅，性放诞。为司理时，元夕_{农历正月十五}。以火花爆竹缚驴上，首尾并满，牵登太守之门，击柝而请，自白："某献火驴，幸出一览。"时太守有爱子患痘，心绪方恶，辞之。于固请之。太守不得已，使阍人_{守门人}。启钥。门甫辟，于命火发机，推驴入。爆震驴惊，踶跌狂奔；又飞火射人，人莫敢近。驴串堂入室，破瓯毁甄，火触成尘，窗纱都烬。家人大哗。痘儿惊陷，终夜而死。太守痛恨，将揭劾之。于浼_{请托}。诸司道，登堂负荆，乃已。

鬼妻

太山聂鹏云，与妻某，鱼水甚谐。妻遘_{遭遇}。疫卒。聂坐卧悲思，忽忽若失。一夕独坐，妻忽推扉入。聂惊问："何来?"答云："妾已鬼矣。感君悼念，哀白地下主者，聊与君作幽会。"聂喜，携就床寝，一切无异于常。从此星离月会，积有年余，聂亦不复言娶。伯叔兄弟惧堕宗主，_{担心绝嗣。}私劝聂鸾续；聂从之，聘于良家。然恐妻不乐，秘之。未几，吉期逼迩。_{近。}鬼知其情，责之曰："我以君义，故冒幽冥之谴。今乃要盟不卒，_{盟约不能终守。}钟情者固如是乎?"聂述宗党之意，鬼终不悦，谢绝而去。聂虽怜之，而计亦得也。迨合卺之夕，夫妇俱寝，鬼忽至，就床上挝新妇，大骂："何得占我床寝!"新妇起，力与撑拒。聂惕然赤蹲，并无敢左右袒。_{不敢偏袒任何一方。}无何，鸡鸣，鬼乃去。新妇疑聂妻未死，谓其赚己，投环欲自缢。聂为之缅述，新妇始知为鬼。日夕复来，新妇惧避之。鬼亦不与聂寝，但以指掐肤肉，已乃对烛怒相视，默默不作一语。如是数夕，聂患之。近村有良于术者，削桃为杙，小木桩。钉墓四隅，其怪始绝。

三朝元老

某中堂者，故明相也。曾降流寇，封建统治者对李自成、张献忠领导的农民起义军的蔑称。士论非之。老归林下，享堂祠堂。落成，数人直宿其中。天明，见堂上一扁云："三朝元老。"一联云："一二三四五六七，孝弟忠信礼义廉。"不知何时所悬。怪之，不解其义。或测之云："首句隐忘八，次句隐无耻也。"似之。

洪经略南征，凯旋，至金陵，醮荐祭悼。阵亡将士。有旧门人谒见，拜已，即呈文艺。文章。洪久厌文事，辞以昏眊，老眼昏花。其人云："但烦坐听，容某诵达上闻。"遂探袖出文，抗声高声。朗读，乃故明思宗御制祭洪辽阳死难文也。读毕，大哭而去。

梦狼

白翁，直隶人。长子甲，筮仕南服，在南方做官。二年，道远苦无耗。音信。适有瓜葛远亲。丁姓造谒，翁以其久不至，款之。丁素走无常。活人到阴间当差，期间若死；事毕放还，便又活转过来。谈次，谈论间。翁辄问以冥事，丁对语涉幻；翁不深信，但微哂之。既别，后数日，翁方卧，见丁复来，邀与同游。从之去，入一城阙。移时，丁指一门曰："此间君家甥也。"时翁有姊子为晋令，讶曰："乌在此？"丁曰："倘不为信，入便知之。"翁入，果见甥，蝉冠豸绣穿戴官服。坐堂上，戟幢行列，无人可通。丁曳之出曰："公子衙署，去此不远，得毋亦愿见之否？"翁诺。少间，至一第，丁曰："入之。"窥其门，见一巨狼当道，大惧，不敢进。丁又曰："入之。"又入一门，见堂上、堂下，坐者、卧者，皆狼也。又视墀台阶上的空地，亦指台阶。中，白骨如山，益惧。丁乃以身翼遮蔽。翁而进。公子甲方自内出，见父及丁良喜。少坐，唤侍者治肴蔌。忽一巨狼，衔死人入。翁战惕而起曰："此胡为者？"甲曰："聊充庖厨。"翁急止之。心怔忡不宁，辞欲出，而群狼阻道。进退方无所主，忽见诸狼纷然嗥避，或窜床下，或伏几底。错愕不解其故。俄有两金甲猛士努目入，出黑索索甲。甲扑地化为虎，牙齿巉巉。一人出利剑，欲枭其首。一人曰："且勿，且勿，此明年四月间事，不如姑敲齿去。"乃出巨锤锤齿，齿零落堕地。虎大吼，声震山谷。翁大惧，忽醒，乃知其梦。心异之，遣人招丁，丁辞不至。翁乃志其梦，使次子诣甲，函戒哀切。既至，见兄门齿尽豁；骇而问之，则醉中坠马所折。考其时，则父梦之日也。益骇。出父书，甲读之变色。为间曰："此幻梦之适符耳，何足怪！"时方赂当路者，得首荐，获得优先荐举擢升的资格。故不以妖梦为异。弟居数日，见其蠹役害民的吏役。满堂，纳贿关说者中夜不绝，流涕谏止之。甲曰："弟居衡茅，平民居住的陋室。故不知仕途之关窍耳。黜陟之权在上台，不在百姓。上台喜，便是好官；爱百姓，何术复令上台喜也？"弟知不可劝止，遂归，悉以告翁。翁闻之大哭。无可如何，惟捐家济贫，日祷于神，但求逆子之报，报应。不累妻孥。次年，报甲以荐举作吏部，贺者盈门；翁惟欷歔，伏枕托疾，不见一客。未几，闻子归途遇寇，主仆殂命。翁乃起，谓人曰："鬼神之怒，止及其身，佑我家者不可谓不厚也。"因焚香而报谢之。慰藉翁者，咸以为道路之讹，而翁殊深信不疑，刻日为之营兆，卜寻墓地。而甲固未死。先是，四月间，甲解任，甫离境即遇寇，甲倾装以献之。诸寇曰："我等之来，为一邑之民泄冤愤耳，宁专为此哉！"遂决其首。又问家人："有司大成者谁是？"司故甲腹心，助桀为虐者。家人共指之，贼亦决之。更有蠹役四人，甲聚敛臣也，将携入都。并搜决讫，始分资入囊，驽驰而去。甲魂伏道旁，见一宰官过，问："杀者何人？"前驱者报曰："某县白知县也。"宰官曰："此白某之子，不宜使老后见此凶惨，宜续其头。"即有一人掇头置腔上，曰："邪人不宜使正，以肩承颔下巴。可也。"遂去。移时复苏。妻子往收其尸，见有余息，载之以行；从容灌之，亦受饮。但寄旅邸，贫不能归。半年许，翁始得确耗，遣次子致之而归。甲虽复生，而目能自顾其背，不复齿人数矣。翁姊子有政声，是年行取为御史，悉符所梦。

异史氏曰："窃叹天下之官虎而吏狼者，比比比比皆是。也。即官不为虎，而吏且将为狼，况有猛于虎者耶！夫人患不能自顾其后耳；苏而使之自顾，鬼神之教微矣哉！"

人妖

马生万宝者，东昌人，疏狂不羁。妻田氏，亦放诞风流，伉俪甚敦。有女子来，寄居邻人某媪家，言为翁姑所虐，暂出亡。其缝纫绝巧，便为媪操作。媪喜而留之。逾数日，自言能于宵分半夜。按摩，愈女子瘵蛊。媪常至生家，游扬其术，田亦未尝着意。生一日于墙隙窥见女，年十八九已来，颇风格，心窃好之。私与妻谋，托疾以招之。媪先来，就榻抚问已，言："蒙娘子招，便将来。但渠畏见男子，请勿以郎君入。"妻曰："家中无广舍，渠侪时复出入，可复奈何？"已又沉思曰："晚间西村阿舅家招渠饮，即嘱令勿归，亦大易。"媪诺而去。妻与生用拔赵帜易汉帜计，_{此指夫妻调换之}_{计。}笑而行之。日曛黑，媪引女子至，曰："郎君晚回家否？"田曰："不回矣。"女子喜曰："如此方好。"数语，媪别去。田便燃烛展衾，让女先上床，己亦脱衣隐烛。_{灭烛。}忽曰："几忘却，厨舍门未关，防狗子偷吃也。"便下床，启门易生。生窜窣入，上床与女共枕卧。女颤声曰："我为娘子医清恙也。"间以昵词，生不语。女即抚生腹，渐至脐下，停手不摩，遽探其私，触腕崩腾。女惊怖之状，不啻误捉蛇蝎，急起欲遁。生沮_{阻止。}之。以手入其股际，则擂垂盈掬，亦伟器也。大骇，呼火。生妻谓事决裂，急燃灯至，欲为调停。则见女赤身投地乞命。妻羞惧，趋出。生诘之，云是谷城人王二喜。以兄大喜为桑冲门人，因得转传其术。又问："玷几人矣？"曰："身出行道不久，只得十六人耳。"生以其行可诛，思欲告郡；而怜其美，遂反接而宫之。血溢殒绝，食顷复苏。卧之榻，覆之衾，而嘱曰："我以药医汝，创痏平，从我终焉可也。不然，事发不赦！"王诺之。明日，媪来，生绐之曰："伊是我表侄女王二姐也。以天阉为夫家所逐，夜为我家言其由，始知之。忽小不康，将为市药饵，兼请诸其家，留与荆人作伴。"媪入室视王，见其面色败如尘土，即榻问之。曰："隐所暴肿，恐是恶疽。"媪信之去。生饵以汤，糁以散，日就平复。夜辄引与狎处；早起，则为田提汲补缀，洒扫执炊，如媵婢然。居无何，桑冲伏诛，同恶者七人并弃市，_{陈尸于市。}惟二喜漏网，檄各属严缉。村人窃共疑之；集村媪隔裳而探其隐，群疑乃释。王自是德生，遂从马以终焉。后卒，即葬府西马氏墓侧，令依稀_{仿佛。}在焉。

异史氏曰："马万宝可云善于用人者矣。儿童喜蟹可把玩，而又畏其钳，因断其钳而畜之。呜呼！苟得此意，以治天下可也。"

五羖大夫

河津畅体元，字汝玉。为诸生时，梦人呼为"五羖大夫"，喜为佳兆。及遇流寇之乱，尽剥其衣，闭置空室。时冬月寒甚，暗中摸索，得数皮护体，仅不至死。质明视之，恰符五数，哑然自笑神之戏己也。后以明经授雒南知县。

夜明

有贾客泛于南海。三更时，舟中大亮似晓。起视，见一巨物，半身出水上，俨若山岳；目如两日初升，光明四射，大地皆明。骇问舟人，并无知者。共伏睹之。移时，渐缩入水，乃复晦。后至闽中，俱言某夜明而复昏，相传为异。计其时，则舟中见怪之夜也。

聊斋志异题后

姑妄言之妄听之，豆棚瓜架雨如丝。料应厌作人间语，爱听秋坟鬼唱诗。

新城王士正阮亭甫题

冥搜镇日一编中，多少幽魂绕梦通。五夜燃犀探秘录，十年纵博借神丛。董狐岂独人伦鉴，干宝真传造化工。常笑阮家无鬼论，愁云飒飒起悲风。

卢家冥会自依稀，金碗千年有是非。莫向酉阳称杂俎，还从禹穴问灵威。临风木叶山魈下，研露空庭独鹤飞。君自闲人堪说鬼，季龙鸥鸟自相依。

搦管萧萧冷月斜，漆灯射影走金蛇。琅环洞里传千载，嵩岳云中逊九华。但使后庭歌玉树，毋劳前席问长沙。庄周漫说徐无鬼，惠子书成已满车。

淄川张笃庆历友甫题

冥搜研北隐墙东，腹笥言泉试不穷。秋树根旁一披读，灯昏风急雨蒙蒙。

香茅结就新亭小，睡觉桐阴一欠伸。君试妄言余妄听，不妨狐窟号诗人。

捃摭成编载一车，诙谐玩世意何如。山精野鬼纷纷是，不见先生志异书。

济南朱缃子青甫题

结情撰景假耶真，尽足消磨魂礴身。斟酌删除空理障，商量摘取觉红尘。濡毫几案生风雨，落纸烟霞动鬼神。果是高人有深致，一回展卷一惊人。

钱塘包煊藜照氏题

牛鬼蛇神在眼前，非关太乙喜谈玄。无边棒喝何从会，细雨阴风欲暮天。

金坛王乔仙令氏题

补遗

杨千总

　　毕民部公即家起备兵洮、岷时，有千总杨化麟来迎。冠盖在途，偶见一人遗便路侧。杨关弓欲射之，公急呵止。杨曰："此奴无礼，合小怖之。"乃遥呼曰："遗屙者！奉赠一股会稽藤簪_{此指竹箭。}绾_{挽结。}髻子。"即飞矢去，正中其髻。其人急奔，便液污地。

瓜异

　　康熙二十六年六月，邑西村民圃中，黄瓜上复生蔓，结西瓜一枚，大如碗。

产龙

　　壬戌间，邑邢村李氏妇，良人死，有遗腹，忽胀如瓮，忽束如握。临蓐，_{临产。}一昼夜不能产。视之，见龙首，一见辄缩去。家人大惧，不敢近。有王媪者，焚香禹步，且捊且咒。未几，胞堕，不复见龙；惟数鳞，皆大如盏。继下一女，肉莹沏如晶，脏腑可数。

龙无目

沂水大雨，忽堕一龙，双睛俱无，奄有余息。邑令公以八十席覆之，未能周身。又为设野祭。犹反复以尾击地，其声塇然。

龙取水

俗传龙取江河之水以为雨，此疑似之说耳。徐东痴南游，泊舟江岸，见一苍龙自云中垂下，以尾搅江水，波浪涌起，随龙身而上。遥望水光睒熌，闪烁。阔于三匹练。白绢。移时，龙尾收去，水亦顿息。俄而大雨倾注，渠道皆平。

螳螂捕蛇

张姓者，偶行溪谷，闻崖上有声甚厉。寻途登觇，见巨蛇围如碗，摆扑丛树中，以尾击柳，柳枝崩折。反侧倾跌之状，似有物捉制之。然审视殊无所见，大疑。渐近临之，则一螳螂据顶上，以刺刀攫其首，掇指蛇"反侧倾跌"。不可去。久之，蛇竟死。视颡鼻梁。上革肉，已破裂云。

馎饦媪

韩生居别墅半载，腊尽_{年终}。始返。一夜，妻方卧，闻人行声；视之，炉中煤火炽耀甚明。见一媪，可_{大约}。八九十岁，鸡皮_{喻老年人起皱的皮肤}。橐背，衰发可数。向女曰："食馎饦_{汤饼}否？"女惧，不敢应。媪遂以铁箸拨火，加釜其上，又注以水。俄闻汤沸。媪撩襟启腰橐，出馎饦数十枚，投汤中，历历有声。自言曰："待寻箸来。"遂出门去。女乘媪去，急起捉釜倾簀_{床席}后，蒙被而卧。少刻，媪至，逼问釜汤所在。女大惧而号，家人尽醒，媪始去。启簀照视，则土鳖虫数十，堆累其中。

缢鬼

范生者，宿于逆旅。食后，烛而假寐。忽一婢来，襆衣置椅上；又有镜奁搔篚，_{放梳妆品的器具}。一一列案头，乃去。俄，一少妇自房中出，发篚开奁，对镜栉掠；_{梳妆}。已而髻，已而簪，顾影徘徊甚久。前婢来，进匜_{盛水洗手的用具}。沃盥。盥已捧帨，既，持沐汤去。妇解襆出裙帔，炫然新制，就着之；掩衿提领，结束_{装扮}。周至。范不语，中心疑怪，谓必奔妇，将严装以就客也。妇妆讫，出长带，垂诸梁而结焉。讶之。妇从容跂双弯，_{踮起双脚}。引颈受缢。

才一着带，目即含，眉即竖，舌出吻两寸许，颜色惨变如鬼。大骇奔出，呼告主人，验之已渺。主人曰："曩子妇经_{自缢}。于是，毋乃此乎？"吁！异哉！既死犹作其状，此何说也？

异史氏曰："冤之极而至于自尽，苦矣！然前为人而不知，后为鬼而不觉，所最难堪者，束装结带时耳。故死后顿忘其他，而独于此际此境，犹历历一作，是其所极不忘者也。"

阎罗

沂州徐公星，自言夜作阎罗王。州有马生亦然。徐公闻之，访诸其家，问马："昨夕冥中处分何事？"马言"无他事，但送左萝石_{明人左懋第，自号萝石。}升天。天上堕莲花，朵大如屋"云。

商妇

天津商人某，将贾远方，从富人贷资数百，为偷儿所窥。及夕，预匿室中以俟其归。而商以是日良，_{此日吉利。}负资竟发。偷儿伏久，但闻商人妇转侧床上，似不成眠。既而壁上一小门开，一室尽亮。门内有女子出，容齿少好，手引长带一条，近榻授妇，妇以手却_{推却。}之。女固授之。妇乃受带，起悬梁上，引颈自缢。女遂去，壁扉亦阖。偷儿大惊，拔关遁去。既明，家人见妇死，质诸官。官拘邻人而锻炼_{严刑逼供。}之，诬服成狱，不日就决。偷儿愤其冤，自首于堂，告以是夜所见。鞫之，情真，邻人遂免。问其里人，言宅之故主曾有少妇经死，年齿容貌与盗言悉符，固知是其鬼也。俗传暴死不正常的突然死亡。者必求代替，其然欤？

男生子

福建总兵杨辅，有娈童腹震动，十月既满，梦神人剖其两胁去之。及醒，两男夹左右啼。起视胁下，剖痕俨然。儿名之天舍、地舍云。

异史氏曰："按此吴藩_{指吴三桂。}未叛前事也。吴既叛，闽抚蔡公疑杨，欲图之，而恐其为乱，以他故召之。杨妻夙智勇，疑之，沮_{阻止。}杨行，杨不听。妻涕而送之，归则传齐诸将，披坚执锐，以待消息。少间，闻夫被诛，遂反攻蔡。蔡仓皇不知所为。幸标卒固守，不克乃去。去既远，蔡始戎装突出，率众大噪。人传为笑焉。后数年，盗乃就抚。_{归降。}未几，蔡暴亡。临卒，见杨操兵入，左右亦皆见之。呜呼！其鬼虽雄，而头不可复续矣。生子之妖，其兆于此耶！"

黄将军

黄靖南得功微时，与二孝廉赴都，途遇响寇。_{寇贼在马上挂铃，从远处便可听到声响，故称。}孝廉惧，长跪献资。黄怒甚，手无寸铁，即以两手握骒足，举而投之。寇不及防，马倒人堕。黄拳之臂断，搜橐而归孝廉。孝廉服其勇，资劝_{资助并劝说}。从军。后屡建奇勋，遂腰蟒玉。_{成为将领}。

晋人某有勇力，生平不屑格拒之术，_{拳术}。而搏技家当之尽靡。_败。过中州，有少林弟子受其辱，忿告其师。群谋设席相邀，将以困之。既至，先陈茗果，胡桃连壳，坚不可食。某取就案边，伸食指敲之，应手而碎。寺众大骇，优礼而散。

藏虱

乡人某者，偶坐树下，扪得一虱，片纸裹之，塞树孔中而去。后二三年，复经其处，忽忆之，视孔中，纸裹宛然。发而验之，虱薄如麸。置掌中审顾之。少顷，觉掌中奇痒，而虱腹渐盈矣。置之而归。痒处核起，_{肿起如核}。肿数日，死焉。

蚰蜒

学使朱矞三家，门限下有蚰蜒，长数尺，每遇风雨即出，盘旋地上如白练。_{白绢}。按蚰蜒形若蜈蚣，昼不能见，夜则出，闻腥辄集。或云：蜈蚣无目而多贪也。

牛犊

楚中一农人赴市归，暂休于途。有术人_{以占卜、星相为业之人。}后至，止与倾谈。忽瞻农人曰："子气色不祥，三日内当退财，受官刑。"农人曰："某官税已完，生平不解争斗，刑何从至？"术人曰："仆亦不知。但气色如此，不可不慎之也。"农人颇不深信，拱别而归。次日，牧犊于野，有驿马过，犊望见，误以为虎，直前触之，马毙。役报农人至官，官薄惩之，使偿其马。盖水牛见虎必斗，故贩牛者露宿，辄以牛自卫；遥见马过，急驱避之，恐其误也。

李檀斯

长山李檀斯，国学生也。其村中有媪走无常，_{活人到阴间当差，期间若死，事讫放还，便又活转。}谓人曰："今夜，与一人舁檀老投生淄川柏家庄一新门中，身躯重赘，几被压死。"时李方与客欢饮，悉以媪言为妄。至夜，无疾而卒。天明，如所言往问之，则其家夜生女矣。

僧孽异史氏曰

异史氏曰:"鬼狱渺茫,恶人每以自解,而不知昭昭之祸,即冥冥之罚也。可勿惧哉?"

潞令异史氏曰

异史氏曰:"潞子故区,其人魂魄毅,_{魂魄刚毅。}故其为鬼雄。今有一官握篆于上,必有一二鄙流风承而痔舐之。其方盛也,则竭攫未尽之膏脂,为之具锦屏;其将败也,则驱诛未尽之肢体,为之乞保留。官无贪廉,每莅一任,必有此两事。赫赫者_{威势显赫,指地方官。}一日未去,则蚩蚩者_{敦厚貌,指百姓。}不敢不从。积习相传,沿为成规,其亦取笑于潞城之鬼也已!"

梦狼附则

邹平李进士匡九,居官颇廉明。常_{通"尝",曾经。}有富民为人罗织,_{被人诬陷。}门役吓之曰:"官索汝二百金,宜速办;不然,败矣!"富民惧,诺备半数,役摇手不可。富民苦哀之,役曰:"我无不极力，但恐不允耳。待听鞫时，汝目睹我为若白之。其允与否，亦可明我意之无他也。"少间，公按_{审讯。}是事。役知李戒烟，近问："饮烟否？"李摇其首。役即趋下曰："适言其数，官摇首不许，汝见之耶？"富民信之，惧，许如数。役知李嗜茶，近问："饮茶否？"李颔之。役托烹茶，趋下曰："谐矣。适首肯，汝见之耶？"既而审结，富民某获免，役即收其苞苴，_{贿赂的财物。}且索谢金。呜呼！官自以为廉，而骂其贪者载道焉。此又纵狼而不自知者矣。世之如此类者更多，可为居官者备一鉴也。

张贡士_{附则}

高西园云："向读渔洋先生《池北偶谈》，见有记心头小人者，为安丘张某事。余素善安丘张卯君，意必其宗属也。一日，晤_{会面。}间问及，始知即卯君事。询其本末，云：当病起时，所记昆山曲者，无一字遗，皆手录成册。后其嫂夫人以为不祥语，焚弃之。每从酒边茶余，犹能记其尾声，常举以诵客。今并识之，以广异闻。其词云：'诗云子曰都休讲，不过是都都平丈（相传一村塾师训童子读《论语》，字多讹谬。其尤堪笑者，读"郁郁乎文哉"为"都都平丈我"）。全凭着佛留一百二十行（村塾中有训蒙要书，名"庄农杂字"，其开章云："佛留一百二十行，惟有庄农打头强。"最为鄙俚）。'玩其语意，似自道其生平寥落，晚为农家作塾师，主人慢_{怠慢。}之，而为是曲。意者：夙世老儒，其卯君前身乎？卯君名在辛，善汉隶篆印。"

拆楼人 异史氏曰

异史氏曰:"常见富贵家楼第连亘,死后,再过已墟。此必有拆楼人降生其家也。身居人上,乌可不早自惕哉!"

嘉平公子 附则

有故家子,既贫,榜于门曰:"卖古淫器。"讹"窑"为"淫",云:"有要宣淫、定淫者,大小皆有,入内看物论价。"崔卢之子孙如此甚众,何独"花菽生江"哉!

阿宝 附则

集痴类十:窖锒食贫,对客辄夸儿慧,爱儿不忍教读,讳病恐人知,出资赚人嫖,窃赴饮会赚人赌,倩人作文欺父兄,父子账目太清,家庭用机械,喜子弟善赌。

附 录

蛰蛇

予邑郭生，设帐于东山之和庄。童蒙五六人，皆初入馆者也。书室之南为厕所，乃一牛栏；靠山石壁，壁上多杂草蓁莽。童子入厕，多历时刻而后返。郭责之，则曰："予在厕中腾云。"郭疑之。童子入厕，从旁睨之，见其起空中二三尺，倏起倏坠，移时不动。郭进而细审，见壁缝中一蛇，昂首大于盆，吸气而上。遂遍告庄人共视之。以炬火焚壁，蛇死壁裂。蛇不甚长，而粗则如巨桶。盖蛰于内而不能出，已历多年者也。

龙

博邑有乡民王茂才，早赴田，田畔拾一小儿，四五岁，貌丰美而言笑巧妙。归家子之，把他当作儿子。灵通非常。至四五年后，有一僧至其家。儿见之，惊避无踪。僧告乡民曰："此儿乃华山池中五百小龙之一，窃逃于此。"遂出一钵，注水其中，宛一小白蛇游衍于内，袖钵而去。

爱才

仕宦中有妹养宫中而字_{许婚}。贵人者，有将官某代作启，中警句云："令弟从长，奕世近龙光，貂珥曾参于画室；舍妹夫人，十年陪凤辇，霓裳遂灿于朝霞。寒砧之杵可掬，不捣夜月之霜；御沟之水可托，无劳云英之咏。"当事者奇其才，遂以文阶换武阶，后至通政使。

梦狼_{附则二}

又，邑宰杨公，性刚鲠，撄_{触犯}。其怒者必死；尤恶隶皂，小过不宥。_{宽恕}。每凛坐堂上，胥吏之属无敢咳者。此属间有所白，必反而用之。适有邑人犯重罪，惧死。一吏索重赂，为之缓颊。_{求情}。邑人不信，且曰："若能之，我何靳_{吝惜}报焉！"乃与要盟。少顷，公鞫是事。邑人不肯服。吏在侧呵语曰："不速实供，大人械梏死矣！"公怒曰："何知我必械梏之耶？想其赂未到耳。"遂责吏，释邑人。邑人乃以百金报吏。要知狼诈多端，此辈败我阴骘，甚至丧我身家。不知居官者作何心腑，偏要以赤子饲麻胡也！